미치도록 너만을

미치도록 너만을
2
이지연 장편소설
Terrace Book

CONTENTS

1권

2권

23. 나는 절대로 널 아프게 하지 않아

분명히 책상 위에 엎드려 있었는데…… 왜 내가 여기에 누워 있는 거지?

스르르 눈을 뜨던 세희는 번쩍 정신을 차리고 자리에서 몸을 일으켰다. 텅 빈 방 안은 쥐 죽은 듯 조용했다. 그의 흔적은 아무 곳에도 보이지 않았다. 욕실에 있나?

똑똑―.

노크하고 욕실 문을 열었지만, 안은 텅 비어 있었다.

그가 말도 안 하고 가버렸다는 사실에 서운한 감정이 밀려왔다. 그래도 혹시나 하는 마음에 세희는 서둘러 문을 열었다. 옥상으로 한 걸음 내딛는 순간 야외 소파에 앉아 있는 재현이 눈에 들어왔다. 깊은 생각에 잠겼는지 그는 두 손을 꼭 움켜쥐고 꼼짝도 하지 않고 있었다. 그의 표정이 너무 심각해서 세희는 아무 말도 건넬 수 없었다.

잠시 후 그가 소파 등받이에 놓인 재킷을 들며 자리에서 일어났다.

"나 오늘부터 한동안 본가에 가 있을 거야."

재현은 고개를 돌리지 않은 채 약간 목이 잠긴 쉰 소리로 말했다.

"무슨 일 있어요?"

재현은 대답 대신 알 수 없는 질문을 던졌다.

"기다려줄 수 있어?"

무엇을 의미하는 걸까? 세희는 의아한 표정으로 재현을 바라보았다.

"모든 게 정리가 되면 그때 다 말해줄게."

사실 그게 무엇이든 상관있을까? 그의 부탁이라면 그게 무슨 이유이든 그녀는 잠자코 기다릴 수 있었다. 그를 믿으니까…….

"네, 그럴게요."

세희는 가만히 고개를 끄덕였다. 계단으로 향하던 그가 잠시 멈춰 서더니 그녀를 향해 고개를 돌렸다.

"고마워."

그 말을 남기고 재현은 계단을 내려갔다. 어째서인지 오늘따라 그의 뒷모습이 쓸쓸해 보였다. 기분 탓이겠지. 세희는 그가 시야에서 완전히 사라질 때까지 건물 아래를 내려다보았다.

"서세희 씨, 배달 왔습니다."

재현이 떠나고 1시간쯤 후, 대형 모니터 두 개가 딸린 컴퓨터와 노트북, 책상과 침대가 옥탑방으로 배달되었다. 어리둥절한 얼굴로 배달된 물품을 둘러보는 세희에게 직원 한 명이 환하게 웃으며 말했다.

"헌 가구는 우리가 가져갈 테니까 걱정하지 마세요. 침대와 책상은 어디에 놓을까요? 컴퓨터도 바로 작동할 수 있게 설치해드리겠습니다."

"전 주문한 적이 없는데요."

"그럴 리가요? 이 주소가 맞는데요. 고객님 성함이 서세희가 맞으시죠?"

"네. 제 이름이 맞긴 한데……."

띵—.

그때였다. 바지 주머니 안에 있는 휴대폰에서 문자가 왔다는 알림이 울렸다. 세희는 문자를 확인하기 위해 서둘러 휴대폰을 꺼내 들었다.

조그만 모니터로는 일하기 불편할 테니까 새 컴퓨터에서 작업해.

이 모든 게 그가 보낸 거라고?

곧이어 두 번째 문자가 화면에 떠올랐다.

스프링 나간 매트리스는 버리도록. 불편해서 죽는 줄 알았으니까.

세희도 재빨리 문자를 보냈다.

그렇다고 이걸 어떻게 그냥 받아요?

걱정하지 마. 준 만큼 다 받아낼 테니까.

문자로는 대화가 안 될 것 같아서 재현에게 전화를 걸었지만, 그는 전화를 받지 않았다. 대신 새로운 문자를 보냈다.

우선은 그냥 받아.

세희는 문자를 들여다보며 한숨을 내쉬었다. 한동안 본가에서 지내느라 그녀가 서재를 사용하지 못하게 된 것에 대한 배려인가 보다. 그의 자상한 마음 씀씀이가 고맙긴 했지만, 그에게 또 신세를 지게 된 것 같아 다른 한편으로는 마음이 무거웠다.

"침대는 어디에다 놓을까요?"

직원의 질문에 세희는 휴대폰을 도로 주머니에 집어넣었다.

"저기 구석에 매트리스 있던 자리에 놓아주시면 돼요."

본가에 도착한 재현이 제일 먼저 부딪힌 상대는 어머니 민 여사였다. 정원 테라스에서 차를 마시던 민 여사는 대문을 열고 들어오는 재현을 향해 이리 오라는 손짓을 보냈다.

"와서 앉아라. 오랜만에 차나 한잔하자꾸나."

그녀는 재현이 올 거라는 걸 이미 알고 있었던 것처럼 준비한 찻잔을 내밀었다. 재현이 자리에 앉자 민 여사는 우아한 동작으로 차를 따르며 살며시 미소 지었다.

"긴말 하지 않을게. 네가 어련히 잘 알아서 하겠니. 하지만 놀란 건 사실이야. 나한테도 비밀로 하다니 좀 섭섭하기도 하고."

재현은 잠자코 민 여사가 하는 말을 듣기만 했다.

"네 마음은 확실한 거니?"

"네."

질문과 동시에 재현은 한 치의 망설임도 없이 빠르게 대답했다. 민 여사는 씁쓸한 표정으로 찻잔을 들어 입가에 가져갔다. 천천히 한 모금을 마신 후 그녀가 다음 질문을 이어 나갔다.

"그 마음, 절대로 변하지 않을 자신은 있니?"

"네."

이번에도 역시 그의 대답은 빨랐다. 민 여사는 단호한 표정의 아들에게 빙그레 미소를 지었다.

"좋아. 나도 너만큼은 정연이가 겪었던 불행, 피해갔으면 한다. 이미 한번, 파혼으로 골치도 아팠었고……. 어떤 아이가 네 마음을 빼앗았는지 보고 싶구나. 나중에 한번 데려와봐라."

"당분간은 어려울 겁니다. 굳이 어떤 상대인지 아직은 알려드리고 싶지 않습니다."

"그 말은……."

들고 있던 찻잔을 내려놓으며 민 여사가 살며시 미간을 좁혔다.

"우리와 아주 다른 배경의 여자라는 거구나."

재현은 눈치 빠른 민 여사를 향해 입매를 비틀었다.

"어머니는 사람보다 배경이 더 중요한가 보군요?"

"글쎄다."

민 여사의 얼굴에 어두운 그림자가 내려앉았다. 재벌가의 외동딸로 태어나서 지금까지 고생이라곤 전혀 모르고 자란 그녀였다. 하지만 그녀가 겪은 마음고생은 아무도 알지 못할 것이다. 아들인 재현일지라도…….

민 여사는 두 손으로 찻잔을 만지작거리며 천천히 말을 이었다.

"솔직히 말하자면 사람도 중요하겠지만, 배경 역시 무시할 순 없어. 너도 알겠지만, 난 언제나 너에게 미안하단다. 내가 너에게 너무 무거운 짐을 지게 한 건 아닌지……. 너에게 해가 되기 전에 매정하게 잘라버렸어야 했는데……. 내가 모질게 굴지 못해서 그만 일을 크게 키워버린 것 같단다."

"어머니."

그녀 말의 숨은 뜻을 알기에 재현의 얼굴에도 어두운 그림자가 드리워졌다.

"난 그저 언제 들고 일어날지 모르는 내부의 적으로부터 널 지켜줄 수 있는 여자를 원할 뿐이다. 그래서 든든한 배경을 가진 소아가 마음에 들었던 거고. 미라 역시 애진 그룹이라는 배경이 있잖니. 하지만……."

민 여사는 마치 속마음을 들여다보듯 재현의 눈동자를 응시했다.

"그래도 나는 네 결정에 따르마. 대신 아버지는 네가 알아서 설득해. 이만 들어가봐라. 아버지는 지금 서재에 계신다."

"네, 어머니."

민 여사는 딸인 정연과는 달리 아들인 재현에게는 차갑다 할 정도로 쉽게 애정 표현을 하지 않았다. 하지만 표현만 하지 않았을 뿐이지 재현은 민 여사가 자신을 얼마나 사랑하는지 잘 알고 있었다. 자리에서 일어난 재현은 민 여사의 어깨를 한 손으로 꼭 감싸 쥐었다. 그녀는 잔잔한 미소를 지으며 재현의 손을 가볍게 쓰다듬는 것으로 애정을 표현했다.

이 회장의 반응은 차분했던 민 여사와는 정반대였다.

"여자가 있다고!"

재현이 서재에 발을 들여놓자마자 창밖을 내다보던 이 회장이 버럭 소리를 질렀다.

"내가 저번에 물어봤을 때 분명히 아니라고 했잖아. 너, 나에게 거짓말을 했던 거야?"

"아뇨. 그땐 분명히 아니었습니다."

"그럼 그사이에 여자가 생겼다고?"

"네. 그렇습니다."

재현은 표정 하나 바꾸지 않고 무뚝뚝하게 대답했다.

"얼마나 심각한 거야? 아, 아니다. 네 성격에 여자가 있다면서 정략결혼을 마다할 정도라면 당연히 심각한 사이겠지."

"저는 그렇지만 상대는 아직 아닙니다. 제 마음을 모릅니다."

"뭐라고?"

이 회장의 얼굴이 기가 막힌다는 듯 일그러졌다. 말로 정확하게 고백한 건 아니지만, 그녀가 그의 마음을 모르지는 않을 것이다. 하지만 재현은 이 회장에게 모든 것을 자세하게 설명하고 싶진 않았다. 이 회장은 그들의 관계에 대해서 모르면 모를수록 좋을 테니까.

"유 회장님 앞에서 제 여자를 부인하긴 싫었습니다. 그녀가 제 마음을 알든 알지 못했든 간에……."

"하, 이 녀석."

이 회장의 입에서 탄식과도 같은 헛웃음이 흘러나왔다. 사랑에 빠지면 멀쩡한 사람도 얼간이가 된다고 하더니, 지금 재현이 그 꼴인가 보다. 앞에 서 있는 사람이 바늘로 찔러도 피 한 방울 안 나올 거라는 자신의 아들이 맞는가 싶었다. 어이구, 그놈의 사랑 타령…….

이 회장은 긴 한숨을 내쉬며 창밖으로 고개를 돌렸다. 정연이도 그렇게 속을 태우더니만 이젠 믿었던 재현마저도 그의 속을 박박 긁어놓는다. 하지만 어쩌겠는가? 자식 이기는 부모 없다고, 실수는 정연의 경험으로 충분했다. 어차피 그가 반대하지 않아도 규한처럼 상대가 알아서 먼저 포기할 테니까 괜히 긁어 부스럼 만들 일은 없겠지.

말없이 창밖을 내다보던 이 회장이 천천히 뒤를 돌아 재현을 바라보았다.

"흔들리지 않을 자신 있어?"

"물론입니다."

"네 여자를 지키기가 그리 쉽진 않을 거다."

"알고 있습니다."

"좋다. 네 뜻이 정 그렇다면 나는 잠시 물러나 있으마. 나 말고도 넘어야 할 산은 많을 테니까."

"이해해주셔서 감사합니다."

"시간의 유예를 준 것뿐이야. 네 여자를 허락한 건 절대 아니다."

"알고 있습니다."

"미라는 네가 알아서 정리해. 애진 화학 건은 물 건너간 것 같으니까, 차선책을 알아보고."

"네."

이 회장은 대화를 마치고 서재를 나서는 재현의 뒷모습을 슬쩍 노려보았다. 이 정도까지 양보했는데 조금이라도 웃어주면 안 되나?

"무심한 녀석, 누굴 닮아서 저럴까."

이 회장은 허탈한 웃음을 지으며 고개를 내저었다.

월요일이 되자마자 세희는 건물 관리 업체에 전화를 걸었다. 담당자는 이번 달부터 청소 관리를 해달라는 통보를 받았다며 청소부 아주머니가 해준 말과 똑같은 내용만을 되풀이했다. 월세에 관해 건물주에게 들은 이야기 역시 없다고 덧붙였다.

이런 일로 주인 할아버지에게 연락할 순 없기에 세희는 먼저 연락이 오기를 기다리기로 했다. 어차피 몇 달 후에는 돌아오실 테니까 그사이 조금이라도 월세 인상을 예상해 돈을 모아놓으면 될 것이다. 세희는 이런저런 걱정을 애써 떨쳐버리고 업무에 집중했다.

이번 주는 제법 처리해야 할 업무가 많았기에 비교적 빨리 시간이 지나갔다. 그렇게 재현이 본가로 돌아간 지 일주일이 지나갔다. 회사 건물 안에서 우연히 그를 본 적은 딱 두 번 있었다.

한 번은 저 멀리서 수행원을 거느리고 로비로 들어오는 그를 본 것이었고 그다음은 중역 회의를 마치고 대회의장을 걸어 나오는 그를 목격한 것이었다. 둘 다 아주 짧은 시간이었기에 그녀는 그가 자신을 보았는지 보지 못했는지조차 알 수 없었다.

재현에게선 아무런 연락이 없었다. 발리에서 돌아온 정연에게서조차 잘 돌아왔다는 문자 한 통만이 전부였다.

이쯤 되자 세희는 그의 집안에 무슨 일이 생긴 건 아닌지 은근히 걱정되기 시작했다. 하지만 먼저 연락할 수는 없었다. 그가 마지막으로 한 부탁은 기다리라는 것이었으니까. 대신 그녀는 그와 연락이 끊긴 불안감을 떨치려 번역 일에 매달렸다. 덕분에 예상했던 것보다 일 진행 속도가 빨라졌다. 하지만 작업할 분량이 적어질수록 다시금 불안한 감정이 슬슬 밀려들었다.

세희는 번역 일을 끝내고 컴퓨터를 끈 후 책상에서 일어났다. 별생각 없이 뒷머리를 쓸어내리던 그녀의 손에 재현에게 선물 받은 머리핀이 만져졌다. 그가 다정스럽게 머리를 매만지며 머리핀을 꽂아준 게 바로 어제 같은데…….

머리핀을 손바닥 위에 올려놓고 한참을 들여다보던 세희는 머리핀이 마치 그라도 되는 것처럼 손끝으로 조심스럽게 어루만졌다.

"후우."

그는 지금 뭐 하고 있을까?

밤이 깊었지만, 옥탑방의 불은 환하게 켜져 있었다. 오늘도 그녀는 밤늦게까지 작업을 하나보다. 그녀를 떠올리는 재현의 입가에 연한 미소가 걸렸다. 미간을 약간 찌푸린 채 모니터를 노려보며 아랫입술을 내미는 그녀. 그 모습이 얼마나 귀엽고 사랑스럽던지…….

지금이라도 저 위로 뛰어 올라가 문을 두드리고 싶었다. 어리둥절한 표정으로 문을 열어주는 세희를 끌어안고 숨이 막힐 때까지 입술을 베어 물고 싶었다.

"흣."

재현의 얼굴에 차가운 조소가 어렸다. 자기 감정 하나 제대로 조절하지 못해 사춘기 소년처럼 들떠 있는 꼴이라니. 재현은 차체에 기댄 몸을 일으키며 다시 한 번 고개를 들어 옥탑방을 올려다보았다.

재현은 옥탑방에 불이 꺼지고도 한참이 지나고서야 차를 출발시켰다.

"후우."

퇴근 시간을 1시간쯤 남겨두고 키보드를 두드리던 세희의 입술에서 한숨이 흘러나왔다. 고작 일주일하고 며칠이 지났을 뿐인데……. 그가 보고 싶어서 미칠 것만 같았다.

"세희 씨."

그때 상기된 얼굴의 김 과장이 세희의 책상 앞으로 다가왔다.

"이 서류 들고 44층 민 사장님 집무실로 빨리 가봐. 부장님이 깜빡하고 빼먹고 가셨나 봐."

"네, 과장님."

"급한 거니까 뛰어가. 어서."

부랴부랴 서류를 들고 44층에 도착하자, 초조한 얼굴로 복도를 서성이던 한 부장이 환한 얼굴로 다가왔다.

"부장님, 여기요."

"아이고, 살았다. 고마워."

세희에게서 서류를 건네받은 한 부장은 그대로 곧장 사장실로 달려갔다.

"하아."

너무 급하게 뛰어왔더니 다리가 후들거렸다. 세희는 한 손으로 벽을 짚으며 가쁜 숨을 고르고 엘리베이터의 내려가는 버튼을 꾹 눌렀다.

띵—.

위층에서 내려온 엘리베이터가 도착하고 스르르 문이 열렸다. 빠르게 안으로 들어서던 세희는 벽에 기대어 선 재현을 발견하고 그 자리에 얼어붙은 듯 서버렸다. 재현도 그녀와 마주칠 거라는 걸 전혀 예상하지 못했는지 얼굴에 당황한 표정이 스쳐 지나갔다.

두 사람 사이에 왠지 모를 무겁고 어색한 침묵이 흘렀다. 재현은 그녀에게 눈길조차 주지 않고 엘리베이터의 전광판만을 뚫어지게 노려보았다.

엘리베이터가 전무실이 있는 38층에 도착하자 세희는 재현을 향해 가볍게 고개를 끄덕였다. 그러나 그는 아무 반응 없이 한 발짝 가까이 문을 향해 다가섰다. 그 모습에 세희는 괜스레 눈물이 핑 돌고 말았다. 웃어주지는 못할망정 가볍게 고개라도 끄덕여주면 좋을 텐데…….

문이 열리고 밖으로 걸어 나가던 재현이 갑자기 그녀를 향해 뒤돌았다. 너무나 급작스러운 상황이라 세희는 눈물을 감출 사이도 없이 놀란 눈으로 그를 마주 보았다. 그녀의 물기 어린 눈을 발견한 재현이 마치 화난 것처럼 미간을 한껏 좁혔다.

"제길."

그는 짧은 욕설을 내뱉는 동시에 손을 뻗어 그녀의 손목을 낚아챘다. 그리고 항의할 틈도 없이 그녀를 엘리베이터 밖으로 끌어내렸다.

쾅! 소리와 함께 비상구 계단의 문이 닫혔다. 재현은 세희를 벽에 밀어붙이고 자신의 팔 안에 가두었다.

"갑자기 왜……?"

세희는 혼란스러운 눈으로 그를 바라보며 말꼬리를 흐렸다.

재현은 천천히 손을 들어 그녀의 뺨을 손등으로 살며시 쓸어내렸다. 매끄러운 살갗이 손등에 닿자 가슴 한쪽이 뭉클해졌다. 고작 일주일 조금 넘는 시간이었지만 그에게는 영원처럼 길게 느껴졌다. 매 순간 그녀가 보고 싶어 미칠 것만 같았다.

도저히 참지 못하고 한밤중에 차를 몰고 옥탑방 건물 앞에까지 간 적도 여러 번 있었다. 하지만 끝내 그녀를 불러낼 순 없었다. 불이 꺼질 때까지 멀리서 지켜보는 것이 그가 할 수 있는 전부였다.

이 회장과 민 여사가 한 걸음 물러서겠다고 했으나, 재현은 그 말을 백 퍼센트 믿지 않았다. 부모님을 의심하는 건 아니었다. 그러나 현실은 예상하지 못한 사건으로 방향이 틀어지곤 한다. 조금이라도 일이 틀어진다면 세희가 받는 상처는 상상할 수 없을 정도로 클 것이다. 남부러울 것 없던 정연조차도 오랜 세월 고통스러워했으니까.

그랬기에 그는 당분간 그녀를 멀리하기로 다짐했다. 확실한 준비가 끝나기 전까진 그녀를 옆에 두는 건 너무나 위험했다. 회사 안에서도 그녀와 마주치지 않도록 조심, 또 조심했다. 엘리베이터는 중역 전용만 사용했고 로비와 구내식당, 카페 등의 출입을 자제했다.

오늘 그는 46층에 있는 회장실에 들렀다 전무실로 내려가는 길이었다. 그런데 44층에서 문이 열리며 세희가 엘리베이터 안으로 걸어 들어왔다.

재현은 재빨리 그녀에게서 시선을 비키며 그녀의 존재를 무시하려고 노력했다. 달콤한 향기가 코끝에 스며들며 자극했지만, 그는 어금니를 꽉 물며 애써 외면했다.

문이 열렸을 때 뒤돌아보지 않고 바로 내렸어야 했다. 하지만 그는 알 수 없는 힘에 이끌려 뒤로 고개를 돌렸다. 그녀의 눈가에 어린 눈물을 보는 순간, 팽팽하게 당겨진 자제의 끈이 끊어지고 말았다.

"전무님?"

세희가 그의 눈치를 살피며 조심스럽게 물었다. 재현은 대답 대신 팔을 뻗어 그녀의 가녀린 몸을 품 안으로 와락 끌어당겼다. 단지 껴안는 것만으로도 숨이 막히게 좋았다. 재현은 그녀의 어깨에 얼굴을 묻으며 그리운 체취를 흠뻑 들이마셨다.

아무리 비상구 계단이라지만 회사 내에서 애정 행각이라니!

세희는 그답지 않은 재현의 행동에 적잖이 당황했다. 그러나 그녀가 품에서 벗어나기 위해 몸을 바르작거릴수록 재현은 그녀를 끌어안은 팔에 힘을 주었다.

"잠시만 이대로 있자."

엘리베이터 안에서는 완전히 타인처럼 싸늘하게 대하더니 갑자기 무슨 바람이 들어서 이러는지 모르겠다. 세희는 그의 가슴에 얼굴을 묻으며 짧게 한숨을 내쉬었다.

그의 품에 안겨서 행복하긴 한데 그래도 여기는 회사 안이다. 누가 보기라도 하면 어쩌려고…….

세희는 혹시나 하는 걱정에 계속해서 문 쪽을 바라보았다. 그러자 재현이 그녀의 귀에 입술을 대며 작게 속삭였다.

"오늘 이곳은 출입 금지야. 아무도 오지 않아."

그러고 보니 들어올 때 힐끗 출입 금지 사인을 본 것 같기도 하다.

"CCTV는요?"

"걱정하지 마. 오늘은 CCTV도 작동하지 않으니까."

시스템 업그레이드 작업으로 오늘 하루 동쪽 비상계단에 설치된 CCTV가 작동되지 않는다는 보고를 받았을 때 재현은 대수롭지 않게 넘겼었다.

—CCTV가 작동되지 않는 관계로 혹여 일어날지 모르는 불상사를 막기 위해 출입 금지 구역으로 지정할 예정입니다.

강 비서의 보고에 재현은 가볍게 고개를 끄덕인 후, 곧 다음 사항으로 넘어갔었다.

재현의 걱정하지 말라는 말에 세희는 바동거리던 동작을 멈추고 가만히 몸을 기대었다. 물어보고 싶은 게 너무나도 많았다. 하지만 혹여 지금의 꿈같은 행복을 방해받을까 입을 꾹 다물었다.

기다려달라고 했으니까 잠자코 기다려야겠지.

세희는 손을 뻗어 그의 등을 꼭 끌어안으며 가만히 눈을 감았다.

재현은 한참이 지나서야 그녀를 놓아주었다. 그는 아쉬운 눈빛으로 '연락할게.'라는 말을 남기고 그녀에게서 등을 돌렸다. 세희는 재현과 헤어지고 싱숭생숭한 마음을 다잡으며 사무실로 돌아왔다.

책상 앞에 앉아 모니터 하단의 시계를 보니 재현과 함께 있었던 시간은 고작 십여 분 정도였다. 하지만 온종일 같이 있었던 것처럼 마음이 한없이 포근했다.

"아, 맞아. 아침에 깜빡하고 확인 못 했는데 서세희 씨 오늘 야근인 거 알지."

"네, 과장님."

세희에게 서류 묶음을 넘겨주며 김 과장이 업무 지시를 내렸다.

"정 대리, 차 대리와 함께 신문사 마감 기사 모두 모니터링하고 퇴근하도록 해."

"네."

김 과장이 자리로 돌아가자 정 대리가 생글생글 웃으며 세희의 책상으로 걸어왔다.

"우리 오랜만에 같이 야근하는 거네. 오늘 저녁은 뭐 먹을까?"

"맛있고 양 두둑한 걸로 먹어야지. 야근하려면 꽤 힘들 텐데……."

차 대리가 빛의 속도로 다가와 한마디를 보태자 정 대리가 실눈을 뜨며 그를 흘겨보았다.

"하여간 뭐든지 꼭 끼어들어야 직성이 풀려요."

"아, 왜 도끼눈은 뜨고 그래! 요새 언론사 모니터링하기 정말 힘들다니까."

"아이고, 어련하시겠어. 아무리 그래도 지방 출장 가는 것보다 힘들까."

"왜 사람 말을 못 믿고 그래? 진짜 힘들다니까. 나 요새 눈 빨갛게 충혈된 거 안 보여?"

"네, 네. 어련하시겠어요, 차 대리님."

정 대리와 차 대리가 자리로 돌아가고 얼마 지나지 않아 책상에 올려둔 휴대폰이 울리기 시작했다. 복도로 나가 통화 버튼을 누르자, 카랑카랑한 정연의 목소리가 흘러나왔다.

[세희야.]

"네, 이사님."

[어머, 얘 좀 봐? 그새 좀 못 봤다고 다시 이사님이라고 부르네? 언니라고 하라니까.]

"저, 지금 회사라서……."

[지금이 몇 시인데 아직 퇴근 안 했니?]

"오늘 야근이에요. 언론사 마감 기사 모니터링 해야 하거든요. 그런데 무슨 일이세요?"

[무슨 일이긴. 발리에서 돌아와서 네 얼굴, 통 못 봤잖아. 너 주려고 선물 왕창 사 왔는데 아직 주지도 못하고. 그런데 어쩌면 좋니? 지금 우리 집 비상이라서 내가 꼼짝할 수가 없어. 한동안은 나 죽었소! 하고 집에만 있어야 할 것 같아.]

정말로 무슨 일이 있긴 있나 보다. 그도 본가에 머물러야 한다고 하고 정연 언니까지도. 나쁜 일이 아니었으면 좋겠는데……. 규한 씨의 부탁도 언니를 만날 때까지 잠시 미뤄야 하겠지?

"전 괜찮아요."

세희는 복잡한 속마음을 감추며 빠르게 대답했다.

"언니 시간 될 때 언제든지 연락 주세요."

[그래, 내가 나중에 또 전화할게.]

세희는 다시 자리에 돌아와서도 한동안 업무에 집중할 수 없었다. 이상하게 가슴이 두근거렸다. 왜 자꾸만 불길한 예감이 드는 걸까? 컴퓨터 모니터를 바라보는 그녀의 눈빛이 불안하게 흔들렸다.

"도대체 내가 없는 동안 무슨 일이 있었던 거야?"

전화를 끊은 정연은 혼잣말처럼 투덜거리며 침대 위에 벌러덩 드러누웠다. 발리에서 돌아오자마자 그녀를 기다리고 있는 건 청천벽력 같은 소식이었다.

"뭐? 재현이에게 여자가 있어?"

"너도 몰랐니?"

민 여사의 말에 정연은 과장스럽게 눈을 뜨며 설레설레 고개를 내저었다. 조금이라도 티를 냈다간 민 여사에게 꼬리를 잡힐 게 뻔했다. 그래서 정연은 혼신의 힘으로 아무것도 모르는 척 연기했다.

"아우, 엄마. 나야 당연히 몰랐지. 누구야? 누군데?"

"나도 아직 몰라. 재현이가 누구라고 통 말을 안 하니까."

민 여사가 침통한 얼굴로 고개를 흔들었다.

"그렇다고 모른다는 게 말이 돼? 아빠가 안 실장 시켜서 알아봤을 거 아니야."

"안 실장도 전혀 모른다더라. 요새 재현이가 어울린 사람은 너랑 네 친구들뿐이라고 하던데. 혹시 네 친구 중의 한 명이니?"

그 말에 정연이 펄쩍 뛰었다.

"아니야. 다들 남자 친구 있어."

"왜? 네가 요새 자주 어울리는 애 하나 있잖니. 저번에 제주도에서 물에 빠졌다던. 그 애도 남자 친구 있어?"

하여간 민 여사의 육감이란 무서울 정도로 날카로웠다. 그러나 정연의 거짓말 역시 혀를 내두를 정도로 날렵했다.

"그 애는 지금 내가 민기랑 연결해주려고 열심히 노력 중이니까 명단에서 빼셔."

"민기랑?"

"아, 글쎄. 걘는 아니라니까. 근데 재현이, 혹시 미라가 마음에 안 들어서 그냥 둘러대는 거 아닐까?"

"재현이 성격을 모르니? 걔가 싫으면 싫다고 하지, 있지도 않은 여자를 있다고 거짓말할까."

"그, 그렇겠지? 아, 피곤해. 나 먼저 올라가서 잘게."

대화를 마친 정연은 그대로 도망치듯 방으로 올라갔다. 그리고 그날부터 얌전히 본가에 머물렀다. 세희에게도 문자 딱 한 통만을 보냈다. 이 회장의 레이더가 세희를 향할까 재현 역시 꼬박꼬박 본가로 들어오는데 괜히 자신이 세희의 옆에서 알짱거리다 부모님이나 미라의 주목을 받게 되면 큰일이니까 말이다. 아무리 그래도 그녀보다는 재현이 더욱더 애가 탈 것이다. '도대체 무슨 일이 있었는지 꼬치꼬치 물어볼까?' 하는 생각도 들었지만, 당분간은 참기로 했다. 그녀가 나서지 않아도 혼자 속에서 열불이 나고 있을 테니까. 그나저나…….

천장을 바라보던 정연의 머릿속에 뭉게구름 같은 의문 하나가 둥실둥실 떠올랐다. 세희는 재현의 마음을 조금이라도 눈치채고 있을까? 아니면 둔해서 혼자서만 끙끙 앓고 있을까? 퍽이나 궁금했지만, 당분간은 정답을 알아내기 어려울 것 같다.

"그동안 알아내신 정보 좀 있습니까?"

[죄송합니다만, 아직입니다. 미국에 있는 정보원들을 총동원해서 정보를 수집하고는 있지만, 한국처럼 신속하게 처리되기는 어려울 겁니다.]

고작 일주일의 시간이 지났을 뿐인데 안 실장이 대단한 정보를 캐낼 거라고 기대하지는 않았다. 그래도 입 안이 씁쓸해지는 건 어쩔 수 없었다.

"다시 한 번 더 말하지만, 윤 변호사가 지금까지 진행한 일들 하나도 빠트리지 말고 잘 검토하라고 하세요. 앨버트 씨가 남긴 유산이 어딘가에 있을지 모르니까요. 채권단에 넘어간 재산, 앨버트 씨의 회사를 인수한 상대 등등. 정보는 많으면 많을수록 좋습니다. 그리고 앨버트 씨의 누이동생인 서여사의 자금 사정도 철저히 조사해보세요. 사업이 잘되고 있는 상황에서 사채에 손을 댄 건 전혀 이해가 가지 않으니까요."

[알겠습니다. 새로운 정보를 알아내는 대로 연락드리겠습니다.]

안 실장과의 통화를 끝낸 재현은 넥타이를 느슨하게 풀어 헤치며 의자 등받이에 상체를 기대었다. 쉽지 않을 거라고 예상은 했지만, 그래도 초조해지는 건 어쩔 수 없었다. 일 진행이 늦어지면 늦어질수록 세희를 멀리해야 하는 시간이 늘어나므로…….

이 회장은 상대의 배경을 아주 중요시했다. 그러므로 이 회장이 세희의 존재를 알아내기 전에, 신분 세탁까진 아니어도 조금이나마 그녀의 배경을 바꿔야만 한다. 재현이 뒤에서 무슨 수를 썼다는 걸 알게 된다고 해도 크게 문제 될 것은 없었다. 그녀를 소개하는 동시에 결혼식을 밀어붙인다면 이 회장도 어쩌진 못할 것이다.

[전무님, 유미라 씨가 오셨습니다.]

그때 인터폰이 켜지며 강 비서의 목소리가 흘러나왔다.

"들어오라고 해."

재현은 서둘러 넥타이를 바로 매고 흐트러진 자세를 바로잡았다. 지금 제일 먼저 처리해야 할 문제는 유미라와의 정략결혼이었다. 깔끔하게 매듭짓지 못한다면 언제고 부메랑이 돼서 돌아올 테니까.

"바쁘다더니 오늘은 시간이 됐군."

재현은 안으로 들어서는 미라를 무덤덤한 표정으로 바라보았다. 정략결혼을 없었던 걸로 하자는 선언을 한 후, 재현은 미라와 단둘이 만나기 위해서 몇 번이나 연락을 취했다. 그러나 미라는 이 핑계 저 핑계를 대며 그와의 만남을 미뤘다. 오늘이 돼서야 그녀가 재현 앞에 나타난 것이었다.

"저녁 먹었어? 식사하면서 이야기하지."

"아뇨, 배고프지 않아요. 그냥 여기서 본론으로 들어가죠."

소파에 앉아 다리를 꼬며 미라가 퉁명스럽게 대꾸했다.

"좋아, 그럼."

재현은 미라의 맞은편에 자리를 잡고 앉았다. 그녀는 오늘도 평소와 다름없이 지나치게 화려했다. 미라는 결코 절제의 미학이라는 것을 이해하지 못할 것이다. 정략이라곤 하지만 그런 그녀와 결혼할 수 있다고 생각했다니 큰 오산이었다.

"우선 사과할게. 어찌 됐든 네게 상처를 입혔으니까. 결혼 말이 오가기 전에 반대했더라면 좋았을 텐데……. 그 점에 관해선 내 잘못이라는 거 나도 인정한다."

"할 수 없죠, 뭐. 나도 이해 못 하는 건 아니에요."

뜻밖에 미라는 순순히 그의 말을 받아들였다. 전혀 예상하지 못한 그녀의 반응에 재현이 한쪽 눈썹을 올렸다.

"오빠가 싫다는데 어쩌겠어요. 안 그래요?"

"이해해줘서 고맙군."

"솔직히 말하면 저도 아직은 결혼할 생각 없어요. 이제 겨우 20대 초반인걸요. 아빠랑 엄마는 내가 잘 설득할 테니까 염려하지 마세요."

말을 마친 미라는 빠르게 소파에서 일어났다. 재현이 따라서 일어나자 미라는 그에게 바짝 다가섰다. 그러고는 두 손으로 그의 어깨를 잡더니 한껏 발돋움하며 그의 귓가에 속삭였다.

"이건 비밀인데……. 그날 오빠 진짜 멋있었어요."

그의 어깨를 두 손으로 감싼 상태로 그녀가 활짝 웃었다.

"그 여자가 누구인지 몰라도 참 부럽네요. 잘해봐요, 오빠."

믿을 수 없다는 듯 가늘게 눈을 뜨는 재현을 뒤로하고, 그녀는 고개를 빳빳이 든 채 집무실을 나섰다. 그리고 복도를 걸으며 느릿한 동작으로 핸드백에서 휴대폰을 꺼내었다.

"어, 나야. 각도 어땠어? ……그래? 연습한 대로 나왔어?"

미라는 킥킥거리며 건너편 빌딩으로 시선을 옮겼다. 늦은 오후의 하얀 햇살이 드리워진 빌딩이 환하게 반짝반짝 빛나고 있었다.

"이런, 망할."

언론사에서 보내온 마감 기사를 모니터링 하던 차 대리가 버럭 소리를 질렸다.

“저녁 잘 먹고 나서 왜 욕은 하고 그래?”

차 대리에게 다가가며 정 대리가 타박했다.

“큰 거 하나 터졌어. 오죽했으면 데스크에 올라가기도 전에 내게 보냈겠어?”

“무슨 기사길래 그래?”

어깨너머로 차 대리의 모니터를 들여다보던 정 대리의 입이 벌어졌다.

“헐, 대박!”

“나, 이러고 있을 시간 없어. 비서실에 보고해야 해. 정 대리가 부장님께 연락 좀 해줘.”

“알았어.”

차 대리와 정 대리가 허겁지겁 전화를 걸기 시작했다.

“도대체 무슨 기사인데 그래요?”

다른 기사를 모니터링하던 세희도 결국 호기심을 떨치지 못하고 차 대리의 책상으로 다가왔다. 모니터를 들여다보던 그녀의 얼굴이 순간 백지장처럼 창백하게 변했다.

하나 그룹의 후계자 이재현 전무, 애진 그룹의 자녀와 열애

망원렌즈로 찍은 사진 속에서 미라와 재현 두 사람이 서로 부둥켜안고 있었다.

하나 그룹 홍보팀의 신속한 처리로 기사는 흔적도 없이 사라졌다. 한밤

중 급하게 호출된 한 부장과 이번 일의 일등 공신 차 대리가 소식을 듣고 달려온 재현과 머리를 맞대고 앉았다.

"반대편 빌딩에서 망원렌즈로 당겨서 찍은 것 같습니다. 빌딩은 38층 전체가 비어 있는 상태였습니다."

"그렇군요."

태블릿 PC로 사진을 확인하던 재현이 무심한 얼굴로 고개를 끄덕였다.

사진 속의 두 사람은 교묘하게도 연인 같은 분위기를 자아냈다. 미라가 발돋움을 한 채 그의 귓가에 속삭이는 모습에서 살짝 각도를 비튼 사진으로, 얼핏 보기에는 두 사람이 키스하는 것처럼 보였다. 철저한 계획 하에 찍지 않고선 이런 장면이 연출될 수 없었다. 그것도 아주 우연스럽게 맞은편 빌딩에서 망원렌즈로 당겨 찍었다면…….

재현은 생글생글 웃으며 자신을 바라보던 미라를 떠올렸다. 그녀 성격에 너무 순수하게 물러나 이상하다 싶었는데, 뒤에서 이런 계략을 꾸미고 있었군. 유치하긴…….

사진을 노려보던 재현이 차 대리를 향해 고개를 들었다.

"기사는 확실하게 처리했겠죠?"

"물론입니다."

"차 대리 말고 또 누가 이 기사를 보았습니까?"

"야근 중이던 정 대리와 서세희 씨, 그리고 여기 한 부장님, 이렇게 세 명입니다."

재현의 눈빛이 일순간 미세하게 흔들렸다. 그러나 곧 평정을 되찾고 다시 태블릿 PC로 시선을 돌렸다.

"애진 그룹 홍보팀도 이 기사에 관해서 알고 있습니까?"

"아뇨. 아직 모를 겁니다. 데스크에 올라가기도 전에 잘 아는 기자가 먼저 보내준 거니까요."

"그렇다면 내일 아침 일찍 애진 그룹 홍보팀에 알리세요. 파파라치의 사진이 나돌고 있으니까 애진 측에서도 수시로 모니터링 하라고 말입니다."

"네, 알겠습니다."

"모두 수고 많았습니다. 늦었으니까 이만 들어가보세요."

"네, 전무님."

차 대리와 한 부장이 집무실을 나서자 말없이 상황을 지켜보던 안 실장이 조심스럽게 말을 꺼냈다.

"제 생각에는 미라 양, 단독으로 일을 꾸민 것 같지는 않습니다."

"저에게 문제가 생기면 쾌재를 부를 사람과 손을 잡았겠죠. 박 이사 측이든 민 사장 측이든 놀랄 일도 아닙니다."

소파 위에 놓아둔 재킷을 집어 들며 재현이 말을 이었다.

"밤늦게 나오시라고 해서 죄송합니다. 안 실장님도 들어가보세요."

"긴히 말씀드릴 게 있습니다."

안 실장은 집무실을 나서는 대신 조용히 다른 화제를 꺼냈다.

"이 회장님께서 오늘 저에게 전무님의 주변을 따라붙으라고 지시하셨습니다."

"예상했던 일입니다."

이 회장이 그런 지시를 내렸다고 하더라도 안 실장은 이미 자신의 사람이니 크게 걱정할 필요는 없었다. 경호실장도 마찬가지였다. 알게 모르게 이미 많은 이들은 이 회장의 품을 떠나 재현의 수하로 들어왔다. 그렇다고 해도 여기저기에 심어놓은 이 회장의 심복을 무시할 순 없었다. 안 실장 역시 재현과 같은 생각이었다.

"이 회장님이 저에게 모든 일을 맡긴 채 뒷짐만 지고 구경하실 분은 아니죠. 아마 또 다른 팀이 전무님의 주변을 따라붙을 겁니다."

"벌써 붙었을지도 모르죠."

"네. 그럴지도 모르죠. 그래도 다행스러운 건 회장님은 전무님에게 여자가 있다는 걸 빼고는 아직 자세한 내막은 모르고 계시다는 겁니다."

"안 실장님은 아십니까?"

"제가요?"

재현의 날카로운 질문에 안 실장의 얼굴에 온화한 미소가 떠올랐다.

"그럴 리가 있겠습니까?"

그 미소는 세희에 관해서 철저히 비밀에 부치겠다는 무언의 확답이었다. 재현은 아무 말 없이 안 실장의 눈을 들여다보았다. 20년 넘게 아버지를 옆에서 보좌한 안 실장은 재현이 유일하게 믿는 인물이었다. 언제부터 안 실장이 완전하게 자신의 밑으로 들어왔는지 정확하게 기억나진 않았다. 경영권을 넘겨받기 전, 그룹 내 비리를 조사하면서 자연스럽게 안 실장과 팀을 이루게 되었다.

긴 시간 동안 지켜본 바로는 안 실장은 이 회장에게 모든 것을 시시콜콜 보고하지 않았다. 재현에게 불리할 것 같으면 이 회장에게 보고하는 대신 침묵을 선택했다. 따로 지시를 내린 것도 아니었는데 말이다. 이번에도 안 실장은 침묵을 지켜줄 것이다.

"알겠습니다. 안 실장님을 믿죠."

그렇지 않더라도 지금 상황에서 재현은 안 실장을 믿을 수밖에 없었다.

"아, 그리고 이건 제 생각인데요. 내일 정 대리와 서세희 씨를 각자 따로 전무실로 불러서 확답을 받는 게 좋겠습니다. 오늘 기사에 관한 어떤 사항도 외부로 흘러나가면 안 되니까요."

혹시라도 오늘 밤 재현이 세희를 찾아갈까 봐 던지는 은근한 경고였다. 동시에 안 실장은 주위의 의심을 받지 않고 세희를 떳떳하게 만날 방법을 제시했다.

잠자코 안 실장을 바라보던 재현이 안 실장을 향해 살짝 고개를 숙였다.

"고맙습니다."

"세희야? 너 여기서 뭐 해?"

문밖에 서 있는 세희에게 지아가 신발을 신고 급하게 달려 나왔다.

"갑자기 찾아와서 미안해."

"무슨 일이야? 너, 얼굴이 왜 그래?"

세희의 창백한 얼굴에 지아가 눈살을 찌푸렸다.

"나…… 나, 혼자 있을 수가…… 없어서."

세희의 목소리가 울음을 참는 듯 불안하게 흔들렸다.

"어서 들어와. 너 이대로 있다가 쓰러지겠다."

지아는 서둘러 세희의 손목을 잡으며 방 안으로 이끌었다.

"우선 앉아. 너 지금 기절할 거 같은 얼굴이야. 물이라도 한 잔 줄까?"

"아니야, 괜찮아."

세희는 주방으로 향하려는 지아를 재빨리 말렸다. 그러자 지아가 작게 한숨을 내쉬며 세희의 맞은편에 자리를 잡고 앉았다.

"무슨 일이야? 사채업자가 못살게 굴어? 그냥 확 신고해버리라니까. 아무리 고모라지만 본인 몰래 돈 빌리는 거 불법이잖아."

"아니야. 그것 때문에 그러는 거……."

"그럼 뭔데?"

"……내가 지금까지 모든 걸 쉽게 생각하고 살아온 것 같아서."

"그건 또 무슨 말이야?"

지아는 세희의 말이 잘 이해가 되지 않는 듯 인상을 찌푸렸다.

"내가 한국에 산 지 오래되긴 했지만, 미국에서 고등학교를 다니다 왔잖

아. 그래서 그런지 나는 지금까지 출신이나 배경, 이런 거 별로 신경 쓰지 않고 살았거든. 그냥 나만 열심히 하면, 나만 제대로 하면 그런 건 아무 문제가 아니라고 생각했어."

"왜? 누가 너보고 부모님 안 계시다고 뭐라고 그래?"

"아니…… 그런 건 아니고."

세희는 살며시 지아의 시선을 피하며 작게 한숨을 내쉬었다. 재현을 사랑했지만, 한 번도 그와 결혼할 거라곤 생각하지 않았다. 그냥 그가 좋았고, 그에게 당당하게 혼자 서는 모습을 보이고 싶었다.

그뿐이었다. 하지만 오늘 미라와 함께 있는 기사를 본 후 모든 게 변해버렸다. 그 기사에 반응하는 정 대리와 차 대리의 대화를 들으며 세희는 자신이 아주 중요한 문제를 놓치고 있다는 걸 깨달았다.

—그러면 그렇지. 이 전무님이 아무하고나 결혼하겠어? 예전부터 애진 화학을 눈독 들이긴 했지.

—그런데 왜 이 기사를 부인하라는 거야?

—최종 결정을 앞두고 애진이랑 틀어졌나 봐. 대안 그룹 딸과도 그래서 파혼한 거 아냐.

—참, 있는 사람들이 더해요. 이건 결혼이 아니라 일종의 사업이네.

언젠가는 그가 다른 상대와 결혼할 거라는 생각을 왜 하지 못했을까?

하나 그룹의 정직원이 된다고 해도 그녀와 그의 신분 차이는 너무나 컸다. 그를 사랑할 순 있지만, 결혼은 꿈도 꾸지 못할 일이었다. 언젠가는 그를 다른 여자에게 떠나보내야 할지도 모른다. 그의 마음을 아직 확실하게 모르면서 혼자 결혼 어쩌고저쩌고 고민하는 것도 우습긴 하지만, 그래도 뻔한 결말을 외면할 수만은 없었다.

지아는 세희에게 도대체 왜 그러느냐고 꼬치꼬치 캐묻는 대신 냉장고에서 차디찬 맥주 캔을 꺼내왔다. 그리고 안줏거리로 벌꿀이 들어간 감자튀김 한 봉지를 뜯었다.

"마셔라. 쭉 들이켜면 속이 좀 시원해질 거야."

"고마워."

"그래도 사채업자가 아니라니까 다행이다. 아우 야, 난 네가 그놈들에게 쫓기는 줄 알고 얼마나 놀랐는데……."

"그랬구나."

맥주를 한 입 들이켜며 세희가 픽 웃어 보였다. 엊그제만 해도 사채 걱정에 끙끙거렸는데 지금은 사랑 타령이라? 후, 웃기다.

"지아야."

두 손으로 맥주 캔을 빙빙 돌리던 세희가 조심스럽게 입을 열었다.

"결혼을 꼭 해야 하는 걸까? 그냥 사랑만 하면서 살면 안 될까?"

"뭐?"

갑자기 무슨 소리냐는 듯 지아의 눈이 커다래졌다. 대학 시절 세희는 일과 학업을 병행하느라 잠잘 시간도 모자랐다. 그런 그녀에게 소개팅은 먼 나라 이야기였고, 강의가 끝나면 서둘러 아르바이트 장소로 향하는 그녀에게 남학생들은 말 한마디 제대로 붙여보지도 못했다. 지아가 아는 한, 세희에게 남자란 존재는 그냥 여자의 반대 명사였을 뿐이다. 그랬던 세희가 결혼과 사랑에 관해서 묻는다. 이게 도대체 무슨 일이래?

"너, 남자 생겼어?"

"……아니, 그냥."

"와, 네 입에서 사랑과 결혼이라는 말이 나오다니. 나 진짜 적응 안 된다."

"……그래?"

세희가 씁쓸한 얼굴로 되묻자, 지아는 나름대로 자신의 생각을 말하기 시작했다.

"사람들이 결혼하는 건 헤어지기 싫어서가 아닐까? 결혼하면 어느 정도는 이별이라는 불안감에서 벗어날 수 있으니까."

지아의 말에 세희는 가만히 고개를 끄덕였다.

"네 말대로 결혼이 사랑의 완성은 아니겠지만 안전한 장치가 되긴 하겠네."

단지 그를 사랑하는 것뿐인데……. 그를 욕심내는 건 결코 아닌데…….

멍하니 맥주 캔을 내려다보던 세희가 다시 말을 꺼냈다.

"가질 수 없는 상대를 욕심내는 거, 너무 바보 같은 짓이겠지?"

"왜? 요새 드라마 보다가 송하기 오빠에게 빠지기라도 했어?"

지아의 싱거운 농담에 세희는 그만 쿡 웃음을 터뜨렸다.

"세상에는 두 가지 종류의 남자가 있어. 그냥 눈요기만 하는 남자. 내 옆에 둘 남자. 눈요기할 남자는 멀리서 바라만 본다고 생각해. 가질 수 없는 남자는 처음부터 넘보지 않는 게 정신 건강에 좋아."

마치 그녀의 속마음을 꿰뚫는 것 같은 지아의 조언에 세희는 고개를 끄덕였다.

"그렇겠지?"

지아의 말이 모두 다 맞는데……. 그런데도 그가 너무나도 보고 싶다. 그의 품이 너무나도 그립다. 세희는 긴 한숨을 내쉬며 맥주 캔을 들어 올렸다.

"세희야, 전무실로 올라가 봐."

전무실에 호출되어 갔던 정 대리는 30분 만에 사무실에 돌아와 세희를 찾았다.

"어제 일에 관해서 직접 얼굴 보고 당부하시느라 그래. 별거 아니니까 그냥 전무님이 하는 말을 열심히 들으면서 네, 명심하겠습니다. 이러면 돼."

"네."

세희는 가만히 고개를 끄덕이며 자리에서 몸을 일으켰다. 그녀는 어젯밤 늦게까지 지아와 술을 마시다 새벽녘에야 집에 돌아왔다. 술도 마셨으니까 잠을 잘 수 있지 않을까 하는 기대와는 달리 그녀는 뜬눈으로 밤을 지새웠다. 힘없이 자리에서 일어난 세희는 38층 전무실로 향했다.

"기다리고 계십니다."

강 비서는 재빠르게 자리에서 일어나 문에 노크한 후, 세희를 위해 문을 열어주었다. 안에 들어서자 간접 조명만 켜진 어두운 실내가 눈에 들어왔다. 항상 밝은 햇살이 쏟아지던 유리창에 오늘은 무슨 일인지 블라인드가 내려져 있었다.

"어제 그 기사, 오보야. 오해할 것 같아서 불렀어."

컴퓨터 모니터에서 시선을 돌리지 않은 채로 재현이 말을 꺼냈다.

"네."

"애진 그룹의 유미라와는 아무 사이도 아니야. 양가에서 정략결혼을 거론한 적은 있었지만, 지금은 아니니까 걱정하지 않아도 돼."

"네."

"무슨 반응이 그렇지?"

쓰윽 의자가 뒤로 끌리며 재현이 자리에서 일어났다. 어두운 조명 탓에 세희는 그의 표정을 제대로 읽을 수가 없었다. 그는 지금 미소 짓고 있는 걸까? 아니면 인상 쓰고 있는 걸까?

"'네'라는 말밖엔 할 말이 없어?"

그가 한 걸음 더 가까이 다가오며 말했다. 거리가 좁혀지자 그의 표정을 좀 더 자세히 읽을 수 있었다. 희미하지만 그는 분명히 그녀를 향해 웃고 있었다. 그녀의 복잡한 속마음을 아는 것 같은 다정한 미소. 왈칵 울음이 터질 것만 같아 세희는 은근슬쩍 그의 시선을 외면했다.

"왜 제가 걱정할 거라고 생각하셨죠?"

"그럼 아닌가?"

그를 사랑하게 된 걸 후회하지는 않는다. 사랑하니까 그걸로 된 거다. 그 덕분에 행복한 시간을 가졌으니까 더 이상 욕심을 부려서는 안 된다. 그래도 가슴 한쪽이 허전해지는 건 어쩔 수 없었다.

"내가 기다려달라고 한 말, 어떤 뜻인지 모르겠어?"

어느새 더 가까이 다가온 재현이 손을 뻗어 그녀를 품 안으로 끌어당겼다. 그의 따뜻한 체온이 느껴지자 참고 참았던 눈물이 눈가에 고였다. 세희는 애써 눈물을 삼키며 그의 가슴에 얼굴을 묻었다.

"상관없어요."

목소리가 떨려서 말을 잇기가 쉽지 않았다.

"기다리라고 했으니까…… 그냥 기다릴게요."

"……세희야."

그가 다정하게 이름을 불러줄 때면 10년 전 그녀를 달래주던 추억이 떠오른다. 손가락에 반지를 끼워주며 울음을 그치라고 속삭이던 왕자님. 지금도 그는 그녀의 등을 연신 쓸어내리며 그녀의 아픈 마음을 어루만지고 있었다. 그런 그가 너무나도 다정해서 심장이 터져버릴 것만 같았다.

"절대로 널 아프게 하지 않을 거야."

그녀의 귓가에 입술을 대며 재현이 나직하게 속삭였다. 어쩌면 단순한 사랑 고백보다도 그의 이런 다짐에 더 마음이 설레는지 모르겠다.

그를 올려다보기 위해 세희는 품에서 벗어나 한 걸음 뒤로 물러섰다. 그의 눈동자를 빤히 바라보던 그녀가 담담한 목소리로 말했다.

"아파도 상관없어요."

진심이었다. 아파도 상관없었다. 그가 '세희야.'라고 다정하게 이름을 불러 주는 순간 마음을 결정했다. 그와의 사랑이 끝이 헤어짐이라고 해도 지금으로선 피할 생각이 전혀 없었다.

재현은 그녀의 말이 마음에 들지 않는 듯 눈꼬리를 올리며 그녀의 어깨를 움켜쥐었다. 그리고 단호한 목소리로 말했다.

"나는 절대로."

한 자, 한 자 힘주어 말하는 그의 목소리가 감정에 복받친 듯 살며시 떨리고 있었다.

"널 아프게 하지 않겠다고 했어."

말을 마친 재현은 곧바로 고개를 숙여 그녀의 입술에 자신의 입술을 거칠게 겹쳤다.

서로의 입술이 살며시 열리며 달콤하고도 뜨거운 숨결이 거침없이 얽혀들었다.

24. 날 책임져야지

그녀의 다디단 입술은 감미롭다 못해 온몸이 녹아들 것처럼 짜릿했다. 재현은 그녀의 뒷머리를 두 손으로 받치며 자신 쪽으로 더 가까이 끌어당겼다.

세희를 집무실로 불러들이기에 앞서 재현은 최대한 자제하자고 다짐하고 또 다짐했었다. 기사에 관한 오해를 풀고 최대한 빨리 사무실로 돌려보내야 혹시라도 있을 의심의 눈초리에서 벗어날 수 있으니까.

일부러 정 대리에게 많은 질문을 해가며 30분이나 시간을 끈 것 역시, 세희가 머무른 시간을 정 대리와 비교해 짧아 보이게 하기 위함이었다. 하지만 그건 처음부터 불가능한 계획이었다.

그녀가 방 안으로 들어오는 순간 모든 신경이 곤두서버렸고, 그녀와 시선이 마주치는 순간 심장이 멈춰버릴 듯 떨렸다. 그녀를 품에 꼭 안고 있으면서도 가슴이 저릴 듯 아팠다. 입술을 한껏 머금고 있으면서도 그녀를 향한 갈증은 점점 더 심해졌다.

—아파도 상관없어요.

아파도 상관없다고? 체념한 듯 그녀의 입에서 흘러나온 한마디가 둔기가 되어 재현을 강하게 내리쳤다. 그녀도 알고 있었던 걸까? 다치게 될 수도 있다는 걸…….

재현은 태어나서 처음으로 자신의 배경에 화가 치밀었다. 사랑하는 여자 하나 제대로 지켜낼 수 없는 지위 따위, 빛 좋은 개살구일 뿐인 것을.

"……세희야."

재현은 그녀에게서 입술을 떼며 잔뜩 가라앉은 목소리로 속삭였다. 그녀의 감긴 눈이 파르르 열리며 맑고 커다란 눈동자가 그를 향했다.

"어쩌면…… 나는 이미……."

……너를 아프게 하고 있을지도 모르겠다.

자신이 아니라도 충분히 힘든 나날을 보내고 있는 그녀에게 또 다른 짐을 지우는 건 아닌가 하는 우려가 들었다. 그래서 재현은 더는 뒷말을 이을 수 없었다. 그 대신 그녀의 등에 팔을 둘러 힘껏 끌어안았다.

"미안하다."

지금으로선 미안하다는 말밖에는 해줄 수 있는 말이 없었다.

세희가 집무실에 들어간 지, 막 40분이 지났다. 정 대리와 비교하면 10분이 더 초과되는 시간이다.

모니터 하단에 있는 시계를 뚫어지게 노려보던 강 비서는 '흠흠' 헛기침을 한 후, 손을 뻗어 수화기를 집어 들었다. 잠시 후 상대방과 통화가 연결되자 그녀는 최대한 상냥한 목소리로 말을 꺼냈다.

"김 과장님, 강 비서예요. 네. ……저, 서세희 씨가 방금에야 전무실에 들어갔네요. ……네, 네. ……실리콘밸리 지사에서 급한 전화가 오는 바람에 지금까지 밖에서 대기하고 있었거든요. 네. ……혹시나 해서 알려드려요."

이렇게까지 둘러댔으니 앞으로 30분간은 걱정 없겠지? 게다가 조금 있으면 점심시간이니까 세희가 늦게 사무실에 돌아가도 크게 신경 쓰지 않을 것이다.

강 비서의 얼굴에 흐뭇한 미소가 번졌다. 아, 역시 나는 유능한 비서야!

일주일 전 강 비서는 안 실장으로부터 더욱더 신경 써서 재현을 보좌하라는 특별 지시를 받았다.

—강 비서라면 내가 일일이 말해주지 않아도 이미 눈치를 챘을 거라 믿어. 왜 애진 그룹과의 정략결혼이 깨졌는지 잘 알 테니까. 전무님의 사생활에 관해서 특히 신경 써주길 바라네.

안 실장의 의도를 전혀 눈치채지 못한 강 비서는 속으로 뜨끔했다. 이게 지금 무슨 날벼락? 요사이 전무님의 안색이 밝았다, 어두웠다, 오락가락해서 무슨 일인가 의아하긴 했지만, 맹세코 절대로 무슨 일이 일어나고 있는지 모르는 강 비서였다. 그러나 그녀는 "뭘 말입니까?" 하고 묻는 대신 "네, 물론입니다."라고 대답해버렸다.

그리고 오늘, 일주일 동안 혼자 끙끙거리던 강 비서 앞에 구세주 같은 세희가 나타났다. 이미 몇 번 본 사이라고 환하게 웃어주는 세희에게 형식상의 미소를 보내던 강 비서는 세희의 머리에 꽂힌 머리핀을 보았다.

딩—. 딩—. 딩—.

순간 강 비서의 머릿속에서 카지노 슬롯머신 효과음이 울려 퍼졌다. 저 머리핀은? 세상에나, 바로 자신 앞에 의문의 해답인 세희가 서 있었다.

재현이 정략결혼을 엎어버린 바로 그날, 강 비서는 아침 일찍 걸려온 재현의 전화에 고개를 갸우뚱거렸었다. 다짜고짜 명품이면서도 너무 티 나지 않는, 고상하면서도 요새 유행에 맞는 머리핀을 구해오라니? 처음엔 그저 미라에게 선물하려고 그러는 줄 알았다. 그랬는데 이제 보니 임자는 따로 있었다.

세희를 위해 집무실 문을 열어주며 강 비서는 안 실장의 지시가 무엇인지 빠르게 감을 잡았다. 그리고 이제부터 자신이 해야 할 일을 하나하나 짚어나가기 시작했다. 강 비서는 비상한 표정을 지으며 굳게 닫힌 집무실 문으로 고개를 돌렸다.

"아니, 왜 기사가 안 실렸는데?"

미라의 앙칼진 비명이 방 안에 쩌렁쩌렁 울려 퍼졌다. 옆에서 커피를 마시던 승미가 미간을 찌푸렸지만, 미라의 목소리는 작아질 줄 몰랐다.

"그런 게 어디 있어? 내가 뒤에서 봐준다고 했잖아. 이 유미라가 책임진다는데, 왜!"

상대에게서 상황 설명을 듣는 그녀의 미간에 깊은 주름이 졌다.

"됐어. 변명 필요 없어. 끊어."

미라는 거칠게 종료 버튼을 누르며 욕설을 내뱉었다.

"Shit! 병신들, 일 하나 제대로 못 해!"

"무슨 일인데 그래?"

"아악! 악!"

미라는 대답 대신 주먹을 꽉 쥔 채 비명을 질러댔다. 승미는 이런 미라의 발작이 꽤 익숙한 듯 눈동자를 위아래로 굴리며 어깨를 으쓱해 보였다. 한참 동안 비명을 지르던 미라가 조금은 화가 풀렸는지 거친 호흡이 잦아졌다.

"그 기사, 도중에 막힌 거야?"

승미가 슬그머니 물어보자 미라는 험상궂은 얼굴로 고개를 끄덕거렸다.

"그뿐만 아니라 아빠 귀에도 들어갔어. 하나에서 애진으로 연락했나 봐. 파파라치 사진 나도는 거 처리했으니까 우리 보고도 조심하라고 그랬대. 아, 정말, 씨……."

"됐다. 그런 기사 실린다고 이재현이란 남자, 눈 하나 깜빡할 사람 아니잖아."

승미는 미라가 어떤 음모를 꾸몄는지 속속들이 다 알고 있었다. 들으면서도 참 우스운 계략이라고 생각했는데 역시나 제대로 써 보지도 못하고 불발로 그치고 말았다.

"왜? 오빠는 그렇다 쳐도 그 여자는 질투 나서 미치려고 할 거 아냐. 그러다 제 주제를 깨닫고 조용히 물러날 수도 있고. 안 그래?"

"너도 참 순진하다. 걔가 미쳤다고 그냥 물러나겠니? 이재현이란 인생 로또를 잡았는데, 너 같으면 물러나겠어?"

곰곰이 들어보니 승미의 말이 옳았다. 어떤 여자라도 재현 오빠를 순순히 놓아주진 않을 거다.

"미라야, 그러지 말고 이번 참에 확실하게 보내버려."

"확실하게 보내라고?"

"저번에도 아저씨가 도와줬다며. 이번에도 부탁해 봐. 아저씨가 하나 그룹에서 못 할 일이 어디 있어. 안 그래?"

커피 잔을 내려놓으며 승미가 말을 덧붙였다.

사무실로 돌아온 세희가 마우스를 움직여 잠든 컴퓨터를 깨우는데 정 대리와 차 대리가 다가왔다.

"전무님이 뭐라고 하셔? 외부에 그 기사를 발설하면 바로 해고라고 하셔?"

"아뇨. 해고라는 말은 없었고……."

그는 오보라고만 했다. 오해할까 봐 불렀다고 해놓고선 그는 어떻게 해서 그런 사진이 찍혔는지 아무런 설명도 하지 않았다. 그녀 역시 왜 그런 사진이 찍혔는지 물어보지 않았다.

다정하게 키스하는 것처럼 보였는데 왜 아무것도 물어보지 않았을까? 그럴 리가 없다는 그를 향한 믿음 때문이었을까? 세희는 어제 보았던 기사의 사진을 떠올리며 살짝 눈살을 찌푸렸다. 다시 생각해보니까 조금 질투 나긴 했다.

"그 사진 조작된 거라는 말은 안 하셨나 보네?"

"아뇨. 그런 말씀은 없었는데……."

차 대리의 물음에 세희가 말끝을 흐렸다. 조작된 거라고? 그 사진이?

"그거 망원렌즈로 당겨서 찍은 거야. 그러면 피사체가 좀 더 가깝게 밀착돼 보이거든. 거기다 각도만 살짝 비틀어서 찍으면 가만히 서 있어도 껴안고 있는 것처럼 보인다고. 고개만 약간 숙여도 키스하는 것 같은 착각을 일으키고."

"아, 그렇구나."

차 대리의 설명에 세희와 정 대리가 동시에 고개를 끄덕였다. 그러자 차 대리가 슬쩍 주위를 둘러보더니 두 여자에게 가깝게 상체를 굽혔다.

"쉿, 그리고 이건 내가 알아낸 정보인데. 정략결혼이 깨진 이유가 전무님에게 여자가 생겼기 때문이래."

"뭐, 그게 사실이야? 누군데?"

정 대리의 눈은 호기심으로 커다래졌고 세희의 눈은 긴장감으로 가늘어졌다.

"몰라. 지금 그래서 회장님이 어떤 여자인지 알아내려고 전무님 근처에 사람을 쫘악 풀었나 봐. 조만간 어떤 여자인지 밝혀지겠지."

그래서 기다려달라고 한 걸까? 회장님의 시선으로부터 보호하기 위해서?

하지만 언젠가는 밝혀질 텐데……. 세상에는 영원한 비밀이란 없으니까.

정체가 발각되는 날, 그와 헤어지게 되는 걸까? 아직 데이트다운 데이트도 해보지 못한 채로?

세희는 작게 한숨을 내쉬며 컴퓨터 모니터로 시선을 돌렸다.

퇴근길로 북적거리는 로비를 가로지르던 재현이 갑자기 걸음을 멈춰 섰다. 뒤를 따르던 안 실장도 자연스럽게 멈췄다. 재현의 시선이 닿는 곳으로 고개를 돌리자, 회전문 앞에 서 있는 세희가 눈에 들어왔다. 그녀는 환하게 웃으며 정 대리와 이야기를 나누는 중이었다. 잠자코 재현을 기다리던 안 실장이 조용히 말을 건넸다.

"오늘 저녁 일정으로 교외에서 중진 유통의 양 회장님과 저녁 약속이 있습니다만."

"네. 알고 있습니다."

세희에게 시선을 고정한 채 재현이 무뚝뚝하게 대답했다.

곧이어 재현의 얼굴에 쓸쓸한 그림자가 내려앉았다.

나흘 만인가?

같은 건물 안에서 근무했지만 애석하게도 요 며칠 그녀와 부딪힐 일이 전혀 없었다. 옥상에서도, 사내 카페에서도, 엘리베이터 안에서도, 비상구 계단에서도 재현은 그녀의 그림자조차 볼 수 없었다.

도저히 참지 못하고 한밤중 옥탑방으로 차를 몰다가, 누군가 자신을 미행한다는 사실을 깨닫고 다시 본가로 돌아간 적도 있었다. 그녀를 보지 못해서 입술이 바짝바짝 마르고 두 눈은 수면 부족으로 벌겋게 충혈될 정도인데……. 그런데 그녀는 그를 보지 않고서도 잘 지낸 모양이다.

며칠 못 본 사이에 더더욱 예뻐졌다. 재현은 괜한 심술이 나서 매서운 눈으로 그녀를 노려보았다. 그러나 세희는 재현이 자신을 쳐다보는지도 모른 채 눈꼬리를 반달로 접으며 정 대리를 향해 생글생글 웃고 있었다. 이럴 땐 여자인 정 대리에게조차 참을 수 없는 질투가 솟는다.

이대로 달려가 그녀의 손목을 낚아채고 어디론가 도망가버리고 싶은 충동에 재현은 불끈 주먹을 움켜쥐었다. 옆에서 그를 지켜보던 안 실장이 조심스럽게 말을 건넸다.

"전무님, 늦겠습니다. 지금 움직이셔야 합니다."

그놈의 약속. 좀 늦으면 어때서. 생각 같아선 확 취소해버리고 싶은 걸 꾹 참으며 재현이 천천히 고개를 끄덕였다.

"오늘 저는 사적인 일이 있어서 전무님과 동행할 수 없습니다. 저 대신 강 비서가 운전해서 전무님을 모실 겁니다."

안 실장의 보고를 한 귀로 듣고 한 귀로 흘리며 재현은 자신을 바라보지 않는 무정한 세희를 뚫어지게 바라보았다.

"강 비서는 지하 주차장에서 만나기로 했습니다. 어서 가시죠."

안 실장의 재촉에 재현은 화난 표정으로 엘리베이터를 향해 몸을 돌렸다. 중역 전용 주차장에 다다르자 안 실장이 먼저 엘리베이터에서 내려 재현을 안내했다.

잠시 후, 두 사람 앞으로 검은 세단이 멈춰 섰다. 차에 다가간 안 실장은 상석인 뒷자리의 문을 여는 대신 조수석 문을 열었다. 의아한 얼굴로 쳐다보는 재현에게 안 실장이 희미한 미소를 흘렸다.

"약속 장소에 도착하고 얼마 안 돼서 중진 유통에서 연락이 올 겁니다. 오늘 양 회장님이 갑자기 입원하시는 바람에 저녁 약속이 취소되었다고요."

"네?"

"전무님은 그곳에서 강 비서와 저녁을 드시고 돌아오시면 됩니다. 중요한 업무 사항을 논의하는 자리이기에 오늘은 고속도로 진입로까지만 미행하라는 회장님의 지시가 있었다고 합니다."

"그게 도대체 무슨……."

"그럼 즐거운 시간 되십시오."

안 실장은 고개를 숙여 인사한 후, 그대로 재현에게서 등을 돌렸다.

"전무님?"

익숙한 목소리에 재현이 허리를 숙여 차 안을 들여다보았다. 운전대를 잡은 세희가 놀란 얼굴로 재현을 바라보고 있었다.

정 대리와 대화 중인 세희에게 강 비서가 빠른 걸음으로 다가왔다.

"세희 씨, 퇴근길이에요? 정 대리님과 한잔하러 가는 길인가 보네요?"

"아뇨. 그냥 같이 퇴근만 하는 거예요. 전 오늘 대학 동창과 만나기로 했거든요."

정 대리의 대답에 강 비서가 환하게 웃으며 세희의 팔에 팔짱을 끼웠다.

"잘됐다. 그럼 세희 씨, 잠깐 시간 좀 내줄 수 있어요? 부탁할 게 있는데."

"네, 강 비서님."

세희를 화장실로 끌고 간 강 비서는 손에 들고 있던 쇼핑백을 그녀에게 건넸다.

"운 좋게도 세희 씨랑 나랑 치수가 같더라고요. 자, 이걸로 갈아입어요?"

"갈아입으라니요?"

"보면 알아요. 서둘러요. 시간 없으니까."

세희의 등을 떠밀며 강 비서가 재촉했다. 쇼핑백 안에는 지금 강 비서가 입은 옷과 똑같은 투피스 정장이 들어 있었다. 무슨 일인지 물어보고 싶었지만, 강 비서의 표정이 너무 다급했기에 세희는 그녀가 시킨 대로 옷을 갈아입고 밖으로 나왔다. 그러자 강 비서가 쪼르르 달려와 세희의 머리를 자신과 똑같이 틀어 올린 다음, 본인이 쓰고 있는 것과 똑같은 안경을 얼굴에 씌워주었다.

뒤로 물러나 머리끝에서 발끝까지 세희를 훑어보는 강 비서의 얼굴에 뿌듯한 미소가 떠올랐다.

"됐어요. 이 정도면 멀리서는 아무도 나와 세희 씨를 구분할 수 없을 거야."

"강 비서가 그랬단 말이지?"

차가 고속도로에 진입하자 백미러로 뒤를 주시하던 재현이 느긋한 표정으로 물었다.

안 실장의 말이 맞았다. 뒤를 쫓던 하얀색 세단은 고속도로에 진입하고 나서 첫 번째 나들목에서 빠져나갔다. 이제부터 한동안은 이 회장의 시선에서 벗어난다는 말이다.

"네. 저도 무슨 일인지 모르고 그냥……."

도로 앞에 시선을 고정한 채 세희가 빠르게 대답했다. 재현은 좌석에 비스듬히 기대어 운전에 집중하고 있는 세희의 옆모습을 가만히 바라보았다.

세희에게는 전혀 어울릴 것 같지 않은 딱딱한 투피스 차림에 완벽하게 틀어 올린 머리 하며 사감 선생님을 연상케 하는 안경까지. 완벽하게 강 비서로 변해버린 세희를 바라보는 재현의 눈매가 느슨해졌다. 예전에는 몰랐는데 이런 빈틈없는 모습이 뜻밖에 귀여우면서도 섹시했다. 재현은 한 손을 뻗어 운전대를 꽉 쥐고 있는 세희의 손을 그러쥐었다.

"어디로 가는 줄은 알아?"

"네. 주소 알려줬어요."

"누구와 동행한다는 말은 안 했고?"

"그냥 가보면 안다고 해서……."

"강 비서를 믿나 보군."

"전무님이 신임하는 비서잖아요."

"그건 그렇지."

세희의 재치 있는 대답에 재현이 살며시 입매를 비틀었다.

"어때. 저녁 먹고 우리 영화 보러 갈까?"

"영화요? 갑자기 무슨 영화를……."

"보통 데이트할 때 영화 보러 가자고 하지 않나?"

데이트라는 말에 세희가 놀란 표정으로 그를 힐끗 쳐다보았다.

"나 지금 데이트 신청하는 거야."

그녀의 손등에 입을 맞추며 재현이 속삭이듯이 말했다.

오늘 오후 안 실장은 중진 유통의 양 회장이 중역 회의 도중 과로로 쓰러졌다는 소식을 우연히 접했다. 그러나 중진 유통 비서실로부터 직접 통보를 받지는 않은 상태였다.

보통의 경우라면 안 실장은 상대의 연락을 기다리기에 앞서 신속히 다른 일정으로 대체했을 테지만, 이번만큼은 약속이 깨질 것을 알면서도 그대로 저녁 일정을 진행시켰다. 어쩌면 잠시나마 재현에게 자유를 줄 수도 있으므로…….

안 실장의 예상대로 중진 유통의 비서실장은 뒤늦게야 하나 그룹에 연락을 취했다. 약속 장소에 도착해 차를 주차장에 세우자마자 재현의 휴대폰이 울렸다. 휴대폰 화면으로 중진 유통의 비서실장이라는 걸 확인한 재현이 응답 버튼을 눌렀다.

"네, 이재현입니다. ……아, 그랬군요. 저는 괜찮습니다. 양 회장님께 어서 쾌차하시라고 전해주세요. ……네, 그럼."

종료 버튼을 누를 때까지 재현을 기다리던 세희가 조심스럽게 물었다.

"양 회장님, 많이 편찮으신가요?"

"아니. 심각한 상태는 아니고 피로가 누적된 것 같다더군."

올해로 칠순을 맞이하는 양 회장은 노익장을 과시하며 무리한 해외 출장을 소화했지만, 역시 나이를 무시할 순 없었다. 유럽 출장에서 돌아와 바로 다음 날 중역 회의를 주관하다 쌓인 피로를 이기지 못하고 쓰러졌다는 것이 비서실장의 설명이었다. 다행히도 주치의는 며칠 푹 쉬고 나면 회복될 거라는 진단을 내렸다. 재현은 휴대폰을 주머니에 도로 집어넣으며 세희에게 고개를 돌렸다.

"약속은 무산됐지만 여기까지 왔는데 저녁은 먹고 가야지. 안 그래, 강 비서?"

오늘 저녁, 세희는 강 비서로서 이재현 전무를 보좌하는 임무를 맡았다. 양 회장과의 약속은 취소됐지만, 그녀는 아직 강 비서의 시늉을 해야 한다.

"야근 수당 주실 거죠?"

그를 따라 차에서 내리며 세희가 은근슬쩍 농담을 던지자, 재현은 피식 입꼬리를 비틀며 차체에 몸을 기대었다.

"오늘 밤 얼마나 보좌를 잘하는지 한번 지켜보고."

재현은 다시 한 번 진지한 시선으로 완벽하게 변신한 세희를 훑어보았다.

차 안에서 보았던 옆모습과 정면으로 서 있는 모습은 어딘지 모르게 다른 분위기를 풍겼다. 이상하다. 강 비서가 입을 때는 스커트가 짧다는 생각을 한 번도 해 본 적이 없는데 그녀가 입으니까 은근히 신경 쓰인다.

재현의 미간이 한껏 좁아졌다.

그가 노골적인 눈빛으로 자신을 빤히 쳐다보자 세희는 티를 내지 않으려 애쓰며 조심스럽게 두 손으로 스커트를 최대한 밑으로 끌어내렸다. 혹시라도 스커트 밑으로 허벅지가 너무 드러나는 건 아닐까 염려스러웠다.

강 비서가 세희를 위해 마련한 옷은 몸에 맞는 것 같으면서도 약간 겉도는 느낌이었다. 굴곡 없이 깡마른 강 비서에게는 꼭 맞는 의상일지 모르겠지만, 세희에겐 가슴과 엉덩이 부분이 지나치게 달라붙었고, 반대로 허리 부분은 조금 헐렁한 편이었다.

"불편해?"

"아……. 스커트가 조금 짧은 것 같아서."

"왜? 섹시하고 좋은데."

뭐? 섹시하다고? 세희는 살짝 콧등에 주름을 잡았다. 왜 칭찬 같으면서도 강 비서에게 하는 말 같을까? 묘하게 설레면서도 은근히 기분 나빴다.

"그러면…… 전무님은 평소에도 강 비서님의 차림을 섹시하다고 생각하셨어요?"

세희가 재현의 눈치를 살피며 조심스럽게 물었다.

"응."

전혀 머뭇거림 없는 대답에 그녀의 입가에 자그만 경련이 일었다. 아닌 척 노력했지만, 그녀의 얼굴에 고스란히 드러나는 감정은 질투가 틀림없었다. 재현은 터져 나오는 웃음을 참으며 그녀로부터 빠르게 등을 돌렸다.

같은 옷이라도 그녀가 입어서 섹시한 건데……. 깡마른 강 비서가 입으면 그저 평범하고 기본적인 정장일 뿐이다. 하지만 토라진 듯 아랫입술을 깨무는 세희의 모습이 귀여워 재현은 오해를 풀어주지 않기로 했다. 그는 평정을 가장하며 무뚝뚝한 목소리로 지시를 내렸다.

"차 문 잠그고 따라오도록."

그리고 세희가 차 문 잠그는 걸 기다리지도 않고 뚜벅뚜벅 앞장서서 걷기 시작했다. 영락없이 이재현 전무가 강 비서를 대하는 행동이었다.

지금 생각해보면 재현은 항상 먼저 내려서 그녀를 위해 차 문을 열어주고 닫아주곤 했다. 당연한 거라고 생각했는데……. 어쩌면 그녀에게만 당연한 매너였나 보다. 하긴 상사가 비서를 위해서 문을 열어주고 닫아주는 등 다정히 행동하면 주위에서 이상하게 생각하겠지.

빨리 걷느라 몸에 꽉 끼는 스커트가 살짝 위로 말려 올라갔지만, 세희는 애써 무시하고 앞서가는 재현의 뒤를 종종걸음으로 따랐다.

레스토랑 입구에 다가서자 자동으로 유리문이 열리며 구두 굽이 푹 묻힐 정도로 푹신푹신한 고급 카펫이 그들을 맞이했다. 세희는 조심스럽게 화려한 내부를 둘러보며 재현의 뒤를 따랐다.

카펫이 깔린 입구를 지나 반짝거리는 대리석으로 치장된 벽과 최고급 산토스 마호가니 마루가 깔린, 사방이 확 트인 홀에 들어섰다. 높은 천장에서부터 머리 위까지 내려온 크리스털 조명이 실내를 환하게 비추고 있었다.

"어서 오십시오, 전무님. 준비되어 있습니다."

어디선가 나타난 매니저가 두 사람을 별실로 안내했다. 화려한 홀을 가로질러 정원 뒤쪽에 자리한 별실은 타인의 시선으로부터 완벽하게 차단된 장소였다. 두 사람이 자리에 앉자 매니저는 환하게 웃으며 고급 가죽으로 제작된 메뉴판을 건네주었다.

"마음껏 고르도록 해."

기다란 손가락으로 우아하게 메뉴판을 넘기며 재현이 말했다. 세희는 가볍게 고개를 끄덕이곤 메뉴판으로 시선을 내리깔았다. 그와 같이 식사하는 게 처음도 아닌데 왜 이렇게 떨리는지 모르겠다. 아까 그가 차 안에서 데이트 신청이라고 했기 때문일까?

두근거리는 마음을 진정시키고 메뉴판을 훑어보던 그녀의 눈이 충격으로 커다래졌다. 꽤 비싼 레스토랑일 거라고 예상했지만, 이 정도일 줄이야. 실수로 '0' 하나가 더 찍힌 것 같은 가격이라니…….

세희는 마른침을 꿀꺽 삼키며 서둘러 가장 괜찮아 보이는 가격의 메뉴를 골랐다. 강 비서가 여기에 있다고 하더라도 아마 지금 그녀와 같은 반응을 보였을 것이다.

"전 시저 샐러드 주문할게요."

"그래?"

재현이 '탁' 소리 나게 메뉴판을 닫으며 인상을 찌푸렸다. 마음껏 고르라고 했는데 샐러드를 주문하다니, 하여간 여자들이란…….

재현은 세희의 마른 몸매를 슬쩍 흘겨보며 속으로 혀를 찼다. 몸매 관리가 그리도 중요한가?

"스테이크 샐러드로 주문해, 그럼."

"아니. 저는 시저 샐러드면 충분한데요."

"남기면 내가 먹을 테니까 그냥 주문해."

세희는 슬그머니 메뉴판을 열어 스테이크 샐러드의 가격을 확인했다. 필레미뇽(Filet Mignon) 스테이크라서 말이 샐러드지 보통 스테이크 가격이나 다름없었다.

"잠시만요. 저 그럼 파스타로 할게요."

"카르보나라? 미트볼?"

그녀가 좋아하는 파스타를 기억하는 재현이 빠르게 물었다.

"카르보나라로 할게요."

"그래, 그럼. B 코스로 주문해. 시저 샐러드, 스테이크, 파스타와 디저트가 함께 나오니까."

"캑."

물을 마시던 세희가 사레에 들려 '쿨럭' 기침하는 사이, 재현은 매니저에게 B 코스 2인분을 주문해 버렸다.

B 코스가 얼마였더라? 불안한 눈빛으로 기억을 더듬는 세희를 바라보며 재현이 피식 웃어 보였다.

"양 많지 않으니까 걱정하지 마."

재현은 그녀가 과식하게 될까 봐 걱정하는 줄 아는 모양이다. 접시에 담긴 음식은 절대로 남기지 않고 먹어치우는 그녀니까.

그게 아닌데……. 하지만 가격이 너무 비싸서 부담스럽다는 말을 어떻게 하느냐고!

세희는 살며시 그의 시선을 외면하며 고개를 숙였다. 그녀는 속으로 오늘의 남은 데이트 비용은 자신이 대야겠다고 중얼거렸다.

애피타이저가 나오고 잠시 후, 주요리와 샐러드를 든 웨이터가 나타났다. 그는 능숙한 몸짓으로 그녀와 재현 앞으로 요리를 내려놓은 후, 문을 닫고 별실을 나섰다.

"자, 내 말대로 양 많지 않지?"

정말 그의 말대로 커다란 접시 위에는 쥐꼬리만 한 음식이 담겨 있었다. 세희는 어색하게 웃으며 조심스럽게 포크를 집어 들었다. 모든 요리는 입속에서 살살 녹을 만큼 훌륭했다. 시저 샐러드는 신선하고 아삭한 로메인에 파마산 치즈가 완벽한 비율로 뿌려져 있었고, 미디움 레어로 구워진 필레미뇽 스테이크는 아이스크림처럼 부드러웠다.

열심히 접시를 비우는 세희를 재현이 달콤한 시선으로 바라보았다. 입을 다물고 오물오물 음식을 씹는 모습마저 사랑스러워서 눈을 뗄 수가 없었다.

사랑에 빠지면 상대의 어떤 모습도 황홀해 보인다고 하더니……. 접시 위에 놓인 스테이크보다 그녀의 입술이 훨씬 더 부드럽고 맛이 좋을 것만 같았다.

"……저, 그런데."

포크로 파스타를 콕 찍으며 세희가 조심스럽게 말을 꺼냈다.

"애진 그룹의 막내딸, 유미라 양이 전무님의 정혼녀였다면서요?"

"아니. 정략결혼에 관해서 이야기가 오가긴 했지만, 결론이 난 건 아니었어. 미라가 내 정혼녀라……. 상상만으로도 소름이 돋는군."

기분 나쁜 표정을 숨기지 않고 그가 차갑게 말했다. 제주도에서 재현이 미라에게 보여준 태도를 떠올리면 솔직히 미라에게 조그마한 호의도 느껴지지 않았다. 마치 철없는 옆집 꼬마를 보는 느낌? 그와 미라와는 나이가 13살이나 차이 나니까 그럴 만도 하긴 하다.

"……정략결혼을 엎은 이유가 전무님께 여자가 생겼기 때문이라는 말이 돌던데요."

"벌써 거기까지 소문이 났나?"

아이스티를 한 모금 들이켜며 재현이 무심한 목소리로 물었다.

"그건 헛소문이 아니야. 나에게 여자가……."

잠시 말을 멈춘 재현은 뭔가 골똘히 생각하다 다시 빠르게 말을 이었다.

"아니, 정확하게 말하자면 나를 책임져야 할 여자가 생겼어."

이게 무슨 말이지? 그를 책임져야 할 여자? 누구? 그의 말이 전혀 이해되지 않는 세희가 눈을 가늘게 모았다.

"그게 무슨 말씀이세요?"

재현은 대답 대신 아이스티를 몇 모금 더 들이켰다. 그리고 애가 탈 정도로 느릿한 동작으로 유리잔을 테이블에 내려놓았다.

"그녀가 내 벗은 몸을 봤거든."

순간 당황한 세희의 얼굴이 딱딱하게 굳어졌다. 동시에 얼굴 전체와 귓불은 물론 목덜미까지 발갛게 물들어버렸다. 재현은 재미있다는 듯 입꼬리를 말아 올리며 말을 이었다.

"지금까지 내 벗은 모습을 본 여자는 어머니와 누나 빼곤 아무도 없었어. 그것도 아주 오래전 일이라서 두 사람은 잘 기억하지도 못할 거야."

뭐라고 한마디 해야 하는데……. 혀가 굳어버려 아무 말도 나오지 않았다.

지금 저 남자, 도대체 뭐라고 하는 거야! 세희는 그저 입을 벌린 채 멍하게 그를 바라다보았다.

"그뿐인가? 그 여자가 내 입술도 빼앗아갔어. 어때? 그만하면 아주 무거운 책임이 따를 것 같은데……. 안 그래?"

"저…… 그게 그러니까……."

목소리가 너무 심하게 떨려서 마치 울음을 참는 것처럼 들렸다. 세희는 깊게 심호흡을 하며 한 손으로 가슴을 꾹 내리눌렀다.

"전무님, 농담이 너무 심하시네요."

"농담?"

재현이 눈살을 찌푸리며 천천히 자리에서 일어섰다.

"난 제법 심각하게 말하는 건데……."

그는 슈트의 앞깃을 두 손으로 다듬으며 테이블을 돌아 그녀 옆으로 다가왔다. 키가 큰 그를 앉은 자세로 올려다보기 위해 세희는 머리를 한껏 뒤로 젖혀야 했다. 말없이 그녀를 내려다보던 그가 천천히 무릎을 꿇고 그녀 앞으로 상체를 기울였다.

"내가 손해이긴 해. 난 모든 걸 먼저 보여주고 시작하는 거니까. 이제부터는 내가 서세희란 여자에 관해서 알아야겠어. 그녀에 관한 모든 걸……."

두근. 두근. 두근. 고백 같지 않으면서도 고백 같은 그의 한 마디, 한 마디에 그녀의 심장이 걷잡을 수 없이 뛰기 시작했다. 재현은 진지한 눈빛으로 한 치의 흔들림도 없이 그녀의 눈을 마주 보았다. 그저 바라만 보는데도 그의 눈길에 애무를 당하는 것처럼 그녀의 몸에 오스스 소름이 돋았다.

재현은 조심스럽게 그녀의 안경을 벗겨내고는 목 뒤로 손을 돌려 머리핀을 빼내었다. 그리고 어깨 위로 흘러내리는 머리카락을 손가락으로 쓰윽 쓸어내렸다.

"가끔은 내가 평범한 사람이었으면 할 때가 있어. 그렇다면 이렇게 복잡할 필요가 없을 텐데……. 그냥 남자 대 여자로 너에게 다가가고 싶었어. 자유롭게 호감을 나타내고 보통사람처럼 데이트 신청을 하고. 타인의 시선 따위 신경 쓰지 않고 서로 손을 잡고 거리를 거닐고."

그의 얼굴에 어두운 그림자가 내려앉았다.

"거짓말을 하고 싶진 않은데……. 그렇다고 지금의 사정을 말해줄 수도 없어."

부모님의 눈에 그녀가 탐탁지 않은 걸 말하는 걸까? 하지만 그건 그가 굳이 말해주지 않아도 누구나 짐작할 수 있는 이야기인데.

그의 부모가 대한민국에서 내로라하는 기업의 후계자인 이재현의 여자로 아무것도 가진 것 없는 초라한 서세희를 허락할 리가 없었다. 그와 이렇게 같이 있다는 것만으로도 꿈같은 이야기잖아.

"우선은 내 선에서 일을 정리한 다음, 너를 보려고 했어."

무릎 위에 놓인 세희의 두 손을 꼭 잡으며 그가 말을 이어나갔다.

"그래서 기다려달라고 한 거야. 그런데 그만 한계에 도달해버렸어. 너를 보지 못하고는 하루도 편하게 잠을 잘 수가 없더군."

재현은 미간을 좁히며 그녀의 손을 잡은 손에 힘을 주었다.

"오늘처럼 남들 눈을 피해서만 너를 만나야 한다는 사실이, 정말 미안하다. 아프지 않게 하겠다고 다짐했지만 이미 너를 다치게 하는 건 아닌지."

"아니요. 그렇지 않아요."

세희는 재빨리 그의 말허리를 자르며 힘주어 말했다.

"아무도 저를 다치게 할 순 없어요."

그가 무엇을 염려하는지 하나하나 설명해주지 않아도 된다. 신분 차가 나는 사랑 이야기. 그 뒤를 따르는 슬픈 사연. 영화나 드라마, 소설에서 심심찮게 보고 읽고 들은 그녀였다.

하지만 이미 그를 향한 마음을 결정했는데 무엇이 문제일까? 이 사랑의 끝이 헤어짐이라고 해도 상관없잖아? '사랑했으니 행복했노라.'라는 유명한 말도 있는데…….

세희는 살며시 미소를 띠며 고개를 내저었다.

"저 보기보다 강하거든요."

그녀의 단호한 대답에도 재현은 마음을 놓을 수 없었다. 조금만 방심해도 누군가 그녀를 혹독하게 벼랑 끝으로 내몰지도 모른다. 하지만 그렇다 해도 그는 이제 그녀를 놓아줄 수 없었다.

그녀가 곁에 없는 세상은 이제는 상상할 수 없으니까.

미치도록 너만을 바라보게 되어버렸으니까.

"……전무님?"

그가 아무 말이 없이 빤히 쳐다보자 세희가 조심스럽게 그의 눈치를 살폈다. '전무님'이라는 호칭에 재현이 살짝 미간을 찌푸렸다. 이상하게도 예전엔 아무렇지 않던 호칭이 갑자기 귀에 거슬렸다. 그녀 앞에서만큼은 하나 그룹의 후계자 이재현 전무가 아닌 평범한 이재현이란 남자가 되고 싶었다.

"우리 호칭부터 바꿀까?"

그녀의 귓불에 입술을 대며 재현이 나직하게 속삭였다.

"우리 둘만 있을 때는 재현 씨라고 불러줘."

그의 뜨거운 숨결이 귓불을 타고 목덜미로 흘러내리자 세희는 파르르 떨리는 것을 숨기려 살짝 아랫입술을 깨물었다. 단지 이름을 불러달라고 한 것뿐인데 왠지 어색하면서도 수줍었다. 세희는 몇 번이나 입술을 달싹거리다 힘겹게 입을 열었다.

"……재……현 씨."

"다시 한 번."

"재현 씨."

이름을 불러주는 것뿐인데 사랑 고백을 받는 것처럼 가슴이 벅차오른다.

"세희야."

재현은 한 손으로 그녀의 뒷머리를 끌어당기며 도톰한 입술 위로 자신의 뜨거운 입술을 내리눌렀다.

25. 내 여잔 내가 지켜

아쉽게도 같이 영화를 보기로 한 약속은 다음으로 미뤄졌다. 옆 좌석에서 곤히 잠들어버린 세희를 도저히 깨울 수 없었기 때문이다. 저녁 식사를 마치고 서울로 돌아오는 길은 세희의 만류에도 불구하고 재현이 직접 운전했다. 늦은 시각이라 차가 많이 막히진 않았지만, 강남 번화가에 들어서자 교통이 지체되었다. 그사이를 못 참고 세희의 고개가 스르르 창 쪽으로 기울었다. 몸에 꽉 끼는 옷을 입고 다닌 터라 그녀도 모르게 신경이 곤두서 있었나 보다.

두 눈을 감고 고요히 잠든 세희를 바라보던 재현은 운전대 방향을 틀어 극장 대신 옥탑방으로 차를 몰았다. 무척 피곤해 보이는 그녀를 끌고 억지로 영화를 볼 생각은 없었다. 저번처럼 영화를 보는 도중 잠들어버릴지도 모른다.

부스스 잠에서 깨어난 세희가 미안한 얼굴로 바라보자, 재현은 다정하게 웃으며 그녀의 이마에 입을 맞추었다.

"내일 회사에서 봐."

그 말을 끝으로 재현은 서둘러 차를 출발시켰다. 세희는 그의 차가 보이지 않을 때까지 가만히 제자리에 서 있었다.

옥탑방에 돌아오니 적막한 어둠만이 그녀를 기다리고 있었다. 세희는 전등을 켜는 대신 창문의 블라인드를 활짝 열었다. 옆의 건물에서 흘러들어온 네온사인의 불빛 덕분에 방 안은 불을 켜지 않아도 될 만큼 밝았다.

책상에 다가간 세희는 조심스레 서랍을 열고, 안에 든 가죽 상자를 꺼냈다. 그리고 하얀 헝겊에 곱게 싸인 유리구슬 반지를 집어 올렸다. 손바닥에 놓인 반지가 네온사인 불빛에 다채로운 색깔로 반짝거렸다.

—이건 어떨까? 이게 손가락에 맞는다면…… 울음을 멈추는 거.

이 반지가 마법과도 같은 힘을 주었다는 걸, 그는 과연 알까?

부모님이 보고 싶을 때, 고모에게 구박을 받을 때, 가고 싶은 대학에 붙었는데도 학비가 없어서 발을 동동 구를 때, 그녀는 장난감 반지를 꺼내보며 마음을 달래곤 했다.

—내가 손해이긴 해. 난 모든 걸 먼저 보여주고 시작하는 거니까. 이제부터는 내가 서세희란 여자에 관해서 알아야겠어. 그녀에 관한 모든 걸…….

되도록 빨리 반지에 관해 털어놓아야겠다. 그가 그녀를 기억하든, 기억하지 못하든 중요하지 않았다. 이제는 그가 자신을 전혀 기억하지 못한다고 해도 서운하지 않을 자신이 있었다.

그녀 혼자서 재현을 그녀의 왕자님으로 삼은 거니까. 10년 전이었고, 아주 짧은 만남이었다. 그는 완전한 성인이었고, 그녀는 이제 막 피어난 소녀였을 뿐이었다.

이 반지를 보여주면 그는 뭐라고 할까? 어쩌면 '취향이 촌스럽군.'이라며 투덜거리지도 모르겠다.

세희는 손끝으로 부드럽게 반지를 쓰다듬으며 여린 미소를 떠올렸다.

내일 회사에서 보자고 했지만, 오늘 행운의 여신은 다른 이들을 위해서 바쁜 모양이다. 세희는 퇴근할 때까지 재현의 그림자도 볼 수 없었다.

그다음 날도, 또 그다음 날도…….

혹시나 하는 마음에 로비나 카페 근처에서 주위를 두리번거렸지만 애석하게도 그의 코빼기도 볼 수 없었다. 재현을 보지 못하고 회사 건물을 나설 때마다 세희는 손가락에 끼워진 반지를 만지작거리며 그를 그리워했다. 마치 반지가 재현인 것처럼…….

그가 선물해준 머리핀은 값어치를 알기에 회사에 하고 다니기에는 부담스러웠다. 회사에서는 유리구슬 반지를 만지작거리고 퇴근해서는 머리핀을 쓰다듬는 게 그녀의 버릇이 되고 말았다.

한 주의 중간이 지났을 때 홍보부, 마케팅부, 영업부가 함께 긴급회의에 소집되었다.

"무슨 일이래?"

"아마도 신제품 홍보에 관한 내용인 것 같아."

홍보부 직원들이 대회의실에 들어서자, 이미 마케팅 부서와 영업 부서 직원들로 꽉 차 있었다. 할 수 없이 홍보부 직원들은 회의실 뒤편에 자리를 잡았다.

"서세희 씨."

정 대리 옆에 앉으려는 세희에게 서류 파일을 한 아름 든 강 비서가 다가왔다.

"미안하지만 나 좀 도와줄래요? 회의가 끝나면 배포할 서류인데 분류가 제대로 되지 않아서요."

"네, 강 비서님."

그런 자질구레한 일이라면 막내 인턴인 세희의 차지가 분명했다. 세희는 강 비서를 따라 대회의실 옆에 있는 회의 준비실로 향했다. 책상 한 개와 의자 두서너 개만 들어갈 수 있는 조그만 사무실에 들어선 강 비서는 품에 안고 있던 서류를 책상 위에 쭉 늘어놓았다. 그리고 A, B, C, D 순서대로 첫 번째 서류를 분류해 세희에게 보여주었다.

"자, 이렇게 분류하면 돼요. 양이 꽤 되니까 시간이 좀 걸릴 거예요."

"알겠습니다."

"우선 먼저 하고 있어요. 난 회의실에 필요한 음료수를 들여놓고 올 테니까. 참, 세희 씨는 뭐 마실래요?"

"전 물이면 돼요."

"그래요, 그럼."

강 비서가 사무실을 걸어 나가자 세희는 서둘러 서류를 분류하기 시작했다. 생각보다 단순한 작업이었지만 강 비서 말대로 분량이 꽤 되었으므로 쉽게 끝날 작업 같진 않았다. 열심히 집중해서 작업한 탓에 뒤에서 조용히 문이 열리는 소리를 듣지 못했다.

달칵—.

문이 잠기는 소리가 나고서야 세희는 하던 일을 멈추었다.

왜 문을 잠그는 거지? 의아한 생각에 뒤를 돌아보려는데 누군가 강인한 팔로 뒤에서 그녀를 끌어안았다. 등에 느껴지는 남자의 단단한 가슴팍에 세희는 '훅' 숨을 들이켰다.

"하던 일 계속해."

귓가에 파고드는 익숙한 목소리에 세희는 안도의 한숨을 내쉬며 뒤쪽으로 몸을 기대었다. 얼마 만에 느끼는 따뜻한 품인가. 너무나도 그리운 감촉에 눈물이 핑 돌 정도로 행복했다.

재현은 말로는 계속하라고 해놓고선 그녀가 꼼짝도 할 수 없을 정도로 거세게 끌어안았다. 그리고 그녀의 목덜미에 얼굴을 묻었다.

"보고 싶어서 미쳐버리는 줄 알았어."

감정이 복받친 듯 잠긴 목소리로 그가 속삭였다.

"전무님."

"우리 둘만 있을 때는 재현 씨라고 부르라고 했지."

낙인을 찍는 것처럼 그의 뜨거운 입술이 목덜미를 올라타고 귓불로 옮겨갔다. 소름이 돋는 짜릿한 느낌에 세희는 두 눈을 꼭 감으며 그의 팔을 움켜쥐었다.

정신이 어찔할 만큼 그녀의 향은 너무나도 달콤했다. 입술에 닿는 보드라운 살갗 때문에 재현은 미칠 것만 같았다. 앞에 놓인 유혹은 머리가 텅 비어버릴 정도로 강렬했다. 재현은 그녀의 귓불을 살짝 깨물었다.

"앗."

세희는 화들짝 놀라며 도망치듯 그의 품에서 빠져나갔다. 그녀가 새빨개진 얼굴로 작게 속삭였다.

"……회사 안이잖아요."

"CCTV는 작동되지 않으니까 걱정하지 마."

회사 기밀을 위해 회의실에는 일체 CCTV가 설치되어 있지 않았다. 하지만 그래도 그렇지. 바로 옆방에선 진지하게 회의가 진행 중인데, 이래도 되는 걸까?

"그래도 이건 좀……."

그를 피해 뒤로 물러섰지만 조그만 사무실에서 그녀가 도망갈 곳은 없었다. 몇 발짝 가기도 전에 책상 모서리가 뒤에 닿았고 그때를 맞춰 재현이 그녀를 품으로 끌어당겼다. 재현은 마치 깨지기 쉬운 유리 인형을 만지듯 그녀의 얼굴을 손끝으로 훑어 내렸다.

"안색이 왜 그래? 잠이 모자라 보이는군."

자신도 그녀 못지않게 푸석한 얼굴을 한 주제에 투덜거렸다.

"번역 일은?"

"거의 끝나가요. 출판사에 보내고 또 다른 책을 받아와야죠."

"너무 무리하지 마."

"네."

그녀의 눈썹을 만지던 손끝이 자연스럽게 밑으로 내려가 눈두덩에 머물렀다. 손길에 이어서 입술이 그 뒤를 뒤따랐다. 눈두덩과 코끝에 살며시 입을 맞춘 재현이 닿을 듯 말 듯 그녀의 입술에 키스를 퍼부었다.

격렬한 키스가 오히려 심장에는 덜 무리가 가는 것 같다. 안달이 날 정도로 천천히 진행되는 키스에 그녀의 눈앞이 서서히 흐릿해졌다.

"오늘 회의는 아주 길 예정이야."

그가 낮은 목소리로 속삭였다. 세희는 재현의 앞깃을 꽉 움켜쥐며 달뜬 숨을 가쁘게 몰아쉬었다.

내일은 그녀의 생일이다. 생일만큼은 홀가분한 마음으로 지내고 싶었던 세희는 요 며칠 사이 밤을 새우다시피 번역 일에 매달렸다. 눈이 감길 정도로 피곤했지만, 무리한 덕분에 오늘 밤 출판사에 원고를 넘기면 한동안 자유였다. 그와 함께 생일을 보낼 수 있다면 얼마나 좋을까! 세희는 재현을 떠올리며 살며시 미소 지었다.

띠리리리―.

퇴근하기 위해 책상을 정리하고 있는데 휴대폰이 울렸다. 세희는 혹시나 하는 설렘에 발신자를 확인할 사이도 없이 곧바로 통화 버튼을 눌렀다.

"여보세요?"

[어머, 왜 그렇게 반가운 목소리야? 내가 그렇게 보고 싶었니?]

혜영의 목소리가 저편에서 흘러나왔다. 세희는 실망감을 애써 감추며 상냥하게 말했다.

"혜영이구나, 그동안 잘 지냈어?"

[응. 그럭저럭. 퇴근 시간이지? 나 지금 회사 앞이야. 너, 내일 생일이잖아. 저녁 사줄 테니까 나와.]

고모와는 달리 혜영은 세희에게 생일이나 크리스마스 선물을 주기도 하고, 가끔 한턱 크게 쏘기도 했다. 병 주고 약 주는 식이긴 했지만, 그래도 혜영은 그녀의 유일한 사촌이었다.

"알았어. 지금 내려갈게."

로비 회전문을 나서자, 도로변에 세워진 빨간 스포츠카가 '빵빵' 경적을 울렸다.

"세희야, 여기!"

차에서 내린 혜영이 그녀를 향해 손을 흔들었다.

그새 또 차를 바꾸었나? 마지막으로 기억하는 차는 독일산 검은 SUV였는데…….

세희가 혼란스러운 얼굴로 차에 올라타자 혜영은 찡긋 윙크를 날린 후 빠르게 차를 출발시켰다.

"방금 받은 거야. 너랑 첫 개시하려고."

"남자 친군 어쩌고?"

"깨졌어. 그 미친놈이 수억 원을 혼수로 해오라잖아. 지네 엄마 차를 새 차로 바꿔달라기에 미련 없이 빠이빠이 했어. 그리고 대신 기분 풀이로 새

차 뽑았지!"

지금 혜영이가 탄 차의 가격은 그녀의 사채를 갚고도 남을 가격이었다. 요즘 사업이 안 좋다며 그녀에게 사채를 넘겨버린 고모가 어떻게 이런 차를 혜영에게 사주었을까.

세희의 얼굴에 서서히 어두운 그림자가 내려앉았다.

세희를 끌고 프렌치 레스토랑으로 간 혜영은 에스카고(Escargot : 달팽이 요리)와 아히 튜나(Ahi Tuna) 샐러드, 각종 허브를 곁들인 양 갈비찜, 연어 스테이크 등을 주문하고 와인까지 곁들였다.

웬일로 얘가 이렇게 돈을 쓸까? 세희는 불안한 마음으로 음식을 입으로 가져갔다.

"오늘 나에게 들은 이야기, 엄마에겐 비밀로 해. 약속하는 거지?"

와인 잔을 만지작거리던 혜영이 사뭇 진지한 목소리로 말을 꺼냈다.

"알았어. 약속할게. 무슨 일인데?"

"우리 엄마가 네 이름으로 사채를 끌어다 쓴 건 나도 아는데. 너에게 이자와 원금을 갚으라고 떠넘긴 건 몰랐어. 요새 사업이 안 된다고 하셨다며?"

"응."

"그래서 바보같이 네가 갚기로 한 거야?"

혜영이 눈살을 찌푸리며 와인 잔을 테이블 위에 내려놓았다. 그녀는 고모와 비슷한 성격이면서도 이럴 때는 돌아가신 고모부처럼 정의롭게 행동한다.

"고모를 인감 도용 사기로 고소할 순 없잖아."

"그래도 왜 네가 그걸 갚아? 그리고 사업이 안 되긴 뭐가 안 돼? 내 맘대로 새 차 뽑는 거 보면 몰라?"

세희는 대답 대신 작게 한숨을 내쉬었다. 그게 어디 하루 이틀 일인가? 그녀에게는 돈이 없다며 고등학교 수학여행도 못 가게 하면서 혜영이를 데리고 일본이나 동남아시아, 유럽 여행을 다니던 고모였다. 처음에는 그런 고모가 야속했지만, 어차피 난 친딸도 아닌 그저 조카일 뿐인데……라며 마음을 추스르곤 했었다.

아무 말 없이 고개를 숙인 세희를 바라보며 혜영은 서 여사와 김 회계사가 나눈 대화를 떠올렸다.

—그러면 그렇지. 자기 앞으로 사채가 있다는데, 고년이 버티면 얼마나 버티겠어? 독한 년. 그렇게 괴롭혀도 꿈쩍 않고 버티더니……. 흥, 이제야 숨겨놓은 재산에 손을 대겠군.

—그런데 선배, 솔직히 세희에게 숨은 재산이 있다고 해도 그건 세희 아버지가 딸 앞으로 물려준 유산이잖아요.

—그게 어떻게 그년 재산이야?

혜영이 집에 돌아온 줄 모르고 큰 소리로 대화한 탓에 거실에 있던 혜영은 서재 안에서 흘러나오는 대화를 모두 듣고 말았다.

평소에도 혜영은 '엄마는 왜 세희를 못살게 굴까? 아무리 세희 집이 망했다지만, 조카한테 너무한 거 아닌가?'라고 의아해하곤 했었다. 그랬는데 그게 다 이유가 있는 행동이었다.

계속해서 못살게 굴면 세희가 도저히 참지 못하고 숨겨놨던 재산을 찾기라도 할까 봐서? 엄마도 참…….

혜영은 앞으로 팔짱을 끼며 긴 한숨을 내쉬었다.

남편이 비명횡사한 후, 서 여사는 모든 재산을 시댁에 빼앗겨버렸다. 시부모와 형제를 믿고 그들 이름으로 명의를 해놓았다가 큰 배신을 당한 것이다. 그 이후로 그녀는 시댁과 단절하고 미국에 있는 세희 아버지, 앨버트의 도움으로 혼자 사업을 시작했다. 그 때문에라도 그녀가 누구도 믿지 않는다는 건 혜영도 잘 알고 있었다. 특히 숨겨둔 재산이니, 유산이니 하는 것에선 가끔 정상이 아닐 정도로 집착하는 모습을 보였다. 하지만 다른 사람도 아니고 세희를 의심하다니…….

혜영이 지금까지 옆에서 지켜본 바에 의하면 세희는 거짓말에 서툴렀다. 표정에 그대로 나타내기 때문에 아예 시도조차 하지 않는다. 그런 세희가 막대한 유산이 있으면서도 이 고생을 한다고?

혜영은 고개를 설레설레 내저으며 자신 앞에 있는 불쌍한 사촌을 바라보았다. 세희는 지금 무슨 일이 일어나고 있는지 상상도 못 하겠지.

"배 사장에게 10년 상환으로 갚겠다고 했다며?"

"그걸 네가 어떻게 알아?"

"요즘 내가 대행하는 파티에 배 사장이 자주 참석하거든. 그새 좀 친해졌다고 시시콜콜 이야기를 다 해주더라. 엄마는 아직 모르셔."

서재 안에서의 대화를 엿들은 후, 배 사장에게 꼬치꼬치 물어본 결과였지만 그것까지 알려줄 마음은 없었다. 그 와중에 술 취한 배 사장에게서 건져낸 놀라운 사실이 하나 더 있었다.

"하여간 너 이제 그 돈 갚을 필요 없어."

"뭐?"

혜영의 말에 세희가 무슨 소리를 하느냐는 듯 눈을 크게 떴다.

"배 사장이 그러는데 누가 너 대신 다 갚아줬대. 누군지 아무리 물어봐도 그건 절대 비밀이라고 안 알려주긴 했는데……."

배 사장은 술에 만취해서도 갚아준 인물에 관해서 끝까지 비밀을 지켰다. 혜영이 알아낸 정보는 안경 쓴 50대 남자라는 게 고작이었다.

"얼핏 들은 소리로는 안경 쓴 50대 아저씨란 것 같았어. 인상착의를 들어보니까 윤 변호사 아저씨 같던데. 혹시 윤 변호사 아저씨가 이 일 알고 있니?"

"이런 경우 어떻게 대처해야 하냐고 전화로 물어보긴 했었어."

"그럼 진짜 아저씨인가 보다. 일본에 출장 올 일 있다더니. 온 김에 네 일 해결해주고 가셨나 보네. 네가 부담 가질까 봐 절대로 자기가 갚아준 거 말하지 말라고 했대."

"아저씨가?"

"하여간 너는 그냥 모른 척하고 있어. 네가 배 사장에게 꼬박꼬박 갖다 바친 돈은 아마 곧 돌려줄 거야."

끔찍한 사채가 모두 없어져버렸다니……. 믿을 수 없다!

모든 게 얼떨떨하기만 세희는 그저 멍한 표정으로 혜영을 바라보았다.

혜영이 전해준 소식은 그녀에게 최고의 생일 선물이 되었다.

윤 변호사 아저씨에게 고맙다는 인사를 어떻게 하지? 아저씨는 그녀가 부담 가질까 봐 절대 비밀로 한 모양인데……. 그래도 호의를 받았는데 잠자코 있을 수만은 없었다.

세희는 윤 변호사에게 전화를 걸기 위해서 휴대폰을 만지작거리다 긴 한숨을 내쉬었다. 혜영에게 소식을 듣자마자 쪼르르 전화를 걸어버리면 그녀의 입장이 난처해질지도 모른다. 우선은 기다려봐야겠지?

세희는 들뜬 마음을 애써 진정하며 마지막 남은 번역을 마무리했다. 모든 작업을 끝내고 출판사에 메일을 보내자 이미 새벽 4시에 가까워져 있었다. 몸은 고달프지만, 마음은 가뿐했다.

너무 무리했나? 겨우 서너 시간 자고 일어난 세희는 끊임없이 나오는 하품을 참으며 출근길에 나섰다. 잠이 모자라 두통이 오긴 했지만, 사무실에 도착해서 약을 먹으면 괜찮아질 것이다.

사무실에 들어선 세희는 자신의 책상 주변에 몰려 있는 사람들을 보고 제자리에 멈춰 섰다.

"무슨 일이세요?"

의아한 얼굴로 주위를 둘러보며 그녀가 조심스럽게 말을 꺼냈다.

"서세희 씨."

어느새 그녀 뒤로 다가온 한 부장이 어두운 표정으로 말했다.

"나와 전무실에 좀 올라가야겠어."

"산업스파이요?"

세희가 말도 안 된다는 얼굴로 한 부장을 바라보았다. 전무실로 올라가는 엘리베이터 안에서 한 부장이 간단하게나마 호출된 이유를 설명해주었다. 평소 세희의 근무 태도에 흡족했던 한 부장은 난감하다는 표정으로 고개를 설레설레 내저었다.

"우리 하나 그룹이 화학 분야에 손을 뻗고 있다는 건 공공연한 사실이긴 한데……. 좀 더 세세한 정보가 빠져나갔나 봐. 우리가 어떤 기업과 어떻게 홍정에 들어갔고 얼마를 제시했는지 등등. 보안 팀이 알아낸 바로는 홍보부 사무실에서 이메일이 보내졌다는 거야."

"회사 기밀을 빼돌리면서 회사 안에서 이메일을 보냈다고요?"

"뭐, 처음엔 나도 허무맹랑한 소리로 여겼지. 하지만 우리 부서를 검색하겠다는데 어쩌겠어. 그런데 문제는 세희 씨의 책상에서 기밀이 담긴 USB

메모리가 나온 거야."

세희가 기가 막힌다는 표정으로 입을 다물지 못하자 한 부장이 긴 한숨을 내쉬었다.

"나도 알아. 이건 누가 봐도 우리 홍보부를 물 먹이려 모함하는 거라고."

"부장님, 제가 정말 산업스파이라면 미쳤다고 회사에서 이메일을 보냈겠어요? 아이피가 다 찍히는데……."

목소리가 너무 떨려서 세희는 말을 끝맺을 수가 없었다. 한 부장은 동의한다는 듯 딱한 눈빛으로 고개를 끄덕였다. 그룹 내에서의 권력 싸움이야 회사 초창기 시절부터 있었던 일이니까 새삼스러울 것도 없었다. 하지만 요사이 이재현 전무의 경영권 승계를 앞두고 그를 견제하기 위한 반대편 저항이 더욱더 격렬해지고 있었다. 이번에는 말단 사원인 세희가 그 희생양이 된 게 분명했다.

박 이사 측일까? 아니면 민 사장 측일까? 누가 되었건 인턴 하나쯤 누명을 씌워 잘라버리는 건 아무것도 아닐 것이다.

"하여간 단단히 각오하고 들어가. 약속하겠지만 나도 편을 들어줄 수는 없거든."

"네, 부장님. 알아요."

마른하늘에 날벼락도 유분수지, 갑자기 산업스파이라니……. 세희는 부들부들 떨리는 두 손을 꼭 움켜쥐며 작게 한숨을 내쉬었다.

"한 번도 본 적 없는 물건입니다."

세희는 플라스틱 백에 담긴 USB 메모리를 바라보며 높낮이 없는 일정한 톤으로 대답했다.

끊임없는 질문. 언제나 같은 대답. 얼마나 같은 말을 반복했는지 이젠 셀 수조차 없었다. 전무실로 호출된 보안 팀장을 비롯해 한 부장, 안 실장이 싸늘한 눈으로 그녀를 바라보고 있었다. 그들의 매서운 시선에 살갗이 베일 것만 같았다.

"흐흠."

세희는 마른기침을 뱉으며 애써 갈라진 목소리를 가다듬었다.

"그 물건이 왜 제 책상 위에 있었는지 전혀 아는 바가 없습니다."

강한 햇살이 쏟아지는 전무실이 오늘따라 더더욱 위압적으로 느껴지는 건 그녀가 처한 곤경 때문일 것이다. 아침에 집을 나설 때만 해도 이런 일로 호출될 거라곤 전혀 상상도 하지 못했는데……. 산업스파이 누명이라니! 정말 기가 막힌 깜짝 생일 선물이 아닐 수 없었다.

세희는 한숨을 내쉬며 이마 위에 흘러내리는 앞머리를 쓸어 넘겼다. 아침부터 그녀를 괴롭혔던 미미한 두통이 이젠 제법 심각하게 그녀를 괴롭혔다. 위잉. 위이잉. 귓가에 맴도는 희미한 잡음이 자꾸만 신경을 거슬렀다. 이명뿐만이 아니라 등에는 식은땀까지 흘러내린다. 하긴 이 상황에서 아무렇지 않은 게 이상하겠지. 그렇다고 겁먹거나 위축된 모습을 보이긴 싫었다. 그의 앞에서는 더더욱…….

"맹세코 저는 모르는 일입니다."

세희는 다시 한 번 더, 마디마디에 힘을 주어 결백을 주장했다.

"몇 번을 물으셔도 제가 드릴 수 있는 대답은 하나뿐입니다."

재현은 반문하는 대신 짧게 한숨을 내쉬고는 안경을 벗어 한 손으로 찌푸려진 미간을 꾹 눌렀다. 그도 무척이나 피곤한 기색이 역력했다. 다른 누구도 아닌 그녀가 누명을 썼으니 그의 입장도 여간 난처한 게 아닐 것이다.

"그런가?"

침묵을 지키며 세희의 변론을 묵묵히 듣던 재현이 입을 열었다. 그는 손끝으로 책상을 톡톡 두드리며 무뚝뚝하게 말을 이었다.

"본인이 했든 하지 않았든, 그건 사실 그렇게 중요하지 않아. 지금 모든 상황이 아주 불리하게 돌아가고 있어. 내가 굳이 설명하지 않아도 잘 알고 있겠지?"

물론이다. 이 모든 일은 처음부터 그녀를 희생양으로 정해놓고 시작한 음모일 테니까.

"저는 앞으로 어떻게 되는 거죠?"

"글쎄. 정직원이라면 우선은 대기 발령을 받게 되겠지만, 세희 씨는 인턴이니까."

그 말은 대기 발령이고 뭐고 바로 해고하겠다는 말? 냉정한 그의 대답에 세희는 입을 한일자로 굳게 다물었다.

"우선 긴급 임원 회의가 소집될 거야. 산업스파이로 경찰에 신고하자는 의견이 나올 수도 있겠지만……."

잠시 뜸을 들인 후, 재현이 말을 이었다.

"그 문제는 내 선에서 막아줄 수 있어."

"아니요. 그러실 필요 없습니다."

"그게 무슨 소리지?"

순간 재현의 얼굴이 굳어졌다.

"그보다는 경찰에 신고해서 잘잘못을 정확하게 가리는 게 나을 것 같습니다."

"뭐라고?"

그녀의 제안에 재현은 자리에서 벌떡 일어나며 미간을 찌푸렸다. 예기치 못한 그의 돌발적인 행동에 세희는 흠칫 놀라며 뒤로 한 걸음 물러섰다. 자리에서 일어선 재현은 화를 참는 얼굴로 천천히 그녀에게 다가왔다. 그리고 어금니를 악물고 내뱉듯 말했다.

"경찰에게 조사받는 게 무슨 면접시험 같은 줄 아나? 그러다가 잘못되어서 검찰에까지 넘어가게 되면 어쩌려고?"

"하지만 제대로 조사를 해야 저의 억울한 누명을 벗겨줄 수 있을 것 같은데요."

세희는 고개를 꼿꼿이 들고 재현을 정면으로 바라보았다.

'빌어먹을.'

재현은 속으로 욕설을 내뱉으며 주먹을 불끈 쥐었다. 그녀가 위기에 몰릴수록 더욱더 강해진다는 걸 깜박 잊고 있었다. 사채업자에게 시달릴 때도 당연하다는 듯이 신고하겠다던 그녀였다. 산업스파이라고 지레 겁을 먹고 몸을 사릴 서세희가 아니었다.

그렇다고 그녀를 위험하게 할 수는 없었다. 누가 이런 짓을 했는지 확실하진 않았지만 짐작 가는 바가 전혀 없는 건 아니었다. 물론 더 확인해 봐야겠지만 지금으로써는 세희를 수렁으로부터 빼내는 게 우선이었다.

"이건 누명을 벗고 말고의 문제가 아니야. 일을 더 복잡하게 만들지 마."

그녀를 매몰차게 몰아붙여야 하는 상황에 화가 났지만, 그가 나태한 모습을 보이면 보일수록 그녀에게 불이익이 돌아갈 뿐이었다.

"그만 가봐."

"네, 전무님."

세희는 허리를 숙여 깍듯하게 인사를 한 후, 방을 걸어 나갔다. 문이 닫히고 잠시 후, 한 손으로 거칠게 넥타이를 풀어 헤치는 재현에게 안 실장이 조심스럽게 말을 건넸다.

"세희 양이 산업스파이가 아니라는 건 전무님이 누구보다도 더 잘 아시지 않습니까?"

보안 팀장도 대화에 끼어들었다.

"아이피 조작은 컴퓨터 좀 한다는 사람이면 초등학생도 할 수 있을 정도로 흔한 수법입니다. 딱히 뭐라고 결정을 내리기가 좀 그렇습니다만."

"네. 평소에 서세희 씨의 근무 태도로 봐선 이번 일은 저도 도무지 이해가 가질 않습니다."

한 부장도 냉큼 한마디를 거들었다.

반대편에서 일으킨 소행이란 건 쉽게 짐작이 갔지만, 누구의 소행인지 확신하긴 힘들었다. 경영권을 승계받으면 재현이 제일 먼저 집중할 사업이 하나 화학이었다. 애진 그룹과 정략결혼이 오간 이유도 그 때문이었고 마찬가지 이유로 댄 손튼과 수시로 연락을 취하고 있었다. 정보를 빼돌렸든 아니든 비난의 화살은 제대로 관리하지 못한 최고 책임자, 재현을 향할 것이다. 잠자코 창밖을 내다보던 재현이 잠시 후 고개를 돌렸다.

"잘 알겠습니다. 모두 그만 나가보세요."

"네, 전무님."

모두 집무실을 나가자 재현은 책상으로 돌아가 의자에 털썩 주저앉았다.

"후우."

재현은 두 눈을 감으며 의자 등받이에 힘없이 머리를 기대었다.

제길! 잠시 방심하는 사이 우려하던 일이 터지고 말았다. 이 회장이 슬쩍 뒤로 물러나며 경고로 그친 이유도 바로 그 때문이었다. 이 회장이 직접 하지 않아도 반대쪽에서 손을 쓸 테니까.

재현에게 해가 되는 일이라면 뭐든지 할 수 있는 그들이다. 특히 세희처럼 아무런 힘도 없는 위치라면 아주 손쉬운 제물이 되겠지. 민 여사가 우려한 것도 바로 그 부분이었다.

—난 그저 언제 들고 일어날지 모르는 내부의 적으로부터 널 지켜줄 수 있는 여자를 원할 뿐이다. 든든한 배경을 가진 소아가 그래서 마음에 들었던 거고. 미라 역시 애진 그룹이라는 배경이 있잖니. 하지만…….

민 여사가 원하는 며느리는 재현을 지켜줄 뿐 아니라 본인도 지켜낼 수 있는 강력한 배경을 가진 집안의 딸이었다. 지금의 세희는 그녀 자신도 지켜내기 어려운 상황인데, 그녀에게 또 다른 무거운 짐을 지게 한 건 아닌지 재현은 마음이 아팠다.

"후우."

긴 한숨을 내쉰 재현은 상체를 일으키며 책상의 오른쪽 첫 번째 서랍에 손을 뻗었다. 서랍을 열자 금색 리본으로 장식된 검은 벨벳 상자가 눈에 들어왔다.

오늘을 위해서 준비한 그녀의 생일 선물.

한동안 상자를 노려보던 재현은 크게 숨을 들이마신 후, '탁' 서랍을 닫고 천천히 자리에서 몸을 일으켰다.

끼이익—.

육중한 철문을 열고 천천히 옥상으로 발을 내밀자, 휘잉 하고 강한 바람이 불어와 머리카락을 헝클어뜨렸다. 세희는 텅 빈 옥상을 가로질러 서울 시내가 훤히 내려다보이는 난간으로 느릿하게 걸어갔다. 얼굴에 내리치는 바람이 차가웠다. 아래를 내려다보니 늦은 오후의 거리를 꽉 채운 차량과 행인이 눈에 들어왔다.

저들에게 오늘은 어제와 다름없는 날이겠지.

"오늘은 내 생일인데……."

밑을 내려다보며 세희가 작게 투덜거렸다.

아니다. 산업스파이로 누명을 뒤집어쓴 주제에, 생일 타령을 할 수는 없지. 하지만…….

세희는 씁쓸하게 웃으며 상체를 앞으로 굽혀 난간에 몸을 기대었다.

오늘 그에게 첫 만남에 관해 털어놓으려고 했는데…….

세희는 피식 자조적인 미소를 흘리며 손가락에 끼워진 반지를 내려다보았다. 세월의 흔적을 고스란히 간직한 듯 빛바랜 유리구슬 반지가 오후의 햇살을 받아 반짝거린다. 낡고 낡은 장난감 반지. 유리구슬을 꿴 실이 너무 낡아서 두 번이나 수선했다.

세희는 10년 전, 자신의 손가락에 반지를 끼워주던 재현을 떠올리며 가만히 눈을 감았다.

—이건 어떨까?

아주 오래전의 일인데도 그의 목소리가 귓가에 들려오는 것만 같다.

—이게 손가락에 맞는다면…….

그건 마치 마법과도 같았다.

—울음을 멈추는 거.

그가 손가락에 끼워주자 거짓말처럼 눈물이 멈춰버렸었다.

언제나 그녀에게 용기를 불어넣어 주는 반지. 이 반지를 만지작거리며 쏟아지는 눈물을 얼마나 참았던가! 세희는 아랫입술을 깨물며 억지로 미소를 떠올렸다. 그래, 약해져선 안 돼. 이번 일은 아무리 힘겹더라도 혼자 힘으로 이겨내야 해!

"괜찮을 거야."

세희는 자기 자신을 달래듯 힘주어 말했다. 불안하지 않다면 거짓말일 테지만, 그렇다고 겁에 질려 끙끙 앓고만 있을 순 없었다.

"아아."

순간 갑자기 심한 현기증이 그녀를 강타했다. 세희는 흠칫 몸을 움츠리며 난간을 꽉 움켜쥐었다. 아까부터 두통이 심해지고 등에서는 식은땀이 흘러내렸지만, 크게 신경 쓰지 않았는데……. 아무래도 뭔가 심각했다. 서서히 밀려오는 어지러움에 세희는 앞으로 살며시 고개를 숙였다.

"여기 있었군."

그때 뒤쪽에서 듣기 좋은 중저음의 목소리가 들렸다.

"휴대폰을 책상에 놓고 나갔더군. 덕분에 찾는 데 좀 걸렸어."

재현이 그녀 앞으로 다가왔다.

"세희야?"

휘청, 또다시 밀려온 어지러움에 발밑이 크게 울렁였다. 마치 몸이 땅속으로 빨려 들어가는 것 같은 느낌을 받으며 세희의 다리가 힘없이 무너졌다.

"위험해."

그녀의 몸이 난간 쪽으로 기울자 재현은 급하게 손을 뻗어 그녀의 손을 움켜쥐었다.

투둑—.

서로의 손이 얽히며 손가락에 끼워진 구슬 반지의 낡은 실이 끊어져 버렸다. 순식간에 유리구슬이 사방으로 튀어 올랐다.

"아!"

그녀의 입에서 가느다란 비명이 흘러나왔다. 바닥에 떨어지는 유리구슬이 아주 느린 동작으로 눈에 들어왔다. 세희는 멍한 눈으로 바닥에 흩어지는 유리구슬을 바라보았다.

"……아, 안 돼."

심한 현기증에 눈도 제대로 뜰 수 없었지만, 이대로 구슬이 흩어지게 놓아둘 수는 없었다. 세희는 뿌리치듯 재현의 품에서 벗어나 무릎을 꿇고 다급하게 구슬을 줍기 시작했다. 아직 그에게 말하지 못했는데……!

"뭐 하는 짓이야? 그만해!"

머리 위에서 재현의 성난 목소리가 울렸지만, 세희는 계속해서 구슬을 찾아 더듬거렸다. 그녀의 뺨 위로 눈물 한 방울이 흐르더니 곧 봇물 터지듯 하염없이 눈물이 쏟아졌다.

"……이 반지. 나에게는 아주 소중한…… 거예요."

울음에 목이 메어 제대로 말이 나오질 않았다. 아주 우스꽝스러운 모습이겠지만 지금 세희에게는 망가진 반지가 우선이었다. 유리구슬 몇 개는 바닥에 떨어진 충격으로 쩍 금이 가고 반으로 갈라져 있었다.

"……깨져버렸네."

깨져버린 구슬이 마치 깨져버린 그녀 마음 같았다. 언제나 용기를 불어넣어 주던 반지가 깨져버렸다. 마법이 깨졌다. 깨진 구슬을 손에 쥔 세희는 왈칵 올라오는 서러움에 아랫입술을 꼭 깨물었다.

"제길."

그의 투덜거림이 들린 것도 같은데…….

억센 손길에 의해 위로 일으켜 세워지며 갑자기 모든 것이 희미해졌다. 이어서 검은 장막이 눈앞에 서서히 내려왔다. 세희는 힘없이 재현의 어깨에 툭 얼굴을 떨구었다.

"세희야."

세희는 자신을 감싸는 그의 따뜻한 품을 느끼며 안도의 숨을 내쉬었다. 잠시만 이대로 있어도 괜찮겠지. 어지러워서 그러는 것뿐이니까. 약한 모습을 보이는 건 절대 아니야. 단지 어지러우니까…….

물먹은 솜처럼 온몸이 무겁게 내려앉는다. 세희는 축 늘어진 몸을 재현에게 맡기며 스르르 눈을 감았다.

"어떻습니까?"

진료를 마친 김 박사에게 재현이 걱정스러운 얼굴로 물었다.

"어디 심각하게 아픈 건 아니겠죠?"

"다행히도 그건 아닌 것 같습니다."

소파에 누운 세희를 내려다보며 김 박사가 말을 이었다.

"그동안 쌓인 과로가 한꺼번에 터진 모양이에요. 며칠 푹 쉬면 괜찮아질 겁니다. 만약에 이상이 있으면 바로 연락해주세요."

"네, 그러죠."

의료기구를 챙긴 김 박사와 간호사가 전무실을 나가자 재현은 책상 위에 놓인 휴대폰을 집어 들었다. 그리고 어딘가로 전화를 걸기 시작했다.

뚜뚜—.

몇 번 신호음이 가고 상대방이 전화를 받았다.

"나야."

재현이 수화기 건너편 상대를 향해 싸늘하게 말했다.

"원하는 대로 할 테니까 그만해. ……그래. 그만하라고 했어."

돌아오는 상대방의 대답이 거슬렸는지 재현은 미간을 크게 찌푸리며 낮은 목소리로 경고했다.

"나를 적으로 만들지 마. 네가 할 수 있는 인생 최대의 실수가 될 테니까. ……좋아, 만나서 이야기하자. 내가 연락할 테니까 잠자코 기다리고 있어."

전화를 끊은 재현은 다시 소파에 누운 세희에게로 시선을 돌렸다. 약 기운이 도는지 백지장 같았던 그녀의 안색이 한결 나아져 보였다.

그때 노크 소리가 들리며 강 비서가 살짝 문을 열었다. 안을 들여다보던 그녀는 재현이 들어오라는 손짓을 하자, 조심스럽게 안으로 발을 내디뎠다. 그리고 재현 앞으로 걸어와 흰 봉투를 내밀었다.

"샅샅이 찾아보긴 했지만, 혹시라도 빠진 구슬이 있을지 모르겠습니다."

꽤 열심히 구슬을 찾은 모양이다. 단정하던 강 비서의 머리 모양은 다소 흐트러져 있었고 옷 여기저기에도 먼지가 묻어 있었다.

"고마워, 강 비서. 수고했어."

"차는 지하 2층에 대기하고 있습니다. 전용 엘리베이터에는 아무도 얼씬거리지 못하게 조치해놓았으니까 바로 내려가시면 됩니다."

"알았어. 준비되면 부르도록 하지."

"네. 전 그럼 이만."

강 비서는 소파에 죽은 듯이 누워 있는 세희를 힐끗 쳐다본 후, 빠르게 물러났다. 문이 닫히자, 재현은 흰 봉투를 열고 안에 담긴 유리구슬을 책상 위로 쏟았다. 작은 유리구슬이 마호가니 책상 위를 또르르 굴렀다.

—……이 반지. 나에게는 아주 소중한…… 거예요.

책상 위에 흩어진 유리구슬 위로 눈물을 글썽거리던 세희의 얼굴이 겹쳐졌다. 재현은 천천히 고개를 돌려 소파 위에 누워 있는 세희에게로 시선을 옮겼다.

"이제 정신이 좀 들어?"

의식이 돌아온 후 처음으로 귀에 흘러드는 목소리. 높지도 낮지도 않은 톤에 녹아 있는 달콤한 말투.

세희는 흐릿한 초점을 잡기 위해 힘없는 눈꺼풀을 서너 번 깜박거렸다. 그리고 침대 옆에 선 재현을 올려다보았다.

"열이 꽤 높았어."

그가 양손을 바지 주머니에 찌른 채 그녀를 내려다보고 있었다. 넥타이는 느슨하게 풀려 있었고 맨 위 와이셔츠 단추 역시 두어 개 열린 모습이었다. 세희가 잠자코 눈만 깜빡이자 그가 다시 말을 이었다.

"이틀 동안 고열에 시달리느라 몸을 가누지 못했어. 혼자 둘 수 없어서 우선 내 집으로 데려왔어."

그의 집이란 말에 세희가 깜짝 놀라며 몸을 일으키려 버둥거렸다. 그러자 재현이 한 손으로 그녀의 어깨를 내리눌렀다.

"그냥 누워 있어."

그렇다면 여기는 그의 아파트? 어딘지 낯이 익은 실내를 조심스럽게 두리번거리던 세희는 곤혹스러운 눈빛으로 재현을 올려다보았다.

"……어떻게 된 거예요?"

"어떻게 된 거라니……. 하나도 기억나지 않아?"

재현이 피식 마른 웃음을 흘렸다. 세희는 어두워진 얼굴로 살며시 고개를 내저었다. 그가 의자를 끌고 와 침대 옆에 자리를 잡자, 세희도 몸을 일으켜 침대맡에 상체를 기대었다.

"깨진 구슬을 찾는다고 울며불며 난리 친 거, 하나도 기억 안 난다고? 그러다 기절해버렸는데."

아, 맞다. 갑자기 밀려온 현기증에 그만……. 그건 그렇고. 내 반지!

세희가 다급한 표정으로 침대에서 일어나려 하자, 재현이 다시 그녀의 어깨를 내리눌렀다.

"가만히 있어. 지금 그 몸으로 어디를 가겠다는 거야?"

"가서 반지를 찾아야 해요. 누가 치우기 전에……."

그녀가 손을 밀어내고 다시 일어나려 하자 재현이 재빠르게 말꼬리를 잘랐다.

"반지는 내가 챙겼으니까 걱정하지 않아도 돼."

"아."

순간 긴장이 풀렸는지 세희는 다시 침대맡에 풀썩 쓰러지듯 기대었다.

"그깟 장난감 반지가 뭐 그리 대단하다고 그 야단법석이지?"

재현의 빈정거리는 말투에 그녀가 날이 선 눈빛으로 노려보았다.

"나에겐 그깟 장난감 반지가 아니에요. 그 어떤 값비싼 보석보다 더 소중하다고요."

그는 정말 하나도 기억 못 하나 보다. 그깟 장난감 반지라니…….

세희는 굳은 표정으로 고개를 돌려 그의 시선을 외면했다. 그녀의 행동에 재현은 피식 입꼬리를 올리더니 침대 옆 탁자 위에 놓인 보석 상자를 집어 들었다.

"열어봐."

그녀에게 상자를 건네며 재현이 말했다.

"이게 뭐죠?"

"열어보라니까."

그의 재촉에 그녀는 어쩔 수 없이 슬그머니 상자를 열어보았다.

"……이건!"

상자 안을 들여다본 세희가 놀람의 탄성을 내질렀다.

그녀의 소중한 장난감 반지가 예전 모습 그대로 상자 안에 고스란히 놓여 있었다. 믿을 수 없다는 듯이 반지를 들여다보는 세희에게 재현이 찬찬히 설명했다.

"유리라서 구슬 몇 개는 손 볼 수 없을 정도로 깨져버렸어. 할 수 없이 몇 개는 수정으로 바꿨어. 최대한 같은 모양으로 만들라고 지시했지만, 그래도 투명도는 좀 다를 거야."

상상하지 못한 배려에 감동해서 왈칵 울음이 쏟아졌다. 세희는 한 손으로 입을 막으며 눈물을 글썽거렸다. 그런 그녀를 바라보며 재현이 나직하게 말했다.

"고맙다는 인사는 생략해도 돼. 내가 망가뜨렸으니까."

"……고, 고마……워요."

자꾸만 눈물이 흐르는 까닭은 몸 상태가 나빠서이다. 절대로 마음이 약해져서 그런 건 아니다. 세희는 나오려는 눈물을 참기 위해 빠르게 눈을 깜박였다. 그러나 야속하게도 눈에 고인 눈물은 중력의 힘을 이기지 못하고 아래로 툭 떨어지기 시작했다.

"정말 울보라니까. 별거 아닌 일에 훌쩍거리고……."

아무 말도 하지 못하고 눈물만 뚝뚝 떨구는 그녀를 보며 재현이 놀리듯 투덜거렸다. 그리고 이불 위에 놓인 그녀의 손을 가만히 그러쥐었다.

"이건 어떨까? 이게 손가락에 맞는다면……."

그녀의 손가락에 조심스럽게 반지를 밀어 넣으며 그가 말했다.

"울음을 멈추는 거."

깜짝 놀란 듯 세희의 눈이 커다래졌다.

"……기, 기억……해요?"

그녀가 떨리는 목소리로 물었다.

"물론."

재현이 다정한 목소리로 대답했다.

"하나도 빠짐없이 모두 기억하고 있어."

세희는 멍한 눈으로 재현을 바라다보았다.

지금의 세희가 아닌 세라였던 그녀를, 지금의 초라한 세희가 아닌 화려했던 세라를, 그는 기억한다고 말한다. 절대로 아닐 거라고 생각했는데 그는 10년 전 첫 만남을 기억하고 있단다.

"모두…… 기억해요?"

세희가 재차 같은 질문을 하자, 재현은 손을 들어 그녀의 흘러내린 앞머리를 쓸어 올려주며 다정스럽게 그녀의 뺨을 손등으로 훑어 내렸다. 그녀의 새까만 눈을 응시하며 그가 천천히 입을 열었다.

"10년 전이었나? 사이프러스 컨트리클럽에서 처음 만났지. 넌 그때 진주 왕관에 하얀 이브닝드레스를 입고 아주 씩씩하게 로비를 가로지르고 있었어. 높은 하이힐을 신고 잘도 뛰더군."

아, 그는 그때부터 나를 보고 있었구나.

그날을 떠올리는 듯 세희의 눈동자가 흐려졌다.

인공 눈가루가 흩날리던 어느 날. 부드럽고 느긋하게 공간을 유영하던 왈츠. 한 마리의 검은 표범처럼 그녀에게 다가오던 검은 턱시도 차림의 남자.

그녀의 이마에 자신의 이마를 마주 대며 재현이 속삭이듯 물었다.

"그때 나보고 아저씨라고 했던 건 기억나?"

"나보곤 꼬마라고 했으면서……."

세희가 아랫입술을 삐죽이 내밀었다. 재현은 소리 없이 웃으며 그녀의 손을 잡아 구슬 반지에 입을 맞추었다.

"꼬마라곤 하지 않았어. 꼬마 숙녀님이라고 했지."

"그게 그거죠."

세희가 그의 어깨에 얼굴을 기대어오자, 재현은 그녀의 허리에 팔을 둘러 품으로 끌어당겼다.

"언제부터 알아봤어요?"

"넘어질 듯 허둥지둥 달려가는 모습을 보면서 어딘가 낯이 익다는 생각을 했어."

"뭐라고요?"

"10년 전이나 지금이나 하나도 변한 게 없던데……."

그날처럼 멋지게 이브닝드레스를 차려입은 모습이라든지, 우아하게 왈츠를 춘다든지 등등 많은데……. 하필이면 허둥지둥 뛰는 모습을 보고 기억해냈다고?

실망스러운 표정을 짓는 그녀의 이마와 콧잔등에 재현이 자잘한 키스를 퍼부었다.

"그래도 다행인 게, 그렇게 뛰면서도 넘어진 적은 한 번도 없다는 거. 오히려 가만히 서 있거나 벌떡 일어서다가 넘어지곤 했지. 안 그래?"

엘리베이터 안에서, 계단에서 등등. 뒤뚱거리듯 그에게 넘어지던 일들을 말하는 모양이다. 세희는 조그맣게 웃으며 그의 목덜미에 얼굴을 묻었다. 따뜻한 품에 안겨 있으려니 눈꺼풀이 무거워지면서 노곤하게 잠이 몰려온다.

"……음, 그런데 왜 아무 말 안 했어요?"

애써 졸음을 물리치며 그녀가 중얼거리듯 물었다.

"먼저 이야기해주길 기다렸어."

그랬구나. 전혀 기억하지 못하는 줄 알고 서운했었는데……. 힘겹게 눈을 뜨고 있었지만, 자꾸만 눈앞이 뿌옇게 흐려진다. 누군가가 밑으로 끌어당기듯 팔다리가 축 늘어진다.

서너 번 눈꺼풀을 깜박거리던 그녀는 그대로 그에게 기댄 채 잠들어버렸다. 재현은 잠든 세희를 바라보며 피식 마른 웃음을 흘렸다.

"울보에다 잠꾸러기이기까지……."

어쩌면 그녀가 지금 탈진 상태인 게 다행일지도 모르겠다. 꼼짝없이 휴식을 취하는 동안 최대한 빨리 일을 처리할 수 있을 테니까.

재현은 그녀가 잠에서 깨지 않게 조심스럽게 침대에 눕힌 후, 조용히 방을 걸어 나갔다.

탁—.

문이 닫히는 소리에 미라가 화들짝 놀라며 뒤를 돌아다보았다. 평소에도 싸늘했지만, 재현은 오늘따라 유난히 더 차가운 얼굴로 한쪽 어깨를 문에 기댄 채 서 있었다.

"생각보다 빨리 왔네요."

그녀와 시선을 얽히는 것조차 싫다는 듯 그는 앞만 바라보며 뚜벅뚜벅 걸어왔다. 그리고 미라를 등지며 창밖으로 고개를 돌렸다.

"간단하게 용건만 말할 테니까 잘 들어."

냉기가 뚝뚝 떨어지는 목소리로 재현이 말했다.

"바보처럼 꼭두각시 노릇 하기 싫으면 이 일에서 당장 손 떼. 뒤에 누가 있는지 다 알고 있으니까."

명령조의 말투에 미라의 얼굴이 확 구겨졌다.

"나에게 부탁하러 온 거예요? 아니면 명령하러 온 거예요? 지금 오빠가 뭘 모르는 모양……."

"원하는 걸 말해."

재현은 들을 필요도 없다는 듯 그녀의 말을 도중에 잘랐다. 찬바람이 쌩쌩 도는 그의 냉정한 태도에 미라는 눈살을 찌푸리며 허리에 손을 올렸다.

지금 누가 칼자루를 쥐었는데, 그래? 배후가 누구인지 짐작한 모양인데도 재현은 당당한 자세로 그녀를 노려보고 있었다. 자신에게 상황이 얼마나 불리하게 돌아가는지 모르는 걸까? 건방진 남자 같으니라고. 하지만 어쩌랴! 그래서 더 멋있는걸. 어찌 된 게 이재현이란 남자는 쌀쌀맞게 나올수록 더 매력적이다. 미라는 크게 숨을 들이마시며 가슴 앞으로 팔짱을 꼈다.

"내가 뭘 원하는지 알잖아요."

"좋아, 그럼. 언제 식을 올릴까?"

"네?"

뭐야, 너무 쉽잖아? 막상 재현의 입에서 결혼하자는 말이 나오자 미라는 무언가 찝찝했다. 이렇게 쉽게 동의할 남자가 아닌데……. 도대체 무슨 꿍꿍이 속셈인 거지?

"어차피 결혼은 해야 해. 그 상대가 네가 되었건 누가 되었건 나에겐 아무런 의미 없어."

역시나……. 이재현답게 정나미 뚝 떨어지는 말이 나온다.

"아무런 의미가 없다니요? 이건 결혼이에요!"

"그래서? 결혼이 뭐 대단한 거라고 그리 호들갑이지? 긴말 필요 없고 유 회장님과 상의해서 날짜 잡아. 껍데기라도 상관없으면 결혼하자고."

"껍데기요?"

알맹이는 쏙 빼고 결혼하자는 거야? 한마디로 결혼은 하겠지만 절대로 마음은 주지 않겠다는 선언?

"하나 그룹의 안주인이 될 건데 사랑까지 원하는 건가? 욕심이 너무 많은 거 아냐?"

"오빠!"

재현이 빈정대자 미라가 버럭 언성을 높였다. 그러나 재현은 안색 하나 바꾸지 않고 태연스럽게 말을 이어나갔다.

"우리 결혼은 하나 그룹과 애진 그룹과의 정략결혼, 그 이상도 그 이하도 아니야. 많은 걸 바라지 마. 서류상의 부부일 뿐이야. 결혼식이 끝나면 너와 나, 공식 석상이 아니면 얼굴 볼 일도 없을 거다. 그래도 좋아?"

"따로 살자는 거예요?"

"물론이야. 결혼식만 올릴 거야. 네가 원하는 건 그거 하나잖아. 아닌가?"

미라는 주먹을 불끈 쥔 채 바들바들 몸을 떨었다. 재현을 매섭게 노려보던 미라가 잠시 후, 내뱉듯이 말했다.

"좋아요, 그럼."

재현은 비웃듯이 입꼬리를 비틀며 창가에 어깨를 기대었다.

"놀랍군. 거절할 줄 알았는데 그래도 좋다고?"

미라는 입술을 꼭 깨물며 재현을 향해 고개를 끄덕였다.

"그래요. 서류뿐이라도 좋으니까 식 올려요. 대신 아무도 오빠를 갖진 못할 테니까."

한동안 미라를 쏘아보던 재현이 천천히 입을 열었다.

"이런, 미안해서 어쩌지? 그냥 떠본 소리인데 덥석 결혼하자고 동의하다니. 네가 그렇게까지 결혼에 집착하는 줄 몰랐어. 전에 분명히 아직 20대 초반이라고 자유를 즐기겠다고 하지 않았었나?"

그녀의 자존심을 콱 뭉개버리는 말투였다. 미라가 기가 막힌다는 얼굴로 재현을 바라보았다. 뭐지 이건? 나, 지금 유도신문에 넘어간 거야?

"그래놓고 뒤에선 파파라치를 고용해 연인처럼 보이는 사진을 찍게 했나? 그리고 그것도 모자라서 이번에는 산업스파이 누명을 씌워?"

재현의 목소리가 너무나도 나직해서 소름이 돋을 정도였다. 미라는 마른 침을 꿀꺽 삼키며 나름 당당한 태도로 크게 소리쳤다.

"심, 심증만 있지, 물증은 없잖아요."

"물론. 아직은 없지. 하지만 곧 나올 거야. 네가 원하는 그 물증. USB 메모리에 저장된 파일이 회사 기밀인 건 맞아. 그런데 말이야. 그런 중요한 파일에 회사에서 아무런 장치도 해놓지 않았을 거라고 생각해?"

아, 정말. 규한 오빠도 그렇고 재현 오빠도 그렇고 왜 모두 이해할 수 없는 말을 하는 거야! 파일이 뭘? 재현의 말을 이해할 수 없는 미라가 인상을 찌푸렸다. 그녀의 반응을 예상한 듯 재현이 입매를 비틀며 고개를 내저었다.

"좋아. 이해할 수 있도록 쉽게 설명해주지. 어느 컴퓨터에서 마지막으로 파일이 저장되었는지 컴퓨터 전용 번호가 찍히게 되어 있어. 그 기능에 관해선 나와 이 회장님밖에 몰라. 다른 중역들도 모른다는 말이야. 보안 팀에서 사용하는 프로그램으로만 번호를 볼 수 있게 해놓았으니까."

순식간에 미라의 얼굴이 백지장처럼 창백해졌다.

"그러니까 빼낸 정보가 누구 컴퓨터에서 나온 건지 알 수 있다는 말이지. 내 컴퓨터인지, 아니면 다른 중역의 것인지. 아마 지금쯤이면 보안 팀에서 알아냈을 거야."

"그…… 그 여자가 다른 중역 컴퓨터에서 빼내온 걸 수도 있죠. 오빠에게 살랑거리고 꼬리를 흔들 정도면 다른 중역에게도 그랬겠죠. 뻔한 수법 아닌가요?"

그 말에 재현의 얼굴이 얼음처럼 싸늘해졌다. 이글거리는 눈빛으로 미라를 노려보던 그의 입가에 비릿한 조소가 실렸다.

"물론이야. 그러니까 더더욱 CCTV를 총동원해서 철저한 조사에 들어가야겠지. 서투르게 일을 처리한 덕분에 조만간 모든 게 밝혀질 거야."

미라 앞으로 뚜벅뚜벅 걸어온 재현은 상체를 굽혀 그녀에게 바짝 얼굴을 들이밀었다.

"누명을 씌우려면 철저하게 했어야지, 안 그래?"

그의 살벌한 기운에 미라는 당장에라도 심장이 멈춰버릴 것 같았다. 그러면서도 지금까지 본 어떤 모습보다 매력적이다. 아, 나쁜 남자 신드롬인가? 잠시 후, 그녀가 크게 숨을 들이마시며 신경질적으로 대답했다.

"그, 그래봤자 그 여자는 일개 인턴이에요. 그런 인턴 때문에 왜 에너지를 낭비해요? 대충 잘라버리고 말지."

"한 가지 놓친 게 있군. 서세희는 그냥 인턴이 아니야. 내 여자거든."

재현의 눈빛이 무서울 정도로 차갑게 번뜩였다.

"내 여잔 내가 지켜."

26. 이제부터 내가 하는 이야기, 잘 들어요

뚜벅뚜벅 방을 가로질러 온 브랜든은 한껏 찌푸린 얼굴로 느긋하게 소파에 앉아 있는 손튼을 노려보았다.

"정말 이렇게 두 손 놓고 뒤에서 지켜만 보실 겁니까?"

"Wait a minute(잠깐만 기다려)."

손튼은 대형 TV 스크린에서 눈을 떼지 않은 채 한 손을 들어 그를 제지했다.

"It's almost over(거의 다 끝나간다고)."

"지금 이 상황에 드라마가 눈에 들어와요?"

브랜든은 TV 리모컨을 휙 집어 들더니 매몰차게 종료 버튼을 눌러버렸다. 커다란 화면이 한순간에 검게 변하자 손튼은 아쉬운 표정으로 고개를 뒤로 젖혔다.

"Shit!"

손튼은 손바닥으로 소파 팔걸이를 팡, 내리치며 자리에서 벌떡 일어났다.

보스가 열심히 시청 중인 TV를 아무렇지 않게 꺼버릴 수 있는 배짱을 가진 비서는 흔치 않을 것이다. 아마 브랜든은 그 희귀한 비서 중 한 명이 아닐까?

"누가 배신자인지 막 밝혀지려던 참이었다고. 가장 중요한 순간에 무작정 꺼버리면 어떡해!"

"드라마 안에서 배신자 찾을 생각하지 마시고 현실에서 찾으세요, 현실에서요."

"정말 보자 보자 하니까."

"왜요? 해고하시려고요? 그보단 내가 먼저 그만두죠. Two weeks notice 할까요?"

브랜든은 한 치의 흔들림 없는 표정으로 손튼을 노려보았다. 그는 손튼이 자신을 절대로 해고할 수 없다는 사실을 너무나도 잘 알고 있었다. 둘째가라면 서러울 정도로 괴팍한 손튼의 비서를 할 수 있는 사람은 맹세코 자신밖엔 없으니까.

역시나 손튼은 땅이 꺼질 듯 긴 한숨을 내쉬며 다시 소파 위로 풀썩 주저앉았다.

소파 등받이에 상체를 기대며 다리를 꼰 손튼은 귀찮다는 눈초리로 브랜든을 올려다보았다.

"그래서 내가 뭘 해주길 원해?"

"진정 몰라서 묻는 건 아니시겠죠?"

"흠……."

손튼은 손가락으로 턱을 문지르며 고민에 빠졌다. 그리고 잠시 후, 할 수 없다는 듯 고개를 설레설레 내저었다.

"알았어. 이 회장과 직접 통화할 테니까 이따가 연결 좀 해봐."

"네, 알겠습니다."

브랜든이 싱글벙글 웃으며 거실을 나서자 뒷모습을 지켜보던 손튼이 피식 웃음을 터뜨렸다.

"녀석, 자기가 진짜 소공녀에 나오는 람다스인 줄 아는 모양이네."

지금까지 힘겹게 버텨온 기운이 모두 바닥났기 때문일까? 대화 도중 그만 잠이 들었나 보다. 얼마나 잠들었던 걸까? 세희는 눈을 깜빡거리며 천천히 주위를 둘러보았다. 아무도 없는 침실에는 고요한 침묵만이 흐르고 있었다. 침실 밖으로 나가자 거실 소파에 앉아 있던 강 비서가 자리에서 일어났다.

"전무님의 지시로 갈아입을 만한 옷과 전복죽을 가지고 왔습니다."

"전무님은……?"

"잠시 외출하셨습니다. 하지만 곧 돌아오실 거예요. 죽은 식탁에 차려놨으니까 우선 식사부터 하세요. 전 그럼 이만."

강 비서의 말대로 식탁에는 먹음직스러운 전복죽과 서너 가지의 반찬이 놓여 있었다. 세희는 식사를 마치고 땀을 씻을 요량으로 가볍게 샤워를 했다. 뜨거운 물 아래 서 있으니 한결 기분이 나아졌다.

강 비서가 가져다놓은 옷으로 갈아입고 거실로 나가자, '띠리리' 경쾌한 전자음과 함께 현관문 잠금장치가 열렸다. 그리고 세련되고 우아한 여인이 안으로 들어섰다.

여인은 거실에 있는 세희를 발견하고는 놀란 듯 그대로 제자리에 멈춰 섰다. 세희 역시 전혀 예상하지 못한 낯선 이의 방문에 크게 당황했다.

아무 말 없이 세희를 뚫어지게 바라보던 여인이 먼저 상냥한 목소리로 입을 열었다.

"난 재현이 어미 되는 사람인데……. 아가씬 누구죠?"

"마지막으로 파일이 저장된 컴퓨터의 고유 번호를 알아냈습니다. 역시 우리가 짐작한 대로 민 사장님의 컴퓨터였습니다."

"그래요?"

서류를 뒤적이던 재현이 고개를 들어 안 실장을 바라보았다.

"외삼촌, 지금 뭐 하시죠?"

"오늘 골프 회동이 있다고 오전 일찍 이스트베이 골프 클럽으로 가셨습니다."

그 말에 재현이 기가 막힌다는 듯 눈살을 찌푸렸다.

"하, 그분도 참……. 보안 팀에서 파일 검색에 들어갔다는 보고를 받지 않았나요?"

"받았겠죠. 아마도 제일 먼저 민 사장님께 보고가 들어갔을 겁니다."

"그런데도 한가하게 골프나 치고 있겠다?"

"미라 양을 도와줬다는 게 알려져도 민 사장님은 별로 개의치 않으실 것 같습니다."

재현은 불쾌한 듯 한 손으로 이마를 짚으며 얼굴을 일그러뜨렸다.

"심심한 참에 저를 골탕 먹이자는 거군요. 어차피 상대는 말단 인턴이니 누명을 씌우든 말든 언제든지 해고할 수 있는 소모품이고, 일이 잘만 되면 나에게까지 불똥이 튈 테니까."

"네. 어차피 민 사장님이 크게 손해 볼 건 없겠죠. 전무님이 절대로 자기를 건드리지 못한다는 걸 아니까요."

"외삼촌이라서요?"

재현의 질문에 안 실장은 어색한 미소만 지을 뿐 아무런 대답도 하지 않았다.

하나 그룹 산하, 하나 전기의 대표이사 및 사장직을 맡은 민태한은 재현의 어머니, 민태희 여사의 하나밖에 없는 남동생이다. 민 여사와 무려 17살이나 나이 차이가 나는 민 사장은 외삼촌이지만, 재현보다 고작 10살이 많을 뿐이었다.

어릴 때부터 삼촌이라기보단 형처럼 지내왔던 민 사장과의 사이가 틀어진 건 외조부가 돌아가신 이후부터였다. 하나 그룹 못지않은 거대한 기업을 거느렸던 외조부는 외아들 민태한이 아닌 당시 고작 10살이었던 외손자 재현에게 재산 대부분을 물려주었다. 그 결과 외조부의 기업은 자연스럽게 하나 그룹으로 흡수 합병되었고, 민태한은 하나 그룹에 입사했다.

처음 세인들은 외조부의 유언에 의아해했지만, 얼마 지나지 않아 왜 그가 그런 극단적인 방법을 내렸는지 이해하기 시작했다. 민 여사의 하나뿐인 동생만 아니었다면, 사고뭉치 민 사장은 아주 예전에 하나 그룹에서 해고당했을 것이다.

"한동안 잠잠하다 했는데 역시 그랬군요. 박 이사 측근이 잘려나가는 걸 보고 몸을 사린다 싶었는데. 역시 사람은 쉽게 바뀌지 않나 봅니다. 어머니도 이 사실에 관해서 아십니까?"

"아직은 아닙니다."

민 여사에게 동생 민 사장은 아킬레스건이며 재현에게는 목에 가시 같은 존재였다. 생명에 위협적이진 않지만 언제나 꺼림칙하면서 신경 쓰이게 하는 상대 말이다. 재현은 속으로 긴 한숨을 내쉬며 책상 위에 널린 서류를 한곳으로 끌어모았다. 그때 문이 발칵 열리며 강 비서가 집무실 안으로 뛰어들어왔다.

"죄, 죄송합니다. 저…… 너무 급해서…… 허헉."

"도대체 무슨 일이지?"

아무리 급한 일이 있어도 늘 냉정을 유지하던 강 비서가 숨넘어갈 듯 말을 더듬자 재현이 의아한 표정으로 물었다.

"헉…… 헉, 방금 연락받았는데…… 민 여사님이 지금 펜트 하우스에 오셨답니다."

"뭐? 어머님이?"

재현은 믿을 수 없다는 듯 강 비서를 바라보았다.

앞에 서 있는 저 우아한 귀부인이 재현 씨의 어머니라고?

순간 세희의 머릿속은 방전된 휴대폰처럼 컴컴해졌다. 아들 없는 집에 혼자 있는 여자를 보면서 그녀는 과연 어떤 생각을 할까? 그래도 우선은 인사부터 해야겠지?

"안녕하세요. 저는 서세희라고 합니다."

세희는 재빨리 허리를 깊이 숙이며 정중하게 인사했다. 서세희라는 이름을 들은 민 여사의 얼굴에 묘한 표정이 떠올랐다.

"아, 아가씨가 바로 그 서세희 양이군요."

"저를 아시나요?"

그럴 리가? 그가 아직 부모님께 이야기하지 않았을 텐데…….

민 여사로부터 뜻밖의 대답이 돌아왔다.

"지금 산업스파이 사건으로 떠들썩한 서세희 양 맞죠?"

벌써 그 이야기가 모두에게 알려진 걸까? 사실이든 아니든, 당한 사람이 억울하든 그렇지 않든, 나쁜 소식은 우선 빨리 퍼지나 보다. 세희의 얼굴에 어두운 그림자가 내려앉았다.

"제가 서세희인 건 맞지만, 산업스파이는 아닙니다."

"그래요?"

"네."

세희의 단호한 태도에 민 여사가 천천히 고개를 끄덕였다.

"그런가 보네요. 내 아들이 아가씨를 여기 혼자 놔두고 나간 걸 보니, 그만큼 믿는다는 거네요. 내 말이 맞나요?"

"네."

세희는 민 여사의 시선을 피하지 않은 채 짧게 대답했다. 그러자 곧이어 민 여사에게서 다른 질문이 날아왔다.

"우리 아들이 사귄다는 여자가 서세희 양, 맞죠?"

"네. 맞습니다."

이번에도 세희는 망설이지 않고 민 여사의 질문에 곧바로 대답했다. 사랑하는 남자의 어머니와의 첫 만남이 이럴 것이라곤 한 번도 상상해보지 못했는데. 왠지 자신이 처한 상황이 안타까워 세희는 눈물이 핑 돌 정도로 가슴이 아팠다.

"엄마!"

그때 '우당탕' 하는 소리와 함께 벌컥 문이 열리며 사색이 된 정연이 집 안으로 뛰어 들어왔다. 그녀는 두 손에 든 커피 컵을 테이블에 내려놓으며 한껏 짜증난 얼굴로 민 여사를 향해 소리쳤다.

"나보고 커피 사 오라고 하고선 이렇게 막무가내로 올라와버리면 어떡해? 재현이 성격, 잘 알면서 그래? 아무도 없는 집에 우리가 들이닥친 거 알면 완전 난리 날 거라고!"

"넌 눈이 없니? 아무도 없는 집 아니잖아."

민 여사가 자신의 뒤에 서 있는 세희를 가리키자 정연은 그제야 세희를 발견하고 그대로 얼어버렸다.

"어, 세희도 여기 와 있었네? 무슨 일이야? 재현이가 서류 가지고 오라고 심부름이라도 시켰니?"

정연이 말도 안 되게 둘러대려 하자 민 여사가 매섭게 자신의 딸을 노려보았다.

"어설픈 연기 그만둬라."

"어? 내가 뭘?"

"어쩌고 어째? 절대로 아니라고? 네가 지금 이 엄마를 속이려고 해?"

"아니, 엄마. 내 말은……."

정연이 난처한 표정으로 민 여사와 세희를 번갈아 바라보았다. 어째 이미 모든 게 탄로가 난 것 같은 불길한 예감인데. 엄마가 벌써 모든 걸 알아버렸나?

무서운 눈빛으로 정연을 노려보던 민 여사가 다시 세희를 바라보았다.

"세희 양, 초면에 실례인 건 알겠는데 나와 같이 이 집에서 나가줘야겠어요. 주인도 없는 집에서 우리끼리 이야기하는 건 예의가 아닌 것 같네요."

"엄마! 그렇다고 엄마가 세희보고 여기서 나가라는 건……."

"넌 좀 가만히 있어."

민 여사가 빽 소리를 지르자, 정연은 화들짝 놀라며 입을 다물었다. 화가 난 민 여사를 자극해서 괜히 긁어 부스럼을 만들면 안 되니까.

인상을 찌푸렸던 민 여사는 다시 표정 관리를 하더니 세희를 향해 살며시 웃어 보였다.

"어차피 세희 양과 할 이야기도 있으니 우리 어디 조용한 곳으로 가요."

어머, 어떡해! 어떡해! 엄마가 이대로 쉽게 물러날 것 같지가 않네. 정연은 속으로 발을 동동 구르며 민 여사 몰래 핸드백을 열고 휴대폰을 꺼내 들었다. 그러고는 휴대폰을 슬그머니 등 뒤로 숨기고 두 손으로 버튼을 만지작거렸다. 엄마 모르게 얼른 재현이에게 문자를 보내야 하는데…….

순간 그녀의 속마음을 훤히 읽은 듯 민 여사가 말했다.

"뭐 하니? 어서 재현이에게 연락하지 않고?"

"응?"

민 여사의 말에 정연이 바짝 긴장하며 휴대폰을 꼭 움켜쥐었다.

"내가 못하게 해도 어차피 너, 나 몰래 재현이에게 연락할 거 아냐. 그러니까 숨기지 말고 해. 내가 오늘 세희 양을 만난다고 이야기하라고. 아, 참. 그리고 말하는 김에 오늘은 저녁 먹지 말고 일찍 들어오라고 해라."

민 여사는 다시 세희에게로 시선을 돌리며 상냥하게 말했다.

"자, 어서 가죠."

세 사람은 정연이 운전하는 차를 타고 그린 힐 호텔로 향했다. 호텔 로비에 들어서자 이미 연락을 받은 총지배인이 민 여사 앞으로 한걸음에 달려왔다.

"어서 오십시오, 사모님. 모두 준비해놓았습니다."

그는 환하게 웃으며 이 회장 가족에게만 출입이 허용되는 프라이빗 스페셜 라운지로 그들을 안내했다. 총지배인의 말대로 테이블 위에는 달콤한 디저트와 간단한 샌드위치를 곁들인 영국식 애프터눈 티 세트가 준비되어 있었다. 하지만 티 세트가 준비된 아기자기하고 포근한 룸 분위기와는 달리 세 여자 사이에는 서늘한 긴장감이 감돌았다.

"자, 앉아요."

민 여사가 세희에게 맞은편 소파를 가리켰다. 세희의 옆자리와 민 여사의 옆자리를 놓고 잠시 고민에 빠졌던 정연은 전자를 골랐다. 그래도 세희 옆에 앉아주는 게 조금이나마 도움이 될 것 같았기에.

근데 재현인 왜 연락이 없지? 회의라도 들어갔나?

정연은 발을 동동 구르며 라운지의 출입문을 바라보았다. 영화에서는 이럴 때 남자 주인공이 멋지게 짠! 나타나던데⋯⋯ 현실에선 아닌가 보다.

한동안 말없이 세희를 뚫어지게 쳐다보던 민 여사가 입을 열었다.

"불편하겠지만 이제부터 내가 하는 이야기, 잘 들어요."

잠시 침묵을 지키던 민 여사가 착 가라앉은 목소리로 말을 꺼냈다.

"네."

세희는 가만히 고개를 끄덕이며 담담하게 민 여사의 시선을 마주했다. 민 여사는 바로 본론을 꺼내지 않았다. 생각을 한데 모으려는지 미간을 좁히며 찻잔을 내려다보았다.

"나는 원래 악역을 좋아하지 않아요."

민 여사는 우아하게 차를 한 모금 마신 후, 두 손으로 찻잔을 조심스럽게 내려놓았다. 그녀의 섬세한 동작 하나하나에서 자연스러운 기품이 우러나왔다.

"하지만 모든 게 뜻대로 되는 건 아니니까. 나도 어쩔 수 없이 악역을 맡아야 할 때가 종종 있어요. 아마도 지금이 그때인 것 같군요."

민 여사의 말에 정연은 엉덩이에 종기가 난 사람처럼 한자리에 있지 못하고 이리저리 자세를 바꾸었다. 아, 진짜! 왜 내가 벌 받는 것 같지?

당사자인 세희는 가만히 있는데 왜 제삼자인 그녀가 좌불안석인지 모르겠다. 정연은 열을 식히기 위해 한 손으로 열심히 부채질하는 시늉을 했다. 세희는 정연과 달리 편한 표정으로 민 여사의 시선을 오롯이 받아냈다.

"서세희 씨는 산업스파이로 지금 조사를 받고 있다고 들었어요."

"아까도 말씀드렸지만 저는 산업스파이가 아닙니다."

상냥하지만 단호한 목소리로 세희가 대답했다. 그러자 민 여사는 동의한다는 듯 가만히 고개를 끄덕였다.

"좋아요. 산업스파이가 아니라고 해요. 하지만 아직 누명을 벗은 건 아니에요. 그렇죠?"

"네. 아직은 아닙니다."

"그런데 그런 세희 양이 우리 아들 집에 머무르면 주위에서 뭐라고 하겠어요. 안 그래요?"

"엄마, 그건 세희가 아파서 재현이가 어쩔 수 없이."

"넌 가만히 있으라고 했지."

"그래도 억울한 오해는 풀어야지. 세희가 제 발로 들어간 게 아니라."

정연이 계속해서 세희의 역성을 들려고 하자, 민 여사가 매섭게 그녀를 노려보았다.

"너, 우리 이야기 끝날 때까지 밖에 나가 있을래?"

"아니! 입 다물게."

정연은 입에 지퍼 닫는 시늉을 해 보이며 뒤로 물러섰다.

"죄송합니다. 제가 생각이 모자랐습니다."

잠자코 듣기만 하던 세희가 민 여사에게 깊이 고개를 숙이며 사죄했다. 정신을 잃고 깨어나 보니 재현의 집이었다는 말은 민 여사에겐 변명에 불과할 것이다. 어찌 되었든 지금 논란이 되는 그녀가 재현의 집에서 지내는 건 잘못된 일이니까. 하나 그룹의 전무로서 공정성에 문제가 될지도 모른다.

"이번 일이 해결될 때까지 전무님과 거리를 두겠습니다."

"어떻게 거리를 둔다는 거죠?"

"공식적인 자리 외에는 전무님과의 만남을 피하겠습니다."

세희가 순순히 자신의 뜻에 따르자 민 여사의 얼굴에 여린 미소가 떠올랐다.

"다행히 잘 알아듣는군요."

민 여사는 맞은편에 앉은 세희의 얼굴을 찬찬히 뜯어보았다. 솔직히 겉으로만 보자면 그녀는 재현의 상대로 흡족했다. 너무 화려하지 않으면서도 은은한 아름다움을 지닌 그녀는 차가우면서도 강인한 분위기의 재현과 꽤 괜찮은 조화를 이룰 것이다.

하지만 거기에 만족할 순 없었다. 재현에게는 세희보다 좀 더 나은 상대가 필요했다. 재현을 도와줄 수 있는 부와 권력을 가진 여자는 주위에 쌔고

쐈다. 굳이 몰락한 집안의 딸과 재현을 맺어주고 싶진 않았다.

그렇지만 내 자식을 위해 남의 집 귀한 자식에게 상처를 줄 수는 없었다. 또 강제로 헤어지게 하면 그 후유증이 어마어마하다는 걸, 이미 정연을 통해 뼈저리게 경험을 했다.

민 여사는 한 손을 이마에 올리며 가만히 두 눈을 감았다. 두 사람을 축복해줄 수도 없고, 찢어놓을 수도 없고, 정말 이러지도 저러지도 못하는 상황에 민 여사는 깊은 한숨을 내쉬었다.

"본인이 진짜 산업스파이든 아니든 그건 중요한 게 아니에요. 억울할 수도 있겠지만, 최소한의 희생으로 이번 일을 덮으려면 해고가 정답이죠. 물론 재현이가 난처해지긴 할 거예요. 세희 양은 재현이의 사람이니까. 회사 안에서나 사적으로나……."

세희는 민 여사를 마주 보며 그녀가 하는 말 한마디, 한마디를 곱씹었다. 애석하게도 민 여사가 하는 말이 모두 틀린 건 아니었다. 강자라면 누구라도 약자의 처지 따윈 신경 쓰지 않고 쉽게 결정을 내릴 테니까. 그녀의 잘못은 하나도 없는데……. 세상은 가진 것 없는 그녀에게 희생하라고 강요한다.

"대를 위한 소의 희생을 말씀하시는군요."

"그래요."

"하지만 이재현 전무님은 대를 위해 소를 희생하지 않을 거라고 생각합니다."

두 손을 꼭 움켜쥐며 세희가 조심스럽게 반대 의견을 꺼냈다.

"회사를 위한다는 명분 아래, 소모품처럼 사원을 버린다면, 나중에는 하나 그룹 역시 흔들리게 될 것입니다. 저는 사원 하나하나가 모여서 뿌리가 되고 줄기가 된다고 믿습니다. 다디단 열매를 위해서 뿌리와 줄기를 계속 쳐낼 수만은 없습니다."

그녀의 대답에 민 여사는 가만히 고개를 끄덕였다.

"그 말도 일리가 있긴 있어요. 하지만 그건 어디까지나 이론일 뿐이죠. 현실은 빠른 해결책을 원해요."

여기에서 해결책이란 그녀를 이대로 당장 해고해버린다든지, 아니면 그녀가 빠르게 누명을 벗는다든지…… 둘 중 하나일 것이다.

"어떤 수를 써서라도 빨리 누명을 벗겠습니다. 그게 저를 위해서도, 이재현 전무님을 위해서도, 회사를 위해서도 최고의 해결책이라고 믿습니다."

"그게 어디 쉽겠어요?"

"네. 하지만 그렇다고 이대로 쉽게 포기할 순 없습니다."

세희와 민 여사의 시선이 허공에서 서로 얽혀들었다.

"가보시지 않아도 되겠습니까?"

정연으로부터 날아온 문자를 확인하는 재현에게 안 실장이 넌지시 물어보았다.

재현은 가만히 고개를 저은 후, 휴대폰을 끄고 책상 위에 내려놓았다.

"제가 가보았자 문제만 더 커질 겁니다. 세희, 혼자서 잘 처리하겠죠. 누나도 옆에 있으니까 괜찮을 거예요. 보고하던 거, 계속하시죠."

"CCTV에 찍힌 영상을 모아 조사에 들어갔습니다. 이건 카피 본입니다."

재현에게 USB 메모리를 건네며 안 실장이 말을 이었다.

"몇몇 카메라 영상 중, 시간이 비는 부분이 있더군요."

"유출된 파일은 보름 전, 마지막으로 민 사장님 컴퓨터에서 저장되었으니까 그 이후를 검색하면 될 겁니다. 그 시간대가 빈다는 겁니까?"

"네. 홍보부를 검색하기 전날과 당일의 영상 중, 몇몇 카메라가 작동되지 않았다고 합니다. 특히 세희 양의 주변을 찍은 카메라와 출입구 담당 카메라가 그렇다더군요."

아주 철저하게 계획을 세웠군. 재현이 굳은 표정으로 USB를 움켜쥐었다.

"하지만 걱정하지 마십시오. 이런 상황을 위해서 메인 카메라 3대는 초고화질 카메라를 사용하니까요. 전문팀에 연락해서 시청 가능한 영상으로 전환하면 될 겁니다."

"얼마나 걸리죠?"

"글쎄요. 워낙 양이 방대하니까 적어도 이틀 정도는 주셔야 할 겁니다."

"알겠습니다. 전환하는 즉시 하나도 빠짐없이 샅샅이 살펴보라고 하세요. 단서가 될 만한 것들이 분명히 있을 테니까요."

"알겠습니다."

보고를 마친 안 실장이 집무실을 나가자, 재현은 긴 숨을 내쉬며 의자 등받이에 머리를 기대었다. 아까부터 괴롭히던 미미한 두통이 그 무게를 더하고 있었다. 재현은 한 손으로 미간을 누르며 스르르 두 눈을 감았다.

"세희야."

그녀는 지금 뭘 하고 있을까? 혹시라도 어머니 앞에서 울음을 삼키고 있는 건 아니겠지? 아무리 강한 척을 할지라도 속은 여리고 여린 그녀였기에.

재현은 지금 당장에라도 세희에게 달려가고 싶은 마음을 누르기 위해 주먹을 꼭 움켜쥐었다.

눈에 보이지 않는 벽을 느낄 수 있었다. 탐탁지 않은 표정을 숨기고 있을 뿐, 민 여사는 세희를 향한 어떤 호의도 나타내지 않았다. 왜 안 그렇겠어? 대한민국 최고의 신랑감인 자기 아들이 가진 게 하나도 없는 여자에게 마음을 빼앗겼다는데. 아마 어떤 어머니라도 받아들이기 어려울 것이다.

아니나 다를까, 드디어 민 여사의 입에서 모진 말이 흘러나왔다.

"본인이 우리 재현이 상대로 자격이 된다고 생각해요? 내가 볼 땐 턱없이 모자라요. 하지만 난 적어도 두 사람 사이를 반대하지는 않으려고 했어요."

민 여사는 차를 한 모금 들이켜고 다시 말을 이었다.

"그런데 불행하게도 상황이 달라졌군요. 산업스파이라니요? 아무리 누명이라고 해도 이젠 절대로 안 돼요. 내가 아니더라도 주변에서 가만히 있지 않을 거예요."

야속했지만, 민 여사가 하는 말은 하나도 틀리지 않았다. 아무리 재현이 하나 그룹의 후계자라고 해도 산업스파이 누명을 쓴 그녀를 자신의 여자로 받아들일 순 없을 것이다. 그룹 이미지에 미치는 영향은 둘째 치고, 이사회에서부터 들고 일어날 테니까.

"이번 산업스파이 건, 깨끗하게 처리해요. 그렇지 않으면 우리 재현이와는 절대로 안 됩니다."

"엄마!"

"가만히 있으라고 했지."

정연이 대화에 끼어들려고 하자, 민 여사가 낮은 목소리로 쏘아붙였다. 정연은 할 수 없이 입을 다물며 미안한 표정으로 세희를 바라보았다. 어젯밤까지 고열에 시달리다 오늘에야 겨우 정신을 차렸다고 들었는데…….

소파 위에 놓인 세희의 손이 아주 미세하게 떨리고 있었다. 겉으론 아무렇지 않은 듯 고개를 빳빳이 들고 있어도 속으로는 떨고 있구나. 그런데 엄마는 아까부터 계속해서 폭탄을 던지고 있으니……. 언제나 우아하게 미소 짓던 민 여사에게 이렇게 매몰찬 면이 있는 줄 전혀 몰랐다. 규한과 문제가 있었을 때도 민 여사는 뒤로 물러서고 대부분은 이 회장이 앞에서 반대했었다.

"제 명예를 위해서라도 누명을 꼭 벗겠습니다."

세희는 당장에라도 쓰러질 것 같은 창백한 얼굴이었지만 태도만큼은 단호했다. 말없이 세희를 바라보던 민 여사가 잠시 후, 고개를 끄덕였다.

"……좋아요. 지켜보죠."

"아저씨!"

초조한 얼굴로 로비를 서성거리던 미라는 라운지 홀에서 걸어 나오는 남자를 보고 전속력으로 달려왔다. 요란스러운 하이힐 소리에 남자가 눈살을 찌푸리며 뒤를 돌아보았다.

"아저씨, 큰일 났어요! 파일 넘겨준 사람이 아저씨라는 걸 재현 오빠가 알아낼 거 같아요."

주위의 시선은 아랑곳하지 않고 큰 소리로 떠드는 미라를 보며 민 사장은 속으로 한숨을 내쉬었다. 원래 머리가 나쁜 줄은 알았지만, 가끔 하는 행동을 보면 기가 막힐 정도였다. 공공장소에서 떠들 이야기가 절대 아니구먼. 하지만 그런 점 때문에 재현의 짝으로 점찍지 않았던가! 유미라는 언제 터질지 모르는 시한폭탄이니까.

"나도 알아. 그리고 녀석이 알아낼 것 같은 게 아니라 이미 알아냈어."

민 사장은 아무 일도 아니라는 듯 미소 지으며 미라의 말을 정정했다.

"네에? 오빠가 벌써 알아냈어요?"

가뜩이나 창백해진 미라의 얼굴이 더욱더 파랗게 질려버렸다.

"그래도 녀석이 나에게 뭘 어쩌겠냐? 네가 꾸민 일인지는 절대로 모를 테니까 걱정 마라."

"정말이죠?"

"내가 조카며느리 될 너에게 거짓말을 하겠니?"

'조카며느리'란 말에 미라의 얼굴이 단번에 밝아졌다.

"그런데 왜 그리도 재현이랑 결혼하고 싶은 거냐? 녀석보다 멋진 남자들이 주위에 널렸는데……."

그러자 미라가 꽥 소리를 질렀다.

"어머, 아니거든요. 우리 재현이 오빠보다 멋있는 남자, 세상에 절대로 없거든요!"

머리만 나쁜 줄 알았는데 남자 보는 눈도 낮군. 민 사장은 속으로 혀를 차며 고개를 내저었다. 어차피 남녀 사이라는 거, 결혼해서 살다 보면 정들게 마련이다. 그의 누나 민 여사 역시 처음에는 이 회장과 결혼하지 않겠다고 그 난리를 치더니 결혼하고 나서는 태도를 싸악 바꿨다. 재현도 지금은 미라를 거부해도 결혼하게 되면 제 여자로 받아들일 것이 분명했다.

"하여간 재현인 절대 서세희라는 여자와 결혼 못 해. 그러니까 안심해라."

"어떻게 그렇게 확신하세요?"

"네가 말한 그 여자, 앨버트 서의 딸이더라고."

"앨버트 뭐요?"

정확히 알아듣지 못한 미라가 눈을 가늘게 뜨며 되물었다. 민 사장은 미라의 질문에 답을 해주는 대신 알 수 없는 말을 늘어놓았다.

"참, 세상에 이런 인연이 다 있나 싶어. 재현이가 고르고 고른 여자가 하필이면 앨버트의 딸이라니."

민 사장은 의미심장한 표정을 지으며 입매를 비틀었다.

"일이 아주 재밌게 돌아가고 있어."

괜찮다는 세희의 사양에도 불구하고 민 여사는 정연에게 세희를 집에까지 바래다주고 가자고 말했다.

"안색이 많이 안 좋아요. 나도 좋은 소리만 한 거 아니니까, 미안하기도 하고. 하여간 집에 데려다주고 갈게요."

원래는 우리 엄마, 이렇게 나와야 정상인데…….

자상한 목소리로 차에 탈 것을 권하는 민 여사를 보며 정연이 속으로 투덜거렸다. 오늘 민 여사가 세희에게 보인 태도는 평소의 그녀와는 전혀 달랐다. 웬만하면 언성도 높이지 않고, 절대로 상대에게 상처 주지 않는 민 여사가 오늘은 찬바람이 쌩쌩 불 정도로 차가웠다. 자기 아들 문제만큼은 절대로 양보 못 하겠다는 건가? 정연은 그런 민 여사의 반응이 왠지 씁쓸하면서도 찝찝했다.

옥탑방 건물로 들어서는 도로가 막히자 세희는 여기서 내려달라고 부탁했다.

"바로 저 앞인 걸요. 여기서부터 걸어서 갈게요."

"그래요, 그럼. 정연아, 저기 앞에다 세워."

정연이 도로변에 차를 세우자, 세희는 뒷좌석에 탄 민 여사를 향해 고개를 돌렸다.

"바래다주셔서 감사합니다."

"들어가서 푹 쉬어요."

세희는 살며시 웃어 보인 후 차에서 내렸고, 곧바로 옥탑방 건물 방향으로 걸어갔다.

"엄마, 도대체 왜 그래?"

세희의 뒷모습이 보이지 않을 때까지 기다렸던 정연이 참고 참았던 말을 퍼부었다.

"굳이 그렇게까지 할 필요는 없었잖아. 가뜩이나 누명 쓰고 힘든 애한테……."

"일부러 그랬어."

세희의 뒷모습을 유심히 바라보던 민 여사가 정연의 말을 빠르게 잘랐다.

"재현이 옆에 있으려면 앞으로 별의별 일이 생길 텐데……. 난 배경은 둘째 치고 나약하게 눈물이나 질질 짜는 여자, 질색이다. 정말 재현이의 짝이라면 혼자서 잘 이겨내겠지."

"와, 무섭다, 엄마. 그러니까 지금 세희를 테스트한 거야?"

"재현이를 담을 수 있는 그릇인지 나도 확인해봐야지. 안 그래?"

민 여사를 이해 못 하는 건 아니었지만, 정연은 괜히 기분이 더러웠다. 저놈의 그릇 어쩌고, 배경 저쩌고 때문에 규한과 헤어졌으니까.

"우리 집안이 뭐 그리 대단하다고. 치, 나 같으면 아니꼬워서라도 결혼 안 하고 만다."

투덜거리던 정연의 눈에 뒷좌석에 놓아둔 케이크 상자가 들어왔다. 우울해 보이는 세희를 달래주려고 호텔 직원에게 치즈 케이크를 포장해달라고 했는데, 세희에게 준다는 걸 깜빡 잊어버리고 말았다.

"엄마, 잠깐만 기다려."

정연은 케이크 상자를 들고 재빨리 세희의 뒤를 따랐다. 건물 모퉁이를 돌자, 옥탑방 건물에 거의 다다른 세희가 저 멀리 보였다.

"세희야!"

세희를 부르며 빠르게 달려가던 정연이 돌연 제자리에 멈춰 섰다. 옥탑방 건물 앞에 세워진 차에서 어떤 남자가 내리더니 세희 앞으로 다가가고 있었기 때문이었다. 남자를 알아본 정연의 안색이 순식간에 창백해졌다.

"규……한 씨?"

세희에게 다가서는 규한의 모습이 정연의 시야에 가득 찼다.

27. 누구를 만났지?

"오랜만이군요."

"아, 안녕하세요."

규한이 찾아올 거라는 건 전혀 예상하지 못했기에 세희는 당황하며 말을 더듬었다. 아직 정연 언니에게 아무 말도 못 했는데, 어떡하지?

"잠깐, 시간 좀 내줄 수 있습니까?"

규한이 세희의 안색을 살피며 물었다. 그가 보기에도 그녀의 몰골이 말이 아닌 모양이다. 창백한 얼굴에 혼이 나간 듯 멍한 눈을 하고 있을 테니까.

"네, 괜찮아요."

이런 기분으로는 혼자 옥탑방에 돌아가고 싶지 않았다. 아직 정연에게 말하지 못한 이유를 설명해야 하기도 했고.

"저녁 먹었어요?"

"아뇨. 아직."

"그럼 같이 저녁 먹으러 갈까요?"

규한이 차 문을 열자, 세희는 잠시 고민에 빠졌다. 처음 본 사람도 아니고 정연 언니를 사랑하는 남자인데, 이젠 믿어도 되지 않을까?

"네. 그래요."

세희가 순순히 차에 올라타자, 규한은 조수석 문을 닫고 자동차 앞을 돌아 운전석에 올라탔다.

세희가 안전벨트를 매자, 규한은 시동을 걸고 빠르게 차를 출발시켰다.

왜 규한 씨가 세희를 찾아온 걸까? 세희가 아무렇지 않게 차에 올라타는 걸로 봐서 둘은 이미 잘 아는 사이 같은데…….

멀어져가는 차를 멍하니 바라보는 정연의 손에서 힘이 풀리며 케이크 상자가 땅바닥으로 툭 떨어졌다.

정연은 규한이 애진 그룹 CEO 제의를 받았다는 사실을 민 여사와 안 실장을 통해 알고 있었다. 재현과 미라의 정략결혼이 깨지며 두 그룹 간의 밀애는 끝이 난 상태였다. 애진에서 화학 분야를 정리하지 않고 계속해서 사업을 해나간다면 하나 그룹의 가장 큰 경쟁 상대가 될 것이다.

노출될 뻔했던 기밀은 애진 그룹에 큰 이익이 될 정보였다.

규한 앞에서 당황하던 세희를 떠올리며 정연은 아랫입술을 깨물었다.

민규한, 옴므파탈(Homme Fatale)의 대명사인 남자.

정연은 항상 자신을 향해 다정하게 웃어주던 예전의 규한을 떠올리며 씁쓸한 미소를 지었다.

치명적인 매력을 가진 그이기에 여자 하나쯤 홀려버리긴 쉬운 죽 먹기일 것이었다. 돈 한 푼 없이 미국으로 건너간 규한이 성공해서 돌아올 수 있었던 이유 중 하나도 그의 거부할 수 없는 매력이었을 것이다. 과거에도 그를 유혹해 보겠다고 덤벼든 여자가 한둘이 아니었다. 규한 씨의 매력을 어떤 여자가 그냥 넘길 수 있을까? 그렇다면 세희도?

재현과 규한을 비교하면 외모로 보나, 성격으로 보나 당연히 규한이 훨씬 더 멋있었다. 그러니까 규한이 작정하고 접근했다면 세희는 분명히 흔들릴 것이다. 규한도 세희처럼 젊고 예쁜 여자가 훨씬 더 끌릴 테고…….

그래서였나? 제주도에서 우연히 부딪힌 후 아무 연락이 없었던 건?

"하, 하."

갑자기 솟아오르는 유치한 질투심에 정연은 자조적인 웃음을 흘렸다. 나도 어쩔 수 없는 평범한 사람인가?

"진짜 짜증 나 미치겠네."

정연은 땅바닥에 떨어진 케이크 상자를 뚫어지게 내려다보다 이내 등을 돌렸다.

"그래서 어떻게 됐습니까?"

유럽으로 향하는 전용 제트기 안에서 브랜든이 은근슬쩍 질문을 던졌다. 유리창 너머, 하얗게 펼쳐진 구름을 내려다보던 손튼이 어깨를 으쓱거렸다.

"왜? 궁금해?"

어떻게 손튼을 다루어야 하는지 잘 아는 브랜든은 궁금하다는 말 대신 미간을 좁혔다.

"이런……. 일이 잘 안 되었나 보군요."

"안 되긴? 내가 나섰는데 안 될 일이 뭐가 있어?"

손튼은 브랜든이 던진 미끼를 아무런 의심 없이 덥석 물어버렸다.

"조금만 기다려봐."

"그럼 저는 이제 슬슬 준비에 들어갈까요?"

"왜?"

"바로 터뜨릴 계획 아니셨습니까?"

"……그래야 하나?"

손튼이 아래턱을 쓰다듬으며 머뭇거리자 브랜든이 버럭 언성을 높였다.

"그만하면 충분히 고생했잖아요! 여기서 뭘 더 고생시키려고요!"

손튼은 쓰고 있던 카우보이모자를 벗으며 피식 입꼬리를 비틀었다.

"나 역시 고생하는 모습 보면서 마음이 좋다고는 할 수 없어."

손튼이 진지한 얼굴로 말하자, 브랜든은 슬그머니 꼬리를 내렸다. 솔직히 말하자면 자신보다는 손튼이 더욱더 마음을 졸이고 있을 테니까.

잠시 침묵을 지키던 손튼이 다시 말을 이었다.

"제이가 여기저기 사람을 풀어서 세라의 재산에 관해서 알아보고 있다고 했지?"

"네."

"이젠 슬슬 정보를 흘려도 되니까 꼭꼭 숨길 필요 없다고 전해. 슬그머니 중요한 걸 흘려도 된다는 소리야, 알겠나?"

"네, 알겠습니다."

브랜든은 가볍게 고개를 끄덕인 후, 태블릿 PC에 빠르게 메모를 남겼다. 그러자 손튼이 씨익 이를 드러내며 웃어 보였다.

"난 말이지, 나중에 모두 어떤 표정을 지을지 그게 제일 궁금해."

"참, 궁금한 것도 많으십니다."

"그렇지?"

손튼이 다시 카우보이모자를 머리에 쓰며 껄껄 웃음을 터뜨렸다.

"세희 씨가 관련된 조사가 극비로 진행되고 있다고 들었습니다. 제가 들은 정보가 맞는 건가요? 산업스파이 누명을 쓰고 있다고."

규한이 조심스럽게 묻자 세희는 가만히 고개를 끄덕였다.

"네. 그래서 정연 언니에게 말을 전할 기회가 없었어요. 죄송합니다."

"아닙니다. 지금 그게 무슨 큰일이라고. 신경 쓰지 말아요."

한동안 두 사람 사이에 침묵이 흘렀다. 규한은 말없이 물컵을 만지작거렸고, 세희는 물끄러미 접시를 내려다보았다. 그러다 규한이 먼저 입을 열었다.

"혹시 제가 뭐 도울 일은 없을까요?"

"말씀만이라도 고맙습니다. 제 일인데 저 혼자 해결해야죠."

"우리가 이렇게 만나는 것도 혹시 누군가의 눈에 띈다면 좋을 게 없겠군요. 앞으로는 전화로만 연락하겠습니다. 아, 그것도 어쩌면 도청 당할지도 모르겠네요."

규한은 낭패라는 듯 미간을 좁혔다.

"한동안 저는 세희 씨 앞에 나타나지 않는 걸로 하겠습니다. 대신 도움이 필요하다면 언제든지 먼저 연락해요. 내가 도울 수 있는 게 있다면, 최대한 도울게요."

"저, 죄송하지만……."

잠시 머뭇거리던 세희가 다시금 말을 이어나갔다.

"제가 이해가 안 돼서 그러는데요. 왜 저를 도와주시려는 거죠? 이번이 고작 두 번째 만남인데요. 저에 대해서 잘 아는 것도 아니면서. 제가 정말 산업스파이일 수도 있는 거잖아요?"

"그건 세희 씨와 내가 같은 처지이기 때문이죠. 동병상련이라고 할까? 앞으로 세희 씨가 겪을 일이 내가 겪었던 일과 같을까 봐 그러는 겁니다."

규한의 얼굴 위로 어두운 그림자가 내려앉았다.

"하나 그룹과 얽히면서, 짊어지고 가야 할 무거운 짐 같은 거 말이죠. 내 눈에 세희 씨의 미래가 보여서 그냥 지나칠 수가 없어요."

까닭 없이 서글퍼 보이는 규한을 보며 세희는 어쩌면 자신도 그처럼 될지 모른다는 생각을 해보았다.

나도 저런 표정을 짓게 될까? 헤어져도 상관없다고 하더라도, 사랑이 끝나면 마음과 얼굴에 큰 흔적을 남기나 보다.

웨이터가 두 사람의 빈 접시를 치우고 디저트가 담긴 그릇을 가지고 오자, 세희는 규한에게 두 번째 질문을 던졌다.

"저번에 왜 정연 언니와 헤어졌는지 이야기하다가 마셨죠. 지금 해주실 수 있어요?"

그녀가 물어볼 줄 알았다는 듯 규한의 입가에 쓴 미소가 번졌다.

"이 회장님, 겉으로 보기엔 인자해 보여도 가족을 위해서라면 아주 잔인해질 수도 있는 분이죠."

숟가락으로 바닐라 아이스크림을 떠 올리며 그는 감정 없는 목소리로 말을 이었다.

"정연이와 헤어지게 하려고 나를 정신병원에 집어넣었어요."

"네?"

전혀 예상하지 못했던 말이 규한의 입에서 흘러나왔다. 세희는 큰 충격에 빠져 아무 말도 할 수 없었다.

"왜 전화를 안 받아? 휴대폰이 고장나기라도 했어?"

겨우 통화가 연결된 정연에게 재현이 언짢은 목소리로 물었다.

[그러는 넌? 왜 내 문자는 씹어? 문자 보냈으면 쌩하고 달려와야지.]

정연의 시큰둥한 목소리가 수화기 건너편에서 흘러나왔다.

"내가 그 자리에 끼어들었으면 상황만 더 복잡해졌을 거야. 어머니가 세희에게 뭐라고 하셨어?"

[왜 그걸 나에게 묻니? 당사자에게 직접 들어. 나는 그냥 여기서 빠질게.]

평소와 다른 정연의 태도에 재현이 미간을 찌푸렸다.

[나 지금 머리가 빠개질 것같이 아프거든. 그러니까 그만 전화 끊자.]

"왜? 어디 안 좋아?"

[아이고, 우리 하나밖에 없는 남동생. 이제야 누나가 걱정되는 거야?]

"많이 아파?"

[……아니, 뭐 괜찮아. 한숨 자고 나면 괜찮아질 거야.]

그 말을 끝으로 정연은 통화를 일방적으로 끊어버렸다.

뭐지? 재현은 눈을 가늘게 뜨며 통화가 끊긴 휴대폰 화면을 바라보았다. 아무래도 세희와 어머니와의 만남이 그리 좋게 끝난 것 같지 않았다. 재현은 세희에게 전화를 걸기 위해 단축 번호 1번을 눌렀다. 그러나 계속해서 신호만 갈 뿐, 그녀는 전화를 받지 않았다.

띠리리—.

전화벨 소리가 울리자, 세희는 상대를 확인하지도 않고 황급히 전원을 꺼버렸다. 그리고 미안한 듯한 얼굴로 규한을 바라보았다.

"죄송합니다. 말씀 계속하세요."

"……물론 이 회장님이 그랬다는 건 아무도 모릅니다. 그런 일을 대놓고 하실 분이 아니니까요."

"그런데 왜 이 회장님이 꾸민 일이라고 생각하는 거죠?"

"우리 집이 몰락하긴 했지만 그래도 명색이 미디어 재벌이었어요. 그런 정보쯤은 손쉽게 알아낼 수 있습니다."

"그러면 왜 규한 씨 집에서는 가만히 있었나요?"

"내가 알리지 않았으니까요. 나에게 돈을 받고 배후를 알아낸 정보통 말고는 아무도 모릅니다. 지금 세희 씨에게 처음으로 하는 말이에요."

"왜 아무에게도 말하지 않았죠? 정연 언니에게까지 숨긴 이유가 뭐죠?"

"내가 이런 이야길 하면……."

규한의 얼굴에 쓰디쓴 미소가 떠올랐다.

"정연이가 충격받을 테니까요. 이 회장님이 나에게 한 일은 용서할 수 없지만, 내가 사랑하는 사람의 아버지에 관해서 나쁜 말을 퍼뜨릴 순 없었습니다. 그냥 내가 물러나는 게 최선이겠다는 생각을 했습니다. 그렇다면 이 회장님도 밑바닥까지 가지 않을 테고, 정연이도 우리 두 사람 사이에서 상처를 덜 받을 테니까요. 그래서 지금의 산업스파이 누명도 제가 보기엔 조금 의심스럽다는 겁니다."

"이 회장님 쪽에서 계획한 일일지도 모른다는 건가요?"

"완전히 배제할 순 없겠죠."

모르겠다. 모든 게 너무나도 복잡하다. 세희는 갑자기 밀려오는 혼돈에 눈앞이 어질어질하고 속이 울렁거렸다. 재현 씨의 아버지는 그렇게까지 잔인한 분일까? 자신의 딸이 사랑하는 남자를 정신병원에 집어넣고, 제 아들이 사랑하는 여자에게 산업스파이 누명을 씌울 정도로?

맞은편에 앉은 규한은 충격적인 사실을 털어놓으면서도 무표정을 유지하고 있었다. 이 남자의 말을 어디까지 믿어야 하지? 자신에게 그런 수모를 준 사람의 딸을 아직까지 사랑한다는 게 가능할까?

"그럼 왜 정연 언니에게 돌아온 거죠?"

순간 그의 표정이 살짝 흔들렸다. 침묵을 지키던 그가 이윽고 가라앉은 목소리로 입을 열었다.

"내가 살아야 하니까요."

선뜻 꺼내기 어려운 말이었는지 그가 띄엄띄엄 말을 이어나갔다.

"사는 게 사는 것 같지 않더군요. 크게 성공해도 전혀 행복하지 않았어요. 내 삶이 텅 비어버린 것 같아서 견딜 수가 없었습니다. 절벽을 낀 산책로를 걷다가 갑자기 뛰어내리고 싶은 충동도 자주 들었죠. 정말 뛰어내리려고 난간을 넘어선 적도 있습니다. ……그때 문득 이런 생각이 들더군요. 이렇게 죽어버릴 거면…… 죽을 각오로 돌아가자. ……그녀가 없는 저 세상도…… 나에게는 여전히 지옥일 테니까."

고해성사 같은 규한의 고백에 세희는 아무 말도 할 수 없었다. 두 사람은 접시 위에 놓인 아이스크림이 녹아내릴 때까지 침묵을 지켰다. 한참 후, 세희가 물었다.

"그럼 이 회장님을 용서하신 건가요?"

"용서는 모르겠습니다."

규한이 느릿하지만 단호한 목소리로 대답했다.

"하지만 과거는 과거로 흘려보낼 수 있을 것 같습니다."

"뭐? 지금 누구를 만나고 있다고?"

수화기 너머로 경호실장의 목소리가 흘러나왔다.

[민규한 씨를 만나고 있습니다. 집 앞에서 서세희 씨를 기다렸다가 차에 태우고 어디론가 가더군요. 저희 경호원 중 한 명이 빠르게 두 사람을 미행했습니다.]

그래서 전화를 안 받은 건가? 저번에도 그러더니 규한이 형은 왜 자꾸만 세희 주변에서 얼쩡거리는 거지? 애진 그룹의 최고 경영자 제의를 받은 터라, 가뜩이나 멀리해야 할 인물인데…….

[두 사람의 대화 내용을 얼핏 엿들었는데, 혹시 다른 이의 눈에 띄면 안 되니까 앞으로는 전화로만 연락하겠다는 것 같았습니다. 그러면서 도청을 걱정하더군요.]

순간 재현의 얼굴색이 어두워졌다. 두 사람이 어떤 연유로 만났는지는 모르지만, 얼핏 들었을 땐 그녀를 산업스파이로 몰고 가기 쉬운 내용이었다. 다행히도 그의 직속 경호원이 따라붙었으니 망정이지, 이 사실이 이 회장 귀에 들어가기라도 했다면 상황은 좀 더 복잡해졌을 것이다. 재현은 애써 감정을 드러내지 않고 담담한 목소리로 지시를 내렸다.

"알았어. 계속 보고해. 지금 내용은 절대로 밖으로 새어나가지 않게 조심하고."

[네, 알겠습니다.]

갑자기 모든 일이 회오리바람처럼 무섭게 몰아친다. 재현은 서둘러 휴대폰을 집어 들고 세희에게 전화를 걸었다. 그러나 신호 음만 들리다 곧 음성 사서함으로 넘어갔다. 몇 번 더 전화를 걸었지만, 마찬가지였다. 재현은 빠르게 재킷을 들고 자리에서 일어났다.

"많이 안 좋아 보이는데 병원에 가지 않아도 괜찮겠어요?"

옥탑방 건물 앞에 차를 세우며 규한이 걱정스러운 얼굴로 물었다. 세희는 희미하게 웃으며 고개를 가로저었다.

"좀 쉬면 괜찮을 거예요. 바래다주셔서 감사합니다."

규한의 차가 시야에서 사라지자 그녀는 힘없이 고개를 숙이고 1층에 있는 편의점으로 향했다. 방금 먹은 저녁이 소화가 잘 안 되는지 가슴이 꽉 막힌 것처럼 답답했다. 소다수를 살 생각으로 편의점의 문을 여는데 누군가 그녀의 어깨에 손을 얹었다. 깜짝 놀라 뒤를 돌아보니 퇴근하고 그대로 왔는지 슈트 차림의 재현이 서 있었다.

"전무님?"

조금은 지쳐 보이는 재현을 보며 세희는 안쓰러움에 마음이 아팠다. 가뜩이나 바쁜 사람에게 그녀의 일로 더욱더 무거운 짐을 지운 건 아닌가 하는 걱정도.

"지금 어머니 만나고 돌아오는 길이야?"

그가 어두운 표정으로 물었다.

정연 언니가 벌써 그에게 모든 이야기를 해주었나 보다. 그가 미안해할 필요는 전혀 없는데……. 세희는 그의 걱정을 덜어주려 평소보다 더 환하게 웃어 보였다.

"아뇨. 어머니는 아까 뵈었고 지금은 누구랑 저녁 먹고 오는 길이에요."

"누구랑 저녁을 먹었는지 물어봐도 될까?"

"그냥 아는 사람이에요."

"……세희야, 내 말 잘 들어."

재현이 착 가라앉은 목소리로 말했다.

"지금 이 상황에서 난 네가 누구를 만나고 무엇을 했는지 샅샅이 알 필요가 있어. 모든 걸 알아야 너를 지켜줄 수 있어. 자, 말해봐. 누굴 만났지?"

왠지 모르게 억압적인 눈빛에 세희는 가만히 숨을 죽였다.

"그건……."

어떡하지? 비밀로 하기로 규한 씨와 약속했는데……. 세희가 선뜻 대답하지 못하자 재현은 두 손으로 그녀의 어깨를 잡았다.

"좋아, 그럼. 내가 물어볼 테니까 맞는지 아닌지만 이야기해줘."

그녀의 눈을 들여다보며 그가 천천히 물었다.

"민규한을 만나고 오는 길이지?"

"그걸 어떻게……? 혹시 미행했어요?"

"맞는지 아닌지만 말해."

"……맞아요."

규한과의 약속을 깰 수는 없지만 그렇다고 거짓말을 할 수도 없었다.

"민규한을 왜 만났지?"

"사적인 일로 만났어요. 그것까지 다 말해야 하나요?"

"민규한이 애진 그룹의 최고 경영자가 될지도 모른다는 건 알고 있어? 잘 알다시피 애진 화학은 우리 하나 화학과 경쟁 관계야."

재현의 말에 그녀의 얼굴이 창백하게 변했다. 아, 일이 이렇게 꼬여버리는구나.

"규한 씨가 애진 그룹의 최고 경영자가 될 거라는 건 금시초문이에요. 전 그냥……."

"정연이 누나의 옛 연인이라면서 접근했나?"

"접근한 거 아니에요. 규한 씨는 그저……."

재현에게 모든 이야기를 해버리면 이 회장이 규한에게 무슨 짓을 했는지도 털어놓아야 한다. 규한이 정연에게 숨겼듯이 그녀도 재현에게 사실을 말할 수 없었다. 그녀가 잠자코 침묵을 지키자, 재현은 한숨을 내쉬며 그녀의 어깨를 놓아주었다.

"좋아. 말하기 어려우면 하지 않아도 돼. 사적인 만남이라고 했으니까 믿을게. 하지만 앞으로 산업스파이 누명을 완전히 벗을 때까진 민규한을 만나지 마."

"알겠습니다. 그리고 저도 당분간 공식적인 자리 외에는 전무님을 만나지 않겠습니다. 아까 민 여사님과도 그렇게 약속했고요."

"어머니와?"

"네. 산업스파이로 지목받은 제가 전무님을 사적으로 만나는 건 공정성에 문제가 있고 나중에라도 논란이 될 수 있습니다."

그래서였나? 그녀는 자신을 '재현 씨' 대신 꼬박꼬박 '전무님'으로 호칭하고 있었다. 어머니가 그녀를 어떻게 대했는지는 자세한 설명을 듣지 않아도 쉽게 상상할 수 있었다.

"마음 아프게 해서 미안하다."

재현이 그녀를 품 안으로 끌어당겼다. 세희는 그에게 순순히 몸을 맡긴 채, 그의 가슴에 얼굴을 묻었다. 그녀의 정수리에 입을 맞추며 그가 낮게 속삭였다.

"미안해. 나 때문에……."

그의 품이 너무나도 따듯하고 아늑해서 세희의 입에서 저절로 한숨이 흘러나왔다. 말로는 만나지 않겠다면서 막상 그를 볼 수 없다고 생각하니 목구멍이 따끔거릴 듯 아팠다. 품 안에 있는 지금도 이렇게 그리운데, 지금처럼 힘든 시기에 그를 보지 않고 견딜 수 있을까?

"조금만 기다려줘."

그녀의 뺨과 머리를 다정하게 쓰다듬으며 재현이 말했다.

"모든 걸 해결한 후에 올 테니까."

한참 후에야 그녀를 놓아준 재현이 한 걸음 뒤로 물러섰다. 그는 살며시 그녀의 이마에 입을 맞춘 후, 그대로 몸을 돌려 어둠 속으로 사라졌다.

가지 말라고, 이대로 옆에 있어달라고 붙잡고 싶었지만, 그녀는 그럴 수 없었다. 지금은 힘들더라도 혼자 이겨내야 한다. 세희는 크게 숨을 들이마신 후, 편의점을 향해 등을 돌렸다.

"아."

순간 휘청하고 현기증이 그녀를 강타했다. 눈앞이 까맣게 변하며 땅바닥이 크게 출렁이는 것처럼 그녀에게 다가왔다. 세희는 쓰러지지 않게 두 손을 뻗어 편의점 유리문에 몸을 기대었다. 어제까지 고열에 시달렸다가 깨어났는데 오늘 하루, 너무 무리한 모양이다. 빨리 올라가서 누워야지.

현기증이 어느 정도 가시자, 세희는 편의점 문을 열고 안으로 들어섰다.

오늘따라 싸늘한 기운이 실내에 감돌았다.

"야옹."

오로지 조이만이 현관문을 열고 들어서는 재현을 반겼다. 재현이 무릎을 굽혀 머리를 쓰다듬어주자 조이는 기분 좋은 듯 '그르릉' 소리를 내며 그의 다리에 꼬리를 감았다.

"저녁 먹지 말고 일찍 들어오라고 했는데 늦었구나."

마침 거실에서 나오던 민 여사가 재현을 보고 자리에 멈춰 섰다.

"저녁은 먹었니?"

"아뇨. 아직이요."

"이 시간까지 저녁도 안 먹고 뭐 했어?"

"어머니. 오늘 세희를 만나셨다고요."

"그래. 하지만 처음부터 만나려고 계획했던 건 아니야. 네 아파트에 갔더니 너도 없는데 거기 혼자 있더구나."

"몸이 안 좋아서 제가 데려다놓았었습니다. 그런데 세희를 제 집에서 내보내셨더군요."

"너를 위해서도, 그 애를 위해서도 그게 최고의 방법이었어. 산업스파이로 지목된 그 애가 네 집에 머무르고 있다는 걸 다른 사람들이 알기라도 해봐라."

"어머니."

민 여사의 말을 중간에 자르며 재현이 재빠르게 말했다.

"이번 산업스파이 사건 배후에 누가 있는지 아십니까?"

"누가 있는데?"

"어머니의 하나밖에 없는 남동생, 하나 전기의 민태한 사장입니다."

"뭐? 태한이?"

민 여사의 얼굴이 굳어졌다.

"지금까지 외삼촌이 저에게 한 일들은 그저 심술궂은 장난으로 넘길 수 있었습니다. 하지만 이번엔 안 되겠습니다. 외삼촌보다는 제 여자가 우선이니까요."

"재현아……."

민 여사가 당황한 얼굴로 그에게 가까이 다가섰다. 그러나 재현은 그녀를 피해 한 걸음 뒤로 물러섰다.

"죄송합니다, 어머니. 이 말씀 드리려고 왔어요. 저는 당분간 제 집에서 지내겠습니다."

말을 마친 재현은 그대로 등을 돌려 현관문을 열고 밖으로 걸어 나갔다.

2층 발코니에서 정연이 어두운 표정으로 대문을 나서는 재현을 지켜보았다.

다음 날 아침, 세희는 무거운 몸을 이끌고 회사로 향했다. 온몸이 두들겨 맞은 것처럼 쑤시고 아팠지만, 자리에 누워 있을 수만은 없었다. 그러나 며칠 만의 출근길은 예상 밖으로 흘러갔다.

삐삐삑—.

세희가 출입 게이트에 출입 카드를 대자 요란한 경고 음이 울리기 시작했다. 어리둥절해하는 그녀에게 경비원이 다가왔다.

"왜 작동이 안 돼요? 이리 줘봐요."

경비원이 세희의 출입 카드를 건네받아 검색기 안에 집어넣었다. 화면에 뜬 코드를 확인한 그가 고개를 갸우뚱거렸다.

"카드가 정지되었다고 나오는데요."

"네? 정지되어 있다고요?"

그사이 그냥 해고해버린 걸까? 세희의 얼굴이 창백하게 변했다. 데스크에 놓인 수화기를 들며 경비원이 말했다.

"기다려보세요. 내가 홍보부에 전화해볼게요."

잠시 후, 연락을 받은 정 대리가 로비로 내려왔다. 세희를 발견한 그녀가 헐레벌떡 앞으로 달려왔다.

"세희야, 네가 여기 웬일이야? 너, 병가 냈잖아. 그래서 당분간 네 카드 정지시켰어."

정 대리는 주위의 눈치를 보며 세희의 팔짱을 끼고 로비 회전문 쪽으로 빠르게 걸어갔다. 그리고 세희만 들을 수 있게 작게 속삭였다.

"우선은 임시로 그렇게 하기로 했어. 부장님 아이디어야. 남들 눈도 있으니까 그냥 병가 처리하자고. 그러니까 그동안 푹 쉬고 있어. 우리가 책임지고 네 누명 벗길 테니까. 지금 전 직원이 눈에 불을 켜고 CCTV 돌려 보고 있으니까 곧 좋은 소식 있을 거야."

"대리님."

"네 누명은 곧 우리 홍보부의 누명이야. 어떤 놈인지 잡아낸다고 차 대리가 지금 난리도 아니다. 나도, 김 과장님도, 윤아도 모두 최선을 다하고 있으니까 잠자코 기다려."

홍보부 직원들이 그녀의 누명을 벗기기 위해서 발 벗고 나선 모양이다. 고마운 마음에 세희가 눈물을 글썽이자, 정 대리가 그녀의 뺨을 두 손으로 감싸며 말했다.

"얼마나 걱정하고, 마음이 아팠으면 얼굴이 이렇게 반쪽이 됐니. 어서 집에 가서 푹 쉬어."

"……대리님."

"그래, 그래. 나중에 술 한번 크게 사. 그러면 돼, 알았지?"

세희는 목이 메어 아무 대답도 하지 못하고 그저 고개만 끄덕거렸다. 지금까지 참았던 눈물이 펑펑 쏟아져 내렸다. 혼자서는 감당하지 못할 크기의 짐이라고 밤새도록 한숨만 푹푹 쉬고 있었는데, 동료들은 그런 그녀를 위해서 이렇게 애를 쓰고 있었단다.

"저…… 꼬……옥 누명 벗을 거예요. 저 자신을 위해서, 그리고…… 홍보부를 위해서."

"그래, 그래. 알았어."

정 대리는 어깨를 떨며 흐느끼는 세희의 등을 다정하게 토닥거려주었다.

"전무님, 혹시 뭔가 짚이는 거라도 있으십니까? 그러면 저희도 조사하는 데 도움이 될 것 같습니다만……."

중역 회의에서 돌아온 재현은 안 실장으로부터 파일을 건네받았다. CCTV 카메라에 찍힌 영상을 홍보부와 보안팀 직원 모두가 달라붙어 검색 중이지만, 단서가 될 만한 장면은 어디에도 없었다.

"홍보부처럼 막대한 정보가 오고 가는 사무실은 보안을 이유로 입구에서 검색 스캔을 거쳐야 하는 거, 아시죠?"

재현이 빠르게 자료를 훑어보며 말했다.

"네. 아무리 회장님이라고 해도 검색 스캔 없이는 그 어떤 디스크나 파일도 들이거나 내어갈 수 없습니다."

"그러니까 서세희 씨의 책상에서 발견된 USB 메모리가 어떻게 해서 홍보부 사무실에 들어갔는지 꼭 알아야겠습니다."

안 실장이 무슨 뜻인지 알겠다는 듯 고개를 끄덕거렸다.

"귀신이 아니라면 분명히 사람에 의해서 들어갔겠군요. 보름 동안 스캔한 파일 리스트와 우편물 자료도 함께 조사해보도록 하겠습니다."

"네, 그럼 수고해주세요."

안 실장이 집무실을 걸어 나가고 재현은 자리에서 일어나 창가 쪽으로 걸음을 옮겼다.

"제길."

재현은 주먹으로 창틀을 내리치며 차가운 유리창에 이마를 맞대었다. 아까 우연히 로비에서 보게 된 세희의 모습이 눈앞에 아른거려 아무 일도 할 수가 없었다.

엘리베이터에서 내리던 순간 저 멀리 정 대리에게 기댄 채, 눈물을 펑펑 쏟는 세희가 눈에 들어왔다. 병가 처리를 해두라고 했는데, 제대로 연락을 못 받았는지 출근한 모양이었다.

어젯밤에 봤을 때와는 다르게 더 초췌해진 그녀의 모습. 시간을 끌면 끌수록 그녀에게 가해지는 고통의 무게는 더욱더 무거워질 것이다.

"조금만 기다려."

재현의 입에서 한숨과도 같은 속삭임이 흘러나왔다.

"으음."

어젯밤부터 으슬으슬 춥더니 아침이 되자, 이가 덜덜 떨릴 정도로 한기가 느껴졌다. 세희는 무거운 몸을 이끌고 힘겹게 화장실로 걸어가 욕실 거울

수납장에서 체온계를 꺼냈다.

39.5도. 병원에 가야 할까? 세희는 한 손으로 이마를 짚으며 체온계를 물끄러미 내려다보았다. 두통도 심하고 목도 뻣뻣하고 조금 부은 것 같기도 했다. 몸이 아프다며 일주일간 병가를 낸 일이 이러다간 진짜 현실이 될지도 모르겠다. 세희는 씁쓸히 웃으며 체온계를 도로 제자리에 올려놓았다.

너무 신경 써서 그런 걸 거야. 몸을 따뜻하게 하고 한숨 자고 나면 나아지겠지. 세희는 옷을 몇 벌 더 껴입은 후, 다시 침대 속으로 들어갔다.

"아."

하지만 잠시 후, 세희는 자신도 모르게 끙끙 앓는 소리를 내기 시작했다.

"전무님, 저번에 말씀드렸던 초고화질 카메라에 찍힌 영상을 시청할 수 있게 전환을 끝냈습니다."

안 실장의 보고에 창밖을 내려다보던 재현이 뒤를 돌아다보았다.

"그래요?"

며칠 사이, 그는 눈에 띌 정도로 피곤해 보였다. 아무리 업무량이 많아도 절대로 지친 모습을 보이지 않던 재현이지만, 내적인 고통이 주는 스트레스 앞에선 어찌할 도리가 없나 보다.

"한번 보시겠습니까?"

안 실장의 물음에 재현은 빠르게 책상으로 돌아와 대기 모드인 컴퓨터를 깨웠다. 일반 카메라에 찍힌 영상에서는 아쉽게도 아무런 단서도 찾아내지 못했다. 이제는 초고화질 메인 카메라에 찍힌 영상만이 마지막 희망이었다.

홍보부 전체를 찍은 영상에서 원하는 지점을 클로즈업하면 바로 앞에서 찍은 것처럼 선명한 장면으로 볼 수 있었다. 하지만 용량이 어마어마하게 큰 탓에 아주 특별한 일이 아니고는 시청할 수 없는 코드로만 기록 저장돼 있었다.

초고화질 카메라의 존재는 이 회장과 안 실장, 그리고 보안팀장만이 아는 사항이다. 그랬기에 이번 사건의 범인도 기본 카메라의 영상만 지우고 메인 카메라는 건드리지 않았을 것이다.

"세희 양 책상 근처를 중점으로 클로즈업해놓았습니다."

"알겠습니다. 1시간 후면 회사 업무가 끝나니까 그때 직접 영상을 검토해 보죠."

아무리 한시가 급하다고 해도 회사 일까지 뒤로 미룬 채 세희의 일에만 매달릴 수는 없었다. 처리해야 할 업무를 끝내고 나서야 세희의 일에 매달릴 수 있었고 덕분에 자정이 훨씬 넘어서 퇴근하는 날이 이어졌다.

"네. 그럼 그렇게 준비해두겠습니다."

집무실을 나서던 안 실장은 컴퓨터 화면을 뚫어지게 응시하는 재현에게 잠시 고개를 돌렸다. 옆에서 지켜본 시간이 결코 짧지 않은데, 그는 재현의 이런 모습을 한 번도 본 적이 없었다.

얼음 조각이 연상될 정도로 감정을 드러내지 않던 재현이 여자 한 명 때문에 조금은 흐트러진 모습을 보이고 있었다. 어쩌면 그래서 안 실장은 이제야 자신의 젊은 상관에게 인간적인 매력을 느끼는지도 모르겠다. 안 실장은 희미하게 미소 지으며 조용히 문을 닫았다.

"으음."

두통약도 듣지 않고, 몸은 더 으슬으슬 떨려오고……. 아, 정말 병원에 가야 하나? 하지만 아래층까지 계단을 내려갈 엄두가 나지 않았다. 세희는 이

불을 둘러쓰고 덜덜 떨리는 이를 꽉 깨물었다. 지아에게 전화를 걸어서 와 달라고 해야 하나? 아니면 조금만 더 참아볼까?

세희는 자꾸만 흐릿해지는 초점을 맞추려 연신 두 눈을 깜박거렸다. 이런 상태로 정신을 잃고 싶진 않았다.

띠리리—.

그때 침대맡에 놓아둔 그녀의 휴대폰이 울리기 시작했다. 벨 소리가 몇 번이나 울렸지만, 몽롱한 정신에 휴대폰 소리라는 걸 깨닫기까지는 시간이 걸렸다. 휴대폰은 몇 번이나 끊기고 울리기를 반복했다.

세희는 간신히 이불 밖으로 손을 뻗어 휴대폰을 집어 들었다. 휴대폰 화면에는 정연의 이름이 떠 있었다. 침을 꿀꺽 삼키고 통화 버튼을 누르려는 순간 벨 소리가 멈췄다. 정연에게 전화를 걸려는데 다시 휴대폰이 울리기 시작했다. 세희는 상대를 확인하지 않고 곧바로 통화 버튼을 눌렀다.

"……여……보세요."

팍 쉬어버린 목으로 힘겹게 소리를 내는데 갑자기 눈앞이 캄캄해지고 그대로 정신을 잃어버렸다. 휴대폰이 방바닥으로 툭 떨어지고 수화기 너머에서 그녀를 부르는 다급한 목소리가 흘러나왔다.

왜 내 전화를 씹는 걸까? 정연은 휴대폰을 노려보며 미간을 찌푸렸다. 오늘 분명히 출근하지 않고 집에 있는 걸로 알고 있는데……. 혹시 샤워 중인가?

며칠을 고민하고 고민한 끝에 정연은 '탁 터놓고 물어보자!'라는 결론을 내렸다. 혼자 궁리한다고 알아낼 수 있는 게 아니니까. 다행스럽게도 민 여사와 이 회장은 세희가 규한과 알고 지내는 사이라는 걸 아직 모르고 있었다. 재현이는 알고 있나 몰라?

정연은 세희를 만나기 위해 외출 준비를 서둘렀다. 가뜩이나 며느리 기준에 안 차는 세희가 이번에는 산업스파이로까지 몰려서 눈 밖에 났다. 거기에 규한과의 일까지 들켜버리면 이젠 정말 돌이킬 수 없게 된다. 그전에 자신이 뭔가 해결을 해놓아야 했다. 산업스파이 누명을 벗겨줄 수는 없지만, 규한과의 관계쯤은 해결해줄 수 있을 것이다.

규한 씨……. 이제는 이름을 부르는 것마저 어색한 남자. 아직도 그녀의 마음속에는 그밖에 없는데 그는 이젠 아닌가 보다. 귀국한 지가 언제인데 연락 한 번도 없고, 제주도에서 우연히 마주쳤을 때도 그는 감정 없는 메마른 눈빛으로 그녀를 대했다. 게다가 마음이 떠났다는 걸 확인 사살하려는 듯, 자신과 유미라가 얼마나 앙숙인지 알면서 애진 그룹의 최고 경영자로 가겠다니…….

"후."

한숨이 저절로 나왔다. 옥탑방 건물 앞에 차를 세운 정연은 빠른 걸음으로 계단을 뛰어 올라갔다.

헉헉거리며 계단을 오르던 정연은 옥상 문 앞에 선, 낯익은 남자를 보고 제자리에 멈춰 섰다.

"규한 씨?"

규한이 천천히 뒤를 돌아보자 정연의 얼굴이 충격으로 굳어졌다.

"당신이 왜 여기에?"

28. 네 뒤에는 항상 내가 있다는 거 잊지 마

정연은 믿어지지 않는다는 표정으로 규한을 멍하니 바라보았다. 밖에서 만나는 것도 모자라서 이젠 아예 집에까지 찾아오는 거야? 규한을 마주 보는 정연의 이마에 깊은 주름이 새겨졌다.

나쁜 자식! 아무리 남자들이 젊은 여자라면 무조건 오케이라지만, 믿었던 규한마저 그럴 줄은 몰랐다.

"정연아, 너 혹시 이 문 열 수 있어?"

그런데 이 남자! 애타는 마음은 전혀 모른 채, 지금 뭐라는 거야?

"비밀번호 알고 있지?"

규한은 정연을 만났다는 사실보다 옥상 문을 여는 것에 더 관심이 쏠린 것 같았다. 그의 다급한 말투에 정연은 은근히 부아가 치밀어 올랐다.

둘이 사랑싸움이라도 했어? 왜 나보고 문을 열어달라는 거야?

정연은 괘씸해서라도 순순히 문을 열어줄 생각이 없었다. 그래서 그녀는 비밀번호를 누르는 대신 앞으로 팔짱을 끼며 규한을 위아래로 훑어보았다.

"벨을 누르면 되지. 왜 나보고 열어달래?"

"아무리 벨을 눌러도 대답이 없어서 그래. 전화해도 받지 않고."

규한이 초조한 표정으로 대답했다. 생각해보면 정연, 자신이 전화를 걸었을 때도 세희는 받지 않았었다. 절대로 그러는 애가 아닌데……. 회의에 들어간 경우가 아니고는 항상 전화를 받던 세희였는데 말이다. 정연이 생각하기에도 좀 꺼림칙하긴 했다. 그 때문에 정연의 매서운 표정이 조금은 누그러졌다.

"규한 씨가 보기 싫어서 그러나 보지. 제발 한 번만 만나달라고 막무가내로 찾아온 거야?"

정연의 말이 귀에 거슬렸는지 규한이 눈살을 찌푸렸다.

"지금 한가하게 농담할 시간 없거든. 우선 문부터 열어줘. 이야기는 나중에 하고."

"알았어. 잠깐만 기다려봐. 내가 세희에게 전화해볼 테니까."

정연은 혹시나 하는 마음에 세희에게 전화를 걸었다. 하지만 아무리 신호가 가도 세희는 전화를 받지 않았다.

"거봐, 안 받잖아."

규한은 답답하다는 표정으로 정연의 손에서 휴대폰을 낚아챘다.

"자, 됐으니까 빨리 열어봐. 어서."

그의 거친 행동에 기분이 상한 정연은 미간을 찌푸리며 휴대폰을 도로 빼앗아왔다.

"그래도 내 마음대로 문을 열어줄 순 없어."

"좋아. 할 수 없지, 그럼. 119에 신고하는 수밖에……."

규한이 119를 누르려 하자 정연이 재빠르게 제지했다.

"미쳤어? 문 안 열어준다고 119 신고하는 게 어딨어?"

그러자 규한이 어두운 얼굴로 상황을 설명했다.

"세희 씨, 아까 나와 잠시 통화 연결이 됐었어. 그런데 '여보세요.' 한마디만 한 후, 휴대폰을 떨어뜨렸는지 큰 소음이 들리더군. 내가 아무리 불러도 대답하지 않고, 그렇다고 통화를 끊은 것도 아니고. 거친 숨소리가 들린 것도 같은데……. 하여간 무슨 일이 있는 것 같아."

"뭐?"

정연이 깜짝 놀란 듯 입을 크게 벌렸다.

"아니, 그렇게 중요한 걸 왜 지금에야 말해?"

정연은 부리나케 비밀번호를 눌러 옥상 문을 연 후, 헐레벌떡 옥상을 가로질러 옥탑방으로 달려갔다.

그녀의 뒤를 규한이 바짝 뒤따랐다.

띠리릭—.

옥탑방의 현관문이 열리자, 정연은 신발을 신은 채 빛의 속도로 방 안으로 뛰어들었다. 주위를 둘러보던 정연이 그 자리에 얼어붙었다.

"앗, 세희야!"

침대 옆에서 쓰러진 세희를 발견한 정연의 날카로운 외침이 실내에 울려 퍼졌다.

"잠깐만 거기서 멈추고 퀄리티 좀 올려봐."

영상을 주시하던 재현이 뭔가를 발견한 듯 화면을 가리켰다. 직원이 재현의 지시에 따라 좀 더 선명한 화질을 위해 작업에 들어갔다.

"특별히 발견한 거라도 있습니까?"

함께 화면을 들여다보던 안 실장이 의아한 표정으로 물었다.

"사무실 입구에 설치된 검색 스캔. 오로지 사람과 소지품에 한해서군요. 음식물을 반입할 때는 그냥 통과하고 있지 않습니까?"

재현의 지적에 안 실장이 멈춰진 화면을 자세하게 들여다보았다.

"음식을 담은 큰 트레이나 수레 같은 경우는 검색 스캔을 합니다. 검색 없이 반입할 수 있는 음식물은 커피나 음료수 등 간단한 음식뿐입니다만."

"바로 그거예요."

재현은 검색 스캔을 거치지 않고 사무실 안으로 들어가는 직원들을 가리켰다. 그들의 손에는 테이크아웃 컵이 들려 있었다. 화면을 유심히 들여다보던 안 실장이 알았다는 듯 고개를 끄덕였다.

"저런 경우에는 검색 스캔을 거치진 않지만, 뜨거운 음료는 뚜껑을 열어서 안의 내용물을 확인합니다. 그리고 뚜껑이 밀봉된 찬 음료 같은 경우는 내용물이 보이는 투명한 컵만 허용하고 있습니다."

"그렇군요."

안 실장의 설명에 재현은 자리에서 일어나 거칠게 앞머리를 쓸어 올렸다. 뭔가 단서를 잡았나 싶었는데 또다시 제자리걸음이었다.

작업 중이던 직원은 재현이 언짢은 표정을 짓자, 슬그머니 눈치를 보며 옆에 두었던 종이컵을 들어 커피를 한 모금 들이켰다. 재현이 힐끗 쳐다보자 직원은 당황한 듯 얼른 종이컵을 내려놓았다.

"이 컵도 뚜껑을 열어보고 내용물을 다 확인한 겁니다."

혹시나 하는 염려에 직원은 재현에게 재빨리 컵을 들어 보였다. 테이크아웃 컵을 뚫어지게 바라보던 재현이 손가락으로 컵을 가리켰다.

"그 컵 말이야."

"네?"

"뜨거운 음료를 담는 컵 같은 경우는 대부분 밑에 공간이 있지 않나?"

"아, 그렇죠. 보통 1센티미터 가량……."

그러자 재현이 안 실장에게로 고개를 돌렸다.

"안 실장님, 컵 밑도 확인해봅니까?"

"네?"

예상하지 못한 질문에 안 실장이 허를 찔린 듯 재현을 바라보았다. 재현은 신속하게 자리에 앉으며 직원에게 지시를 내렸다.

"책상 위에 커피 컵을 내려놓는 장면과 커피 컵을 들어 올리는 장면들 모두 찾아서 확대해봐."

"네."

직원은 영상을 앞뒤로 빨리 돌리며 재현이 지시를 내린 부분을 찾기 시작했다.

정연이 세희를 돌보는 동안 규한은 119에 전화를 걸었다. 다행스럽게도 응급차는 10분 만에 도착했다. 정연은 세희와 함께 응급차에 올랐고 규한은 자신의 차로 뒤를 따랐다. 근처 대학 병원에 도착하자, 세희는 곧바로 의료진들에게 휩싸여 응급 진료실로 옮겨졌다.

"어떡해. 어떡해!"

모든 진료가 끝날 때까지 정연은 상기된 얼굴로 발을 동동 굴렀다. 무거운 죄책감이 정연을 스멀스멀 갉아먹고 있었다. 내가 미쳤지. 이렇게 아픈 애를 두고 유치하게 질투 따위나 하고 있었다니!

정연은 의자에 털썩 주저앉아 두 손으로 얼굴을 감쌌다. 규한은 묵묵히 그런 정연의 곁을 지켰다.

1시간쯤 후에 병상 침대에 실린 세희와 담당 의사, 간호사가 병실 안으로 들어왔다.

"우리 세희 괜찮은 거죠?"

정연은 파랗게 질린 얼굴로 담당 의사의 가운 소맷자락을 잡아 당겼다.

"너무 늦게 발견해서 상태가 악화됐거나 그런 건 아니죠? 그렇죠?"

담당 의사는 호들갑스러운 정연을 향해 부드럽게 웃어 보였다.

"너무 걱정하지 않으셔도 됩니다. 지금 환자 상태는 안정적입니다. 하지만 조금만 더 늦게 발견되었다면 큰일 날 뻔했습니다."

"아, 다행이다!"

정연은 가슴에 손을 올리며 의자에 무너지듯 주저앉았다. 자신이 시간을 끈 것 때문에 혹시 잘못됐을까 봐 얼마나 가슴을 졸였는지 모른다.

"지금 환자에게는 안정이 최고입니다. 보호자 분이 옆에서 잘 지켜봐주세요. 그대로 방치했더라면 폐렴까지 갈 수도 있는 상황이었으니까요."

"네, 감사합니다. 선생님."

의료진이 병실을 나가자 정연은 눈물을 글썽거리며 핏기 없는 얼굴의 세희를 내려다보았다.

"이 바보야, 아프면 아픈 티를 내야지! 미련하게 참고만 있으면 어떡해!"

세희의 손을 꼭 움켜쥐며 정연이 울먹거렸다. 세희는 깊이 잠들었는지 정연의 호들갑에도 눈을 뜨지 않았다.

"난…… 그런 줄도 모르고……."

어느새 다가온 규한이 정연의 어깨에 손을 올려놓았다.

"의사 선생님이 괜찮을 거라고 했으니까, 너무 걱정하지 마."

"……응."

세희와 규한이 어떤 관계인지는 모르겠지만, 지금 상황에선 세희를 구한 규한에게 고마워해야겠지.

"고마워, 규한 씨. ……지금 생각해보면."

정연은 뭔가 생각이 났다는 듯한 표정으로 입매를 살짝 비틀었다.

"어찌 된 게, 규한 씨랑 나는 항상 이럴 때만 만나네. 제주도에선 세희가 물에 빠졌을 때 나타나더니."

"……그런가?"

규한은 씁쓸한 미소를 지으며 정연 옆에 자리를 잡고 앉았다. 오랫동안 침묵을 지키던 두 사람은 동시에 한숨을 내쉬었다. 그리고 누구랄 것도 없이 서로를 마주 보며 피식 웃음을 터뜨렸다. 오래전에 헤어진 연인인데도 불구하고, 어째서 어제 얼굴을 본 사이처럼 편안한지 모르겠다. 한동안 뚫어질 정도로 서로를 응시하던 두 사람은 이번에도 동시에 시선을 돌렸다.

"그런데 규한 씨. 무슨 일로 세희에게 전화한 거야?"

사실 정연은 '두 사람, 전화하고 그러는 사이야?'라고 묻고 싶었다. 하지만 왠지 꼬치꼬치 물어보는 것 같아서 정연은 슬쩍 에둘러 말했다.

"아."

규한은 바로 대답하지 못하고 잠시 시간을 끌었다.

"……그냥…… 걱정돼서 전화했어. 며칠 전에 만났을 때 안색이 너무 좋지 않았거든."

며칠 전이라면 그녀가 두 사람이 만나는 장면을 목격한 그날을 말하나 보다. 정연은 아무것도 모르는 척 잠자코 규한의 말에 귀를 기울였다.

"걱정되길래…… 병원에는 가봤나 물어보려고 전화했었어."

"두 사람, 그 정도로 가까운 사이야?"

"가까운 건 아니지만, 안부 물을 정도는……."

규한의 성격에 안부를 챙길 정도면 결코 보통 사이는 아니라는 뜻이다. 그는 자신에게 필요한 사람 외에는 냉정할 정도로 거리를 두는 사람이니까.

"아, 그렇구나."

정연은 애써 감정을 숨기며 덤덤하게 말했다. 서로의 안부를 걱정하는 사이라니……. 부러우면서도 가슴이 아프다.

어느새 정연의 눈가에 물기가 차올랐다.

눈물이 나는 이유는 오로지 세희가 걱정돼서야. 절대로 규한 씨 때문이 아니야.

정연은 빠르게 손등으로 눈물을 훔쳐내며 아랫입술을 꼭 깨물었다. 그런 그녀를 말없이 바라보던 규한이 정연의 손에 휴대폰을 건넸다.

"재현이에게 연락해야지."

"거기서 잠깐 멈춰봐. 그래, 지금 그 장면. 비교할 수 있게 재생해봐."

재현이 화면의 한 부분을 손으로 지적했다.

"여기 말입니까?"

"그래."

직원은 재현이 가리킨 부분을 네모로 지정한 다음, 확대와 동시에 선명하게 볼 수 있도록 필터링 작업에 들어갔다. 잠시 후, 커피 컵을 내려놓는 장면과 누군가 커피 컵을 들어 올리는 장면이 편집되어 동시에 재생되었다.

"지금 서세희 씨 책상 위에 컵을 놓은 사람과 다시 와서 컵을 가져간 사람이 동일 인물인 것 같은데……."

재현이 말을 끝내자마자, 직원은 쉽게 인물을 비교할 수 있도록 정면으로 찍힌 영상을 크게 확대했다.

"네, 동일 인물 맞습니다."

"누구인지 신원 확인해봐."

"네."

신속하게 신원을 확인하는 동안, 화면에선 커피 컵을 내려놓는 장면과 들어 올리는 장면이 반복 재생되고 있었다. 재현은 유심히 화면을 응시하며 잠시 생각에 빠졌다.

세희는 그 시간 외근을 나간 상태였는데……. 누군가 주인 없는 빈자리에 커피 컵을 놓고, 나중에 와서 다시 가져갔다? 어째서일까?

순간 재현의 눈에 처음 놓치고 지나갔던 부분이 들어왔다. 화면을 뚫어지게 노려보던 재현이 손끝으로 화면에 보이는 책상 위를 가리켰다.

“잠깐! 방금 컵을 들어 올릴 때, 밑에서 뭔가 떨어진 것 같은데. 확인할 수 있게끔 책상 위를 더 확대해서 슬로모션으로 재생시켜.”

컵을 들어 올리자, 밑에 있던 무언가가 책상 위로 툭 떨어지는 장면이 느릿하게 재생되며 물체를 눈으로 확인할 수 있을 정도로 영상이 선명해졌다.

지정한 화면 테두리 안으로 USB 메모리가 가득 채워졌다.

“찍힌 시각을 알아봐.”

“네, 잠시만 기다리십시오.”

컴퓨터를 작동하는 직원의 손놀림이 점점 더 빨라졌다. 그때 잠시 밖에 나갔던 안 실장이 돌아와 재현의 귓가에 나직이 속삭였다.

“전무님, 아무래도 받아보셔야 할 것 같습니다.”

절대로 작업을 방해하지 말라는 지시를 내렸음에도 안 실장이 직접 수화기를 들고 왔다면 필시 중요한 용건일 것이다.

“무슨 일입니까?”

안 실장은 대답 대신 수화기를 건네었다.

[재현아.]

수화기 건너편에서 잔뜩 목이 쉰 정연의 목소리가 흘러나왔다. 순간 불길한 예감이 그의 머릿속을 스치고 지나갔다.

“무슨 일이야? 목소리가 왜 그래?”

[……세희가…… 말이지.]

“세희가 왜?”

[……저기.]

“말을 해야 내가 알아듣지!”

재현이 다그치듯 재촉하자 수화기 건너편에서 정연의 긴 한숨 소리가 흘러나왔다.

[후우, 세희 지금 병원에 입원해 있어.]
"뭐? 병원에 입원했다고?"
재현이 큰 소리로 되물었다.

희미하던 눈앞이 서서히 또렷해지며 그리운 얼굴이 서서히 떠올랐다.
'엄마?'
세희는 자신의 뺨을 쓰다듬어주는 엄마, 캐서린을 멍하니 바라보았다.

—세라야, 이제 좀 정신이 드니?

어떻게 엄마가 여기에 있는 거지? 엄마는…… 우리 엄마는…… 이미 이 세상 사람이 아닌데…….
하지만 그 말을 입 밖에 꺼냈다가는 엄마가 눈앞에서 사라질지도 모른다. 세희는 입을 꼭 다문 채 흔들리는 눈빛으로 캐서린을 바라보았다.

—밤새도록 열이 펄펄 끓었어. 엄마가 얼마나 걱정한 줄 아니?

캐서린은 세희를 부축해 침대맡에 기대어 앉히고 그녀의 등 뒤로 베개를 놓았다.

—자, 일어나서 이것 좀 먹어봐. 엄마가 치킨 누들 수프 끓여왔어.

수프 그릇이 놓인 트레이를 침대 위에 내려놓으며 캐서린이 부드럽게 말했다. 그리고 스푼으로 수프를 한 입 떠 올려 세희의 입으로 가져갔다.

—왜 세라야, 너무 뜨겁니? 엄마가 식혀줄까?

캐서린은 온도를 식히기 위해서 수프가 담긴 그릇을 조심스럽게 스푼으로 저었다. 그녀의 다정한 행동을 지켜보는 세희의 눈가에 눈물이 맺히기 시작했다. 다시는 이런 사랑을 받을 수 없다고 생각했는데…….

툭—.

뜨거운 눈물 한 방울이 뺨을 타고 내려와 모락모락 김이 나는 수프 그릇 안으로 떨어졌다.

간접 조명이 비치는 어두운 병실을 반복적인 기계 음이 가득 메우고 있었다. 재현은 침대 옆에 앉아 말없이 세희를 지켜보았다. 그가 온 지 벌써 1시간이나 지났지만, 세희는 깨어나지 않고 있었다. 그녀는 간간이 앓는 소리를 내며 몸을 움찔거렸다. 해열제로 열은 내렸지만, 고열로 인한 통증이 아직 남아 있는 탓이었다. 그녀의 입에서 고통의 신음이 흘러나올 때마다 재현은 심장이 오그라드는 것만 같았다.

세희의 눈꺼풀이 파르르 떨렸다.

"……엄마."

그녀는 연이어 입술을 달싹거리더니 무언가를 작게 웅얼거렸다. 꼭 감은 눈에서 소리 없이 눈물이 흘러내렸다. 뺨 위로 떨어지는 눈물이 간접 조명에 희미하게 반짝거렸다. 그녀의 눈물을 본 재현의 이마에 살며시 주름이 잡혔다.

무슨 꿈을 꾸는 걸까?

재현은 세희가 잠에서 깨지 않게 조심하며 그녀의 뺨에 흐른 눈물을 손등으로 닦아냈다. 그때 문이 열리며 휴게실에 갔던 정연이 커피 컵을 들고 들어왔다. 세희의 보호자를 자청하며 지금까지 자리를 지킨 정연은 한눈에 보기에도 꽤 지쳐 보였다.

"세희, 아직 안 깨어났니?"

"응, 아직."

재현이 세희에게 시선을 고정한 채로 대답했다.

"지금부터는 내가 있을게. 피곤할 테니까 누나는 이제 그만 가봐."

"그래, 그럼."

정연은 별 반대 없이 소파에 놓아둔 재킷과 핸드백을 집어 들었다.

"간병인은 내일 아침이면 올 거야. 나도 아침 일찍 다시 올게."

"알았어."

"아침에 보자, 그럼."

정연은 잠든 세희를 한 번 더 쳐다본 후, 소리 나지 않게 문 쪽으로 향했다.

"누나."

막 문을 열고 나가려는 찰나, 재현이 나직하게 정연을 불렀다.

"응?"

정연이 제자리에 서며 재현에게로 고개를 돌렸다.

"오늘 고마웠어."

"당연한 거 가지고 뭘 그래."

"그리고 규한이 형에게도 고맙다고 전해줘."

"아……."

재현의 입에서 '규한'이라는 이름이 나오자 정연은 잠시 대답을 망설였다.

오늘은 규한과 우연히 부딪힌 것일 뿐, 그를 다시 만날 일은 없을 것이다. 하지만 정연은 구구절절한 설명 대신 어깨를 으쓱거렸다.

"그래, 그럴게."

문이 닫히고 다시 고요한 정적이 병실을 감쌌다. 세희는 어느새 눈물을 멈추고 색색 고른 숨을 내쉬고 있었다. 재현은 가만히 손을 들어 이불 위에 놓인 그녀의 차가운 손을 꼭 움켜쥐었다. 뼈마디가 불거진 가느다란 손가락에 울컥 감정이 치받쳤다.

—전체적으로 몸이 아주 허약한 상태입니다.

아까 만난 담당 의사의 말이 귓가에 맴돌았다.

—지금까지 정신력으로 버텼는데 어느 순간 한계에 다다르면서 무너졌다고 할 수 있겠죠. 수면 부족에다 과로, 영양실조도 약간 있고……. 그대로 방치했다면 폐렴으로 진행될 수도 있는 상태였습니다.

그녀가 이렇게 될 때까지 나는 도대체 무엇을 한 걸까? 말로 표현할 수 없는 참담한 심정에 재현은 아무 말도 할 수 없었다.

"으음."

여린 신음을 흘리며 세희가 천천히 눈꺼풀을 뜨기 시작했다.

"이제 정신이 좀 들어?"

그녀의 흘러내린 머리카락을 넘겨주며 재현이 속삭이듯 물었다.

"……여기는?"

세희는 멍한 눈빛으로 느릿하게 눈을 깜빡거렸다. 지금 자신이 어디에 있는지 모르는지 혼란스러워 보였다. 세희가 상체를 일으키려 하자 재현은 그녀의 어깨를 가볍게 아래로 눌렀다. 그리고 침대 옆에 놓인 버튼을 눌러, 앉기 편하게 침대의 상단을 일으켰다. 세희는 마치 누군가를 찾는 것처럼 병실 안을 두리번거렸다.

"하나도 생각 안 나? 저녁에 혼자 기절해 있는 걸 규한이 형이랑 누나가 발견해서 병원으로 데려왔어."

"아……."

재현의 설명을 듣고 나서야 세희는 상황을 깨달은 듯 낮은 탄식을 흘렸다. 그리고 약간은 실망스러운 표정으로 아랫입술을 지그시 깨물었다.

역시 꿈이었구나. 재현의 어깨 너머로 어두운 병실을 응시하던 그녀의 눈가에 촉촉하게 눈물이 차올랐다. 꿈이 너무나도 생생해서 잠시 엄마가 살아 있다고 착각했다. 언제라도 문이 열리고 엄마가 들어올 것만 같은데…….

—자, 세라야. 이제 수프 다 식었겠다. 어서 먹어.

엄마가 건네주는 수프를 한 모금 맛보려던 찰나, 모든 것이 연기처럼 사라지고 잠에서 깨어났다. 그리고 그녀는 다시 홀로 남았다.

세희의 허전한 마음을 아는 것처럼 재현이 팔을 뻗어 그녀를 품으로 끌어당겼다. 느껴지는 따뜻한 체온에 세희는 울컥 나오려는 울음을 삼켰다. 그래도 그가 옆에 있어서 다행이다.

꿈에서 깨어났을 때 그녀 혼자 병실에 있었다면 아마 견디기 어려웠을 것이다. 언제나 그렇다. 견딜 수 없이 외롭거나 혼자의 힘으로 감당하기 어려울 때, 그는 말없이 나타나 그녀를 포근하게 안아준다. 세희는 그런 재현이 가슴 저리게 고마웠다.

"울보에다가 잠꾸러기인 건 예전부터 알았지만, 미련하기까지 한 줄은 몰랐어.”

그녀의 등을 손바닥으로 쓸어내리며 재현이 작게 투덜거렸다.

“몸이 안 좋았으면 나한테 전화를 했어야지. 아니면 병원엘 가든가. 혼자 끙끙거리고만 있으면 어떡해? 도대체 얼마나 몸을 혹사했으면 또 쓰러진 거야?”

곰곰이 짚어보면 이틀 동안 충분히 잠도 못 자고, 제대로 먹지도 못하고 정신없이 지내긴 했다. 휘청하고 현기증이 올 때도, 토할 것처럼 속이 답답하고 울렁거릴 때도, 이러다 괜찮아지겠지, 안이하게 넘어간 것이 문제를 키웠나 보다. 감당하지 못할 스트레스에 두통이 오는 거라고 넘겨짚었는데, 사실은 그녀의 몸이 더 이상 버틸 수 없다고 신호를 보내고 있었던 것이다.

“……약 먹어서 괜찮아질 줄 알았어요.”

세희가 웅얼거리듯 작게 중얼거렸다.

“무슨 약?”

“두통약이요.”

세희의 대답에 재현이 기가 막힌다는 듯 짧게 웃었다.

“하, 똑똑한 줄 알았는데 아니었군.”

“……평소에는 약 먹고 한숨 자고 나면 괜찮아지곤 했어요.”

아니면 너무 바빠서 아파도 아픈 걸 모르고 지나쳤는지도 모르겠다. 세희를 바라보는 그의 얼굴에 어두운 그림자가 내려앉았다. 몸이 안 좋은 그녀를 보살피지 않고 내버려둔 것 같아서 재현은 속이 쓰렸다.

“앞으로는 조금만 안 좋아도 나에게 바로 연락해. 아니, 그러지 말고 아예 개인 간호사를 옆에 붙여놔야겠어.”

재현의 호들갑스러운 반응에 세희가 ‘쿡’ 하고 웃음을 터뜨렸다. 그러자 재현은 미간을 찌푸리며 그녀를 품에서 밀어냈다.

“웃어? 지금 상황에서 웃음이 나와? 쓰러졌다는 말을 듣고 내가 얼마나 놀랐는지 알아? 일 다 내팽개치고 미친 듯이 달려왔다고. 교통 법규 다 무시하고."

재현의 불평에 세희는 희미한 미소를 띠었다. 꿈속의 엄마가 사라졌다는 상실감은 아주 잠시, 재현이 그녀를 따뜻하게 감싸고 있었다. 이제는 그녀를 위해 달려와줄 사람이, 그녀를 사랑해줄 사람이 있는 것 같아 마음이 포근해졌다. 세희는 재현의 어깨에 얼굴을 기대며 속삭이듯 말했다.

"음, 난 범법자는 싫은데……."

"뭐?"

"방금 그랬잖아요. 오면서 교통 법규 다 무시하고 운전했다고."

"이런 와중에 농담이 나와?"

재현이 못마땅하다는 듯 투덜거리자, 세희는 살며시 웃으며 고개를 끄덕였다. 그의 품이 너무나도 아늑해서 눈물이 나올 만큼 좋았다. 하지만 안도감을 느끼는 동시에 불안하고 초조했다. '과연 그와 헤어질 수 있을까?' 하는 의문이 들었기 때문이다.

아무런 후회 없이 사랑했기에, 때가 되면 그를 편히 보내줄 수 있을 거라고 생각했다. 그런데 요새 들어 자꾸만 마음이 흔들린다. 그를 잃어버리기 싫어서, 그를 보내기 싫어서 혹시라도 매달리게 되는 건 아닌지……. 그러다가 그의 앞날에 방해가 되면 안 되는데.

"여기 오면 안 되는 거 아닌가요? 공정성에 어긋나는 거잖아요."

"그딴 거, 상관 안 해. 내 여자가 아파서 쓰러졌는데 나보고 뒷짐 지고 구경만 하고 있으라고?"

"그래도……."

이 와중에도 재현의 입에서 나온 '내 여자'라는 말이 그녀의 가슴을 설레게 했다. 재현은 그녀의 등 뒤로 팔을 감아 다시금 품 안에 세희를 가두었다.

"내가 다 해결할 테니까 조금만 참아."

세희는 그의 와이셔츠 깃을 매만지며 묵묵히 그가 하는 말에 귀를 기울였다.

“이게 거의 다 끝났어. 빠른 시일 안에 처리할 테니까 몸이나 잘 추스르고 있어. 또 한 번 이렇게 쓰러지면 그땐 집에 가둬놓을 거야.”

“……음, 왠지 협박같이 들리는데요.”

“협박 맞아. 반항해도 소용없어.”

그녀의 귓가에 입술을 가져다 대며 재현이 나직하게 속삭였다.

“두 번이나 연속으로 쓰러지다니……. 입원했다는 전화 받고 내가 얼마나 놀랐는지 알아?”

세희는 지금의 재현이라면 정말 자신을 감금하고도 남을지도 모른다고 생각했다.

“그래도 이번 달 번역 분량을 출판사에 모두 넘겨서 다행이에요. 안 그랬으면 일에 차질 생길 뻔했어요.”

“하, 이젠 하다못해 출판사 걱정인가?”

그러나 세희는 그녀 나름대로 꽤 심각한 모양인지 계속해서 말을 늘어놓았다.

“아픈 건 아픈 거고, 일은 일이에요. 괜히 나 한 사람 때문에 출판사 일에 지장이 있으면 안 되잖아요. 전에 인터뷰할 때, 재현 씨도 그랬잖아요. 개인 한 명이 조직 안에서 어떻게 활동하느냐에 따라, 시너지 효과를 불러일으킬 수도, 반대로 링겔만 효과를 불러올 수도 있다고.”

자신의 말을 인용하는 세희에게 재현은 살짝 미간을 찌푸렸다. 그녀는 책임감이 투철한 것까지는 좋은데 본인의 건강은 너무 뒷전이었다.

“신생 출판사라서 작업이 하나라도 밀리면 타격이 커요. 게다가……”

이대로 놔두었다가는 그녀의 남 걱정이 끝도 없을 것 같았다.

“읍.”

재현은 재빨리 고개를 숙여 자신의 입술로 그녀의 입술을 막아버렸다.

"이야기 좀 해."

먼저 간 줄 알았던 규한이 병원 로비를 막 나서는 정연 앞을 막아섰다.

"오늘은 너무 늦었어. 할 이야기 있으면 나중에 해."

"잠깐이면 돼."

물론 잠깐이면 되겠지. 하지만 상대는 1분만 같이 있어도 치명적인 매력을 뿜어내는 위험한 남자, 민규한이다. 흔들리지 않으려면 얼른 피해야 한다. 정연은 그대로 그를 지나치며 싸늘하게 말했다.

"싫어. 세희 하나 홀렸으면 됐지, 나까지 홀리려고?"

"뭐? 너, 지금 뭐라고 했어."

규한은 화난 듯 크게 인상을 쓰며 정연의 팔을 움켜잡았다.

"누구를 홀려? 내가 세희 씨를 홀렸다는 거야, 지금?"

"내가 틀린 말 했어? 사실이잖아!"

정연도 언짢은 표정으로 그를 노려보았다. 그러자 규한이 어이가 없다는 듯 탄성을 질렀다.

"하, 기가 막혀서."

그녀와 자신의 사이에는 생각했던 것보다 더 깊게 '세월의 오해'라는 도랑이 파였나 보다. 도대체 어디서부터 풀어야 할까?

"아무래도 안 되겠다. 나 좀 따라와봐."

규한이 정연의 팔을 꼭 움켜잡고 병원 건물의 으슥한 곳으로 그녀를 끌고 가기 시작했다.

"왜 이래, 규한 씨? 뭐 하는 짓이야?"

정연의 날이 선 외침이 어두운 밤의 허공으로 울려 퍼졌다.

달칵—.

스탠드에 불이 들어오자 민 여사는 의아한 표정으로 이 회장을 바라보았다. 이 회장은 아무 말 없이 상체를 일으켜 침대맡에 등을 기대었다.

"당신 통 못 자는 것 같아서. 아까부터 계속 뒤척이기만 했잖아."

그 말에 민 여사는 씁쓸하게 웃으며 몸을 일으켰다. 그리고 이 회장과 나란히 등을 기대며 짧은 한숨을 내쉬었다.

"지금 잠이 오게 생겼어요?"

"당신 그러다 쓰러지겠어. 벌써 며칠째 뜬눈으로 밤을 지새우는데."

"후우, 이런 일로 쓰러지긴요. 하지만……."

민 여사가 길게 한숨을 내쉬며 말꼬리를 흐리자, 이 회장은 살짝 미간을 찌푸렸다.

"나도 정연이에게 이야기 들었어. 쯧쯧, 이젠 하다 하다 허약해서 쓰러지기까지 해? 하여간 뭐 하나라도 마음에 드는 게 없군."

"그런 소리 말아요. 이번 일은 나도 잘한 거 없으니까. 그렇게 아픈 줄 알았으면 재현이 집에서 매몰차게 쫓아내는 게 아니었는데. 후회된다고요."

"됐어. 마음 약한 소리 하지 마. 안 되는 건 안 되는 거니까."

이 회장의 말에 민 여사는 다시 또 긴 한숨을 내쉬었다.

"여보."

"응?"

"지금 우리 재현이에게 가장 필요한 배우자 말이에요. 당신은 누구라고 생각해요?"

"왜? 아직도 미라에게 미련이라도 남았어?"

"아뇨. 미라는 이미 물 건너갔어요. 그런 수모를 당하고도 재현이와 결혼하겠다고 나오면, 그 애가 이상한 거예요. 난 그런 배알 없는 며느리 필요 없어요. 여자애가 자존심도 없이 자기 싫다는 남자에게 매달려서야 쓰겠어요?"

"그럼 미라 말고 누구? 이번에 대선에 나갈 홍 총재의 막내딸도 괜찮긴 하지. 아니면 삼도 그룹의 첫째 딸도 있고. 재현이와 어울릴 만한 상대는 쌔고 쌨으니까 걱정하지 마."

"여보."

잠자코 이 회장의 말을 듣던 민 여사가 조심스럽게 말을 꺼냈다.

"어쩌면 재현이에게 필요한 상대는 우리가 생각하는 그런 상대가 아닐지도 몰라요."

"아니, 우리가 생각하는 상대가 뭐 어때서?"

민 여사의 말이 마음에 들지 않는다는 듯 이 회장이 언성을 높였다.

겉으로는 차갑고 강한 척해도 누구보다 속이 여리고 여린 민 여사였다. 정연이의 성격이 누구에게서 나왔겠는가! 그런 민 여사였기에 세희에게 심한 말을 하고 온 날부터, 남몰래 시름시름 가슴앓이 중이었다.

게다가 이번 사건의 배후는 바로 그녀의 남동생인 민태한 사장이란다. 가뜩이나 남동생 때문에 남편과 아들에게 면목 없던 그녀는 어디 쥐구멍에라도 숨고 싶었다.

17살이란 나이 차이 탓에 동생이라기보다는 아들처럼 보살핀 녀석이 이렇게까지 삐뚤어지리라곤 상상도 하지 못했다. 일찍 돌아가신 어머니를 대신해 엄격한 아버지 몰래 이것저것 사고 치는 걸 수습해준 게 오히려 그를 망친 원인이 되었다. 혹시라도 재현이 태한처럼 제멋대로 자랄까 봐, 민 여사는 오히려 아들에게는 엄격하고 차갑게 대했다. 그러나 재현은 어릴 때부터 올바른 모습만 보여줬고, 결국 외할아버지의 신임을 얻어 재산 대부분을 물려받게 되었다. 그때부터가 비극의 시작이었다.

"이번 일, 태한이가 벌인 일이라면서요. 재현이가 감 잡은 것 같아요."

"태한이가 재현이에게 몹쓸 짓을 하는 게, 어디 하루 이틀 일인가."

한동안 침묵을 지키던 민 여사가 힘없는 목소리로 중얼거렸다.

"어렸을 때 납치당할 뻔한 것도 태한이가 꾸민 일이라는 거, 이젠 재현이도 알지 않을까요?"

벌써 시간이 이렇게 됐나? 침대 옆에 놓인 시계로 시간을 확인한 세희는 재현의 가슴을 두 손으로 살며시 밀어냈다. 재현에게는 산더미 같은 업무가 쌓여 있었고 자신 때문에 그를 더 피곤하게 할 순 없었다.

"이제 그만 가보세요. 밤이 깊었어요."

그러나 재현은 가볍게 그녀의 손을 뿌리치며 다시 그녀를 품 안으로 꼭 끌어안았다. 그가 그녀의 머리에 입을 맞추며 나직하게 속삭였다.

"자고 갈 거니까 걱정하지 마."

자고 갈 거란 말에 왜 이리도 기쁠까? 하지만 그녀의 감정보단 그의 컨디션이 우선이었다.

"그러지 말고 집에 가요. 간이침대에서 자면 피곤하잖아요."

"누가 간이침대에서 잔대?"

"네?"

그러면 어디서 자려고? 소파에서? 소파도 불편한 건 마찬가지일 텐데?

재현은 자리에서 일어나더니 재킷을 벗어 소파 위에 내려놓았다. 이어서 느린 동작으로 넥타이를 풀고 와이셔츠 윗단추 서너 개를 풀었다. 그가 바지에 손을 뻗어 벨트까지 풀자, 세희는 당황하며 반대쪽으로 고개를 돌려버렸다. 설마 바지를 벗고 자려는 건 아니겠지?

달그락거리는 소리에 힐끔 훔쳐보자 재현이 바지에서 벨트를 빼내고 있었다. 자신의 헛된 상상에 부끄러워진 세희가 얼굴을 살짝 붉혔다.

침대로 돌아온 재현이 버튼을 눌러 침대의 상단을 아래로 내렸다. 세희가 편하게 누울 수 있도록 베개 위치를 바꿔준 다음, 그도 침대에 몸을 뉘었다. 그리고 손등에 꽂힌 정맥 주사 줄을 건드리지 않게 조심하며 뒤에서부터 세희를 끌어안았다.

등 뒤로 느껴지는 재현의 단단한 가슴과 따뜻한 체온에 세희는 안도의 숨을 내쉬었다. 정확하게 표현할 순 없지만, 뭔가 확실하게 보호받는 느낌이었다.

"세희야."

그녀의 어깨에 턱을 올려놓으며 재현이 낮은 목소리로 속삭였다.

"이렇게 말이야, 내가 너를 뒤에서 안은 것처럼, 네 뒤에는 항상 내가 있다는 거 잊지 마라."

귓속으로 흘러드는 나직하면서도 감미로운 속삭임이 그녀를 설레게 했다.

"아무리 힘들어도 그건 절대로 잊지 마."

세희는 울컥 눈물이 나오려는 것을 참으며 가만히 고개를 끄덕였다.

"……네. 잊지 않을게요. 절대로……."

훗날 당신과 헤어지게 되어도…… 이 순간만큼은 절대로 잊지 않을게요.

사랑해요, 재현 씨.

29. 우린 서로에게 과연 어떤 존재일까?

“도대체 왜 이래?”

늦은 시각이어서 그런지 주위는 지나가는 사람은 물론 개미 한 마리조차 보이지 않을 정도로 썰렁했다. 규한은 건물 뒤쪽 어두운 곳에 이르러서야 걸음을 멈추고 정연을 향해 뒤돌아섰다. 그의 손은 아직도 그녀의 팔을 꼭 붙들고 있었다.

“이제 그만 놔줘.”

“정연아.”

“내 몸에 손대지 말라고.”

어깨를 힘껏 비틀어 규한의 손아귀에서 벗어난 정연이 이글거리는 눈으로 쏘아붙였다.

“규한 씨 때문에 세희의 입장이 지금 얼마나 난처한 줄 알아? 가뜩이나 힘든 애에게 무슨 짓을 한 거야? 세희 마음을 왜 흔들어?”

“난 네가 무슨 말 하는지 전혀 모르겠다.”

규한이 답답한 표정을 지으며 바짝 다가오자 정연은 화들짝 놀라며 뒤로 물러섰다. 이 남자, 나이를 먹더니 원래 있던 미모에다가 원숙미까지 보태졌잖아! 어째, 전보다 더 멋있는 것 같다. 그와 가까이 서 있는 것만으로도 정연은 숨을 쉴 수 없을 만큼 가슴이 두근거렸다.

"너, 혹시…… 내가 세희 씨를 유혹해서 하나 그룹의 기밀을 빼내려 했다고 생각하는 거야?"

규한이 그녀를 똑바로 바라보며 낮고 위협적인 목소리로 물었다.

산업스파이로 넘겨짚는 건 너무 심했나? 무척 화가 난 듯한 규한의 태도에 정연은 슬그머니 꼬리를 내렸다.

"뭐, 그게 아니더라도 주위에서 그렇게 오해할 만한 행동을 했잖아. 규한 씨가 세희를 왜 만나, 왜 만나냐고?"

사실은 '세희처럼 예쁘고 젊은 애를 단둘이서 왜 만나냐고?'라고 쏘아붙이고 싶었지만, 정연은 애써 이성을 붙잡았다.

"내가 모를 줄 알고? 규한 씨가 EMD 그룹에 중역으로 들어간 것도 전 CEO에게 잘 보여서잖아. 그 여자 CEO랑 규한 씨랑 그렇고 그런 관계라고 가십에 연일 오르락내리락했어. 어디 그뿐이야? '여휴' 회장 딸이 규한 씨에게 결혼하자고 그랬다며? 그리고……."

정연의 입에서 지금까지 규한이 얽힌 가십이 줄줄이 튀어나왔다.

"섹시한 CEO에 선정됐을 때도 인터뷰한 여기자가 규한 씨 침대로 뛰어들었다며? 헛소문이라고 변명하지 마. '아니 땐 굴뚝에 연기 날까?'라는 말도 있으니까!"

규한은 아무런 표정 없이 정연의 말을 잠자코 들었다. 이윽고 분에 겨운 정연의 눈에 눈물이 글썽거렸다.

"미라 계집애는 어떻고. 왜? 애진 그룹의 경영을 맡아주면 미라랑 짝 지워주기라도 하겠대? 어차피 재현이와의 혼사는 물 건너갔으니까 규한 씨라도 좋다고 해?"

세상에! 이제는 하다 하다 미라와의 사이까지 오해하다니.

규한이 어이가 없다는 듯 눈살을 찌푸렸지만 정연은 속사포 같은 공격을 멈추지 않았다. 정연의 얼굴에선 어느새 눈물이 뺨을 타고 흐르고 있었다. 그러나 그녀는 자신이 울고 있다는 것도 모를 정도로 흥분해 있었다.

"그리고 그것도 모자라서 이젠 세희에게까지 손을 뻗쳐? 애진 그룹에 하나 그룹 기밀을 갖다 바쳐야 직성이 풀리겠어?"

오해도 이런 오해가 없다. 도저히 어디서부터 풀어야 할지, 난감할 정도로 황당한 내용이었다.

"귀국한 지가 언제인데……. 나한테는 연락 한 번도 없고……. 제주도에서 우연히 마주쳤으면…… 그래도…… 조금은 반가운 척이라도 해주지."

어느덧 목이 멘 정연이 말을 잇지 못하자 규한의 입가에 피식 미소가 떠올랐다.

"정연아. 너, 지금 질투하는 거야? 우리 아주 예전에 남남 된 사이잖아."

"누, 누가 질투한다는 거야!"

질투라는 말에 정연의 울음이 뚝 그쳤다. 그녀는 기가 막히다는 듯이 입을 크게 벌리며 손가락으로 규한의 가슴을 꾹 눌렀다.

"민규한 씨, 착각도 유분수지! 난 그냥 사람이 할 도리를 말하는 거……. 읍!"

애석하게도 정연의 말은 끝까지 이어질 수가 없었다. 규한이 거칠게 그녀를 벽으로 밀어붙이며 입술을 겹쳐버렸기 때문이다. 그의 입술이 닿는 순간 화르르 불이 붙는 듯 입술과 얼굴이 화끈거렸다. 심장은 미친 듯이 날뛰었고 팔다리를 비롯해 온몸에 힘이 쭉 빠져버렸다. 그와 헤어진 후, 따로 지낸 시간이 얼마인데……. 그녀의 몸은 빠른 속도로 규한을 기억해내며 하나하나 빠짐없이 그에게 반응하고 있었다.

"하아."

그때나 지금이나 규한은 키스를 잘해도 너무 잘한다. 이러니까 그를 옴므파탈이라고 하는 거다.

결국 정연은 본능에 몸을 맡기며 입을 벌려 규한을 받아들였다. 입술이 부르틀 정도로 격한 입맞춤이 끝난 후, 규한이 그녀에게서 살짝 입술을 떨어뜨렸다.

거칠게 숨을 고르는 정연에게 규한이 다시 고개를 숙였다. 그러나 입술이 맞닿기 직전에 멈추었다.

"……이 바보야, 넌 정말 대책 없는 바보다."

규한은 입매를 비틀며 정연의 입술 위에 뜨거운 속삭임을 토해냈다. 그의 숨결이 닿을 때마다 정연의 입술이 움찔거리며 파르르 떨렸다. 규한은 그녀의 반응이 당연하다는 듯 피식 웃더니, 그녀의 눈에 맺힌 눈물을 조심스럽게 입술로 훔쳐냈다. 그리고 눈물 자국을 따라 밑으로 내려갔다.

한참 동안 입술로 그녀의 눈물을 닦아낸 규한이 이번에는 그녀의 귓가에 입술을 가져갔다. 귓바퀴를 따라 자잘한 키스를 퍼부으며 그가 낮은 목소리로 속삭였다.

"잘 생각해봐."

그녀를 품에서 놓아주며 규한은 한 마디 한 마디에 힘을 주어 강조하듯 말했다.

"민규한에게 이정연이 과연 어떤 존재인지, 잘 생각해보라고."

그 말을 끝으로 규한은 그대로 등을 돌려 정연의 시야에서 멀어졌다.

어떤 존재라니? 뭘?

정연은 흐릿한 눈으로 멀어지는 규한의 뒷모습을 멍하니 바라보았다.

새벽녘에 간호사가 건네준 수면제의 영향인지, 세희는 깊은 잠에서 깨어날 줄 몰랐다. 먼저 일어난 재현은 잠든 그녀를 한동안 바라보다가 출근 준비를 위해 병실을 나섰다.

회사로 향하기 전, 옷을 갈아입으러 펜트 하우스에 돌아간 재현은 갑작스러운 민 여사의 방문을 받았다. 막 샤워를 마치고 욕실에서 나오자 인터폰이 울렸다. 저번에 무단으로 민 여사를 올려보내 단단히 주의를 받았던 경비원이 민 여사가 로비에 와 있음을 알렸다.

"올라오시게 해요."

재현이 와이셔츠를 입고 단추를 채우고 있을 때 엘리베이터 문이 열리며 민 여사가 집 안으로 들어왔다. 재현은 민 여사를 향해 살짝 고개를 숙인 후, 다시 단추를 잠그기 시작했다.

"정연이에게 들었다. 세희 양이 쓰러졌다면서?"

재현은 대답하는 대신 손에 쥔 넥타이를 목에 두르며 거울을 향해 뒤돌아섰다. 아들의 차가운 반응에 민 여사는 한숨을 내쉬었다.

"그래서 외삼촌이 이번 일의 배후라는 증거는 찾았니?"

"네."

재현은 민 여사와 시선을 마주치지 않은 상태에서 아주 짧게 대답했다. 그가 넥타이를 다 맬 때까지 잠자코 지켜보던 민 여사가 조심스럽게 물었다.

"그래서 이제 어떻게 할 작정이니?"

"글쎄요. 어떻게 할까요?"

재현은 거울에서부터 등을 돌려 뒤에 서 있는 민 여사를 바라보았다. 아무런 감정도 내보이지 않는 싸늘한 얼굴로 그가 말을 이었다.

"이사회를 납득시킬 만한 증거를 찾긴 찾았습니다. 하지만 정식 이사회에까지 이 문제를 끌고 간다면 우리 집안에 먹칠하는 꼴이 되겠죠. 조카를 견제하기 위한 외삼촌의 음모라……. 참 우습지 않습니까?"

"재현아."

"이번에도 또 눈감아달라고 하실 건가요?"

언제나 그래왔다. 민 여사는 번번이 하나밖에 없는 형제인 민 사장의 뒤를 봐주었다. 민 사장이 회사에 누를 끼치는 일을 저질러도 대주주인 민 여사의 반대에 부딪혀 자리를 보존할 수 있었다. 재현은 이번에도 그의 어머니가 외삼촌 편에 설 것이라는 걸 의심하지 않았다. 가뜩이나 며느리로 삼기에 모자란 세희인데 그녀가 자신의 동생을 희생하면서까지 잘잘못을 가려줄 것 같지 않았기 때문이었다. 그런데 민 여사의 입에서 의외의 말이 흘러나왔다.

"네 뜻대로 해라. 이번만큼은 나도 한 번만 봐달라는 부탁은 못 하겠구나."

재현의 눈꼬리가 순간 미미하게 꿈틀거렸다.

"언젠가는 너와 태한이, 서로 승부를 내야겠지. 지금이 그때라고는 말 못 하겠지만……. 미안하다. 지금은 이 말밖에 할 말이 없구나. 나 상관하지 말고 이번 일은 네가 알아서 처리해라. 난 그만 간다."

힘없이 엘리베이터로 향하는 민 여사의 등이 오늘따라 무척이나 가냘파 보였다.

이 회장은 민 여사와는 조금 다른 반응을 보였다. 회장실에 찾아온 재현의 보고를 받고도 그는 탐탁지 않은 표정을 풀지 않았다. 침묵을 지키던 이 회장이 이윽고 말문을 열었다.

"내가 듣기론 규한이와 따로 만나는 사이라던데……. 그런 애를 어떻게 믿을 수 있지?"

역시 이 회장 나름대로 미행을 붙여둔 모양이다. 그는 쓰러진 세희를 규한이 제일 먼저 발견해 병원에 연락했다는 사실도 알고 있었다.

"규한이 형이 바이러스라도 됩니까?"

재현이 무뚝뚝하게 대응했다.

"세희가 규한이 형을 못 만날 이유는 전혀 없습니다."

"왜, 하필 규한이야!"

"규한이 형이 애진 그룹의 제안을 받아들인 것도 아니지 않습니까? 애진 그룹이 아니더라도 최고 경영자 직책을 제안하는 곳이 많다고 알고 있습니다. 아버지도 속으론 외삼촌 대신 규한이 형을 하나 전기 사장 직에 올려놓고 싶으시잖아요. 아닌가요?"

"허어참! 누가 들으면 큰일 날 소리."

재현에게 허가 찔린 듯 이 회장이 헛기침을 내뱉었다. 솔직히 전혀 상상하지도 못한 규한의 성공에 내심 아까워하던 이 회장이었다. 만약에 규한이 그를 찾아온다면 모른 척하고 정연과 이어줄 생각도 전혀 안 해본 게 아니었다. 어차피 정연은 규한이 아니면 절대로 결혼하지 않고 처녀 귀신으로 늙어 죽을 테니까.

그런데 이 녀석, 귀국한 지가 언제인데 코빼기도 보이지 않았다. 그러면서도 다른 그룹의 회장들과는 자주 어울린단다. 최고 경영자 제안뿐만 아니라 그들의 자녀들까지 소개받는다고 들었다. 녀석, 이젠 성공했다고 정연이가 눈에 들어오지 않는 모양이군.

규한을 생각하면 이 회장은 괘씸하고 또 괘씸했다. 반대하긴 했지만 다른 집안에 비하면 정말 반대 축에도 못 들 반대였거늘. 회사까지 찾아온 녀석을 몇 번 만나주지 않고 돌려보내긴 했다. 경비원의 손에 의해 무자비하게 끌려나가기도 했다. 하지만 그렇다고 쉽게 정연을 포기하고 외국으로 나가 연락을 끊어버리다니……. 무정한 녀석!

규한을 떠올리는 이 회장의 이마에 깊은 주름이 파였다.

"그래, 규한이는 그렇다고 치자. 산업스파이 건은 어떻게 처리할 거냐? 네 여자의 누명을 벗기기 위해서 우리 집안의 치부를 샅샅이 폭로할 작정이더냐?"

"글쎄요. 그건 외삼촌이 어떻게 나오느냐에 따라서 달라지겠죠."

"좋다. 그러면 네가 나에게 원하는 건 뭐냐?"

"이번 일은 제가 알아서 처리할 테니까, 아버지는 잠시 눈감아주세요."

이 녀석, 아주 이 기회에 태한이에게 한 방 날릴 작정이군. 평소에 재현은 싸늘할 정도로 이성적이었다. 하지만 한 번 화가 폭발하면 아무도 그를 제어할 수 없다는 걸 이 회장은 잘 알고 있었다. 이번이 아마도 그 경우에 해당할 것이다.

"알겠다. 네게 모두 맡기마. 잘 알아서 처리해라."

"감사합니다, 아버지."

"하지만 이것 하나는 꼭 명심해. 산업스파이 누명을 벗긴다 해도 그 애는 절대로 안 된다. 이번에는 무사히 넘어갈지 몰라도 다음번엔 어림도 없을 테니까. 넌 미라처럼 든든한 배경이 있는 여자가 필요해. 이번 일도 봐라. 만약에 상대가 소아나 미라였다면 이런 일이 일어났겠어?"

이 회장의 지적에 재현은 피식 입꼬리를 말아 올렸다.

"아뇨, 아버지. 다음번에는 세희 근처에도 오지 못하게 할 겁니다. 세희는 제가 지킵니다. 내 여자니까요."

두 남자의 날 선 시선이 허공에서 팽팽히 부딪쳤다. 날카롭게 서로를 노려보던 두 사람 중에서 이 회장이 먼저 시선을 비켜버렸다.

"내가 끝까지 반대하면 어쩔 거냐?"

재현은 이미 생각해본 적이 있는 질문이라는 듯, 한 치의 망설임도 없이 곧바로 대답했다.

"마음대로 하십시오. 저는 상관하지 않을 겁니다. 그럼 이만."

재현은 고개를 숙여 인사한 후, 빠른 걸음으로 회장실을 걸어 나갔다. 이 회장은 허탈한 눈빛으로 재현의 뒷모습을 바라보았다.

어느새 막강한 권력을 가져버린 아들은 아주 당당한 태도로 자신에게 맞섰다. 이 회장은 재현의 그런 태도가 매우 불쾌하면서도 또 한편으로는 매우 듬직하게 느껴졌다.

이번 일을 어떻게 처리하는지 지켜본 다음에 다시 생각해봐도 늦지는 않을 것이다. 이 회장은 씁쓸한 미소를 지으며 창밖으로 고개를 돌렸다.

쾅—.

거칠게 문이 열리며 열댓 명의 경호원을 거느린 재현이 민 사장의 집무실로 들어왔다.

"전무님, 무슨 일로 연락도 없이……."

난데없는 재현의 등장에 민 사장의 비서를 비롯한 다른 직원들이 당황한 표정으로 자리에서 일어났다. 평소에도 주위를 싸늘하게 하는 이재현 전무였지만 오늘 그에게서 뿜어져 나오는 분위기는 소름이 돋을 정도로 무시무시했다.

"민 사장님, 안에 계시지?"

"네. 그렇습니다만……."

비서는 말꼬리를 흐리며 굳게 닫힌 민 사장의 집무실을 힐끗 훔쳐보았다. 그러자 재현은 뒤에 대기하고 있는 경호원에게 지시를 내렸다.

"앞으로 내가 저기서 나올 때까지 아무도 이 근처에 얼씬거리지 못하게 해."

"네, 알겠습니다."

지시를 받은 경호원들이 바리케이드처럼 집무실 앞에 죽 늘어서기 시작했다. 이상한 분위기에 주눅이 든 비서는 조심스럽게 인터폰의 수화기로 손을 뻗었다.

"사장님께 전무님이 오셨다고 알리겠습니다."

"아니, 됐어."

재현은 손을 들어 비서를 제지한 후, 노크를 생략한 채 안으로 들어갔다. 민 사장은 이미 무슨 일인지 짐작한 듯싶었다. 재현이 방 안으로 성큼성큼 들어서자, 비릿한 웃음을 띠며 책상에서 몸을 일으켰다.

"재현이, 네가 웬일로 경호원까지 거느리고 날 찾아왔을까?"

재현은 대답 대신 민 사장의 책상 위로 손에 들고 있던 서류 파일을 집어 던졌다.

"아주 재미난 걸 발견해서요. 저 혼자 보기엔 아까워서 외삼촌과 함께 보려고 가지고 왔습니다."

"뭔데 그래?"

민 사장이 불쾌한 표정으로 서류 중 하나를 들어 올렸다. 내용을 훑어보던 민 사장의 표정이 점점 굳어져 갔다. 그는 인상을 찡그리며 서류가 꾸깃꾸깃해질 정도로 꽉 움켜쥐었다.

재현이 민 사장을 향해 비아냥거리듯 말했다.

"모르셨던 모양인데 메인 CCTV 카메라는 초고화질이라서요. 아무리 멀리서 찍어도 육안으로 확인할 수 있도록 확대할 수 있죠."

책상 앞으로 뚜벅뚜벅 다가온 재현이 서류에서 사진 몇 장을 집어 들어 민 사장의 코앞으로 내밀었다.

"이 사진을 보시면 누군가 고의로 세희의 책상 위에 USB 메모리를 올려놓고 갔다는 걸 알 수 있죠. 테이크아웃 컵 밑에 숨겨서 말입니다."

민 사장은 입을 굳게 다문 채 재현이 내민 사진을 노려보았다.

"하필 세희가 외근 나가서 자리를 비웠을 때, 커피를 들고 왔더군요. 아,

물론 그날 홍보부에 커피를 돌린 사람은 민 사장님의 수하인 김 대리더군요. 그 사람 얼굴이 여기 CCTV 카메라에 선명하게 잡혔습니다."

"그래서? 김 대리가 내가 시킨 일이라고 하던가?"

"물론 아니죠. 외삼촌한테 나중에 무슨 보복을 당하려고 사실을 털어놓겠습니까."

"그럼 무슨 근거로 내가 한 짓이라는 거지?"

"글쎄요. 그건 제가 아니라 이사회에서 결정할 일이죠. 이 자료를 이사회에 제출하려고요."

"미친놈."

민 사장이 험상궂게 인상을 찌푸리며 버럭 소리를 질렀다.

"이걸 이사회에서 보여주겠다? 야, 나 같으면 자기 가족 얼굴에 똥칠하는 짓은 절대로 하지 않아. 어디서 굴러먹다 왔는지도 모르는 계집애 때문에 이 외삼촌을 팔아먹겠다?"

"언제나 궁금했었는데……."

민 사장에게 다가온 재현이 위협적으로 얼굴을 바짝 들이댔다. 그리고 툭 내뱉듯 물었다.

"이런 짓 하는 거, 외삼촌은 재미있습니까? 남의 눈에 피눈물 나게 하는 게 즐거워요?"

"슬플 이유는 없잖아? 내 눈에 피눈물이 나는 것도 아니고. 나랑 무슨 상관이야."

민 사장의 이런 대답을 짐작했다는 듯 재현은 씁쓸한 표정을 지으며 한 걸음 뒤로 물러섰다.

"옛말에 이런 말이 있죠. 윗사람을 공경해라. 외삼촌은 나에게 윗사람이니까 공경해야 하는 게 맞습니다."

"그래? 이제라도 나를 윗사람 취급해주겠다? 하, 감동이군."

"그런데 말이죠."

민 사장의 말을 끊으며 재현이 날카롭게 눈을 번뜩거렸다.

"또 이런 말도 있습니다. 미친놈에게는 몽둥이가 최고다."

"뭐야? 미친놈?"

"한 번만 더, 미친놈처럼 굴어보십시오. 그땐 정말 몽둥이맛이 어떤지 알게 해줄 테니까."

"너 지금 삼촌에게 무슨 말버릇이야?"

"어른 대접 받고 싶으면 행동 똑바로 하세요."

재현은 이번에는 민 사장 앞으로 USB 메모리를 집어 던졌다. 민 사장은 얼떨결에 두 손으로 USB 메모리를 받아 쥐었다.

"이게 뭐야?"

"지금까지 외삼촌이 하나 그룹 내에서 벌인 비리에 관한 증거들입니다."

"뭐?"

민 사장의 얼굴이 충격으로 인해 보기 흉하게 일그러졌다.

"박 이사가 눈에 띄게 횡령한 거에 비해서 삼촌은 아주 조금씩 여기저기서 눈에 띄지 않게 진행하셨더군요. 박 이사는 그 밑의 수하를 자르는 것으로 일단락을 지었지만, 외삼촌은 조금 달라요. 왜냐하면, 삼촌은 밑에 사람을 시킨 것보다 본인이 직접 저지른 일이 더 많으니까. 역시 아무도 믿지 못하는 삼촌답게 직접 일을 처리했더군요."

화가 나서인지 당황해서인지 민 사장의 얼굴에 작은 경련이 일기 시작했다.

"너 지금 날 협박이라도 하겠다는 거야?"

"협박이라니요. 그렇게 말씀하시니까 섭섭하군요. 난 지금 사실을 말하고 있을 뿐인데요. 외, 삼, 촌."

재현은 비웃듯이 입꼬리를 올리며 민 사장의 어깨를 두 손으로 움켜쥐었다.

"우리 서로 쉽게 해결하죠. 외삼촌이 먼저 이번 일을 깔끔하게 마무리 지으세요. 그러면 최대한 처벌 수위를 낮추는 걸로 힘을 쓰겠습니다."

"나보고 도대체 뭘 어떻게 마무리하라는 거야?"

"외삼촌이 실수로 기밀이 담긴 서류를 이메일에 첨부한 걸로 하세요. 평소에도 엉뚱한 실수를 저지르던 분이니까 다들 이해할 겁니다. USB 메모리 역시 외삼촌이 홍보부에 들렀다가 흘린 걸로 하죠. 홍보부에 자주 들락날락하셨다면서요? 숨겨야 할 스캔들이 워낙 많아서 말입니다."

"야! 너 지금 날 멍청이 취급하는 거야?"

민 사장의 얼굴이 분노로 새빨갛게 물들었다.

"그럼 어떻게 할까요? 외삼촌이라는 사람이 조카에게 물 먹이려고 조작한 거라고 할까요? CCTV 영상을 공개하면 아주 좋은 구경거리가 될 텐데."

민 사장이 아무 말도 하지 못하자 재현은 그제야 꽉 움켜쥐었던 어깨를 놓으며 느긋하게 민 사장의 넥타이를 바로 매주었다.

"또 한 번만 내 여잘 건드리기만 해보세요. 그땐 그 잘난 턱을 박살 내버릴 테니까."

"이 녀석이 감히, 외삼촌한테!"

민 사장이 크게 소리를 질렀지만, 재현은 눈 하나 깜짝하지 않고 서늘하게 미소 지었다.

"그럼 저는 외삼촌이 오늘 중으로 해결하는 것으로 알겠습니다. 그러면 정식 이사회에 횡령 증거물을 제출하지 않고 대신 대주주 긴급 임시 이사회를 소집하죠. 횡령한 금액을 갚는다는 조건으로 직위 해제는 보류하는 쪽으로 의견을 제시하겠습니다. 처벌은 1년간 월급을 1/2 수준으로 감봉하고 보너스 지급을 일체 동결하는 게 좋겠군요."

"뭐, 뭐야? 너, 이 녀석!"

"횡령한 금액을 모두 토해내려면 외삼촌 명의로 된 부동산을 좀 매각하셔야 할 겁니다."

"건방진 놈! 두고 보자. 감히 네가 나에게 물을 먹여? 네가 이런 짓을 하고도 무사할 것 같아!"

민 사장은 재현에게 삿대질하며 고성을 질러댔다. 하지만 재현은 눈 한 번 깜빡이지 않았다.

"이만 가보겠습니다. 그럼 수고 좀 해주세요."

재현은 고개를 숙여 민 사장에게 인사한 후, 그대로 등을 돌려 문으로 향했다.

"야! 이재현! 거기 서지 못해? 내 말 아직 안 끝났어!"

그러나 재현은 한 번도 뒤돌아보지 않고 유유히 방을 걸어 나갔다.

"이익! 악!"

재현이 방을 나가고 문을 닫아버리자 민 사장은 비명을 지르며 옆에 놓인 명패를 집어 들어 문 쪽으로 집어 던졌다. 그것으로도 분이 풀리지 않자, 그는 책상 위의 사무 집기를 마구 집어 던지기 시작했다.

아침에 도착한 간병인은 40대 중반의 아주머니로, 세희가 손 하나 까딱하지 않게끔 정성스레 돌봐주었다. 오랜만에 받아보는 극진한 보살핌에 조금은 불편할 정도였다.

"일어났네?"

아침 식사 중에 정연이 병실로 찾아왔다.

"아, 언니."

세희가 젓가락을 내려놓자, 정연은 재빨리 두 손을 내저었다.

"됐어, 됐어. 인사는 생략하고 식사하던 거 마저 해."

"어제는 정말 고마웠어요. 언니가 아니었으면 저, 진짜 큰일 날 뻔했어요."

"에이, 내가 한 게 뭐가 있다고 그래."

간밤에 잠을 설쳤는지 정연은 세희만큼이나 푸석한 얼굴을 하고 있었다. 침대 앞에 의자를 끌고 와 앉으며 정연이 말을 이었다.

"어서 먹어. 의사 선생님이 너, 영양실조도 조금 있다더라. 도대체 그동안 뭘 먹고 지낸 거야?"

"그래도 나름 잘 챙겨 먹는 편인데……."

하지만 산업스파이 건이 터지고 난 후, 거의 식음을 전폐하다시피 하긴 했다.

"규한 씨와 언니가 저를 발견했다고 들었어요. 어떻게 된 거예요?"

"아…… 그게, 규한 씨의 말로는 네가 걱정돼서 와본 거라고 하더라. 나는 너랑 통 연락이 안 돼서 옥탑방까지 찾아갔던 거고. 그랬다가 옥상 문 앞에서 규한 씨와 부딪힌 거야."

"그랬군요. 언니와 규한 씨에게 이번에도 큰 신세를 졌네요."

"신세는 뭐……."

"언니……."

침대에 놓인 정연의 손을 두 손으로 살며시 움켜쥐며 세희가 조심스럽게 말을 꺼냈다.

"숨기려던 건 아닌데 어쩌다 보니까 그렇게 됐네요. 정말 죄송해요."

재현과의 관계가 갑자기 급물살을 탔기 때문에 정연에게 말할 기회가 없었다. 그래도 세희는 왠지 정연을 속인 것 같아 마음에 걸렸다.

"미안하긴 뭐……. 사람의 감정이 어디 마음대로 되는 거니?"

세희의 사과에 정연은 씁쓸한 표정으로 고개를 내저었다.

"상대가 워낙 멋지잖아. 끌리는 거야 당연한 거지. 어떤 여자가 자유로울 수 있겠어. 안 그래?"

그렇지. 어떤 여자가 규한 씨의 치명적 매력에서 벗어날 수 있을까? 규한 씨에 비하면 재현이는 애송이에 불과했다.

"네 잘못은 아니야. 그렇게 멋진 남자가 다가오는데 흔들리지 않을 여자가 어디 있겠니?"

"그래도 언니에게 먼저 말을 했어야 해요."

글쎄, 먼저 말을 해줬다고 해도 솔직하게 기뻐해줄 수 있었을까? 내 남자를 다른 여자에게 보내면서 행복을 빌어줄 수 있을까? 그런 정연의 마음을 아는지 모르는지, 세희는 차분하게 말을 이어나갔다.

"언니가 발리에서 돌아오면 직접 만나서 이야기하려고 했어요. 그런데 그 이후로 언니를 만날 기회가 없어서……. 저 때문에 재현 씨가 집에서나 회사에서 입장이 난처하게 된 것도 미안하고."

"괜찮아. 재현이 녀석, 자기가 알아서 잘 처리할 거야."

"그뿐만이 아니라, 규한 씨에게도 미안해요. 갑자기 이런 일이 생겨서 언니에게 전해달라는 말을 제대로 전달하지도 못하고."

"응?"

전혀 예상하지 못한 내용에 정연이 미간을 찌푸렸다.

"저번에 규한 씨가 저를 찾아왔어요. 언니를 만나고 싶은데 주위의 눈 때문에 힘들다고. 그래서 저보고 두 사람 사이에 다리를 놓아줄 수 없느냐고 부탁하더라고요."

"뭐? 다시 말해봐. 뭐라고?"

완전히 허를 찔린 표정으로 정연이 다급하게 물었다. 규한 씨가 세희를 몰래 만난 이유가 나 때문이었다고? 세희에게 마음이 있어서가 아니라?

"규한 씨가 저에게 그랬어요. 언니가 없는 세상은 현세나 저세상이나 모두 지옥 같다고. 어릴 때부터 언니만 보고 살았기 때문에 단 한 번도 언니 이외에 다른 여자를 바라본 적이 없대요. 자신에게 여자는 언니, 이정연,

단 한 사람뿐이라며."
"……말도 안 돼."
정연은 넋이 나간 표정으로 혼잣말처럼 중얼거렸다.

—잘 생각해봐.

순간 규한이 귓가에 속삭였던 말이 떠올랐다.

—민규한에게 이정연이 과연 어떤 존재인지, 잘 생각해보라고.

그럼, 그게 그런 의미였던 거야?
밀려드는 혼란스러움에 정연의 얼굴이 서서히 굳어갔다.

"언제 왔어요?"
깜빡 잠이 들었던 것 같다. 세희는 다정한 눈빛으로 자신을 바라보는 재현에게 나른하게 웃어 보였다.
"방금."
재현도 그녀를 따라 웃어 보이며 부드러운 목소리로 대답했다.
"누나는 집에 갔고, 간병인 아주머니한테는 휴식도 취할 겸, 잠깐 바람 쐬고 오시라고 했어."
세희가 일어나 앉으려 하자, 재현은 버튼을 눌러 침대의 상단을 일으켰다. 그리고 앉기 편하게 그녀의 등 뒤로 베개를 넣어주었다.
"몸은 좀 어때?"

그가 음료수의 뚜껑을 열어 세희에게 건네주며 물었다.

"많이 좋아졌어요. 의사 선생님이 내일모레쯤이면 퇴원해도 된대요."

"그래?"

"사실 저, 지금도 멀쩡해요. 가만히 누워서 시중만 받으려니까, 어색하고 미안해서."

"지금까지 몸 혹사한 거, 이번 기회에 푹 쉰다고 생각해."

"그래도 이렇게 누워만 있을 순 없어요. 한시라도 빨리 누명을 벗어야죠. 곰곰이 생각해봤는데……."

"그럴 필요 없어. 모두 해결되었으니까."

믿기지 않는다는 듯 그녀의 눈이 커다래졌다.

"말도 안 돼. 어떻게 갑자기 해결이 되었어요?"

"그냥 컴퓨터를 다룰 줄 모르는 꼰대 중역의 해프닝쯤으로 생각해."

"네?"

"복잡하니까 나중에 내가 찬찬히 설명해줄게. 지금은 마음 편하게 쉬기만 해."

정말 그래도 되는 걸까? 세희는 반신반의한 눈으로 그를 바라보았다. 재현은 싱긋 웃으며 그녀의 뺨을 쓰다듬었다.

"내일모레 퇴원하면 우선 내 집으로 들어가자. 널 이런 모습으로 혼자 둘 순 없으니까."

그 말에 세희는 당황한 듯 이마에 주름을 잡았다.

"아, 안 돼요. 중병에 걸린 환자도 아닌데 이런 일로 신세 지고 싶진 않아요."

그녀가 단호한 표정으로 고개를 내저었다.

"게다가 재현 씨의 부모님이 아시게 되면 제 이미지만 더 나빠질 거예요. 제가 입원해 있는 것도 탐탁지 않게 여기실 텐데……. 저 혼자 해결하기는

커녕 맥없이 쓰러져버렸잖아요."

그녀는 상기된 얼굴로 재현의 집에 들어가면 안 되는 이유를 조목조목 설명했다. 솔직히 틀린 말은 아니었다. 가뜩이나 며느리 기준에 미달하는 그녀인데 분명 색안경을 끼고 볼 것이다. 그렇다고 해도 그는 지금 상태의 세희를 혼자 둘 순 없었다.

"넌 혼자 있으면 안 되는 환자야. 그래서 내 집에 데려가겠다는데, 뭐가 문제지?"

"그렇지 않아요. 아픈 건 아픈 거고……. 아, 아니다. 이건 아픈 것도 아니에요. 그냥 과로예요."

"그냥 과로라고? 과로가 얼마나 무서운지 몰라서 그래? 과로사라는 말도 못 들어봤어?"

재현은 세희의 말이 마음에 들지 않는 듯 인상을 찌푸렸다.

"하여간 회사에도 병가 처리를 해놓았으니까 이 기회에 푹 쉬어."

"그러니까요. 어차피 회사도 안 가니까, 저 혼자 집에서 쉬면 돼요. 번역 일도 다음 달에나 들어올 테고 한동안 쉴 시간은 충분해요."

그녀의 반대가 예상보다 거세지자 재현은 미간을 좁히며 눈을 가늘게 모았다. 평소에 본인이 얼마나 몸을 혹사시키는지 모르는 걸까? 저러다가 혼자 있을 때, 또 쓰러지기라도 하면 어쩌려고…….

재현은 가만히 시선을 내리며 그녀의 희고 가느다란 손목을 유심히 바라보았다. 하도 가냘파서 조금이라도 힘주어 잡으면 그대로 톡 부러질 것만 같았다. 세희가 거절하면 거절할수록 재현은 '저 가느다란 손목을 반드시 살찌워야 한다!'는 강박관념에 사로잡혔다. 오죽하면 헨젤과 그레텔에 나오는 마귀할멈의 심정이 이해가 될까!

"좋아, 그럼."

잠시 생각에 잠겼던 재현이 결론을 내렸다.

"도우미 아주머니에게 식사를 챙겨달라고 하고, 내가 퇴근하고 옥탑방으로 갈게."

"네?"

"낮에는 누나가 가 있으면 돼. 나와 단둘이 있는 게 아니니까 부모님도 뭐라고 하진 않으시겠지."

"정연 언니가 왜 그런 수고를 해요. 언니도 사생활이 있을 텐데……."

"안심해. 네 일이라면 나보다도 누나가 더 적극적이니까."

"그건 재현 씨만의 생각이죠. 저는 정연 언니에게 민폐 끼치고 싶지……. 읍."

"그만, 거기까지."

재현이 손가락으로 그녀의 입술을 꾹 눌러 억지로 말을 멈추게 했다.

"저번에 말했지. 자꾸만 반대하고 말 안 들으면 납치해서 감금해버릴 거라고."

재현의 표정은 무시무시할 정도로 진지했다. 분위기로 봐서는 지금에라도 당장 그녀를 납치하고도 남을 것 같았다. 결국 세희는 가만히 고개를 끄덕였다.

이틀 후, 재현은 평소보다 일찍 퇴근해 직접 그녀의 퇴원 수속을 밟았다. 그리고 세희를 옆에 태우고 옥탑방으로 차를 몰았다.

"누나도 이따 오기로 했어. 당분간 누나는 우리 집에 지내면서 너에게 들를 거야. 아무래도 본가에서 왔다 갔다 하는 것보단 편할 테니까."

도어록의 비밀번호를 누르며 재현이 설명했다. 병원에 입원해 있는 동안 옥탑방에서 필요한 물건을 가져다주느라 재현도 자연스럽게 비밀번호를 알게 되었다.

재현이 비밀번호를 누르는 모습을 지켜보며 세희는 묘한 기분에 빠져들었다. 마치 두 사람만의 보금자리로 돌아온 듯한 기분이랄까? 은근히 설레었다.

띠리리—.

도어록이 열리고 안으로 들어서던 세희가 우뚝 제자리에 멈춰 섰다.

"어머!"

그녀의 입에서 감탄사가 흘러나왔다. 조그마한 옥탑방이 호텔의 디저트 뷔페처럼 화려하게 탈바꿈해 있었다. 매트리스 앞에는 널찍한 테이블이 놓여 있었고 그 위를 각양각색의 디저트가 가득 채우고 있었다. 그중에서도 빨간 딸기와 파란 블루베리가 올라간 치즈 케이크가 가장 그녀의 눈길을 끌었다.

"이걸 언제 다 준비했어요?"

테이블 앞에 앉으며 세희가 감동한 얼굴로 물었다.

"입맛이 없을 것 같아서……. 치즈 케이크 귀신이라고 그랬지?"

재현의 자상함에 그녀의 눈꼬리가 반달 모양으로 휘어졌다. 기운을 내기 위해서 억지로 식사하고는 있었지만, 가루약을 삼킨 듯 입 속이 쓴 건 사실이었다.

"언니는 언제 온다고 했죠?"

"이따 저녁에나 올 거야. 아침에 나오면서 보니까 며칠만 지낼 거면서 아주 거창하게 이삿짐을 싸더군."

"저, 그런데……."

케이크를 잘라 접시에 담는 재현을 지켜보며 세희가 조심스럽게 말을 꺼냈다.

"산업스파이 건은 어떻게 처리한 거예요? 당장에라도 경찰에 신고하고 긴급 이사회가 열릴 것처럼 심각하더니 갑자기 해프닝으로 끝났다는 게, 이

해가 안 가요."

"하나 전기의 민태한 사장이 우리 외삼촌이라는 건, 알지?"

케이크를 자르던 동작을 멈추며 재현이 물었다.

"네."

"외삼촌이 생긴 거와 다르게 덤벙거리는 편이야. 아버지와 하나 화학 투자 건에 관해서 의견을 나누다가 실수로 기밀문서를 이메일에 첨부하셨대. 다행히 보안 팀이 먼저 발견해서 전송되기 전에 첨부 파일을 걸러냈던 거고."

"민 사장님의 이메일 주소가 아니었잖아요? 제삼의 주소로 알고 있는데요. 회사 내에서는 개인 이메일을 사용할 수 없잖아요."

"그래서 문제가 된 거지. 외삼촌이 규칙을 어기고 개인 이메일을 사용했으니까. 홍보부에 들른 김에 그곳 컴퓨터를 쓴 것 같아. 그래서 아이피 주소가 홍보부로 찍힌 거고. 그리고 기밀이 담긴 USB 메모리를 바닥에 떨어뜨렸는데, 누가 지나가다가 하필이면 네 책상 위에 올려놓은 것 같아."

물론 말도 안 되는 거짓말이었다. 하지만 민 사장은 평소에도 어처구니없는 실수를 저질렀기에 아주 황당한 시나리오만은 아니었다. 모 여배우의 나체 사진인 줄 알고 바이러스 압축 파일을 다운로드해, 본인 컴퓨터는 물론이고 주위 컴퓨터까지 날린 적도 있었다. 부하 직원이 복사해주지 않으면 복사기의 어떤 버튼을 눌러야 하는지도 모른다.

하나 전기의 모태인 금산 그룹 회장의 유언이 아니었다면, 민 사장은 아마 오래전에 해고당했을 것이다.

"민 사장님이 본인이 실수한 거라고 밝히셨다고요?"

"응. 처음에는 모르는 척했지만, 일이 커지니까 가만히 있으면 안 되겠다고 생각하셨나 봐."

재현의 대답에 세희는 씁쓸한 미소를 머금었다.

"……보통 직원이 그랬다면 아무리 실수라고 해도 대기 발령 내지는 해고

당했겠죠?"
"그랬겠지."
"그래도 고맙네요. 본인의 실수를 인정하기 쉽진 않았을 텐데. 나중에 민 사장님을 뵈면 감사하다고 인사해야겠어요."
"그럴 필요 없어."
"네?"
"외삼촌의 말도 안 되는 실수로 네 생일을 망쳤잖아."
"그날이 제 생일인 거 알았어요?"
"이런, 서운한걸. 내가 모를 거라고 생각했나?"
알아주면 좋겠다고 기대했지만, 몰라도 할 수 없다고 생각했었다.
"늦었지만 생일 축하해."
재현이 테이블 밑에서 금색 리본이 달린 검은 벨벳 상자를 꺼내어 세희에게 내밀었다.
"열어봐."
조심스럽게 상자를 열어본 세희의 입이 크게 벌어졌다.
유리구슬 반지와 똑같은 디자인의 목걸이와 귀걸이 세트가 상자 안에 담겨 있었다.
"마음에 들어? 유리가 아니고 크리스털이야. 유리로 만들었다가 쉽게 깨지기라도 하면 또 저번처럼 울고불고 난리 칠 것 같아서……."
"그건."
옥상에서 깨진 유리구슬을 주우며 펑펑 눈물을 쏟던 기억이 떠올라, 세희의 얼굴이 붉게 물들었다. 그때는 반지가 부서졌다는 충격에 몰랐는데 지금 생각해보면 조금 창피하기도 하다. 세희는 혀를 살짝 내밀며 멋쩍은 듯 웃어 보였다. 그러자 재현이 눈살을 찌푸렸다.
"자꾸만 내 앞에서 그렇게 얼굴 붉히지 마."

그녀의 손에 있는 상자를 빼앗아 옆 테이블에 올려놓으며 재현이 투덜거렸다.

"왜요?"

"……이러고 싶어지니까."

갑자기 재현의 입술이 코앞으로 다가왔다. 깜짝 놀라 뒤로 물러나던 세희는 그 반동으로 매트리스 위로 쓰러졌다. 얼떨결에 이상한 자세가 되어버리자 세희는 당황한 얼굴로 눈만 깜빡거렸다. 정신을 차리고 몸을 일으키려는 순간, 재현이 손으로 그녀의 어깨를 스윽 내리눌렀다.

"이런……."

부드러운 행동 같았지만 그의 손끝에 제법 힘이 몰려 있었다.

"그렇게 누워버리면 곤란한데……."

재현이 나른한 눈빛으로 그녀를 내려다보며 피식 입꼬리를 비틀었다. 그리고 그녀 위로 서서히 몸을 굽혔다.

30. 먼저 유혹하는 쪽은 내가 아니라 너라는 거

재현이 손을 들어 그녀의 얼굴을 부드럽게 쓰다듬었다. 그의 손끝이 동그란 이마를 거치고 가지런한 눈썹을 지나 부드러운 뺨을 훑어내려 도톰한 입술에 닿았다. 그의 손길이 지날 때마다 찌릿찌릿한 감각이 온몸에 퍼져 나갔다.

"언제나……."

그녀의 입술에 뜨거운 숨결을 불어넣으며 재현이 나직하게 속삭였다.

"먼저 유혹하는 쪽은 내가 아니라 너라는 거."

'절대로 아닌데! 내가 언제요?'라고 받아쳐야 하는데 혀가 굳어버렸는지, 목이 잠겼는지 아무 말도 할 수 없었다. 그저 마른침을 꿀꺽 삼키며 재현을 올려다볼 뿐이었다.

그의 입술이 그녀의 입술에 닿으려는 찰나…….

띠리리—.

도어록이 열리는 소리가 들리며 왈칵 문이 열렸다.

"앗!"

화들짝 놀란 세희는 재빨리 두 손으로 재현을 밀어냈다. 그리고 옆으로 몸을 굴려 매트리스 반대편으로 내려앉았다.

"뭐야?"

난데없는 불청객의 등장에 재현이 불쾌한 표정으로 소리쳤다.

"으아, 무겁다. 무거워!"

뒤를 돌아보니 정연과 편의점 매니저가 양손에 비닐 백을 들고 낑낑거리며 집 안으로 들어서고 있었다.

"그건 여기다 놓고. 저건 저기다 놓아주세요."

매트리스에서 몸을 일으킨 재현이 편의점 매니저와 대화 중인 정연을 매섭게 노려보았다.

분명히 저녁에야 온다고 한 사람이 왜 이렇게 일찍 온 걸까? 게다가 말도 없이 불쑥 들이닥치다니.

"누나, 저녁에나 온다고 하지 않았어?"

낮게 깔린 재현의 음산한 목소리에 정연이 동작을 멈추고 고개를 돌렸다. 이글거리는 눈빛으로 노려보는 재현과 바닥에 앉아 어쩔 줄 몰라 하는 세희가 시야에 들어왔다. 두 사람의 분위기가 심상치 않았으나, 한껏 기분이 들뜬 정연은 대수롭지 않게 넘겨버렸다.

"응. 그런데 세희가 일찍 퇴원했다고 해서 좀 빨리 왔어. 냉장고가 텅 비었을 것 같아서 편의점에 들러 물이랑 과일 주스랑 통조림 이런 거 좀 사고."

"물건이 많으면 바로 올라오지 말고 건물 밑에서 전화하지 그랬어."

"어머, 우리 착한 남동생! 혼자 들고 올라오기 힘들 줄 알고 걱정했구나! 괜찮아. 물건 많이 샀다고 아저씨가 도와주셨어."

정연이 활짝 웃으며 편의점 매니저를 향해 고개를 돌렸다.

"들어다주셔서 고마워요. 거기다 그냥 놔두시면 돼요."

"네, 알겠습니다."

편의점 매니저는 환하게 웃는 얼굴로 인사한 후, 빠르게 밖으로 걸어 나갔다. 재현은 한숨을 내쉬며 짐이 놓인 곳으로 뚜벅뚜벅 걸어갔다.

"어디 집들이라도 해? 뭐가 이렇게 많아?"

재현의 입에서 거친 불평이 쏟아져 나왔다.

"그래서……."

재현이 회장실로 들어오자, 뒷짐을 지고 창밖을 내다보던 이 회장이 옆으로 고개를 틀었다. 이 회장은 재현을 바라보지 않은 채, 건조한 목소리로 물었다.

"그 아이 건강은 어떠냐?"

"빨리 회복되고 있는 편입니다. 적어도 며칠간은 절대 안정이 필요합니다."

"그래."

이 회장은 가만히 고개를 끄덕이더니 다시 창밖으로 고개를 돌렸다.

"다음 주까지 몸 추슬러놓으라고 해라."

"어째서죠? 세희를 걱정해서 하는 말씀 같지는 않은데요."

날이 선 반응에 이 회장은 천천히 등을 돌려 재현을 바라보았다. 포커페이스로 유명한 재현이었지만, 언젠가부터 세희가 관련된 일에서는 즉각 감정을 드러냈다. 이 회장은 속으로 쯧쯧쯧 혀를 차며 책상으로 걸어갔다. 도대체 왜 녀석이 저리도 홀러덩 넘어가버렸을까?

세희를 만나고 온 아내의 말로는 겉으로만 본다면 재현과 아주 잘 어울린다고 했다. 하지만 평생을 여자 얼굴만 뜯어먹고 살 것도 아닌데……. 픽픽 쓰러지는 걸로 봐선 몸도 허약한 것 같다. 하여간 이것저것 마음에 들지 않았다.

"네 녀석 덕분에 애진 화학 건은 물 건너갔고, 지금으로선 손튼만이 최고의 차선책이다."

이 회장이 자리에 앉으며 퉁명스럽게 말을 꺼냈다.

"다행히도 손튼 측에서 하나와의 합작 회사 설립에 아주 긍정적인 태도를 보이고 있어."

"네, 알고 있습니다."

"합작 건 때문에 요즘 손튼과 자주 통화를 하는데…… 흠, 흠."

목을 가다듬기 위해 마른기침을 내뱉은 후, 이 회장이 다시 말을 이었다.

"다음 달에 있을 출장을 다음 주로 앞당길 수 있느냐고 묻더구나. 너와 아주 긴히 의논할 일이 있다면서……."

다음 달, 재현은 일주일 일정으로 미국 출장길에 오를 예정이었다. 첫 도착지는 서부 실리콘밸리 지사로 그곳에서 하루 업무를 본 후, 댈러스로 떠날 예정이었다.

그런데 느닷없이 출장을 앞당긴다고? 손튼이 그렇게 나오는 데에는 필시 다른 꿍꿍이가 있을 것이다. 하지만 그 괴짜의 속을 어찌 짐작이나 할 수 있을까?

"그래서 다음 주까지 회복시켜놓으라는 거야. 출장 가서도 그 애 걱정만 할 순 없을 테니까."

재현의 얼굴이 눈에 띄게 굳어졌다. 세희를 혼자 두고 가는 것이 마음에 걸렸지만, 그렇다고 중요한 출장을 뒤로 미룰 수는 없었다.

"알겠습니다."

재현은 짤막하게 대답하고 곧장 등을 돌려 회장실을 걸어 나갔다. 그런 재현의 뒷모습을 보며 이 회장이 손바닥으로 책상을 '탁' 내리쳤다.

어리석은 녀석! 그깟 여자 하나 때문에 저리도 흔들리다니…….

잠시 뭔가를 궁리하던 이 회장은 책상 위에 놓인 인터폰으로 손을 뻗었다. 버튼을 누르자 양 비서의 목소리가 흘러나왔다.

[네, 회장님.]

"채 실장 좀 올라오라고 해. 긴히 할 말이 있으니까 근처에 아무도 얼씬거리지 못하게 하고."

[네. 알겠습니다.]

이 회장은 침통한 표정으로 의자 등받이에 머리를 기대며 긴 한숨을 내쉬었다. 재현은 분명히 자신이 내린 결정에 분노할 것이다. 하지만 지금으로서는 다른 방법이 없었다. 재현이 미국 출장길에 오른 동안 모든 일은 신속하게 처리될 것이다.

이 회장은 천천히 유리창 너머로 시선을 돌렸다. 회색이 펼쳐진 도심 위로 오후의 느긋한 햇살이 내려앉고 있었다.

"저, 그런데 언니……."

과도로 사과 껍질을 무자비하게 깎아내는 정연을 아슬아슬한 눈으로 바라보던 세희가 슬그머니 질문을 던졌다.

"규한 씨 만나봤어요?"

그 말에 칼로 사과를 반으로 가르던 정연이 흠칫 동작을 멈췄다. 잠시 침묵을 지키던 정연은 사과를 한입 크기로 잘라 입으로 가져갔다. 오물오물 씹던 사과를 목구멍으로 삼키고 그녀가 담담한 목소리로 대답했다.

"아니, 안 만났어."

"아직 안 만나셨어요?"

세희가 놀란 표정을 짓자 정연은 별거 아니라는 듯 어깨를 으쓱해 보였다.

"저는 언니가 규한 씨 만나기도 바쁠 텐데, 여기 계셔도 되나…… 하고 걱정했거든요."

"너 입원하고 나서는 볼 일 없었지 뭐."

"규한 씨에게 전화라도 해보시지 그랬어요?"

정연은 고개를 내저으며 남은 사과 조각마저 입 속에 집어넣었다.

"왜 내가 먼저 연락하니? 그쪽에서 먼저 연락할 때까지 기다려야지."

와삭와삭 사과를 씹으며 정연이 투덜거리듯 말을 이었다.

"나를 먼저 떠난 사람은 그 사람이니까, 먼저 돌아오는 것도 그 사람이어야 해. 그래야만 긴 세월을 기다려준 내가 덜 억울하잖아. 안 그래?"

"……왜 규한 씨가 먼저 떠났다고 생각하세요?"

"자존심이 상했겠지. 몇 번이나 아빠를 찾아갔지만, 문전박대당했거든. 그 사람, 태어날 때부터 황태자 취급 받고 오냐오냐 살아온 사람이야. 한순간에 집안이 망하면서 전혀 상상해보지도 못한 대접을 받았으니……. 아마도 진저리가 났겠지. 그러니까 모든 걸 다 내팽개치고 미국으로 간 거, 아니겠어? 그곳에선 알아보는 사람도 적을 테고, 마음 편하게 새 출발할 수도 있을 테니까."

정연은 왜 규한이 그녀를 떠났는지 전혀 눈치를 못 채는 것 같았다. 그렇다고 정연에게 규한이 이 회장에 의해서 정신병원에 갇혔었다는 사실을 말해줄 순 없었다. 세희는 먹던 사과를 접시에 내려놓으며 작게 한숨을 내쉬었다. 두 사람의 문제는 두 사람이 풀어야 한다.

—정연이와 헤어지게 하려고 나를 정신병원에 집어넣었어요.

세희는 아직도 규한의 그 말이 믿어지지가 않았다.

—물론 이 회장님이 그랬다는 건 아무도 모릅니다. 그런 일을 대놓고 하실 분이 아니니까요.

정말 이 회장님이 그러셨을까? 정말 그렇게까지 잔인한 분일까? 만약에 정보통이 틀린 정보를 주었다면? 혼란스러운 생각에 미미한 두통이 몰려오자 세희는 가만히 두 눈을 감았다.

집으로 돌아오는 길이 왜 이리도 멀게만 느껴지는지……. 재현은 붉은 정지 신호등을 노려보며 초조하게 운전대를 손가락으로 톡톡 두드렸다.

오늘 아침, 세희를 옥탑방에 남겨둔 채 혼자 회사로 향하며 얼마나 발걸음이 무거웠는지 모른다.

퇴원하고 첫날인데 옆에 있어줘야 하는 건 아닐까? 하루 회사를 쉰다고 크게 잘못되는 것도 아닌데……. 그냥 강 비서에게 전화해서 오늘은 집에서 업무를 보겠다고 할까?

끝없이 꼬리에 꼬리를 무는 유혹을 겨우 물리치고 출근길에 올랐다. 그랬더니 이번엔 시간이 너무나도 느리게 흘러갔다. 재현은 답답함을 이기지 못하고 하루에도 수십 번 넥타이를 느슨하게 풀고 매기를 반복했다.

평소에는 퇴근 시간을 훌쩍 넘고도 집무실에 남아 업무를 처리했지만, 오늘은 퇴근 몇 시간 전부터 힐끗힐끗 시간을 확인했다. 퇴근을 1시간 남겨두고 중역 긴급회의에 불려갔을 때는 은근히 짜증이 밀려오기도 했다.

퇴근길. 오늘따라 왜 이리 신호란 신호는 다 걸리고, 펑펑 뚫리던 구간에 교통 체증이 일어나고, 주차장 엘리베이터는 천천히 작동하는지 모르겠다. 차에서 내려 거의 뛰듯이 엘리베이터에 올라탄 재현은 빛의 속도로 옷을 갈아입은 후, 옥탑방으로 향했다.

그러나 옥탑방에 들어서자마자 그는 기분이 크게 상해버렸다.

"오셨어요?"

세희가 주방에 서 있었기 때문이다. 그것도 앞치마를 두른 채로…….

"저녁 안 드셨다고 했죠?"

물기 있는 손을 앞치마에 쓱쓱 닦으며 그녀가 환하게 웃어 보였다. 뜨거운 열기에 발그스레해진 뺨과 약간은 흐트러진 머리카락하며, 분명히 주방에서 요리하고 있었음이 틀림없었다.

절대 안정을 취하라고 했건만, 주방에서 일하고 있었다니! 도대체 누나는 세희를 말리지 않고 뭐 한 거야? 세희에게 뚜벅뚜벅 걸어간 재현은 그녀의 팔을 낚아채며 화난 목소리로 물었다.

"지금 뭐 하는 거야?"

"재현 씨?"

재현의 태도에 세희가 의아한 표정을 지었다. 그때 정연도 세희처럼 앞치마를 두른 모습으로 욕실에서 걸어 나왔다.

"와우, 진짜 맵다. 매워! 양치질했는데도 혀가 따끔거려. 어머, 재현이 왔구나!"

정연은 재현을 향해 싱긋 웃더니, 혀를 앞으로 쭉 내밀며 부채질하기 시작했다. 그녀 역시 세희처럼 붉게 상기된 얼굴을 하고 있었다.

맹세하건대 재현이 아는 한, 정연이 할 줄 아는 요리는 거의 없었다. 있다면 끓는 물에 달걀을 삶아내는 정도이다. 달걀 프라이조차 할 줄 모르는 정연이 요리를 한다고 앞치마를 두르고 있을 이유가 없었다.

"도대체 두 사람, 주방에서 뭘 하고 있었던 거야?"

그가 재차 물었지만 세희와 정연은 재현의 화난 표정이 이해되지 않는다는 듯 눈만 껌뻑이고 있었다. 주방을 두리번거리던 재현의 눈에 식탁에 늘어진 음식이 들어왔다.

"하!"

그가 기가 막힌 듯 헛웃음을 내뱉었다. 시뻘건 색깔을 자랑하는 즉석 떡볶이와 빨갛다 못해서 검붉기까지 한, 뼈 없는 닭발 구이가 식탁에 놓여 있었다. 그리고 가스레인지에는 뚝배기에 담긴 달걀찜이 보글보글 끓고 있었다.

"세희가 너는 매운 거 못 먹을 거라고, 달걀찜을 해야 한다잖아."

정연이 어이없는 표정으로 우두커니 서 있는 재현을 향해 말했다.

"지금 저걸 저녁으로 먹겠다고?"

"응. 세희도 나도 입맛이 없어서, 사람 시켜서 신당동 즉석 떡볶이를 사 왔어. 매콤한 게 끌리더라고. 사 오는 김에 닭발도 좀 사 오고."

아무리 정연이 이상야릇한 음식을 즐긴다지만, 세희까지 이런 음식을 먹을 줄은 정말 몰랐다. 재현은 씁쓸하게 입매를 비틀며 정체불명의 음식이 놓인 식탁 위를 노려보았다.

세희와 함께 모처럼 오붓한 저녁을 즐기려고 했는데, 이게 도대체……. 떡볶이와 닭발을 먹으며 분위기를 내는 건 불가능이고……. 도대체 저런 흉측한 걸 왜 먹는 거야?

재현은 닭발을 입에 넣고 오물거리는 정연을 한심한 눈초리로 노려보았다.

"도우미 아주머니는? 저녁 준비 안 하고 가셨어?"

"응. 떡볶이랑 닭발 먹으면 배부를 거 같아서 내가 저녁 하지 말라고 했어. 너도 먹어볼래?"

재현의 얼굴이 점점 더 험상궂게 변했다.

"나보고 저걸 먹으라고?"

"그래, 그럼. 먹지 마. 네가 먹을 반찬 없어서 달걀찜 하는 거니까 그거나 먹어."

"누나는 지금 제정신이야? 왜 아픈 사람보고 요리하라는 거야?"

도저히 참지 못한 재현이 정연에게 버럭 언성을 높였다. 그러자 정연도 크게 눈살을 찌푸리며 허리에 양손을 짚었다.

“야! 그래서 내가 했어. 달걀찜, 내가 했다고! 세희는 옆에서 코치만 한 거야!”

정연이 재현보다 더 큰 목소리로 실내가 쩌렁쩌렁 울리게 외쳤다.

“너는 내가 뭐, 네 여자 부려먹지 못해서 안달 난 못돼 처먹은 시누이로 보이니?”

“누나가 했다고?”

재현이 믿을 수 없다는 듯 되물었다. 그럴 리가! 과일 껍질 하나 제대로 깎을 줄 모르는 누나가 달걀찜을?

“그래. 쉬운 줄 알고 덜컥 했다가 달걀을 두 판이나 버렸다. 왜? 아까워?”

“두 판까진 아니에요. 하는 김에 떡볶이에 넣으려고 달걀도 몇 개 삶았잖아요.”

남매가 살벌한 언쟁에 들어가자, 세희는 부리나케 재현에게 다가가 슬쩍 그의 팔을 잡아당겼다.

“재현 씨, 저녁이 마음에 안 들면 우리 나가서 먹어도 돼요.”

“아니, 난 괜찮아. 떡볶이 먹고 싶었다면서…….”

정연을 향할 때는 한창 날카로웠던 재현의 목소리가 어느새 자상하고 나긋하게 변해 있었다.

“그래도 재현 씨가 먹을 게 없으니까.”

“괜찮아. 나는 달걀찜 하나만 있으면 돼.”

꿀물이 뚝뚝 떨어질 것 같은 눈빛으로 세희를 바라보는 재현에게 정연이 ‘흥’ 코웃음을 날렸다. 정말 내가 어이가 없어서! 지금 재현이 하는 행동을 보면 눈꼴신 아들 때문에 결국 며느리를 미워하게 되었다는 시어머니의 마음을 조금은 이해할 수 있을 것도 같았다.

정연은 열 받은 속을 달래기 위해 닭발 한 조각을 날름 입 안에 집어넣었다. 그리고 누구라고 생각하며 오도독오도독 닭발을 씹기 시작했다.

[회장님이 말씀하신 대로 모든 준비를 끝마쳤습니다.]

"좋아, 수고 많았네. 다음 주, 재현이가 출장을 떠나자마자 바로 실행해."

[네, 회장님.]

"이건 채 실장과 나, 우리 둘만이 아는 비밀이야. 절대로 밖으로 새어 나가선 안 돼. 혹여 나중에라도 법적으로 하자가 생기지 않게, 전혀 논란거리가 되지 않게 일 처리하도록……. 알겠나?"

[네, 명심하겠습니다.]

"진행 도중 가끔 보고하는 것도 잊지 말고."

[네, 회장님.]

이 회장이 전화를 끊자, 똑똑 노크 소리가 들리며 차 쟁반을 든 민 여사가 서재 안으로 들어왔다.

"당신, 무슨 일이에요?"

찻잔을 내려놓으며 민 여사가 걱정스러운 얼굴로 물었다.

"일은 무슨 일?"

찻잔을 들며 이 회장이 민 여사를 향해 부드럽게 웃어 보였다. 그러나 민 여사는 굳은 표정을 풀지 않았다. 이 회장이 찻잔을 책상 위에 내려놓자 다시금 말을 꺼냈다.

"오늘은 퇴근하자마자 저녁도 안 먹고 곧장 서재로 직행했잖아요. 당신이 어디 저녁 거르는 사람이에요?"

"아, 그거. 오늘 속이 좀 안 좋아서 그래."

"왜요? 어디 많이 안 좋아요? 김 박사, 집으로 오라고 할까요?"

"아니, 그럴 필요까지는 없고……."

이 회장은 말꼬리를 흘리며 슬그머니 고개를 돌려 민 여사의 시선을 피했다. 이 회장은 이 일에 민 여사까지 끌어들이고 싶지는 않았다. 자칫 잘못하다가 마음이 약한 민 여사가 정연이나 재현에게 사실을 털어놓을 수도 있기 때문이다. 아는 사람이 적을수록 일이 수월하게 진행될 것이다. 이 회장은 어색하게 미소 지으며 다시 찻잔을 입으로 가져갔다.

"뒷정리는 제가 할게요."

모두 저녁 식사를 마치자, 세희는 서둘러 자리에서 일어섰다. 온종일 아무 일도 하지 못하고 도우미 아주머니와 정연이 하는 걸 지켜만 본 그녀였다. 몸은 편할지 몰라도 마음이 불편해서 소화가 안 될 지경이었다.

"좋아. 대신 나도 돕지."

세희의 진지한 표정에 재현은 할 수 없다는 듯 고개를 끄덕이곤 식탁 위의 접시를 한데 모았다.

"난 그럼 옥상에 나가서 바람 좀 쐬고 올게."

두 사람이 다정하게 식탁을 정리하자 정연은 은근슬쩍 자리를 피해주었다. 세희가 물로 헹군 그릇을 건네면 재현은 접시를 차곡차곡 식기세척기 안에 집어넣었다. 매끈거리는 접시와 따뜻한 물줄기, 살짝 스치는 재현의 손끝 감촉이 한데 어울려 묘한 분위기를 만들었다.

세희는 접시를 건네며 힐끗 그의 옆모습을 훔쳐보았다. 팔꿈치까지 걷어붙인 소매 아래로 적당하게 근육이 붙은 매끈한 팔이 시선을 사로잡았다. 이젠 하다 하다 그의 팔만 보고도 가슴이 뛴다. 왠지 심장이 찌릿하게 조이는 것만 같아 세희는 지그시 아랫입술을 깨물었다.

모든 접시를 집어넣자 재현은 식기세척기를 잠그고 작동 버튼을 눌렀다. 곧 '위잉' 소리를 내며 물이 쏟아지는 소리가 들리기 시작했다.

“커피 마실 거지?”

재현의 물음에 세희는 가볍게 고개를 끄덕였다. 예전과 달리 이제는 재현이 커피를 만들어주는 것이 당연하게 돼버렸다.

“참, 할 말이 있어.”

찬장에서 꺼낸 원두커피를 에스프레소 커피 머신에 넣으며 재현이 말했다.

“다음 주에 미국으로 출장 떠나게 됐어. 갑자기 일정이 바뀌는 바람에.”

출장이라는 말에 그녀의 심장이 ‘쿵’ 하고 밑으로 떨어졌다. 그러나 세희는 애써 아무렇지 않은 표정을 지으며 물었다.

“얼마나 걸리는데요?”

“우선 계획은 일주일인데, 모르지. 사정에 따라서 더 길어질 수도 있어. 누나가 옆에 있을 테지만, 그래도 걱정돼. 나 없어도 괜찮겠어?”

“당연하죠. 괜찮고말고요.”

세희는 그에게 커피잔을 건네주며 일부러 더 밝게 웃어 보였다. 그리고 한 걸음 뒤로 물러나 에스프레소 커피 머신을 작동하는 재현을 물끄러미 지켜보았다. 그가 추출이 완료된 포터 필터를 빼내고 남은 커피 찌꺼기를 털어내자, 세희는 등 뒤로부터 재현을 조심스럽게 끌어안았다. 그녀의 돌발적인 행동에 그가 흠칫 몸을 굳혔다. 재현의 널찍한 등에 뺨을 기대며 세희가 작게 속삭였다.

“걱정해줘서 고마워요, 재현 씨. 하지만 저, 깨지기 쉬운 유리 인형 아니거든요. 보기보다 강단 있어요. 지금 재현 씨가 저에게 하는 거, 완전 과잉보호예요.”

재현은 잠자코 그녀의 말에 귀를 기울였다. 그녀가 뒤에서 안아주는 느낌이 묘하면서도 또 다른 한편으론 나른할 정도로 편안했다.

“하지만 누군가에게 과잉보호 받는다는 거, 조금 어색하면서도…… 행복한 기분이 들어요.”

"그래……?"

세희의 손을 풀고 뒤돌아서며 재현이 낮은 목소리로 투덜거렸다.

"지금 과잉보호 해달라는 거야, 말라는 거야?"

"모르겠어요."

"뭐?"

세희가 고개를 설레설레 내젓자 재현이 살짝 미간을 찌푸렸다. 그를 향해 배시시 웃어 보이며 그녀가 살짝 혀를 내밀었다.

"막 낯간지럽긴 한데…… 또 은근히 마음이 설레거든요."

그리고 행복하다. 그와 함께 있다는 것 하나만으로도 날아갈 듯이 기분이 좋았다. 이런 감정, 너무 익숙해지면 안 되는데……. 언젠가부터 이재현이란 남자의 매력에 푹 빠져버린 느낌이다. 해외 출장 간다는 말에 갑자기 시무룩해질 정도로 말이다.

재현을 올려다보던 세희의 얼굴에 희미한 미소가 걸렸다. 그런 그녀를 내려다보며 재현이 피식 입꼬리를 비틀었다.

"벌써부터 설레면 안 되지."

그녀의 뺨을 양손으로 부드럽게 감싸 안으며 그가 나직하게 속삭였다.

"아직 시작도 안 했어."

재현은 고개를 숙여 그녀의 입술을 깊게 머금었다. 숨소리조차 조심스러웠다. 조금이라도 소리가 흘러나간다면 밖에 있는 정연이 눈치챌지도 모르니까…….

"하아."

마치 낙인을 찍는 것처럼 밀려드는 뜨거운 입술 아래서 세희는 가쁜 숨을 들이켜며 그의 어깨를 꽉 움켜쥐었다. 전혀 격렬하거나 거친 키스가 아님에도 왜 이리 힘이 빠지는지 모르겠다. 모든 감각이 입술과 입 속으로 몰려든 것만 같았다.

그녀의 입술을 핥던 그의 혀가 미끄러지듯 입 안으로 들어왔다. 그리고 수줍게 숨어 있는 그녀의 혀를 부드럽게 휘감았다. 이러다가 소리라도 크게 나면 어쩌지?

그녀의 염려와는 달리 재현은 인내심이 바닥난 것처럼 강하게 그녀를 끌어안았다.

확실히 지금까지 했던 키스와는 농도가 조금 달랐다. 어느 순간 느릿하게 유영하던 그가 전부를 빨아들일 것처럼 거세게 파고들었다. 재현은 어깨에 놓인 그녀의 손을 잡아 자신의 허리로 가져갔다. 지금까지 가로막이 되었던 팔이 사라지자 서로의 가슴과 가슴이 한 치의 틈도 없이 맞닿았다. 입술이 타들어가는 것처럼 화끈거렸다.

"……아."

결국 세희의 입에서 자그마한 신음이 터져 나왔다.

"에에에, 에이취!"

잠시 후, 밖에서 정연의 재채기 소리가 들리기 시작했다.

"제이는 다음 주에 도착인가?"

창 너머 하얗게 깔린 구름을 내려다보던 손튼이 브랜든에게로 고개를 돌렸다.

"네. 우선 서니베일에 들른 후, 그다음 날 댈러스로 올 계획입니다."

컴퓨터 모니터에 시선을 고정한 채로 브랜든이 빠르게 대답했다.

"내가 갑자기 일정을 앞당겼다고 이 회장이 싫은 소리를 좀 하더라고."

"뭐, 그렇겠죠. 이재현 전무 앞으로 1년도 넘는 일정이 정해져 있단 소리도 있던데……. 그런데 말입니다. 이재현 전무가 여기에 와버리면 세라, 혼자서 괜찮을까요?"

"물론 괜찮을 리 없겠지. 세라를 치워버리고 싶은 사람이 어디 한둘이겠어?"

손튼의 말에 브랜든이 곱지 않은 눈길을 보냈다.

"그런데도 왜 이재현 전무를 이곳으로 불러들이는 겁니까?"

"왜? 꽤 스릴 있잖아. 아니야?"

전혀 예상하지 못한 손튼의 반응에 브랜든이 기가 막히다는 듯 눈을 크게 부라렸다.

"스릴이요? 이게 지금 무슨 게임인 줄 아세요?"

"원래 인생이란 게 게임 같은 거야. 'Life is like a game.'이라는 말이 왜 나왔겠어. 하여간 나도 뭔가 성의를 보여야 하니까 언제든지 전용기를 보낼 수 있게 준비하도록 해."

손튼에게 순수한 성의란 없으니까. '또 뭘 어떻게 골탕 먹이려고 이러나?' 하는 떨떠름한 표정으로 브랜든이 물었다.

"어느 기종으로 준비할까요?"

손튼이 보유한 개인 전용기는 보잉, 걸프스트림, 에어버스, 세스나에서 제작한 제트기 등등 여럿이 있었다.

"물론 제일 아끼는 녀석으로 보내줘야지."

카우보이모자를 만지작거리며 손튼이 입술의 한쪽 끝을 말아 올렸다.

"제일 아끼는 녀석이라면…… 걸프스트림이요?"

"Yap(응)."

그러면 그렇지. 브랜든은 한숨을 푸욱 내쉬며 다시 빠르게 키보드를 두드렸다. 다른 제트기도 아니고 하필 그 제트기라니……. 손튼 씨의 장난기가 또다시 발동한 모양이군.

브랜든은 벌써부터 머리가 지긋지긋 아프기 시작했다.

“잠시 긴히 드릴 말씀이 있습니다.”

긴급회의를 마치고 회의장을 나오는 재현에게 안 실장이 다가왔다. 그는 주위를 살핀 후, 재현을 소회의실로 안내했다. 회의실 문이 닫히자 안 실장이 굳은 표정으로 재현에게 고개를 숙였다.

“우선 죄송하다는 말을 해야 할 것 같습니다.”

“갑자기 무슨 일입니까?”

재현이 의아한 얼굴로 미간을 좁히자 안 실장이 재빨리 말을 이었다.

“뭔가 수상한 느낌이 있어서 제가 회장님 주위에 사람을 풀었습니다. 전무님께 보고드리지 않고 단독으로 결정을 내린 점, 사과드립니다.”

안 실장이 이렇게 나올 때는 재현에게 보고할 시간도 없을 만큼 다급했다는 뜻이다. 도대체 어떤 일이기에……. 재현이 심각한 얼굴로 입매를 굳히자 안 실장이 조심스럽게 말을 꺼냈다.

“이 회장님이 채 실장을 회장실로 불러들였다고 하더군요.”

“채 실장이요?”

채 실장의 회사 내 직책은 경영관리실장이다. 하지만 실제로 그는 이 회장이 그룹 내에 숨겨둔 비밀 병기였다. 이 회장의 측근이라면 대부분 알고 있는 사실이었다. 이 회장은 주로 일급비밀을 요구하는 일에 채 실장을 은밀하게 불러들이곤 했다.

“다음 주, 우리가 출장을 떠나면 그 후에 뭔가 일이 일어날 것 같습니다.”

“그 일이라는 건…….”

한 손으로 이마를 짚으며 재현이 혼잣말처럼 중얼거렸다.

이제 막 퇴원한 세희를 괴롭히지야 않겠지…… 생각하며, 건강을 회복할 때까지는 조용히 놔둘 거라고 잠시 마음을 놓았었다. 하지만 그게 너무나도 안일한 생각이었을까?

신경이 곤두섰다고 해도 할 수 없다. 세희에 관해서는 조금도 방심할 수 없었다. 안 실장에게 고개를 돌리며 재현이 착 가라앉은 목소리로 말했다.

"알겠습니다. 최악의 사태를 대비해서 강 비서를 여기에 남게 하죠."

"너 요새 진짜 보기 힘들다. 남자라도 생긴 줄 알았어."

정연이 자리에 채 앉기도 전에 희승이 아랫입술을 내밀며 투덜거렸다.

"흥, 남자 같은 소리 한다."

코웃음을 친 정연은 털썩 소파에 앉으며 테이블에 놓인 얼음물을 벌컥벌컥 들이켰다.

"그럼 왜 그동안 통 연락이 안 된 거야?"

"야, 남들이 알면 내가 한 한 달쯤 증발한 줄 알겠다. 고작 5일 동안 연락 안 된 거 가지고 뭔 호들갑이니?"

"이정연이 5일 동안이나 파티에 나타나지 않았다고. 그거 아주 굉장한 거다."

"됐어. 그나저나 왜 꼭 봐야 한다고 난리 친 거야?"

"아, 맞다. 내 정신 좀 봐. 내가 요새 자꾸만 깜박한다. 우리 윤주 낳을 때, 전신마취를 했더니 그 후유증인가 봐."

희승은 의자에서 일어나 정연의 옆으로 자리를 옮기며 말을 이었다.

"정연이 너, 규한이 오빠가 귀국한 건 알지?"

"그거 모르는 사람도 있어?"

"애진 그룹이랑 다른 그룹에서 최고 경영자 맡아달라고 러브콜이 왔는데 다 거절했대."

“부르는 보수가 낮았나 보지, 뭐.”

정연이 시큰둥한 표정으로 말하자 희승이 설레설레 고개를 내저었다.

“지나가는 말로, 하나 그룹에서 불러준다면 한 번 생각해보겠다고 했다던데.”

“뭐?”

“네 아버지가 절대로 안 불러줄 거라는 거, 알고 그랬는지는 모르지만, 하여간 그랬대.”

“누가 그래?”

반신반의한 얼굴로 정연이 물었다.

“미라가 그러더라. 저번에 마드리드 모임이 있었는데 거기서 걔가 그러더라고.”

“넌 미라, 그 계집애가 하는 말을 믿니? 다 뻥인 거 몰라?”

“그래, 그건 그렇긴 한데…….”

희승이 말을 얼버무리자, 정연은 한 손을 휘이휘이 내저으며 유리잔에 가득 얼음물을 따랐다.

“너 고작 그런 이야기나 하려고 나 보자고 한 거 아니지?”

“아, 아니. 그거 말고 진짜 중요한 이야긴 따로 있어.”

“그럼 빨리 말해. 뭐야 도대체?”

희승이 진지한 표정으로 주위를 둘러보았다. 그러곤 정연의 귀를 잡아당기며 아주 작게 속삭였다.

“너만 아는 이야기인데……. 우리 오빠, 약간 정신에 문제가 있어서 요양병원에 보냈잖아. 다행히 저번 달부터 오빠 상태가 많이 좋아졌어. 이제는 종종 제정신이 돌아오기도 해.”

“그래? 그거 정말 잘됐다.”

“어, 근데 그게 중요한 게 아니라, 정신이 돌아온 오빠가 글쎄, 병원에서 규한 오빠를 봤다는 거야."

"뭐?"

"지금은 아니고 아주 예전이라는데. 하여간 규한 오빠도 같은 병동에 있었대. 시간을 따져보니까 규한 오빠가 미국으로 떠나기 딱 한 달 전이더라고."

"너…… 지금 그게 무슨 말이야?"

충격으로 정연의 얼굴이 하얗게 질려버렸다.

"규한 씨가 뭐?"

"시간이 좀 이르긴 하지만 같이 저녁 먹었으면 해서."

퇴근한 재현의 손에 이끌려 온 곳은 남산 기슭에 있는 고급 이탈리안 레스토랑이었다. 두 사람이 레스토랑 안으로 들어서자 매니저가 앞으로 다가왔다.

"어서 오십시오. 모두 준비해놓았습니다."

매니저의 안내로 2층으로 올라간 세희는 아찔할 정도로 황홀한 경관에 숨을 들이켰다. 가정집을 개조한 레스토랑은 서울 시내가 그대로 내려다보일 수 있게 사방이 투명한 유리벽으로 되어 있었다.

주문을 받은 매니저가 자리를 뜨자, 재현은 테이블 위에 놓인 세희의 손을 움켜쥐었다.

"나, 내일 떠나."

벌써 그렇게 됐구나. 섭섭하지만 어쩔 수 없었다. 중요한 업무 때문이니까. 사적인 감정에 휘둘려선 안 된다. 세희는 재현을 향해 애써 밝게 웃어 보였다.

"그러네요. 출장 잘 다녀오세요."

"같이 갈까?"

세희의 손을 만지작거리던 재현이 걱정스러운 얼굴로 속삭이듯 물었다.

"너를 여기에 혼자 두고 가려니까 마음이 놓이지 않아."

"안 돼요. 그렇다고 어떻게 출장을 따라가요."

세희가 피식 웃으며 고개를 내저었다.

"제가 뭐 한두 살 먹은 어린애인가요? 걱정하지 마세요. 저 가뜩이나 이 회장님께 밉보였는데 눈치 없이 출장까지 따라간다고 하면 진짜로 눈 밖에 날 거예요. 회장님뿐만 아니라 이사들도 좋지 않은 시선으로 볼 거고요. 그렇잖아요. 중요한 해외 출장에 사귀는 여자를 데려간다니. 안 그래요?"

애석하게도 그녀의 말이 맞았다. 이 회장 측의 움직임이 약간 의심스럽다고 해도 그녀를 데리고 출장길에 오를 명분이 없었다. 재현은 크게 한숨을 내쉬며 그녀의 손을 더욱더 꼭 움켜쥐었다.

"내가 돌아올 때까지 누나 곁에서 떨어지지 마. 약속할 수 있지?"

"재현 씨. 지금 저를 애 취급하는 거예요?"

"약속해. 누나와 항상 함께 다니겠다고 약속해줘."

재현의 심각한 표정에 세희는 마지못해 고개를 끄덕거렸다.

"알았어요."

말은 그렇게 해도 벌써부터 가슴 한편이 시렸다. 세희는 혹시라도 서글픈 감정을 들킬까 봐 급하게 시선을 밑으로 내리깔았다. 그가 없는 일주일이 꽤 느리게 지나갈 것 같다.

"재현아, 나 들어가도 되지?"

노크 소리와 함께 조이를 가슴에 안은 정연이 침실로 들어섰다.

“이번 출장 일주일 걸린다고 했지?”

“응…….”

짐 싸기에 바쁜 재현은 뒤도 돌아보지 않고 건성으로 대답했다. 그는 세희를 옥탑방에 바래다주고 방금 본가에 돌아온 직후였다.

“이러다간 조이가 네 얼굴 잊어버리겠다.”

정연은 조이의 머리를 쓰다듬으며 투덜거리듯 중얼거렸다.

“이건 뭐 정들만 하면 짐을 싸요. 그렇지, 조이야?”

“야옹.”

그녀의 말에 맞장구를 치듯 품에 안긴 조이가 서글프게 울어댔다.

“봐, 재현아. 조이도 뭐라고 하잖아.”

그제야 재현이 짐 싸던 동작을 멈추고 뒤를 돌아보았다.

조이를 입양한 사실을 세희에게 털어놓으려고 했지만, 복잡한 일이 생기는 바람에 계속 뒤로 미루어졌다. 출장에서 돌아오는 대로 이번엔 꼭 조이를 세희에게 데려가야겠다고 생각했다.

조이를 슬쩍 노려보던 재현은 다시 슈트 케이스에 옷을 담기 시작했다.

“그런데 재현아.”

“응.”

“규한 씨 말이야.”

여러 개의 셔츠를 집어 들던 그는 잠시 행동을 멈추었다.

“규한이 형이 왜?”

“규한 씨가…… 혹시 어디 아팠었니?”

“아파? 형이?”

“응. 그러니까 남에게는 알릴 수 없는 뭐 그런 희귀한 병이라든지. 뭐 그런 거.”

“누나도 모르는 걸 내가 어떻게 알겠어?”

"그래도 넌 나보다 정보력도 좋고. 그리고 세희랑 규한 씨가 만났을 때, 혹시 두 사람 사이 오해해서 뭔가 뒷조사를 해보았을 수도 있고, 그래서……."

그 말에 재현은 탁, 슈트 케이스 뚜껑을 닫으며 짧게 한숨을 내쉬었다.

"돌려 말하지 말고 단도직입적으로 물어봐. 도대체 나에게 궁금한 게 뭐야?"

"궁금한 거?"

재현이 고개를 돌려 진지한 표정으로 물어보자 정연은 당황하며 말꼬리를 흐렸다.

아무래도 재현은 규한이 정신병원에 강제 입원을 당했던 사실을 모르는 모양이었다. 멀쩡했던 규한이 일주일 동안 정신병원에 입원했었다니……. 그 때문에 미국으로 떠났던 걸까? 하지만 그저 추측일 뿐 아직 확실한 건 아무것도 없었다.

"아니야, 아무것도. 출장 잘 다녀와."

정연은 급하게 손을 내저으며 방을 나서기 위해 등을 돌렸다.

"누나."

그때 문 쪽을 향하는 정연을 재현이 불러 세웠다.

"세희 좀 부탁할게. 일주일 동안 옆에 있어줘."

"원래 내가 옆에서 돌봐주기로 한 거잖아."

"그게 아니라. 누나 경호원도 동원해줘. 강 비서와 내 경호원도 남기고 갈 거지만, 혹시나 해서."

"혹시나 해서? 뭘?"

"아버지가 채 실장을 부르셨다는 보고를 받았어."

"채 실장을?"

"아버지가 채 실장을 부를 때는 곤란한 일을 소리 소문 없이 처리할 때뿐이잖아. 그러니까……."

"맞아, 채 실장!"

갑자기 정연은 무언가를 깨달은 듯 후다닥 방을 뛰어나갔다.

"오늘 아침에 떠났으니까 이제 슬슬 실행하도록 해. 빠르면 빠를수록 좋으니까."

[네, 회장님.]

"조금의 실수도 없이 진행해야 하네."

[물론입니다.]

전화를 끊은 이 회장은 깊은 한숨을 내쉬며 의자 등받이에 머리를 기대었다.

미안하다, 재현아.

하지만 어차피 맺어질 수 없는 두 사람을 위해서는 이것이 최선의 방법일지도 모른다. 이 회장은 두 눈을 감고 손등으로 미간을 꾹 주물렀다.

띠링—. 띠링—.

그때 책상 위에 올려둔 휴대폰이 울리기 시작했다. 휴대폰을 들고 발신자를 확인한 이 회장이 살짝 인상을 찌푸렸다.

갑자기 왜?

잠시 고민에 빠졌던 이 회장이 표정을 다잡으며 천천히 통화 버튼을 눌렀다.

"여보세요."

"후."

파란 하늘을 올려다보던 세희의 입에서 작은 한숨이 흘러나왔다. 재현은 지금 미국으로 향하는 비행기 안에 있을 것이다. 세희는 마치 저 하늘에 재현이 탄 비행기가 보이는 듯 고개를 뒤로 젖혔다. 눈이 시리도록 파란 하늘이 그녀의 마음에 아프도록 스며들었다.

—같이 갈까?

—너를 여기에 혼자 두고 가려니까 마음이 놓이지 않아.

재현의 나직한 목소리가 머릿속에서 떠나질 않는다.

따라갈 걸 그랬나?

멍하니 하늘을 바라보던 세희가 고개를 숙이며 피식 마른 웃음을 내뱉었다. 아니야. 겨우 일주일인걸. 조금이라도 그에게 방해가 되어선 안 된다. 세희는 옥탑방을 향해 무거운 발걸음을 돌렸다.

"서세희 씨."

그때 갑자기 누군가가 그녀의 팔을 뒤로 홱 잡아당겼다. 깜짝 놀란 세희가 뒤돌아 자신의 팔을 잡은 사람을 바라보았다.

31. 어젯밤 집에 들어오지 않았다고?

"아직 안 돌아왔네?"

썰렁한 방 안을 둘러보던 정연은 터덜터덜 옥상으로 걸어 나갔다. 같이 저녁을 먹기로 했건만 세희는 아직까지 돌아오지 않고 있었다. 아까 세희는 침대 시트가 낡아서 새것을 사야 한다며 백화점으로 향했다. 오랜만에 백화점에 갔으니까 이것저것 사느라 정신이 없을지도 모른다.

우두커니 세희를 기다리던 정연은 할 수 없이 혼자 펜트 하우스로 돌아갔다.

원두커피를 내리고 필요한 서류를 들여다보다 시계를 보니 7시를 향해가고 있었다. 세희의 귀가가 늦어지자 정연은 은근히 걱정되기 시작했다.

전화라도 해볼까?

정연은 휴대폰을 만지작거리며 심각하게 궁리했다.

조금 늦는 것 가지고 호들갑을 떠는 건 아닐까? 1시간만 더 기다려볼까?

정연은 크게 기지개를 켜며 소파 위로 벌러덩 몸을 뉘었다. 재현이는 어디쯤 가고 있으려나? 이제 태평양 중간쯤 날아갔을까?

채 실장에 관한 뒷조사는 애석하게도 아주 더디게 진행되었다. 아무래도 그는 이 회장의 사람이니까 그런 인물의 뒤를 캐기가 그리 쉽지는 않을 것이다.

“후.”

정연은 긴 숨을 내쉬며 두 눈을 사르르 감았다. 아직 포기하기는 이르다. 끊임없이 캐다 보면 뭔가 나오겠지.

“서세희 씨.”

“강 비서님? 여기에 어쩐 일이세요?”

느닷없이 나타난 강 비서를 보고 깜짝 놀랄 사이도 없이 세희는 그녀의 손에 이끌려 차에 올라탔다.

강 비서는 그대로 차를 몰아, 옥탑방 건물 앞에 차를 세웠다. 그리고 진지한 목소리로 말했다.

“다른 건 필요 없고 여권만 챙겨서 내려오세요.”

“여권은 왜요?”

“급하게 처리할 일이 있어서 그렇습니다. 나중에 자세히 설명해줄 테니까 우선 여권부터 가져오세요.”

강 비서의 심각한 태도에 세희는 두말없이 옥탑방으로 올라갔다. 세희가 여권을 가지고 내려오자, 강 비서는 여권을 훑어본 다음 재킷 안주머니에 집어넣었다. 그리고 재빨리 차를 출발시켰다.

잠자코 창밖을 내다보던 세희는 차가 서울을 벗어나자 의아한 얼굴로 강 비서에게 고개를 돌렸다.

“지금 어디로 가는 거죠?”

“공항이요.”

강 비서는 운전대를 꼭 잡고 도로에 시선을 고정한 채, 짧게 대답했다.

“그래서 어떻게 됐나?”

채 실장이 회장실로 들어오자, 뒷짐을 지고 창밖을 내다보던 이 회장이 건조한 목소리로 물었다.

“강 비서와 함께 지금 공항으로 향하는 중입니다.”

“그래.”

이 회장은 가만히 고개를 끄덕이더니 다시 창밖으로 고개를 돌렸다. 잠시 침묵을 지키던 그가 다시 말을 이었다.

“할 수 없군. 출장에서 돌아올 때까지 잠시 일을 보류하도록 해.”

“네, 회장님.”

이 회장의 말에 채 실장이 고개를 숙였다. 왜 이리도 일이 꼬이는지 모르겠다. 이 회장은 언짢은 표정으로 쯧쯧쯧 혀를 차며 책상으로 돌아갔다.

“재현이 때문에 애진 화학 건은 물 건너갔고, 지금으로선 손튼만이 최고의 차선책인데……. 다행히도 합작 회사 설립에 아주 긍정적이라, 모든 게 순조롭게 진행되고 있다네.”

“네.”

“그러니 손튼이 세희를 출장에 데려오라면, 군말 없이 그래야겠지. 하지만 그래도 그렇지. 왜 하필 지금……”

이참에 세희를 정리하려던 이 회장에게 생각지도 않은 손튼이라는 복병이 나타났다.

이 회장은 긴 한숨을 내쉬며 의자 등받이에 머리를 기대었다.

—여배우 송혜수를 데려오라는 것도 아닌데, 이런 부탁쯤은 쉽게 들어줄 수 있겠죠?

손튼이 이렇게 나오는 데에는 필시 무슨 꿍꿍이가 있을 테지만, 그 괴짜의 속을 누가 알까.

"아니, 막말로 손튼, 걔가 통역이 왜 필요해? 나도 못 알아듣는 제주도 사투리도 다 알아듣는 녀석이!"

형, 동생 하며 서로를 호칭할 정도로 손튼과 가까운 이 회장은 가끔 흥분하면 손튼을 '걔' 또는 '녀석'이라고 불렀다. 이 회장은 골치가 아프다는 듯, 이마를 짚으며 크게 고개를 내저었다.

"하여간 괴짜야. 괴짜!"

"저번 제주도 파티에서 세희 양의 발 빠른 대처로 손튼 씨가 큰 도움을 받은 적이 있었죠. 아무래도 그것 때문에 손튼 씨가 세희 양을 챙겨주고 있는 것 같습니다만."

"그래, 나도 알아. 하지만 그게 왜 하필 지금이냐고?"

한 시라도 빨리 두 사람을 떨어뜨려놓아야 하는 시점에서 같이 미국 출장길이라니…….

이 회장은 몹시도 입 안이 씁쓸했다. 그러나 어쩌겠는가? 손튼의 부탁인데. 팥으로 메주를 쑤라고 해도 들어줘야 한다.

"출장 이후에 바로 진행할 수 있게 철저하게 준비해놓게."

"네, 회장님."

채 실장은 짤막하게 대답한 후, 그대로 등을 돌려 회장실을 걸어 나갔다.

"세희 씨를 이번 출장에 꼭 데려오라고 이 회장님께 직접 전화하셨답니다. 자신의 통역을 맡아달라고요."

"손튼 씨가요?"

"네. 그리고 제게도 따로 연락하셨습니다."
손튼 씨는 아직도 내가 생명의 은인이라고 생각하는 걸까? 그래서 이런 호의를 베푸는 걸까?
다소 황당하기는 했지만, 손튼이라면 충분히 그런 부탁을 할 수 있을 것 같았다. 무엇보다 재현과 함께할 수 있다는 생각에 그녀의 가슴이 콩닥콩닥 뛰기 시작했다.
"그래서 여권 가지고 나오라고 한 거예요?"
"네."
"하지만 여권만 달랑 가지고 출장 갈 순 없잖아요. 짐도 챙겨야죠."
"그건 걱정하지 않아도 됩니다. 모두 준비되어 있으니까요."
세희가 가방에서 휴대폰을 꺼내 들자, 강 비서가 힐끗 고개를 돌렸다.
"어디에다 전화하려고요?"
"정연 이사님께 급하게 출장 가게 되었다고 알려드려야죠. 제가 갑자기 사라져버리면 놀라실 거예요."
"제가 이미 연락했습니다. 그러니까 이사님께는 미국에 도착해서 전화해도 될 거예요."
세희가 별 반대 없이 고개를 끄덕이자 강 비서는 다시 운전에 집중했다.
손튼의 비서인 브랜든이 그녀에게 전화한 것은 재현이 떠나고 난 후, 얼마 지나지 않아서였다.
[손튼 씨가 이 회장님께 직접 말했으니까, 곧 지시가 내려올 겁니다. 급하게 결정된 사항이라서 진행에 문제가 있을 수도 있겠지만, 우리 측에서 최대한 준비를 해놓았습니다.]
그러나 아무리 기다려도 이 회장에게서는 아무런 지시도 내려오지 않았다. 초조하게 시계만 쳐다보던 강 비서는 이번에도 자신의 직감에 따랐다. 이번 일은 어쩌면 윗선의 지시 없이 단독으로 일을 처리해야 할지도 모르겠

다고 생각했다. 이런 상황에서는 본인의 판단력을 믿을 수밖에 없다.

—세희 양의 주변을 철저하게 지켜봐야 해. 경호원을 주위에 배치했어도 마음이 놓이질 않으니까.

출장길에 오르며 안 실장은 그녀를 따로 불러내 신신당부했었다.

—채 실장이 뭔가 일을 꾸미고 있다는 정보가 있으니까, 더욱더 신경 쓰도록.

그룹 내 누구도 채 실장이 어떤 일을 처리하는지에 관해서 확실하게 아는 사람은 없었다. 하지만 이 회장이 그를 불러들일 때는 조금은 떳떳하지 못한, 숨겨야만 하는 일을 진행하는 경우라는 것쯤은 누구나 쉽게 예상할 수 있었다.

늦게 손을 썼다가 나중에 후회하는 것보다는 징계를 먹는 한이 있어도 재빨리 일을 진행해야 한다. 또한 세희가 미국으로 간다는 사실을 아무도 알아선 안 된다. 아는 사람이 적으면 적을수록 안전할 것이다. 강 비서는 가속페달을 더욱더 세게 밟았다.

"그건 그렇고……."

두툼한 서류 파일을 재현에게 건네며 안 실장이 넌지시 말을 꺼냈다. 두 사람은 10시간이 넘는 비행 시간 대부분을 업무 이야기로 소비했다. 이윽고 업무 이야기가 끝나자 안 실장이 목소리를 낮게 유지하며 재현에게 서류와 사진 몇 장을 건네었다.

"흥미로운 사실을 알아냈습니다. 손튼 씨의 개인 비서 브랜든 말입니다. 알고 보니까 윤 변호사와 친척 간이더군요. 윤 변호사의 친조카였습니다. 손튼 씨 밑에서 일하게 된 것도 윤 변호사가 소개해서라고 하더군요."

재현은 눈을 가늘게 뜨며 서류에 시선을 떨구었다. 손튼 뒤를 그림자처럼 따라다니는 브랜든이 한국인 3세라는 것은 알고 있었지만, 윤 변호사와 혈연으로 이어져 있을 줄은 몰랐다.

"윤 변호사의 소개로 브랜든을 개인 비서로 채용했다는 말은 손튼 씨와 윤 변호사가 서로 아는 사이란 말입니까?"

"네. 그것도 앨버트 씨를 통해서라고 합니다."

"앨버트 씨를 통해서요?"

재현이 의외라는 듯 미간을 좁혔다. 안 실장은 파일에서 사진 몇 장을 꺼내 재현 앞에다 내려놓았다.

"앨버트 씨와 손튼 씨는 아주 오래된 친구 사이라고 하더군요."

사진 속에는 젊은 시절의 앨버트와 손튼이 정답게 마주 보며 웃고 있었다. 사진을 들여다보는 재현의 이마에 주름이 새겨졌다.

"그런데 어쩐 일인지, 손튼 씨가 일방적으로 연락을 끊었다고 하더군요. 세라 양이 태어나고 얼마 지나지 않아서입니다. 사업상 이견이 많았던 두 사람이 결국 사이가 틀어져서라는 말도 있지만, 워낙 그 당시 손튼 씨가 괴이한 행동을 부리던 때라……."

"손튼 씨가 탐사단을 이끌고 아마존 정글에 들어갔던 시기를 말하는 겁니까?"

"네. 그 당시 손튼 씨는 전문 경영인에게 사업을 맡기고 세계 오지를 떠돌아다니는 탐사에 집중했죠. 주위에서는 억만장자의 괴상한 취미라고 수군거렸었고."

"그러면 앨버트 씨가 손튼 씨에게 윤 변호사를 소개해준 건, 세희가 태어나기 전이라는 말이겠군요."

"네, 그렇습니다. 윤 변호사와 손튼 씨는 앨버트 씨가 사망하고 나서도 계속 연락을 주고받았다고 합니다."

"흠."

앞에 놓인 서류와 사진을 훑어보던 재현이 안 실장을 향해 고개를 돌렸다.

"혹시 모르니까 앨버트 씨와 손튼 씨의 관계를 한번 알아보세요."

"네, 알겠습니다."

재현은 손가락으로 사진을 톡톡 내리치며 골똘히 생각에 잠겼다. 손튼 씨가 앨버트 씨를 알고 있었다면 그가 세희를 존재를, 그러니까 세라 서의 존재를 모를 리가 없었다. 그런데도 손튼은 세희를 전혀 모르는 사람처럼 연기했다. 어째서일까?

재현의 머릿속이 복잡해지기 시작했다.

"후우."

웅장한 모습의 제트기를 올려다보던 세희가 작게 한숨을 내쉬었다. 그녀 곁으로 출국 수속을 끝낸 강 비서가 다가왔다. 생전에 아버지가 타고 다니던 제트기가 떠올라 안색이 어두워진 건데 강 비서는 그녀가 겁먹었다고 생각했나 보다.

"너무 걱정하지 말아요."

세희의 어깨를 다정스럽게 다독거리며 강 비서가 부드러운 목소리로 말했다.

"자동차로 여행하는 것보다 훨씬 안전하니까요."

강 비서의 말에 세희는 살며시 웃어 보이고는 그녀를 따라 제트기에 올랐다. 널찍한 실내는 최고급 가죽으로 제작된 소파와 양탄자, 마호가니 테이블로 채워져 있었다. 비행기 내부라기보단 고급스러운 호텔 로비에 들어온 느낌이었다. 그런데 왠지 너무나도 익숙한 분위기…….

말도 안 돼!

세희는 믿을 수 없다는 얼굴로 실내를 둘러보았다. 두근두근 그녀의 심장 박동이 빨라지기 시작했다.

연한 크림색의 가죽 소파와 중후한 느낌의 마호가니 테이블, 금테로 마무리된 가구의 모서리 등등. 장식물과 가구의 위치가 조금 바뀌긴 했지만, 너무나도 익숙한 풍경이었다. 그 이유는 바로 생전에 아버지가 사용했던 개인 전용기였기 때문이다.

하얀색에 금색 테두리를 둘렀던 비행기 동체를 짙은 청색과 은색 테두리로 바꾼 탓에 밖에서는 알아보지 못했지만, 안에 들어서는 순간 첫눈에 알아볼 수 있었다. 어째서 이게 여기에?

강 비서는 세희가 처음 타보는 제트기에 어리둥절하다고 생각했는지, 그녀의 팔을 잡고 상냥하게 웃으며 좌석으로 안내했다.

"이쪽으로 오세요."

세희는 잠자코 강 비서를 따라 그녀의 옆자리에 자리를 잡았다.

"저, 그런데 강 비서님."

경건한 표정으로 안전벨트를 매는 강 비서 쪽으로 세희가 슬그머니 상체를 기울였다.

"이 제트기는 하나 그룹의 전용기인가요?"

"아뇨."

안전벨트 착용을 끝낸 강 비서가 고개를 내저었다.

"이건 손튼 씨의 전용 제트기예요. 이번에 특별히 보내주신 거랍니다."

"손튼 씨의 전용기요?"

해외 출장이 잦았던 아버지는 세희가 초등학교에 들어가는 해에 걸프스트림 에로스페이스(Gulfstream Aerospace)에서 제작한 제트기를 구입했다. 그 후 세희는 방학 때마다 부모님과 윤 변호사, 루카스와 함께 제트기를 타고 남미나 유럽 등을 여행했었다. 나중에 아버지의 사업이 기울고 자금 압박이 심해지자, 부득이하게 처리했던 것으로 알고 있다.

세희는 자신이 앉은 좌석의 손잡이를 슬쩍 쓰다듬어보았다.

아버지의 제트기를 사간 상대가 바로 손튼 씨였다니…….

참 묘한 인연이다.

비행기가 샌프란시스코 국제공항에 착륙하고, 재현은 여독을 풀 사이도 없이 곧장 서니베일 지사로 향했다. 그리고 고작 1시간의 휴식을 취한 후, 바로 업무 회의에 들어갔다.

"전무님."

꼬리에 꼬리를 문 회의를 모두 끝낸 재현이 지친 얼굴로 회의실을 걸어 나오자, 안 실장이 빠르게 다가왔다.

"회의 도중, 이정연 이사님께 연락이 왔었습니다."

"누나에게서요? 무슨 일입니까?"

무언가 꺼림칙한 일은 아닐까? 하는 우려에 재현이 미간을 좁혔다. 역시나 안 실장의 입에서 심각한 내용이 흘러나왔다.

"……세희 양이 어젯밤 집에 들어오지 않았다고 합니다."

"네?"

재현의 얼굴이 순식간에 창백하게 굳어졌다.

“세희가 어젯밤 집에 들어오지 않았다는 게 무슨 소리야?”

[어제, 나랑 같이 저녁 먹기로 했는데 8시가 넘었는데도 연락이 없는 거야. 계속 전화해도 받지 않고. 옥탑방에 가봤는데 거기에도 없고.]

수화기 너머에서 정연의 떨리는 목소리가 흘러나왔다.

[세희에게서 한시도 눈을 떼지 말라곤 했지만, 어제는 네가 떠나는 날이었고, 설마 네가 떠나는 날부터 무슨 일이야 있을까 싶어서 내가 좀 방심했더니…….]

정연이 끝내 말을 맺지 못하고 울먹거렸다.

“경호원은 풀었어?”

[응. 오늘 새벽부터.]

“알았어, 누나. 너무 걱정하지 마. 친구 집에서 하룻밤 잤을 수도 있는 거고. 전화 연결 안 되는 건, 배터리가 방전돼서 그럴 수도 있는 거니까. 한두 살 먹은 어린아이도 아니고 무슨 큰일이야 있겠어?”

뜻밖에 재현이 담담하게 반응하자, 정연의 울먹임도 서서히 잦아들었다. 자신마저 흔들리면 정연은 더욱더 당황할 것이다. 그래서 재현은 애써 아무렇지 않은 말투로 정연을 달랬다.

[재현아.]

정연도 재현의 그런 배려를 알기에 나오려는 울음을 꾹 참으며 최대한 침착하려 노력했다. 사실 그녀는 요사이 규한 때문에 혼이 반쯤 나가버린 상태였다.

그에 따른 후유증일까? 너무 당황하니까 솔직히 세희와 어제 같이 저녁을 먹으려고 했는지, 아니면 오늘 저녁을 먹기로 했는지도 헷갈릴 지경이었다. 만약에 오늘이라면, 그래서 세희가 아무 생각 없이 친구 집에서 하룻밤을 잔 거라면 그녀 혼자 호들갑을 벌인 꼴이 된다.

재현이 가라앉은 목소리로 말을 이었다.

"나는 이제부터 거래처 미팅에 가봐야 하니까 한두 시간 통화가 안 될 거야. 중요한 일이 생기면 안 실장님께 이야기해둬."

[응, 알았어.]

정연과 통화를 끊은 재현은 안 실장에게 휴대폰을 넘겼다.

"제가 거래처 사람을 만나는 동안 누나에게서 전화가 오면 안 실장님이 알아서 처리해주세요."

"네, 알겠습니다."

마음 같아서는 당장에라도 비행기를 타고 한국으로 돌아가고 싶었다. 하지만 현실은 그렇지 못했다. 세희가 걱정돼서 숨이 턱 막힐 것 같았지만, 앞에 놓인 일정은 다 차질 없이 소화해야 한다. 재현은 시커멓게 타버린 속을 진정시키며 거래처 미팅을 위해 자리에서 일어섰다.

샌프란시스코 국제공항에서 입국 수속을 끝내고, 강 비서는 세희에게 짤막하게 일정을 설명했다.

"우선 저와 함께 팔로알토에 있는 포시즌 호텔로 가고, 이재현 전무님은 이따 저녁에 만나시면 됩니다."

잦은 출장 덕분인지 강 비서는 샌프란시스코 공항의 구조를 잘 알고 있는 듯했다. 전혀 헤매지 않고 왼편에 있는 통로를 거쳐 단번에 주차장으로 향했다. 택시나 리무진 버스를 이용해 호텔로 갈 줄 알았던 세희는 강 비서에게 왜 주차장으로 가느냐고 물었다.

"5층으로 올라가면 준비된 차가 있어요."

엘리베이터에서 내린 강 비서는 기둥 옆에 세워진 은색의 전기 차로 걸어가 차 문을 열었다. 공항을 빠져나가 차가 101 고속도로에 진입하고 나서야 강 비서는 좀 더 자세한 일정을 세희에게 설명하기 시작했다.

"팔로알토에 있는 포시즌 호텔에서 하룻밤 묵을 거예요. 아마 전무님 일행도 그곳에 짐을 풀었을 겁니다. 호텔 체크인을 끝내면 저는 바로 서니베일 지사로 갈 거예요. 하지만 세희 씨는 같이 갈 필요 없어요."

"네?"

"전무님의 일정은 오늘 저녁까지 꽉 차 있습니다. 지사에 간다고 해도 전무님을 뵐 수 없을 거예요."

"하지만 그래도 저 혼자 호텔에 남는 건……."

"지사에서 세희 씨가 마땅히 할 일은 없습니다."

인턴 교육을 받았다고는 하지만, 솔직히 그녀가 할 수 있는 업무는 극히 제한적이었다.

"그래도 간단한 심부름이나 복사 같은 업무는 할 수 있는데요."

"아뇨. 전무님은 직원에게 그런 일 안 시키세요. 복사도 본인이 직접 하시는걸요. 해외 출장 때도 될 수 있는 대로 의전을 최소화하라고 지시하시는 분이에요."

"그래도 저 혼자 자유 시간을 갖는 건, 좀……."

"세희 씨, 이곳이 고향이라면서요? 오랜만에 고향에 온 거니까 아무 걱정하지 말고 편하게 보내요."

결국 세희는 강 비서의 의견에 따랐다.

"우리는 업무를 본 후에 돌아올 테니까 기다리지 말고 저녁 먹고 있어요. 아, 친구와 먹으면 되겠네요. 고향 친구들과 연락하죠?"

아직 연락하는 친구들이 있긴 했지만, 그들은 모두 고향을 떠나 뉴욕이나 파리, 런던 등등 세계 각국에 흩어져 있었다. 그러나 그런 세세한 사항까지 강 비서에게 이야기할 필요는 없었다.

세희는 미소로 대답을 대신하며 차창 밖으로 시선을 돌렸다.

[회장님, 민규한 씨가 찾아오셨습니다.]

인터폰으로부터 양 비서의 목소리가 흘러나오자, 이 회장은 훑어보던 서류를 빠르게 책상 위에 내려놓았다. 이 녀석, 이제 드디어 찾아온 건가?

이 회장은 손바닥으로 책상을 탁탁 내리치며 잠시 생각에 잠겼다. 이 회장에게서 아무런 대답이 없자 양 비서가 다시 조심스럽게 물어왔다.

[어떻게 할까요, 회장님?]

이 회장은 대답 대신 자리에서 벌떡 일어난 후, 성큼성큼 문 쪽으로 걸어가 거칠게 문을 열었다. 갑자기 문이 열리자 양 비서와 규한이 소리가 나는 쪽으로 고개를 돌렸다. 이 회장이 굳은 표정으로 다가오자, 규한이 고개를 숙였다. 뻣뻣한 자세로 규한의 인사를 받은 이 회장이 무뚝뚝한 목소리로 물었다.

"연락도 없이 갑자기 무슨 일인가?"

"근처에 볼일이 있어 들렀다가 인사나 드리려고 왔습니다."

"내가 그렇게 한가한 사람으로 보이나? 약속도 없이 무작정 들이닥치면 내가 만나줄 거라고 생각했어?"

이 회장의 말에 규한이 싸늘한 미소를 지으며 고개를 내저었다.

"저에게는 그거나 이거나 마찬가지여서 말입니다."

"뭐?"

"예전에는 약속을 하고도 회장님을 통 만나뵐 수 없었잖습니까? 몇 번이나 그렇게 바람을 맞으니까 회장님과는 꼭 약속할 필요가 없다는 생각이 들더군요. 대신 아침 일찍 찾아가면 사무실에 계시지 않을까 해서 찾아왔습니다."

녀석, 속은 또 좁아가지고. 그게 언제 적 이야긴데……. 이 회장은 못마땅한 표정으로 흠흠 헛기침을 내뱉었다. 아무리 그래도 그가 규한을 일부러 바람 맞혔던 것은 사실이니까.

"아침은 먹었나?"

이 회장의 허를 찌르는 질문에 규한이 살짝 미간을 찌푸렸다. 이 회장은 그런 규한을 보며 쯧쯧쯧 혀를 찼다.

"예전이나 지금이나 아침 안 먹고 다니는 버릇은 여전한가 보군, 그래. 아침이나 먹으러 가자고. 내가 전복죽 잘하는 집을 알고 있으니까. 전복죽 아직도 좋아하지?"

"회장님?"

갑자기 친근하게 대하는 이 회장의 태도에 규한은 경계 어린 눈빛으로 바라보았다. 규한은 솔직히 이 회장이 적당한 이유를 대며 자신을 문전박대할 거라고 짐작했었다. 그런데 얼굴을 보여준 것도 모자라서 이젠 아예 아침 식사를 같이하자고?

규한은 이 회장의 속을 도무지 알 수 없었다. 규한이 굳은 표정으로 가만히 있자, 이 회장은 팔을 올려 규한의 어깨를 감싸 안았다.

"나가자고. 먹으면서 이야기해. 빈속에 이야기하면 괜히 신경만 날카로워져."

그리고 이 회장은 양 비서에게 빠르게 지시를 내렸다.

"나, 외출 좀 할 테니까, 양 비서가 알아서 연락 오는 거 정리해놔."

"네, 회장님."

양 비서가 허리를 숙여 인사하자, 이 회장은 규한의 팔을 이끌며 서둘러 회장실을 나섰다.

"저는 이만 가보겠습니다."

체크인을 끝낸 강 비서는 호텔에서 렌트한 자동차 키를 세희에게 건네준 후, 곧바로 회사로 향했다. 객실로 올라간 세희는 우선 정연에게 전화를 걸었다. 강 비서가 이미 연락했다지만, 혹시라도 걱정하지 않을까 하는 우려 때문이었다. 그러나 신호 음이 몇 번 울리더니 곧장 음성 사서함으로 넘어가버렸다.

샤워를 하고 나서 다시 정연에게 전화를 걸었지만, 이번에도 전화는 연결되지 않았다. 할 수 없이 세희는 미국에 잘 도착했다는 말만을 남기고 전화를 끊었다.

이제는 뭘 해야 하지? 가죽 소파에 누워 아주 편하게 자면서 왔기에 잠도 오지 않았다.

세희는 객실 침대에 우두커니 앉아 잠시 고민에 빠져들었다. 마음 같아선 당장이라도 재현에게 달려가고 싶었지만, 업무에 바쁜 그를 방해해서는 안 되었다.

갑자기 주어진 자유 시간에 머릿속이 혼란스러운 동시에 고향과 가까운 곳에 있다는 사실에 가슴이 뛰었다. 팔로알토에서 그녀가 살던 카멜까진 고속도로를 타고 남쪽으로 1시간 반 정도가 소요된다.

어차피 자유 시간이니까 좀 멀리 갔다 와도 되지 않을까?

이미 타인의 소유가 되어버린 낯선 저택만이 그녀를 기다리고 있겠지만, 그래도 추억은 남아 있을 것이다.

바닷가에 깔린 눈부시게 고운 하얀 모래밭과 사이프러스 나무로 뒤덮인 가파른 절벽. 부모님과 함께 거닐던 오솔길. 그 모습을 머릿속에 그려보는 것만으로도 세희는 가슴이 벅차올랐다.

세희는 자동차 키를 집어 들고 서둘러 객실을 나섰다. 그리고 자석의 힘에 이끌리듯 남쪽, 카멜을 향해 차를 몰았다.

이 회장은 규한을 끌고 약수동 뒷골목에 있는 가정집을 개조한 간판도 없는 식당으로 들어섰다.

평상에 앉아 파를 다듬던 머리가 희끗희끗한 노인이 이 회장을 반기며 자리에서 일어섰다.

자주 찾는 곳인지 노인은 이 회장에게 이렇다 저렇다 할 안내도 없이 안방으로 보이는 방의 미닫이문을 드르륵 열었다. 두 사람을 들여보낸 후, 노인은 주문도 받지 않고 그대로 걸어 나갔다.

"여긴 메뉴라고는 전복죽 딱 하나라네."

메뉴가 딱 하나뿐이어서 그런지 나가고 나서 얼마 되지 않아 전복죽이 소복이 담긴 그릇을 든 노인이 돌아왔다. 전복죽 한 그릇과 반찬이라곤 구운 김과 물김치 한 그릇뿐이었다.

"이 집이 외관은 허름하지만, 전복죽 하나만큼은 호텔 일식당보다 더 고급이야."

규한은 가만히 고개를 끄덕거린 후, 숟가락으로 전복죽을 한입 떠 올렸다.

"맛, 어떤가? 먹을 만하지?"

"네."

묵묵히 죽을 떠먹는 규한을 바라보며 이 회장이 먼저 말문을 열었다.

"자네가 나에게 쌓인 감정이 많다는 거, 나도 잘 알고 있네. 아주 많이 섭섭했겠지."

그러자 규한의 얼굴에 어두운 그림자가 내려앉았다. 침묵을 지키던 규한이 잠시 후, 조용히 입을 열었다.

"……섭섭하지 않았다고 하면 거짓말이겠죠."

"나는 말이야, 그래도 자네가 조금은 더 세게 나왔으면 했네. 솔직히 말해서 그렇게 쉽게 우리 정연이를 포기할 줄은 몰랐어."

그 말에 규한은 숟가락을 '탁' 소리 나게 내려놓으며 이 회장을 날카롭게 노려보았다. 이 회장 역시 매서운 눈빛으로 그를 마주했다. 한동안 침묵을 지키던 두 사람 중, 먼저 입을 연 건 규한이었다.

"죄송하지만, 회장님. 제가 그래도 재벌 집 아들이라고 아주 곱게 커서 말입니다. 혼자 힘으로 정신병원을 탈출하기는 조금 어렵더군요."

평생 숨기고 싶은 본인의 악행이 규한의 입을 통해 나와서였을까? 이 회장이 크게 눈살을 찌푸렸다.

"잘못하면 평생 그곳에 잡혀 있을 뻔했습니다. 한 번 그러고 나니까 견디기가 쉽지 않더군요. 그때 깨달았죠. 아, 세상은 보이는 것과는 다르게 험악하고 잔인한 곳이구나. 이런 곳에서 아무런 힘도 없는 내가 정연이를 지켜줄 수 있을까? 하는 의심도 들고."

이 회장으로부터 아무런 말이 없자, 규한은 씨익 입꼬리를 말아 올렸다.

"그래서 정연이를 떠난 겁니다, 회장님."

"도대체……."

손을 부들부들 떨며 이 회장이 격한 목소리로 말했다.

"어떤 녀석이, 누가 감히 너를 정신병원에 집어넣었어? 도대체 누가?"

이 회장의 반응에 규한은 기가 막히다는 듯 쓴웃음을 지었다.

"정말 모르셔서 하는 말씀은 아니겠죠?"

"뭐? 그럼 내가 알고 있기라도 한다는 말이냐?"

분노에 찬 이 회장의 모습에 규한은 눈을 가늘게 모았다.

“강 비서, 지금 여기서 뭐 하는 건가?”

강 비서가 사무실 안으로 들어오자 안 실장은 귀신을 본 것 같은 얼굴로 자리에서 벌떡 일어났다.

“도대체 어떻게 된 거야? 지금 세희 양이 없어져서 난리 난 거 몰라?”

안 실장의 말에 강 비서가 ‘아차’ 하는 표정을 짓더니 겸연쩍게 웃어 보였다.

“아, 맞다. 공항에 내리자마자 이사님께 연락한다고 해놓곤 제가 깜빡했네요.”

세희가 행방불명되어 모두 난리가 난 상태에서 히죽거리며 웃다니! 기분이 상한 안 실장이 눈살을 크게 찌푸렸다. 그러나 강 비서는 더욱더 활짝 웃을 뿐이었다.

“너무 걱정하지 마세요. 세희 씨, 지금 이곳에 있으니까요.”

“뭐?”

“전무님이 떠나시자마자 얼마 안 돼서 손튼 씨 비서에게서 연락이 왔어요.”

강 비서에게서 자초지종을 들은 안 실장은 그제야 안도의 한숨을 내쉬었다. 그리고 주머니에서 휴대폰을 꺼내 강 비서에게 건네주었다.

“그럼 우선 이사님께 전화 드려. 자네 때문에 어젯밤을 꼬박 새우며 걱정하신 것 같으니까.”

“네.”

강 비서가 정연과의 통화를 끝내기를 기다리며 안 실장은 손목시계를 들여다보았다.

“지금쯤이면 거래처 미팅이 끝났을 테니까, 직접 전무님을 찾아뵙고 보고 드리게.”

“네.”

접견실 앞으로 이동한 두 사람은 재현의 미팅이 끝나기를 기다리다 미팅을 끝내고 나오는 재현에게로 걸어갔다. 앞에 떡하니 서 있는 강 비서를 본 재현은 안 실장과 똑같은 반응을 나타냈다.

"강 비서, 지금 여기서 뭐 하는 거야?"

"전무님, 심려를 끼쳐드려서 죄송합니다."

강 비서는 고개를 꾸벅 숙인 후, 무슨 일이 있었는지 자세하게 설명했다.

"분명히 회장님에게서 지시가 내려올 거라고 했지만, 아무리 기다려도 연락이 오지 않아서요. 그래서 저 혼자 단독으로 행동에 옮겼습니다. 그리고 혹시나 해서 아무에게도 알리지 않았습니다. 우선 손튼 씨가 보내준 전용기를 타고 한국을 벗어나는 게 우선이었으니까요. 이정연 이사님에게까지 비밀로 한 점, 그래서 걱정을 끼쳐드린 점, 사과드립니다."

재현은 두 손을 앞으로 모은 채, 깊이 고개를 숙인 강 비서를 바라보며 짧게 한숨을 내쉬었다. 세희가 행방불명이 되었다는 소식을 접하고도 어쩔 수 없이 예정된 거래처 미팅에 들어가며 얼마나 속이 탔는지 모른다.

모든 걸 다 내팽개치고 한국으로 돌아갈까 하는 유혹을 뿌리치려 턱이 얼얼할 정도로 어금니를 깨물어야만 했다. 그랬는데, 그녀가 여기에 있다니…….

"지금 어디에 있지?"

"호텔에 체크인하고 저는 곧바로 지사로 왔습니다. 세희 씨는 호텔에 남았고요. 아마 호텔에서 휴식을 취하거나 근처에서 시간을 보내고 있을 겁니다."

"알았어, 강 비서. 수고했어. 그리고 고마워."

"아, 아닙니다, 전무님."

재현의 칭찬에 강 비서는 눈꼬리를 활처럼 휘며 환하게 미소 지었다.

같은 캘리포니아 하늘 아래 세희가 있지만, 그렇다고 모든 업무를 내팽개치고 그녀에게 달려갈 순 없었다. 재현은 나머지 일정을 소화하기 위해 사무실로 돌아가야만 했다.

"그런데 말입니다."

사무실로 가기 위해 엘리베이터로 걸어가는 재현에게 안 실장이 슬그머니 말을 걸었다.

"지시한 대로 앨버트 씨와 손튼 씨와의 관계에 관해 알아보던 중 이상한 점을 발견했습니다. 이건 방금 보고받은 내용입니다."

재현에게 태블릿 PC를 내밀며 안 실장이 조심스럽게 말을 이었다.

"앨버트 서가 사망한 후, VAF라는 미국 기업이 부도난 칠레의 광산 회사를 헐값에 사들였더군요. 겉으로는 평범한 회사 같지만, 그 회사의 실제 소유주는……."

주위를 둘러본 안 실장이 재현의 귓가에 속삭이듯 말했다.

"손튼 씨가 대주주로 있는 퓨얼 앤드 스톤 컴퍼니였습니다. 그런데 회사를 매입하고 몇 년 후, 광산 회사에서 소유한 토지에서 석유가 발견되었더군요. 원래 그 토지는 앨버트 씨가 생전에 석유 매장 가능성을 탐지하고 사들인 것이었는데 경기가 좋지 않아 시추탐사를 차일피일 미루고 있었다고 합니다."

"그럼 컵세시온의 광산 소유주가 원래는 앨버트 씨였단 말입니까?"

"네, 그렇습니다. 그뿐만이 아닙니다. 우연일지는 몰라도 카멜에 있는 개인 저택 또한 손튼 씨가 소유한 재단에서 사들였더군요."

회사를 사들인 것도 모자라서 앨버트 씨의 개인 저택까지? 재현은 미심쩍은 눈초리로 안 실장이 내민 태블릿 PC를 내려다보았다. 방금 안 실장에게서 들은 내용이 화면을 빼곡히 채우고 있었다. 내용을 훑어보는 재현에게 안 실장이 자신의 의견을 넌지시 말했다.

"혹시 이번에 세희 씨를 통역사로 지목한 것과 연관이 있는 건 아닐까요? 윤 변호사의 친조카가 손튼 씨의 개인 비서로 있는 거나, 앨버트 씨의 기업을 손튼 씨가 접수한 거나, 뭔가 연결된 고리가 있어 보입니다만……."

심각한 얼굴로 검토를 끝낸 재현은 안 실장에게 태블릿 PC를 돌려주었다.

"우선은 업무부터 처리하도록 하죠."

말을 끝낸 재현은 곧바로 엘리베이터 쪽을 향하여 등을 돌렸다. 그러나 업무 보고를 받는 중에도 재현은 초조한 얼굴로 자꾸만 벽에 걸린 시계로 시선을 돌렸다.

이윽고 모든 업무 보고가 끝나자 재현은 서둘러 자리에서 일어섰다. 더는 뒤로 미룰 수가 없었다. 그녀를 눈앞에 두어야 마음이 놓일 것 같았다.

"안 실장님, 뒤에 업무는 저 대신 처리해주실 수 있겠습니까?"

"네, 물론입니다. 가장 중요한 업무는 끝났으니까 뒷일은 저 혼자 처리할 수 있습니다."

"그럼 부탁하겠습니다."

재현은 건물을 걸어 나가며 재킷에서 휴대폰을 꺼내 세희에게 전화를 걸었다. 그러나 그가 차에 올라탈 때까지도 계속해서 신호만 갈 뿐, 그녀는 전화를 받지 않았다. 호텔로 전화해 객실로 전화를 연결했지만 마찬가지였다.

몇 번이나 그녀에게 전화를 시도하던 재현은 크게 한숨을 내쉬었다. 그녀는 과연 어디로 갔을까? 그가 그녀라면 이런 상황에서 무엇을 하고 있을까?

운전대를 손끝으로 톡톡 내리치던 그의 머릿속에서 순간 무엇인가가 번쩍 떠올랐다.

"그래, 어쩌면……."

시동을 건 재현은 빠르게 차를 몰아 주차장을 빠져나갔다.

세희는 굳게 닫힌 게이트 앞에 차를 세운 후, 차에서 내리며 주위를 둘러보았다.

바닷가에 있는 저택은 10년이 지났건만 그녀가 떠나던 날의 모습, 그대로였다. 누가 저택을 넘겨받았는지는 모르지만, 아주 정성스럽게 관리한 모양이었다.

저택을 좀 더 자세히 보기 위해 가까이 다가가자 게이트 위에 달린 무인 카메라가 '지잉' 소리를 내며 세희를 향해 방향을 틀었다. 이어서 카메라 위에서 하얀 불이 반짝거리기 시작했다.

[Sara? It's you(세라? 세라 맞지)?]

잠시 후, 게이트에 달린 인터폰에서 익숙한 여성의 목소리가 흘러나왔다. 세희가 믿을 수 없다는 표정으로 게이트로 걸어가 인터폰의 버튼을 눌렀다.

"Mrs. Smith(스미스 부인)?"

[Oh my God! It's really you(세상에나! 정말 너로구나)!]

스미스 부인의 탄성과 함께 마치 기다렸던 것처럼 무인 게이트의 문이 스르르 열렸다.

저택 입구까지 차를 몰고 가자, 육중한 현관문이 열리며 스미스 부인이 저택 안에서 걸어 나왔다.

"Welcome home, Sara(어서 오렴, 세라야)."

저택을 관리하던 스미스 부인이 온화한 미소를 띠며 그녀에게 걸어왔다.

"Mrs. Smith(스미스 부인)!"

40대 중반이었던 스미스 부인은 이제는 50대 중반이 되어 희끗희끗해진 흰머리와 주름진 얼굴로 세희를 마주했다. 저택 관리인이었던 스미스 부인은 새로운 직장을 찾아 저택을 떠난 줄로만 알고 있었다. 그랬는데 아직도 이곳에 머물고 있었다니!

스미스 부인을 보는 순간 세희는 마치 10년 전으로 돌아간 것만 같아 눈물이 핑 돌았다. 스미스 부인은 눈물을 글썽이는 세희를 다정하게 안아주며 그녀를 저택 안으로 안내했다.

"새로 관리인을 구하는 것도 쉬운 일은 아니거든. 그래서인지 새 주인이 이곳에서 계속 일해달라고 부탁했어. 나도 새로운 직장을 찾는 것도 그렇고 해서 선뜻 그 제안을 받아들였지."

스미스 부인은 거실로 향하며 자신이 어떻게 해서 이곳에 남게 되었는지를 설명했다.

"No way(말도 안 돼)!"

거실 안으로 들어서자, 세희의 입에서 놀라움의 탄성이 흘러나왔다. 그녀는 믿을 수 없다는 표정으로 천천히 주위를 둘러보았다.

그대로였다. 하나도 다름없이 모든 것이 그녀가 떠나던 날의 모습을 유지하고 있었다. 벽난로 위에 걸린 대형 가족사진 액자와 그 밑에 놓인 조그만 사기 인형까지도 모든 것이 똑같았다.

"어떻게 이럴 수가!"

가구와 장식품은 저택을 인수한 새 주인이 처리할 거라는 말을 윤 변호사에게서 전해 듣긴 했었다. 하지만 하나도 변함없이 그대로 놓아둘 거라곤 전혀 상상하지 못했다.

세희는 믿을 수 없다는 표정으로 입을 벌리며 스미스 부인을 바라보았다. 그런 세희를 이해한다는 듯 그녀가 빙그레 웃어 보였다.

"새 주인이 조금은 괴짜인 것 같아. 저택의 아늑하고 따뜻한 분위기를 바꾸고 싶지 않다면서 모두 그대로 두라고 했어."

그렇다고 전 주인의 가족사진까지 그대로 남겨두다니……. 가족사진은 교통사고가 나기 한 달 전에 찍은 것이다. 그때만 하더라도 가족 중 아무도 그들에게 닥칠 비극을 알지 못했다.

세희는 벽난로에 다가가 위에 걸린 가족사진을 올려다보았다. 사진 속에서 아버지 앨버트와 어머니 캐서린이 온화한 미소를 지으며 그녀를 내려다보는 것만 같았다. 사진을 한참 동안 들여다보던 세희가 스미스 부인을 향해 고개를 돌렸다.

"새 주인은 어떤 분이시죠?"

단순한 세희의 질문에 스미스 부인은 곤란하다는 듯이 콧등에 깊은 주름을 잡았다.

"글쎄다. 나도 그분을 만나보지는 못했어."

"10년 동안 단 한 번도요?"

"응. 그게……. 이 저택을 사들이기만 했지, 이곳에 찾아온 적은 거의 없어서 말이야. 온다고 해도 항상 내가 휴가를 떠났을 때만 오더라고."

"저, 그런데 제가 이렇게 마음대로 들어와도 되는 건가요?"

아무리 모든 것이 똑같다고 해도 이제 이 저택은 그녀의 집이 아니니까. 세희의 조심스러운 질문에 스미스 부인은 설레설레 고개를 내저었다.

"그건 걱정하지 않아도 돼. 네가 찾아오면 언제든지 문을 열어주라고 했단다."

"네? 새 주인이요?"

"응. 얼마 전에 이곳을 관리하는 재단에서 편지가 왔는데 혹시라도 이전 주인이 찾아오면 부담 없이 문을 열어주라고 하더라고. 나도 처음엔 이게 무슨 소리인가? 했는데……. 네가 이렇게 찾아오다니!"

"저는 그냥 우연히 찾아온 건데……."

"그래? 하지만 우연이라도 너무 신기하지 않니?"

"그렇네요."

"천천히 둘러보고 있어. 나는 차 준비할게."

스미스 부인은 세희에게 안을 둘러보라고 한 후, 차를 준비하기 위해 서둘러 주방으로 향했다. 세희는 아직도 믿기지 않는다는 표정으로 저택 안을 둘러보았다.

"부르셨습니까?"

이 회장은 잔뜩 굳은 표정으로 채 실장에게 가까이 오라고 손짓했다. 채 실장이 다가오자 이 회장이 나지막한 목소리로 물었다.

"자네가 민규한을 정신병원에 강제로 입원시켰다는 게, 정말인가?"

"그게 갑자기 무슨 말씀입니까?"

"방금 규한이를 만나고 오는 길인데, 자네가 자신을 정신병원에 집어넣었다고 하더군. 그래서 묻는 거야."

"회장님?"

채 실장이 이해할 수 없다는 듯 미간을 찌푸렸다. 이 회장은 그에게 손에 들고 있던 서류를 내보였다.

"확실한 증거도 있네. 이래도 아니라고 발뺌할 건가?"

서류를 힐끗 들여다본 채 실장이 의아하다는 눈빛으로 이 회장을 바라보았다.

"네. 제가 했습니다. 저는 회장님의 지시대로 따른 것뿐입니다만."

채 실장의 말에 이 회장은 한숨을 내쉬며 한 손으로 이마를 짚었다. 설마, 설마 했는데. 정말로 채 실장이 한 짓이라고? 그리고 내가 지시를 내린 거라고?

채 실장에게 꺼림칙한 일을 맡기긴 했지만, 이건 너무나 도를 지나치는 일이었다.

어릴 때부터 알고 지낸 규한을, 마치 친아들처럼 아꼈던 그를, 딸 정연과 맺어주기 싫다는 이유 하나로 정신병원에 보낸다고? 무슨 아침 막장 드라마도 아니고, 그런 일이 어찌 현실에서 가능하느냔 말이다.

그런데 환장하게도 채 실장은 지시를 따른 것뿐이라고 한다. 도대체 지금 일이 어떻게 돌아가는 건지.

"내가 민규한이를 정신병원에 처넣으라고 했다는 거야? 내가?"

이 회장은 묻고 또 묻고 같은 질문을 되풀이했다. 그러나 애석하게도 채 실장에게서는 같은 대답만이 돌아왔다.

"네. 회장님이 직접 저에게 전화를 하셔서……."

"내가 자네에게 전화했다고?"

"네. 회장님께서 휴대폰으로 저에게 전화를 걸어 지시를 내리셨습니다."

채 실장의 아주 확고한 표정에 이 회장은 할 말을 잃고 말았다.

"채 실장, 자네 잊었는가?"

이 회장이 심각한 얼굴로 단호하게 말했다.

"나는 절대로 전화상으로는 어떤 지시도 내리지 않아."

32. 사랑해, 미치도록 너만을

“그동안 어떻게 지냈어? 가끔 윤 변호사님이 소식을 알려주긴 했는데, 그래도…….”

차와 디저트를 앞에 두고 스미스 부인이 먼저 말을 꺼냈다. 세희는 두 손으로 찻잔을 감싸며 어색하게 미소 지었다.

“고모 집에서 신세를 많이 졌어요. 거기서 학교도 다니고……. 지금은 독립해서 혼자 살아요. 회사도 다니고. 지금도 회사 일로 출장 온 거예요.”

“다시는 못 만날 줄 알았는데 이렇게 얼굴 보니까 너무 반갑구나.”

스미스 부인이 치즈 케이크를 잘라 앞으로 내밀었다. 세희는 케이크가 담긴 접시를 받아들며 고풍스럽게 장식된 다이닝 룸을 찬찬히 훑어보았다. 벽을 장식한 태피스트리와 장식장 위의 조그만 파란색 사기 인형, 그 옆에 놓인 어머니가 아끼던 황금으로 만들어진 배 조각품까지, 모두 예전과 같은 자리를 차지하고 있었다. 먼지 티끌 하나 없이 말끔하게 정리된 모습조차 그때와 변함없었다.

자꾸만 10년으로 돌아간 것만 같아 눈물이 쏟아지려고 한다. 세희는 애써 울음을 삼키며 차를 한 모금 들이켰다.

“지금 어디서 묵고 있니?”

"팔로알토에 있는 포시즌 호텔에 있어요."

"그래? 너만 괜찮으면 떠날 때까지 여기서 지내도 되는데……. 예전에 네가 쓰던 침실도 그대로 사용할 수 있단다."

자신의 침실을 사용할 수 있다는 말에 세희는 더 이상 복받치는 감정을 주체할 수 없었다. 그녀는 찻잔을 테이블 위에 빠르게 내려놓으며 서둘러 자리에서 일어났다.

"저는 이제 그만 가봐야겠어요."

"왜? 좀 더 있다 가지 않고?"

스미스 부인이 의아한 얼굴로 세희를 따라 자리에서 일어섰다.

"구석구석 둘러보다가 여기서 저녁 먹고 가."

"아니에요. 다른 볼일도 있고 해서 그만 가봐야 해요. 원래는 밖에서 잠깐만 보려고 온 건데 이렇게 안까지 구경하게 해주셔서 정말 감사합니다."

"그렇다면 할 수 없고……."

스미스 부인이 아쉬운 듯 세희의 두 손을 꼭 움켜쥐었다.

"혹시 가기 전에 시간 나면 언제든지 다시 와도 좋단다."

"네, 그럴게요."

세희는 스미스 부인을 꼭 한 번 안아준 후, 서둘러 차를 몰아 저택을 빠져나왔다. 저택이 까마득하게 보일 정도로 멀어지자, 도로변에 차를 세웠다. 시동을 끄는 동시에 참고 참았던 울음이 터졌다.

"흐흑."

너무나도 그리워 눈만 감으면 눈앞에 아른거렸던 집. 힘들 때마다 꿈속에 나타나며 그녀를 애타게 했었다. 이제는 전혀 다른 모습으로 변한 줄 알았는데 놀랍게도 예전과 똑같은 모습으로 남아 있었다.

저택 곳곳에서 풍겨오는 사이프러스의 산뜻한 향마저도 변함없었다. 하지만 오히려 하나도 변한 게 없다는 사실에 세희는 먹먹할 정도로 가슴이 아프고 목이 메었다.

아직도 그곳은 그대로인데 그녀는 이젠 그곳에 머무를 수가 없다. 스미스 부인의 저녁 초대를 거절한 이유도 더 오래 머물렀다가는 그곳을 떠날 수 없을 것 같아서였다. 잠시 식탁에 앉아 차를 마신 것만으로도 참을 수 없게 눈물이 흐르는데…….

세희는 두 손으로 운전대를 붙잡고 어깨를 들썩이며 크게 흐느꼈다. 차들이 오고 가지 않는 한적한 거리였기에 아무도 그녀가 우는 모습을 볼 수 없었다.

가방 안에 넣어둔 휴대폰에서 벨 소리가 계속해서 흘러나왔지만, 세희의 귀에는 아무 소리도 들리지 않았다.

한참이나 눈물을 쏟던 세희는 지친 얼굴을 운전대에 묻으며 긴 한숨을 내쉬었다.

세희가 카멜에 있는진 확실하지 않았지만, 재현은 무작정 101 고속도로를 타고 남쪽으로 차를 몰았다. 만약에 그녀가 카멜에 있다고 해도 그곳에서 그녀를 찾아내기란 모래사장에서 바늘을 찾는 것과 같았다. 하지만 그렇다고 우두커니 앉아서 통화가 연결되기만을 기다릴 순 없었다.

몬터레이로 들어서기 위해 1번 해안 도로로 갈아타자마자 차가 밀리기 시작했다. 해안 절벽 위에 놓인 1번 해안 도로는 왕복 2차선인 관계로 조금만 통행량이 많아도 지독한 정체에 빠지는 구간이었다.

재현은 초조하게 운전대를 손끝으로 두드리며 꽉 막힌 도로를 노려보았다. 구름 한 점 없는 맑은 하늘과 눈이 부시게 푸른 바다가 펼쳐져 있었지만, 재현의 눈에는 아무것도 들어오지 않았다.

그를 애타게 하던 교통 체증은 몬터레이에 가까워져서야 점차 줄어들기 시작했다. 이대로라면 카멜까지 30분 안에 도착할 수 있을 것이다. 재현은 힐끗 계기판을 훔쳐본 후, 힘껏 가속 페달을 밟았다.

"또 전화 안 받지?"

바닷가 모래사장에 앉아 하얗게 부서지는 파도를 하염없이 바라보던 그녀의 귓가에 나직한 목소리가 흘러들어왔다.

"재현 씨?"

세희는 천천히 고개를 들어 앞에 서 있는 재현을 멍한 표정으로 올려다보았다.

"제가 여기 있는 건 어떻게 알고……?"

"내가 묻는 것부터 대답해. 왜 전화를 안 받았지?"

"전화했었어요?"

그제야 세희는 주섬주섬 가방을 열고 휴대폰을 꺼내보았다. 부재중 전화 5통이 화면에 떠 있었다. 발신자는 모두 이재현이었다. 세희는 멋쩍게 웃으며 자리에서 몸을 일으켰다. 옷에 묻은 모래를 털어내는 그녀에게 재현이 퉁명스럽게 물었다.

"도대체 뭘 했길래 전화를 안 받아?"

"미안해요. 파도 소리가 너무 커서 못 들었나 봐요."

그래도 재현은 화가 풀리지 않았는지 차가운 눈으로 그녀를 노려보았다.

"내가 같이 출장 가자고 할 때는 거절하더니, 강 비서가 같이 가자니까 곧바로 따라와?"

"미안해요. 그래서 기분 상한 거예요?"

"아니면……."

"하지만 이번에는 일 때문에 온 거니까. 제가 재현 씨 옆에 있을 명분이 있잖아요. 그러니까……."

그녀의 말이 채 끝나기도 전에 재현은 그녀의 팔을 잡아당겨 품에 꽉 끌어안았다.

"보고 싶어서 미치는 줄 알았어."

숨이 막힐 정도로 그녀를 품 안에 가두며 재현이 속삭이듯 중얼거렸다.

그녀가 사라진 줄 알았던 몇 시간 동안 그는 지옥 한가운데 서 있는 기분이었다. 거래처 미팅을 어떻게 마쳤는지 제대로 생각나지도 않았다. 도중에 자리를 박차고 일어나지 않은 것만도 다행이었다.

무작정 차를 몰고 카멜로 내려온 후에는 그녀를 찾으려 도시 곳곳을 이 잡듯이 뒤졌다.

재현은 제일 먼저 그녀가 살던 저택을 찾아갔다. 그곳에 없자 그는 그녀를 처음 만난 사이프러스 컨트리클럽으로 차를 몰았다. 그다음으로는 그녀에게 반지를 끼워줬던 절벽으로 향했다. 애석하게도 그의 예상은 모두 빗나갔다.

결국 재현은 카멜을 찾는 사람의 대부분이 들른다는 오션 에비뉴와 맞닿은 바닷가로 방향을 틀었다. 그리고 그곳에서 모래사장에 앉아 바다를 바라보는 세희를 발견할 수 있었다.

재현은 그녀의 목덜미에 얼굴을 묻으며 달콤한 향기를 맘껏 들이마셨다. 한참이 지난 후에야 재현은 마지못해 그녀를 놓아주었다.

"여기 계속 있었어?"

"아뇨. 그냥 여기저기 돌아다녔어요."

세희는 그에게까지 집에 찾아간 이야기를 하고 싶진 않았다. 이야기하다가 그만 펑펑 울어버리기라도 하면 안 되니까.

"여기엔 언제부터 있었던 거야?"

"모르겠어요. 바다를 보고 있느라고 시간 가는 줄도 몰랐어요."

"경치에 넋을 빼고 있었다?"

"눈이 시릴 정도로 아름다워서……."

세희는 금방이라도 울음을 터뜨릴 것만 같은 얼굴로 황급히 바다 쪽으로 고개를 돌렸다. 재현은 세희를 따라 바다로 시선을 돌리며 무뚝뚝한 목소리로 물었다.

"안 추워?"

재현이 얇은 블라우스 차림의 세희를 바라보며 인상을 찌푸렸다. 강하게 불어오는 바닷바람이 제법 차가웠다.

너무 정신이 없어서 추운 줄도 몰랐나 보다. 세희는 그제야 추위를 느끼며 두 손으로 팔을 문지르기 시작했다. 재현은 마음에 안 든다는 듯 그런 그녀를 노려보더니 재킷을 벗어 그녀의 어깨에 둘러주었다. 재킷으로부터 전해지는 그의 향기가 좋아서 세희는 재킷을 꼭 움켜쥐었다.

"감기만 들어봐. 절대로 가만히 안 둘 테니까."

"가만히 안 두면요?"

"다 나을 때까지 침대에 꽁꽁 묶어둘 거야."

재현이 진지한 표정으로 협박하자 세희는 큭 웃음을 터뜨렸다.

"그런데 일은 어떻게 하고 왔어요? 이따 저녁에나 호텔에서 볼 수 있다고 했는데."

"급한 일은 다 끝내고 오는 길이야."

그 말에 세희가 콧잔등에 주름을 잡았다.

"그래도 돼요?"

"안 될 건 또 뭐가 있지?"

"나 때문에 요새 재현 씨가 너무 일을 소홀히 하는 것 같아서 걱정돼요."

“지금 여기서 누가 상관이고 누가 부하 직원인지 모르겠군.”

“걱정돼서 그렇죠. 저 때문에 재현 씨가 회사에서 잘릴까 봐.”

“그걸 지금 농담이라고 하는 거야?”

재현이 기분 나쁜 표정으로 투덜거리자 세희는 키득거리며 그의 어깨에 얼굴을 기대었다. 재현도 피식 웃으며 그녀의 정수리에 가만히 입을 맞췄다.

아무리 밝게 웃어도 재현은 그녀의 얼굴에 드리워진 그림자를 느낄 수 있었다. 정확한 이유는 모르겠다. 하지만 붉게 충혈된 눈으로 보아, 뭔가가 그녀의 가슴을 아프게 했음이 틀림없었다.

돌아가신 부모님이 그리워서일까? 세희는 그에게 말해줄 생각이 없는지 살며시 그의 시선을 피해버렸다.

“말하기 싫으면 하지 않아도 돼.”

그녀의 어깨를 어루만지며 재현이 그녀의 귓가에 부드럽게 속삭였다.

“네? 무슨 말을요?”

전혀 영문을 모르는 세희가 어리둥절한 표정으로 물었다.

“아무 말이나.”

“예를 들면?”

재현은 대답 대신 한 손으로 그녀의 턱을 잡아 자신을 향하게 했다. 그러곤 그녀의 입술에 자신의 입술을 포개었다.

‘내가 이렇게 항상 네 옆에 있을 테니까.’

그녀의 입술 위로 강하게 입술을 내리누르며 그가 마음속으로 속삭였다.

‘더는 혼자 슬퍼하지 마라.’

그녀의 말캉한 입술에 그의 심장이 걷잡을 수 없을 정도로 세차게 뛰기 시작했다.

‘나만의 세라 공주님.’

재현은 그녀의 턱을 잡은 손에 힘을 주어 서서히 입술을 벌리게 했다. 깊숙한 곳까지 혀를 밀어 넣으며 수줍게 숨어 있던 그녀의 혀를 단번에 잡아챘다. '쏴' 하고 밀려드는 파도 소리와 그녀의 달콤한 향이 기분 좋게 그의 입 안을 가득 채웠다. 거친 숨결이 하나로 섞이고 서로의 익숙한 체취에 흠뻑 젖어들었다.

벅찬 숨을 고르기 위해 세희가 살짝 뒤로 물러서자, 재현은 뺨을 감싸고 있던 손을 밑으로 내려 그녀의 가는 허리를 힘껏 움켜쥐었다. 그리고 다시 고개를 숙여 헐떡이는 그녀의 입술을 단숨에 덮어버렸다.

조금은 거친 행동 때문일까?

"으음."

그의 입술 아래에서 그녀의 다디단 신음이 흘러나왔다.

실제로 떨어진 시간은 하루뿐이었지만, 오랫동안 보지 못한 것처럼 그는 그녀가 너무나도 그리웠다. 손바닥에 느껴지는 그녀의 따뜻한 체온에 가슴이 아릴 정도로 행복했고, 다른 한편으로는 잠시라도 그녀를 놓아버리면 안 될 것 같은 초조함이 밀려들었다. 그녀를 음미하면 할수록 좀처럼 채워지지 않는 갈증에 미칠 것만 같았다. 품 안에 꼭 끌어안았지만, 무언가 허전하고, 무언가 아쉬운…….

저 밑에서부터 시작된 열기는 이제 그의 온몸을 감싸고 이성을 송두리째 앗아갔다. 허리에 놓인 재현의 손이 서서히 등으로 올라가자 세희는 살짝 발돋움하며 그의 목을 두 팔로 끌어안았다.

두 사람은 아주 한참이 지난 후에야 서로의 입술이 아쉬운 듯 천천히 떨어져나갔다. 마지못해 멀어지는 입술 사이로 서로의 지친 숨결이 뜨겁게 엉켰다.

"후우."

두 사람은 이마를 맞닿은 채로 잠시 그렇게 서로를 마주 보았다. 이윽고 재현이 부드럽게 미소를 지으며 그녀의 이마와 뺨에 살며시 입을 맞추었다.

세희는 그의 가슴에 힘없이 얼굴을 기대며 가쁜 호흡을 몰아쉬었다.

"……여기가 한국이 아닌 게…… 다행이군."

헝클어진 그녀의 머리카락을 쓸어 넘기며 재현이 그녀의 귓가에 부드럽게 속삭였다.

"……아!"

세희는 그제야 두 사람이 실내가 아닌 사방이 휑하게 뚫린 바닷가에 서 있다는 사실을 깨달았다.

쏴아아—.

밑을 내려다보니 하얗게 부서지는 물결이 그들이 서 있는 곳 가까이로 밀려오고 있었다. 세희는 부끄러움에 목덜미까지 얼굴을 붉히며 재현의 가슴에 얼굴을 파묻었다. 아무리 한국이 아닌 미국이라지만 공공장소에서, 그것도 대낮에, 서로 부둥켜안고 진한 키스를 하다니……. 세희는 고개를 들어 슬그머니 주위를 둘러보았다.

다행히도 늦은 오후 무렵의 바닷가는 비교적 한산했다. 반려견을 데리고 산책을 나온 사람 몇몇과 모래사장에 자리를 누워 햇볕을 즐기는 사람 등등. 그중에서 서로 끌어안고 사랑을 불태우는 연인 한 쌍이 눈에 들어왔다. 두 사람은 방금 세희와 재현이 나눈 키스보다 훨씬 더 강도가 높은 열렬한 애정 행각을 벌이는 중이었다. 커다란 수건을 깔고 누운 연인은 성인용 영화에나 나올 법한 러브신을 몸소 실천하고 있었다.

그런 두 사람을 무시한 채, 눈길도 주지 않고 무심코 지나가는 사람들……. 아, 정말 이곳이 미국이라는 게 너무나도 다행이었다.

"정말 그러네요."

재현도 세희의 시선을 따라 힐끗 옆을 바라보았다. 한창 뜨거운 연인을 발견한 그가 피식하고 웃음을 흘렸다.

"왜? 부러워?"

"아뇨!"

재현이 놀리듯이 귓가에 속삭이자 세희는 화들짝 놀라며 한 걸음 뒤로 물러섰다.

"절대로 하나도 안 부럽거든요!"

"강한 부정은 강한 긍정인 거 몰라?"

재현이 제법 진지한 얼굴로 그녀에게 물었다.

"아니에요."

벼랑 끝에 몰린 것 같은 기분에 세희는 크게 고개를 내저었다.

"강한 부정은 그냥 강한 부정일 뿐이에요. 괜한 말장난 하지 말아요."

"그런데 얼굴은 왜 그렇게 빨개지는 거지?"

서로 나란히 모래사장 위에 누운 모습을 상상하는 것만으로 세희는 목덜미까지 빨개지고 말았다.

"빨개지긴 뭐가 빨개졌다고……."

세희는 재현을 살짝 흘겨보며 뜨거워진 두 뺨을 손등으로 꾹꾹 눌러댔다. 그런데 자꾸만 상상이 되었다.

상상력 하나는 또 끝내주게 좋아서 힘들이지 않고도 화끈한 장면이 눈앞에 펼쳐졌다.

그뿐인가? 연인의 달뜬 신음까지 환청으로 들리는 것만 같았다.

말로는 아니라고 하면서도 자꾸만 저쪽으로 눈길이 가는 건 뭔데?

세희는 티 나지 않게 조심하며 눈동자만 슬쩍 옆으로 돌려보았다. 이쯤이면 끝났을까 싶었는데…….

어머, 이 사람들이!

여자는 입고 있던 티셔츠마저도 벗어버렸는지 어느새 비키니 상의 차림이었고, 남자 역시 여자와 그리 다르지 않은 복장이었다. 괜히 자신이 벗은 것 같은 민망함에 세희는 아예 바다 쪽으로 등을 돌려버렸다.

그녀는 귀까지 빨갛게 물들이면서도 별거 아닌 척 담담한 표정을 지으려 노력했다. 재현은 고개를 숙여 그녀에게 살짝 입을 맞추고는 그녀의 손을 잡고 걷기 시작했다. 그제야 세희는 안도의 한숨을 내쉬었다.

마치 꿈을 꾸는 것만 같았다. 어제만 해도 그를 볼 수 없다는 생각에 가슴이 먹먹했는데…….

바닷바람이 차가우면 차가울수록 그녀의 손을 감싼 그의 손이 포근하고 따뜻하게 느껴졌다. 빠르게 밀려왔다 서서히 빠져나가는 파도를 따라 두 사람은 말없이 모래사장을 걸었다.

얼마쯤 걸었을까? 세희는 힐끗힐끗 재현을 쳐다보고 지나가는 사람들의 시선을 깨달았다. 열렬하게 애정 행각을 벌이는 연인을 보고도 무심했던 사람들이 완벽하게 넥타이까지 맨 재현의 슈트 차림에는 눈길이 가는 모양이었다.

예전에 그녀를 찾아 찜질방 안에까지 들어왔을 때도 재현은 말끔한 슈트 차림이었다. 그러면 좀 어때? 장소에 어울리지 않은 차림이지만, 화보를 찍는 배우처럼 멋있기만 한걸. 세희는 재현의 팔에 얼굴을 기대며 행복한 한숨을 내쉬었다. 분위기에 취한 탓일까?

"사랑해요, 재현 씨."

전혀 계획하지 않은 고백이 그녀의 입에서 충동적으로 흘러나왔다.

잠깐! 내가 방금 뭐라고 한 거지?

자신이 한 말을 깨달은 순간 그녀의 온몸이 얼음처럼 굳어버렸다.

이런 식으로 고백하고 싶진 않았는데…….

세희는 황급히 바다 쪽으로 고개를 돌려버렸다. 파도는 아까보다 물결의 높이가 꽤 높아져 있었다.

쏴아—.

거친 물결과 함께 우렁찬 파도 소리가 끊임없이 주위에 울려 펴졌다. 파도 소리가 제법 크니까 어쩌면 재현은 그녀의 고백을 듣지 못했는지도 모른다. 그러나 그녀의 희망은 얼마 후 무참히 깨져버렸다.

"방금 뭐라고 했지?"

재현이 걸음을 멈추며 착 가라앉은 목소리로 물었다.

어머, 어떡해! 들었나 봐!

"아…… 그게."

막상 고백하고 나니까 너무나 부끄러워 어디론가 숨고만 싶었다. 세희가 선뜻 대답하지 못하고 어물거리자, 재현은 두 손으로 그녀의 어깨를 감싸며 자신을 바라보게 했다. 하지만 세희는 그의 시선을 피해 서둘러 고개를 밑으로 숙였다.

사랑한다고 다시 한 번 당당하게 말하고 싶은데, 접착제가 붙었는지 영 입술이 떨어지지 않았다. 큰 의미가 아니었다면 아무렇지 않게 되풀이할 수 있었겠지만…… 가슴이 저미도록 그를 사랑하기에 더더욱 말이 쉽게 입 밖으로 나오지 않는지도 모르겠다. 세희는 뛰는 가슴을 진정시키려 손바닥으로 지그시 명치를 눌렀다.

"뭐라고 한 거냐고 물었어."

재현은 포기를 모르고 집요하게 물고 늘어졌다.

할 수 없다. 이럴 땐 줄행랑이 최고다! 세희는 손을 번쩍 들어 앞에 보이는 절벽을 가리켰다.

"우리, 저기 절벽까지 누가 빨리 달려가나 내기할래요?"

이런! 1970년대 추억의 영화에나 나올 만큼 유치한 대사잖아! 하지만 유치해도 어쩔 수 없었다. 위기를 벗어나기 위해선 이 방법밖에 없다고. 말을 마친 세희는 재현에게 재킷을 돌려주고는 앞으로 내달리기 시작했다.

예상대로 재현은 잠시 어리둥절한 표정으로 절벽을 향해 달려가는 세희의 뒷모습을 바라보았다. 그리고 곧 피식 미소 지으며 고개를 내저었다. 허둥지둥 넘어질 것처럼 뛰어가는 모습이라니……. 어쩌면 그때나 지금이나 변한 게 없을까!

“먼저 뛰어가는 건 반칙이야.”

재현도 그녀를 따라 뛰기 시작했다.

열심히 뛴다고 뛰었지만 애석하게도 세희는 얼마 가지도 못해 재현에게 어깨를 잡히고 말았다. 그에게 어깨를 잡힌 채로 그녀의 몸이 강제로 뒤돌려졌다.

“어, 어, 어, 어!”

너무 급하게 돌아간 탓에 몸의 중심을 잃은 세희가 두 팔을 휘저으며 크게 휘청거렸다. 재현이 비틀거리는 그녀의 허리를 재빨리 움켜쥐었지만, 되돌리기에는 너무 늦어버렸다.

“악!”

세희가 먼저 모래사장 위로 쓰러졌고, 그 옆으로 재현이 넘어졌다. 모래 위라서 다행히도 넘어질 때의 충격은 그리 크지 않았다. 하지만 창피한 건 사실이다.

“괜찮아?”

재현이 그녀에게 손을 내밀며 걱정스러운 목소리로 물었다. 세희는 재현의 손을 잡으며 어색하게 웃어 보였다.

“네. 괜찮아요.”

그때였다. 재현이 세희를 부축해서 같이 일어나려는 순간…….

쏴아아—.

평소보다 거대한 파도가 두 사람을 향해 빠르게 밀려들었다. 재현이 두 팔을 벌려 세희를 감싸 안았지만, 거침없이 밀려드는 물결은 당해낼 재간이 없었다. 눈 깜짝할 사이 밀려온 거친 물결이 두 사람 위에서 하얗게 부서졌다.

“까악!”

차가운 바닷물이 온몸을 내리치자 세희의 입에서 날카로운 비명이 흘러나왔다. 세희와 재현을 흠뻑 적신 파도는 아무 일도 아니라는 듯 유유하게 바다로 빠져나갔다.

영락없이 물에 젖은 생쥐 꼴이 돼버린 두 사람. 세희는 원망스러운 눈빛으로 아무 죄 없는 파도를 흘겨보았다.

쏴아아—.

다시 밀려오는 파도 역시 평소보다 커 보이자, 재현은 재빨리 세희의 팔을 잡고 자리에서 일어나 뒤로 물러섰다. 한 발짝 차이로 하얀 거품이 발밑까지 밀려왔다 다시 바다로 쓸려 내려갔다.

"어쩌면 좋아! 옷이랑 구두 어떡해요?"

몸에서 젖은 모래를 털어내던 세희의 눈에 재현의 값비싼 슈트와 가죽 구두가 들어왔다.

"특히 가죽 구두요. 소금기 때문에 빳빳해질 텐데……."

천으로 만든 운동화는 빨면 그만이지만, 가죽 구두는 그게 아니니까. 세희는 바닷물에 푹 젖어버린 재현의 구두가 진심으로 걱정되었다.

"상관없어."

그러나 재현은 무심한 표정으로 그녀의 말을 도중에 잘라버렸다. 대신 고개를 숙여 그녀의 눈을 빤히 들여다보았다.

"방금 한 말, 사랑한다고 한 말. 내가 잘못 들은 거, 아니지?"

정말, 이 남자! 포기라는 걸 모르는 모양이다. 머리끝에서 발끝까지 바닷물에 흠뻑 젖고도 그녀의 고백을 확인하려 하다니! 세희는 난감한 얼굴로 슬그머니 그의 시선을 피해버렸다.

"세희야."

아무리 사귀는 사이라고는 하지만, 먼저 마음을 고백한다는 것은 쉬운 일이 아니었다. 왠지 모르게 부자연스럽고 손발이 오그라드는 것처럼 수줍기만 했다. 그렇다고 이미 해버린 고백을 지금에 와서 아니라고 부정할 수는 없고…….

"……잘못 들은 거 아니에요."

할 수 없이 세희는 속삭이듯 작은 목소리로 시인했다.

"사랑……."

그러나 고백을 끝마치기도 전에 재현이 그녀를 품으로 확 잡아끌었다. 숨도 쉴 수 없을 정도로 그녀를 꽉 끌어안으며 재현이 뜨겁게 속삭였다.

"사랑해."

그녀에게서 먼저 고백을 받을 거라곤 전혀 상상하지 못했었다.

자신이 먼저 고백하려고 했는데……. 그녀의 눈에서 감동의 눈물이 흘러나올 수 있게, 좀 더 근사하게, 좀 더 로맨틱하게 하려고 했는데……. 하지만 상관없다. 그녀가 먼저 고백해주었다는 사실에 재현은 가슴이 터질 정도로 기뻤다.

"사랑해."

재현은 그녀를 안은 팔에 더욱더 힘을 주며 다시금 고백을 되풀이했다.

"미치도록 너만을……."

쏴아아—.

세차게 밀려온 하얀 파도가 그들의 발밑까지 왔다가 다시 바다로 흘러들어 갔다.

"아니, 이사님. 웬일이십니까?"

채 실장이 놀란 표정으로 사무실을 방문한 정연을 바라보았다.

말만 이사지, 출근도 제대로 하지 않는 땡땡이 이정연 이사. 대신 일을 제대로 하지 않으니까, 월급은 필요 없다면서 연봉 만 원을 받아가는 그녀가 오늘은 무슨 바람이 들었는지 경영관리부에 발을 들여놓았다.

"업무 보느라 힘드시죠? 이것 좀 드시고 하세요. 실장님이 좋아하는 얼그레이 티예요."

채 실장의 책상에 따뜻한 테이크아웃 컵을 내려놓으며 그녀가 생긋 웃어 보였다. 찾아온 것도 서쪽에서 해가 뜨는 일인데 마실 것까지 가져와? 채 실장의 안색이 급속도로 어두워졌다. 이것은 필시 무언가 바라는 게 있다는 증거였다.

아니나 다를까, 곧 정연의 입에서 상냥한 목소리가 흘러나왔다.

"제가 믿기 어려울 정도로 이상한 정보를 얻어서요. 혹시 채 실장님이라면 알아봐주실 수 있지 않을까 해서 찾아왔어요. 채 실장님은 마음만 먹으면 안 되는 게 없잖아요."

"과찬이십니다, 이사님. 저는 경영관리실장일 뿐입니다."

"에이, 왜 이러세요. 채 실장님이 우리 아빠의 숨겨진 비밀 병기라는 거, 모르는 사람 있나요?"

채 실장이 미간을 좁히자, 정연은 그를 향해 활짝 웃어 보였다.

"그래요. 솔직하게 털어놓을게요. 제가 채 실장님의 뒤를 엄청 캤거든요. 그런데 아무런 성과가 없는 거예요. 제가 끈기가 좀 없는 편이라서……."

정연은 짧게 한숨을 내쉰 후, 허리에 두 손을 얹으며 채 실장을 향해 상체를 굽혔다.

"그냥 대놓고 물어보는 게 좋을 것 같아서요. 채 실장님이 우리 규한 씨를 정신병원에 집어넣었다는 거, 정말인가요?"

정연의 직설적인 물음에 채 실장의 얼굴이 싸늘하게 굳어버렸다. 그는 대답 대신 차가운 눈빛으로 정연을 마주 보았다.

역시나, 절대로 쉬운 상대는 아니야.

정연은 티 나지 않게 마른침을 꿀꺽 삼키며 앞으로 팔짱을 끼었다. 솔직히 정연은 채 실장이 규한을 정신병원에 강제로 입원시켰는지 아닌지 알지 못했다. 그냥 그럴 것 같다는 육감에 따라서 '기면 기고, 아니면 말고.'라는 마음으로 승부수를 던졌다. 만약에 이 회장이 그런 일을 꾸몄다면 채 실장 말고는 직접 일을 수행할 사람이 없으니까…….

잠시 후, 채 실장으로부터 예상외의 반응이 돌아왔다.

"재미있군요. 회장님도 같은 질문을 하셨는데……."

"아버지가요?"

깜짝 놀란 듯 정연의 눈꼬리가 확 치켜 올라갔다.

"제이가 댈러스에 언제 도착한다고 했지?"

손튼은 컴퓨터 모니터에서 시선을 돌리지 않은 채로 옆에 앉은 브랜든에게 질문을 던졌다.

"내일 저녁 9시경에 도착입니다."

"우리는 언제 댈러스로 출발할 예정이지?"

"제이 일행이 도착하는 시간에 맞추려면 저희는 내일 오전에는 출발해야 합니다."

"그렇군."

손튼은 입을 굳게 다문 채 책상에 놓인 캘린더를 한동안 뚫어지게 노려보았다. 뭔가 골똘히 궁리하는 것처럼 침묵을 지키던 그가 잠시 후, 브랜든에게 고개를 돌렸다.

"오늘 밤에 이륙할 수 있도록 제트기 준비시켜."

"네, 알겠습니다."

"일기예보 보니까 이번 주 내내 피렌체의 날씨가 끝내준다더군. 피크닉 가기에 딱이야."

방을 나서던 브랜든이 우뚝 제자리에 멈춰 섰다. 그리고 찡그린 표정으로 뒤를 뒤돌아보았다.

"댈러스로 돌아갈 건데 난데없이 피렌체 날씨는 왜요?"

"댈러스로 돌아가다니? 누가? 내가?"

"아닙니까, 그럼?"

"나는 피렌체로 갈 거야. 거기서 며칠 푹 쉬다가 댈러스로 가야겠어. 요새 너무 많은 업무를 처리했더니 스트레스가 장난이 아니거든. 이러다가 병나면 나만 손해라고. 힐링이 필요해."

"네에? 그러면 제이 일행은요?"

브랜든이 기가 막힌다는 듯 언성을 높였다. 다음 달에 있을 일정을 손튼이 갑자기 앞당겨버린 탓에 눈썹을 휘날리며 이리저리 뛰어다녔던 브랜든이었다.

"또 갑자기 일정을 바꿔버리면 어떡합니까? 내일 댈러스에서 만나기로 하셨잖아요?"

그뿐인가? 갑자기 세라도 데려오라고 해서 거의 007 작전같이 일을 진행했는데!

"그래서 세라도 함께 오라고 한 거 아닙니까?"

"며칠 늦게 만난다고 뭐 큰일이라도 나겠어?"

"뭐라고요?"

난데없는 손튼의 엉뚱한 지시에 브랜든이 또 시작이냐는 듯 인상을 찌푸렸다. 그러자 손튼은 의미심장한 미소를 지으며 브랜든의 어깨를 툭툭 내리쳤다.

"우리 너무 빡빡하게 살지 말자고. 큰일을 앞둔 두 사람에게 자유 시간을 좀 줘야지. 안 그래?"

차로 돌아온 두 사람은 차 안에 놓아둔 수건으로 물기를 닦아냈다. 흠뻑 젖어버린 탓에 머리카락의 물기만 대충 제거했을 뿐 큰 도움은 되지 못했다. 으슬으슬 몰려오는 한기에 세희는 아랫입술을 꼭 깨물며 소름이 돋는 팔을 빠르게 문질렀다.

"추워?"

재현이 걱정스러운 듯 묻자, 세희는 부르르 몸을 떨며 고개를 끄덕였다.

"조금."

시동을 걸고 히터를 틀자, 잠시 후 실내 송풍구를 통해 더운 바람이 나오기 시작했다.

"우선 옷부터 갈아입어야겠어."

"어디서 옷을 갈아입어요?"

소금물과 모래로 범벅된 옷이 신경 쓰이긴 했지만, 도대체 어디서 옷을 갈아입는다는 거지? 호텔로 돌아가려면 적어도 1시간 반 이상을 운전해야 한다.

"근처에 친구 집이 있어."

운전대를 틀어 방향을 바꾸며 그가 대답했다.

"친구 집이요?"

"정확하게 말하자면 나와 친구의 공동 소유야. 친구는 지금 뉴욕에 가 있으니까 집엔 아무도 없을 거야. 그러니까 걱정하지 않아도 돼."

아무도 없는 빈집에 그와 단둘이 간다는 사실에 걱정하지 말라고?

세희는 자신도 모르게 꿀꺽 마른침을 삼켰다.

33. 하, 도저히 참을 수가 없어

재현이 말한 친구와 공동 소유라는 저택은 차로 5분도 걸리지 않는 거리에 있었다. 구불구불한 오솔길로 차를 몰고 들어가니 푸른 잎이 무성한 나무들 사이로 녹색의 철제 게이트가 보였다.

차가 가까이 다가가자 '위잉' 소리와 함께 자동으로 게이트가 열리며 그 뒤로 깔끔하게 포장된 사도가 나타났다. 그리고 목재와 유리, 철제와 스톤이 적절하게 조합된 현대식 건축물이 눈에 들어왔다.

저택 앞에 차를 세운 재현은 먼저 차에서 내린 후, 세희를 위해 문을 열어주었다.

"여기야. 내려."

그를 따라 차에서 내리니 저택 앞에 펼쳐진 광활한 바다가 시야에 들어왔다. 아마도 바닷가는 저택에 딸린 개인 소유일 것이다.

띠리릭—.

비밀번호를 누르자, 경쾌한 소리와 함께 잠금이 해제되었다.

"들어와."

육중한 현관문을 열며 그가 뒤돌아 말했다.

이상하다. 그를 따라 펜트 하우스를 방문한 게 한두 번이 아닌데, 그의 집에서 자고 온 적도 가끔 있었는데……. 왜 이리도 그의 집에 처음 온 것처럼 숨이 탁 막히는지 모르겠다.

세희는 두근거리는 마음을 애써 진정하며 재현을 따라 집 안으로 들어섰다. 안에 들어서자마자 거실 통유리를 통해 푸르른 바다가 한눈에 들어왔다. 세희는 탁 트인 전망에 감탄하며 주위를 둘러보았다.

친구와 공동 소유라는 것을 재차 확인하듯, 재현과는 거리가 먼 장식물이 집안 곳곳에 놓여 있었다.

특히 유리 진열장 안의 주렁주렁 보석이 달린 이브닝드레스와 모자, 스카프 같은 액세서리는 절대로 그의 것일 리가 없었다. 세희는 거실의 한쪽 벽을 뒤덮은 화려한 패션쇼 사진을 보며 미간을 살짝 찌푸렸다. 혹시 친구라는 사람이 여자는 아니겠지?

그런 그녀의 속마음도 모른 채 재현은 그녀의 어깨를 감싸며 복도 끝에 있는 게스트 룸으로 안내했다.

"우선 여기서 샤워하도록 해. 옷장에 보면 갈아입을 옷이 있을 거야."

"네."

게스트 룸은 호텔 객실처럼 손님을 맞을 준비가 완벽히 갖추어져 있었다. 가지런히 정리된 침대며, 그 위를 뒤덮은 아기자기한 장식용 쿠션까지……. 특급 호텔 객실 같은 느낌이었다.

세희는 나중에 옷을 고르기로 하고 우선 샤워 부스로 향했다. 바닷물이 마르면서 소금기만 남게 되자 슬슬 참을 수 없게 간지러웠기 때문이다. 모래와 바닷물로 얼룩진 옷을 벗어버리고 뜨거운 물로 샤워하고 나니, 찝찝했던 기분이 한결 상쾌해졌다. 세희는 대충 머리에 물기를 털어내고 커다란 목욕 타월을 몸에 두른 채, 욕실을 걸어 나왔다.

그런데……. 어머, 이게 뭐야?

침대 옆에 있는 옷장을 열어본 세희의 눈이 휘둥그레졌다. 재현이 말한 것과는 달리 옷장은 텅 비어 있었다. 당황한 세희는 미간을 좁히며 아랫입술을 깨물었다.

깨끗하게 샤워까지 한 마당에 다시 모래 범벅이 된 옷을 입을 수는 없고, 혹시 다른 옷장을 말한 건 아닐까?

방 안과 욕실 안을 샅샅이 살펴봤지만 갈아입을 옷은 어느 곳에도 보이지 않았다. 결국 세희는 목욕 타월을 더 단단히 잡아매고는 조심스럽게 방을 걸어 나갔다.

문을 열고 밖으로 나오자 마침 거실에서 통화 중이던 재현이 뒤를 돌아보았다. 그도 막 샤워를 마쳤는지 젖은 머리카락에 편안한 니트 차림을 하고 있었다.

세희가 옷을 입지 않고 목욕 타월만 두르고 나타나자 그의 눈꼬리가 살짝 위로 올라갔다. 그러나 그 외의 반응은 보이지 않았다. 재현은 다시 등을 돌리며 계속해서 통화를 이어나갔다.

"……응, 그래. 알았어. ……수고 많았어. ……응. 강 비서도 푹 쉬도록."

잠시 후, 재현은 전화를 끊고 세희를 향해 몸을 돌렸다.

"일정이 바뀌었어. 오늘 밤, 호텔로 돌아가지 않아도 될 것 같아."

"일정이 바뀌다니요?"

"원래는 내일, 댈러스로 출발할 예정이었어. 방금 연락이 왔는데 손튼 씨가 내일모레에나 유럽에서 떠날 수 있다는군. 주인 없는 목장에 우리가 먼저 도착하는 것도 그렇고 해서 우리도 출발을 늦추기로 했어. 3일 후에 댈러스로 떠날 거야."

"그러면 그동안은 서니베일 지사에서 근무하나요?"

"아니."

재현이 빙그레 웃으며 고개를 저었다.

"안 실장님과 강 비서도 좀 쉬어야지. 두 사람에게 3일 휴가를 줬어. 나도 그렇고…….”

생각하지도 못한 자유 시간에 세희의 안색이 환하게 밝아졌다. 그를 따라 출장 오게 된 것도 기뻐서 어쩔 줄 모르겠는데 자유 시간까지 갖게 되다니! 아, 그건 그렇고.

세희는 재현의 시선을 느끼며 한 손으로 목욕 타월을 꽉 움켜쥐었다. 단단히 묶기는 했지만 밑으로 흘러내리기라도 하면 큰일 나니까.

“저, 그런데 옷장이 텅 비었는데요.”

“그래?”

세희를 따라 게스트 룸으로 온 재현은 방 안에 있는 옷장과 서랍장을 모두 열어보았다. 텅텅 비어 있는 안을 노려보며 재현이 인상을 찡그렸다.

“녀석, 무슨 일로 제 옷을 다 가져갔지?”

친구라는 사람이 정말로 여자인 거야?

세희는 애써 아무렇지 않은 척 표정을 관리했지만, 묘하게 기분이 거슬렸다. 도대체 어떤 사이인데 여자 친구와 집을 공동으로 소유한 걸까? 혹시 예전에 동거한 사이?

그녀의 상상은 꼬리에 꼬리를 물고 점점 비관적이 되어갔다.

“지금 친구분 옷을 입으라고 했던 거예요?”

‘그 여자와 무슨 관계예요?’라고 물어보고 싶었지만 그럴 수는 없고. 세희는 나름대로 빙 둘러서 물어보았다.

“괜찮아. 어차피 녀석이 입을 옷도 아니니까. 신상품이 나올 때마다 마음에 드는 디자인을 집어오는 게 취미라서……. 사내 녀석이 이상하게도 여자 옷에 욕심이 많아.”

사내 녀석?

“키안 맥그레이라고 어릴 때부터 친한 친구야. 녀석의 아버지가 WLCN의 회장 직을 맡고 계셔.”

세계적인 명품 브랜드를 보유한 패션 제국 WLCN 그룹을 말하는 건가? 브랜드 키넬을 소유한?

아, 아니다. 지금 그게 중요한 게 아니다. 친구가 여자가 아니라 남자라는 게 중요한 거다.

세희는 두 손으로 목욕 타월을 꽉 움켜쥐며 빙그레 미소 지었다. 도대체 무슨 조화일까? 방금까지만 해도 지옥 불길 속에 떨어진 것같이 기분이 엉망이었는데, 지금은 하늘나라 구름 위를 나는 것처럼 기분이 좋았다.

뚜벅뚜벅 방을 걸어 나간 재현이 잠시 후, 한 손에 니트를 들고 나타났다.

"우선 내 옷을 입고 있어."

그의 니트는 그녀에게는 꽤 커서 엉덩이를 거쳐 허벅지 중간까지 내려왔다. 마치 헐렁한 니트 원피스를 입은 느낌이랄까? 소매도 끝을 두 번이나 접어야 했다.

제일 신경 쓰이는 것은 니트 밑으로 훤히 드러나는 맨살의 다리였다. 두 손으로 니트를 밑으로 잡아당겨 보았지만 무릎 밑까지 내려갈 리는 없었다.

"혹시 반바지 없어요?"

"없는데……."

재현은 얼굴색 하나 바꾸지 않고 태연하게 거짓말을 했다. 당황해서 어쩔 줄 모르는 그녀가 귀엽기도 했고, 자신의 니트를 입은 모습이 은근히 관능적이었기 때문이다. 괜히 반바지를 입혀서 묘한 분위기를 깨뜨리고 싶지 않았다.

순진하게도 세희는 그의 말을 그대로 믿는 모양이었다. 그녀는 낭패라는 표정을 지으며 아랫입술을 잘근잘근 씹기 시작했다.

재현은 당장에라도 끌어안고 키스를 퍼붓고 싶은 충동을 누르며 세희의 어깨에 팔을 둘렀다.

"이리 와. 머리 말려줄게."

쾅—. 쾅—. 쾅—.

규한은 귀찮은 표정으로 고개를 내저으며 책상에서 몸을 일으켰다. 누군가 객실을 잘못 찾았나? 규한은 한껏 인상을 찡그리며 천천히 문을 열었다.

"이봐요. 문을 두드리기 전에 잘 확인해보고……."

그러나 규한은 할 말을 끝내지 못하고 입을 다물었다. 정연이 백지장처럼 창백한 얼굴을 한 채 문 앞에 서 있었기 때문이다.

그녀가 언젠가 자신을 찾아올 거라는 생각은 했었지만, 이렇게까지 빨리 찾아올 거라곤 예상하지 못했다.

"……나보고 바보라고 했지? 대책 없는 바보라고."

한동안 매섭게 규한을 노려보던 정연이 떨리는 목소리로 말했다.

"아니. 규한 씨야말로 바보야. 구제 불능 바보 멍청이라고!"

정연의 눈에서 눈물 한 방울이 툭 떨어졌다.

항상 그의 머리를 말려주었지 그가 그녀의 머리를 말려주는 건 처음이었다. '어색하면 어쩌나?' 하는 걱정은 기우에 불과했다. 재현은 수건으로 물기를 털어내고 그녀의 머리를 능숙하게 말리기 시작했다.

적당하게 따뜻한 헤어드라이어의 바람 때문인지 아니면 그의 부드러운 손길 때문인지는 모르겠지만, 살갗에 소름이 오슬오슬 돋을 정도로 기분이 야릇했다. 그 탓에 저절로 한숨이 흘러나왔다. 재현은 그녀의 한숨을 달리 해석한 모양이었다.

"배고파?"

"……네, 조금요."

이런 들뜬 기분에 배가 고플 리가 전혀 없지만, 세희는 황급히 고개를 끄덕였다.

그녀가 입고 온 옷은 지금 세탁기 안에 있었고, 끝나고 건조기에까지 넣어 말리려면 시간이 더 걸릴 터였다. 아무래도 저녁을 먹기 위해 외출하는 건 무리였다.

뭐라도 먹을 게 없을까 하고 냉장고 문을 열어보았지만, 생수병과 토마토케첩, 타바스코 소스 등만 보일 뿐, 안은 텅 비어 있었다. 그래도 불행 중 다행이라고 냉동고에서 얼려둔 슬라이스 햄과 빵 반죽 캔 몇 개, 찬장에서 캔에 담긴 클램 차우더(Clam Chowder : 조개 크림 수프)를 찾아냈다.

"우와!"

세희는 마치 보물을 발견한 것처럼 기쁨의 탄성을 질렀다. 이것만 있으면 간단하더라도 대충 저녁을 차릴 수 있으니까.

"크루아상 반죽에 햄을 넣어 오븐에 굽고 클램 차우더를 데우면 될 거예요."

하여간 조그만 일에도 적극적으로 기뻐하는 건 알아줘야 한다. 재현은 바쁘게 움직이는 세희를 바라보며 피식 입꼬리를 비틀었다.

"좋아, 그럼. 크루아상을 만들어. 난 클램 차우더를 데울 테니까."

"네."

세희는 빵 반죽에 햄을 넣고는 끝을 돌돌 말아 능숙한 솜씨로 크루아상 모양을 만들어냈다. 그러곤 오븐 팬 위에 시트를 깔고 하나둘 예쁘게 모양을 잡은 크루아상 반죽을 올려놓았다.

"15분만 구우면 돼요."

오븐을 열고 팬을 집어넣으며 그녀가 설명했다. 허리를 숙이는 탓에 니트가 말려 올라가며 그녀의 하얀 허벅지가 훤히 드러났다. 재현은 슬그머니 시선을 비키며 짧게 한숨을 내쉬었다. 이럴 줄 알았으면 반바지를 주는 건데……. 아니, 아예 레인 코트를 입혀줄 걸 그랬다.

니트가 지나치게 헐렁해서 몸을 움직일 때마다 한쪽 어깨가 드러났고, 찬장에서 물건을 꺼내기 위해 발돋움하면 니트가 위로 말려 올라가 허벅지의 맨살이 노출됐다. 비키니를 입고 알짱거리는 게 어쩌면 지금의 저 모습보다는 덜 야할지도 모르겠다.

재현은 허벅지를 바늘로 콕콕 찌르는 마음으로 클램 차우더가 냄비 바닥에 눌어붙지 않게 꾹꾹 저어주었다. 그러나 자꾸만 눈길이 그녀에게로 가는 건 어쩔 수 없었다.

땡—.

오븐 타이머가 울리자 식탁 위에 접시를 올려놓던 세희가 후다닥 오븐 앞으로 달려갔다. 아니나 다를까. 팬을 꺼내기 위해서 상체를 굽히자 니트가 위로 딸려 올라갔다. 뜨거운 팬을 꺼내느라 온 신경을 집중한 탓에 아까보다 조금 더 위로 올라간 것도 모르는 것 같았다. 그러니까 정확하게 말하자면 허벅지를 지나서 엉덩이 바로 밑까지 하얀 맨살이 드러났다.

평소에 그녀가 미니스커트를 즐겨 입는다면 그리 큰 노출은 아니겠지만, 항상 긴 치마나 바지를 즐겨 입는 그녀였기에 지금의 노출은 아찔할 정도로 관능적이었다.

"우와, 먹음직스럽게 잘 구워졌어요."

본인이 지금 재현의 눈에 어떻게 보이는지 전혀 알 리가 없는 세희는 환한 미소를 지으며 크루아상이 담긴 오븐 팬을 들고 다가왔다. 그녀는 볼까지 발갛게 상기된 얼굴로 크루아상 하나를 집어 올리더니 입술을 모으고 호호 불기 시작했다. 이젠 하다 하다 입술을 오므리고 호호 부는 모습마저 미치도록 유혹적이었다.

"클램 차우더도 다 된 것 같은데요? 옆에 작은 거품이 보글보글 올라오잖아요.”
“응.”
재현은 퉁명스럽게 대답하며 서둘러 가스레인지의 불을 껐다. 지금쯤이면 건조기에 들어 있는 그녀의 옷이 다 말랐을 텐데……. 옷을 가져다줘야 하나? 솔직히 말하면 그러고 싶지 않았다. 식사하고 나서 옷은 나중에 가져다줘도 되겠지.
그녀의 모습이 지나치게 섹시해서 어디에다 눈길을 줘야 할지 난감했지만, 그렇다고 옷을 가져다주기는 싫고. 이러지도 저러지도 못하는 상황에 재현은 그저 묵묵히 클램 차우더를 그릇에 담았다.
아무것도 모르는 세희는 그의 옆에서 햄이 들어간 크루아상을 차곡차곡 접시 위에 올려놓았다. 햄 크루아상과 클램 차우더가 전부였지만, 세희는 만찬에 초대받은 것처럼 활짝 웃으며 기뻐했다.
“맛있어요.”
크루아상을 반으로 쪼개 한입 베어 무는 그녀의 눈꼬리가 활처럼 휘었다.
“맛있어?”
“네. 맛있어요.”
이어서 그녀는 숟가락으로 클램 차우더를 한입 맛보았다. 역시 그녀는 눈을 크게 뜨며 엄지손가락을 척 들어 보였다.
“맛있어봤자, 싸구려 캔 수프지.”
“아니에요. 진심 맛있어요. 재현 씨가 해줘서 더 맛있는걸요.”
“그냥 데웠을 뿐이야.”
“그래도…….”
그러나 재현은 못마땅한 표정을 풀지 않았다.
아까부터 왜 저러지? 세희는 슬슬 재현의 눈치를 살피며 크루아상을 한입 베어 물었다. 진실을 말하자면 베이커리에서 파는 크루아상처럼 결대로 파삭파삭 부서지는 식감은 아니었다. 맛도 뭐랄까, 안경 쓴 뚱뚱한 할아버지 치킨 집에서 파는 비스킷이랑 비슷한 맛이랄까?

하지만 오븐에서 갓 나온 덕분에 김도 모락모락 올라오고 이만하면 먹을 만했다. 클램 차우더도 이 정도면 레스토랑에서 먹는 것에 비해 그리 나쁘진 않은데……. 그런데도 그의 표정은 왜 저리도 불만스러운지 모르겠다.

세희는 한입 크게 수프를 떠먹고 입가에 묻은 수프를 혀로 쓰윽 훑었다.

"으음."

잠깐, 그런데 뭔가 서늘한 느낌이 드는 건 뭐지? 맛있게 수프를 음미하던 그녀는 재현의 날카로운 시선과 마주쳤다. 세희는 고개를 갸우뚱거리며 숟가락을 식탁 위에 슬그머니 내려놓았다.

"왜요? 맛이 없어요?"

재현은 세희의 천진난만한 질문에 짧게 한숨을 내쉬었다. 그녀는 정말 자신이 무슨 짓을 하는지 모르는 걸까? 자꾸만 니트가 흘러내려 한쪽 어깨가 드러나는 걸 보는 것도 미치겠는데…….

그녀가 입술에 남은 수프를 혀로 핥는 순간 재현의 심장이 '쿵' 하고 밑으로 내려앉았다. 어디 한번 해보자는 건가?

"난 맛있기만 한데."

세희가 중얼거리며 혀를 날름 내밀어 윗입술에 남은 수프를 다시 한 번 혀로 쓸었다. 그 모습에 드디어 참고 참았던 그의 자제심이 툭 끊어졌다.

"그래? 얼마나 맛있는지 궁금하군."

"네? 같은 수프인데……."

그의 말뜻을 오해한 세희가 그에게 수프가 담긴 그릇을 내밀었다. 그러나 재현은 그릇을 옆으로 밀어버리고 벌떡 자리에서 일어났다. 이어서 한 손으로 그녀의 턱을 고정한 뒤, 입술에 남은 수프를 단숨에 핥아 먹었다. 그의 돌발적인 행동에 세희는 깜짝 놀란 듯 움찔 몸을 굳혔다. 그러나 재현에게 턱을 잡히는 바람에 옴짝달싹할 수도 없었다.

입가에 묻은 수프를 깔끔히 먹어치우고도 그의 입술은 떨어지지 않았다. 오히려 더 느긋하게 그녀의 입술 위를 유영했다. 촉촉하고도 달콤한 입술과 고소한 클램 차우더가 어우러져 천상의 맛처럼 느껴졌다.

그녀도 모르게 그를 자꾸만 유혹하는 것 같아, 잠시 심술을 부린 건데 아무래도 크게 실수한 것 같다. 그녀의 입술이 그의 입술 밑에서 떨려오자 이성이 한계에 다다르는 것을 느꼈다.

"하, 도저히 참을 수 없어."

재현은 쉰 목소리로 속삭이고는 그녀의 입술을 거칠게 삼켜버렸다.

"읍."

그녀의 입에서 놀람의 탄성이 흘러나왔다. 가운데 놓인 식탁이 걸리적거리자 재현은 아예 그녀의 옆으로 자리를 옮겼다. 그러곤 꼼짝도 하지 못하게 두 손으로 그녀의 뺨을 감싸고 다시 뜨거운 키스를 퍼부었다. 처음에는 당황하며 뒤로 물러서던 그녀도 입맞춤이 깊어지자 차차 그를 받아들이며 그의 어깨에 손을 얹었다. 그녀의 다디단 입술이 아무런 반항 없이 그를 향해 활짝 열렸다. 입술을 가르고 들어온 그가 입 안 깊숙이 숨어 있는 그녀의 혀를 찾아 힘껏 빨아들였다.

이상하다. 그녀의 달콤한 타액을 탐할수록 더욱더 심하게 갈증이 났다. 좀 더 그녀를 가까이하고 싶다. 좀 더…… 가까이. 재현은 그녀의 얼굴을 감싸던 손을 밑으로 내려 그녀를 번쩍 안아 올렸다.

"하아, 재현 씨."

어떻게 침실로 오게 되었더라? 어렴풋이 기억나는 것도 같은데…….

강인한 팔이 그녀의 허리에 둘리고 몸이 가뿐히 들어 올려진 것 같았다. 격렬한 키스로 정신이 몽롱한 상태였기에 그녀는 등 뒤로 푹신한 이불의 감촉을 느낀 후에야 침대 위라는 걸 깨달았다. 세희는 온몸을 내리누르는 그의 묵직한 체중을 느끼며 짧게 숨을 들이마셨다.

한참 후, 절대로 놓아주지 않을 것 같던 그의 입술이 떨어지자, 세희는 감긴 눈을 살며시 떠보았다. 한쪽 팔꿈치로 상체를 지탱한 재현이 타는 듯한 시선으로 그녀를 내려다보고 있었다.

"……재현 씨?"

이게 지금 무슨 의미인지, 초등학생도 아니고 알 것 다 아는데도, 세희는 눈만 깜빡거리며 아무 말도 할 수 없었다. 나는 과연 준비가 되었던가?

미처 고민해볼 사이도 없이 그의 입술이 눈두덩과 두 뺨, 오뚝한 코끝을 지나 도톰한 입술 위로 내려앉았다. 그의 뜨거운 입술에 또다시 모든 게 흐릿하게 변해버렸다. 마음의 준비가 되었든, 되지 않았든 아무래도 좋았다. 그의 따뜻한 체온과 향기, 그의 뜨거운 입술과 손길이 미치도록 황홀할 뿐이었다.

"흑."

너무나도 짜릿해서 그녀도 모르게 입에서 흐느낌이 새어 나왔다. 그녀의 얼굴을 배회하던 입술이 이윽고 가느다란 목덜미를 타고 밑으로 내려왔다. 재현이 어깨에 걸쳐진 니트를 강하게 밑으로 잡아당기자, 니트가 늘어나면서 그녀의 하얀 어깨와 가슴골이 드러났다.

"아까부터 이러고 싶어서, 미치는 줄 알았어."

그가 낮게 속삭이며 하얀 눈 위에 발자국을 찍는 것처럼 그녀의 하얀 피부에 입술을 내리찍었다.

"아, 아."

눈앞이 흐려질 정도로 짜릿한 감각에 세희는 달뜬 신음을 흘리며 두 눈을 꼭 감았다.

"여기서 그만하자."

재현은 갑자기 동작을 멈추더니 그녀에게서 몸을 일으켰다. 그는 거친 숨을 몰아쉬며 한 손으로 헝클어진 머리카락을 쓸어넘겼다.

"더 이상은 나도 자제할 수가 없어."

그가 지금 뭐라는 거지? 뜻을 이해하기에는 조금 시간이 걸렸다. 그리고 얼마 지나지 않아 재현이 자신을 지켜주려고 한다는 사실을 깨달았다.

어째서일까? 만약에 끝까지 가려고 했다면 그녀가 먼저 피했을지도 모르겠다. 하지만 그가 먼저 물러서자 그녀는 참을 수 없는 갈증을 느꼈다. 세희는 팔을 뻗어 침대에서 일어나려는 재현의 어깨를 다급하게 끌어안았다.

"싫어."

"세희야."

"……가지 마요."

혹시 나중에라도 지금의 이 결정을 후회하게 될지도 모르겠다. 하지만 지금 이 순간만큼은 그가 절실하게 필요했다. 그녀가 품에 매달린 채 떨어질 생각을 하지 않자, 재현의 입에서 긴 한숨이 흘러나왔다.

"후."

그가 낮은 목소리로 투덜거리듯 속삭였다.

"내가 전에도 그랬지. ……먼저 유혹하는 쪽은 내가 아니라 너라는 거."

말을 마친 재현은 삼켜버릴 듯 그녀의 입술을 한껏 빨아들였다.

사랑하는 남자와의 첫 순간은 눈앞이 아찔할 정도로 강렬하고 뜨거울 거라고 상상했다. 하지만 아무리 뛰어난 상상이라고 하더라도 실제 경험을 뛰어넘지는 못한다. 사랑하는 상대와 몸과 마음을 하나로 합친다는 건, 온몸이 산산이 부서질 것 같은 육체적 쾌락을 훌쩍 넘어서는, 쉽게 표현할 수 없는 경이로운 순간이다.

세희는 있는 힘을 다해서 재현을 끌어안고 그의 목덜미에 얼굴을 묻었다. 부딪치는 매끄러운 맨살의 느낌이 숨이 탁 막히게 짜릿했다. 처음이어서 조금 어설펐지만, 되풀이되는 손길에 지금까지 몰랐던 새로운 감각이 서서히 깨어나고 있었다. 세희는 온몸 구석구석에 온전히 그를 새기며 두 눈을 꼭 감았다.

"세희야."

재현은 그녀의 코끝에 살짝 입을 맞추고 두 손으로 그녀의 뺨을 부드럽게 어루만졌다. 그녀의 속눈썹이 파르르 떨리는 걸 보는 것만으로도 주체할 수 없는 욕망에 돌아버릴 것만 같았다. 숨 막히게 부드러운 살갗에서 도저히 손을 뗄 수가 없었다.

지금껏 그가 어느 여자와도 관계를 맺지 않은 건, 무의미한 인연을 맺고 싶지 않은 이유가 제일 컸다.

첫 약혼자였던 소아를 떠나보낸 후, 지금까지 셀 수도 없이 수많은 유혹이 그를 뒤따랐다. 눈살이 찌푸려지는 노골적인 유혹도 있었고, 그보다 훨씬 경계해야 하는 은근한 유혹도 있었다. 그러나 재현은 한 번도 상대방에게 욕망을 느끼지 못했다.

사랑은 어차피 시간 낭비라고 여겼고, 사랑하지 않는 상대와 관계를 맺을 만큼 욕망에 눈이 멀지도 않았다. 진한 향수를 뿌린 여자이거나, 향긋한 체취를 가진 여자이거나, 아무도 그의 흥미를 끌진 못했다. 술자리에서 누군가 자신은 여자와 매일 잠자리를 해야 한다는 농담을 할 때, 재현은 속으로 '미친놈'이라고 중얼거리며 상대에게 경멸의 눈길을 보냈다.

하지만 지금은 모든 게 달라져 버렸다.

그의 몸 구석구석에 느껴지는 그녀의 느낌이 아찔해서 한숨이 절로 나왔다. 모든 것이 너무나도 사랑스러웠다. 재현은 숨이 막힐 정도로 그녀를 품에 꽉 끌어안았다. 그리고 이대로 시간이 멈춰버렸으면 좋겠다고 생각했다.

"으음."

얼마나 시간이 지났을까?

목덜미에 내려앉는 뜨거운 숨결을 느끼며 세희는 힘겹게 눈꺼풀을 깜빡거렸다. 계속 잠만 잔 것 같은데도 온몸이 너무 노곤하고 여기저기 쑤시는 것 같았다. 그러면서도 기분은 날아갈 것처럼 좋았다.

말이 안 되는 것 같지만, 정말 그랬다. 몸은 피곤했지만, 머리는 가뿐했다.

"……깼어?"

뒤에서 들려오는 익숙한 목소리에 세희는 나른한 한숨을 내쉬었다. 재현의 입술이 그녀의 동그란 어깨를 따라 밑으로 내려갔다.

사랑하는 이의 품에 안긴 채 잠에서 깨어나는 것만큼 행복한 일이 또 있을까?

세희는 대답 대신 그녀의 가슴을 감싸고 있는 그의 커다란 손을 부드럽게 쓰다듬었다. 두 사람은 숟가락을 나란히 포개놓은 것처럼 누워 있었다.

등 뒤로 그의 단단한 가슴팍이 너무도 생생하게 느껴졌다. 세희는 그의 얼굴을 보기 위해 바르작거리며 뒤로 몸을 틀었다. 다정한 눈빛의 재현이 시야에 들어오자, 그녀의 얼굴에 환한 미소가 떠올랐다.

"좀 더 자. 아직 일러."

이마 위로 흘러내린 머리카락을 넘겨주며 그가 다정하게 말했다.

"몇 시에요?"

"새벽 6시 조금 지났어."

"으음."

밤새도록 시달리다가 새벽녘에 겨우 잠이 든 것 같은데 벌써 날이 밝았나 보다. 세희는 그의 가슴에 얼굴을 파묻으며 아직 잠이 덜 깬 목소리로 웅얼거렸다.

"……그러면 ……조금만 더 잘……게요."

"그래. 이따 일어나면 브런치 먹으러 가자."

"……으응."

세희는 가만히 고개를 끄덕이곤 다시 잠에 빠져들었다.

계획대로라면 느긋하게 늦잠을 잔 후, 브런치를 먹으러 외출해야 했다. 하지만, 두 사람은 온종일 저택에서……. 아니, 정확하게 말하면 세희는 침실에서 한 발짝도 나갈 일이 없었다. 동화 '선녀와 나무꾼'에서의 나무꾼처럼 재현은 그녀에게 옷을 돌려주지 않았고, 그 혼자 음식을 사다가 침실로 날라다주었다. 마치 신하를 부려먹는 게으른 여왕이 된 기분이었다.

세희는 침대에 누워서 실컷 잠을 청하고, 재현이 쟁반 위에 차려준 음식으로 배를 채웠다. 그리고 틈틈이 그와 함께 새로운 감각을 깨우쳐나갔다. 제법 서로의 몸에 익숙해질 무렵이 되자, 어느새 주어진 자유 시간도 거의 끝나가고 있었다.

돌아가는 날이 돼서야 재현은 그녀에게 옷을 돌려주었다. 이틀 동안이나 신세 진 니트를 벗고 자신의 옷으로 갈아입은 세희는 뜻밖의 상황에 직면했다. 건조기의 바람이 너무 뜨거웠는지 옷 치수가 줄어버린 것이다.

다행히 바지는 조금 달라붙는 정도였지만 블라우스가 문제였다. 적어도 두 치수는 줄어든 것 같았다. 다행히 팔과 허리는 대충 맞았는데 가슴 쪽이 문제였다. 꽉 끼다 못해서 단추가 터져나갈 것만 같았다.

"어떡하지?"

이러지도 못하고 저러지도 못하고 있는 사이, 재현이 노크하고 방 안으로 들어왔다. 세희는 화들짝 놀라며 두 손으로 가슴을 가렸다.

"왜 그래? 무슨 일이야?"

"저기……. 옷이 좀 줄었어요."

터질 것처럼 몸에 꽉 달라붙은 블라우스를 보며 재현이 피식 웃어보였다.

"그런 거라면 걱정하지 않아도 돼."

재현의 손에 끌려간 곳은 다름 아닌 패션 디자이너 키넬의 스튜디오였다.

10년 전, 그녀의 이브닝드레스를 맡기고 떠났던 바로 그곳. 그동안 여러 차례 리모델링을 했는지 유럽 스타일로 고풍스럽던 건물이 지금은 세련된 모던 스타일로 바뀌어 있었다.

스튜디오에 들어서자 통유리 원통의 디스플레이가 제일 먼저 눈에 들어왔다. 그 안에는 눈부시게 화려한 붉은 이브닝드레스가 진열되어 있었다.

바보같이. 10년이나 지났는 걸.

세희는 붉은 이브닝드레스를 바라보며 씁쓸하게 웃었다.

—그러면 이러자. 우리가 보관해줄게. 네가 다시 필요할 때 언제든지 와서 찾아가. 그동안은 여기에 디스플레이 해놓을게.

친언니처럼 자상했던 매니저 제시카가 그녀를 위해 이브닝드레스를 맡아주었지만, 아직까지 이곳에 있을 리가 없었다. 제시카에게서 마지막으로 연락을 받은 게 벌써 7년 전의 일이다. 그녀는 뉴욕으로 가게 되었다며 후임에게 이브닝드레스를 맡겨놓을 거라고 했다. 그러나 공부하고 일하느라 눈코 뜰 새 없이 바빴던 세희는 그 이후로 이브닝드레스에 관해서 까맣게 잊고 말았다.

10년 넘게 찾아가지 않았으니 지금은 어디 창고에 처박혀 있거나, 재고 정리할 때 다른 옷들과 불태워졌을 것이다. 세희는 선물 받은 이브닝드레스를 제대로 챙기지 못하고 버려둔 것 같아 속이 쓰렸다.

"어떻게 도와드릴까요?"

스튜디오 매니저인 캐런이 활짝 웃으며 재현의 앞으로 걸어왔다. 재현은 세희의 어깨를 움켜쥐고 캐런 앞으로 그녀를 내밀었다. 그리고 능숙한 영어로 상황을 설명했다.

"이 사람이 입을 옷 좀 골라줘요. 우선 편하게 입을 수 있는 것부터."

"알겠습니다."

재현의 말이 끝나자마자 캐런은 전문가의 눈으로 세희를 머리끝에서 발끝까지 훑어보았다. 대충 세희의 치수를 가늠한 캐런은 선반 위에 놓인 블라우스와 스커트, 셔츠와 바지 등을 고르기 시작했다.

"저, 블라우스 하나만 사면 되는데……."

"가만히 있어."

잠시 후, 옷을 한 아름 집어 든 캐런이 그들에게로 다가왔다.

"입어보실래요?"

"아니, 됐어요."

재현이 세희 대신 대답했다.

"단순한 옷인데 입어볼 필요까지 있나? 그냥 모두 포장해요."

"네, 그러죠."

캐런이 신바람이 난 얼굴로 쇼핑백에 옷을 담기 시작했다.

"저걸 모두 포장하라고요? 너무 많잖아요."

세희가 난감한 표정으로 그를 바라보았다.

“전 이렇게 많은 옷은 필요 없어요. 강 비서님이 제가 입을 만한 정장 몇 벌을 이미 준비했어요.”

그러나 세희의 의견은 여지없이 재현에게 묵살되었다.

“그거 가지곤 어림도 없어. 손튼 씨를 상대하려면 절대로 초라해선 안 돼.”

그래도 그렇지. 이게 다 뭐야? 세희는 눈을 크게 깜박이며 발아래 놓인 쇼핑백을 내려다보았다. 그러나 쇼핑은 여기서 끝난 게 아니었다.

“정장 몇 벌 더 골라주고. 이브닝드레스도 가져와요.”

사무용 정장은 그렇다 치고 이브닝드레스라니?

“출장 가는데 이브닝드레스가 왜 필요하죠?”

“파티 참석할 때 혼자만 셔츠 차림으로 갈 건가?”

아, 물론 파티에서도 통역이 필요하겠지? 그렇다면 통역사라도 수수한 이브닝드레스쯤은…….

“신상 들어온 게 있는데 한 번 보시죠.”

캐런은 직원들과 함께 이브닝드레스가 매달린 행거를 끌고 두 사람에게 돌아왔다. 그녀가 가져온 옷들은 수수한 이브닝드레스와는 거리가 멀었다. 가격표를 볼 필요도 없었다. 한눈에 봐도 그녀가 받는 보수의 열 배는 넘어 보였다. 재현은 그중 하나를 세희에게 건네며 업무 지시를 내리듯 무뚝뚝하게 말했다.

“입어보도록 해.”

“이거 말고 다른 건 없어요? 좀 덜 화려한 걸로.”

“우선 입어봐.”

“입어볼 필요도 없어요. 게다가 이건…….”

세희가 계속해서 거부하자 재현이 손목시계를 들여다보며 차갑게 명령했다.

“시간 얼마 안 남았으니까 서둘러.”

움직일 생각도 않고 멀뚱멀뚱하게 제자리에 서 있는 그녀를 향해 재현이 피식 입꼬리를 비틀었다.

"왜? 내가 직접 입혀주길 원해?"

재현의 협박에 그녀의 눈이 기가 막히다는 듯 커다래졌다.

재현은 그녀를 이곳에 끌고 오기 위해 일부러 최고 온도를 설정한 후, 건조기를 돌렸다. 그러지 않고선 세희가 자신이 사주는 옷을 호락호락 받아들이지 않을 테니까. 손튼을 상대해야 하므로 초라해선 안 된다는 이유도 꽤나 그럴싸했다.

아주 오래전부터 세희를 데리고 쇼핑하고 싶었지만, 상황이 여의치 않았었다. 정연은 집에서조차 한껏 꾸미고 있는데, 미라는 눈살이 찌푸려질 정도로 화려하게 치장하는데, 왜 세희는 수수하다 못해 초라한 차림인지, 재현은 항상 그 점이 못마땅했다. 이제는 사채 걱정도 없는데…….

세희도 변제 사실을 알게 되었다는 걸, 얼마 전 안 실장에게 보고받았다. 사채를 갚아준 은인을 윤 변호사라고 오해한다지만, 재현은 크게 신경 쓰지 않았다. 자신이 갚아준 것만 모르면 그만이었다.

분명히 번역 일로 수중에 넉넉한 돈이 있을 텐데도 그녀는 한 푼도 쓰지 않고 차곡차곡 모아두는 것 같았다. 물론 그녀 성격에 갑자기 돈을 물 쓰듯 쓰지 않을 테지만, 그래도…….

재현은 자신의 여자를 누구보다 예쁘게 꾸며주고 싶었다. 하지만 이브닝드레스에 이르자, 지금까지 눈치만 보던 세희가 만만치 않게 반항했다.

두 사람의 분위기가 심상치 않자, 캐런은 슬그머니 자리를 피해주었다. 캐런이 다른 쪽으로 걸어가버리자 재현은 그녀에게로 상체를 굽히며 귓가에 속삭였다.

"정말로 내가 입혀주길 기다리는 거야?"

어머, 농담이 아닌가 봐. 재현이 손을 뻗어 그녀가 들고 있던 드레스를 잡아채려 하자, 세희는 얼굴을 붉히며 재빨리 뒤로 물러섰다. 재현이라면 정말 그녀를 피팅룸으로 끌고 가, 억지로 갈아입힐지도 모르겠다는 걱정이 들기 시작했다.

"알았어요. 갈아입을게요."

결국 세희는 한숨을 푹 내쉰 후, 드레스를 들고 피팅룸으로 들어갔다.

달칵—.

얼마 지나지 않아, 다시 피팅룸 문이 열리고 세희가 머리를 빼꼼히 내밀었다. 하지만 그녀는 피팅룸에서 나올 생각은 하지 않고 곤혹스러운 얼굴로 주위를 두리번거렸다. 손목시계를 들여다보던 재현이 미간을 좁혔다.

"뭐 해? 나오지 않고?"

"저, 이거……."

그녀가 얼굴을 붉히며 혼잣말처럼 우물거렸다.

"왜?"

"너무 달라붙는 것 같은데. 그냥 다른 드레스, 입어보면 안 돼요?"

"우선 나와봐. 어서."

재현이 피팅룸에서 끌어내려는 듯 빠르게 걸어오자 그녀는 할 수 없다는 듯이 아랫입술을 삐죽 내밀며 천천히 걸어 나왔다. 그녀는 맨살이 드러나는 가슴골을 두 손으로 꼭 감싼 채, 그의 시선을 피해 고개를 숙였다. 드레스는 몸 선을 따라 은근히 달라붙어, 조금이라도 군살이 있으면 그대로 드러났다.

"흡."

혹시라도 아랫배가 튀어나올까 봐, 세희는 급하게 숨을 들이마셨다. 패션 매거진에 나오는 야들야들한 모델이나 입을 만한 드레스를 입어보라니…….

"아무래도 이 옷은 안 되겠어요."

세희는 난처한 듯 고개를 내저었다.

우선 나와보라고 하더니 정작 재현은 날카로운 눈빛으로 그녀를 노려볼 뿐 아무 말도 하지 않았다.

마음에 안 들어서 저렇게 쳐다보는 건가? 그러기에 내가 안 입는다고 했잖아! 왠지 모를 야속함에 세희는 아랫입술을 깨물며 재현을 힐끗 흘겨보았다.

“됐어. 그만 갈아입어.”

이윽고 재현이 무심한 말투로 말했다. 그리고 옆에 서 있는 캐런에게 지시를 내렸다.

“모두 포장해줘요.”

재현의 말이 끝나자마자 직원들은 날렵한 솜씨로 옷을 쇼핑백에 담았다.

“자, 잠깐만요. 모두 포장하라니요?”

이게 도대체 몇 벌이야? 출장 가면서 이 많은 드레스가 왜 필요한데?

“옷 갈아입지 않고 뭐 해? 그렇게 입고 비행기 탈 거야?”

재현은 그녀의 말을 무시하고 그녀를 피팅룸으로 이끌었다. 재현의 지적을 듣고서야 세희는 자신이 아직도 이브닝드레스 차림이라는 걸 깨달았다. 부리나케 피팅룸으로 들어가 옷을 갈아입고 나오자 언제 준비했는지 직원 중 한 명이 커다란 슈트 케이스를 끌고 왔다. 그리고 빠른 손놀림으로 차곡차곡 옷을 챙겨 넣었다.

“공항으로 보내줘요.”

재현은 짐을 보낼 주소를 빠르게 종이 위에 적어 캐런에게 내밀었다.

“네. 알겠습니다.”

캐런은 주소가 적힌 종이를 받아 들며 환하게 웃어 보였다.

“그리고 이건, 전에 부탁하신 겁니다.”

캐런이 커다란 쇼핑백을 재현에게 건네주며 말했다.

“수고해요. 그럼.”

재현은 한 손에는 쇼핑백을 들고 다른 한 손은 세희의 허리에 팔을 두르고 출입문으로 향했다. 캐런을 비롯한 직원 모두는 걸어 나가는 두 사람의 뒷모습을 부러운 눈으로 바라보았다.

"저, 이 많은 옷, 필요 없어요, 전무님!"

너무 당황한 탓에 그녀의 입에서 '재현 씨' 대신 '전무님'이라는 호칭이 흘러나왔다. 재현이 기분이 상한 듯 눈살을 찌푸렸다.

"왜 갑자기 전무님이라고 부르는 거지?"

"아…… 그러니까 재현 씨, 정말 이 많은 옷은 필요 없……."

"어서 타."

재현은 조수석 차 문을 열고 그대로 세희의 어깨를 차 안으로 밀었다. 그녀가 마지못해 차에 오르자, 바로 운전석으로 돌아가 시동을 걸었다. 차가 큰 도로에 진입하고 얼마 후, 재현은 운전대 버튼을 눌러 강 비서에게 전화를 걸었다.

[네, 전무님.]

"우리 좀 늦을 거야. 공항에는 저녁에나 도착할 테니까 천천히 준비하고 있어."

[네. 알겠습니다.]

재현이 전화를 끊을 때까지 기다렸던 세희가 질문을 던졌다.

"여기서 바로 공항으로 출발하는 거 아니었어요?"

"응."

재현이 앞에 시선을 고정한 채 짤막하게 반응했다. 그는 뭐가 그리도 마음에 들지 않는지, 아까부터 싸늘한 표정이었다.

"공항까지 2시간이면 충분할 텐데, 왜 저녁에 도착한다는 거예요?"

운전에만 열중하느라 재현이 아무런 대답도 하지 않자, 그녀 혼자 말을 이어나갔다.

“어디 도중에 들를 곳이라도 있어요?”

정지 신호에 재현은 차를 멈추고 세희에게로 고개를 돌렸다.

“저택에 잠시 들렀다 가야겠어.”

“왜요? 뭐 빠뜨리고 온 거 있어요?”

“응.”

파란불이 들어오자 재현은 다시 앞으로 고개를 돌려 차를 출발시켰다.

얼마나 중요한 걸 놓고 왔길래 저리도 심각한 표정일까? 재현의 옆모습을 바라보던 세희는 그가 운전에만 열중하자, 할 수 없이 창밖으로 시선을 돌렸다. 제길! 재현은 속으로 욕설을 퍼부으며 눈을 가늘게 치켜떴다. 자꾸만 떠오르는 잔상(殘像)에 그는 도저히 세희를 똑바로 바라볼 수가 없었다. 이브닝드레스를 입고 피팅룸을 나오던 모습이 자꾸만 눈앞에 아른거렸다.

사랑스러운 몸매를 그대로 드러내는 우아하면서도 섹시한 디자인. 옆으로 트인 드레스 자락으로 드러나는 날씬하고 쭉 뻗은 다리하며, 브이 자로 파진 앞 선 너머 살며시 보이는 가슴골까지…….

미치도록 가슴이 두근거린 탓에 재현은 할 말을 잃어버렸다. 겨우 나온 말이란 ‘됐어. 그만 갈아입어.’가 고작이었다. 안 그랬다면 사람들 앞에서 그녀를 끌어안고 키스를 퍼부었을 테니까.

어디 입술에만 키스를 퍼부었을까? 더한 곳에도 키스할 판이었다.

정신 나갔군. 재현은 손가락으로 운전대를 톡톡 두드리며 쓰디쓴 조소를 내뱉었다. 그녀를 향한 욕망이 불안할 정도로 커져버렸다.

한 번도 이런 적이 없었는데…….

재현은 아랫입술을 꽉 깨물며 가속페달에 발을 올려놓았다.

34. 싫으면 말해. 여기서 멈출 테니까

"꺅!"

현관문을 열고 들어오자마자, 재현은 세희를 벽으로 밀어붙이며 급하게 끌어안았다. 대리석 벽과 단단한 그의 가슴팍 사이에 갇혀버린 그녀의 입에서 단마디 비명이 흘러나왔다.

"재현 씨, 지금 뭐 하는……. 읍."

하지만 제대로 항의도 하기 전에, 그녀의 목소리는 곧바로 그의 입속으로 빨려 들어갔다.

"흐윽."

만약 블랙홀에 빨려 들어가게 된다면 이런 느낌이 들까? 빨아들이는 강도가 너무 세서 저절로 신음이 흘러나왔다. 아, 어지러워! 주체할 수 없는 열기에 다리가 후들거려 제대로 서 있을 수조차 없을 지경이었다. 벽에 기댄 그녀가 힘없이 밑으로 내려앉자, 재현은 재빨리 그녀의 허리를 잡아 위로 일으켜 세웠다. 그리고 한입에 삼켜버리듯이 또다시 입술을 겹쳤다.

"하아."

운전하는 내내 싸늘하게 앞만 노려보던 그가 왜 갑자기 이러는지, 세희는 도통 이해가 되지 않았다. 무척이나 심각한 표정이었기에 아주 중요한 서류를 빠뜨리고 왔나 걱정했는데……. 막상 재현은 빠뜨린 물건은 찾을 생각도 없는 듯 며칠 굶은 사람처럼 그녀를 탐닉하는 일에만 열중했다.

그건 그렇고, 숨을 못 쉬겠어! 잠시 쉴 틈도 주지 않고 끊임없이 밀어붙이는 재현 때문에 세희는 정신이 몽롱해질 것 같았다. 할 수 없이 세희는 두 손으로 힘껏 그의 가슴을 밀어내며 사정했다.

"하아…… 재현 씨. 숨…… 좀…… 쉬고…… 해요."

그녀가 가쁘게 숨을 쉬며 헐떡거리자, 그제야 마지못해 그의 입술이 떨어져나갔다. 하지만 그렇다고 재현이 그녀를 자유롭게 놓아준 것은 아니었다. 이번에는 그의 입술이 그녀의 하얀 목덜미로 미끄러지듯 내려갔다.

"하…… 돌아버리는 줄 알았어."

낙인 찍듯 뜨거운 입술을 그녀의 목덜미에 내리누르며 재현이 낮은 목소리로 중얼거렸다.

도로가 막히는 바람에 5분이면 될 거리를 30분이나 걸려서 도착했다. 그 동안 막힌 도로를 노려보며 속이 얼마나 타들어갔는지는 오직 하늘만이 알 것이다. 그녀를 품에 안고 나니 이제야 숨을 쉴 수 있을 것 같았다. 재현은 왕복 2차선인 해안 도로를 원망하며 그녀의 목덜미에 얼굴을 묻었다.

따뜻한 그녀의 체온과 달콤한 향기가 코끝을 훅 자극했다. 그 탓에 애써 붙잡고 있던 이성의 끈이 툭, 하고 끊어졌다. 재현은 자신도 모르게 그녀의 목덜미를 이로 살짝 깨물어버렸다.

"앗!"

그의 돌발적인 행동에 세희는 잠시 흠칫하며 몸을 떨었다. 하지만 그를 밀어내지는 않았다. 대신 보채는 아이를 달래듯 그의 어깨를 토닥거리면서 상냥하게 말했다.

"……아까 중요한 거 빠뜨렸다고 하지 않았어요?"

세희는 지금 재현의 상태가 어떤지 전혀 눈치를 채지 못하는 모양이었다.

그러니까 아무것도 모르는 얼굴로 사람 속 타게 순진한 질문이나 하지.

"지금 찾는 중이잖아."

그녀의 귓불에 입술을 가져가며 재현이 나직하게 속삭였다. 그리고 이번에는 그녀의 귓불을 살짝 깨물고 귓바퀴에 혀를 밀어 넣었다. 소름 돋는 짜릿한 감각에 세희는 자신도 모르게 어깨를 움츠리며 질끈 두 눈을 감아버렸다.

"……그게 무슨 소리예요?"

재현은 대답 대신 그녀의 블라우스 단추로 손을 뻗었다. 그가 다급하게 단추를 풀기 시작하자, 거친 손길에 단추가 떨어져나가려 했다. 감았던 눈을 번쩍 뜨며 세희가 재빨리 외쳤다.

"잠깐, 재현 씨! 이 옷, 방금 산 거예요."

"미안."

그러나 재현은 입으로만 미안하다고 할 뿐, 거친 손길을 멈추지 않았다. 결국 마지막 두 개의 단추가 맥없이 블라우스에서 떨어져나갔다. 세희는 안타까운 눈으로 대리석 바닥 위를 뒹구는 불쌍한 단추를 내려다보았다.

어머, 그런데 지금 한가하게 단추 걱정을 할 때가 아닌 것 같다! 블라우스의 밑자락을 바지에서 끄집어낸 재현이 이번에는 그녀의 바지 버클을 풀고 있었다. 놀란 세희가 그의 손목을 덥석 움켜쥐었다.

"지금 뭐 하는 거예요?"

"왜? 싫어?"

그의 눈빛이 욕망으로 탁해진 걸 발견한 세희가 숨을 들이켰다.

"그, 그럼 중요한 거라는 게…… 혹시?"

세희는 곤혹스러운 얼굴로 미간을 찌푸렸다. 설마, 아니겠지? 고작 이런 사적인 일로 중요한 일정을 뒤로 미룰 사람이 아닌데……. 정말 그래서 다시 돌아온 거라고?

"지금…… 그러니까 ……음…… 하자는 거예요?"

그녀가 머뭇거리며 수줍은 듯 물었다. 그러자 재현이 두 손으로 그녀의 뺨을 감싸 쥐었다.

"그래."

정말이구나! 당황한 세희는 마른침을 꿀꺽 삼켰다.

쿠쿵. 쿠쿵. 쿠쿵. 맞닿은 가슴으로 그의 세찬 심장 박동이 느껴지고, 그의 입에서 흘러나온 뜨거운 숨결이 그녀의 귓가를 간질였다. 그 느낌이 너무나 좋아서 팔다리에 힘이 빠지며 스르르 눈꺼풀이 내려갔다. 이제는 제법 그에게 익숙해져버린 몸이 살며시 떨리기 시작했다.

"……싫으면 말해."

그녀의 귀에 입술을 바짝 가져다 대며 재현이 유혹하듯 속삭였다.

"여기서 멈출 테니까."

이 남자, 얄미울 정도로 고단수다! 흠뻑 달아오르게 해놓고선 싫으면 말하라니! 그러면 멈출 거라니. 뭐라고 대답해야 하지? 싫은 건 아니지만, 그렇다고 그에게 무작정 끌려갈 수만은 없었다. 세희는 아무 말도 하지 못하고 혼돈이 가득한 눈으로 그를 바라보았다.

짧은 침묵이 흐르고, 재현의 입꼬리가 점점 위로 말려 올라갔다. 자신의 승리가 예감되자 그의 눈빛이 밝게 반짝였다.

"좋아, 대답하지 않아도 돼."

재현은 고개를 숙여 단숨에 그녀의 입술을 한껏 머금었다. 세희는 저돌적으로 달려드는 재현을 감당해낼 수가 없었다. 그녀의 고개가 뒤로 홱 젖혀졌다. 재현은 재빨리 손을 뻗어 그녀의 머리가 벽에 부딪치지 않도록 뒤통수를 감싸고 다른 한 손으로는 그녀의 허리를 끌어당겨 바짝 몸을 밀착시켰다.

차가운 벽에 등을 기대고 있었지만, 그에게서 전해지는 열기가 몹시도 뜨거워 이대로 온몸이 델 것만 같았다.

블라우스를 헤치고 들어간 그의 손가락이 손쉽게 브래지어의 앞 고리를 풀어버리자, 그녀의 풍만한 가슴이 공기 중에 드러났다. 재현은 그녀와 시선을 마주한 채, 한 손으로 하얀 가슴을 살포시 감싸 쥐었다. 부드러운 살결을 음미하던 그가 서서히 고개를 숙여 분홍빛 가슴 끝을 입에 머금고 힘껏 빨아들였다.

"흐윽."

그녀의 입술 사이로 달뜬 신음이 흘러나왔다. 그가 이를 세워 꼿꼿해진 정점을 아프지 않게 자근자근 깨물자, 세희는 아찔한 자극에 허리를 비틀었다. 숨결이 가빠지고 눈앞이 흐릿해졌다. 심장은 미친 듯이 날뛰고 온몸의 감각이 눈을 뜨며 그의 손길 아래서 아우성쳤다.

이윽고 재현은 그녀의 허리와 다리 밑으로 손을 넣어 그녀를 번쩍 안아 올리고 성큼성큼 침실로 향했다. 세희는 두 손으로 그의 목을 꼭 끌어안으며 그의 목덜미에 얼굴을 묻었다. 벌써부터 그녀의 가슴은 미친 듯 가쁘게 뛰기 시작했다.

뚜—. 뚜—. 뚜—.

아무리 신호가 가도 정연은 전화를 받지 않았다. 몇 번이나 다시 시도했지만, 결과는 마찬가지였다.

결국 규한은 전화 거는 것을 포기하고 재킷 주머니 안에 휴대폰을 집어넣었다.

자꾸만 요 며칠, 호텔로 찾아왔던 정연의 모습이 눈앞에 아른거리며 규한은 아무 일에도 집중할 수 없었다.

—……나보고 바보라고 했지? 대책 없는 바보라고.

—아니. 규한 씨야말로 바보야. 구제 불능 바보 멍청이라고!

그게 정연의 입에서 나온 마지막 말이었다. 그 말을 끝으로 정연은 아무 말 없이 눈물만 흘리다가 그대로 돌아갔다. 헤어질 때조차 눈물을 아꼈던 그녀였다. 그랬던 정연이 두 뺨이 흠뻑 젖도록 어깨를 들썩이며 흐느꼈다.

그녀의 눈이 너무나 슬퍼 보여서, 그녀의 어깨가 너무나 가냘파 보여서, 그런 그녀의 모습이 너무나도 낯설어서…… 규한은 그저 멍하니 그녀를 바라볼 수밖에 없었다.

"후우."

창가에 기대어 회상에 잠겼던 규한은 고개를 내저으며 한 걸음 뒤로 물러섰다.

그날 이후로 그녀는 그의 앞에서 종적을 감췄다. 몇 번이나 전화하고 문자를 보냈지만, 그녀는 묵묵부답으로 일관했다.

규한은 어젯밤이 돼서야 왜 정연이 그런 모습으로 찾아왔는지 알게 되었다. 저녁 식사를 마치고 레스토랑을 나서는데 휴대폰이 울리기 시작했다. 벨 소리를 다르게 지정해놓았기 때문에 굳이 화면을 들여다볼 필요도 없었다. 이 회장으로부터 걸려온 전화였다.

[혹시 정연이가 자네를 찾아왔던가?]

"네. 며칠 전에 찾아왔습니다만."

규한의 대답에 수화기 너머로 이 회장의 긴 한숨 소리가 흘러나왔다.

[그래서 뭐라고 하던가?]

"별말은 없었습니다. 그저 저보고 바보 멍청이라고 하더군요."

규한은 정연이 눈물을 펑펑 흘리며 울다가 돌아갔다는 말은 하지 않았다. 자신의 자녀가 눈물을 보였다는 말을 듣고 아무렇지 않을 부모는 없을 테니까.

[그래, 녀석다운 반응이군.]

"무슨 일입니까?"

[……어떻게 된 일인지, 정연이도 알아버렸어.]

"알았다니요? 뭘 말씀입니까?"

[자네가 강제로 정신병원에 감금되었던 일을 알고 있더라고.]

순간 규한은 제자리에 얼어붙어 꼼짝도 할 수 없었다. 규한은 다급한 목소리로 수화기 너머의 이 회장에게 외쳤다.

"뭐라고요? 정연이가 어떻게 그걸 알아냈습니까?"

[나도 어떻게 알아냈는지는 모르겠네. 하여간 며칠 전, 채 실장을 찾아와서는 내가 시켜서 자네를 정신병원에 강제 입원시켰느냐고 묻더래.]

"그래서 채 실장은 뭐라고 대답했습니까?"

[…….]

"회장님!"

이 회장에게서 아무런 대답이 없자, 규한은 좀 더 큰 소리로 대답을 재촉했다.

규한이 납치되듯 정신병원에 끌려갔다는 사실만큼이나 이 회장의 치부를 알게 되는 것 역시 정연에게는 큰 충격일 것이다. 규한은 과거 자신에게 일어났던 일을 정연이 알게 되는 걸 원하지 않았다. 아픈 건 자신 하나만으로도 충분하니까. 정연만큼은 이 추악한 현실에서 되도록 멀리 떨어지게 하고 싶었다.

잠시 후, 긴 한숨을 내쉰 이 회장이 느릿하게 말을 꺼냈다.

[그 일 때문에 나에게 추궁당한 사실을 정연에게 말했다더군. 그래, 자네를 정신병원에 강제로 입원시킨 사람이 채 실장인 건 맞아. 하지만 내가 그렇게 하라고 지시를 내린 적은 없었어. 내 말을 믿든, 안 믿든 그건 상관없

네.]

그리고 이 회장은 전화를 끊었다.

"후우."

규한은 표정을 일그러뜨리며 한 손으로 얼굴을 쓸어내렸다. 처음으로 이 회장이 시킨 일이 아닐지도 모른다는 의심이 들기 시작했다. 어쩌면 이 회장은 그에게 사실을 말하고 있을지도 모른다.

그렇다면 도대체 누가? 규한은 벽에 등을 기대며 골똘히 생각에 잠겼다.

띠리리―. 띠리리―. 띠리리―.

휴대폰 벨 소리가 조용한 방 안에 울려 퍼졌다. 정연은 침대 위에 엎드린 자세로 앞에 놓인 휴대폰을 빤히 쳐다만 보았다. 휴대폰은 그렇게 몇 번이나 울리고 끊어지기를 반복했다. 더 이상 전화가 걸려오지 않자, 정연은 위를 향해 빙그르르 몸을 돌렸다.

"하아."

멍하니 천장을 올려다보던 정연의 입에서 긴 한숨이 흘러나왔다. 그 앞에서 우는 게 아니었는데……. 지금 생각하니 잠시 정신 나간 짓을 한 게 분명했다. 우는 것도 모자라 나중에는 그에게 '구제 불능 바보 멍청이'라고 욕까지 해버렸다.

누구 때문에 규한이 억지로 정신병원에 끌려갔는데……. 미안하다고 사과해도 모자랄 판에 욕만 한 사발 퍼다 주고 오다니!

"아, 정말. 미치겠네."

규한을 볼 면목도 없는 주제에 지금 이 순간 그녀는 그가 너무나도 보고 싶었다. 정연은 바보스러운 자신을 비웃으며 쓴웃음을 내뱉었다.

"하아."

마치 폭풍이 지나듯 한차례 열기가 침대 위를 흩트려놓았다. 욕망은 사그라졌지만, 두 사람은 떨어지기는커녕 한 치의 틈도 없이 서로를 꽉 끌어안았다. 흠뻑 땀에 젖어 미끈거리는 맨살의 느낌이 불쾌하다기보단 상쾌했다. 세희는 그의 가슴에 뺨을 대고 누워 스르르 두 눈을 감았다. 숨을 쉴 때마다 그의 가슴이 오르락내리락했고 그녀도 함께 위아래로 움직였다. 참으로 평온하면서도 나른한 오후였다.

그녀의 동그란 어깨를 쓰다듬던 재현이 고개를 숙여 그녀의 정수리에 입을 맞추었다. 세희는 살며시 고개를 들어 재현을 바라보았다. 그의 따뜻한 시선이 그녀의 시야에 가득 찼다. 재현의 다정한 손길과 눈빛을 마주할 때마다 세희는 '정말 사랑받고 있구나!' 하는 생각이 들었다.

"같이 샤워할까?"

흘러내린 그녀의 머리카락을 쓸어 올리며 재현이 나직한 목소리로 속삭였다. 너무나 자연스럽게 물어보는 재현에게 세희는 눈을 가늘게 늘어뜨렸다. 같이 샤워하자고? 그것도 이 훤한 대낮에?

이미 볼 거 다 본 사이라지만, 그래도 같이 샤워하는 건 아직 일렀다. 적어도 그녀에겐 그랬다. 커피에 아이스크림을 넣어 먹는 느낌과 아이스크림에 커피를 뿌려 먹는 느낌의 미묘한 차이랄까? 침대에서 친밀하다고 욕실에서까지 그런 건 아니잖아.

같이 샤워하는 장면을 상상하는 것만으로도 세희는 민망함에 귓불까지 발갛게 달아올랐다.

"왜 말이 없지?"

그녀가 입을 꾹 다물고만 있자, 재현이 대답을 재촉했다.

"……괜, 괜찮은데……."

"괜찮다니, 뭐가?"

"그……그냥……요."

세희가 말꼬리를 흐리자 재현은 한쪽 입매를 비스듬히 끌어 올렸다.

"강하게 부정하지 않는 걸 보니까, 반쯤은 찬성인 것 같군, 그렇지?"

"네에?"

그의 말에 기가 막힌 듯 그녀의 눈이 동그랗게 커졌다. 아니, 이게 무슨 억지 논리람? 전에는 강한 부정은 강한 긍정이라고 하더니!

"잠깐만요!"

화들짝 놀란 세희가 그의 팔 안에서 몸을 빼려 버둥거렸다. 그러자 재현은 팔에 더욱더 힘을 실어 그녀를 꽉 끌어안았다. 꽉 죄어오는 재현의 강철같이 단단한 팔을 그녀가 뿌리치기는 무리였다.

결국 세희는 반항을 멈추며 길게 한숨을 내쉬었다. 그런 그녀가 귀엽다는 듯 재현은 피식 웃으며 그녀의 입술에 가볍게 입을 맞췄다.

"이젠 내가 샤워하는 모습, 몰래 훔쳐보지 않아도 되는데……."

"……!"

제주도. 그린 파라다이스. 뿌연 수증기가 가득 찬 욕실에서 쏴아 쏟아지던 물줄기 소리. 그리고 그 소리를 비집고 들어오던 낮은 탄성. 세찬 물줄기는 대리석 같은 가슴을 타고 아래로 흘러내렸고 그 밑으로…….

그때의 모습이 떠오르자 세희는 아랫입술을 깨물며 숨을 들이마셨다. 당황한 그녀가 몸을 굳히자 재현은 씨익 웃으며 그녀를 끌어안은 채로 상체를 일으켰다. 그의 다음 행동을 눈치챈 세희는 벗어나려고 버둥거렸지만, 도저히 재현을 당해낼 수 없었다. 순식간에 그의 손에 끌려 샤워 부스 안으로 밀어 넣어졌다. 재현은 한 손으로 그녀를 꽉 끌어안은 채 다른 손을 뻗어 샤워기의 물을 틀었다.

쏴아아아—.

갑작스럽게 머리 위로 쏟아지는 물줄기에 놀란 나머지 그녀가 짧게 비명을 내질렀다.

“꺄악.”

당황한 재현이 재빨리 몸을 틀어 두 사람이 서 있는 위치를 바꾸었다.

“저런, 놀라게 해서 미안해.”

커다란 손으로 그녀 얼굴의 물기를 닦아내며 재현이 중얼거렸다. 그는 샤워퍼프에 보디클렌저를 묻혀 거품을 낸 후, 그녀의 몸 위로 조심스럽게 문질렀다. 그런데 목덜미와 어깨에 머물던 손길이 서서히 밑으로 내려가자, 뭔가 분위기가 묘해지기 시작했다. 세희는 두 손으로 그의 어깨를 꼭 움켜쥐며 애써 덤덤한 목소리로 물었다.

“우리 샤워만 할 거죠?”

“……샤워 말고 바라는 게 더 있었나?”

농담하듯 되받아치는 재현의 대응에 세희는 세차게 고개를 내저었다.

“아뇨. 절대로 아니에요!”

“알았어. 그럼 다음을 기약하지.”

“……뭐, 뭐를요?”

세희는 당혹스럽다는 듯 떨리는 목소리로 물었다. 그러자 재현은 거품으로 범벅이 된 그녀를 끌어안으며 장난스럽게 속삭였다.

“그래? 그럼 지금 할까?”

“아뇨!”

그의 짓궂은 장난 때문인지, 아니면 뜨거운 물 때문인지 그녀의 몸이 붉게 물들어버렸다.

이러다가 길고 긴 샤워를 하게 되는 건 아닐까? 세희는 점점 불안해지기 시작했다.

"나 먼저 나갈게."

아주 오랜 샤워를 마치고, 재현은 수건 하나 걸치지 않은 맨몸으로 먼저 욕실을 걸어 나갔다. 세희는 아무것도 걸치지 않은 상태에서도 당당하게 걸어다니는 재현이 부러우면서도 얄미웠다.

군더더기 없는 매끈한 근육질 몸을 은근슬쩍 자랑하고 싶은 걸까? 하지만 그녀는 절대로 아니었다. 지금 이대로 재현을 마주했다가는 부끄러워서 또다시 얼굴이 빨개질 것 같았다. 그래서 세희는 최대한 시간을 끌기로 했다. 느릿느릿하게 머리를 말리고 화장까지 모두 마친 후에야 욕실을 걸어 나갔다.

"재현 씨, 준비됐어요?"

세희는 그와 시선을 마주치지 않으려 고개를 살짝 숙이며 조금은 새침한 표정으로 물었다.

"늦지 않으려면 지금 바로 출발해야……."

그러나 그녀의 말은 끝까지 이어질 수 없었다. 방 한가운데에 하얀 이브닝드레스가 행거에 걸린 채 놓여 있었기 때문이다. 그 옷이 어떤 옷인지 첫눈에 알아본 세희의 눈이 순식간에 커다래졌다.

스와로브스키 수정이 촘촘히 박힌 하얀 이브닝드레스가 무도회에서 입었던 모습 그대로 그녀의 눈앞에 세워져 있었다.

"……어째서."

세희는 드레스 앞으로 다가가며 혼잣말처럼 물었다.

"……이 드레스가 여기에 있는 거죠?"

"내가 전에도 말했지."

재현이 뒤에서부터 그녀를 끌어안으며 다정스럽게 말했다.

"너에 관해선 하나도 빠짐없이 모두 기억하고 있다고……."

세희는 눈물을 글썽이며 조심스럽게 드레스 자락을 쓰다듬었다. 이브닝 드레스는 하나도 변한 것 없이 10년 전, 화려한 그 모습 그대로였다. 그녀의 손끝을 따라 자잘한 수정 장식이 빛을 받아 영롱하게 반짝거렸다. 재현은 고개를 숙여 그녀의 어깨에 턱을 대며 속삭이듯 자초지종을 설명했다.

"키안이 이곳에 올 때마다 키넬 스튜디오에 들르곤 했어. 녀석이 워낙 키넬 옷에 관심이 많아서 말이야. 그런데 어느 날 디스플레이 유리관 안에 있는 저 드레스가 눈에 들어오더군. 이상하게 눈에 익어서 그곳 매니저에게 물어봤더니, 네가 잠시 맡기고 간 거라고 했어. 그러고 나서 한동안 까맣게 잊고 있었는데……. 제주도에서 널 우연히 다시 만나게 된 거야."

그녀의 목덜미에 가볍게 입을 맞춘 후, 그가 다시 말을 이었다.

"한 달 전에 키안이랑 통화할 때, 곧 찾으러 갈 테니까 잘 보관하고 있으라고 했지."

그녀의 눈에서 왈칵 감동의 눈물이 쏟아져 내렸다.

"……난 너무 오래돼서 이제는 되찾을 수 없을 거라고 생각했는데……."

그가 이런 세세한 것까지 마음 써주리라곤 전혀 상상도 하지 못했다. 세희는 드레스 자락을 꼭 움켜쥔 채, 소리 없이 눈물만 흘렸다. 재현은 그런 그녀를 보며 짧은 한숨을 내쉬었다.

"후, 이런……."

재현은 그녀의 어깨를 잡고 자신을 향해 뒤로 돌리며, 눈물로 범벅된 뺨을 두 손으로 감싸 안았다.

"방금 샤워해놓고 울어버리면 어떡해?"

평소의 그녀라면 우는 것이 아니라고 발뺌하거나, 우는 게 뭐 어떠냐고 쏘아붙였겠지만, 지금 그녀는 입술을 떨며 끊임없이 눈물을 흘릴 뿐이었다.

"……흐흑."

또 시작했느냐는 듯 고개를 내젓던 재현이 그녀를 품으로 끌어당겼다. 그리고 달래는 것처럼 그녀의 등을 위아래로 쓸어내리며 투덜거렸다.

"정말 못 말리는 울보라니까."

"전무님."

공항에 도착하자 안 실장이 조금은 심각한 표정으로 재현을 맞이했다.

"급히 드릴 말씀이 있습니다. 잠시만 이쪽으로."

"알겠습니다."

그가 안 실장을 따라나서고 잠시 후, 주차장에 차를 세운 강 비서가 나타났다.

"세희 씨."

며칠 보지 못했다고 무척이나 반가운 모양이었다. 세희를 발견한 강 비서의 얼굴에 환한 웃음꽃이 피었다. 빠른 걸음으로 다가온 강 비서는 재현을 대신해서 이것저것 세희를 챙겨주었다.

강 비서는 며칠 간의 휴가를 맘껏 즐겼는지 처음 도착했을 때와 비교해 피부가 약간 그을려 있었다.

"나파밸리(Napa Valley)랑 하프문 베이(Half Moon Bay) 다녀왔어요."

마침 샌프란시스코 근교에 사는 대학 동창 부부와 함께 나파밸리에서 와인을 마시고 하프문 베이에서 바닷바람을 쐬었다는 게 강 비서의 설명이었다.

"세희 씨는 뭐 했어요?"

"아, 저는 그냥 뭐……."

꼼짝하지 않고 침대 위에서만 시간을 보냈다는 말은 목에 칼이 들어와도 할 수 없는 법!

세희는 얼굴을 살짝 붉히며 거짓말에 서툰 자신을 원망했다. 다행스럽게도 그냥 지나가는 물음이었는지 강 비서는 그녀의 대답에 별로 신경 쓰지 않는 듯 보였다.

"이쪽으로 오세요."

세희의 팔에 손을 올리며 강 비서가 길을 안내했다.

제트기에 오르자, 뒷좌석에 앉아 있는 재현과 안 실장이 눈에 들어왔다. 두 사람은 진지하게 머리를 맞댄 채 서류를 들여다보는 중이었다. 심각한 대화를 나누는지, 재현은 굳은 표정으로 미동도 하지 않고 안 실장의 보고에 귀를 기울이고 있었다. 세희는 두 사람을 방해하지 않기 위해 최대한 소리 죽여가며 강 비서 옆에 자리를 잡았다.

우웅―.

잠시 후, 제트기의 엔진이 가동하며 서서히 기체가 움직이기 시작했다.

벌써 이륙하는 건가? 세희는 최대 19명의 승객을 수용할 수 있는 제트기 안을 조심스럽게 둘러보았다. 곳곳에 텅 빈 좌석이 눈에 들어왔다. 다른 중역들과 함께 가는 것으로 알고 있었는데 아니었나?

"다른 분들은 언제 오시죠?"

"다른 분들이요?"

강 비서가 몰랐느냐는 눈빛으로 세희를 바라보았다.

"다른 비행기로 오늘 오전에 이미 떠나셨습니다."

"네? 같이 안 가나요?"

세희가 의외라는 듯 미간을 좁혔다. 그러자 강 비서가 자상하게 웃으며 고개를 내저었다.

"중역들은 될 수 있으면 같은 비행기에 함께 타지 않습니다. 만에 하나, 불의의 사고가 생길 때를 대비해서죠. 임원들을 한꺼번에 잃을 수는 없으니까요."

"아!"

사고란 말이 나오자 세희의 얼굴이 단숨에 창백하게 변했다.

같은 차에 타고 있었던 부모님. 두 사람은 급하게 연락이 온 투자자를 만나러 가던 길이었다. 맞은편에서 달리던 트럭이 급하게 차선을 변경하는 자동차를 피하려다 중심을 잃고 그대로 중앙선을 넘어 부모님이 타고 있던 차를 덮쳤다. 그 사고로 어머니와 운전기사는 현장에서 즉사했고, 아버지 앨버트는 혼수상태에 빠졌다. 그리고 얼마 지나지 않아 아버지는 죽은 아내를 따라갔다.

10년 전의 일이지만, 세희는 아직도 사고란 말을 들으면 예민하게 반응했다. 강 비서는 세희가 겁먹었다고 생각했는지 그녀의 손등을 토닥거렸다.

"만약에 사고가 일어나면 그렇다는 거예요. 비행기 사고 확률은 0.00001%래요. 교통사고 확률은 훨씬 낮아요. 그러니까 안심해요."

"네."

세희는 강 비서를 바라보며 어색하게 웃어 보였다.

"우리, 이야기 좀 해."

어디선가 나타난 규한이 정연의 앞을 가로막아 섰다. 그녀는 휴대폰을 들여다보며 레스토랑을 걸어 나오던 탓에 규한이 밖에서 기다리고 있는 걸 보지 못했다. 그와 마주친 순간 정연의 심장이 밑으로 쿵 내려앉고 말았다. 어쩌면 좋지? 그녀는 아직 그를 만날 준비가 되어 있지 않았다. 이럴 땐 그냥 모르는 척 지나치는 게 최고다.

정연이 자신을 외면하며 지나치려 하자, 규한이 그녀의 팔을 재빠르게 잡아챘다. 그 반동으로 그녀의 몸이 홱 그를 향해 돌려졌다. 규한이 굳은 표정으로 정연을 노려보며 경고했다.

"도망갈 생각 하지 마."

"도망가긴 누가 도망간다고 그래?"

그의 말에 정연이 발끈하며 버럭 언성을 높였다.

"연락도 없이 불쑥 찾아온 사람을 상대할 만큼 난 한가하지 않아."

"그러면 전화를 받든지, 아니면 문자에 답이라도 했어야지."

규한의 지적에 정연은 '흥!' 고개를 돌려버렸다.

"정연아, 너 어떻게 안 거야. 누가 너에게 이야기해줬어?"

"알긴 뭘 알아? 난 지금 규한 씨가 무슨 말을 하는지 통 모르겠어."

"나, 네가 채 실장을 찾아갔던 거 다 알아."

채 실장이라는 말에 정연의 눈꼬리가 살짝 움찔거렸다. 그러나 곧 아무것도 아니라는 듯 눈살을 찌푸렸다.

"그래서 뭐? 채 실장은 우리 회사 직원이야. 내가 못 만날 이유라도 있어?"

그때였다. 레스토랑 문이 열리며 희승이 밖으로 걸어 나왔다. 주위를 두리번거리던 희승은 정연 옆에 서 있는 규한을 발견하고는 반갑게 다가왔다.

"어머나, 이게 누구야? 규한이 오빠!"

익숙한 목소리를 쫓아 고개를 돌리는 규한의 시야에 희승이 들어왔다. 그녀를 보는 순간 규한은 이제야 알았다는 듯 한 손으로 이마를 짚었다.

"하, 희승이 너였어?"

희승은 규한이 무슨 말을 하는지 이해할 수 없다는 표정으로 고개를 갸우뚱거렸다. 정연에게 시선을 돌리며 그가 담담한 목소리로 물었다.

"내가 정신병원에 있었던 거, 희승이에게서 들은 게 맞군. 그렇지?"

정연은 대답하는 대신 그에게 잡힌 팔을 매몰차게 뿌리쳤다. 그러곤 그대로 등을 돌려 반대쪽으로 걸어갔다.

"오빠, 나중에 봐. 그럼."

난처한 눈빛으로 두 사람을 번갈아 바라보던 희승도 곧 정연의 뒤를 따랐다.

어쩐 일인지, 오늘 강 비서는 평소보다 굉장히 기분이 좋아 보였다. 그 궁금증은 얼마 가지 않아 풀렸다. 비행기가 이륙한 후, 안전벨트 사인의 불이 꺼지자, 강 비서는 좌석 옆에 놓아둔 쇼핑백을 덥석 집어 들고 뿌듯한 표정으로 쇼핑백 안을 들여다보았다.

세희가 자신을 힐끗 쳐다본다는 것을 눈치챈 강 비서가 '흠흠' 헛기침을 내뱉었다. 그리고 슬그머니 쇼핑백을 도로 내려놓았다. 그러나 결국 근질근질한 입을 참을 수 없었는지 세희에게 속사포처럼 자랑을 늘어놓았다.

"손튼 씨의 댈러스 목장에서 환영 파티가 열릴 예정인데 전무님이 그때 입으라고 이브닝드레스를 사주셨어요. 의상 구매를 위한 특별 수당이 나오긴 하지만, 이번처럼 전무님이 직접 준비해주신 건 처음이랍니다."

세희를 무사히 미국으로 데리고 온 강 비서에게 재현이 보내는 고마움의 표시였다.

"드레스를 선물 받았다고 들뜬 건 아니에요. 그냥 전무님이 나를 비서로 신임해준다는 사실에 기뻐서……."

"전무님이 공식 석상에 모습을 드러내지 않을 때도 강 비서님이 옆에서 보좌하셨죠?"

"네. 전무님이 미국 지사에서 한국 지사로 들어오고 나서 곧바로 비서로 발령받았죠."

“옆에서 모시기 어때요?”

“네?”

강 비서는 세희의 질문을 선뜻 이해하지 못한 듯 콧등에 주름을 잡았다. 그러나 곧 전형적인 모범 답안을 내놓았다.

“전무님은 최고의 상관이십니다.”

그것으로 끝이려나 했는데 좀 더 할 말이 있는 모양이었다. 강 비서는 세희 쪽으로 고개를 기울여 소곤소곤 귓속말을 속삭였다.

“우선 보기 드물게 깨끗한 사생활부터 꼽을 수 있어요.”

슬쩍 곁눈질로 재현과 안 실장 쪽을 확인한 후, 그녀가 다시 말을 이어나갔다.

“옆에서 쭈욱 보좌한 게 몇 년인데…… 그동안 전무님은 한 번도, 정말 한 번도 여자를 사귄 적이 없었어요. 오죽하면 취향이 독특하다는 소문이 나돌겠어요.”

“독특한 취향이요?”

“음, 그러니까 여자보다는 남……자.”

어떤 취향을 뜻하는지 눈치챈 세희가 눈을 가늘게 떴다. 이에 강 비서는 빠르게 손을 내저었다.

“아뇨. 진짜로 그렇다는 게 아니라, 그만큼 전무님 여성 편력이 전혀 없다는 거예요.”

“성격이 까칠해서 그런 거 아닐까요?”

아무리 그를 사랑한다고는 하지만, 말은 바로 해야지. 이재현이란 남자가 까칠한 건 사실이잖아?

“저 인물에, 저 재력에, 성격이 까칠하다고 마다할 여자가 어디 있나요? 전무님이라고 하면 자다가도 벌떡 일어나는 여자가 한둘이 아닐 걸요. 하지만 전무님은 전혀 눈길도 주지 않았죠. 대안 그룹의 안소아 씨와 파혼하고 난 후에……."

이야기가 재현의 전 약혼녀에까지 흘러가자, 강 비서는 '어머, 내가 왜 이러나?'라는 표정을 지으며 갑자기 입을 다물었다. 이브닝드레스를 선물 받았다는 것에 너무 흥분해서 긴장이 풀렸나 보다.

"죄송합니다. 전 약혼녀에 관해서는 이야기하는 게 아닌데……. 하지만 신경 쓰지 말아요. 어릴 때부터 집안끼리 정해진 정략결혼 상대였을 뿐이지, 절대로 연인이거나 그런 관계는 아니었으니까요."

언제나 궁금했던 재현의 약혼녀라……. 10년 전, 항상 재현 옆에 서 있던 여자가 틀림없다. 꽤 곱게 자란 부잣집 딸의 이미지를 풍겼던 사람으로 기억한다. 재현이 그녀를 사랑하지 않았는지는 몰라도 그녀 때문에 많은 변화를 겪었다는 건 알 수 있었다. 도대체 무슨 일이 있었던 걸까?

"혹시…… 두 사람, 왜 파혼했는지 물어봐도 될까요?"

"전무님이 아무 이야기 안 해주셨어요?"

"물어보지 않았거든요."

강 비서는 뒤편 좌석을 힐끗 훔쳐본 후, 세희의 귓가에 재빠르게 속삭였다.

"약혼녀가 끝내 약혼식장에 나타나지 않았대요. 혹시 오다가 사고가 난 건 아닌가 걱정했는데 알고 보니까 숨겨진 애인이 있었더라고요. 하여간 그것 때문에 전무님이 그날 완전……."

강 비서는 말로 표현하는 대신 한숨을 푹 내쉬었다. 한마디로 무진장 정말 뭐하게 쪽팔렸다는 소리인데 그걸 어떻게 말로 할 수 있을까?

"그 이후에 남자와 외국으로 도망갔다는 소문이 있어요. 아니면 전무님이 외국으로 쫓아냈다는 소문도 있고. 하지만 둘 다 확실한 건 아니에요."

"아……."

세희는 눈만 깜빡일 뿐 아무 말도 할 수 없었다. 몰랐다. 저절로 약혼이 깨진 것으로만 알았지 약혼식장에 상대가 나타나지 않는 바람에 파혼한 줄은 정말로 몰랐다. 상대에게 마음이 있건 없건, 그래도 어릴 때부터 정혼녀였는데 그런 식으로 배신을 당했다니…….

세희의 안색이 눈에 띄게 어두워지자, 강 비서는 당황한 듯 그녀의 눈치를 살폈다.

"절대로 저에게 들은 이야기 아니에요. 아시죠?"

"네, 물론이죠."

세희는 뒤쪽에 앉은 재현과 안 실장에게로 고개를 돌렸다. 오늘따라 심각한 표정의 재현이 마음에 걸렸지만, 출장을 앞두고 긴장한 탓일 거라고 생각했다.

"정말 이상합니다. 어찌 된 일인지 정보 수집이 아주 어려워졌습니다. 벌써 몇 번이나 헛수고했는지 모릅니다."

재현은 묵묵히 안 실장의 보고를 들으며 앞에 놓인 서류를 한 장씩 들추었다.

"이번 하나 그룹과 퓨얼 앤드 스톤 컴퍼니의 합작을 위해 어차피 우리 측에서도 준비했어야 할 정보이긴 했습니다. 그게 꼭……."

좌석이 멀리 떨어진 관계로 세희가 두 사람의 대화를 듣게 될 리는 없었지만, 그래도 안 실장은 잔뜩 목소리를 낮추었다.

"세희 양 때문에 컵세시온 광산을 조사했던 건 아닙니다."

"그런데 갑자기 정보를 구할 수 있는 모든 통로가 막혀버렸다?"

서류를 읽어 내리던 재현이 혼잣말처럼 중얼거렸다.

"네. 그런데 지금 생각해보니까 한 가지 걸리는 게 있더군요."

"그게 뭐죠?"

"처음 조사에 들어갔을 때, 정보를 구할 수 없어서 아주 애먹었던 것 기억하십니까? 미국에 있는 우리 정보원들을 총동원했지만, 알아낼 수 있는 정보는 거의 제로에 가까웠습니다."

그 말에 재현이 고개를 끄덕였다.

"네, 그랬죠."

"그런데 어느 순간, 누가 우리에게 정보를 던져주는 게 아닌가 할 정도로 수월해졌습니다."

안 실장의 말에 재현이 미간을 좁혔다.

"즉, 누군가 우리에게 고의로 정보를 흘린 것 같다는 말인가요?"

"아무래도 뭔가 석연치 않습니다. 딱 필요한 정보까지만 우리에게 열어주고 다시 닫아버렸다는 느낌을 강하게 받았습니다."

재현은 넥타이를 느슨하게 풀어 헤치며 좌석 등받이에 머리를 기대었다. 그러곤 한 손으로 이마를 누르며 두 눈을 감았다. 직감이라는 게 있다. 그리고 판단력이라는 것도 있다. 전자는 타고 태어난 것이며 후자는 하나 그룹을 운영하기 위해 어릴 때부터 혹독할 정도로 훈련받으며 키워온 능력이다.

직감과 판단력. 지금 이 두 개가 동시에 커다란 경고음을 울리고 있었다. 무언가 석연치 않은 배후가 도사리고 있다는 불안감. 하지만 지금 상태에서는 어떠한 행동도 섣불리 할 수 없었다. 그렇다고 가만히 앉아서 기다리고만 있어야 하나?

한동안 생각에 잠겼던 재현이 눈을 뜨자, 안 실장이 이번에는 전혀 다른 주제를 꺼냈다.

"그리고 이건 샌프란시스코에서 출발할 때 막 듣게 된 내용인데요."

주위를 쓱 둘러본 안 실장이 재현을 향해 상체를 숙이며 말을 꺼냈다.

"채 실장과 회장님 사이에 무슨 문제가 있는 모양입니다."

"문제라니요?"

“아직 정확한 건 모르겠습니다. 세희 양과 관계된 일은 아닌 듯합니다. 아무래도 민규한 씨와 이정연 이사님이 연관된 일 같습니다.”

재현은 전혀 의외라는 듯 진지한 얼굴로 되물었다.

“누나요?”

잊을 만하면 되풀이되는 악몽이다. 이제는 세월이 흘러 무뎌질 만도 한데, 여전히 퍼렇게 날이 선 기억은 그녀의 가슴을 아프게 베어낸다.

—Sara, I'm so sorry.

차마 말을 잇지 못하고 세희를 바라보며 눈물만 뚝뚝 흘리던 루카스. 결국 뒤따라 들어온 윤 변호사가 부모님의 교통사고 소식을 전해주었다. 세희는 아무 말도 할 수 없었다. 커다란 충격에 눈물도 나오지 않았다. 사고 소식을 듣는 순간 다리에 힘이 풀려 자리에 그대로 주저앉아버렸다. 그리고 그 순간은 잔인한 기억으로 남아 꿈속에서도 그녀를 괴롭혔다.

“……No.”

이마에는 식은땀이 맺히고 목구멍에는 비명이 가득했다.

이건 꿈인데, 꿈일 뿐인데……. 깨어나면 그뿐인데 쉽게 눈을 뜰 수가 없었다. 제발 누군가 이 악몽에서 구해주기를……. 느끼고 싶지 않아. 그날의 아픔을 또다시 떠올리기 싫어!

“……아.”

비명을 지른다고 생각했는데 입 밖으로 나간 소리는 작은 웅얼거림이 되어 돌아왔다.

"쉬이, 괜찮아."

그때 무언가 서늘한 촉감이 이마에 느껴지며 따뜻한 목소리가 귓가에 스며들었다. 세희는 몽롱한 의식을 다잡으며 힘겹게 천근만근 무거운 눈꺼풀을 서서히 뜨기 시작했다.

잠시 후, 서서히 밝아지는 그녀의 시야로 재현이 들어왔다.

"정신 좀 들어?"

겨우 눈을 뜨자 그가 걱정스러운 눈빛으로 그녀를 응시하고 있었다. 멍하게 재현을 바라보던 세희는 곧 이곳이 제트기 안이라는 사실을 깨달았다. 어두운 간접조명과 '우웅' 하고 여리게 울리는 엔진 소리가 은은하게 주위를 채우고 있었다.

"나쁜 꿈이었나 보군."

재현이 좌석 앞에 무릎을 꿇은 자세로 그녀를 내려다보며 작게 속삭였다.

"제가……."

세희는 잠긴 목소리를 애써 가다듬으며 옆 좌석을 향해 힐끗 고개를 돌렸다. 옆에 앉은 강 비서는 안대와 귀마개를 착용하고 아주 곤히 자고 있었다. 앞 좌석에 앉은 안 실장 역시 미동도 없이 눈을 감고 있었다.

"……무슨 소리 냈어요?"

악몽 때문에 비명이라도 질렀나? 세희가 곤혹스러운 얼굴로 물어보았다. 그러자 재현은 손으로 그녀의 뺨을 감싸며 부드럽게 미소 지었다.

"아니, 별로. 그냥 악몽을 꾸는 것처럼 얼굴을 찌푸리고 있었어. 식은땀도 좀 흘리고 있었고. 몸은 괜찮아? 어디 불편한 건 아니지?"

"아, 아니에요."

부모님이 사고 나던 날의 꿈을 꾸었다고 말하고 싶지 않았다. 괜히 그에게까지 우울한 감정을 전달하기는 싫으니까. 대신 그의 따뜻한 품이 절실하게 필요했다. 그가 꼭 안아준다면 악몽쯤이야 가볍게 날려버릴 수 있을 텐데…….

하지만 강 비서와 안 실장이 옆에 있는 지금 그에게 안아달라고 할 수는 없었다. 세희는 가만히 고개를 숙이며 살며시 아랫입술을 깨물었다. 언젠가부터 감정적으로 나약해지는 자신을 느낀다. 왜 바보처럼 그를 볼 때마다 약한 모습을 보이는 걸까? 자꾸만 그에게 기대려고만 하고……. 그러면 안 되는데.

세희는 속상한 마음에 흘러내린 머리카락을 쓸어 올리며 작게 한숨을 내쉬었다. 그러자 재현이 다정한 몸짓으로 그녀의 뺨을 손등으로 어루만졌다.

"착륙하려면 1시간 남았으니까 좀 더 자도록 해."

그리고 재현은 바로 자리에서 몸을 일으켰다. 그 순간 등을 돌려 자신의 좌석으로 돌아가려는 재현의 팔을 세희는 자신도 모르게 반사적으로 움켜잡았다.

"왜?"

재현이 의아한 표정으로 뒤를 돌아보자 그제야 자신의 행동을 깨달은 세희가 재빨리 손을 놓아버렸다. 그리고 세차게 고개를 내저었다.

"아, 아니에요."

악몽 좀 꾸었다고 마치 어린애처럼 징징거리는 꼴이라니, 정말 어이가 없다. 너무나 창피해서 어디 쥐구멍에라도 숨고 싶었다. 하지만 하늘 한가운데에 쥐구멍이 있을 리 없고…….

세희는 곤혹스러운 마음에 재현을 향해 어색한 미소를 날렸다. 그런데 그런 모습이 재현의 눈에는 웃는 것 같지 않고 울음을 참는 것처럼 보였다. 재현은 걱정스러운 표정으로 무릎을 굽히며 세희의 앞으로 몸을 구부렸다.

"왜 그래? 자리가 불편해?"

"아뇨. 그런 게 아니라……."

이렇게 안락한 가죽 좌석에 앉아서 불편하다고 투덜거리면 양심이 없는 거지. 하지만 지금 그녀가 원하는 것은 가죽 의자의 안락함이 아닌 따뜻한 재현의 품이었다. 그만이 줄 수 있는 특별한 사랑의 치유가 필요했다. 그러나 '혼자 있기 싫어요. 곁에 있어줘요.'라는 말은 입 안에서만 맴돌 뿐 쉽게 입 밖으로 흘러나오지 않았다.

"일어나 봐."

세희가 말꼬리를 흐리고 뒷말을 잇지 못하자 재현은 살며시 그녀의 팔을 잡아 좌석에서 일으켜 세웠다. 그리고 조용히 그녀의 손을 잡아 제트기 뒤편으로 그녀를 이끌었다.

마호가니로 만들어진 문을 뒤로 밀자, 침실로 꾸민 공간이 나타났다. 세희는 놀란 얼굴로 침실을 둘러보았다. 벽에 고정된 큼직한 침대가 가운데 놓여 있고 그 주위를 은은한 금빛 조명이 비추고 있었다. 예전에 아버지가 사무실로 사용하던 공간을 손튼이 새로이 침실로 개조한 것 같았다.

"편하게 누워 있어."

세희의 어깨를 감싸 침대에 앉히며 재현이 자상한 목소리로 말했다. 그러나 세희는 시무룩한 얼굴로 재현을 바라보았다. 원하는 건 이게 아닌데……. 지금 같은 기분으로는 혼자 침실에 덩그러니 남아 있기는 더더욱 싫었다.

"……혼자 있기 싫어요."

결국 모깃소리만 한 중얼거림이 그녀의 입에서 흘러나왔다. 목소리가 너무 작은 탓에 재현은 그녀가 한 말을 제대로 알아듣지 못했다. 뭐라고 말한 건지 물어보려는 찰나, 자신의 재킷 끝을 꼭 움켜잡은 그녀의 손이 눈에 들어왔다. 그제야 그녀가 한 속삭임의 뜻을 깨달았다.

재현은 피식 입꼬리를 말아 올리며 그녀의 뒤통수를 손바닥으로 지그시 감싸 쥐었다.

"전에도 그랬지만……."

고개를 숙여 그녀의 이마에 자신의 이마를 맞대며 재현이 나직하게 속삭였다.

"이렇게 자꾸 유혹하면 곤란한데."

"유혹하는 게 아니라……."

"그게 아니면?"

입술을 간질이는 그의 숨결에 세희는 급히 숨을 들이마셨다. 아무리 방음이 잘된다고는 하지만, 문 하나를 놓고 저쪽에는 강 비서와 안 실장이 앉아 있었다. 그런데 단둘이 이곳에서 뻔뻔스럽게 애정 행각을 벌일 수는 없었다.

"저는 유혹을 하더라도 때와 장소는 철저하게 따져서 하는 편입니다."

"뭐?"

세희의 엉뚱한 대답에 재현이 살짝 미간을 찌푸렸다.

"유혹할 때 유혹하더라도 지금은 아니에요. 출장 가는 비행기 안에서 상사를 유혹할 정도로 경우가 없진 않습니다."

나름 진지한 세희의 눈빛에 재현은 살며시 뒤로 물러나며 터져 나오려는 웃음을 삼켰다.

"그럼 방금 혼자 있기 싫다는 말은 뭐지?"

"그건 정말 순수하게 혼자 있기 싫다는 말이었어요."

"여자가 남자에게 혼자 있기 싫다는 말을 하는 게 무슨 의미인지 정말 모르는 건가?"

"모르긴 뭘 몰라요?"

세희는 뾰로통한 표정으로 반박하며 아랫입술을 내밀었다. 그녀가 원했던 치유 방법은 아니었지만 그래도 재현 덕분에 악몽으로 가라앉았던 기분이 싹 사라져버렸다. 그런 면에서 재현의 치유 능력은 탁월했다.

"저만 침대에 누울 순 없어요. 이만 자리로 돌아갈게요."

말을 마친 세희가 침대에서 벌떡 일어섰다. 그러나 두 발로 제대로 서기도 전에 재현의 손에 의해 다시 침대로 내려앉았다. 재현이 그녀의 허리를 끌어안아 뒤로 잡아당겨버렸기 때문이다.

"앗!"

그 반동으로 중심을 잃은 세희가 침대 위로 맥없이 쓰러졌고, 재현이 그녀의 위로 빙그르르 몸을 굴렸다.

"혼자서만 침대에 누울 수 없다는 말, 그것도 역시 유혹이라는 거, 모르나? 그것도 아주 야한 유혹."

헉, 듣고 보니 그러네! 하지만 절대로, 맹세코 그런 의미가 아니었는데……. 당황한 세희가 설레설레 고개를 내저었다.

"아뇨. 제 말은 다른 분들은 다 의자에 앉아 있는데 저 혼자서만 침대를 차지할 수 없다는 말이었어요. 그러니까…… 읍."

그러나 그녀의 말이 채 끝을 맺기도 전에 재현이 고개를 숙여 입술을 겹쳤다. 그 탓에 그녀의 뒷말은 그대로 그의 뜨거운 입속으로 빨려 들어갔다. 처음에 세희는 재현을 밀어내려고 애썼지만, 곧 그의 적극적인 공격에 항복하고 말았다. 강 비서와 안 실장이 저편에 있다는 사실도 잊은 채, 그의 뜨거운 입술과 부드러운 손길에 몸을 맡겼다.

"하아."

한참 동안 그녀의 호흡을 앗아갔던 재현이 못내 아쉽다는 듯 입술을 떨어뜨렸다.

문이 닫힌 침실이라고 해도 이곳은 엄연히 제트기 안이었다. 강 비서와 안 실장이 함께 있는 곳이었기에 세희를 난처하게 만들 생각은 없었다. 그래도 달콤하다 못해 녹아버릴 것 같은 그녀의 부드러운 입술을 놓아주기가 너무나도 아쉬웠다.

재현은 그녀의 목덜미에 얼굴을 묻으며 긴 한숨을 내쉬었다.

"저……."

세희는 뜨거운 열기 탓에 목이 잠겨 목소리가 제대로 나오지 않았다. 그녀는 몇 번이나 마른침을 삼킨 후에야 속삭이듯 말을 꺼냈다.

"……그만 자리로 돌아가야죠."

그녀의 몸을 내리누르는 그의 묵직한 무게에 세희는 꼼짝달싹할 수 없었다. 재현은 그녀를 끌어안은 채, 그녀의 목덜미에 얼굴을 묻고는 미동도 하지 않았다. 그녀가 자신의 아래에서 바르작거리자 재현은 한 손을 그녀의 등 뒤로 돌려 그녀가 숨도 쉴 수 없을 정도로 더욱더 강하게 끌어안았다. 종이 한 장 들어갈 틈새도 없이 서로의 몸이 꼭 맞물렸다.

"재현 씨, 우리 그만 자리로 돌아가야……."

"알아."

그녀의 말을 단번에 끊어버리며 재현이 그녀의 하얀 목덜미에 뜨거운 숨결을 토해냈다.

"……조금만, 우리 조금만 더 이러고 있자."

그녀만큼이나 잠긴 목소리로 재현이 중얼거리듯이 나직하게 속삭였다. 잠시 후, 다시금 그의 입술이 다가왔다. 이번에도 역시 그녀는 그를 밀어낼 수가 없었다. 아니, 오히려 그의 목을 꼭 끌어안으며 더욱 적극적으로 그를 받아들였다.

잠시만, 아주 잠시만…….

제트기 엔진의 소음에 두 사람의 거친 숨소리가 서서히 섞여들었다.

35. 우리, 할 이야기가 아주 많아

"부르셨습니까, 회장님?"

채 실장이 고개를 숙인 채, 책상 앞으로 다가왔다. 규한의 일로 추궁하고 나서 이 회장과 채 실장 사이에 눈에 보이지 않는 거리가 느껴졌다. 모든 일을 믿고 맡겼던 채 실장이었기에 이 회장의 상실감은 더욱더 컸다. 아무 말 없이 채 실장을 바라보던 이 회장이 천천히 말을 꺼냈다.

"그동안 곰곰이 생각해봤어. 그런데 아무리 생각하고 또 생각해도 이해가 안 돼. 자네에게 무슨 이익이 있다고 내가 시키지도 않은 일을 저질렀겠나. 안 그런가?"

"죄송합니다, 회장님. 뭐라고 드릴 말씀이 없습니다."

채 실장은 두 손을 앞에 모은 채 고개를 숙였다. 이 회장은 채 실장을 바라보다 손바닥으로 책상을 탁 내리쳤다.

"내가 내린 결론은 누가 뭐래도 자네를 믿기로 했다는 걸세."

채 실장이 놀란 듯 고개를 들어 이 회장을 바라보았다. 이 회장은 씁쓸히 웃으며 책상에서 일어나 창가로 걸음을 옮겼다.

"그래도 모든 정황이 자네에게 불리한 건 사실이야. 일주일의 시간을 주겠네. 누가 자네에게 그 지시를 내렸는지 알아와."

"네, 회장님."

"꽤 오래된 일이라 알아내기가 쉽지는 않을 거야. 나도 요새 작년 일을 잘 기억하지 못하는데……."

잠시 창밖을 내다보며 침묵을 지키던 이 회장이 다시 말을 이었다.

"딱히 증거는 없지만, 누구의 소행인지 알 것도 같네. 자네도 짐작 가는 인물이 있겠지?"

"네."

"왜 그랬을까? 녀석이 재현이라면 치를 떤다는 거, 나도 잘 알아, 하지만 정연이는 아니잖아. 두 사람 사이, 아무 문제가 없는데 말이야."

외조부의 유산 대부분은 재현에게 상속되었고 정연 앞으로 남겨진 재산은 속초와 해운대에 있는 특급 호텔이 전부였다. 그래서인지 정연만큼은 민 사장도 여느 조카처럼 다정하게 대했다. 민 사장 눈에는 오로지 재현만이 가시 같은 존재였다.

그런데 왜 그가 규한을 건드린 걸까? 정연이 크게 상처받을 걸 뻔히 알면서……. 그저 심술이 나서 한 장난이라고 하기엔 너무나 지독했다. 만약에 이 일을 벌인 사람이 민 사장이 확실하다면 장인의 유언과 상관없이 이 회장은 그를 가만히 두지 않을 작정이었다.

어린 재현의 유괴 미수 사건은 고의가 아닌 실수였다 치더라도 이번 일은 매우 죄질이 나빴다.

감히 나를 가장해서 그딴 일을 저질러? 아내인 민 여사가 결사반대한다고 해도 이 회장은 이번만큼은 그냥 넘어갈 생각이 없었다.

"저, 그런데 회장님."

채 실장이 말을 꺼내자 창밖을 내다보던 이 회장이 고개를 돌렸다.

"세희 양 일은 어떻게 하시겠습니까?"

산 넘어 산이라더니. 아직 풀지 못한 숙제가 남아 있었다. 이 회장의 얼굴에 어두운 그림자가 내려앉았다. 정연과 규한이 돌이킬 수 없는 상처를 받은 이유 중에는 그의 욕심도 상당한 부분을 차지했다. 규한의 집이 몰락했어도 그냥 두 사람을 맺어지게 했더라면 그런 일은 생기지도 않았을 테니까 말이다. 재현과 세희도 마찬가지였다. 괜히 두 사람을 억지로 떨어뜨리려다 정연과 규한처럼 상처라도 받게 된다면……. 도저히 쉽게 결론을 내릴 수 없었다. 소리라도 지르고 싶을 정도로 머릿속이 복잡했다.

"회장님?"

빤히 쳐다보기만 할 뿐 이 회장이 아무 말도 하지 않자, 채 실장이 그를 조심스럽게 불렀다.

"후우."

이 회장은 땅이 꺼져라 긴 한숨을 내쉰 후, 창밖으로 고개를 돌렸다. 그리고 한참이 지난 후에야 침통한 목소리로 말했다.

"이 일과는 별도로 그 건은 계속해서 추진하게. 재현이가 눈치채지 않도록 조심하고. 출장에서 돌아오는 대로 바로 실행하도록 해."

"네, 알겠습니다."

채 실장이 허리를 숙여 인사한 후, 황급히 방을 빠져나갔다. 그의 뒷모습을 지켜보던 이 회장은 다시 책상으로 돌아가 자리에 앉았다.

한참 동안 휴면 상태의 검은 모니터를 노려보던 이 회장은 씁쓸한 미소를 띠며 천천히 고개를 내저었다. 과연 지금 잘하고 있는 걸까?

이 회장은 처음으로 자신이 하는 일에 회의가 들기 시작했다.

댈러스 공항에 착륙하자, 재현과 안 실장만이 중요한 업무가 있다며 자리에서 일어났다.

"나와 안 실장님은 내일 저녁에 갈 테니까 우선 강 비서와 목장에 가 있도록 해."

"그러지 말고 저도 같이 가면 안 되나요?"

세희가 아쉬운 표정으로 팔을 잡아당기자, 재현은 다정하게 웃으며 그녀의 등을 쓰다듬었다.

"이번 출장은 손튼 씨 통역사 자격으로 온 거니까, 내 옆이 아니라 손튼 씨 옆에 있어야지. 손튼 씨는 아마 오늘 밤늦게 목장에 도착할 거야."

재현과 안 실장이 내리고 제트기는 다시 손튼의 목장을 향해 날아올랐다. 그리고 얼마 후, 목장 안에 놓인 활주로 위로 착륙했다. 손튼의 목장은 상상할 수 없을 정도로 어마어마한 크기를 자랑했다. 유리창 너머로 밖을 내다보는 세희에게 강 비서가 살짝 귀띔해주었다.

"목장 면적이 거의 우리나라 제주도의 반쯤 된대요. 그러니 주스 하나 사려고 해도 1시간 이상 운전해서 밖으로 나가야 해요. 이런 목장에 사는 사모님들은 손톱 손질하러 도시에 가느라 제트기를 띄운다잖아요."

"강 비서님, 혹시 예전에 와본 적 있으세요?"

"네. 이번이 두 번째예요. 올해 초에도 왔었죠."

그때였다. 이동식 계단이 제트기의 문에 연결되고, 탑승구 문이 스르르 열리기 시작했다.

그리고 누군가가 성큼성큼 두 계단씩 뛰어올라 제트기 안으로 빠르게 들어왔다.

"손튼 목장에 오신 걸 환영합니다."

세희와 강 비서가 동시에 탑승구 쪽으로 고개를 돌리자, 30대 중반으로 보이는 동양 남자가 서 있었다.

"저는 손튼 씨의 비서, 브랜든 윤이라고 합니다."

영어 악센트가 조금 섞이긴 했지만, 완벽에 가까운 한국말로 브랜든이 자신을 소개했다. 짙은 청색에 금빛 단추가 달린 더블 블레이저에 연한 회색 스카프로 멋을 낸 그는 모델처럼 완벽한 모습이었다. 먼지가 날리는 황무지 목장보다는 깔끔한 대도시가 어울리는 분위기랄까? 브랜든은 두 여자를 향해 환한 미소를 날렸다.

"저는 두 분을 안내하기 위해서 손튼 씨보다 먼저 출발했습니다. 손튼 씨는 오늘 밤늦게 도착하실 겁니다."

강 비서도 브랜든을 오늘 처음 보는 것 같았다. 그가 내미는 손을 잡으며 간단하게 자신을 소개했다.

"강연희라고 합니다. 그동안은 항상 전화 통화만 했죠. 이렇게 만나게 돼서 반갑네요."

"반갑습니다, 강 비서님."

강 비서와 악수한 브랜든이 이번에는 세희에게 고개를 돌렸다. 그는 이미 세희가 누군지 안다는 표정으로 그녀에게 먼저 말을 건넸다.

"손튼 씨의 통역을 맡아주실 서세희 씨죠?"

세희는 브랜든이 내미는 손을 조심스럽게 맞잡았다. 어딘지 모르게 낯이 익은 모습. 내가 이 남자를 어디서 봤더라?

"이 먼 곳까지 오시느라 고생 많으셨습니다. 만나서 반갑습니다."

"네, 만나서 반갑습니다."

세희와 악수를 끝낸 브랜든은 앞쪽으로 손을 내밀며 두 사람을 안내했다.

"짐은 알아서 옮길 테니까 두 분은 저를 따라오십시오."

세희와 강 비서는 브랜든의 안내대로 이동식 계단을 내려갔다. 계단 옆에는 그들을 태울 검은 리무진이 세워져 있었다.

"여러분이 머물게 될 저택까지는 차로 10분쯤 걸립니다."

브랜든은 세희와 강 비서가 리무진에 오를 수 있도록 차 문을 열어준 후, 운전석에 올라탔다.

잠시 후, 리무진은 영화에나 나올 법한 으리으리한 저택 앞에 멈추었다. 이번에도 브랜든은 먼저 차에서 내려 두 여자를 위해 차 문을 열어주었다.

"자, 이곳이 여러분이 지내게 될 곳입니다."

차에서 내린 세희는 앞에 놓인 광경을 믿을 수 없다는 눈으로 바라보았다.

"와아!"

"그래서 알아낸 것 좀 있나?"

이 회장의 질문에 채 실장은 정리된 서류 한 묶음을 책상 위에 내려놓았다.

"회장님께 지시받은 날의 휴대폰 기록을 조사했습니다. 그날 마침 회장님 댁에서 가족 모임이 있었더군요. 본가에 출입한 손님들의 기록을 보니 몇몇 지인분을 빼곤 회장님 친척과 민 여사님의 친척이 대부분이었습니다."

서류를 뒤적이며 이 회장이 고개를 끄덕였다.

"음……. 그래. 그러고 보니 기억나네. 조카 녀석이 골프 대회에서 우승한 날이었지. 그날 가족끼리 모여서 함께 경기를 보며 응원했었어. 경기가 끝나고 나선 바로 우승 축하 파티를 했고. 그럼 그날, 내가 자네에게 전화를 걸어 지시를 내렸단 말인가?"

"통화 기록을 보면 그렇습니다."

잠시 골똘히 생각에 잠겼던 이 회장은 다시 서류로 눈길을 돌렸다. 그리고 손끝으로 톡톡 서류를 건드렸다.

"난 그때 경기에 방해받지 않으려고…… 서재에 휴대폰을 놔두었던 것 같아. 그래, 이제 확실히 기억나네. 경기 중에 계속 통화를 하니까 집사람이 짜증을 냈지. 오늘 하루만이라도 전화기 좀 그만 붙들 수 없냐고 했어. 그래서 일부러 서재에 휴대폰을 놓고 나왔던 건데……."

이제 그림이 좀 잡히는 것 같다. 모두 거실에 모여 골프 경기를 시청하느라 바쁜 와중에 민 사장이 자꾸만 거실을 빠져나가 어디론가 들락날락했던 것 같다. 그래서 경기 제대로 안 보느냐고 싫은 소리를 했던 것도 같은데…….

"그럼 태한이 녀석이 서재에 몰래 들어가서 내 흉내를 내면서 자네에게 전화를 걸었다는 건가?"

"지금까지의 추리는 그렇습니다."

"하지만 태한이가 왜? 녀석이 그렇게까지 해서 규한이를 못살게 굴 이유가 없잖은가?"

"제가 알아본 바로는……."

채 실장이 눈치를 보며 선뜻 말을 꺼내지 못하자, 이 회장은 답답하다는 듯 눈살을 찌푸렸다.

"뭔가, 뜸 들이지 말고 말해보게. 어서!"

"그 일이 일어나기 몇 달 전에 민 사장님이 어떤 파티에서 칵테일을 나르던 여직원에게……."

채 실장은 잠시 적당한 말을 찾기 위해서 고민했다. 그리고 다시 말을 이었다.

"그러니까 신사답지 못한 행동을 한 것 같습니다. 으슥한 곳으로 여직원을 억지로 끌고 가는 걸 지나가던 규한 씨가 보게 되었답니다. 그때 민 사장님은 만취한 상태였는데……. 말리던 도중에 주먹다짐이 좀 있었던 것 같습니다. 일방적으로 민 사장님이 맞긴 했지만."

채 실장의 보고에 이 회장의 얼굴이 붉으락푸르락 험상궂게 변했다.

"뭐야? 이젠 하다 하다 여직원에게까지 손을 대려고 해? 이 녀석이 지금 집안 망신을 시켜도 유분수지!"

"……하여간 그래서 규한 씨를 가만히 두지 않겠다고 벼르고 있었다는 말이 있습니다."

더 들어볼 필요도 없었다. 민 사장의 인성이라면 상대에게 당하고 가만히 있을 리가 없었다. 어떻게 해서라도 복수했겠지. 그보다 더 좋은 기회는 없었을 것이다.

규한의 집안이 갑자기 무너졌고, 정연과의 정혼은 깨어져버렸다. 정연을 포기 못 한다면서 규한은 몇 번이나 이 회장을 찾아왔고……. 누가 보더라도 규한을 처리하고 싶었던 사람은 이 회장이라고 믿을 것이다.

"내, 이 녀석을!"

이 회장은 주먹으로 책상을 내리쳤다. 그의 얼굴이 분노로 일그러졌다. 담담한 표정으로 이 회장을 지켜보던 채 실장이 조심스럽게 입을 열었다.

"하지만 심증만 있고 물증이 없습니다. 본가 서재에는 CCTV를 설치하지 않았고, 혹 설치했다고 해도 이미 오래전이라 영상이 남아 있을 리가 없습니다. 그러므로 만약 민 사장님이 범인이라고 해도 절대로 사실을 털어놓진 않을 겁니다."

"그래. 자네 말이 맞아."

그러자 채 실장이 이 회장 앞으로 바짝 다가오며 나직한 목소리로 말했다.

"그래서 말입니다. 이건 어떨까요?"

저택은 특급 호텔이라고 해도 무리가 없을 정도로 거대한 규모였다. 카멜에 있는 부모님의 저택과는 비교도 되지 않을 만큼 웅장하고 화려했다. 화강암으로 가장자리를 장식한 인공 호수와 호수의 가운데에 설치된 분수는 '크르릉' 소리를 내며 하늘 높게 물살이 치솟고 있었다.

댄 손튼은 세계적으로 손꼽히는 억만장자이다. 그의 재력이야 이미 매스

컴을 통해서 익히 알고 있었지만, 그래도 이렇게 실제로 접하게 되자 저절로 감탄사가 흘러나왔다.

현관으로 들어서자 높다란 천장 위로 쇠뿔이 연상되는 구조물에 크리스털이 주렁주렁 달린 어마어마한 크기의 샹들리에가 맨 먼저 눈에 들어왔다. 너무나 화려해서 숨이 멈출 것 같은 분위기. 압도적인 사치란 바로 이런 걸 말하는 거겠지? 경이롭다는 말이 어울릴까?

멍한 눈으로 주위를 둘러보는 세희의 팔을 살짝 잡아당기며 강 비서가 작게 중얼거렸다.

"나도 처음에 그랬어요. 전무님을 따라서 웬만한 특급 호텔 다 가봤는데, 여긴 정말…… 와아."

강 비서가 머리를 절레절레 흔들며 말을 이었다.

"사랑하는 연인을 위해서 이곳을 이렇게 화려하게 꾸민 거래요."

"로맨틱하네요."

"……그런데 그 연인은 이미 이 세상 사람이 아니라는 거 있죠."

"아……."

강 비서의 말에 할 말을 잃은 세희 앞으로 브랜든이 다가왔다.

"두 분이 지낼 방은 이 층에 마련해두었습니다. 저를 따라오시죠."

브랜든이 지정해준 두 사람의 침실은 제법 멀리 떨어져 있었다. 세희의 방은 왼쪽 복도 마지막에, 강 비서의 방은 오른쪽 복도 마지막에 있었다.

옆에 있는 방은 아니더라도 적어도 서로 오가기 편하게 가까운 위치에 있는 방을 줄 거라고 생각했는데…….

의아한 표정의 세희에게 강 비서가 작게 귓속말로 속삭였다.

"양쪽 복도 마지막 방이 이 저택에서 전망이 제일 좋대요. 그래서 여자 손님이 오면 일부러 그 방에 묵게 배려하는 거래요. 저는 저번 방문 때도 그 방에 묵었어요."

강 비서는 같은 방이니까 안내해줄 필요가 없다며 혼자 오른쪽 복도 끝으로 걸어갔다. 처음 방문인 세희는 브랜든을 따라 왼쪽 복도 끝에 있는 방으로 향했다.

"와아!"

방 안에 들어서자마자 세희는 자신도 모르게 탄성을 내질렀다. 그녀가 묵을 방은 특급 호텔의 스위트 룸 저리 가라 할 정도로 고급스러웠다. 그중에서도 방 한가운데를 차지한 거대한 크기의 텍사스 킹사이즈 침대가 눈길을 끌었다. 이미 날이 저물어 제대로 전망을 즐길 수는 없었지만, 강 비서가 귀띔해 준 것처럼 근사할 게 분명했다. 감탄한 얼굴로 방 안을 둘러보는 세희에게 브랜든이 상냥하게 웃어 보였다.

"피곤할 텐데 어서 쉬도록 해요. 저는 이만."

"저, 그런데 혹시……."

세희는 아까부터 머릿속을 떠도는 궁금증을 참지 못하고 브랜든을 불러 세웠다. 방을 나가려던 브랜든이 걸음을 멈추고 뒤를 돌아보았다.

"네? 뭐 필요한 거라도 있습니까?"

"어디서 뵌 적이 있는 것 같은데요."

어딘지 모르게 낯이 익었다. 하지만 어디서 그를 보았는지 확실하지가 않았다. 손튼 씨가 한국을 방문했을 때 보았나? 하지만 그랬다면 강 비서가 브랜든을 만나지 않았을 리가 없는데…….

브랜든이 눈꼬리를 휘며 활짝 웃어 보였다.

"맞아요. 우리 전에 몇 번 만났죠."

"그린 파라다이스 제주에서였나요?"

세희가 눈을 반짝거리며 빠르게 물어보았다.

"아뇨. 저는 손튼 씨와 함께 한국을 방문한 적이 없습니다. 손튼 씨가 한국에 가시면 저는 여기 남아서 다른 일을 처리해야 하니까요."

"그러면 어디서?"

"아주 오래전 일이지만 루카스 생일 파티에서 몇 번 봤죠."

순간 희미했던 기억이 아주 또렷해졌다.

"루카스의 사촌, 브랜든 윤?"

이런 말도 안 되는 기가 막힌 우연이라니! 마치 타국에서 가족을 만난 것 같은 반가움이랄까? 세희의 얼굴이 환하게 밝아졌다.

"다시 만나게 돼서 반가워요."

"네, 저도."

루카스의 생일 파티에서 브랜든을 보았다고는 해도 그와 긴 대화를 나눈 적은 없었다. 그저 가볍게 고개를 끄덕이며 아는 척을 했을 뿐이다. 그것도 벌써 10년 전이다. 마지막으로 봤을 때 브랜든은 23살이었던 걸로 기억한다.

"아무래도 손튼 씨는 아주 늦게야 도착하실 것 같네요."

브랜든이 손목시계를 들여다보며 말했다.

"오늘은 뵙기 어려울 것 같으니까 내일 아침에 보는 걸로 하고 그냥 쉬도록 하세요. 많이 피곤하죠?"

솔직히 말해서 눈이 감길 정도로 피곤하다. 어젯밤에도 재현 때문에 거의 잠을 못 잤고 오늘 오후에도 댈러스로 올 때까지 그에게 시달렸다. 그뿐인가? 제트기 안에서도 키스만 했다곤 하지만 거의 진이 빠질 때까지 밀어붙인 탓에…….

세희는 하품이 나오는 걸 억지로 참으며 고개를 끄덕였다.

"네. 그렇게 할게요."

"만약에 필요한 게 있으면 인터폰을 눌러요. 고용인이 올라올 겁니다."

브랜든은 그 말을 끝으로 등을 돌려 방을 걸어 나갔다. 얼마 후, 노크 소리가 들리고 그녀의 짐을 든 고용인이 들어왔다. 고용인이 침실 구석에 짐을 놓고 방을 나서자, 세희는 슈트 케이스를 열고 짐을 꺼냈다. 대충 짐을 정리한 후, 간단하게 샤워를 마친 그녀는 잠옷으로 갈아입고 서둘러 침대 속으로 들어갔다.

"……."

하지만 자리에 누우면 바로 곯아떨어질 줄 알았는데 이상하게도 잠이 오지 않았다. 잠자리가 바뀌어서 그런 건 전혀 아니었다. 어디가 되었든 눈만 붙이면 쿨쿨 잠들던 그녀니까. 그곳이 사무실 소파가 되었든, 비상구 계단이 되었든, 평상 위가 되었든지 말이다.

게다가 운동장처럼 커다란 텍사스 킹사이즈 침대는 마치 구름 위에 누워 있는 것처럼 아늑하고 포근했다. 그런데도 잠이 오긴커녕 점점 더 정신이 또렷해지고 있었다.

이리저리 몸을 뒤척이던 세희는 결국 침대에서 벌떡 일어나 앉았다. 그리고 텅 빈 옆자리를 손으로 툭툭 내리치며 작게 한숨을 내쉬었다.

그의 품이 그리웠다. 요 며칠, 재현에게 꼭 안긴 채, 그의 따뜻한 체온을 느끼며 잠이 들곤 했었다. 그가 없으면 잠도 잘 수 없게 나쁜 버릇이 든 건 아니겠지? 그와 헤어진 지, 이제 겨우 몇 시간 되었다고 벌써부터 안달이라니…….

세희는 씁쓸한 미소를 지으며 어두운 방 안을 멍하니 응시했다.

호텔에 도착한 후, 재현과 안 실장은 저녁 식사를 하며 다음 날 처리할 업무를 간단히 논의했다.

"내일은 3시까지 미팅과 회의가 계속 있을 예정입니다."

"손튼 씨는 끝내 참석하지 않을 거라고 통보했나요?"

"네. 세세한 내용은 실무 담당자 선에서 처리하고 자신은 한 발 뒤로 물러나 있겠다고 했습니다. 아마도 손튼 씨는 최종 결정 사항에만 관여할 듯 합니다."

"어쩌면 우리 측에서는 그 점이 더 수월할 수도 있겠군요."

저녁을 마치고 각자의 객실로 돌아가며 안 실장이 덧붙였다.

"내일 아침 일찍 미팅이 잡혀 있으니까 늦지 않게 출발해야 합니다."

"그럼 같이 아침 먹고 출발하죠. 6시에 라운지에서 보는 건 어떨까요?"

"네, 알겠습니다."

안 실장과 헤어져 객실에 돌아온 재현은 한 손으로 넥타이를 풀어 헤치며 곧장 욕실로 향했다.

세희를 먼저 보낸 것이 조금은 마음에 걸렸다. 아직 손튼과 세희가 어떻게 얽힌 사이인지 확실하지 않은 상황이기에 손튼과 그녀를 단둘이 있게 하고 싶지 않았다. 강 비서가 옆에 있다곤 하지만, 재현은 통 마음이 놓이지 않았다. 내일 모든 업무가 끝나는 대로 곧장 손튼 목장으로 가야겠다.

재현은 샤워를 마치고 잠시 서류를 뒤적이다 침대에 몸을 뉘었다. 내일 일찍 일어나려면 잠을 자야 하는데 어쩐 일인지 도통 잠이 오지 않았다. 재현은 멀뚱멀뚱 천장을 바라보다 텅 빈 옆자리로 시선을 돌렸다. 곧이어 그의 입에서 한숨이 흘러나왔다.

그녀가 없는 빈자리가 너무나도 크게 느껴졌다. 요 며칠 사이 그녀를 품에 안고 자는 것에 익숙해졌나 보다.

부드럽고 말랑말랑한 그녀의 뺨에 입술을 대고 그녀의 매끄러운 살갗을 어루만지고 싶다. 하얀 목덜미에 얼굴을 묻고 그녀의 달콤한 체취를 들이마실 수만 있다면…….

재현은 텅 빈 옆자리를 한 손으로 쓰다듬으며 씁쓸한 미소를 떠올렸다.

"세희야."

지금이라도 당장 달려가 그녀를 품에 끌어안고 싶다.

달칵―.

도저히 잠이 올 것 같지 않았다. 결국 세희는 바람이라도 좀 쐬면 잠이 오지 않을까 하는 생각에 테라스로 통하는 문을 열었다. 세희는 정원으로 연결된 테라스 계단을 통해 인공 호수가 드넓게 펼쳐진 정원으로 내려섰다.

벌레 소리에 적막한 밤공기가 흐트러지고, 구름 한 점 없는 밤하늘에는 커다란 달이 걸려 있었다. 사방을 훤히 밝히는 달빛을 조명 삼아 세희는 천천히 정원을 거닐었다.

바깥 날씨는 생각했던 것보다 쌀쌀한 편이었다. 세희는 두 팔에 돋은 소름을 손으로 문지르며 호수 가장자리로 다가갔다.

저택 앞에서 시작된 커다란 반달 형태의 인공 호수는 건물을 옆으로 끼고 저택 뒤까지 쭉 연결되어 있었다. 앞에서는 웅장한 분수가 화려함을 뽐낸다면 뒤에서는 매끈한 대리석의 조각상이 아름다움을 자랑하고 있었다.

사방에서 몰려든 금빛 조명이 두 발을 치켜든 하얀 말 조각상을 비추고 있었다. 조각상은 당장에라도 말이 호수 안에서 뛰어나올 것처럼 생동감이 넘쳤다. 세희는 마치 거대한 자석에 이끌리듯이 조각상 가까이로 다가갔다.

"아."

근육 하나하나, 아주 섬세하게 표현된 말의 모습에 탄성이 저절로 흘러나왔다.

그때였다. 부스럭거리는 소리와 함께 누군가 옆으로 다가왔다.

"What a beauty(정말 아름답지)!"

울림이 풍성한 낮은 톤의 목소리가 아주 익숙했다. 옆으로 고개를 돌리자, 카우보이모자를 쓴 손튼이 희미한 미소를 띤 채 조각상을 바라보고 있었다. 방금 이곳에 도착했는지 그의 손에는 서류 가방이 들려 있었다.

잠시 후, 그녀에게 고개를 돌리며 손튼이 나직한 목소리로 말했다.

"Hi, Sara(안녕, 세라)."

세라?

그녀의 미간이 살며시 좁혀졌다. 그는 지금 그녀를 '세희'가 아닌 '세라'라고 불렀다. 혹시 잘못 들었을까? 하는 의심은 바로 이어지는 다음 말과 함께 완전히 사라져버렸다.

"We have a lot of things to talk about. Sara(우리, 할 이야기가 아주 많아. 세라)."

할 이야기라니, 뭘까? 세희는 그저 어리둥절한 표정으로 손튼을 올려다보았다. 업무에 관한 일일까?

사실 아직 그녀는 이곳에서 해야 할 일에 대해 알지 못했다. 그저 손튼의 통역을 담당하게 되었다는 말만 들었지 그 이외의 사항은 알지 못했다. 제대로 된 지시를 받은 적도 없고, 강 비서에게 물어봐도 손튼 씨가 직접 알려줄 거라며 말을 아꼈다. 게다가 손튼은 지금 그녀를…….

"어떻게 저의 다른 이름이 세라라는 걸 아셨죠?"

재현 말고는 아무도 알지 못하는 그녀의 본명을 손튼이 어떻게 아는 걸까? 그렇다고 재현이 손튼에게 말해주었을 것 같지는 않은데…….

손튼은 대답 대신 빙그레 웃으며 한쪽 팔로 가만히 세희의 어깨를 감쌌다.

"오늘은 늦었으니까 그만 들어가 쉬고, 내일 아침에 천천히 이야기하도록 하지."

그 말을 끝으로 손튼은 잘 자라는 인사를 한 후 저택으로 뚜벅뚜벅 걸어갔다. 거대한 저택과 목장을 소유하고, 누구 하나 부러울 것 없는, 세상에서 손꼽히는 막대한 부를 자랑하는 손튼인데, 이상하게도 세희의 눈에는 그가 왠지 모르게 슬퍼 보였다. 그래서인지 세희는 손튼의 쓸쓸한 뒷모습에서 눈을 뗄 수가 없었다.

그가 저택 안으로 완전히 사라지고 나서야 세희도 걸음을 돌려 방으로 돌아갈 수 있었다. 다시 침대에 누웠지만 통 잠을 잘 수 없었다. 밤새도록 뒤척이던 그녀는 새벽녘이 돼서야 잠이 들었다.

결국 그녀는 다음 날, 창가로 스며드는 밝은 햇살을 느끼고서야 잠에서 깨어났다.

"아하암."

세희는 크게 하품을 하며 계속 감기는 눈을 힘겹게 깜빡거렸다. 흐릿한 초점을 맞추며 침대맡에 놓인 시계를 바라보는 순간…….

"헉!"

10시에 가까운 숫자를 보고 벌떡 침대에서 몸을 일으켰다. 어젯밤 브랜든이 정확히 몇 시에 아침을 먹을 거라는 말은 안 했지만, 그래도 너무 늦잠을 자버렸다. 부랴부랴 준비하고 식당에 내려갔을 때는 이미 10시 반이 지나 있었다. 헐레벌떡 식당 안으로 들어가자 텅 빈 실내가 그녀를 맞이했다.

어쩌면 좋아. 모두 아침을 먹고 어디로 간 건지?

무슨 일인지 너무나도 고요했다. 이 넓은 저택에 고용인 한 명도 눈에 보이지 않았다. 강 비서님 방에 가봐야 하나? 복도 오른쪽 끝 방이라고 했는데…….

서둘러 등을 돌리는 순간, 식당 반대편에 있는 문이 열리며 한 손에는 신문을, 다른 한 손에는 커피 잔을 든 손튼이 안으로 들어왔다. 그는 세희를 힐끗 쳐다본 후, 그대로 식탁 앞으로 가서 자리를 잡고 앉았다.

"Good morning, Sara."

"죄송합니다. 제가 늦잠을 자는 바람에……."

세희는 재빨리 손튼 앞으로 걸어가 용서를 구했다. 그러자 손튼은 고개를 내저으며 커피 잔을 입으로 가져갔다.

"신경 쓰지 않아도 돼. 어제 많이 피곤했을 테니까 느긋하게 늦잠을 자는 것도 나쁠 건 없겠지. 어차피 제이가 오기 전까진 별로 할 일도 없을 테니까. 그냥 휴가 왔다고 생각하라고. 강 비서는 아침 먹고 목장 매니저를 따라서 목장 구경을 나갔어."

"별로 할 일이 없다고요? 저는 여기에 손튼 씨의 통역사로 온 게 아니었나요?"

하긴 한국 사람처럼 한국말에 능숙한 손튼이 왜 통역사가 필요한지 잘 이해가 되지 않았다. 손튼은 이번에도 대답해줄 생각이 없는 듯 묵묵히 커피를 한 모금 들이켰다.

그때 마침 고용인이 아침 식사가 담긴 카트를 끌고 식당 안으로 들어왔다. 식탁 위에 아침이 차려지는 것을 바라보며 세희가 다시 한 번 조심스럽게 물어보았다.

"어젯밤 저에게 하실 말씀이 있다고 하셨죠?"

"우선 아침부터 먹자고. 그러고 나서 이야기해도 늦진 않을 테니까."

"네."

"때로는 말이지."

접시 위에 놓인 블루베리 머핀을 집어 들며 손튼이 말했다.

"한마디 말보다는 직접 눈으로 보는 게 설명하기 쉬울 때가 있지."

반으로 가른 머핀을 입으로 가져가며 다시 그가 말을 이었다.

"이따 나와 함께 서재에 가면 궁금증이 풀릴 거야."

"그런데 말입니다."

첫 미팅을 끝내고 잠깐의 휴식 시간을 갖는 동안 안 실장이 넌지시 말을 꺼냈다. 서류를 훑어보던 재현이 건성으로 고개를 끄덕였다.

"네, 말씀하세요."

"회장님과 채 실장 사이에 무슨 문제가 생겼다고 보고 드린 것 말입니다. 어쩌면 정연 이사님과 민규한 씨가 얽혀 있을지도 모른다고……."

내용이 심각하게 흘러가자, 재현은 서류를 내려놓으며 안 실장에게로 고개를 돌렸다.

"채 실장도 어지간히 힘들었나 봅니다. 저에게 도움을 요청하더군요. 회장님께 씻을 수 없는 잘못을 저질렀다고 하면서요. 그러니까 말입니다."

안 실장에게 자초지종을 들은 재현이 눈살을 크게 찌푸렸다. 방금 안 실장의 입에서 나온 말이 도저히 믿어지지 않았다.

"아버지가요?"

아버지가 규한이 형을 정신병원에 강제로 입원시켰다고? 단지 누나와 갈라놓기 위해서? 그 일을 채 실장이 맡아서 처리해……. 순간 재현의 머릿속에 규한이 해준 말이 떠올랐다.

—네 아버지, 이 회장님. 평소에는 호탕하고 마음이 넓은 분 같지만, 본인 것을 지킬 때는 아주 잔인해질 수 있는 분이지.

—조심하라는 말을 하려고 만나자고 한 거야.

설마 아버지가? 규한이 형을? 그렇다면……. 재현의 얼굴이 어둡게 변하자 안 실장은 빠르게 이 회장을 감싸기 시작했다.

"제 생각에는 뭔가 착오가 있었던 것 같습니다. 아무리 회장님이 두 사람 사이를 크게 반대하셨다고 해도 그렇게까지 막 나가실 분은 아닙니다. 전무님이야말로 아버님에 관해서 누구보다도 잘 아실 겁니다. 회장님도 채 실장에게 그런 지시를 내린 적이 없다고 거듭 강조하셨고요."

그러면 도대체 누구란 말인가? 재현은 긴 한숨을 내쉬며 한 손으로 이마를 문질렀다.

"누나도 이 사실에 관해서 알고 있습니까?"

"얼마 전에야 알게 된 것 같습니다."

"알겠습니다. 새로운 사실을 알아내는 대로 저에게 바로 알려주세요."

"네."

다시 서류를 집어 들었지만, 더 이상 눈에 들어오지 않았다. 재현은 복잡한 머릿속을 힘겹게 정리하며 아무 의미 없는 숫자와 글자를 뚫어지게 노려보았다.

손튼의 전용 서재에 발을 들여놓는 순간 세희는 자신도 모르게 숨을 들이마셨다. 적어도 건물 3층은 돼 보이는 공간을 뻥 뚫어놓은 서재에는 천장 한 가운데에 설치된 유리창으로 환한 햇살이 내리쬐고 있었다. 벽 한 면을 가득 채운 책장에는 책이 빼곡히 꽂혀 있었고 서재 중앙에는 커다란 마호가니 책상이, 옆으로는 안락해 보이는 가죽 소파가 놓여 있었다.

그중에서도 가장 눈길을 끄는 것은 벽에 걸린 크고 작은 사진 액자였다. 액자는 빽빽하게 사방의 벽을 가득 채우고 있었다. 세희가 호기심 어린 눈으로 사진을 바라보자 손튼은 사진 하나하나에 대해 상냥하게 설명해주었다. 손튼은 때로는 갓난아기의 모습으로, 때로는 매력적인 청년의 모습으로 수십 장이 넘는 사진 속에 살아 있었다.

"혹시 이 꼬마 녀석, 누군지 알아보겠나?"

손튼이 그와 함께 말 위에 앉아 환하게 웃고 있는 동양의 사내아이 사진을 가리켰다. 너무나도 낯이 익은 저 모습은…… 혹시 재현 씨? 세희가 눈을 가늘게 뜨며 사진을 노려보자 손튼이 피식 웃으며 고개를 끄덕였다.

"그래. 그 꼬마 녀석, 제이가 맞아. 이재현 전무."

세상에나, 이 남자에게도 이런 시절이 있었구나. 포동포동한 볼살을 가진 꼬마 이재현은 깨물어주고 싶을 정도로 귀여웠다. 세희는 사진 속의 꼬마 재현을 바라보며 환한 미소를 떠올렸다. 손튼의 설명은 계속해서 이어졌다.

"제이가 11살 되던 해, 이 회장을 따라서 이곳에 방문한 적이 있었지. 그 이후로 여름 방학마다 종종 목장에 놀러 오곤 했어. 지금의 제이와 많이 다르지? 아주 인상 깊은 아이였어. 어린데도 불구하고 어른보다 더 어른스러웠으니까. 하지만 해맑게 웃는 모습만큼은 또래 아이들처럼 참 귀여웠어."

한 발짝 옆으로 옮긴 손튼이 다른 사진을 손가락으로 가리켰다.

"이 갓난아이는 누구 같아?"

손튼의 손가락을 따라 시선을 돌린 세희의 눈이 동그랗게 커다래졌다.

"이건……."

사진 안에서는 그녀의 부모님이 갓난아이를 품에 안고 활짝 웃고 있었다. 어머니 캐서린이 안고 있는 아이는 바로 그녀 자신이었다. 세희가 믿을 수 없다는 얼굴로 손튼을 바라보았다. 그러자 손튼은 사진의 오른쪽 아래에 있는 날짜를 손가락으로 가리켰다.

"네가 태어나고 한 달 지나서였나? 내가 직접 찍어준 사진이지."

"우리 부모님을 아셔요?"

"물론."

손튼은 슬픈 미소를 지으며 가만히 고개를 끄덕였다.

졸지에 스토커가 된 느낌이었다. 클럽 외벽에 등을 기댄 규한은 별 하나 보이지 않는 검은 밤하늘을 향해 고개를 젖혔다. 해결해야 할 일이 쌓이고 쌓였는데도 불구하고 정연을 쫓느라 모두 뒤로 밀어둔 상태였다. 오늘은 무슨 일이 있어도 그녀와 담판을 지어야 한다.

지인의 생일 파티를 위해 정연이 클럽에 나타났다는 정보를 입수한 규한은 모든 일을 제쳐놓고 한걸음에 달려왔다. 이제 슬슬 파티가 끝날 시간이 되었는데……. 규한은 손목시계를 들여다보다 화려한 네온사인의 클럽 간판으로 시선을 돌렸다. 그때 출입구 쪽에서 웅성거리는 소리와 함께 지인들에게 휩싸인 정연이 모습을 나타냈다.

"정연아, 우리 2차 가는 거지?"

"그럼, 파티는 이제부터 시작이야!"

친구와 키득거리며 클럽 안을 빠져나오던 정연은 벽에 기대어 선 규한을 발견하고 제자리에 멈춰 섰다. 그리고 행여나 그와 시선이 마주칠까 슬그머니 고개를 돌려 그를 외면했다.

외벽으로부터 몸을 일으킨 규한이 뚜벅뚜벅 무리 앞으로 걸어갔다. 코앞에 멈춰선 그가 그녀의 이름을 불렀다.

"이정연."

그의 나직한 목소리에 정연이 움찔 어깨를 떨었다. 지금까지의 규한과는 뭔가 다르다는 걸 본능적으로 알 수 있었다. 아니나 다를까, 그가 다짜고짜 그녀의 손목을 움켜잡았다.

"나랑 이야기 좀 하자."

규한을 알아본 정연의 지인들이 호기심 어린 표정으로 수군거리기 시작했다. 정연과 규한이 어떤 사이인지 가까운 지인들은 죄다 알고 있었다. 그뿐인가? 가까운 지인들 모두, 규한의 벌거벗은 돌 사진까지 보았는데…….

"나, 지금 바빠."

정연은 매몰차게 쏘아붙이며 그의 손에 잡힌 손목을 빼내기 위해 몸을 비틀었다. 그러나 규한은 손목을 놔주기는커녕 아예 다른 쪽 팔로 그녀의 어깨를 와락 감싸 안았다. 규한의 품에 안긴 상태가 돼버린 정연이 빽 소리를 질렀다.

"이거 못 놔?"

"가만히 있어."

규한은 정연을 끌어안은 채 그녀의 어깨 너머로 지인들을 향해 가볍게 고개를 숙였다.

"죄송합니다. 정연이 좀 데려가도 될까요? 긴히 할 말이 있어서요."

원래 홍정은 붙이고 남녀 간의 사랑싸움은 모른 척하는 거다. 그런데 두 사람이 지금 사랑싸움 하는 것 맞나? 지인들은 아무 말도 하지 못하고 서로 눈치만 보았다.

"그럼 우리끼리 먼저 2차로 갈게요. 이야기 끝나면 정연이 보내주세요."

오늘의 주인공이자 생일을 맞은 지인이 총대를 메기로 했는지 규한을 향해 어색하게 웃어 보였다.

"정연아, 내가 2차 장소 문자로 보낼게."

"아니! 나도 같이 가."

그 말과 동시에 정연은 힘껏 몸을 비틀어 규한의 품에서 벗어났다. 잡힌 손목도 마저 풀려고 발버둥을 쳤지만 그건 쉽지 않았다. 악에 받친 그녀가 크게 소리쳤다.

"규한 씨, 이거 놔. 친구들이 기다린다고."

"잠시면 돼."

"그래, 정연아, 규한 씨가 중요하게 할 말이 있는 거 같으니까……."

"됐어. 중요한 말은 무슨 중요한 말!"

친구의 권유에도 정연은 규한에게서 벗어나려 계속해서 팔을 비틀었다.

"너……."

그런 정연을 슬픈 눈으로 지켜보던 규한이 짧게 한숨을 내쉬었다. 이윽고 그의 입에서 청천벽력과도 같은 말이 흘러나왔다.

"……내가 정신병원에 입원했던 사실 때문에 피하는 거야?"

순간 시끌벅적하던 주위가 얼음물을 끼얹은 듯 조용해졌다.

"규한…… 씨?"

발버둥을 치던 정연은 움직임을 멈추고 놀란 눈으로 그를 바라보았다.

세희는 손튼의 입에서 나오는 말이 도통 믿어지지가 않았다. 그가 아버지와 어머니의 둘도 없는 가까운 친구였다니…….

"네 부모님이 사고를 당했을 때……."

손튼은 침통한 얼굴로 긴 한숨을 내쉰 후, 잠시 침묵을 지키다 다시 조심스럽게 말을 꺼냈다.

"그때 난 탐사단을 이끌고 아마존 정글 등, 세계 오지를 탐험 중이었지. 조그만 사고가 있었고 그 탓에 외부와 연락이 끊기고 말았어. 아주 오랫동안 고립되었다가 돌아오니까, 도저히 믿을 수 없는 사실이 나를 기다리고 있더군."

아쉬움을 가득 담은 손튼의 시선이 그녀를 안고 있는 부모님의 사진에 머물렀다.

"모든 일을 제쳐놓고 달려왔더니 넌 이미 네 고모와 함께 한국에 갔더구나. 만나보진 않았지만, 앨버트에게 하나밖에 없는 여동생이 있다는 사실은 예전부터 알고 있었어. 친고모니까 어련히 알아서 잘 돌볼까 하고 마음을 놓았었지. 나에 관한 기억도 전혀 없을 텐데 갑자기 네 앞에 나타나는 것도 그렇고 해서……."

한참 동안 말없이 사진을 바라보던 손튼이 고개를 돌려 그녀를 바라보았다. 조금은 촉촉해진 눈으로 그가 말을 이었다.

"그런데 어느 날 네 엄마가 꿈에 나타났어. 왠지 슬퍼 보이는 얼굴로 날 바라보더군. 이상한 꿈 한 번 꿨다고 널 찾아 나선 게 우습긴 하겠지만, 하여간 그랬어. 결국 그린 파라다이스 제주에서 인턴으로 일하고 있는 널 찾아냈지."

"잠깐만요."

세희가 미간을 좁히며 그의 말을 끊었다.

"그럼 저번에 제주도에서 만났을 때, 저를 이미 알고 계셨던 거예요?"

"응."

"그런데…… 왜?"

"왜 모른 척했느냐고?"

세희가 빠르게 고개를 끄덕였다.

"그때는 내가 알러지 쇼크가 오는 바람에 아는 척을 할 수가 없었어."

아, 맞다. 그에게 조이에 관해서 사과해야 한다. 조이 때문에 그가 쓰러졌으니까.

"손튼 씨, 그때 그 일은……."

그러나 손튼이 먼저 사건에 대해 말을 꺼냈다.

"나 때문에 곤란했던 거 알아. 제이에게 임시로 돌봐주던 고양이를 빼앗겼다고 들었다. 그때 같이 한국에 동행했던 비서가 깜빡하고 제이에게 사실을 이야기하지 않았더군. 내가 그날 쓰러진 건 약물 알러지 반응 때문이야. 고양이 알러지가 있긴 했지만, 재채기 정도지 정신을 잃을 정도는 아니거든."

"네?"

뜻밖의 말에 세희의 눈이 커다래졌다.

"나중에 건강이 완전히 회복된 후에야 제이가 고양이를 유기 동물 센터에 신고했다는 말을 들었지."

"아……."

"미안하게 됐어. 나 때문에……."

"아니에요. 유기 동물 센터에서 그러는데 조이가 좋은 집으로 입양되었대요. 걱정하지 않으셔도 돼요."

"그래? 그렇다면 다행이군. 누구에게 입양되었는지는 아나?"

"아뇨. 그냥 아주 좋은 집에 입양되었다고만 들었어요. 유기 센터에서 하는 말이 조이는 팔자 핀 고양이라고."

세희의 설명에 손튼이 희미한 미소를 띠며 고개를 끄덕였다.

"……한 번 그렇게 난리를 치고 나니까, 솔직히 아는 척하기가 그렇더군. 그래서 두 번째 만났을 때도 일부러 제이 사무실까지 끌고 가놓고 아무 말도 못 하고 그냥 돌아간 거야."

이제 알겠다. 그래서 그때 재현 씨의 사무실로 데리고 간 거였구나. 얼굴이 창백하다고 호들갑을 떨며 제대로 먹기는 하느냐고 물어보던 손튼이 떠올랐다.

"그럼 저를 통역사로 지목하신 이유는요?"

"알고 보니까 산업스파이로 누명을 쓰고 안 좋은 일을 당했더군."

"네. 그래도 전무님 덕분에 잘 해결되었습니다."

"그래도 지켜보는 사람 마음은 그런 게 아니지. 이번 기회에 바람이나 쐬고 기분 전환이나 하라고 널 이곳으로 부른 거야."

그리고 두 사람은 소파에 앉아 이런저런 이야기를 나누었다. 대부분은 한국으로 간 그녀가 지금까지 어떻게 지냈는지에 관한 내용이었다.

"벌써 시간이 이렇게 됐군."

벽에 걸린 시계는 어느덧 1시를 나타내고 있었다.

“아침을 늦게 먹긴 했지만, 점심 먹어야지. 강 비서는 지금 카우보이 훈련소를 구경 중이라고 하니까 우리도 그쪽으로 합세하자고. 근처에 바비큐 피크닉 장소가 있어. 올라가서 준비하고 와. 햇볕이 강하니까 선글라스와 모자가 필요할 거야.”

“네. 준비하고 올게요.”

세희가 서재를 나가자, 책장이 뒤로 한 바퀴 돌아가며 굳은 표정의 브랜든이 나타났다. 그는 세희가 걸어 나간 문을 힐끗 바라더니 불만스러운 눈으로 손튼을 바라보았다.

“뭡니까? 가장 중요한 말을 빼먹었잖습니까?”

“무슨 말?”

“재산에 관한 거요. 그것 때문에 부르신 거 아닙니까?”

“아, 그거!”

손튼은 소파에서 일어나 브랜든의 어깨를 손으로 툭 내리치며 씩 미소 지었다.

“천천히 하자고, 천천히. 지금 내가 해준 이야기만 해도 소화하기 벅찰 테니까. 안 그런가?”

야외에서 점심을 마치고 세희와 강 비서를 다시 저택으로 바래다준 손튼은 브랜든과 볼일이 있다며 곧바로 목장을 떠났다. 저녁 늦게야 돌아올 거라며 편하게 휴식을 취하라는 말도 덧붙였다.

“저는 방에 올라가 있을게요.”

휴대폰으로 이메일을 확인한 강 비서는 급히 처리해야 할 일이 있다며 그녀의 방으로 돌아갔다. 혼자서 달리 할 일이 없는 세희도 휴식을 취하기 위해 방으로 돌아갔다.

"응?"

침실로 돌아온 세희는 가구 배치가 무언가 바뀌어 있다는 걸 깨달았다. 찬찬히 방 안을 둘러보니, 오른쪽 구석에 있던 책장이 중앙으로 옮겨져 있었다. 그리고 책장이 놓여 있던 자리에 숨겨져 있던 문이 나타났다.

이건 무슨 문이지? 호기심에 손잡이를 돌리자 덜컥 문이 열렸다. 문은 옆방으로 연결되어 있었다. 그녀의 침실과 거의 같은 크기의 방이 눈앞에 펼쳐졌다. 가구 배치나 모든 것이 그녀의 방과 흡사했다. 세희는 조심스럽게 방에 들어서며 주위를 둘러보았다. 그러다 침대 위에 아무렇게나 던져진 남자의 옷을 발견했다.

하얀 와이셔츠와 넥타이, 그리고 고급 재질의 바지와 가죽 벨트…….

"어머."

당황한 세희가 서둘러 방을 나가려는 순간, 뒤쪽에서부터 부스럭거리는 들리며 누군가 욕실 안에서 걸어 나왔다.

헉, 어떡해! 너무 놀란 나머지 다리가 굳어버려 자리에서 꼼짝달싹도 할 수 없었다. 세희는 마른침을 꿀꺽 삼킨 후, 천천히 뒤쪽으로 몸을 틀었다.

겨우 고개를 돌리자 목욕 타월을 허리에 두른 재현이 눈에 들어왔다.

"세희?"

그가 미간을 찌푸린 채 그녀를 바라보았다.

36. 그녀에게 남겨진 유산이란

"세희?"

재현은 방 안에 서 있는 세희를 믿을 수 없다는 눈으로 바라보았다. 졸지에 남의 방에 무단 침입한 꼴이 돼버린 세희가 두 손을 내저으며 얼굴을 붉혔다.

"오해예요. 오해. 몰래 들어오려고 한 게 아니라, 안 보이던 문이 있어서, 제 방이랑 연결돼 있길래……. 그나저나 언제 왔어요? 저녁 늦게 도착할 줄 알았……."

그녀가 말을 미처 끝내기도 전에 성큼성큼 다가온 재현이 그녀를 품에 끌어안았다. 방금 샤워를 마쳤는지 가슴에 남은 물기가 그녀의 뺨을 간질였다. 그녀의 정수리에 얼굴을 묻으며 재현이 작게 속삭였다.

"보고 싶어서 최대한 빨리 끝내고 돌아왔어."

그를 이렇게 보게 될 거라고 전혀 예상하지 못한 탓일까? 재현의 품에 안긴 그녀의 심장이 미친 듯이 쿵쿵거리기 시작했다. 세희는 손을 들어 그의 등을 조심스럽게 끌어안았다.

재현의 단단한 근육이 손바닥에 느껴졌다. 순간 등줄기를 타고 짜릿한 느낌이 온몸에 흘렀다. 그의 매끄러운 등을 만지는 것만으로도 그녀는 가슴이 떨려 숨이 탁 막힐 지경이었다.

"재현 씨."

밤새도록 그의 넓고 따뜻한 품을 얼마나 그리워했는지 모른다. 고작 하룻밤 떨어진 주제에 한 달은 보지 못했던 것처럼 그의 익숙한 체취에 눈물이 핑 돌았다.

그녀의 등을 꽉 어루만지던 커다란 손이 천천히 위로 올라와 그녀의 얼굴을 감쌌다. 그리고 곧 그의 입술이 그녀의 입술에 부드럽게 맞닿았다.

그는 방금 양치질했는지 상큼한 박하 향이 입 안으로 흘러들었다.

"도착했더니 모두 외출하고 없더군."

잠시 입술을 떨어뜨리며 재현이 나직하게 속삭였다.

"그건 손튼 씨가 점심은 바비큐 피크닉으로…… 읍."

그가 다시 입술을 덮어버리는 바람에 그녀의 대답은 계속해서 이어질 수 없었다. 부드럽게 시작한 키스는 가면 갈수록 온몸에 소름이 돋을 것처럼 격렬해졌다. 숨결이 거칠게 얽혀들고 입 안 가득히 그의 달콤한 박하 향이 가득 퍼졌다.

저돌적으로 밀어붙이는 그를 상대하기가 힘에 부쳐 세희는 자신도 모르게 서서히 뒤로 밀리기 시작했다. 계속해서 조금씩 뒷걸음치던 그녀의 허벅지가 어느덧 침대 모서리에 닿았다. 동시에 입 안을 거칠게 파고드는 것으로 모자라 그의 손이 그녀의 셔츠 안으로 들어왔다.

깜짝 놀란 세희는 활처럼 등을 뒤로 휘었다. 그 탓에 중심을 잃어버린 그녀의 몸이 휘청 넘어가버렸다. 침대 위로 쓰러지고도 그의 손길은 조금도 늦추어지지 않았다. 오히려 노골적으로 대담해졌다.

재현은 올라타듯이 그녀 위에 몸을 포개고 그녀의 셔츠 단추에 다급히 손을 뻗었다. 첫 번째 단추가 풀리고 두 번째 단추마저 열리자 그녀의 눈이 커다래졌다.

잠깐, 지금 어디까지 가려는 거지? 설마?

퍼뜩 정신이 든 세희는 그의 손을 움켜쥐었다.

"재현 씨, 안 돼요."

"……뭐가 안 돼?"

재현은 열에 들뜬 목소리로 그녀의 반항을 가볍게 무시했다. 세 번째 단추가 풀리고 맨살이 드러나자 곧이어 그의 뜨거운 입술이 내려앉았다.

그녀 역시 그를 절실히 원했지만, 지금은 아니었다.

문을 잠갔는지 확실하지도 않은데 만약에 누가 들어오기라도 한다면?

우선은 그의 열기부터 식혀야 했다. 세희는 아이를 달래듯 재현의 머리카락을 부드럽게 쓰다듬었다.

"……재현 씨에게 할 이야기가 있어요."

"이야기라면 나중에 해도 돼."

"손튼 씨가……."

손튼이라는 말에 피부 위를 미끄러지던 그의 손길이 우뚝 멈춰졌다. 기회는 이때다. 세희가 재빨리 말을 이었다.

"알고 보니까 우리 부모님과 친분이 있었어요. 서재에 제가 갓난아기 때의 사진이 걸려 있더라고요."

재현이 천천히 몸을 일으킨 후, 한쪽 팔로 상체를 지탱한 채 그녀를 내려다보았다.

"갓난아기 때 사진?"

손등으로 그녀의 뺨을 어루만지며 그가 속삭이듯 물었다. 세희는 고개를 끄덕이며 그의 가슴에 얼굴을 묻었다.

"저 태어나고 한 달 후에 찍은 사진이래요. 손튼 씨가 직접 찍었다고 하던걸요."

"그래?"

재현의 얼굴에 어두운 그림자가 내렸지만, 그의 가슴에 얼굴을 묻은 세희는 그 변화를 눈치챌 수 없었다.

세희는 손튼과 서재에서 나누었던 대화를 하나도 남김없이 재현에게 이야기해주었다. 그는 가끔 궁금한 것에 관해 물어봤을 뿐, 대부분은 그녀가 계속 이야기하게 내버려두었다.

"이번에 저를 통역사로 지목한 것도 기분 전환이나 하라고 부른 거래요. 산업스파이 누명을 쓰고 힘들었을 테니까."

"음."

"너무 고맙더라고요. 그렇게 일일이 신경 써주셔서……."

"그게 다야?"

"네?"

"오늘 손튼 씨와 나눈 대화가 그게 다야?"

"네. 그게 다예요. 왜요?"

"아니…… 그냥."

재현은 그녀의 동그란 어깨를 손끝으로 쓰다듬으며 작게 한숨을 내쉬었다. 손튼이 앨버트의 회사를 모두 인수했다는 사실은 아직 말하지 않은 모양이었다. 손튼이 순순히 모든 것을 세희에게 털어놓을 거라곤 기대하지 않았다. 그가 어떤 비밀을 간직하고 있는지는 지금으로서는 아무도 모른다. 그저 그가 악연이 아니기를 빌 뿐이다.

"저…… 그런데 재현 씨."

잠시 머뭇거리던 세희가 조심스럽게 말을 꺼냈다.

"저…… 지금 타월만 두르고 있는데. 안 추워요? 옷…… 입어야죠."

"아니. 지금 말고."

으스러지게 세희를 끌어안으며 재현이 그녀의 귓가에 속삭였다.

"나중에…… 아주 나중에……."

묵묵히 운전에 열중하던 브랜든은 신호를 받은 차가 건널목에 멈추자 룸미러를 통해 뒷좌석에 앉은 손튼을 훔쳐보았다. 심각한 표정으로 창밖을 내다보는 손튼에게 브랜든이 넌지시 질문을 던졌다.

"왜 한동안 앨버트 씨와 연락을 끊었는지는 끝까지 말하지 않을 건가요?"

"……글쎄 아무래도 그래야겠지."

창밖을 향한 손튼의 얼굴에 쓸쓸한 그림자가 내려앉았다.

"죽은 네 엄마를 사랑했다고……."

앞쪽으로 고개를 돌리며 손튼이 피식 입꼬리를 비틀었다.

"사랑하던 여자가 다른 남자와 결혼해버렸다. 그 남자의 아이를 낳고 행복해하는 모습을 보면서도 그 마음을 버리지 못해서…… 차마 아무렇지 않은 듯 더 이상은 볼 수 없어서 연락을 끊었다는 말을…… 그런 말을 할 수야 없지. ……후."

말꼬리를 흐리는 손튼의 입에서 긴 한숨이 흘러나왔다.

"보면 볼수록 캐서린을 닮았어. 물론 앨버트의 모습도 가끔 보이긴 하지만……."

전혀 어울릴 것 같지 않은 애달픈 사랑을 하는 댄 손튼.

그를 바라보던 브랜든이 고개를 좌우로 흔들었다. 다시 신호가 바뀌어 브랜든은 재빨리 가속페달에 발을 올렸다. 손튼을 옆에서 지켜본 지가 거의 10년이 다 되어간다. 그동안 한 번도 손튼이 다른 여자에게 눈길 주는 걸 본 적이 없다. 처음에는 혹시 그의 취향이 색다른 건 아닐까? 살짝 의심도 했었다.

얼마 후, 브랜든이 알게 된 진실은 쉽게 믿을 수 없는 반전이었다. 예전에 놓쳐버린 사랑을 잊지 못해서라니. 게다가 이미 그녀는 이 세상 사람이 아닌데…….

차 안의 분위기가 착 가라앉자, 브랜든은 나직하게 헛기침을 내뱉었다. 그리고 분위기를 전환하기 위해 서둘러 말을 꺼냈다.

"혹시 그 노래 아세요? 한국 가요 중에 '친구의 친구를 사랑했네.'라는 노래가 있는데……."

"그런 노래가 있었나?"

"친구의 여자 친구를 만나 첫눈에 반해버린 내용이에요. 가슴 아픈 사연이죠."

그 말에 손튼이 인상을 찌푸렸다.

"나는…… 다르지. 내가 먼저 그녀를 만났어. 앨버트에게 그녀를 소개해 준 사람이 바로 나였다고."

"아…… 그래요?"

분위기를 밝게 하려고 꺼낸 말이었는데 어째 더 심각해져버린 것 같다. 브랜든은 목적지에 도착할 때까지 입을 꼭 다물었다.

"너, ……내가 정신병원에 입원했던 사실 때문에 피하는 거야?"

이 인간, 정말 미친 게 분명하다! 다른 사람들 다 있는 데서 그런 말을 하다니…….

규한의 발언에 지인들은 모두 꽤 충격을 받은 듯싶었다. 믿을 수 없다는 표정으로 수군거리기 시작했다. 크게 당황한 정연은 서둘러 지인들의 등을 떠밀었다.

"얘들아, 먼저 2차 가 있어. 나는 좀 이따가 갈게."

그리고 다급하게 규한의 팔을 앞으로 잡아끌었다. 두 사람의 대화가 들리지 않을 만쯤 떨어지자, 정연이 화난 얼굴로 규한을 돌아보았다.

"미쳤어? 사람들 다 있는 데서 그런 소릴 하면 어떡해? 그런 이야긴 단둘이 있을 때……."

"네가 나에게 단둘이 있을 기회를 주기나 했어?"

"규한 씨, 그건……."

정연이 말을 끝마치기도 전에 규한은 그녀의 손목을 잡고 주차장으로 향했다. 그러고는 자신의 차에 그녀를 태우고 거칠게 차를 몰았다. 그는 목적지에 도착할 때까지 한마디도 하지 않았다.

정연도 마찬가지였다. 그저 창밖을 내다보며 이 회장이 규한을 정신병원에 강제 입원시킨 것에 관해서 어떻게 대화를 나눠야 할지 고민했다.

우선 용서를 구해야겠지? 글쎄……. 용서를 구할 수나 있을까? 돌이키고 싶지도 않을 만큼 끔찍한 일일 텐데…….

규한은 자신이 머무는 호텔 주차장으로 차를 몰았다. VVIP 주차장에 차를 세우고 스위트룸과 연결된 전용 엘리베이터로 향했다. 정연은 가만히 규한이 이끄는 곳으로 따라갔다.

규한은 스위트룸의 문을 닫자마자 정연을 벽에 밀어붙이며 와락 끌어안았다. 그녀를 자신의 품에 가두며 규한이 그녀의 귓가에 속삭였다.

"그날 펑펑 울던 너를 그렇게 그냥 보내고 미쳐버리는 줄 알았어."

"규한 씨."

"그 후에 넌 날 피하기만 하고. ……그동안 내 속이 얼마나 타들어갔는지 알아?"

정연의 목덜미에 얼굴을 묻으며 규한이 나직하게 중얼거렸다. 감정이 복받쳐 올랐는지 그의 목소리 끝이 갈라져 있었다.

"제발 나를 피하지 마."

"이 바보야!"

그러자 정연이 두 손으로 힘껏 규한을 밀치며 크게 소리쳤다.

"그러면 나보고 어쩌라는 거야! 내가 무슨 낯짝으로 당신 얼굴을 보는데!"

"정연아."

규한이 슬픈 눈빛으로 그녀를 바라보며 미간을 찡그렸다.

"왜 규한 씨가 그런 수모를 겪어야 해? 그게 모두 나 때문에 그런 거잖아. 나 때문에……."

정연은 끝내 말꼬리를 흐리며 눈물을 글썽거렸다. 그러자 규한이 크게 한숨을 내쉬며 두 손으로 그녀의 어깨를 움켜쥐었다. 그는 고개를 숙여 억지로 그녀와 시선을 맞추며 가라앉은 목소리로 말했다.

"아직도 모르겠어? 난 너 하나면 돼. 정신병원에 처넣는 게 아니라 날 죽이려 했다고 해도 상관 안 해. 너만 내 곁에 있어준다면 모두 덮을 수 있어."

그 말에 물기 어린 정연의 눈빛이 흔들렸다.

"……늦었지만 그걸 이제야 깨달았다. 그래서 돌아온 거야. 무슨 일이 있어도 널 내 곁에 두려고 돌아온 거라고, 이제 알겠어?"

바보다. 그는 정말 바보 멍청이가 틀림없었다. 아니 덮을 게 따로 있지. 어떻게 이런 일을 덮어? 지금 정신이 있는 거야, 없는 거야! 정연은 한껏 눈살을 찌푸리며 고개를 돌려 그의 시선을 외면했다.

"규한 씨는 그게 될지 모르겠지만 난 아니야. 난 뻔뻔스럽게 그럴 수 없어!"

"나를 정신병원에 넣은 사람, 이 회장님이 아닐 수도 있어."

"뭐? 아빠가 아니면 누가?"

정연이 놀란 눈으로 규한을 바라보았다.

"아직은 몰라. 하지만 너를 위해서라도 누가 그랬는지 꼭 알아내겠어. 그러니까 넌 아무 걱정도 하지 마. 그냥 내 곁에 있기만 하면 돼. 알았어?”

그녀가 아무런 대답도 하지 않자 규한이 두 손으로 그녀의 뺨을 감싸 자신을 바라보게 했다.

“너와 헤어지고 지금까지 내 옆에는 아무도 없었어. 너도 나처럼 그랬길 바라진 않아. 하지만 한 가지만 묻자. 너, 지금 만나는 남자 있어? 마음에 둔 사람 있어?”

“…….”

물론 아무도 없었지만, 정연은 선뜻 대답할 수가 없었다. 그저 눈만 깜빡거리며 규한을 올려다보았다.

똑똑―.

희미하게 들리는 노크 소리에 세희는 눈을 뜨기 위해 천근만근 무거운 눈꺼풀에 힘을 주었다. 곧이어 달칵 문이 열리는 소리가 들리며 누군가가 낮은 목소리로 대화를 나누었다. 다시 문이 닫히고 잠시 후, 침대가 출렁 흔들렸다.

이어서 강인한 손이 그녀의 허리에 감기며 힘껏 뒤로 끌어당겼다. 맨살이 드러난 등 뒤로 단단하고도 따뜻한 가슴 근육이 느껴졌다. 허리에 머물던 손길이 가슴으로 올라오자 세희는 자신도 모르게 여린 신음을 흘렸다.

“피곤하면 더 자도 돼.”

그녀의 목덜미에 턱을 기대며 재현이 다정하게 속삭였다.

잠깐! 뒤에서 들려오는 그의 나긋한 목소리에 그만 잠이 확 달아나버렸다. 내가 지금 어디에 있는 거지? 번쩍 눈을 뜨고 홱 등을 돌리자, 재현이 한쪽 팔로 턱을 괸 채 그녀를 바라보고 있었다.

"어젯밤에 잠 설쳤어? 누가 업어 가도 모를 정도로 아주 잘 자던걸."

"아, 그게……."

아니지! 지금 밤에 잠을 제대로 자지 못한 게 문제가 아니라고!

"방금 문 밖에 누구였어요?"

"메이드. 저녁 식사 어떻게 할 거냐고 물어서 배고프면 알아서 챙겨 먹겠다고 했어."

그녀의 눈이 튀어나올 것처럼 커다래지자 재현이 피식 입꼬리를 올렸다.

"걱정하지 마. 복도로 나가서 이야기했으니까. 한 침대에 같이 있는 거 몰라."

그 말에 세희는 서둘러 침대에서 몸을 일으켰다. 그리고 침대 시트로 몸을 가린 채 바닥에 떨어진 옷을 집어 올렸다. 그런 그녀의 손을 재현이 빠르게 낚아챘다.

"왜?"

"나에게도 물어볼 거잖아요. 빨리 옷 입고 방에 가 있어야죠."

"너도 마찬가지라고 해뒀으니까 신경 쓰지 않아도 돼."

"아."

그제야 세희는 힘없이 침대 위에 주저앉았다. 그러나 곧 자신이 알몸인 것을 깨닫고 후다닥 이불 속으로 몸을 감추었다. 부끄러움에 목덜미까지 붉게 물든 그녀가 고개를 푹 숙였다.

"왜 그래?"

재현은 갑자기 수줍어하는 그녀의 행동이 이해되지 않았다. 그는 다정하게 그녀의 어깨를 끌어안으며 옆 이마에 입술을 가져갔다.

"아무리 그래도 엄연히 출장 온 건데……. 게다가 여긴 손튼 씨 집이잖아요. 남의 집에서……, 남의 침대에서…… 그러니까……."

고지식하다 싶을 정도로 올곧은 그녀의 종알거림에 재현은 자신도 모르게 웃음을 터뜨렸다.

“하하, 그러니까 지금 우리의 이런 행동이 민폐를 끼치는 거다?”

“…….”

세희는 아무 말도 하지 않고 그의 가슴에 얼굴을 폭 파묻었다. 그런 그녀가 너무나도 귀여워 재현은 가만히 둘 수가 없었다.

재현은 조금은 거칠다시피 그녀를 침대 위에 도로 눕히며 그녀 위로 몸을 굴렸다.

“재현 씨!”

그는 깜짝 놀라 반항하는 그녀의 두 손을 한 손으로 모아 쥐고는 곧바로 어깨 위로 끌어올렸다. 그리고 피식 웃으며 말했다.

“이곳에 묵는 커플들이 얼마나 많은지 알아? 그 사람들이 여기서 그냥 잠만 자고 갔을까?”

재현이 그녀의 귓불을 살짝 깨물며 묻자 세희는 몸을 파르르 떨며 마른 침을 꿀꺽 삼켰다.

“……그, 그거야.”

당연히 잠만 자고 가지는 않았겠지? 그에게 잡힌 손을 뿌리치려 했지만, 마음처럼 되지 않았다. 맘대로 움직일 수 없게 되자 오히려 한편으로는 묘하게 가슴이 설레었다.

“왜, 우리에게 다른 방도 아니고 하필 문으로 연결된 커플 방을 줬다고 생각해?”

처음에는 그저 장난으로 시작한 물음이었다.

하지만 순간 무언가가 번쩍 재현의 머릿속을 스치고 지나갔다. 그는 움켜쥐었던 세희의 손을 놓아주며 천천히 상체를 일으켰다.

설마? ……아니겠지?

그의 얼굴에 어두운 그림자가 내려앉았다.

“아침 먹고 말 타러 가지 않겠나? 오랜만에 나와 함께 목장이나 둘러보자고.”

다음 날, 아침 식사가 끝나갈 무렵 손튼이 재현에게 제안했다.

“그러죠.”

어차피 재현은 손튼과 합작에 관한 이야기를 긴밀히 나눌 계획이었다. 허심탄회하게 의견을 나누기엔 답답한 실내보다 사방이 트인 실외가 나을 것이다.

밖으로 나가자 재현과 손튼을 위한 말이 이미 준비되어 있었다. 두 사람은 능숙한 솜씨로 말 위에 올라탔다. 아직 오후가 되지 않았지만 제법 따가운 햇볕이 들판을 내리쬐었다.

히이잉, 푸르르—.

가끔 말의 거친 숨소리가 사방에 울려 퍼졌다.

“……아직 큰 이견은 없습니다. 우리 측에서도 최대한 신경을 써서 요구사항에 맞추려고 노력하고 있고요.”

재현이 어제 있었던 회의에 관해 이야기하자, 손튼은 간간이 고개를 끄덕이며 재현의 말에 묵묵히 귀를 기울였다. 아주 큰 이상이 발견되지 않는 한 손튼은 대부분 실무 담당자의 의견을 그대로 따르는 편이었다. 이번에도 큰 반대 의견은 없는 듯했다.

“그렇게 하게나. 내가 검토한 걸 봐도 큰 무리는 없을 것 같아. 지금처럼 쭉 진행하면 되겠지.”

손튼의 말에 재현은 말을 세우기 위해서 고삐를 잡아당겼다. 그가 멈춰서자 손튼도 말을 세우고 뒤쪽으로 고개를 돌렸다.

“무슨 일인가?”

"이건 사적인 이야기인데, 해도 되겠습니까?"

재현의 표정이 자못 진지해 보였다. 손튼은 어깨를 으쓱해 보이며 살짝 웃어 보였다.

"당연하지. 무슨 이야기인데?"

"어제 세희가 그러던데……."

재현은 손튼을 빤히 쳐다보며 천천히 운을 띄웠다.

"저번 제주도에서 만나기 이전부터 이미 세희를 알고 계셨더군요."

"응. 그랬지."

예상한 질문이라는 듯 손튼이 빠르게 대답했다.

"그럼 그때부터 주위에 사람을 풀어 세희를 지켜보고 계셨던 건가요?"

"물론 그랬지."

그랬군. 역시 나의 추측이 맞았다. 재현은 씁쓸한 미소를 떠올리며 다시 말을 꺼냈다.

"그래서 저와 세희가 어떤 사이인 줄도 아셨던 거군요. 강 비서나 안 실장이 먼저 말했을 리는 없고, 세희를 아직 제 여자로 인정해주지 않는 아버지가 말씀하셨을 리도 없고요."

"내가 두 사람이 어떤 사이인 줄 어떻게 안다는 거지?"

"일부러 문 하나로 연결된 커플 침실을 주신 거 아닌가요?"

"후우."

재현의 물음에 손튼은 대답 대신 마른 웃음을 흘렸다.

"솔직히 말하자면 난 두 사람이 연애를 하든 결혼을 하든 아니면 헤어지든 별로 관심이 없네. 당사자 둘이 어련히 잘 알아서 하겠나. 안 그런가? 자네 생각은 어때?"

그의 말이 맞았다. 손튼이 자신의 딸도 아닌 세희의 연애사에 신경 쓸 필요는 전혀 없었다.

"하지만 말이지."

재현에게서 곧바로 대답이 돌아오지 않자, 손튼이 대신 말을 이었다.

"나도 세라가 상처받는 모습은 절대로 보고 싶지 않다네. 자네 아버지, 이 회장님. 자식 욕심이 참 많은 분이지. 나도 그걸 너무 잘 아니까 가끔 걱정되긴 해. 두 사람 사이를 호락호락 쉽게 인정하실 분은 아니니까."

"알고 있습니다."

재현이 착 가라앉은 목소리로 대답했다.

"자네가 혹시나? 하는 생각에 세라의 숨겨진 유산을 찾고 있다는 것도 알고 있네. 행여나 그렇게라도 되면 자네 아버지에게 허락받기에 수월할지도 모르니까."

"이미 알고 있을 거라고 짐작은 했습니다. 항상 세희를 지켜보고 계셨으니까요. 정말 세희 앞으로 남겨진 유산은 없는 건가요?"

재현은 진실을 알아내려는 듯 손튼과 시선을 마주한 채 그의 눈동자를 뚫어지게 바라보았다. 잠시 후, 손튼은 입꼬리를 말아 올리며 마른 웃음을 흘렸다.

"너와 헤어지고 지금까지 내 옆에는 아무도 없었어. 너도 나처럼 그랬길 바라진 않아. 하지만 한 가지만 묻자. 너, 지금 만나는 남자 있어? 마음에 둔 사람 있어?"

정연은 선뜻 대답하지 못하고 물끄러미 규한을 쳐다보았다. 진지하게 마음에 둔 남자는 없었지만 그렇다고 긴 세월 동안 독수공방한 건 아니었으니까.

사귄 남자는 좀 있었다고 하면 질투하려나?

침묵을 지키는 정연의 뺨을 규한이 손으로 감쌌다.

"좋아. 대답 안 해도 돼. 있다고 해도 이젠 상관 안 할 거니까."

그가 고개를 숙이며 정연의 입술에 닿을 듯 말 듯 가까이 다가왔다.

"나, 이제부터 너에게 키스할 거야."

간질이듯 입술 위로 서서히 내려앉는 뜨거운 입김에 정연은 한껏 몸을 긴장했다. 너무나도 익숙한 그의 숨결과 꿈에서도 잊을 수 없는 그의 체취.

얼마나 그리워했던가! 정연은 입술에 맞닿는 그의 달콤한 입술을 느끼며 스르르 두 눈을 감았다.

규한은 마치 깨지는 유리 인형을 다루듯 조심스럽게 그녀의 입술을 머금다 살며시 입술을 떼어냈다. 그리고 그녀의 입술에 작게 속삭였다.

"한 번 시작하면 키스만으론 끝나지 않을 거야. ……싫으면 지금 말해."

이번에도 정연은 아무 말도 할 수 없었다. 말 대신 그녀는 손을 들어 규한의 뺨을 부드럽게 감쌌다. 그리고 발끝을 들어 규한에게 살며시 입술을 포갰다. 예상하지 못한 그녀의 행동에 규한의 눈꺼풀이 움찔 경련을 일으켰다. 뒤로 물러난 정연이 빤히 그의 눈동자를 응시하며 말했다.

"나도 한 번 시작하면 키스만으론 만족 못 해."

그리고 다시금 규한의 입술을 머금었다. 정연의 입술이 맞닿자 규한은 짧게 탄성을 흘리며 숨이 막힐 정도로 그녀를 꼭 끌어안았다. 이어서 입술을 활짝 열고 그녀를 받아들였다.

방 안을 가득 채우는 거친 숨소리가 누구의 것인지 구분하기 어려웠다. 서로에게 열중하느라 아직 현관에 서 있다는 것조차 깨닫지 못했다. 정연이 다급한 손길로 규한의 셔츠 단추를 풀어 헤치자, 그제야 규한은 그녀의 손을 잡고 침실로 이끌었다.

그는 정연을 끌어안은 자세로 침대 위로 쓰러진 후, 아직 그녀의 어깨에 걸려 있는 핸드백을 한 손으로 집어 들었다. 그는 정연에게서 입술을 떼지 않은 채로 손을 더듬거려 핸드백 안에서 휴대폰을 찾아냈다. 그러곤 격렬한 키스로 숨을 헐떡이는 정연에게 휴대폰을 내밀었다.

"오늘 2차는 갈 수 없다고 전화해."

정연이 피식 웃으며 그가 건네는 휴대폰을 받아 들었다. 그리고 빠르게 번호를 눌러 오늘 생일을 맞은 지인에게 전화를 걸었다.

"……여보세요? 응. 윤경아, 나야. ……나 아무래도 2차 못 갈 것 같아. ……그래, 알았어. 내가 내일 전화할게."

정연이 통화를 끝내는 동시에 규한이 그녀의 손에서 휴대폰을 낚아채 바닥으로 던져버렸다. 그리고 그대로 그녀 몸 위로 올라가 붉은 입술을 찾았다. 정연은 한 손으로 그의 목을 끌어안으며 다른 한 손으로는 아까 미처 다 풀지 못한 셔츠의 단추를 풀기 시작했다.

두 사람에게 오늘 새벽은 몹시나 길고도 길 듯싶었다.

"흠, 남겨진 유산이라……."

손튼은 가만히 고개를 흔들었다. 그리고 약간 비뚤어진 카우보이모자를 두 손으로 바르게 고쳐 썼다.

"자네도 세라의 뒤를 조사해서 잘 알 테니까 굳이 자세하게 설명하진 않겠네."

"그 말씀은……."

"실망스럽겠지만 있는 그대로야. 앨버트가 세희에게 남긴 재산은 하나도 없네. 윤 변호사가 말한 대로 모두 채권단에 넘어갔고 유일하게 남았던 저택과 부지는 사회에 기부했어."

"그렇다면 왜 손튼 씨는 앨버트 씨의 재산을 다시 모두 사들인 건가요?

카멜에 있는 저택까지 전부 다."

"후, 내가 앨버트의 재산을 빼돌리기라도 했을까 봐?"

"물론 그건 아닙니다만……."

재현이 말꼬리를 흐리자 손튼의 얼굴에 씁쓸한 미소가 떠올랐다. 손튼은 짧은 한숨을 내쉬고는 재현의 어깨 너머로 보이는 황량한 들판으로 시선을 돌렸다.

잠시 말없이 침묵을 지키던 그가 다시 말을 이었다.

"자네처럼 금수저를 물고 태어난 사람은 전혀 상상도 할 수 없을 거야. 앨버트 같은 평범한 가정에서 태어난 사람이 어떻게 노력해서 거대한 부를 축적했는지 말일세. 앨버트는 거의 맨손에서 시작했지. 내가 옆에서 쭉 지켜봤기에 그의 성공 신화에 관해선 아주 잘 알지."

앨버트와의 과거를 돌이키는지 손튼의 이마에 자잘한 주름이 새겨졌다.

"그랬던 앨버트의 모든 것이 채권단에 넘어가버렸더군. 자네도 잘 알겠지만 한 번 채권단에 넘어간 회사는 형체도 남지 않게 돼. 모두 뿔뿔이 흩어지지. 오로지 이윤만을 위해 작은 조각으로 해체되어 여기저기에 팔려버려. 나는 그렇게 앨버트의 흔적이 허무하게 세상에서 사라져버리는 걸 볼 수 없었어."

"그래서 막대한 손해를 감수하고라도 앨버트 씨의 회사를 다 사들이신 건가요?"

그 당시에는 누가 봐도 절대로 이해가 되지 않는 거래였다. 한참 후, 석유 채굴에 성공하면서 조금은 흑자로 돌아섰지만, 기업이 이윤을 낼 수 있는 선까지는 아직 갈 길이 멀었다.

"뭐, 나에게야 손해라고 해봤자 그리 큰 손해는 아니었지."

손튼에 이어서 이번에는 재현이 입을 다물었다. 아무 말 없이 손튼을 바라보던 그가 이윽고 입을 열었다.

"그렇다면 결국 세희는 정말 무일푼이란 소리이군요."

"지금은 그렇지."

"지금은 그렇다는 건 무슨 뜻입니까?"

"말 그대로야. 지금은 그녀 앞으로 남겨진 유산이 하나도 없다는 말이네."

재현은 실망한 기색을 감추지 못하고 크게 미간을 찌푸렸다. 하지만 물에 빠진 사람이 지푸라기라도 잡는 심정으로 다른 질문을 던졌다.

"윤 변호사라는 사람은 믿을 수 있는 겁니까?"

"물론이야. 그는 앨버트가 신임하는 측근이었네. 나도 그렇고. 아주 심지가 곧은 사람이지. 다른 사람은 몰라도 윤 변호사만은 믿어도 될 거야."

"그렇다면 세희의 고모라는 사람은 어떻습니까?"

재현의 질문에 손튼이 작게 웃음을 터뜨렸다.

"신경 쓰지 말게. 앨버트의 재산을 빼돌릴 만큼 강심장은 못 되는 여자니까. 욕심은 많지만 어떻게 머리를 써야 하는지는 잘 모르지. 그리고 끝에 가서는 마음이 약해져 한 발 물러서는 유형이야. 고모 문제는 나에게 맡겨 두게. 내가 나중에 알아서 처리할 테니까."

그래도 어딘가에 조금이라도 남아 있을 줄 알았다. 하지만 손튼의 말대로라면 세희에게는 남겨진 유산이 전혀 없었다. 텅 비어 있는 금고 안을 직접 두 눈으로 들여다본 기분이 바로 이런 걸까?

재현의 얼굴에 어두운 그림자가 내려앉았다. 이해한다는 듯 손튼이 손을 들어 재현의 어깨를 짚었다.

"세라에게 커다란 유산이 있으면 이 회장님의 반대가 조금은 줄어들지도 모르겠지. 그래서 열심히 조사한 거 아닌가, 그렇지?"

"네, 맞습니다."

"하지만 말일세, 내 생각은 자네와 조금 다르네. 세라가 갑자기 거대한 유산을 받은 상속녀가 되었다고 해서 허락한다면 이 회장님의 체면이 뭐가 되겠나. 안 그런가? 자네 아버지는 세라가 무일푼이라도 그것에 상관하지 않고 받아들여야 해. 그래야 두 사람 미래가 평탄할 거야."

글쎄, 과연 아버지가 세희를 있는 그대로 받아주실 수 있을까?

"난 그럴 거라고 믿어. 지금이야 어떤 인물인지 모르고 반대하고 계시겠지만, 세라와 직접 부딪치게 된다면 자네가 반한 것처럼 이 회장님도 마음의 문을 열 거야."

재현이 아무 말도 하지 않고 침묵을 지키자 손튼이 한마디를 덧붙였다.

"명심해. 두 사람 사이의 열쇠는 이 회장이 아니라 세라가 쥐고 있어."

"그게 무슨 뜻이죠?"

"그건 지나보면 차차 알게 될 거야."

손튼은 아리송한 말을 남긴 채 앞으로 나아가기 위해 말 머리를 돌렸다. 재현은 곧 손튼을 따라 다시 앞으로 나아갔다. 손튼은 고개를 돌려 심각한 표정으로 뒤따라오는 재현을 힐끗 훔쳐보았다.

"차차 알게 되는 것보단 영원히 모르는 게 제일 좋긴 하겠지. 하지만…… 그게 어디 쉬운가?"

손튼은 혼잣말처럼 중얼거리며 쓴 미소를 지었다.

"안 일어나?"

정연의 머리카락을 쓸어 넘기며 규한이 다정하게 속삭였다. 어제 새벽부터 정연과 규한은 온종일 침대 위에서 꿈쩍도 하지 않았다. 아침, 점심, 저녁 모두 룸서비스를 이용했다. 그러다 보니 다시 창밖으로 어둠이 내렸다. 그래도 정연은 혹시라도 규한이 사라져버릴까 두 손으로 그를 꼭 부둥켜안고 놓아주지 않았다.

"싫어, 규한 씨."

정연이 그의 가슴에 얼굴을 파묻으며 칭얼거렸다. 그녀는 규한의 따뜻한 품이 너무나도 좋았다. 얼마나 오랜만에 그의 품에 안겨 잠을 청한 건데……. 하루 가지곤 절대로 양에 차지 않는다고!

"내일 출근하려면 집에 가야지. 회사 안 가?"

"안 갈 거야."

"너, 그렇게 땡땡이치고도 회사에서 안 잘려?"

"내가 출근 안 하는 게 회사를 도와주는 건데?"

"후."

정연의 농담에 규한이 픽 웃어버렸다. 가끔은 뻔뻔한 그녀의 태도가 못 견디게 사랑스러웠다.

내가 이런 널 두고 어떻게 혼자 지낼 수 있었을까? 규한은 두 팔로 정연을 숨 막힐 정도로 꼭 끌어안았다. 그러자 정연도 그의 등 뒤로 팔을 둘러 그를 꽉 끌어안았다.

오랜 연인이란 바로 이런 걸 두고 말하는 거겠지? 아무리 떨어진 시간이 길었다고 한들 다시 만나는 순간 지금까지의 거리감이 모두 사라져버리는……. 태초부터 한 몸이었던 것처럼 꼭 맞아 들어가는 여자와 남자.

"그런데 규한 씨는 내일 안 나가봐도 돼?"

규한의 귀 끝을 만지작거리며 정연이 조심스럽게 물었다.

"나가야 하긴 하는데…… 나가기 싫다."

고개를 숙여 정연의 어깨에 입술을 내리며 규한이 투덜거렸다.

"그냥 네 옆에 이러고 있고만 싶어."

"그럼 규한 씨도 펑크 내. 그게 처음 한 번 낼 땐 힘들어도 자꾸 내다보면 다들 그런가 보다 하거든."

"음…… 안 돼."

"왜?"

"난 이제 금수저가 아니라서 조금이라도 게을러지면 자리에서 내쫓기거든. 우리 정연이 맛있는 거 많이 사주려면 내가 돈을 잘 벌어야 하니까."

"응. 그건 그렇다. 내가 좀 많이 먹는 편이거든."

하여간 그녀는 한마디라도 지지 않으려고 한다. 그래서 규한은 더욱더 그녀를 잊을 수 없었다.

어렸을 때부터 두 사람은 만나기만 하면 말싸움을 벌였다. 정연은 규한보다 2살 어렸지만 한 번이라도 그의 뜻에 순순히 따른 적이 없었고, 규한 역시 그녀가 하는 말에 반대하곤 했다. 그래도 그 덕분에 두 사람은 만나기만 하면 시간 가는 줄 모르고 종알거렸다.

나중에 나이가 들어 성인이 되어서조차 두 사람은 변함이 없었다. 하지만 어릴 때와는 다르게 언쟁의 끝은 서로를 거칠게 탐하는 것으로 결론이 나곤 했다. 그를 활활 불타오르게 하는 여자는 세상에 단 하나, 이정연밖에 없었다.

"정연아."

규한은 꿀물이 떨어질 것 같은 눈빛으로 정연을 바라보며 그녀의 뺨을 어루만졌다.

"응, 왜?"

그의 손을 잡으며 그녀가 나른한 미소를 떠올렸다. 규한이 그녀의 입술에 자잘한 키스를 퍼부으며 작게 속삭였다.

"우리 결혼하자."

갑작스러운 규한의 청혼에 정연의 눈이 커다래졌다.

"규한 씨?"

"더는 기다릴 수 없어. 내일 당장 회장님부터 찾아봬야겠어. 회장님이 우리 사이를 반대하든 말든 상관하지 않아. 나를 정신병원에 강제 입원시킨 배후가 누구인지 찾아내는 대로 우리 결혼하자."

"규한 씨."

"그럴 거지? 나의 아내가 되어줄 거지?"

"뭐야, 규한 씨. 내가 먼저 청혼하려고 했는데……."

정연은 입으로는 투덜거리면서도 두 눈은 아주 환하게 웃고 있었다. 두 손으로 규한의 뺨을 감싼 정연이 빠르게 입을 맞추며 속삭였다.

"그동안 오래 떨어져 있었으니까 이젠 옆에만 꼭 붙어 있을 거야. 규한 씨, 찰거머리 와이프 기대해!"

"무슨 일입니까?"

잠에서 막 깨어난 듯 헝클어진 머리로 민 사장이 느릿하게 이 층 계단에서 내려왔다.

"무척이나 급한 일인가 보죠? 매형이 아침 일찍 절 다 찾으시고."

못마땅한 눈으로 이 회장과 채 실장을 바라보던 민 사장이 입을 벌려 크게 하품했다. 고인이 된 민 회장은 외손자인 재현에게 재산 대부분을 상속했지만, 으리으리한 본가 저택만은 아들인 민 사장에게 물려주었다. 아들의 삐뚤어진 인성을 믿지 못해 극약 처방을 내린 민 회장이었지만, 그래도 홀로 남겨질 자식을 향한 애틋한 마음은 있었을 것이다.

제대로 관리하지 못해 황폐해진 저택을 둘러보며 이 회장은 크게 눈살을 찌푸렸다. 하나 전기 사장의 월급이라면 남부럽지 않게 살 수 있을 텐데도 그의 씀씀이는 항상 도를 지나쳤다. 그 탓에 그는 항상 자금난에 시달렸고 그런 민 사장을 민 여사가 뒤에서 도와주곤 했다. 하지만 그것도 오늘로 마지막이 될 것이다.

"긴히 할 이야기가 있어서 왔네. 어디서 이야기하면 좋겠나?"

"서재로 가시죠."

민 사장은 탐탁지 않은 표정으로 이 회장과 채 실장을 서재로 안내했다. 서재로 향하는 민 사장의 뒷모습을 바라보며 이 회장은 채 실장의 계획을 다시금 머릿속에 떠올렸다.

—그날 모임에서 회장님 가족 모두 단체 사진을 찍었더군요. 그 덕분에 그날 민 사장님이 어떤 차림이었는지 쉽게 알아낼 수 있었습니다. 그래서 제 생각인데 가짜 CCTV 영상을 만드는 건 어떨까 싶습니다. 민 사장님 체구의 사람을 구하는 건 아주 쉬운 일입니다. CCTV 앵글을 위에서부터 아래쪽으로 잡으면 어차피 얼굴은 잘 보이지 않을 테니까요.

—그러니까 나보고 사기를 쳐라?

이 회장이 눈을 가늘게 뜨자 채 실장이 가만히 고개를 끄덕였다.

—사기꾼을 잡으려면 우리도 사기를 쳐야 하는 거 아니겠습니까?"

그의 말이 맞았다. 정상적인 방법으로는 민 사장에게 덫을 놓을 수 없었다.

"이것 한번 보겠나?"

민 사장에게 USB 메모리를 건네주며 이 회장이 말했다.

"이게 뭡니까?"

"보면 알아."

아무 생각 없이 USB 메모리를 컴퓨터에 꽂은 민 사장은 화면에 자동으로 떠오르는 영상을 보며 눈살을 찌푸렸다.

"이건 CCTV 영상이잖아요? 어딥니까, 여기가? 아, 형님 서재인가요?"

자신으로 보이는 남자가 책상 위에 놓인 휴대폰을 집어 드는 모습에 민 사장의 얼굴이 굳어졌다.

"영상 아래에 있는 날짜를 봐. 무슨 날인지 기억나나?"

그러나 민 사장은 대답 대신 신경질적으로 책상을 주먹으로 쾅 내리쳤다.

"매형, 내가 그날 서재에 들어간 게 뭐 큰 죄라도 됩니까? 네. 제 휴대폰이 배터리가 다 되는 바람에 매형 휴대폰 좀 빌렸습니다."

"통화 기록을 보면 수신자가 여기 채 실장이었네. 그날 그 시간에 수신된 통화는 채 실장에게 걸린 한 통이 전부였어."

그 말에 민 사장의 얼굴이 서서히 어둡게 변하기 시작했다.

"자네와 나, 평소에도 말투가 비슷하다고, 전화로만 들으면 가끔 헷갈리기도 한다고 생전에 장인어른이 그러셨지."

채 실장에게 고개를 돌리며 이 회장이 말을 이었다.

"채 실장. 내가 그날 자네에게 뭐라고 했다고 했지?"

"민규한을 치워버려야 하니까. 쥐도 새도 모르게 정신병원에 입원시키라고 지시하셨습니다."

"내가 그랬다고?"

"네. 분명히 이 회장님의 휴대폰으로 걸려온 전화였습니다."

민 사장에게 고개를 돌리며 이 회장이 싸늘한 어조로 말했다.

"이상하지 않나? 그날, 나는 거실에서 손님들과 골프 경기를 즐기고 있었어. 저기 CCTV를 보면 전화를 건 사람은 내가 아니라 자네인 것 같은데……. 아닌가?"

"아니, 내가 왜 채 실장에게 전화를 겁니까? 그리고 내가 규한이, 걔를 정신병원에 집어넣을 이유가 없잖아요."

"이유는 많지. 이유가 없더라도 네 녀석이라면 장난으로 그러고도 남을 거야."

"매형, 날 못 믿는 거예요?"

민 사장이 붉으락푸르락한 얼굴로 자리에서 벌떡 일어났다. 그러곤 손가락으로 채 실장을 가리키며 크게 소리쳤다.

"채 실장, 저 사람 말을 어떻게 믿습니까? 아무리 충성 어린 개라도 주인을 물 때가 있는 거라고요. 지금 가족을 믿어야지, 어떻게 저런 놈 말을……."

그러자 이 회장이 차분하고 무덤덤한 목소리로 채 실장에게 말했다.

"채 실장, 그날 나와 통화한 내용, 모두 녹음해두었다고 했지?"

"네, 회장님."

"아내에게 녹음한 걸 들려주면 금방 알아차릴 수 있을 거야. 모르는 사람은 자네와 내 목소리를 혼동할지도 모르지만. 아내는 아니니까. 자기 남편과 자기 동생의 목소리쯤이야 쉽게 구분할 수 있겠지."

"매형!"

"어때? 이래도 끝까지 버틸 건가? 내게 솔직히 털어놓는다면 정연이와 아내에게 비밀로 해줄 수도 있어. 하나 전기 사장 자리를 잃는 것도 서러운데 유일하게 자기편이었던 가족까지 잃는 건 너무하잖나."

이 회장의 말에 민 사장의 얼굴이 새파랗게 질려버렸다.

"뭐, 뭐라고요? 사, 사장 자리를 잃어요? 매형!"

37. 아직은 본인도 모르는 게 좋을 거야

집에 돌아오니 정연과 규한이 이 회장을 기다리고 있었다. 이 회장이 현관문을 열고 안으로 들어오자 거실 소파에 앉아 있던 정연과 규한이 자리에서 일어났다.

"안녕하십니까, 회장님."

규한은 고개를 숙여 깍듯하게 인사했다.

"이렇게 아침 일찍 무슨 일인가?"

이 회장이 믿을 수 없다는 얼굴로 손목시계를 들여다보았다. 오늘은 해가 서쪽에서 뜨려나? 정연이 이렇게 이른 시각에 일어날 리가 없는데. 게다가 규한이 녀석까지 끌고 오다니…….

규한 대신 정연이 생글거리는 얼굴로 이 회장의 팔에 매달리며 대답했다.

"규한 씨가 아빠랑 같이 아침 먹고 싶다고 해서 왔어요. 엄마는 지금 아빠가 좋아하는 민어탕을 끓이고 계세요."

"그래?"

가끔 점심과 저녁은 차려줘도 충분한 수면을 이유로 아침은 차려주지 않는 민 여사였다. 그런 그녀가 주방에서 아침을 하고 있다니……. 그것도 손이 많이 가는 민어탕이라! 뭔가 꿍꿍이가 있는 게 분명하다. 이 회장은 활짝 웃는 정연과 진지한 표정의 규한을 의심스러운 눈초리로 바라보았다.

"실례가 안 된다면 아침 식사 후에 잠시 시간을 내어주셨으면 합니다. 긴히 드릴 말씀이 있어서요."

"좋아. 그렇게 하지. 어차피 오늘은 좀 늦게 출근할 생각이었으니까."

이 회장은 우선 모른 척 속아주는 셈 치고 손을 씻기 위해 욕실로 향했다.

아침 식사가 끝나자, 이 회장과 규한은 거실로 자리를 옮겼고, 민 여사는 두 사람 앞으로 국화차를 놓아주고는 바로 자리를 피했다.

"회장님만 허락해주신다면 정연이와 결혼하고 싶습니다. 빠르면 빠를수록 좋습니다."

이 회장도 어렴풋이 예상은 하고 있었지만, 막상 규한의 입에서 정연과의 결혼을 허락해달라는 말이 나오자 묘한 기분이 들었다. 이 회장은 천천히 국화차를 음미하며 맞은편에 앉은 규한을 바라보았다.

"다음 달이라도 결혼하겠다는 말인가?"

"네, 그렇습니다."

"그 말은 자네를 정신병원에 넣은 인물이 내가 아니라는 걸 믿어준다는 뜻인가 보군."

"네. 원래는 정연이에게 누구인지 배후를 밝히는 대로 결혼하자고 했었습니다. 그런데 생각해보니까 그런 일로 시간을 낭비할 필요가 없더군요. 누가 했건 회장님은 절대로 아니라는 거, 그냥 믿기로 했습니다. 정연이와 결혼하게 되면 회장님은 이젠 가족이 되는 거니까요."

"흠, 가족이라……."

찻잔을 내려놓으며 이 회장이 씁쓸하게 미소 지었다.

"그런데 어떨 땐 말이지. 가족이 세상에서 가장 무서운 적이 될 수도 있다네."

규한을 빤히 쳐다보던 이 회장이 이윽고 고개를 끄덕였다.

"좋아. 결혼을 허락하겠네. 대신…… 자네를 정신병원에 보낸 사람을 찾는 일은 포기해."

"네?"

예상하지 못한 이 회장의 조건에 규한이 표정을 굳혔다.

"어째서입니까?"

"나를 믿는다면 누가 그런 일을 저질렀는지 그게 이제 와서 무슨 소용이겠나. 당한 것만큼 복수라도 하고 싶나?"

"그건 아닙니다."

"내가 책임지고 그자를 찾아내서 벌을 줄 테니까 자넨 한발 물러서 있어. 정 원한다면 자네가 당한 것처럼 한동안 정신병원에 보내버리겠네."

이 회장의 말이 절대로 가벼운 농담이 아니라는 것을 잘 아는 규한은 씁쓸하게 웃어 보였다.

"아닙니다. 그러실 필요까진 없습니다. 하지만 왜 배후를 감싸주는지 여쭤봐도 되겠습니까?"

이 회장은 대답을 미루고 찻잔을 들어 차를 한 모금 들이켰다. 그리고 무언가 할 말을 찾으려는 듯 두 손으로 찻잔을 만지작거렸다.

"……상처를 들춰낸다고 다 좋은 것만은 아니야. 때로는 말이지. 그냥 덮어두고 스스로 회복되기를 기다리는 치유법도 필요해."

"회장님은 그 배후가 누군지 아시는 것 같군요."

"전혀 모른다고는 대답하지 않겠네."

이 회장과 규한의 시선이 허공에서 날카롭게 부딪쳤다.

"어떤가? 날 믿고 뒤처리를 맡길 수 있겠나?"

"좋습니다. 그렇게 하겠습니다."

"고맙네."

"그 대신 저도 부탁이 있습니다."

"말해보게."

"어떤 사람을 평가할 때 한 번만이라도 배경을 보지 말고 그 사람을 봐주시길 바랍니다. 제가 무슨 이야기를 하는지는 회장님도 잘 아실 거라고 믿습니다. 여러 번도 아니고 딱 한 번만입니다."

규한이 말하는 그 어떤 사람이 누구인지, 이 회장은 곧바로 깨달을 수 있었다. 그래서 호기심 어린 눈초리로 물었다.

"그 애를 돕는 이유가 뭔가?"

"저를 믿고 도와줬으니까요. 모른 척할 수도 있었는데, 본인의 손해를 무릅쓰고 제가 정연이에게 돌아갈 수 있도록 도우려 했습니다."

규한이 세희를 가끔 만났다는 사실은 이 회장도 보고를 통해 잘 알고 있었다. 결국은 정연과 규한을 서로 연결해주기 위해서 만났다는 말인가?

"흠……."

순간 이 회장은 한 번도 만나보지 못한 서세희란 인물에 대해 강한 궁금증이 일어났다. 그녀가 미국에서 돌아오는 대로 조만간 자리를 마련해야 할 것 같다. 찻잔을 내려놓으며 이 회장이 나직한 목소리로 대답했다.

"좋아, 그렇게 하겠네."

손튼이 개최하는 이브닝 파티는 저택에서 좀 떨어진 곳에 있는 이벤트 홀에서 열릴 예정이었다. 준비를 마친 세희가 강 비서와 함께 아래층으로 내려가자 모두 거실에서 두 사람을 기다리고 있었다.

세희가 거실 안으로 들어서자 재현은 놀란 듯 눈을 가늘게 모았다.

"그 드레스는……?"

"다행스럽게도 아직 몸에 맞더라고요."

세희는 재현을 향해 겸연쩍게 웃어 보였다.

치맛자락에 스와로브스키 수정이 촘촘히 박힌 이브닝드레스를 입은 해맑은 세라 공주님, 그때 그 모습으로 그녀가 재현의 앞에 서 있었다.

"실례가 되지 않는다면 그 드레스에 어울릴 만한 목걸이가 있는데……."

보석 상자를 든 손튼이 두 사람에게 다가왔다.

"아주 오래전, 사랑하는 여인에게 선물하려고 준비한 목걸이가 있어. 그런데 끝내 전해주지 못해서 지금 금고 안에서 먼지만 쌓이는 중이거든."

손튼이 보석 상자를 열자 눈이 휘둥그레질 정도로 화려한 목걸이가 자태를 드러냈다. 휘황찬란한 다이아몬드와 붉은 루비가 세공된 목걸이는 굳이 말해주지 않아도 얼마나 값비싼 물건임을 짐작할 수 있었다. 너무 화려해서 소름이 돋을 정도라면 이해할 수 있을까?

"괜찮겠나?"

손튼이 양해를 구하자 재현은 어깨를 으쓱하며 뒤로 한 발 물러섰다.

"물론입니다. 세희가 괜찮다면 저는 상관없습니다."

"자, 그렇다면 내가 직접 걸어줘도 될까?"

솔직히 말하자면 부담돼서 싫다며 사양하고 싶었지만, 왠지 모르게 애달픈 손튼의 눈빛에 세희는 얌전히 등을 돌려 목덜미를 내어주었다. 피부에 닿는 싸늘한 목걸이가 묘하게 사람을 긴장하게 만들었다.

"드디어 제 주인을 찾은 것 같군."

손튼은 목걸이를 착용한 세희를 보며 뿌듯한 미소를 떠올렸다. 그러곤 자신의 팔을 그녀에게 내밀었다. 오늘 밤 그녀는 통역사 자격으로 이브닝 파티에 참석한다. 그 말은 파티 내내 손튼 옆에 붙어 있어야 한다는 뜻이었다. 손튼에게 그녀의 통역이 필요하든 필요하지 않든 말이다. 세희가 자신의 팔에 손을 얹자 손튼은 환하게 웃으며 현관으로 걸음을 옮겼다.

재현은 뒤에서 손튼과 함께 걸어가는 세희를 말없이 지켜보았다.

대단한 파티일 거라고 어느 정도는 상상했지만, 이 정도일 줄은 몰랐다.

텍사스 주지사를 비롯한 상원 의원, 하원 의원, 댈러스 시장, 크고 작은 기업의 CEO, 텍사스 출신의 유명한 배우와 가수, 영화감독, 스포츠 스타 등등 어마어마한 초대 손님들 때문에 세희는 머리가 어지러울 정도였다.

파티장에 들어서는 순간부터 손튼의 손에 이끌려 저명인사들과 끊임없이 인사를 나누었다.

손튼은 모두에게 그녀를 '세라'라고 소개했다. 영어로 소개하려면 세희라는 이름보다는 세라가 편해서일 테지만, 문득 과거의 세라 공주님으로 돌아간 것 같은 착각이 들었다.

"잘 알아두는 게 좋을 거야. 언젠가 너에게 아주 큰 도움이 될 테니까."

텍사스 주지사와 상원 의원을 소개해주며 손튼이 그녀의 귓가에 속삭였다. 자신이 왜 정치인을 알아야 하는지 알 수 없었지만, 세희는 밝게 웃으며 고개를 끄덕였다.

얼마나 시간이 지났을까? 손튼이 중요하게 논의할 일이 있다며 댈러스 시장과 함께 자리를 뜨자, 세희는 재현을 찾기 위해 파티장 안을 둘러보았다. 지금 생각해보니 파티장에 도착하고 나서 한 번도 그의 곁에 머물지 못했다. 어디에 있는 걸까?

아무리 둘러봐도 그의 모습이 보이지 않자, 세희는 갑자기 초조해지기 시작했다.

강 비서는 창가에 기대어 브랜든과 대화 중이었고, 안 실장 또한 머리가 희끗희끗한 노신사와 와인을 마시고 있었다.

혹시 바람 쐬러 밖에 나갔나? 하지만 아무리 기다려도 재현은 나타내지 않았다.

결국 세희는 재현을 찾아 나서기로 했다. 파티장 구석구석을 훑은 후, 복도에 나가 드레스 자락을 움켜잡고 이 층으로 올라갔다. 정원으로 연결된 커다란 발코니가 있었던 걸로 기억한다.

커다란 유리문을 열고 밖으로 나가자 희미한 달빛이 쏟아지는 어두운 발코니가 나타났다. 이런 곳에 혼자 있을 리는 없을 테지만……. 그래도 혹시나 하는 마음에 앞으로 조심스럽게 발을 내디뎠다. 거의 난간에까지 다다랐을 무렵, 뒤에서 누군가 그녀를 큰 소리로 불렀다.

"Oh my God, Sara(이럴 수가, 세라)!"

그리고 동시에 억센 팔로 그녀를 뒤에서부터 꽉 끌어안았다. 깜짝 놀란 세희가 강하게 손을 뿌리치고 휙 뒤를 돌아보았다. 그러나 곧 그녀의 얼굴에 환한 미소가 떠올랐다.

"루카스!"

그녀의 뒤에는 이미 소년의 티를 벗고 멋진 남자로 성장한 루카스가 서 있었다. 그는 사진으로 봤을 때보다 훨씬 더 근육질 몸매에 섹시한 남성미를 발산하고 있었다. 허구한 날 그녀에게 등짝을 두들겨 맞던 앳된 소년의 모습은 눈을 씻고 찾아볼 수 없었다.

"네가 여긴 웬일이야?"

"너야말로 여기 무슨 일이야?"

"우리 10년 만에 보는 거지?"

"그래! 10년 만이다."

두 사람은 누가 먼저랄 것 없이 서로를 끌어안으며 환호성을 외쳤다. 오랜만에 재회의 기쁨을 나누느라 두 사람은 누군가 창가에 기대어 날카로운 시선으로 그들을 바라본다는 사실을 알지 못했다.

한참이 지나서야 세희는 저 멀리 익숙한 남자의 인영을 발견했다. 창가에 어깨를 기댄 채 두 사람을 바라보는 남자의 그림자가 왠지 낯이 익었다.

그때 마침 달빛을 가렸던 구름이 옆으로 밀려나며 어두운 발코니가 밝아졌다. 달빛에 얼굴 윤곽이 드러나자 세희는 낯익은 인영이 누구인지 금방 깨달았다.

"재현 씨?"

그녀가 이름을 부르는 동시에 재현이 발코니로 한 발을 내디뎠다. 환하게 웃으며 재현을 향하던 그녀의 표정이 서서히 굳어갔다.

이를 악물고 있는 듯 굳게 다문 입술과 싸늘한 것처럼 보이지만 상대방을 활활 태워버릴 것만 같은 눈빛. 왜 저리도 화가 난 걸까?

적대감이 느껴지는 재현의 시선이 곧장 루카스의 손에 닿았다. 그제야 세희는 루카스가 자신의 어깨를 끌어안은 상태라는 것을 깨달았다. 그녀는 루카스가 눈치를 챌 정도로 어깨를 움츠리며 살짝 뒤로 몸을 빼버렸다.

"왜 그래?"

갑자기 나타난 남자에 세희가 당황하자, 루카스는 호기심 가득한 얼굴로 두 사람을 번갈아 바라보았다.

"루카스. 저기……."

"만나서 반갑습니다. 하나 그룹의 이재현 전무라고 합니다."

세희가 소개하기 전에 재현이 먼저 루카스에게 손을 내밀었다. 조금 전까지도 죽일 듯이 루카스를 노려보던 그는 언제 그랬느냐는 듯이 형식적인 미소를 떠올렸다. 그런 면에서 약간 눈치가 느린 루카스는 아무런 거리낌 없이 재현이 내민 손을 잡았다.

"저는 손튼 씨 재단의 법률 상담을 맡은 루카스 윤이라고 합니다."

"그렇군요."

재현은 입매를 올리며 그녀의 어깨에 놓인 루카스의 손으로 다시 시선을 돌렸다. 언뜻 보기엔 무심하게 바라보는 듯싶었지만, 상대를 베어버릴 것처럼 잔뜩 날이 선 눈빛이었다. 눈치가 느린 루카스도 뭔가 심상치 않다는 걸 느낄 수 있을 정도였다. 결국 루카스는 그녀의 어깨에서 슬그머니 팔을 내리며 한 발 뒤로 물러섰다.

"저와 루카스는 어렸을 때부터 친구 사이예요. 학교도 쭉 같이 다니고, 가족끼리 여행도 같이 다니고."

세 사람 사이를 떠도는 어색한 공기를 무마하려는 듯 세희가 빠르게 끼어들었다.

"거의 10년 만에 다시 만난 거예요. 지금까지 가끔 전화 통화나 이메일로만 연락하곤 했거든요."

루카스와 자신의 관계를 설명하며 세희가 루카스의 팔에 손을 얹었다. 아무것도 아니라는 듯 자연스럽게 이뤄지는 그녀와 루카스의 스킨십이 재현은 영 마음에 들지 않았다.

유년 시절을 함께 보낸 두 사람이기에 친형제처럼 가까운 사이라는 것은 재현도 알고 있었다. 하지만 머리로는 이해되지만, 속에서 열불이 나는 건 어쩔 수 없었다.

"오늘 파티에 루카스가 온다는 거 전혀 모르고 있다가 우연히 여기서……."

"세희와 저는 결혼할 사이입니다."

재현이 무뚝뚝한 목소리로 그녀의 말을 도중에 잘랐다. 그러곤 한쪽 팔로 그녀의 허리를 감아 자신 쪽으로 잡아당겼다.

폭탄 같은 선언에 세희가 동그랗게 눈을 뜨며 재현을 올려다보았다. 결혼할 사이? 우리가?

루카스도 무척이나 놀란 얼굴로 재현을 바라보았다. 재현은 단호하면서도 매섭게 루카스를 마주 보았다. 루카스는 자세한 설명을 원하는 표정으로 세희에게 시선을 옮겼다.

"저번에 전화 통화했을 때는 결혼한다는 말, 전혀 없었잖아? 아니, 남자 친구 있다는 말도 없었던 것 같은데……."

'그러게 말이야.'

세희는 제멋대로 튀어나오려는 말을 도로 삼키며 난처한 표정으로 루카스를 바라보았다.

"세희가 저에 관해서 아무 말 하지 않던가요?"

재현은 세희를 자신 쪽으로 조금 더 가깝게 끌어당기며 루카스를 향해 승자의 미소를 날렸다. 재현의 품에 안긴 세희를 응시하며 잠시 생각에 잠겼던 루카스가 갑자기 뭔가를 깨달았다는 듯 손뼉을 마주쳤다.

"그래, 이제 알겠다. 너, 그래서 저번에 나보고 무도회 사진을 구해달라고 한 거구나."

찾아 헤매던 정답을 찾은 학생처럼 루카스가 환하게 웃으며 재현의 어깨에 손을 얹었다.

"10년 전, 데뷔던트 볼에서였나? 퀸으로 뽑힌 세라와의 퍼스트 댄스. 그때 그 경매 따간 분, 맞죠? 그때는 이재현이 아니라 제이 리, 이랬던 것 같은데……."

"재현이란 발음이 어려운 외국 친구들이 저를 제이라고 부르곤 하죠."

"그러면 두 사람, 그때부터 한국에 돌아가서 계속 만난 건가요? 와, 정말 오래 사귀었네요."

세희를 끌어안은 손에 더욱더 힘을 주며 재현은 모호한 미소를 떠올렸다. 그는 루카스의 말도 안 되는 오해를 풀어줄 생각이 전혀 없었다. 그와 세희가 꽤 오래 사귄 사이라고 생각하면 루카스도 빨리 포기할 테니까. 루카스가 세희를 단순한 소꿉친구로 대하지 않는다는 것은 눈빛만 보아도 쉽게 짐작할 수 있었다.

"정말 운명 같은 인연이네요. 하여간 축하합니다. 세라야, 축하한다."

루카스는 실망이 가득한 얼굴로 세라를 향해 억지로 웃어 보였다. 입은 웃지만 눈은 운다고 표현해야 할까?

"……고마워. 저, 그런데……."

그게 아니라고, 재현과 만난 지 얼마 되지 않았다고 세희가 정정하려는 찰나, 루카스의 휴대폰이 울리기 시작했다. 휴대폰 화면으로 발신자를 확인한 루카스가 서둘러 전화를 받았다.

"Yes, I'm here. Hold on."

상대방에게 빠르게 대답한 루카스는 휴대폰을 잠시 밑으로 내리며 재현에게 고개를 돌렸다.

"전 이만 파티장으로 돌아가겠습니다. 만나서 반가웠습니다. 세라야, 나중에 보자."

재현에게 정중히 양해를 구한 루카스는 그대로 등을 돌려 빠르게 발코니를 걸어 나갔다.

"우리도 그만 들어가봐야죠."

건물 안으로 들어간 루카스를 따라가기 위해 세희도 두 손으로 치맛자락을 가지런하게 들어 올렸다.

"손튼 씨가 저를 찾고 있을지도 몰라요."

하지만 한 걸음 내딛기도 전에 뒤에서 재현이 그녀를 와락 끌어안았다. 그와 동시에 그의 뜨거운 입술이 그녀의 어깨를 거칠게 내리눌렀다.

"여보, 긴히 할 말이 있으니 회사로 좀 나오지? 같이 점심이나 하자고."

출근길에 나서던 이 회장이 민 여사에게 넌지시 물었다.

"정연이 결혼식 준비에 관한 이야기예요?"

"뭐, 그것도 있고. 하여간 이따 점심때 회사로 나와."

오랜만에 남편과 데이트한다는 생각에 즐거운 마음으로 나왔는데 그녀를 기다리고 있는 건 전혀 생각하지도 못한 내용이었다.

"정연이와 규한이가 결혼하게 되면, 아무래도 규한이에게 하나 전기의 경영을 맡겨야 할 것 같아."

"네? 그럼 태한이는요?"

"태한에게는 이 기회에 골프 리조트 일을 맡기는 건 어떨까 해. 아무래도 태한이와 전기는 아니잖아. 컴퓨터 하나 제대로 다룰 줄 모르는 녀석이 윗대가리에 있으니까 자꾸만 문제가 생기는 것 같기도 하고. 그래도 태한이 녀석이 골프에는 관심이 꽤 많잖아. 본인도 좋아하는 분야를 맡아야 일할 맛도 날 거고. 안 그래?"

이 회장의 설명이 길어지자 민 여사는 짧게 한숨을 내쉬며 앞에 놓인 와인 잔을 만지작거렸다. 그가 이렇게 필요 이상으로 말을 많이 할 때는 오로지 무언가를 숨기고 싶어 할 때뿐이다. 그리고 그 무언가는 그녀가 알아서 절대로 좋을 게 없는 골칫거리인 경우가 대부분이었다.

"태한이가 또 무슨 일을 저질렀나요? 저번에 세희 양에게 누명을 씌우더니, 이번엔 또 무슨 행패를 부렸는데 그래요?"

"여보."

"나에게 숨겨야 할 정도로 지저분한 일이에요? 하나 전기 사장 자리만큼은 꼭 지키게 해달라던 우리 아버지 유언을 무시할 정도로? 그래요?"

이 회장은 아무 말도 하지 못하고 그저 난처한 눈으로 민 여사를 바라보았다.

"도대체 무슨 일이에요?"

"물어보지 마. 이건 나 혼자 짊어지고 가야 할 짐이니까. 이번만큼은 절대로 그냥 지나갈 수 없는 잘못을 저질렀다고만 알아둬."

민 여사에게 민태한은 동생이라기보단 아들 같은 존재였다. 핏덩어리를 낳고 나서 얼마 후 돌아가신 어머니를 대신해 정말 애지중지 소중하게 키운 남동생이었다. 하지만 동생은 그녀의 바람과는 달리 자꾸만 실망스러운 모습만을 보여주고 있었다.

드디어 이 회장마저 그를 버리기로 한 걸까? 민 여사는 잔에 든 와인을 말끔히 비워버리고 길게 한숨을 내쉬었다.

"태한이가 재현이를 납치하려고 했던 것보다 더 끔찍한 일을 저질렀나 보군요."

"그때 그 일은 솔직히 태한이도 진심은 아니었지. 그냥 술 취해서 자신의 유산을 가로챈 조카 녀석을 납치해주면 재산의 반을 떼어준다는 헛소리를 했는데, 그걸 고대로 들은 덜떨어진 조폭 녀석이 일을 저지른 거잖아."

"하지만 이번엔 태한이가 정말 진심으로 잘못을 저지른 거란 말이군요. 그래요?"

"여보. 내가 혼자 다 처리할 테니까 당신은 잠자코 있어주면 안 될까?"

이 회장이 이렇게까지 나오는 건 한 발도 물러서지 않겠다는 선언이다. 자신이 어떻게 하든 남편의 고집을 꺾을 수 없다는 걸 알기에 민 여사는 어두운 표정으로 고개를 끄덕일 수밖에 없었다.

"좋아요. 대신 태한이가 받아들일 수 있게 잘 설명해주세요."

"녀석의 손이 여기에 닿았었어."

루카스의 손길이 닿았던 곳을 닦아내려는 듯 재현이 그녀의 어깨에 입술을 내리눌렀다. 차가운 공기에 드러난 살갗에 뜨거운 입술이 닿는 순간, 마치 전기가 오른 것처럼 짜릿한 느낌이 등골을 타고 흘렀다. 어깨에 머물던 입술이 서서히 등줄기를 타고 밑으로 내려가자 세희가 몸을 움칫거렸다. 그러나 재현의 손에 가슴과 허리를 단단히 잡힌 탓에 꼼짝달싹할 수 없었다.

"재……현 씨."

목이 잠겼는지 그녀의 입에서 쉰 목소리가 신음처럼 흘러나왔다.

"루카스와는 그냥 친구 사이예요."

"그냥 친구 사이?"

그녀의 매끈한 등에서 잠시 입술을 떼며 재현이 나직하게 속삭였다.

"뽀뽀 말고 진한 키스 할 뻔한 사이는 아니고?"

느닷없이 튀어나온 재현의 과거 회상에 세희는 기가 막히다는 듯 웃음을 터뜨렸다.

"말도 안 돼! 아니, 그걸 아직까지 기억하고 있었어요?"

—뽀뽀 같은 거 말고 진한 키스, 너 할 수 있겠어? 지금 해볼래?

자꾸만 친구의 선을 넘으려는 루카스를 단념시키려 꺼냈던 말을 재현은 정확하게 기억하고 있었다.

"말했잖아. 하나도 빠짐없이 모두 기억하고 있다고."

그녀를 안은 팔에 더욱더 힘을 주며 재현이 그녀의 하얀 목덜미에 입술을 내리눌렀다.

"거긴 루카스가 손 안 댔어요."

"알아."

그가 나직하게 속삭였다.

"그런데 왜?"

"아까 목걸이 걸 때, 손튼 씨 손에 닿았잖아."

자꾸만 목걸이가 걸리적거리자 재현은 손으로 들춰 한쪽으로 거칠게 밀어냈다. 그리고 이를 세워 그녀의 목덜미를 살짝 깨물었다.

흔적이라도 남으면 어떡하라고! 깜짝 놀란 세희가 항의하려는 순간, 그녀의 몸이 홱 앞으로 돌려졌다. 재현을 제대로 쳐다보기도 전에 그의 입술이 다급하게 내려왔다. 한 치의 틈도 없이 서로 맞물린 입술 사이로 달콤한 숨결이 얽혀들었다.

"하아."

이번에도 재현은 숨 쉴 틈도 주지 않고 그녀를 한계로 몰고 갔다. 가쁜 숨을 몰아쉬며 그녀가 뒤로 한 걸음 물러서면 그는 한 걸음 앞으로 내디디며 그녀의 입술을 좇았다. 재현 때문에 조금씩 뒤로 밀리던 그녀의 등이 어느새 외벽에까지 다다랐다. 드러난 어깨와 등에 차가운 대리석 벽이 닿는 순간 온몸에 소름이 돋았다. 동시에 재현이 그녀의 뒤통수를 감싸며 베어 물 듯이 입술을 겹쳤다.

"아."

신음이 끊임없이 흘러나오는 건, 뒤에 닿은 차가운 대리석 때문인지, 아니면 앞에서 강하게 밀어붙이는 뜨거운 재현 때문인지 잘 모르겠다.

한참 후에야 입술을 떼어낸 재현이 거친 숨을 쏟아내며 부드럽게 그녀의 뺨을 어루만졌다. 다정한 손길이었지만 그의 짙은 욕망이 고스란히 느껴졌다. 키스만으로도 그녀의 감각을 모두 깨우기에 충분했다.

"……그나저나 아까…… 우리 결혼할 사이라는 말은 뭐예요?"

"뭐가?"

"전 아직까지 재현 씨에게 결혼하자는 말을 들어본 적이 없거든요?"

거짓말이 아니다. 사랑한다는 고백을 듣고 이제 겨우 며칠 지났을 뿐인데…….

"그걸 꼭 말로 해야 하나?"

그녀의 아랫입술을 엄지손가락으로 쓰다듬으며 재현이 피식 입꼬리를 올렸다. 그러곤 키스로 부풀어 오른 그녀의 입술을 살며시 혀로 쓸었다.

"세희야."

그가 나긋한 목소리로 그녀를 불렀다.

"난 결혼할 여자가 아니면 절대로 잠자리하지 않아."

그 말은……? 이유는 잘 모르겠지만 불현듯 세희는 재현의 전 약혼녀가 떠올랐다.

"그러면 재현 씨, 전 약혼녀……와는……."

"소아는 왜?"

"……결혼할 여자와 잔다면서요."

전혀 예상하지 못한 곳으로 대화가 흘러가자 재현은 기가 막힌다는 듯 픽 웃어버렸다. 말도 안 되는 오해를 하는 그녀가, 은근히 질투하는 그녀가 왜 이렇게 귀여운지 모르겠다. 재현은 그녀를 조금 골려 먹을 생각으로 심각하게 표정을 굳혔다.

"응. 결혼 전에 서로 맞는지 확인해봐야 하니까. 안 그래?"

재현의 대답에 그녀의 얼굴색이 순식간에 어두워졌다. 애써 아무렇지 않은 듯 표정 관리에 들어간 세희의 눈가에 희미하게 눈물이 번졌다.

티를 안 내서 그렇지, 그녀도 자신만큼 질투심이 강한 모양이다. 재현은 그런 그녀가 못 견디게 사랑스러워 재빨리 고개를 숙여 그녀의 입술을 깨물어버렸다.

"아앗."

아파서라기보단 그의 돌발적인 행동에 세희가 낮게 신음을 토해냈다. 두 손으로 그녀의 뺨을 꼭 감싼 채, 재현이 투덜거리듯 중얼거렸다.

"깜빡 속을 만큼 내가 그렇게 능숙했나? 꼭 자세하게 설명해줘야 이해하겠어?"

"무슨…… 뜻이에요?"

"나에겐 네가 유일한 여자라는 뜻이야."

"거짓말!"

세희가 믿을 수 없다는 눈으로 그를 흘겨보았다. 하지만 말로는 아니라고 하면서도 그녀의 입꼬리는 자꾸만 위로 말려 올라갔다. 재현이 그녀를 꼭 끌어안으며 귓가에 속삭였다.

"그러니까 지난번에도 말했듯이 네가 날 책임져야 해. 알았어?"

파티가 성대하게 치러진 다음 날. 손튼은 유럽에서 열리는 행사 참석을 위해 수행 비서들을 이끌고 목장을 떠났다. 브랜든은 손튼 대신 업무를 처리하기 위해 목장에 남았다. 손튼의 공백에도 하나 그룹과의 합작 사업을 위한 회의는 큰 차질 없이 진행되었다.

시간은 빠르게 지나갔고, 드디어 한국으로 돌아가는 날이 다음 날로 다가왔다. 하지만 마지막 날까지 재현의 일정은 아주 빡빡하게 짜여 있었다. 밤이 깊어도 돌아오지 않자, 세희는 그를 기다리다 먼저 잠들었다.

얼마나 지났을까? 침대가 출렁거리고 그녀의 등에 따뜻한 체온이 느껴졌다. 세희는 잠결에 만족스러운 한숨을 내쉬며 몸을 뒤척였다. 그리고 허리와 가슴을 감싸는 재현의 손길에 살며시 눈을 떴다.

"음…… 재현 씨?"

재현이 그녀의 목덜미에 얼굴을 묻으며 작게 중얼거렸다.

"미안. 나 때문에 깼어?"

"……지금 몇 시예요?"

"1시 조금 넘었어."

그녀가 뒤로 돌아눕자 재현이 웃으며 손등으로 그녀의 뺨을 부드럽게 쓸어내렸다. 잠에서 덜 깨어난 세희는 반쯤 감긴 눈을 깜빡거리며 그의 손을 맞잡았다.

"매일같이 무리해서 어떡해요?"

그녀의 이마에 살며시 입을 맞추며 재현이 부드럽게 미소 지었다.

"괜찮아."

"일은 다 잘되었어요?"

"응."

그 말에 세희는 희미하게 웃으며 재현의 품으로 파고들었다. 그의 등에 팔을 두르고 넓은 가슴에 뺨을 기대며 그녀가 작게 속삭였다.

"벌써 내일이면 돌아가네요."

"그래."

그녀의 머리카락을 쓰다듬으며 그가 짧게 대답했다. 한국으로 돌아간다는 말은 이렇게 같은 침대에서 서로 끌어안고 잘 수 없다는 말이 된다.

그는 펜트 하우스로, 나는 옥탑방으로 돌아가겠지. 생각만으로도 왠지 서글펐다.

세희가 작게 한숨을 내쉬자 마치 그녀의 속마음을 아는 것처럼 재현이 그녀의 등을 다정하게 토닥거렸다. 결혼하게 되면 당연히 같이 잠들고 같이 눈뜨게 될 텐데…….

문득 스쳐가는 생각에 세희는 씁쓸한 미소를 떠올렸다. 벌써부터 헛된 기대를 품으면 안 되는데, 바보처럼 왜 이러나 모르겠다. 잠시나마 그와 함께 꿈같은 시간을 보냈다고 마음이 해이해지다니. 한국에 돌아가면 녹록하지 않은 현실이 기다리고 있는데 말이다.

그래도 지금 이 순간만큼은 아무 걱정 없이 그의 품에서 편안하게 잠자고 싶다.

세희는 더욱더 그의 품으로 파고들며 스르르 두 눈을 감았다.

다음 날 아침, 유럽에서 돌아온 손튼이 수행 비서들을 이끌고 저택에 도착했다.

"같이 아침이라도 먹고 보내야지. 혹시나 시간 못 맞출까 봐 걱정했네."

손튼이 식당 안으로 걸어 들어오자 막 식사하려던 일행이 자리에서 일어났다. 손튼은 손을 내저으며 모두에게 자리에 앉으라고 지시했다. 손튼이 자리에 앉자 다시 아침 식사가 이어졌다.

"그래서 이번에 돌아가면 세라는 하나 그룹의 정직원이 되는 건가?"

커피를 한 모금 들이켠 손튼이 지나가는 투로 재현을 바라보며 물었다.

"글쎄요. 아직 확정 난 것은 없습니다. 지금까지의 근무 태도를 토대로 인사과에서 최종적으로 결정할 겁니다."

재현의 대답에 손튼이 피식 입꼬리를 올렸다.

"흠, 전무님의 애인이라고 그냥 낙하산으로 넣어주고 그런 건 없나 보군."

"세희의 실력이라면 누구의 도움 없이도 거뜬히 합격할 겁니다."

손튼은 알겠다는 듯 크게 고개를 끄덕이며 커피 잔을 내려놓았다.

"그런 실력이라면……."

뭔가 생각에 잠긴 듯 혼잣말처럼 중얼거리던 손튼이 이번에는 세희에게 고개를 돌렸다.

"하나 그룹 말고 손튼 재단에서 일해보는 건 어떨까?"

뜻밖의 제안에 세희가 놀란 듯 크게 눈을 떴다.

"그게 무슨 뜻이죠? 손튼 씨?"

전혀 예상하지 못한 손튼의 파격적인 제안에 재현은 살짝 눈살을 찌푸렸다.

"말 그대로야. 손튼 재단에 들어오면 어떨까 하는 제안일세."

세희에게서 재현에게로 시선을 돌리며 손튼이 어깨를 으쓱거렸다.

"사실 연봉도 우리가 훨씬 많을걸? 하나 그룹의 신입 사원 연봉이 얼마라고 했지? 3~4만 불은 되나? 우린 8만 불에서 시작하는데. 첫 직장으로선 아주 좋은 조건이야. 안 그런가?"

높은 연봉이 문제가 아니다. 손튼 재단은 세계에서 세 번째로 규모가 큰 민간 재단으로 한 해에 수억 달러가 넘는 예산을 집행한다. 손튼의 증조할아버지가 설립한 재단은 전 세계 오지로 의료 봉사단을 보내고 산림과 멸종 위기 동물을 보호하기 위한 관찰단을 파견하는 등, 폭넓은 자선 활동을 펼쳤다.

어렸을 때부터 어머니, 캐서린의 손에 이끌려 봉사 활동을 다녔던 세희는 언젠가는 자선 단체에서 일하고 싶다는 희망을 품고 있었다. 그랬기에 세희는 선뜻 뭐라고 대답할 수 없었다.

대신 그녀는 슬그머니 재현의 눈치를 살폈다. 입매가 굳게 닫힌 걸로 보아 그는 그다지 기분이 좋아 보이진 않았다.

잠시 뜸을 들이고 커피를 한 모금 들이켠 손튼이 계속해서 말을 이었다.

"다른 부서도 많은데 굳이 홍보부를 지원한 이유가 그룹 내의 커뮤니케이션에 관심이 많아서라고 했지, 아마?"

"네. 홍보부의 업무는 밖으로 회사를 홍보하는 일도 중요하지만, 직원들에게 회사의 뜻을 제대로 전달하는 것도 중요하다고 생각합니다. 외국은 인터널 커뮤니케이션 같은 부서가 따로 있는 경우도 많지만, 한국은 주로 홍보부에서 그 일을 담당하고 있으니까요."

"사내 커뮤니케이션에 관심이 많아서라면 손튼 재단이야말로 본인의 꿈을 펼칠 수 있는 꿈의 직장이 아닐까 싶은데……."

손튼의 속마음을 알 수 없는 재현은 아무 말 없이 두 사람의 대화를 지켜보았다. 지금 손튼의 제안은 그녀에게 절대로 쉽게 오지 않는 기회이니까.

한참 동안 손튼을 바라보며 고민에 잠겼던 세희는 부드럽게 웃으며 고개를 저었다.

"제안은 감사합니다. 하지만 전 이미 하나 그룹에 지원했습니다. 다른 곳에서 스카우트 제의가 왔다고 도중에 그만두는 건 도리가 아닐 것 같아요."

"좋아. 그렇다면 할 수 없지."

하지만 손튼은 쉽게 포기할 수 없는 듯했다. 테이블 위를 손끝으로 탁탁 내리치며 잠시 생각에 잠긴 그가 다시 말을 이었다.

"만약에라도 하나 그룹의 정직원이 되지 않는다면, 아니. 정직원이 됐다고 해도 근무 환경이나 이런 게 마음에 안 든다면 그냥 확 때려치우고 나에게 와. 네 자리는 언제나 비워놓을 테니까."

"감사합니다."

"그러니까 전혀 기죽지 말고 당당하게 일하라고. 알았나?"

"네, 손튼 씨."

그리고 손튼은 일과 관련된 이야기는 꺼내지 않았다. 날씨와 같은 간단한 일상 이야기로 대화를 이끌어나갔다.

먼저 아침 식사를 끝낸 손튼이 아쉬운 표정을 지으며 자리에서 일어났다.

"나는 먼저 가보겠네. 오늘 오후에 휴스턴에서 자선 행사가 있거든."

손튼은 자신을 따라 일어서려는 재현의 어깨를 툭 내리치며 말렸다.

"됐어. 일어나지 말게. 앞으로 자주 볼 텐데, 뭘."

이어서 그는 상체를 숙여 옆에 앉은 세희의 어깨를 한쪽 팔로 안으며 부드럽게 말했다.

"무슨 일이 있으면 부담 갖지 말고 연락해. 특히 브랜든에게는 24시간, 아무 때나 전화해도 돼. 브랜든이 전화번호는 알려줬겠지?"

"네."

손튼은 안 실장과 강 비서의 어깨도 한 번씩 짚어준 후, 빠른 걸음으로 식당을 걸어 나갔다. 그런 손튼의 뒤를 브랜든이 바짝 따랐다.

브랜든은 운전기사에게서 차 키를 건네받아 직접 운전대를 잡고 차를 출발시켰다. 뒤창으로 저택이 보이지 않을 만큼 멀어지자, 브랜든이 힐끗 백미러를 훔쳐보며 투덜거리기 시작했다.

"뭡니까? 천천히 말해줄 거라고 하고선 그냥 돌려보내다니……."

"뭐 그리 급할 것 있나?"

한참 동안 창밖을 바라보던 손튼이 느릿하게 말을 꺼냈다.

"네? 지금보다 더 절실한 때가 어디 있다고 급할 것 있느냐고요? 그게 무슨 말입니까?"

손튼의 대답에 브랜든이 기가 막힌다는 듯 큰소리로 되물었다.

"어차피 30살이 될 때까진 아무런 자격도 없어. 그러니까 아직 시간은 많이 남았다고."

"네에? 그럼 그때까지 비밀로 하실 거예요?"

"누가 그렇대?"

손튼이 창밖에서 브랜든에게로 고개를 돌리며 살짝 눈살을 찌푸렸다.

"그만큼 시간이 많이 남았다는 거지. 그리고…… 아직은 본인도 모르는 게 좋을 거야. 그나저나 긴밀히 알아보라는 건 어떻게 되었나?"

"서 여사의 재정 상태 말입니까?"

"그래. 요즘 무리하게 사업을 확장하고 있다면서?"

손튼의 말에 브랜든이 어깨를 으쓱거렸다.

"네. 처음에는 그저 세라를 압박하려고 사채를 끌어온 모양이에요. 그런데 이젠 정말 절실하게 자금이 필요한 상황이더군요. 새로 오픈한 레스토랑의 실적이 생각했던 것만큼 좋지는 않은 것 같습니다. 공사비만 수억 원을 들여서 아주 호화롭게 꾸몄지만, 처음 오픈했을 때만 반짝 잘된 거죠."

"유행만 따르는 사업이 다 그렇지."

"하여간 지금 그곳 적자를 메꾸느라 골치 아프다고 하더군요."

"그래? 그렇다면 아주 조그마한 타격에도 크게 흔들리겠군."

"어떻게 할까요? 이제는 슬슬 일을 진행해야 할 것 같은데요."

"……흐음."

손튼이 선뜻 결정을 내리지 못하자 브랜든이 불만스러운 듯 눈살을 찌푸렸다.

"왜요? 앨버트 씨의 하나밖에 없는 여동생이라고 그새 마음이 약해진 건 아니겠죠?"

"그건 아니고……."

손튼은 말꼬리를 흐리며 창밖으로 천천히 고개를 틀었다. 눈앞에 펼쳐진 끝이 보이지 않는 황량한 들판이 빠르게 지나갔다. 무표정한 얼굴로 창밖의 풍경을 바라보던 손튼이 지그시 눈을 감았다. 그리고 혼잣말처럼 중얼거렸다.

"앨버트라면 어떻게 처리했을까……?"

글쎄, 아마도 자신처럼 단호한 결정을 내리지 않았을까? 손튼은 고개를 뒤로 젖히며 깊게 숨을 들이마셨다.

14시간 가까이 되는 비행을 끝내고 인천 공항에 도착하자 이미 해가 뉘엿뉘엿 지고 있었다.

재현은 안 실장과 강 비서에게 수고했으니 주말 동안 푹 쉬라고 당부했다. 그리고 자신이 운전하겠다며 마중 나온 운전기사를 돌려보냈다.

"먼저 우리 집으로 가지."

긴 비행으로 피곤할 텐데도 재현은 아무런 내색도 하지 않고 묵묵히 차를 몰았다. 다행히 길이 막히지 않아 예상했던 것보다 빨리 펜트 하우스에 도착할 수 있었다. 트렁크를 열고 자신의 슈트 케이스를 꺼낸 재현은 뒷좌석에 놓인 세희의 슈트 케이스마저 꺼내 들었다. 세희가 의아한 표정으로 그를 바라보았다.

"드레스는 우선 여기에 놔둬. 놓아둘 곳이 없을 테니까."

그의 말이 맞긴 하다. 커다란 슈트 케이스 안에는 그녀가 입어보지도 않고 사들인 이브닝드레스가 가득했다. 가뜩이나 작은 옥탑방에 드레스가 들어갈 공간이 있을 리가 없었다.

펜트 하우스에 도착해 문을 열자마자 거실에 놓아둔 전화기가 울리기 시작했다. 재현이 스피커 버튼을 누르자 정연의 카랑카랑한 목소리가 울려 퍼졌다.

[재현아, 집에 도착했니?]

"집에 왔으니까 전화를 받지. 집으로 전화해놓고선 무슨 질문이 그래?"

정연의 호들갑에 재현이 무뚝뚝하게 대답했다. 평소 같으면 같은 말이라도 예쁘게 하라고 투덜거렸을 그녀가 오늘은 뭐가 그리도 기분이 좋은지 '호호호' 웃음을 터뜨렸다.

[맞다. 맞아. 역시 우리 동생은 똑똑해. 하여간 너 집에 왔으면 나 지금 올라간다.]

"뭐?"

[나, 지금 집 앞이야. 네가 지금쯤이면 집에 도착할 것 같아서 근처에서 친구들이랑 커피 마시고 있었어. 하여간 지금 올라간다.]

"다짜고짜 그게 무슨 소리야?"

재현이 미간을 좁히며 언성을 높였지만, 정연은 일방적으로 전화를 끊어버렸다.

정확히 10분 후, 정연이 붉게 상기된 얼굴로 두 사람 앞에 나타났다.

"아무리 가족이라지만 예의 좀 지키지 그래? 이렇게 예고도 없이 불쑥 들이닥치면 어떡해?"

느닷없는 방문에 재현은 탐탁지 않은 표정으로 정연을 쏘아붙였다. 그러나 정연은 전혀 개의치 않는 듯 환하게 웃으며 두 팔을 활짝 벌려 그를 끌어안았다.

"재현아, 내 사랑하는 동생아. 너에게 먼저 알려주고 싶었어."

"뭔데? 이것 좀 놓고 이야기해."

재현은 거머리처럼 짝 달라붙은 정연을 두 손으로 힘겹게 떼어냈다. 그러자 정연은 이번에는 재현 옆에 서 있는 세희를 꽉 끌어안았다.

"우리 세희가 복덩어리라니까! 세희야, 이거 다 네 덕분이야. 네가 우리 규한 씨를 도와줘서 그런 거야."

"언니, 무슨 좋은 일 있어요?"

"응. 무지무지 좋은 일 있어."

정연은 세희를 꼭 끌어안았던 팔을 풀며 한 발 뒤로 물러섰다. 그러곤 한 손으로 세희의 손을, 다른 한 손으로는 재현의 손을 꼭 잡으며 말했다.

"아버지가 나랑 규한 씨 사이 허락했어."

"와아, 축하해요, 언니!"

마치 자신이 허락받은 것처럼 세희가 환하게 웃었다.

"아버지가 허락하셨다고?"

세희와 달리 재현은 믿을 수 없다는 듯 미간을 찌푸렸다. 정연은 크게 고개를 끄덕이며 재현의 어깨를 손바닥으로 팡팡 내리쳤다.

"넌 속고만 살았니? 그럼 내가 허락도 안 받고 이 난리를 치겠어? 하여간 우리 다음 달에 결혼해."

"그렇게나 빨리요?"

"올해가 가기 전에 내가 가버려야 내년 봄에 재현이랑 너랑 결혼할 수 있잖아. 한 해에 둘 다 결혼하는 건 무리니까."

정연의 말에 세희가 살짝 얼굴을 붉혔다.

"언니, 저희는 아직 결혼 계획 없어요. 이제 겨우 사귀기 시작했는걸요."

"그러니까 좀 있다가 마음 변하지 말고 빨리해버려."

"네? 마음이 변하다니요?"

"아휴, 사실 남자가 다 똑같지 뭐. 솔직히 너는 재현이 아니라도 더 괜찮은 남자, 충분히 만날 수 있잖아."

가끔 보면 정연은 재현의 최대 안티 같다. 서슴지 않게 재현을 디스하니까 말이다. 재현이 무섭게 노려보는데도 정연의 남동생 깎아내리기는 계속 이어졌다.

"하지만 재현이는 아니야. 모든 여자에게 관심 없던 녀석이 너에게 이렇게 안달 난 거 보면. 재 인생에 여자는 너 하나밖에 없다는 말이거든. 그러니까 빨리 너랑 붙여줘야지. 안 그럼 큰일 나."

재현은 정연이 지금 자신을 위해서 해주는 소리인지 그저 골탕먹이려 하는 소리인지 구분이 어려웠다. 그러나 정연은 재현의 날카로운 시선은 아랑곳하지 않고 세희의 어깨를 두 손으로 꼭 붙잡고 수다를 떨었다.

"아빠랑 엄마 반대는 걱정하지 마. 내가 불도저처럼 밀어붙일 테니까. 다행히 엄마는 이제 거의 다 넘어왔어. 이제 아빠만 남았는데……."

잠시 뭔가를 궁리하던 정연이 좋은 생각이 떠올랐다는 듯이 손뼉을 마주쳤다.

"정 안 되면 최후의 수단으로 아빠가 애지중지하는 계집애를 납치해버리면 되니까. 그리고 결혼을 허락해달라고 협박하는 거지."

"이 회장님이 애지중지하는 계집애요?"

"조이라고 아빠가 엄청 애지중지하는 고양이야. 하루라도 뚱띵이 조이를 못 보면 우리 아빠, 아주 난리 나시거든."

"고양이 이름이 조이라고요?"

'조이'라는 이름에 세희의 눈이 커다래졌다. 그와 동시에 재현의 얼굴이 일그러졌다.

38. 헤어진다는 전제하에

똑똑—.

노크 소리가 들리고 채 실장이 회장실 안으로 들어섰다.

"재현이는 잘 도착했나?"

창가에 기대어 선 이 회장이 창밖의 어둠 속에 눈길을 준 채 낮은 목소리로 물었다.

"네, 회장님. 마중 나온 운전기사를 돌려보내고 직접 차를 몰고 펜트 하우스로 향했다고 합니다."

"그래. 혼자 가진 않았겠지?"

"네. 서세희 양과 함께였습니다."

"후우."

세희의 이름이 나오자 이 회장은 긴 한숨을 내쉬며 뒤를 돌아 채 실장을 바라보았다. 이 회장의 혼돈이 가득 담긴 눈빛에 채 실장은 살며시 고개를 숙이며 시선을 피했다.

"어떻게 할까요?"

"후."

이번에도 이 회장은 대답 대신 깊은 한숨을 내쉬었다. 얼마 전, 민 사장을 처리한 이후부터 이 회장이 한숨을 내쉬는 일이 부쩍 잦아졌다. 오랜 시간 동안 이 회장의 옆을 지킨 채 실장에게 요즘처럼 고민하는 이 회장의 모습은 무척이나 낯설었다.

"언제부터 출근이지?"

"세희 양이 낸 병가는 금요일인 오늘로 끝이 납니다. 아마 월요일부터는 정상 출근을 하지 않을까 싶습니다만."

"그래."

"월요일에 출근하는 대로 회장실로 올라오라고 할까요?"

그러자 이 회장은 가볍게 고개를 내저었다.

"아닐세. 회사 안에서 만나는 건 다른 사람들 보는 눈도 있고 하니까……."

이 회장은 턱을 쓰다듬으며 잠시 생각에 잠겼다.

"아무래도 한적한 교외가 좋을 거야. 적당한 장소를 한 번 알아보게."

"네, 회장님."

채 실장이 회장실을 나가자 이 회장은 뒷짐을 지며 다시 어두운 창밖으로 시선을 돌렸다. 그리고 다시 한 번 더 길고 긴 한숨을 내쉬었다.

"응, 걔 이름이 조이야. 그런데 왜?"

재현이 험상궂은 얼굴로 정연을 노려보았지만, 아무것도 모르는 정연은 얄미울 정도로 생글생글 눈꼬리를 휘었다.

"아뇨. 그냥……."

조이라는 고양이 이름은 흔한 편이니까 그저 단순한 우연이겠지. 세희는 쓴 미소를 떠올리며 잠자코 정연의 말에 귀를 기울였다.

"하여간 조이가 사라졌다고 하면 아빠가 어떻게 나올지 뻔해. 그러니까 내가 사람을 사서 조이를 유괴하면……."

"안 돼요, 언니!"

세희가 하얗게 질린 얼굴로 반대하자 정연은 겸연쩍은 듯 어깨를 으쓱거렸다.

"아, 그렇다는 거지. 내가 진짜로 고양이를 유괴하겠니? 고 계집애가 얼마나 피둥피둥 살이 쪘는데……. 무거워서 어디 들고튀지도 못해. 납치해 온다고 해도 때마다 밥 주느라고 정신없을 거야. 쿡, 진짜 웃기지도 않아. 처음 집에 왔을 때만 해도 조이, 걔, 완전 삐쩍 말랐었거든."

정연의 입에서 조이의 사연이 끊임없이 흘러나왔다.

"그랬던 애가 우리 집에서 얼마나 호강을 했는지 장난 아니게 살이 쪘어. 재현이가 처음 조이를 제……. 읍!"

나중에 기회가 되면 조이에 관해 털어놓으려고 했는데 이대로 있다가는 정연이 모든 걸 망쳐버릴 것 같았다. '제주도'란 단어가 튀어나오려고 하자 재현은 다급하게 정연의 입을 틀어막았다. 그리고 그녀를 끌어안은 채 현관으로 향했다. 현관에 다다라서야 그는 정연의 입을 틀어막았던 손을 떼어냈다.

"풋! 너, 지금 무슨 짓이야?"

정연이 손등으로 입을 문지르며 기분 나쁜 얼굴로 재현을 노려보았다. 그러나 재현은 귀찮은 듯 한 손으로 정연의 등을 떠밀며 현관문을 열었다.

"할 말 끝났으니까, 빨리 가!"

밖으로 밀려나가지 않으려 두 손으로 현관문을 꽉 잡으며 정연이 버럭 소리를 질렀다.

"야, 왜 날 못 쫓아내서 안달이야?"

"예의 없이 갑자기 쳐들어온 사람이 누군데 그래? 볼일 끝났으니까 그만 가보라는 거잖아."

"와! 너, 내가 저녁 먹고 가겠다고 하면 한 대 치겠구나?"

"누나가 원하는 게 그거야?"

재현이 이를 악문 채 으르렁거리듯 말했다.

이 녀석, 왜 이리 저기압이지? 두 사람 싸우기라도 했나? 정연은 슬쩍 옆으로 고개를 돌려 재현의 뒤에 서 있는 세희를 훔쳐보았다. 안절부절못하고 초조한 모습이긴 하지만, 그렇다고 싸운 것 같진 않은데……. 지금 둘이서만 오붓하게 있으려고 이러는 건가?

정연은 두 팔을 허리에 올리며 날 선 눈으로 재현을 노려보았다.

"알았어. 먹고 가라고 해도 내가 치사해서 안 먹는다. 축하는 못 해줄망정 문전박대나 하고. 흥!"

"축하는 규한이 형이랑 만날 때, 두세 배로 해줄 테니까. 오늘은 제발 그냥 가줘. 나, 비행기에서 내린 지 얼마 안 됐어."

"왜? 시차 때문에 많이 피곤하니?"

까칠하긴 하지만, 그래도 하나밖에 없는 동생이라고 재현을 대하는 정연의 태도가 조금은 느슨해졌다. 재현은 고개를 끄덕이며 한쪽 팔로 정연의 어깨를 부드럽게 감싸 안았다.

"응. 피곤해서 눈 좀 붙여야 하니까 제발 가줘, 누나."

막상 동생이 약하게 나오면 마음이 약해지는 게 누나다. 정연은 미안한 얼굴로 재현의 손등을 토닥거렸다.

"알았어. 갈 테니까 푹 쉬고 있어. 세희야, 나, 갈게."

정연이 세희에게 손을 흔들고 나가자, 재현은 곧바로 문을 닫아버리고 빠르게 잠금 장치를 잠갔다. 안도의 한숨을 내쉬고 뒤돌아서려는데 세희가 옆으로 다가왔다.

"피곤할 텐데 어서 쉬세요. 저도 이제 그만 가볼게요."

그 순간 재현이 세희의 손을 빠르게 낚아챘다.

"가다니 어딜?"

"방금 피곤하다고 눈 좀 붙일 거라고 했잖아요."

"그러니까 가긴 어딜 가냐고."

"네?"

무슨 뜻이냐는 듯이 세희가 미간을 좁히자 재현은 대답 대신 재빨리 두 손으로 벽을 짚어 그녀를 품에 가두었다. 그리고 그녀의 입술을 향해 천천히 고개를 숙였다.

그가 다가오자 세희는 슬쩍 고개를 틀어 그의 입술을 피했다. 그 탓에 입술이 아니라 한쪽 뺨으로 미끄러졌다. 그런 그녀가 조금은 괘씸했는지 재현은 그녀를 벽 쪽으로 바짝 밀어붙였다. 그리고 한 손으로 그녀의 허리를 잡아당겼다.

정연이 이곳에서 걸어 나간 지가 얼마나 됐다고. 아직 복도에서 엘리베이터를 기다리고 있을지도 모르는데……. 세희가 불안한 눈으로 현관문을 바라보았지만, 곧 재현의 손에 의해 고개가 앞으로 돌려졌다.

"단둘이 있을 때는 나에게만 집중해."

불평하려는 듯 그가 조금은 거칠다 싶게 입술을 겹쳤다. 입술 위에서 맴돌던 뜨거운 숨결은 잠시 후 귓불을 지나 하얀 목덜미로 미끄러져 내려갔다. 그의 입술이 쇄골로 내려오자 세희는 두 손으로 그의 어깨를 살며시 밀어냈다.

"저, 재현 씨. ……피곤하니까 얼른 샤워하고 자야죠."

그만하자는 거절의 말을 좋게 돌려서 한 거였는데, 애석하게도 그를 다른 쪽으로 자극해버렸다. 그가 고개를 들며 피식 입꼬리를 비틀었다.

"같이 샤워하자."

"네?"

아니, 이런 의미가 아니었는데……!

당황한 세희가 품에서 벗어나려고 바르작거렸지만, 그의 힘을 당해낼 수는 없었다. 재현은 너무나도 쉽게 그녀를 번쩍 들어 올렸다. 그리고 그녀의 귓가에 속삭였다.

“다음을 기약했던 것도 이번에 하면 되겠군.”

“와, 세희야.”

“서세희 씨.”

월요일 출근길. 로비에 들어서자마자 어디선가 쩌렁쩌렁한 소리가 울려 퍼졌다. 소리가 나는 쪽으로 고개를 돌리니 정 대리와 차 대리가 두 손을 번쩍 든 채로 그녀에게 달려오고 있었다.

“정 대리님.”

환하게 웃는 세희와는 달리 정 대리는 눈물을 글썽거리며 그녀를 와락 끌어안았다. 당황한 세희의 눈에 정 대리만큼 감격한 표정의 차 대리가 들어왔다. 차 대리는 세희를 끌어안는 대신 악수하는 손을 부서질 정도로 세게 움켜쥐었다.

“세희야, 네가 없으니까 사무실이 텅 빈 것 같았어.”

“정말이야. 세희 씨 없다고 다들 얼마나 서운했는데……. 몇 주 못 봤다고 그렇게까지 보고 싶을 줄이야. 과장님도 걸핏하면 세희 씨를 찾았다니까.”

새로운 출입증 카드를 발급받고 사무실에 들어서자 직원 모두 자리에서 일어나 그녀를 살갑게 반겼다.

월요일 아침 회의를 마치고 자리로 돌아간 세희는 한동안 보지 못했던 업무를 따라잡느라 오전 내내 정신없이 보냈다. 그 탓에 재현에게서 아무런 연락이 없다는 것을 깨닫지 못했다. 점심시간이 다 되어서야 겨우 한숨을 돌릴 수 있었다. 세희는 책상 위에 놓인 휴대폰으로 힐끗 시선을 돌렸다. 아무런 알림도 없는 텅 빈 휴대폰 화면. 휴대폰을 만지작거리던 그녀가 속으로 중얼거렸다.

'먼저 연락해야 하나?'

그날 그녀는 은밀하면서도 길고도 긴 샤워를 끝내고 곧바로 옥탑방으로 돌아갔다. 자고 가라는 재현의 유혹을 단호하게 물리치고.

"안 돼요. 집도 정리해야 하고 월요일부터는 출근해야 하니까 준비할 게 많아요."

"나는 할 일이 없어서 이러는 줄 알아?"

"그러니까요. 가끔은 각자 개인 시간을 보낼 필요가 있어요."

다툰 것까진 아니었지만, 좀 매정하다시피 재현을 뿌리치고 집으로 돌아갔다. 재현의 유혹은 주말에도 계속되었지만 그때마다 세희는 그럴듯한 핑계를 대며 거절했다.

"후."

세희는 휴대폰 화면을 뚫어지게 바라보며 짧게 한숨을 내쉬었다.

누군 뭐 보고 싶지 않은 줄 아나? 하지만 미국 출장 내내 그와 함께 지내는 것에 너무나도 익숙해져버렸다. 특히 그가 옆에 없으면 제대로 잠을 잘 수 없는 지경에까지 이르렀다.

지금이라도 바로잡지 못하면 그녀는 영영 그에게서 헤어나지 못할지도 모른다. 부나비처럼 그를 향해 날아갔다가 흔적도 없이 불에 타버려 하얀 재가 되겠지…….

주말 내내 재현에게 달려가고 싶은 마음을 다잡기 위해서 그녀는 베개와 이불, 침대 커버를 벗겨내어 한 아름 빨랫감을 만들었다. 빨래가 끝나자 이번에는 소매를 걷어붙이고 주방과 욕실의 구석구석 찌든 때를 걷어내고 광을 냈다. 몸은 힘들었지만 그래도 그 덕분에 재현 없는 주말을 혼자서도 잘 보낼 수 있었다.

월요일 아침, 혹시라도 그가 함께 출근하자고 할까 봐 평소보다 1시간 일찍 옥탑방을 나섰다. 회사 근처에서 아침을 먹고 커피를 마시면서 시간을 끌다가 정각에 회사 건물로 향했다.

그랬는데 막상 재현에게서 아무런 연락이 없자 마음이 싱숭생숭한 것이 기분이 묘했다. 오랜만에 출근하는 그녀에게 뭐라고 한마디 해줄 만도 한데 감감무소식이었다. 주말 동안 안 만나줬다고 혹시 화난 건 아니겠지? 문자라도 보내볼까?

심각한 표정으로 휴대폰을 뚫어지게 내려다보고 있는데 서류 파일을 든 김 과장이 책상 앞으로 다가왔다.

"세희 씨, 이 인터뷰 서류 좀, 경영관리실 채 실장에게 건네주고 오겠어?"

"네. 알겠습니다."

세희가 두 손으로 서류 파일을 받아들자 김 과장이 쯧쯧쯧 가볍게 혀를 찼다.

"아니, 왜 갑자기 다 지난 인터뷰 자료를 찾는지 모르겠어. 그것도 당장 필요하다고 난리를 치니……."

"괜찮아요. 빨리 다녀올게요."

점심시간이 시작된 탓에 사무실에서 쏟아져 나온 직원들로 엘리베이터는 북새통을 이뤘다. 그 때문에 직원들로 미어터진 엘리베이터를 두 번이나 그냥 보내고 세 번째 엘리베이터에 겨우 올라탈 수 있었다.

경영관리실로 들어가니 모두 점심 식사하러 나갔는지 텅 빈 사무실이 그녀를 맞이했다. 뒤편에 있는 실장실로 걸어가는데 마침 문이 열리며 직원 한 명이 안에서 걸어 나왔다.

"채 실장님께 이걸 전해드리려고 왔는데요."

세희가 내미는 서류 파일을 힐끗 쳐다보던 직원이 빠르게 입을 열었다.

"아, 실장님. 지금까지 기다리시다가 주차장으로 내려가셨어요. 잠시만요. 제가 전화해서 출발하시지 말라고 할 테니까, 주차장까지 가져다주겠어요? 지하 주차장 3층 D 구역으로 가시면 됩니다. 출입문 앞에 서 계시라고 할게요."

아주 급하다고 했는데 엘리베이터를 놓쳐서 늦게 온 그녀 잘못도 있기에 불평할 수는 없었다. 세희는 고개를 끄덕이고 지하 주차장으로 향했다. 급하게 유리문을 열고 지하 주차장으로 들어섰지만 채 실장의 모습은 아무 곳에서도 볼 수 없었다. 그제야 세희는 지하 3층 D 구역이 중역 전용 구역이라는 걸 깨달았다. 실장도 여기에 차를 세울 수 있나? 혹시 잘못 들은 건 아니겠지?

세희는 초조한 얼굴로 주차장 주위를 둘러보았다. 그때 코너를 돌아 나온 검은 세단이 미끄러지듯이 다가왔다. 그녀 앞으로 차가 멈춰 서며 검게 선팅된 유리창이 스르르 밑으로 내려갔다. 세희는 반사적으로 차 안으로 시선을 돌렸다.

"헉."

차 안에 타고 있는 사람을 알아본 그녀는 그만 제자리에 얼어붙고 말았다.

"타지."

무표정한 얼굴로 세희를 바라보던 이 회장이 낮은 목소리로 말했다.

전무님의 안색이 너무 안 좋다. 혹시 주말 동안 쉬지 않고 무리하셨나? 강 비서는 걱정스러운 눈으로 결재 서류에 사인을 휘날리는 재현을 훔쳐보았다.

철인 경기처럼 혹독한 출장 일정에도 불구하고 항상 건재한 모습을 보이던 그였다. 출장에서 돌아오자마자 곧바로 회사로 출근하는 일도 종종 있었다. 이번 출장에선 돌아온 후, 이틀이나 넉넉한 휴식을 취했다. 그런데 왜 저리도 피곤한 모습일까?

눈 주변을 뒤덮은 재현의 다크 서클에 강 비서는 설레설레 고개를 내저었다. 아무래도 오늘은 정시에 퇴근할 수 있게 일정을 조정해야 할 것 같다.

"커피, 더 가져다드릴까요?"

재현이 건네는 서류를 두 손으로 받아 들며 강 비서가 넌지시 물었다. 사실은 '블라인드 내려드릴 테니까 점심때까지 한숨 주무시는 건 어떨까요?'라고 묻고 싶었다. 그만큼 재현의 몰골은 말이 아니었다. 재현은 대답 대신 한 손으로 넥타이를 느슨하게 풀어 헤쳤다. 이어서 의자 등받이에 힘없이 머리를 기대며 한숨을 내쉬었다.

"강 비서."

"네, 전무님."

강 비서는 귀를 쫑긋 세우며 재현을 향해 상체를 기울였다. 뭔가 긴히 할 말이 있는 것 같은데…….

하지만 재현은 그녀를 빤히 쳐다볼 뿐 쉽사리 입을 열지 못했다. 잠시 후, 재현은 씁쓸한 미소를 떠올리며 컴퓨터 모니터로 고개를 돌려버렸다. 그리고 피곤한 듯 조금 가라앉은 목소리로 말했다.

"……그러면 일반 커피 말고 커피 전문점에서 카페라떼 좀 부탁할게."

"네, 전무님."

고개를 숙인 강 비서가 조용한 걸음으로 사무실을 걸어 나갔다. 곧 문이 닫히고 사무실 안에는 정적만이 감돌았다.

"훗."

강 비서의 표정만 보아도 그녀가 지금 무슨 생각을 하는지 뻔히 알 수 있었다. 눈 밑은 시커멓고 잔뜩 초췌한 얼굴로 출근한 자신을 보며 속으로 별의별 상상을 다 했겠지. 거울을 보지 않아도 지금 자신이 어떤 모습인지 너무나 잘 알고 있었다.

재현은 한 손으로 얼굴을 쓸어내리며 혀로 마른 입술을 적셨다. 이틀 동안 한숨도 잘 수 없었다. 밤잠은 물론이고 낮잠도 잘 수 없었다. 음식도 제대로 목에 넘어가지 않았다.

세희가 없는 주말 동안 그는 정말 아무것도 할 수 없었다. 만약에 금단증상이 이런 거라면……?

맞다. 그는 지금 혹독한 금단 증상을 겪고 있었다. 그런데 괘씸하게도 세희는 그가 없어도 전혀 아무렇지 않은 것 같았다. 이불 빨래를 해야 한다며, 집 청소를 해야 한다며, 온갖 핑계를 대며 만나주지 않았다.

기가 막혀서인지 자신도 모르게 마른 웃음이 흘러나왔다. 그러다 문득 책상 위에 놓인 휴대폰에 시선이 닿았다.

점심이나 같이하자고 할까? 병가 끝나고 첫 출근인데 홍보부 직원들과 함께 먹겠지? 그냥 모른 척하고 점심 모임에 슬쩍 끼어들까?

아니다. 갑자기 전무가 나타나서 같이 식사하자고 하자면 모두 기겁할지도 모른다. 아직 아무도 둘이 사귄다는 사실을 모르고 있는데 괜히 그녀의 입장만 난처해질 것이다.

재현은 초조한 듯이 손끝으로 책상을 톡톡 두드렸다. 어떻게 해야 자연스럽게 세희를 회사 안에서 만날 수 있을까? 몰래 옥상으로 불러낼까? 아니면 비상계단으로?

똑똑―.

그때 노크 소리와 함께 문이 열리며 규한이 얼굴을 내밀었다.

"잠깐 들어가도 될까?"

"규한이 형?"

재현이 자리에서 일어서자 규한이 천천히 방 안으로 걸어 들어왔다. 안

본 사이에 규한은 완전히 다른 분위기로 변해 있었다. 어딘지 모르게 슬프고 황량한 눈빛을 간직했던 그가 지금은 행복으로 반짝거린다고 해야 할까? 규한의 이런 변화가 어디에서부터 시작되었는지 알기에 재현은 피식 마른웃음을 흘렸다.

"강 비서가 잠시 자리를 비웠더라고."

"어, 심부름 좀 시켰어."

"연락도 없이 찾아와서 미안하다. 같이 점심 먹을 수 있을까 해서 온 거야."

재현이 권하는 소파에 앉으며 규한이 자신이 온 이유를 설명했다.

"조금 있으면 점심시간이잖아. 시간 돼?"

아마도 규한은 정연과의 일을 그에게 직접 말해주고 싶어서 온 것일 테다. 며칠 전, 정연이 아무 예고도 없이 펜트 하우스에 들이닥쳤던 것처럼. 그런 점에서 두 사람은 닮아도 너무 닮았다. 재현은 규한의 제안을 거절할 이유가 없었다. 어쩌면 규한은 당장에라도 세희에게 달려가고픈 재현을 잡아줄 구세주일지도 몰랐다.

"좋아. 그렇게 하지."

손목시계를 들여다보며 재현이 가볍게 고개를 끄덕였다.

"어떤 음식을 좋아할지 몰라서 그냥 무난하게 한정식으로 정했네. 괜찮겠나?"

"네, 물론입니다. 한정식 좋아하거든요."

그저 예의상 물어보는 듯 건조한 어투였지만 세희는 환하게 웃으며 대답했다.

이 회장이 세희를 데리고 온 곳은 교외에 있는 최고급 한정식 레스토랑

이었다. 예약으로만 손님을 받는 이곳은 특정한 메뉴 없이 그날그날 공급되는 신선한 재료만 사용하기로 유명했다. 보통은 한 달 이상 예약이 꽉 차 있어 갑자기 자리를 마련하기란 하늘의 별 따기인 곳. 그러나 특별 고객인 이 회장에겐 예외였다. 세희는 상 위에 차려진 예술 작품처럼 화려한 각양각색의 요리를 내려다보았다.

"그거, 나에게 주고 자넨 좀 나가 있게."

옆에서 시중들던 웨이터가 세희 앞에 놓인 잔에 녹차를 따르려 하자 이 회장이 손을 들어 그를 제지했다. 웨이터는 잠시 의아한 표정을 지었지만, 순순히 이 회장에게 주전자를 넘기고 방을 나섰다.

웨이터가 문을 닫자 이 회장이 세희의 잔에 녹차를 따르기 시작했다.

"그래도 재현이가 처음으로 사귀는 상대인데……. 내가 밥 한번은 사야 한다고 생각했네."

"감사합니다."

그녀는 이 회장이 따라주는 차를 두 손으로 공손히 받았다.

"우선 식사부터 하고 이야기는 차차 하도록 하지."

"네."

너무 떨려서 목구멍에 아무런 음식물도 넘어가지 않을 거라고 걱정했는데…….

이 회장은 그런 그녀의 입장을 배려했는지 아주 일상적인 이야기를 꺼내며 식사 분위기를 편안하게 이끌어갔다. 그래도 명색이 대한민국의 경제를 이끌어나간다는 하나 그룹의 회장이었다. 마음만 먹는다면 상대를 바늘방석에 앉은 것처럼 거북하게 할 수도, 반대로 구름 방석에 앉은 것처럼 편안하게 할 수도 있는. 이 회장은 후자를 택한 듯싶었다.

"어렸을 때 외국에서 생활했다면서 젓가락질은 제대로 하는군."

"네. 어머니께서 조금은 엄격하다고 할 정도로 가르쳐주셨어요."

"그래."

얌전하게 반찬을 집으며 복스럽게 먹는 그녀의 모습에 이 회장은 속으로 빙그레 웃었다. 다른 것은 몰라도 먹는 모습만큼은 아주 마음에 들었다. 소아도 그렇고 미라도 그렇고 하도 깨작깨작 젓가락질하는 모습이 영 불편했었는데, 세희는 없던 입맛도 돌아오게 할 정도로 입을 오므린 채 오물오물 예쁘게 씹고 있었다.

어디 그뿐인가? 민 여사의 말대로 외모로만 본다면 재현과 가장 어울리는 상대였다. 소아와 미라가 빼어난 화려함으로 상대를 현혹한다면 앞에 앉은 세희는 청초한 고고함으로 상대를 설득하는 차이라고나 할까? 재현이 녀석, 날 닮아서 여자 보는 눈은 있군 그래.

왜 재현이 앞에 앉은 여자에게 반해버렸는지 조금은 이해할 것도 같았다. 그러나 사랑만으로 살기에 재현은 너무나 많은 것을 짊어지고 있다. 이 회장은 문득 평범하지 않은 집안에서 태어나게 한 아들에게 미안한 감정이 들었다. 하지만 애석하게도 모두에겐 선택권이 없다.

식사가 끝나고 디저트로 나온 한과를 한 입 베어 물 때, 문에서 노크 소리가 들렸다.

"회장님, 채 실장입니다."

"그래, 들어오게."

문이 열리며 채 실장이 방 안으로 들어왔다. 그는 이 회장에게 다가가 3개의 서류 파일을 건네고 한 걸음 뒤로 물러섰다.

"흠, 흠."

이 회장은 마른기침을 내뱉은 후, 세희가 쉽게 볼 수 있도록 그녀 쪽으로 서류 파일을 내밀었다.

"내가 오늘 자네를 보자고 한 건, 바로 이것 때문이네."

세희는 서류 파일 중 한 개를 집어 들며 의아한 표정을 지었다.

"이게 뭐죠?"

서류 파일을 손에 쥐고 안을 들여다보는 그녀에게 이 회장이 건조한 목소리로 대답했다.

"우리 재현이와 헤어진다는 전제하에 내가 제시하는 조건들이야."

"엄마, 다짜고짜 차를 팔라니 그게 무슨 소리야?"

혜영은 인상을 찌푸리며 서 여사를 기가 막히다는 눈으로 바라보았다. 얼마 전까지만 해도 너무 장사가 잘돼서 비명을 지르던 엄마가 갑자기 얼굴이 노랗게 질려서 여기저기 돈을 빌리러 다니기에 바빴다. 그러더니 급기야는 자신에게 차를 팔라는 게 아닌가!

"그게 어떤 차인데, 그걸 내놓으라는 거야! 내가 얼마나 애지중지하는지 몰라서 그래?"

"일단 급한 거 막고, 다시 장사 잘되면 엄마가 더 좋은 차로 사줄게. 그러니까 빨리 열쇠 내놔."

혜영은 서 여사에게 자동차 열쇠를 넘기며 레스토랑 재정 관리를 맡은 김 회계사에게로 시선을 돌렸다. 그래도 엄마보다는 김 회계사가 은근히 속을 떠보기에 쉬운 편이니까. 혹시 알아? 또 세희를 협박하려고 괜한 연극을 꾸미는 건지도…….

"도대체 어떻게 된 거예요, 아저씨? 우리 엄마, 정말 그렇게 힘든 거예요?"

"응, 그래. 요새 좀 많이 힘들다."

김 회계사가 침통한 얼굴로 고개를 끄덕였다. 서 여사와 달리 거짓말에 서툰 그가 힘들다고 한다면 그건 정말 사정이 안 좋은 거다. 갑자기 혜영은 목에 뜨끔한 통증을 느꼈다. 김 회계사가 차근차근 상황을 설명해주었다.

"새로 오픈한 레스토랑이 처음에만 반짝하다가 그다음부턴 영 실적이 좋지 않다. 인테리어 공사비만 해도 그래. 여기저기에서 대출 받아 수억 원 넘게 쏟아부었잖아. 게다가 강남에서도 손꼽히게 자릿값이 비싼 곳이고. 덕분에 유지비도 매달 장난 아니고 말이야. 그런데 지출에 비해서 수익이 반도 안 되는 실정이야. 요새는 하도 힘들어서 직원들 월급 주기도 급급하다니까."

"그런데 엎친 데 덮친 격이라고 어떤 망할 것이 우리랑 똑같은 분위기의 레스토랑을 바로 길 건너에 차렸잖아!"

김 회계사의 말을 듣고 있던 서 여사가 흥분한 어조로 끼어들었다.

"건물 외관이나 인테리어 디자인이나 우리랑 너무 비슷해. 그런데 돈은 또 얼마나 처발랐는지 재질이나 이런 건 우리보다 고급이고."

"에이, 누가 레스토랑에 분위기만 보고 가나. 음식이 맛이 있어야지."

혜영의 말에 서 여사가 얼굴을 붉히며 버럭 소리를 질렀다.

"거기서 일하는 쉐프가 '미슐랭 가이드' 별 3개나 붙은 레스토랑에서 일하던 수석 쉐프란다!"

"뭐? '미슐랭 가이드' 별 3개짜리 레스토랑의 수석 쉐프?"

혜영이 믿을 수 없다는 듯 크게 입을 벌렸다. 지금까지 운이 좋아서 '미슐랭 가이드' 별 2개를 받은 식당에까지는 가본 적 있었다. 하지만 별 3개라니! 한 달이 뭐야, 어떤 곳은 일 년 전에 예약해야 겨우 자리를 잡을 수 있는데……. 그런 곳에서 일하던 쉐프가 경쟁 상대라고? 이건 말도 안 된다.

"아니, 우리에게 앙심을 품지 않고선 왜 코앞에 그런 레스토랑을 차리느냐고, 차리긴!"

서 여사는 분통이 터진다는 듯 발을 동동 굴렀다. 그녀가 얼마나 야심만만하게 계획을 세워서 차린 레스토랑인데……. 지금까지 다른 레스토랑에서 벌어들인 수익을 거의 다 들이붓다시피 해서 오픈한 곳인데 지금 쫄딱

망하게 생겼단다. 아니지, 망하게 생긴 게 아니라 망하는 건 기정사실이며 시간 문제였다.

서 여사와 김 회계사의 눈치를 보던 혜영이 넌지시 말을 건넸다.

"엄마, 그러면 우리 더 손해 보기 전에 그냥 레스토랑 문 닫아야 하는 건 아닐까?"

"이런, 출장이 아주 힘들었나 보군. 안색이 말이 아니야."

정연과 결혼한다는 사실에 들떠서 너무 자기 말만 한 모양이다. 맞은편에 앉아 먹는 둥 마는 둥, 음식에 거의 손도 대지 않은 재현을 보며 규한이 미간을 좁혔다. 이제 보니까 저번에 만났을 때와 비교했을 때 지금의 재현은 조금 핼쑥해진 것도 같았다. 턱선이 좀 더 날카로워졌고, 음…… 눈 밑에 보이는 건 다크 서클인가?

"이번 출장, 살인적인 스케줄이었단 말은 들었어. 아무리 그래도 그렇지. 너무 무리하지 말고 쉬엄쉬엄 해라. 그러다 쓰러지면 너만 손해니까."

규한이 자신을 걱정스러운 듯 바라보자, 재현은 피식 입꼬리를 비틀었다.

"그 정도는 아니야."

정말이다. 그 정도는 아니었다. 더한 일정도 아무렇지 않게 소화했는데 이게 뭐라고. 지금 그의 얼굴에 어두운 그림자가 내린 이유는 오로지 세희 때문이었다. 이틀 동안이나 세희를 보지 못한 탓에 통 잠도 자지 못했고, 또 입맛도 잃었다고 하면 규한은 뭐라고 반응할까? 아마도 미친놈 내지는 불쌍한 녀석이라고 투덜거리겠지. 그 자신도 미치도록 사랑에 빠져버린 사실을 믿을 수 없는데, 도대체 누가 그런 그를 이해해줄 수 있을까?

"아직 시차 적응이 안 돼서 조금 피곤한 것도 있고……. 형과 누나가 갑자기 결혼한다고 하니까 조금 충격받은 것도 있고. 겸사겸사해서 그런 거야. 그런데 솔직히 난 아버지가 형과 누나를 쉽게 허락하실 거라곤 예상하지 못했어. 전에 형이 그러지 않았었나? 우리 아버지, 아주 잔인해질 수 있는 분이라고."

"그래, 그랬지."

규한이 씁쓸한 미소를 띠며 고개를 끄덕였다.

"이 회장님, 아주 잔인해질 수 있긴 한데……."

규한은 한동안 말을 잇지 못하고, 무언가 할 말을 찾는 듯 손에 쥔 물컵을 만지작거렸다.

"……그래도 넘지 말아야 하는 선은 절대로 넘지 않는 분이시지. 분노에 눈이 멀어서 그걸 깨닫지 못했어. 서서히 분노가 사라지고 나니까 이젠 뭔가 제대로 보이는 것 같기도 하고 그렇다."

재현은 규한의 말 속에 뭔가 다른 숨겨진 뜻이 있다고 생각했다. 안 실장의 보고에 의하면 규한과 이 회장 사이에 채 실장이 끼어 있다고 했다. 어떻게 보면 무척 심각한 문제일 테지만 규한은 말을 아꼈다.

이유가 궁금하긴 했지만, 지금으로선 꼬치꼬치 캐묻고 싶은 생각은 들지 않았다. 두 사람은 긴 헤어짐 끝에 다시 만나게 되었고 자신은 그들의 행복을 빌어주면 그만이었다.

재현은 규한을 향해 진심으로 환하게 웃어 보였다.

"하여간 축하해, 형. 그리고 누나를 구제해줘서 고마워. 형 아니었음 평생 저렇게 혼자 살았을 거야. 누나를 받아줄 사람, 이 세상에 형밖에 없잖아."

은근히 정연을 깎아내리는 말에 규한은 피식 마른 웃음을 흘렸다. 말은 저렇게 해도 그가 얼마나 정연을 아끼는지 잘 알고 있기에…….

"축하해줘서 고맙다. 그나저나 너는 어떻게 할 계획이지? 우리 결혼하고 나면 그다음은 네 차례인데……. 내년 봄쯤에 하려면 서둘러야지, 안 그래?"

"아, 그런가?"

재현의 탐탁지 않은 반응에 규한이 살짝 인상을 찌푸렸다.

"'아, 그런가?'는 또 뭐야? 왜 태도가 불분명해?"

"아직 아버지에게 허락을 받지 못했어. 어머니는 그래도 거의 반 정도는 설득한 편인데……."

자신도 얼마 전까진 재현과 같은 상황이었기에 규한은 이해한다는 듯 고개를 끄덕였다.

"하지만 네가 물러서지 않는다면 결국엔 회장님도 세희 씨를 받아주실 거야."

"그렇겠지. 시간은 좀 걸리겠지만……."

두 사람은 다시 묵묵히 식사를 계속했다.

"너, 그런데……."

잠시 후, 포크를 테이블 위에 내려놓으며 규한이 진지한 표정으로 물었다.

"……세희 씨에게 프러포즈하기는 한 거야?"

"응?"

전혀 뜻밖의 질문에 재현은 흠칫 동작을 멈추었다.

"프러포즈?"

규한을 바라보는 재현의 눈빛이 크게 흔들렸다.

"우리 재현이와 헤어진다는 전제하에 내가 제시하는 조건들이야."

서류 파일을 집어 든 그녀의 손이 미세하게 떨렸다. 그런데도 세희는 불안한 마음을 내색하지 않으려 입을 꼭 다물고 반듯한 시선으로 이 회장을 바라보았다. 이 회장은 감정을 싣지 않은 목소리로 담담하게 말을 이어나갔다.

"아무리 지금 열렬히 사랑한다고 해도 어차피 두 사람, 결혼까지는 힘들어. 만약에 어떻게 해서 결혼까지 가게 된다고 해도 오래가기는 어려울 거야. 그건 내가 자세히 설명하지 않아도 본인이 더 잘 알 거라고 믿네."

세희는 아무런 반박도 할 수 없었다. 지금 이 회장이 하는 말은 모두 사실이므로. 그녀는 가만히 손에 쥔 서류 파일로 시선을 내리깔았다. 깔끔하게 정리된 서류가 눈에 들어왔다.

"지금 재현이와 헤어져준다면 한평생 걱정 없이 살게 해주겠네. 그 파일 안에는 자네를 위해서 채 실장이 아주 꼼꼼하게 준비한 계획안이 들어 있어. 법적으로나 도의적으로나 전혀 하자 없는 후원을 해주겠네. 세 개의 파일에 모두 각각 다른 제안서가 들어 있어."

세희가 조심스럽게 파일을 열어보자, 이 회장이 설명을 이어갔다.

"우선 첫 번째 제안은 미국에 유학 가서 그곳에 정착하는 거야. 어차피 미국에서 살다가 왔으니까 다시 돌아가는 것도 나쁘진 않겠지. 두 번째는 한국에 정이 들어서 이곳에 남겠다고 하면, 계속 공부할 수 있도록 후원하면서, 나중에 사업을 하겠다면 그것 역시 무상으로 도와줄 생각이야. 나머지 세 번째는 어떻게 보면 아주 간단해. 돈으로 보상해주는 거지. 보통 사람은 평생 꿈도 꿀 수 없는 금액으로……."

세희는 첫 번째 파일을 열어 한 장 한 장, 넘기기 시작했다. 손가락으로 훑어가며 열심히 검토한 그녀는 곧이어 두 번째와 세 번째 파일까지 모두 꼼꼼히 읽어보기 시작했다.

한참 동안 열심히 파일을 훑어보던 세희는 마지막 장을 마친 후, 조용히 파일을 덮었다. 그리고 잔잔한 미소를 띠며 이 회장을 향해 고개를 들었다.

"정말 세세하게 신경 써서 준비하셨네요."

그러고는 두 손으로 조심스럽게 이 회장 앞으로 파일들을 내밀었다.

"하지만 저에겐 필요 없는 후원 같습니다. 이런 후원은 제가 아니라 다른 재능 있는 사람에게 돌아가야 할 것 같습니다."

그녀가 쉽게 자신의 제안을 받아들이지 않을 거라는 건, 이미 짐작했던 바였기에 별로 실망할 것도 없었다.

'하지만 왜 그렇게 열심히 들여다보았을까?'

괘씸하기보다는 그 이유가 궁금했다.

"어차피 거절할 거였으면서 왜 다 읽어본 거지?"

따뜻한 차를 한 모금 마시며 이 회장이 느긋한 표정으로 물었다.

"채 실장님이 애써 준비한 건데 제대로 읽어보지도 않고 거절하는 건 예의가 아니라고 생각했습니다. 이 정도의 서류를 준비하려면 적어도 일주일 이상은 매달려야 하거든요."

전혀 예상 밖인 그녀의 대답에 이 회장은 '허, 허' 웃음을 터뜨렸다.

"제 생각을 말씀드려도 되겠습니까?"

"좋아. 말해보게."

세희는 식탁 위에 놓인 두 손을 꼭 움켜쥐며 짧게 숨을 들이마신 다음, 천천히 내쉬었다.

"저는 결혼이란 남녀, 두 사람만의 결합이 아닌 가족과 가족의 결합이라고 생각합니다."

그녀의 말간 눈동자가 오롯이 이 회장을 향했다.

"그러므로 재현 씨가 가족이 반대하는 결혼을 강행하는 건 바라지 않습니다. 회장님도 잘 아시겠지만, 저는 불의로 사고로 부모님을 잃었습니다. 그래서 가족의 소중함을 누구보다 더 잘 알고 있습니다."

그녀가 교통사고로 일찍 부모를 여의었다는 것은 뒷조사를 통해서 익히 알고 있는 내용이었다. 이 회장이 아무 말도 하지 않자, 세희는 계속해서 말을 이어나갔다.

"전 회장님이 허락하지 않으면 절대로 재현 씨와 결혼하지 않을 생각입니다. 그러니까 저와 재현 씨에 관해선 걱정하지 않으셔도 됩니다. 제가 재현 씨의 발목을 잡을 일은 없을 거예요. 그리고 솔직히 말해서 연애한다고 꼭 결혼까지 가는 건 아니잖아요."

"내가 허락하지 않으면 절대로 결혼하지 않겠다?"

"네."

"그 말은 내가 허락할 거라고, 자신한다는 말로 들리는군."

"그건 아닙니다."

세희는 입꼬리를 올려 살며시 미소 지었다.

"저는 이미 재현 씨에게 감당할 수 없을 만큼의 사랑을 받았습니다. 그런 재현 씨를 사랑할 수 있다는 것만으로도 만족합니다. 여기서 더는 욕심 없습니다."

"여기서 더는 욕심이 없다."

"네."

"나중에라도 우리 재현이가 다른 상대와 결혼하게 되면, 그땐 어떻게 할 거지? 결혼은 않더라도 계속해서 재현이 옆에 남을 건가?"

어떻게 보면 그녀에게 상처를 주려고 한 말이었다. 사랑만으로 살기엔 세상이 그리 녹록지 않다는 걸 깨닫게 해주고 싶었다. 순수한 얼굴로 사랑을 이야기하는 그녀에게 괜한 심통을 부린다고나 할까?

역시 예상한 대로 이 회장을 바라보는 그녀의 눈동자가 희미하게 흔들렸다. 잠시 침묵을 지키던 그녀가 천천히 입을 열었다.

"외람된 말씀이지만, 회장님은 재현 씨에 관해서 잘 모르시는 것 같습니다."

"어째서지?"

"재현 씨는 저와 사귀면서 다른 상대와 결혼한 사람이 아닙니다. 먼저 저와의 관계를 깨끗이 정리하고 난 후에 다른 사람을 만나겠죠."

"그래?"

"네. 재현 씨는 절대로 두 여자를 만날 사람이 아닙니다."

그건 세희의 말이 맞았다. 소아를 사랑한 건 아니었지만, 정혼녀가 있다는 사실 하나만으로도 다른 여자와 단둘이 차 한 잔 마신 적 없었던 재현이니까.

"재현이의 사랑이 언제까지 갈 거라고 생각하나? 남자는 여자와 달라서 사랑만으로 살 수 없어. 성공이라는 야망이 필요하지. 사랑이란 감정은 고작 1~2년 갈지 몰라도 야망은 평생을 따라간다네."

"그럴지도 모르죠."

세희는 가만히 고개를 끄덕였다.

"저에 대한 사랑이 영원할 거라곤 생각하지 않습니다. 그때가 되면 본인에게 맞는 상대를 만나면 되겠죠."

"그러니까 어차피 그렇게 될 거, 지금 내가 내미는 조건을 받아들이는 게 어떨까 싶은데?"

"아뇨."

세희는 단호한 표정으로 이 회장을 쳐다보았다.

"전 사랑을 가지고 거래하고 싶진 않습니다."

이 회장을 향하는 그녀의 눈동자에 보일 듯 말 듯 물기가 어렸다.

"사랑까지 거래할 대상으로 삼아야 한다면……."

세희는 아랫입술을 살며시 깨물며 떨리는 목소리를 가다듬었다.

"세상은 너무 삭막해질 거예요."

자신을 빤히 바라보는 세희에게 이 회장은 더 이상 아무 말도 할 수 없었다. 마음 한구석 어딘가에서 세희와 재현, 두 사람이 알아서 연애하도록 내버려둘까 하는 유혹이 슬그머니 고개를 들기 시작했다. 아무리 불타게 사랑하지만, 남녀 사이는 모르는 거니까.

가만히 뒷짐 지고 서 있어도 둘이 연애하다 저절로 헤어질 수도 있는데 괜히 나서서 상처 줄 필요가 있을까. 만약에 둘이 결혼하겠다고 해도 여자 보기를 돌같이 하던 재현이 저 정도로 매달릴 정도라면 그냥 딱 눈감고 허락해야 하는 건 아닐까?

자꾸만 앞에 앉아 있는 세희가 이 회장 눈에 밟혔다. 실제로 마주한 그녀가 예상외로 아주 마음에 들어서 그는 혼란스럽기만 했다.

"음……."

아까 불편하게 점심을 먹어서 그런지 속이 별로 좋지 않았다. 가슴에 뭔가 단단하게 뭉친 기분이었다. 세희는 한 손으로 연신 가슴을 문지르며 옥탑방으로 향하는 계단을 올랐다.

—세희야, 너 괜찮겠어?

퇴근길에 창백한 그녀를 본 정 대리가 걱정스럽게 물어볼 정도였다. 체한 걸까? 하지만 병가 내고 쉰 게 언제인데 또 아플 수는 없었다.

세희는 한숨을 내쉬며 손에 든 휴대폰을 들여다보았다. 온종일 재현에게선 아무 연락도 없었다. 재현의 마음이 변하면 미련 없이 떠날 거라고 이 회장에게 당당히 말했지만, 막상 두려운 건 사실이었다. 물론 그를 사랑하는 것만으로도 감당할 수 없을 만큼 행복했다.

여기서 무언가를 더 바라는 건 욕심이겠지. 자신과의 결혼으로 재현의 입장이 곤란해지는 건 바라지 않았다. 그래도 눈물이 핑 도는 건 참기 어려웠다.

—우리 세라 공주님을 어떤 남자가 데려갈진 모르지만, 내가 쉽게 허락하진 않을 거다. 각오 단단히 해야 할걸.

생전에 아버지는 웃음을 머금은 얼굴로 농담하곤 했었다. 만약에 부모님이 살아 계셨더라면…… 그랬더라면 이리도 힘든 사랑은 하지 않아도 됐을 텐데. 세희는 손등으로 눈가의 물기를 닦아내며 쓴웃음을 머금었다. 괜스레 서러운 건, 몸이 안 좋아서일 거다. 괜히 이런 일로 약해지면 안 돼.

옥외 문을 열고 옥상으로 발을 내딛자, 불이 켜져 있는 옥탑방이 눈에 들어왔다.

불을 켠 채로 출근했나?

세희는 옥탑방 앞으로 빠르게 걸어갔다. 한 뼘쯤 열린 현관문을 발견한 그녀의 눈이 커다래졌다. 안에서는 달그락거리는 소리가 흘러나왔다.

"정연 언니?"

조심스럽게 문을 열고 안으로 들어가자 싱크대 앞에 서 있던 재현이 뒤를 돌아보았다.

"재현 씨?"

세희는 놀란 얼굴로 앞에 선 그를 멍하니 올려다보았다.

"그래서 형은 누나에게 어떻게 프러포즈했어?"

"나? 그럴 필요가 있었나? 우린 집안끼리 이미 정혼한 사이였는데……."

곤혹스럽게 살짝 눈살을 찌푸리던 규한이 뭔가 생각이 떠오른 듯 손으로 이마를 문질렀다.

"생각해보니까 이번에 했다. 즉흥적이긴 했지만……. 뭐, 그냥 결혼하자고 했지."

"그래? 어떻게? 어디서?"

이불 속, 벌거벗고 끌어안은 상태에서 나온 청혼이었지만 그런 것까지 알려줄 필요는 없겠지.

"특별한 장소는 아니었고 그냥 우리 둘이 자주 하던…… 편하고 다정한…… 뭐, 그런 행동을 하던 도중에 자연스럽게 흘러나왔어. 너도 정연이 취향, 잘 알잖아. 로맨틱한 거 별로 관심 없어 하는 거. 꽃이나 보석 같은 거 안겨줘도 항상 시큰둥하고……."

"자주 하던 행동? 편하고 다정한?"

재현이 자못 심각한 표정으로 생각에 잠겼다.

점심시간 후, 규한과 헤어져 사무실로 돌아온 재현은 오후 내내 어떤 행동이 두 사람을 편하고 다정하게 만들었나 곰곰이 생각에 빠져들었다. 퇴근 시간이 가까워져서야 그의 얼굴에 만족스러운 미소가 떠올랐다.

"재현 씨, 지금 뭐 하는 거예요?"

세희는 눈앞에 펼쳐진 광경을 믿을 수 없었다. 난장판까진 아니었지만, 싱크대 주변 여기저기에 주방 기구와 음식 재료가 널려 있었다. 그녀의 눈길이 가스레인지 위에서 보글보글 끓고 있는 달걀찜에 다다랐다. 이제 보니 고소한 냄새가 주방 안을 가득 채우고 있었다. 세희가 믿을 수 없다는 얼굴로 재현을 바라보자, 그가 싱긋 입술 끝을 말아 올렸다.

"때맞춰 왔군. 아직 저녁 안 먹었지?"

"……저 달걀찜, 재현 씨가 한 거예요?"

"응."

재현이 어깨를 으쓱거리며 가스레인지의 불을 약하게 줄였다.

"저녁으로 샌드위치를 해주긴 그렇고. 누나가 달걀찜을 만들 수 있을 정도면 나도 별로 어렵지 않을 것 같아서……."

정연과 달리 그는 실패 없이 달걀찜 만들기에 성공한 모양이다. 먹음직스럽게 부풀어 오른 달걀찜은 아주 멀쩡해 보였다. 그녀도 처음 달걀찜을 만들었을 때는 달걀찜이 제대로 부풀어 오르지 않아 뭔가 이상했었는데, 그는 어떻게 이걸, 이리도 쉽게…….

"만드는 법은 어떻게 알아냈어요?"

"강 비서가 온라인에서 레시피를 쫙 뽑아줬어."

그가 손가락으로 식탁 위에 놓인 종이를 가리켰다. 쉽게 이해할 수 있도록 군데군데 강 비서가 형광펜으로 표시하고 자잘하게 보충 설명을 적어놓은 것이 눈에 띄었다. 세희는 흘러나오는 웃음을 참으며 재빨리 재킷을 벗고 블라우스의 소매를 걷어 올렸다.

"이제부턴 제가 할게요. 재현 씨는 가서 앉아 있어요."

"아니야. 오늘 저녁은 내가 다 할 테니까 가만히 있어."

"재현 씨."

"지금까지 네가 해주기만 했잖아. 그러니까 오늘은 그냥 있어. 이건 부탁이 아니고 명령이야."

재현이 환하게 웃으며 그녀의 등을 떠밀었다. 결국 그녀는 가만히 앉아 재현이 상을 차리는 모습을 지켜볼 수밖에 없었다. 도우미 아주머니가 만들어 놓은 밑반찬도 가져왔는지 제법 푸짐한 저녁 식사가 식탁을 가득 채웠다.

"맛은 장담 못 해."

달걀찜을 한 입 떠올린 그녀가 숟가락을 입으로 가져가려는 순간 재현이 퉁명스럽게 경고했다. 그러자 세희는 눈꼬리를 휘며 해맑게 웃어 보였다.

그가 해준 달걀찜인데 맛이 좀 없으면 어떤가. 아까부터 속이 안 좋았지만, 상관없었다. 고소하면서 부드러운 맛이 입 안 가득히 퍼져나갔다. 세희가 만족스러운 표정으로 고개를 끄덕이자, 재현도 숟가락을 들어 달걀찜을 떠올렸다.

"음…… 나쁘진 않군."

뭔가 재료 하나가 빠진 것 같긴 했지만 적어도 지난번에 정연이 만든 달걀찜보다는 나은 맛이었다. 세희는 열심히 그의 요리 실력을 칭찬하기에 바빴다.

"정말 맛있어요. 고소하고 부드럽고, 간도 제대로 맞췄고."

"내가 해준 건 뭐든지 맛있다고 하면서……."

재현의 시큰둥한 반응에 그녀는 재빨리 반박했다.

"정말 맛있어서 그런 거죠."

영 소화가 안 돼서 오늘 저녁은 거르려고 했는데……. 달걀찜을 남기면 그는 맛이 없어서일 거라고 오해하겠지? 세희는 달걀찜으로 분주히 숟가락을 가져갔다. 이따가 소화제를 복용하면 될 테니까.

"이렇게 맛있는 음식, 자주 먹고 싶지 않아?"

말없이 묵묵히 식사에 열중하던 재현이 툭 던지듯 물었다. 그의 말뜻을 제대로 이해하지 못한 세희가 의아한 표정으로 그를 바라보았다.

"평생 네 옆에 있게 해주면 이런 일, 자주 있을 텐데……. 어때? 나와 결혼하고 싶지 않아?"

"지금…… 그거 프러포즈예요?"

"응."

뭐? 달걀찜 프러포즈? 그럼 혹시? 어머, 미쳤어!

그 말이 끝나기 무섭게 세희는 숟가락으로 달걀찜을 휘젓기 시작했다. 무언가를 찾는 듯 뚝배기 안을 살펴보던 그녀는 아무것도 발견하지 못하자, 이윽고 안도의 한숨을 내쉬었다.

"왜 그래?"

그녀의 이상한 행동을 지켜보며 재현이 미간을 좁혔다.

"난 또, 달걀찜 안에 반지 넣어둔 줄 알고."

"뭐?"

"케이크나 푸딩 같은 거에 반지 넣고 프러포즈하잖아요. 하지만 달걀찜은 달라요. 저렇게 펄펄 끓는 음식에다가 반지 넣으면 큰일 나요."

전혀 예상하지 못한 세희의 대답에 재현은 기가 막힌다는 듯 크게 웃음을 터뜨렸다. 자리에서 일어난 그가 세희 앞에 무릎을 꿇었다. 그리고 그녀의 두 손을 꼭 움켜쥐었다.

"그런 로맨틱한 프러포즈를 원했던 거야? 이런, 다시 해야 하나?"

"아니에요. 그게 아니라……."

세희가 얼굴을 붉히며 고개를 내저었다. 재현은 부드럽게 웃으며 주머니에서 준비해놓은 상자를 꺼내어 그녀의 손가락에 반지를 밀어 넣었다. 전에 유리구슬 반지를 수선하면서 사이즈를 알아놓았는지 다이아몬드 반지는 손가락에 꼭 맞았다. 심플하게 디자인된 플래티넘 밴드 위에서 커다란 다이아몬드가 영롱한 광채를 발했다. 밴드 옆을 섬세하게 장식한 문양으로 보아 유명한 프랑스 보석 회사의 제품이 틀림없었다.

"다음 달에 누나가 결혼하니까 우리는 내년 1월에 하자. 겨울이라서 춥겠지만, 난 봄까지 기다릴 자신 없어."

왜 하필이면 오늘일까? 왜 이 회장님을 만나고 온 오늘, 결혼하자는 걸까?

세희는 자신의 왼쪽 네 번째 손가락에서 반짝거리는 반지를 물끄러미 바라보았다. 속상해. 세희는 속으로 깊은 한숨을 내쉬며 떨리는 아랫입술을 꼭 깨물었다. 그에게 곧바로 '네.'라고 대답할 수 없는 자신의 처지가 서글펐다. 뭐라고 대답해야 할까? 뭐라고 말해야 그가 상처받지 않을까? 반지를 만지작거리며 적절한 대답을 궁리하던 세희가 이윽고 천천히 입을 열었다.

"반지가 참 예쁘네요."

"마음에 들어?"

"네. 아주 마음에 들어요. 그런데 재현 씨."

세희는 반지를 빼서 재현에게 건네주고는 두 손으로 그의 손을 꼭 감쌌다.

"이 반지는 부모님께 허락을 받으면 그때 끼고 다닐게요. 그때 다시 끼워 줄래요?"

"내가 한두 살 먹은 어린애로 보여? 여기서 부모님의 허락이 왜 필요하지?"

자신의 청혼이 거절당했다고 생각하는 모양인지 재현의 얼굴이 미묘하게 일그러졌다. 세희는 그의 오해를 풀기 위해 서둘러 설명에 나섰다.

"일종의 배려라고 생각해줘요. 부모님을 위한 배려, 저를 위한 배려. 아직 부모님이 우리 사이를 허락한 것도 아닌데 반지를 끼고 다니는 건 솔직히 부담스러워요."

세희는 절대로 양보하지 않겠다는 듯 부드럽지만 단호한 어조로 말했다.

자신의 처지를 배려해달라는 그녀의 부탁을 어떻게 모른 척할 수 있을까? 그녀의 말간 눈을 들여다보고 있노라면 도저히 거절할 수가 없다.

"좋아, 알았어."

결국 재현은 그녀의 말에 동의하며 반지를 상자 안에 집어넣었다. 그런 그의 행동이 왠지 모르게 쓸쓸해 보여 세희는 두 팔로 그의 목을 와락 껴안았다.

"그렇다고 내가 재현 씨를 거절하는 건 절대로 아니에요. ……알죠?"

어느새 그녀의 말꼬리에 물기가 서서히 배어들었다. 재현은 손바닥으로 그녀의 등을 쓸어내리며 그녀의 귓가에 다정히 입을 맞췄다.

"알아."

"……미안해요."

"바보야. 미안하긴 뭐가 미안해? 널 난처하게 해서 나야말로 미안하다."

그녀는 한참 후에야 그에게서 몸을 일으켰다. 살며시 고개를 틀어 재현의 시선을 피하며, 떨리는 목소리로 말했다.

"재현 씨…… 미안하지만 오늘은 그냥 가줄래요?"

얼굴색이 하얗게 변해버린 그녀를 혼자 두기가 마음에 걸렸지만, 그녀가 원하기에 그는 반대할 수 없었다. 재현은 부드러운 손길로 그녀의 어깨를 쓸어내린 후, 자리에서 가만히 몸을 일으켰다.

"알았어. 오늘은 그만 가볼게."

그가 옥탑방을 나서자마자 세희는 두 손으로 입을 꼭 틀어막은 채, 화장실로 달려갔다.

"우욱."

꾹 참았지만 결국 저녁 먹은 걸 모두 게워내고 말았다. 세희는 화장실 벽에 힘없이 기대앉아 멍한 시선으로 하얀 천장을 바라보았다. 자꾸 눈물이 나오려고 할 때마다 그녀는 가슴에 손을 얹고 길게 숨을 내쉬었다.

이런 일로 슬퍼하면 안 돼. 별거 아닌 일로 약해지면 안 되는 거니까.

아픈 모습을 보이고 싶지 않아서 그냥 가달라고 부탁했으면서, 바보처럼 그의 품이 너무나도 그리웠다.

39. 모르고 지나칠까 봐, 난 그게 제일 두려워

"네? 오늘 세희 양을 만났어요?"

저녁 내내 한마디도 없던 이 회장은 잠자리에 들어서야 세희를 만나고 온 이야기를 민 여사에게 털어놓았다.

전혀 예상하지 못한 남편의 고백에 민 여사는 재빨리 침대맡에 놓인 스탠드 스위치로 손을 뻗었다.

이 회장은 갑자기 밝아진 조명이 불편했는지 한 손으로 눈을 가리며 반대 방향으로 몸을 틀었다. 그러자 민 여사가 두 손으로 이 회장의 어깨를 잡아 자신 쪽으로 몸을 돌리게 했다.

"이이가! 어떻게 나에겐 아무 말도 안 하고……."

"왜? 당신도 나에게 아무 말 안 하고 그 애 만났었잖아."

"나는 경우가 다르죠. 재현이 집에 갔다가 우연히 만난 거잖아요. 하여간 그래서 어땠어요? 네? 첫인상이 어땠느냐고요?"

민 여사가 대답을 재촉하자 이 회장은 짧게 한숨을 내쉬었다.

"후, 당신 말이 맞아. 겉으로만 보면 재현이랑 아주 잘 어울리더라고."

이 회장은 제법 심각한 표정을 지으며 한 손으로 앞머리를 쓸어 올렸다.

"……곧은 성품도…… 마음에 안 드는 건 아니야."

"무슨 대답이 그래요? 그래서 마음에 든다는 거예요? 안 든다는 거예요?"

이번에도 이 회장은 긴 한숨을 내쉬었다. 그러곤 몸을 일으켜 침대맡에 등을 기대었다. 민 여사도 그를 따라 침대에서 몸을 일으켰다.

"복잡해. 아예 모든 게 마음에 안 들면 반대하기도 쉬울 텐데……."

"배경은 전혀 아니지만, 사람 하나만 놓고 보면 마음에 든다는 거죠?"

자신을 대신해서 민 여사가 대답하자, 이 회장은 침통한 표정으로 고개를 끄덕였다.

"거봐요. 여자라곤 모르던 재현이가 빠져든 상대예요. 보통은 아닐 거라고 했잖아요."

"그래도……."

이 회장이 허탈한 표정을 지으며 말을 이었다.

"반대해야겠지. 재현이를 위해서라면 반대하는 게 맞아. 그렇지?"

잠자코 이 회장의 말을 듣던 민 여사가 천천히 말을 꺼냈다.

"전에 물어본 적 있었죠. 재현이에게 필요한 배우자는 누구일까 하고. 혼자 곰곰이 생각해봤어요."

"그랬더니……?"

"지금 재현이에게 필요한 상대는 마음에 위안을 줄 수 있는 여자가 아닐까 하는 생각이 들어요. 가뜩이나 안에서든 밖에서든 힘들게 싸우는 애, 집에 돌아가면 순수한 마음으로 그저 재현이만 바라봐줄 여자가 필요한 건 아닌지……. 아니에요?"

애석하게도 이 회장은 민 여사의 말을 무조건 부정할 순 없었다. 그녀 말이 맞는 건 사실이니까. 하지만 민 여사가 옳다는 걸 잘 알면서도 그는 아내의 말에 순순히 동의할 수 없었다.

어쩌다 이렇게 복잡하게 꼬여버렸는지. 이러지도 저러지도 못하는 상황에 이 회장은 분통이 터졌다.

"배 사장, 이러는 게 어디 있어요? 갑자기 원금을 돌려달라고 하면 어떡해요?"

수화기를 든 서 여사의 손이 부르르 떨리고 있었다. 가뜩이나 자금 사정이 빡빡해서 이리 메꾸고 저리 메꾸기에 정신이 없는데, 언제나 제 편인 것 같았던 배성혁의 태도가 어느 날 갑자기 돌변했다. 아무래도 그녀의 사업이 흔들린다는 걸 알아챈 모양이다.

[갑자기라니 무슨 말이에요? 원래 보름만 쓰고 돌려준다고 한 돈 아닙니까? 그래도 혜영이 얼굴을 봐서 한 달이나 더 연장한 거예요. 더는 안 됩니다. 다음 주까지 원금 돌려주세요.]

"배 사장, 그러지 말고……."

성혁은 서 여사가 말을 끝내기도 전에 전화를 끊어버렸다. 서 여사가 망연자실한 눈으로 수화기를 노려보았다. 옆에서 두 사람의 대화를 얼핏 들은 김 회계사가 걱정스러운 얼굴로 물었다.

"뭐래요? 배 사장이 원금 돌려달래요?"

"아악!"

서 여사는 크게 비명을 지르며 수화기를 집어 던졌다. 수화기가 둔탁한 소리를 내며 대리석 바닥 위에 떨어졌다.

아이고, 저 성질머리하고는……. 김 회계사는 속으로 한숨을 내쉬며 바닥을 뒹구는 불쌍한 수화기를 집어 들었다. 얼마나 세게 던졌는지 모서리에 살짝 금이 가 있었다.

"왜, 나만 가지고 그래? 왜! 왜!"

서 여사는 갑자기 소파에서 벌떡 일어서더니 주먹을 쥔 채 소리 지르기 시작했다.

"배 사장, 나 말고도 돈 받아낼 구석 많잖아. 세라에겐 10년 동안 천천히 갚으라고 했다면서!"

재현이 갚아준 걸 까맣게 모르는 서 여사는 성혁이 세희에게 자비를 베푼 것으로 알고 있었다. 혜영 역시 윤 변호사가 갚아줬을지도 모른다는 말을 서 여사에게 하지 않았다. 그러니 더 복장 터지게 화가 나는 서 여사였다. 그녀가 책상 위에 널린 서류들을 집어 던지자, 김 회계사가 재빨리 뒤에서 그녀를 끌어안으며 말렸다.

"선배! 진정해요, 진정."

"내가 지금 진정하게 생겼어? 그 돈을 어디서 구해, 어디서?"

"그러니까 혜영이 말대로 사겠다는 사람 있을 때 새로 오픈한 레스토랑 처리하죠."

"안 돼! 내가 얼마나 공들여서 차린 건데. 이렇게 허무하게 포기할 순 없어. 완전 헐값에 내놓으라는 거잖아."

"헐값이라도 사겠다는 사람 있을 때 넘겨요. 이러다간 다른 레스토랑도 위험하게 생겼다고요."

"아아악!"

분을 못 이긴 서 여사가 더욱더 큰 소리로 울부짖기 시작했다.

이런 걸 두고 원수는 외나무다리에서 만난다고 하는 모양이다. 밤새도록 화장실을 들락거리며 토하느라 잠을 제대로 자지 못해 컨디션이 엉망인데, 왜 저 여자가 눈앞에 서 있는지 모르겠다.

세희는 손에 쥐고 있던 서류 파일을 꼭 끌어안으며 맞은편 복도 끝에 서 있는 미라를 바라보았다.

다음 달 사내 홍보를 위한 자료를 마케팅 부서에서 받아 들고 사무실로 돌아가는 길이었다. 신관과 본관을 잇는 구름다리를 건너던 참이라 다른 쪽으로 피할 공간도 없는데 반갑지 않은 상대와 마주치다니…….

미라 역시 여기서 세희를 보게 될지 몰랐다는 듯 눈꼬리를 움찔거렸다. 고개를 꼿꼿이 치켜든 미라가 또각또각 요란한 구두 소리를 내며 그녀 앞으로 가까이 걸어왔다.

"어머, 아파서 회사 못 나온다고 들었는데, 언제 복귀했어요?"

"안녕하세요."

"그런데 얼굴이 왜 그래요? 당장에라도 쓰러질 사람처럼 얼굴에 핏기가 하나도 없어요?"

언뜻 들으면 세희를 걱정해서 하는 말 같았다. 하지만 묘하게 말꼬리를 올리며 환하게 웃는 모습으로 보아 그녀가 아파서 고소한 듯싶었다.

아니나 다를까. 그녀의 입에서 가시 돋친 말이 쏟아져 나왔다.

"원래 짭새가 황새를 따라가려고 하면 가랑이가 찢어지는 법이래요. 본인 수준에 안 맞게 우리 재현이 오빠를 쫓아가려니 힘이 들긴 하겠네요."

짭새? 뱁새가 아니라? 미라의 황당한 단어 선택에 세희가 미간을 좁혔다. 그러나 미라는 자신의 말실수를 전혀 깨닫지 못한 모양이다. 손으로 입을 가리며 '호호호' 얄밉게 웃었다.

"Geese, 정말 본인 주제도 모르고 어디서 감히 짭새가 설쳐, 설치긴!"

미라는 혼자 제 감정에 흥분했는지 갑자기 세희에게 반말 투로 하대하기 시작했다.

"지금은 온 세상이 그쪽 편 같지? 하지만 두고 봐. 결국에 누가 재현 오빠 옆에서 웃을지. 지금은 로또에 당첨된 기분이겠지만, 끼리끼리 논다는 말, 들어봤지? 그쪽 수준은 오빠의 세컨드로도 모자라!"

뭐랄까? 너무 기가 막혀서 상대할 가치조차 없다고 느껴진다고나 할까?

그냥 무시해버릴까? 말까? 세희는 잠시 고민에 빠졌다.

'똥이 무서워서 피하나? 더러워서 피하지.'라는 옛말도 있지만, 그래도 연장자로서 한마디 해주는 게 옳았다. 끌어안고 있던 서류 파일을 옆으로 내리며 세희는 꼬마에게 타이르듯 나긋하게 말을 꺼냈다.

"짭새가 황새를 따라가려다 가랑이가 찢어지는 게 아니라, 뱁새예요, 뱁새. 헷갈리면 국어사전 찾아봐요. 짭새와 뱁새는 전혀 다른 뜻이니까. 그리고 방금 감탄사로 'Geese'라고 했죠? 'Geese'는 거위 'Goose'의 복수형이에요. 그럴 땐 'Geese'가 아니라 'Jeez'라고 해야 맞아요."

"뭐, 뭐라고?"

자신이 뭔가 잘못 말한 것 같기는 한데 정확히 알아들을 수 없어 미라의 얼굴은 표독스럽게 일그러졌다.

"그리고 세컨드라니요? 재현 씨는 아내를 두고 바람피울 사람이 아니에요. 어려서부터 좋아했다면서 그것도 몰랐어요? 진심으로 상대를 좋아한다면 그런 것쯤은 알아두는 게 예의예요."

"야, 너 지금 나보고 뭐라고 했어!"

"제가 좀 바빠서요. 실례하겠습니다."

할 말을 마친 세희는 까닥 고개를 숙인 후 그대로 미라의 옆을 지나쳤다. 그러나 몇 걸음 가지도 못하고, 미라에게 팔을 잡히고 말았다. 그녀는 매서운 눈으로 노려보며 세희를 향해 앙칼지게 퍼부었다.

"이게 지금 보자 보자 하니까 어디 감히!"

"아."

미라의 날카로운 손톱이 아프게 살갗을 파고들자 세희는 짧게 신음을 흘리며 눈살을 찌푸렸다. 그러자 미라는 신이 난 듯 더욱더 세게 그녀의 팔을 움켜쥐었다.

"아저씨가 본때 보여준다고 했거든. 너 같은 거, 이제 금방 나가떨어지게 될 거야. 너처럼 얼굴 하나 믿고 천박하게 구는 것들은……."

"뭐 하는 짓들이야!"

그때였다. 노여움이 섞인 목소리가 쩌렁쩌렁 복도에 울려 퍼졌다. 재빨리 뒤를 돌아본 미라가 화들짝 놀라며 움켜쥔 세희의 팔을 놓아주었다.

"아…… 아저씨."

조금 뒤쪽에 무척이나 화가 난 듯 얼굴이 붉게 달아오른 이 회장이 수행비서를 거느린 채 서 있었다. 너무 흥분한 탓에 회장 일행이 엘리베이터에서 내린 후, 구름다리 위쪽으로 다가오는 걸 전혀 눈치채지 못했다.

어떡하지? 미라의 얼굴이 곤혹스럽게 일그러졌다. 어디서부터 들었을까?

당황한 미라가 열심히 머리를 굴리는 동안 세희는 두 손을 앞으로 모은 자세로 이 회장을 향해 공손하게 고개를 숙였다.

"안녕하십니까, 회장님."

하지만 이 회장은 그녀의 인사를 받기는커녕 창백한 얼굴의 세희를 못마땅한 표정으로 노려보았다. 잠시 후, 그가 큰 소리로 명령했다.

"두 사람 모두 나 좀 따라와."

"어제 회장님께서 세희 양을 따로 불러내셨다고 합니다."

업무 보고를 끝낸 안 실장이 방을 나가는 대신 넌지시 자신이 알아낸 정보를 흘렸다. 책상 위에 널린 서류를 훑어보던 재현의 미간이 살짝 좁아졌다.

"회사 안이라 남들 눈도 있고 하니 회장님이 뭘 어쩌시겠나 하고 제가 잠시 방심했습니다. 죄송합니다."

"아닙니다. 아버지가 마음먹은 이상 어떤 수를 써서라도 만나셨을 테죠."

그래서였나? 확실히 어제 세희는 평소보다 어두워 보였다. 프러포즈하는 데 정신이 팔려 제대로 신경을 쓰지 못했는데, 지금 생각해보면 그녀의 행동이 조금 부자연스러웠던 것도 같다.

자신이 내민 반지를 거절했다는 사실이 마음에 걸려 그녀의 불안한 눈빛을 모르고 지나쳤다니.

재현은 멍청한 자신에게 속으로 욕설을 퍼부었다.

"아버지가 세희를 불러내서 뭐라고 하셨는지는 아십니까?"

"그게……."

이 회장의 지시인 줄만 알고 규한을 정신병원에 입원시켰던 채 실장은 궁지에 몰리자 급기야 안 실장에게까지 도움을 요청했었다. 그때 채 실장은 안 실장에게 그가 원하면 한 번쯤은 중요한 정보를 흘리겠다고 약속했다.

쇠뿔도 단숨에 빼랬다고 안 실장은 곧바로 채 실장에게 전화를 넣어 어제 이 회장님이 세희를 만난 이유를 물어봤다. 안 실장의 도움으로 통화 기록을 얻을 수 있었던 채 실장은 약속대로 어제의 일을 털어놓았다.

"전무님과 헤어진다는 전제하에 꽤 솔깃한 조건을 제시하셨다고 합니다."

"그래요?"

재현은 씁쓸하게 웃으며 자리에서 몸을 일으켰다. 이 회장이 그대로 뒷짐만 지고 지켜보지 않으리라는 건 누구나 예상할 수 있는 일이었다. 크게 놀랄 일도 아니다. 정신병원에 넣어버리겠다고 협박하지 않은 걸 다행으로 여겨야 하나?

재현이 옷걸이에서 재킷을 집어 드는 모습을 바라보며 안 실장이 말을 이었다.

"물론 세희 양은 단번에 회장님의 제안을 거절했다고 합니다. 하지만 대신……."

"대신?"

뒤따라오는 불길한 단어에 재현은 눈살을 찌푸렸다.

"회장님이 허락하지 않는 한, 전무님과 절대로 결혼하지 않겠다고 했답니다."

재현이 나직이 한숨을 내쉬었다.

그것 때문에 반지를 받아주지 않은 건가? 그래서 평소보다 풀이 죽은 모습이었군.

너무 조급하게 결혼하자고 조르는 탓에 그녀가 부담스러워한 건 아닌가? 하고 어젯밤 내내 고민에 빠졌던 재현이다. 그런데 사실은 그 이유가 아버지 때문이었다니.

이 회장이 그녀를 어떻게 대했을지는 상상하지 않아도 쉽게 짐작할 수 있었다. 겉으로는 나긋나긋 타이르듯이 이야기했겠지만 그 말 속에 상대방의 가슴을 찌를 비수를 품고 있었겠지.

혼자 감당해야 했을 그녀를 떠올리며 재현은 두 손으로 거칠게 앞머리를 쓸어 올렸다.

"아버지, 지금 어디 계십니까?"

"수원 공장을 둘러보시고 조금 늦게 출근하신다고 했습니다. 슬슬 오실 때가 되긴 했습니다만……."

"안 실장님, 이 시간 이후의 일정, 뒤로 미뤄주세요."

"네, 알겠습니다."

그 말을 끝으로 재현은 그대로 방을 걸어 나갔다.

미라가 예의 없고 제멋대로라는 건 이 회장도 잘 알고 있는 사실이었다.

머리가 텅 비었다는 것 역시 눈치는 채고 있었다. 하지만 이 정도일 줄이야. 짭새와 뱁새를 구분하지 못하다니!

세희는 등을 돌린 상태였고, 미라는 너무나 흥분해서 자신이 가까이 다가가는 것을 전혀 깨닫지 못하고 있었다. 그래서 두 사람의 대화를 고스란히 듣고 말았다. 미라의 입에서 짭새란 말이 튀어나왔을 때, 이 회장은 저런 아이와 자기 아들 사이에서 혼사가 오갈 뻔했었다는 사실만으로도 얼굴이 화끈거릴 정도였다.

뒤에 따르던 수행원들이 아주 힘겹게 웃음을 참고 있다는 것이 느껴졌다. 그런데 계속해서 미라의 입에서 나오는 말은 가관이었다. 아침 막장드라마 대사 수준으로 앞에 서 있는 세희의 속을 박박 긁어놓았다. 상대가 정연이었다면 벌써 미라의 머리끄덩이를 서너 번 잡고 흔들었을 것이다.

이 회장은 부글부글 끓어오르는 화를 애써 진정시키며 소파에 앉은 두 사람을 번갈아 보았다.

미라는 불안한 눈빛으로 슬며시 고개를 돌려 그를 외면했고 세희는 아무런 표정 없이 담담하게 그의 시선을 받아냈다.

이상하다. 재현과 사귀는 걸 허락하지도 않았으면서 다른 사람이 세희를 깎아내리는 모습을 보자 이 회장은 욱하고 화가 치밀어 올랐다.

내 아들이 소중하게 여기는 여자를 네가 뭔데 감히?

이 회장은 손바닥으로 소파 팔걸이를 탁탁 내리치며 어떻게 이 상황을 정리해야 할까 고민에 빠졌다. 아무리 미라가 괘씸하다고는 하지만 애진 그룹의 유 회장 얼굴을 봐서 크게 호통칠 수는 없는 일이었다. 그렇다고 뻔히 모든 것을 지켜봤으면서 세희가 당한 모욕을 그대로 모른 척하고 지나칠 순 없었다. 반대하지만 그래도 아들이 소중하게 여기는 여자니까.

“미라야.”

잠시 침묵을 지키던 이 회장이 나긋한 목소리로 미라를 불렀다.

“내가 오늘 널 보자고 한 건, 재현이 때문에 혹여 기분이라도 상하진 않았을까 달래주려고 그런 거다.”

그 말에 미라의 안색이 환하게 밝아졌다. 그러곤 의기양양한 표정으로 세희를 바라보았다. ‘거 봐. 회장님은 내 편이야!’라고 하는 것처럼…….

하지만 이 회장의 입에서 전혀 예상하지 못한 다음 말이 흘러나왔다.

“그런데 이젠 그럴 필요가 없는 것 같구나.”

미라의 얼굴이 충격으로 보기 흉하게 일그러졌다.

“아저씨.”

“우리 재현이가 옳은 결정을 한 것 같다. 아무래도 넌 우리 하나 그룹 이미지와는 어울리지 않는 것 같아.”

“제가 안 어울리면, 그럼 이 여자는요? 이 여자야말로 하나 그룹과 전혀 어울리지 않잖아요. 회장님은 저렇게 천박한 여자를 며느리로 삼으시겠단 말씀인가요?”

분노로 부들부들 떨리는 목소리로 미라가 이 회장에게 항의했다. 이 회장은 무덤덤한 얼굴로 세희를 바라본 후, 다시 미라에게 고개를 돌렸다.

“내 눈에는 전혀 천박해 보이지 않는데? 넌 천박이 무슨 뜻인지나 알고 사용하는 거냐?”

“아저씨, 당연하죠! 내가 그런 뜻도 모를까 봐서요.”

미라가 붉게 물든 얼굴로 언성을 높였다.

똑똑―.

그때 노크 소리가 들리며 양 비서가 살짝 문을 열고 얼굴을 내밀었다.

“회장님, 이재현 전무님이 급히 뵙자고 하십니다만.”

“재현이가?”

“네. 지금 손님이 계시다고 말씀드렸습니다만 막무가내로.”

“됐어요, 양 비서.”

난처한 얼굴로 상황을 설명하는 양 비서의 뒤로 재현이 모습을 나타냈다. 그는 양 비서의 어깨를 손으로 밀며 회장실 안으로 성큼 들어왔다.

갑작스러운 재현의 등장에 가장 놀란 건 미라였다. 세희가 보기에도 불쌍할 정도로 얼굴이 흙빛으로 검게 변해버렸다. 이 회장은 날카로운 눈빛으로 자신을 노려보는 재현에게 가까이 오라고 손짓했다.

"내가 알아서 처리할 테니까 양 비서는 하던 일 계속해."

이 회장의 허락이 떨어지고서야 양 비서는 조용히 문을 닫고 물러섰다. 가까이 다가온 재현은 문에서 등을 돌린 채 앉은 세희를 발견하고 의외라는 듯 살짝 미간을 찌푸렸다. 이어서 불쾌하다는 듯 이 회장에게 싸늘한 시선을 던졌다.

"아버지, 이건 반칙입니다."

뚜벅뚜벅, 소파 앞까지 걸어온 재현은 불쾌하다는 듯 눈살을 찌푸렸다. 그러곤 곧바로 옆에 앉은 세희에게로 고개를 돌렸다. 그녀와 시선이 맞닿는 순간, 싸늘했던 그의 눈빛이 거짓말처럼 따뜻해졌다. 재현이 부드러운 미소를 지으며 세희의 어깨에 가만히 손을 올렸다.

"아무리 세희를 아끼셔도 그렇지 이렇게 자주 불러내시면 어떡합니까? 어제도 세희와 점심 하시더니 오늘도 독점하시려고요?"

얼핏 들으면 단순한 투정 같은데 곰곰이 새겨들으면 말 속에 뼈가 있었다. 속에 감춰진 내용을 깨달은 세희와 이 회장은 표정을 굳혔지만, 전혀 알 바가 없는 미라는 충격 받은 얼굴로 이 회장을 바라보았다.

저 여자를 따로 불러내 함께 점심을 먹을 정도로 가깝다는 말이야? 그건 회장님도 저 여잘 며느리로 인정했다는 말? 말도 안 돼!

분노를 이기지 못한 미라가 주먹을 불끈 쥐며 죽일 듯이 세희를 노려보았다. 재현은 느긋하게 한쪽 입꼬리를 비틀며 계속해서 말을 이어나갔다.

"어차피 조금 있으면 며느리가 될 텐데……. 벌써부터 세희를 혼자 독차지하려고 안달하시면 안 됩니다, 아버지."

"흠, 흠."

이 회장은 대답 대신 주먹을 입가에 가져가며 마른기침을 뱉었다. 이 능구렁이 같은 녀석!

재현은 어제 몰래 세희를 불러낸 사실에 대해 아주 교묘한 방법으로 이 회장에게 항의하고 있었다. 게다가 지금 여기에는 두 눈 시퍼렇게 뜬 채, 제 분을 이기지 못하고 사시나무 떨 듯 부들부들 떨고 있는 미라가 있다.

재현은 이 회장이 미라를 앞에 두고 절대로 자신에게 불리한 말을 하지 않을 거라는 걸 너무나도 잘 알고 있었다. 무엇보다도 재현의 체면이 우선이니까. 그러므로 이 회장은 재현의 말에 무조건 동의해야만 했다.

재현에게 한 방 먹은 게 괘씸하긴 했지만, 먼저 도발한 쪽은 자신이니까 뭐라고 할 수도 없는 일이고…….

"그래, 오늘은 너에게 양보하마. 나는 미라와 점심 먹을 테니까 너희 둘은 그만 나가봐라."

"네. 그러죠."

이 회장의 허락이 떨어지자, 재현은 세희의 팔을 잡아 소파에서 일으켰다. 그러곤 그녀의 허리에 팔을 감고 빠르게 회장실을 나섰다.

두 사람이 나간 뒤 문이 닫힌 회장실 안에는 잠시 침묵이 흘렀다.

"아저씨…… 흑."

재현이 걸어 나간 문 쪽을 노려보며 미라가 결국 울음을 터뜨렸다.

"오빠가 절 보고 아는 척도 안 했어요! 흑흑흑."

"뭐, 바쁘다 보면 그럴 수도 있지."

"허어엉. 어떻게 그럴 수 있죠? 아무리 바빠도 어떻게 감히…… 흑흑흑."

이 회장은 땅이 꺼지라고 한숨을 내쉬며 손바닥으로 이마를 문질렀다.

이 아이는 걸핏하면 '감히'라는 단어를 사용하나?

"후우."

눈앞에 있는 골칫덩어리를 데리고 점심 먹을 걸 생각하니까 벌써 지끈지끈 머리가 아팠다.

점심이고 뭐고 그냥 돌려보낼까? 이 회장은 어깨까지 들썩이며 눈물을 쏟아내는 미라를 난처한 눈으로 바라보았다.

회장실을 나온 재현은 뒤도 돌아보지 않고 엘리베이터를 향해 빠르게 걸어갔다. 세희는 고개를 숙이며 작게 한숨을 내쉬다 조용히 그의 뒤를 따랐다.

텅 빈 복도. 재현은 억지로 화를 참고 있는 것처럼 굳게 입을 다문 채 바뀌는 층수의 엘리베이터 불빛을 노려보았다. 세희도 그를 따라 잠자코 반짝거리는 불빛으로 눈길을 돌렸다.

오늘따라 엘리베이터가 참 느리게 올라오는 것 같다. 슬쩍 재현에게 고개를 돌렸지만, 그는 차가운 얼굴로 앞만 바라보고 있었다. 어제 그녀가 이 회장을 만난 것을 말하지 않아 기분이 상한 게 틀림없었다. 그렇다고 고자질하는 아이처럼 쪼르르 달려가 일러바칠 수는 없는 거잖아!

세희는 자신 때문에 재현이 그의 부모와 사이가 나빠지는 것을 원하지 않았다. 가족이 얼마나 소중한지 너무나도 잘 아는 그녀니까…….

"미안해요."

그녀가 웅얼거리듯 천천히 입을 열었다.

"숨길 생각은 없었어요. 난 그냥 재현 씨가…… 나 때문에……."

이 회장과 사이가 벌어질까 봐 말하지 않았다고 털어놓을 순 없었다. 그러면 뭐라고 둘러대야 하지?

혼자 할 말을 궁리하던 세희는 결국 아무 말도 하지 않기로 했다. 그냥 무조건 사과하는 게 가장 좋은 방법일 것이다. 그의 눈치를 살피며 그녀가 조심스럽게 물었다.

"……많이 화났어요?"

그러나 그에게서는 아무런 대답도 돌아오지 않았다. 어제 반지를 받지 않아서 이미 기분이 상한 상태일 텐데……. 그렇다면 더더욱 아무런 설명 없이 이대로 그를 보낼 순 없었다.

세희는 재현 쪽으로 홱 몸을 돌려 두 손으로 그의 팔을 잡아당겼다. 그녀가 복도 끝에 있는 비상구 계단으로 끌고 가자, 재현은 못 이기는 척 그녀를 따랐다.

비상구 계단 문을 열고 안으로 들어가기가 무섭게 세희는 재현의 등 뒤로 팔을 돌려 그를 꼭 끌어안았다. 그녀의 행동에 다소 당황한 듯 재현이 몸을 굳혔다.

"미안해요. 화내지 말아요, 재현 씨."

그의 가슴에 얼굴을 비비며 그녀가 떨리는 목소리로 속삭였다.

"왜……."

잠시 후, 감정에 복받친 듯 낮게 가라앉은 목소리로 재현이 속삭였다.

"지금 여기서…… 누가 잘못한 건데. 왜 네가 미안해? 사과하려면 아버지가, 그리고 내가 사과해야지."

"재현 씨."

"미안하다."

그의 입술이 정수리와 이마에 와 닿았다. 그리고 천천히 뺨을 스쳐 귓불에 다다랐다.

"……어제, 나에게 말하지 그랬어."

귓불을 타고 내려온 입술은 목선을 타고 내려와 그녀의 하얀 목덜미에 다다랐다. 그녀의 달콤한 체취를 마시려는 듯 그가 목덜미에 입을 맞추며 얼굴을 묻었다.

"……아무 일 없었어요."

잠시 후, 세희가 조심스럽게 말을 꺼냈다.

"그냥 회장님이 얼굴 보자고, 점심이나 하자고 부르신 거였어요. 재현 씨에게 말하려고 했는데……. 갑자기 프러포즈 받는 바람에 깜빡 까먹었어요. 나, 어제 아주 많이 감동해서 그래서……."

역시 거짓말엔 서툴다. 세희는 끝까지 마무리하지 못하고 어영부영 말꼬리를 흘렸다.

재현이 뒷걸음치며 그녀의 품에서 벗어났다. 세희는 차마 그를 바라볼 수 없어 살며시 옆으로 고개를 돌렸다.

"아버지가 뭐라고 하셨지?"

"……별로, 그다지 중요한 말은 하지 않으셨어요."

"세희야."

재현은 살짝 허리를 굽히고는 한 손으로 그녀의 얼굴을 감싸 자신과 시선을 마주하게 했다. 그리고 엄지손가락으로 그녀의 부드러운 뺨을 가만히 문질렀다.

"다 털어놔도 돼. 네가 그런 이야기 한다고 나와 아버지 사이가 멀어지는 건 아니야. 아버지가 어떻게 나오실지 전혀 예상 못 한 것도 아니고. 다만 네가 나도 모르는 사이 상처 입을까 봐. 또 그걸 바보처럼 모르고 지나칠까 봐, 난 그게 제일 두려워."

"……재현 씨."

"우리 같이 해결해나가자. 너 혼자 무거운 짐을 지게 하고 싶진 않아. 알았어?"

어쩌면 왜 숨겼느냐고 화를 내주는 게 나을지도 모르겠다. 세희는 자상한 목소리로 타이르듯 말하는 그 때문에 더 마음이 아팠다. 세희는 가만히 고개를 끄덕이며 그의 가슴에 얼굴을 파묻었다. 그렇지 않으면 눈물이 나올 것만 같았기에…….

재현은 다시 그녀를 끌어안으며 커다란 손으로 그녀의 등을 다독거리듯 쓸어내렸다.

나는 과연 이 남자를 떠나서 살 수 있을까?

세희는 따뜻한 그의 체온을 온몸에 느끼며 살며시 두 눈을 감았다.

아무 연락이 없던 혜영에게서 같이 점심이나 먹자는 전화가 걸려왔다. 세희는 정 대리에게 양해를 구하고 점심시간 10분 전에 사무실을 나섰다. 회사 근처에 있는 파스타 전문점으로 가니 먼저 도착한 혜영이 그녀를 향해 손을 흔들었다.

"혜영아, 무슨 일이 있어?"

평소보다 풀이 죽은 사촌을 바라보며 세희가 걱정스럽게 물었다. 혜영은 어깨를 한번 으쓱해 보이곤 앞에 놓인 물 잔을 들어 올렸다.

"너, 나중에 듣게 되면 놀랄까 봐 내가 직접 이야기해주려고 왔어."

"무슨 일인데……?"

"엄마, 잘못하면 부도나게 생겼어."

"뭐?"

전혀 예상하지 못한 소식에 세희가 눈을 커다랗게 떴다.

"왜? 고모, 사업 잘된다고 했잖아. 그럼 그거 다 틀린 거야? 고모, 정말 사업이 어려워서 사채 빌리셨던 거야?"

"아니, 그건 아니고. 그때만 해도 레스토랑 잘되었는데, 갑자기 사정이 나

빠졌어. 처음에는 새로 오픈한 레스토랑만 장사가 안 되나 싶었는데……."

속이 탄 듯 혜영이 벌컥벌컥 물을 들이켰다. 잔을 다 비운 그녀가 다시 힘없이 말을 이어나갔다.

"다른 레스토랑도 지금 다 문을 닫게 생겼어. 몇 달 후에 세든 건물을 재계약해야 하는데 한 곳은 건물주가 세를 감당할 수 없게 올려버렸고, 다른 건물주는 아예 재계약할 생각이 없으니까 건물을 비워달랜다."

"뭐? 왜 갑자기?"

"난들 아니? 급한 불은 내가 배 사장에게 부탁해서 끄긴 했는데……."

갑자기 자신이 말실수했다는 걸 깨달은 듯 혜영이 살짝 혀를 깨물었다.

"너, 이거 엄마에게 비밀이다. 엄마는 아직도 배 사장에게 돈 갚아야 하는 줄 알아."

"어?"

"그런데 그럴 필요 없어. 나, 지금 배 사장이랑 연애하거든. 쉿! 이건 너만 아는 비밀이야."

"어…… 그래."

세희는 혜영이 저번에 이벤트를 진행하다가 배 사장과 술친구가 되었다던 말을 떠올렸다.

그래서였나? 서 여사의 사업이 망할 것 같다는 말을 전하면서도 혜영의 얼굴색은 그리 나쁘지 않았다.

"하지만 배 사장이 언제까지 엄마 뒤를 봐줄 수 있는 것도 아니고. 부도나기 전에 빨리 사업을 정리해야 하는데. 너, 우리 엄마 고집 알잖아. 아마 돈 한 푼 없이 망하기 전까진 절대로 정리 안 하실 거야."

"그럼 어떻게 하려고?"

"글쎄……."

혜영은 손에 쥔 빈 물 잔을 내려다보며 중얼거리듯 말했다.

"난 엄마가 저대로 망하는 것도 나쁘진 않다고 생각해."

"뭐?"

"예전엔 그래도 우리 엄마 사람 같았거든. 너한테도 다정했고. 엄마가 사업하다가 저렇게 성격이 변한 것 같아서……. 그것 때문에 엄마가 너에게 몹쓸 짓도 많이 했잖아. 솔직히 그냥 팍 망해버리고 엄마는 집에만 계셨으면 하는 생각도 들어."

혜영이 씁쓸하게 웃으며 세희를 바라보았다.

세희는 혜영에게 아무 말도 해줄 수 없었다. 그렇다고 할 수도, 아니라고 할 수도. 그녀 역시 너무나도 변해버린 고모 때문에 속상했던 적이 한두 번이 아니었으니까.

대신 세희는 손을 뻗어 테이블 위에 놓인 혜영의 손을 꼭 잡아주었다. 가끔 얄미운 모습을 보여주긴 했지만 그래도 결국에는 자신의 편이 되어준 혜영이므로.

띠리리—. 띠리리—.

혜영과 헤어지고 무거운 마음으로 회사로 향하는데 갑자기 휴대폰이 울리기 시작했다.

"어, 누구지?"

주머니에서 휴대폰을 꺼내 화면으로 발신자를 확인한 세희는 뜻밖이라는 듯 살짝 미간을 좁혔다. 통화 버튼을 누르자, 그녀가 '여보세요.'라고 하기도 전에 상대방의 목소리가 흘러나왔다.

[Hi Sara, it's me. I've just landed at the airport.]

휴대폰 너머로 호탕한 손튼의 목소리가 흘러나왔다.

[나, 지금 한국이야. 이번엔 특별히 브랜든도 끌고 왔지.]

"……네에?"

깜짝 놀란 듯 그녀의 입에서 큰 소리가 흘러나왔다. 갑작스러운 손튼의 방문에 세희가 놀란 듯 제자리에 멈춰 섰다.

[우선 급하게 처리할 일이 있으니까, 당장은 안 되겠고. 하여간 나중에 보자꾸나. 내가 일 끝나는 대로 다시 연락할 테니까.]

"손튼 씨, 당분간 한국에 올 일이 없다고 하지 않으셨나요?"

[응, 그랬는데……. 브랜든, 이 녀석이 하도 옆에서 직접 가서 해결하라고 징징거려서 말이지.]

"네? 브랜든이 왜요?"

[하여간 자세한 이야기는 만나서 하고. 제이에게도 안부 전해줘.]

할 말을 마친 손튼은 세희가 뭐라고 더 물어보기도 전에 재빨리 전화를 끊어버렸다.

세희는 제자리에 선 채 멍한 시선으로 휴대폰을 바라보았다. 무슨 일로 오신 걸까?

재현 씨에게 안부를 전해달라고 한 걸 보면 하나 그룹과의 합작 사업 때문에 온 것 같진 않고. 브랜든까지 함께 온 걸 보면 아주 중요한 일 같긴 한데…….

세희는 손튼이 한국에서 해야 할 급한 일이 과연 무엇일까 곰곰이 생각해 보았지만 도무지 감을 잡을 수 없었다.

"아저씨! 이게 지금 도대체 뭐 하시는 거예요?"

미라의 앙칼진 목소리가 쩌렁쩌렁 실내에 울려 퍼졌다. 민 사장은 얼음만 남은 빈 위스키 잔을 흔들어대며 마른 웃음을 지었다.

"두 눈으로 보고도 몰라서 물어? 너 진짜 머리 나쁘구나?"

민 사장이 비아냥거리며 빈 잔에 위스키를 가득 따랐다. 미라는 한입에 위스키를 털어 넣는 민 사장을 노려보며 발을 동동 굴렀다.

"아저씨! 그렇게 술만 마시고 계시면 어떡해요?"

"야, 회사에서 잘린 놈이 그럼 술이나 처마시고 있지. 그럼 뭐 하라고!"

민 사장이 일그러진 얼굴로 크게 소리 질렀다. 그 행동에 미라는 약간 겁을 먹은 듯 움칫하며 뒤로 한 발 물러섰다.

이 아저씨, 무식하다고 소문났던데……. 드디어 회사에서 쫓겨난 건가? 하지만 그쪽이 잘린 건 잘린 거고.

자신을 도와준다던 규한에게 배신을 당했으니 이젠 그녀 곁에 남은 사람이라곤 민태한 사장밖에 없었다. 미라는 하늘이 무너지는 한이 있어도 절대로 세희가 행복해하는 모습을 볼 수 없었다.

못 먹는 감 찔러나 본다고, 아니 못 먹는 감, 다 으깨버린다고 가만히 두 손 놓고 있진 않을 거라고!

"아저씨."

한동안 열심히 머리를 굴리던 미라가 애교 부리듯 콧소리를 내며 민 사장의 팔을 잡아당겼다.

"그럼, 이제 시간 많겠네요. 그죠?"

"그래서?"

민 사장은 취기가 올랐는지 어느새 초점이 풀린 눈으로 미라를 바라보았다.

"저번에 저한테 본때 보여주신다고 했잖아요. 저, 그거 얼마나 기대하고 있는데요."

순간 그의 눈동자에 광기가 번쩍거렸다.

"아, 그래."

민 사장의 얼굴에 잔인한 미소가 퍼지기 시작했다.

"나 혼자만 이렇게 무너지긴…… 너무 억울하긴 하네. 그렇지, 미라야?"

무슨 뜻인지는 모르지만, 미라는 그의 비위를 맞추기 위해 크게 고개를 끄덕거렸다.

"그래?"

휴식 시간, 옥상 정원에서 만난 재현에게 세희는 손튼이 한국에 있다는 말을 전했다. 그러나 재현은 별다른 반응을 보이지 않았다. 어깨만 한 번 으쓱거렸을 뿐이었다.

"합작 일 때문에 오신 게 아닌가 봐요?"

"손튼 씨는 최종 결정만 내릴 뿐 실질적인 업무는 거의 관여하지 않아. 사업 이외에도 워낙 이것저것 할 일이 많은 분이라……."

그렇긴 하다. 괴짜 억만장자로 유명한 댄 손튼은 얼마 전, 미국 모 방송사와 '더 어드벤처' 제작에 들어갔다. 1,000대 1의 경쟁률을 뚫고 선택된 참가자들을 이끌고 전 세계 오지를 돌아다니는 프로그램으로 높은 시청률 덕분에 시리즈 5까지 연이어 제작되었다.

그래도 그 일 때문에 오신 것 같진 않은데……. 음, 이번엔 한국에서도 참가자가 있나?

"오늘은 본가에 들어가봐야 할 것 같아."

혼자 머릿속으로 궁리하는 세희에게 재현이 못마땅한 얼굴로 말했다.

"어머니께서 누나가 다음 달에 결혼하니까 더 바빠지기 전에 규한이 형이랑 함께 가족끼리 저녁이나 하자고 하시더군."

"잘됐네요. 오랜만에 가족과 시간을 보내야죠."

"흠, 그렇긴 하지만."

재현은 기분 나쁜 표정을 풀지 않으며 말꼬리를 흐렸다. 회장실에서 세희를 끌고 나온 후, 재현은 의도적으로 이 회장을 피해 다녔다. 이 회장과 단둘이 마주치면 아무래도 입에서 좋은 말이 나올 것 같지 않았기에…….

세희에게 어떤 굴욕적인 제안을 했는지 뻔히 알면서 재현은 아무렇지 않은 얼굴로 이 회장을 대할 자신이 없었다. 그렇다고 안 실장이 몰래 빼 온 정보를 들이대며 따질 수도 없는 일이고.

혼자 끙끙 속앓이하면서도 세희는 끝내 재현에게 어떤 일이 있었는지 털어놓지 않았다. 혹시라도 그와 이 회장의 사이가 벌어질까 봐 혼자 아파하는 쪽을 선택한 것 같았다. 그 점이 재현을 더욱더 속상하게 했다.

"오늘은 금요일이니까 아예 본가에서 주말 보내면 되겠네요."

"그게 무슨 말이야?"

재현이 살짝 눈살을 찌푸렸다.

"저녁만 먹고 돌아올 거야. 그러니까 어디 가지 말고 기다리고 있어."

그 말을 끝으로 재현은 서둘러 사무실로 돌아갔다.

"세희 씨, 이것 좀 번역해줘. 세희 씨, 스페인어 수준급이잖아!"

휴식을 마치고 자리에 돌아온 세희에게 차 대리가 급하게 다가왔다. 그리고 그 뒤를 정 대리가 따랐다.

"세희야, 미안하지만 엊그제 인터뷰한 거, 교정 좀 봐줄래? 급해서 외부 교정자에게 보낼 시간이 없어."

"서세희 씨, 저번에 편집 끝낸 홍보 자료, 이사님이 쉽게 보실 수 있게 요약 좀 해주겠어?"

여느 때처럼 오늘도 세희는 본인 업무 외에 다른 직원들의 업무도 처리해야 했다. '만능 고급 인턴'이란 별명을 가진 세희에게 홍보부 직원 모두가 달려들어 도움을 요청했기 때문이다.

"우와, 세희 씨가 와서 다행이야. 세희 씨 없는 동안 우리가 얼마나 고생했는지 알아?"

정신없이 바쁜 그녀의 책상 위로 김 과장이 오렌지 주스를 내려놓으며 격려했다.

"감사합니다, 과장님."

물론 그녀에게 번역을 부탁할 원본 서류와 함께……. 바쁘면 시간이 빨리 간다고, 세희는 산더미같이 쌓인 업무를 처리하느라 어떻게 지났는지도 모르게 하루를 보냈다.

퇴근 시간이 가까이 다가오자 홍보부 직원들은 일제히 불타는 금요일을 보내기 위해 일사불란하게 책상 정리에 들어갔다.

"세희, 넌 오늘 약속 없어?"

중요한 모임이라서 늦으면 안 된다고 후다닥 자리에서 일어나던 정 대리가 멀뚱히 자리에 앉아 있는 세희에게로 고개를 돌렸다.

"불금인데 뭐 해?"

세희는 빙그레 웃어 보이며 가볍게 고개를 내저었다.

"오늘은 아무 약속 없어요."

"그래? 어, 그렇구나. 하여간 주말 잘 보내!"

정 대리가 제일 먼저 달려나갔고 다른 직원들이 그녀 뒤를 뒤따랐다. 직원 모두 사무실을 빠져나간 후, 세희는 텅 빈 실내를 둘러보았다.

"후."

퇴근 후에는 그를 만난다는 기대에 한 번도 외롭다는 생각을 해본 적이 없었는데…….

같이 저녁을 먹을 수 있는 가족이 있는 재현이 부러우면서 그렇지 못한 자신이 서글펐다. 세희는 한 손으로 턱을 괴고 책상 위에 놓인 휴대폰을 빤히 바라보았다.

고모에게 전화해봐야 하나? 지금 정신없이 바쁘실 텐데 혹시 폐가 되는 건 아닐까? 위로한답시고 전화했다가 괜히 고모의 기분을 상하게 하면 어떡하지?

결국 세희는 고모에게 전화하지 못한 채, 사무실을 나섰다. 로비의 회전문을 지나 건물 밖으로 나오니 거리는 금요일 밤을 즐기러 나온 행인으로 북적거렸다.

누구에게나 가끔은 그런 날이 있다.

괜스레 마음이 허전한 날.

아무것도 아닌데 눈물이 핑 도는 날.

이 세상 오로지 나 혼자 외톨이라는 생각에 어깨가 움츠러드는 날.

오늘이 바로 그런 날인 것 같다. 딱히 갈 데가 있는 것도 아니었고, 갑자기 친구를 불러내기도 모호한 시간.

그렇다고 오늘 같은 날, 텅 빈 집에 혼자 돌아가기도 싫었다. 그녀는 집으로 가는 대신 정처 없이 거리를 헤매기로 했다.

그냥 발길이 닿는 대로 걸어볼 작정이었다. 오랜만에 다리 운동을 하는 것도 그리 나쁘진 않으리라.

그때 느릿하게 발걸음을 옮기는 세희 옆으로 초라한 차림의 할머니가 폐지와 고물을 잔뜩 실은 리어카를 끌며 지나갔다.

"어차피 같은 방향인데 함께 퇴근하자꾸나."

호출을 받은 재현이 회장실로 들어서자, 모니터를 들여다보던 이 회장이 컴퓨터를 끄며 자리에서 일어났다.

"그럴 필요 있겠습니까?"

재현은 껄끄러운 감정을 숨길 생각도 없는 듯 팔짱을 끼며 이 회장을 노려보았다.

재현의 싸늘한 태도에 이 회장이 입매를 비틀며 쓴 미소를 지었다. 요새 눈에 띄게 피해 다니는 것 같아 혹시나 했더니, 역시…….

"왜? 그 애가 뭐라고 하든?"

"그럴 리가 있겠습니까. 세희는 그냥 아버지가 점심이나 하자고 부른 거라고 둘러대기에 바쁘죠."

'쪼르르 달려가 모두 다 말해버린 줄 알았는데, 생각보다는 입이 무겁군.'

재현을 빤히 쳐다보며 이 회장이 속으로 중얼거렸다.

"그러면 들은 것도 없으면서 너는 왜 나를 그런 눈으로 노려보는 게냐?"

"세희에게 어떤 일이 있었는지 제가 굳이 들을 필요가 있을까요? 아버지가 그냥 점심이나 하자고 그 귀중한 시간을 쪼개서 세희를 불러내셨을 리는 없고. 아버지가 세희에게 했을 이야기는 뻔한 거 아닙니까?"

"흐흠."

아들의 정확한 지적에 이 회장은 뭐라고 할 말이 없었다.

"저는 먼저 들어가 보겠습니다. 이따 집에서 뵙죠."

재현은 그대로 등을 돌려 회장실을 걸어 나갔다. 원래 나긋한 것과는 거리가 먼, 무뚝뚝하게 굴던 재현이긴 했지만, 이제는 대놓고 적대감을 드러냈다. 규한과의 관계를 반대하는 자신을 원망스러운 눈으로 노려보던 정연의 모습과 지금 재현의 모습이 겹쳐졌다.

자식 농사만큼은 마음대로 안 된다더니…….

재현이 걸어 나간 문을 한참 동안 바라보던 이 회장이 고개를 내저으며 나직이 한숨을 내쉬었다.

"엄마, 그러지 말고 이 기회에 다 정리하라니까. 여기서 더 버티다간 부도

날지도 모른다고."

혜영의 애원에도 불구하고 서 여사는 책상 위를 뒤덮은 서류를 향해 실성한 사람처럼 눈동자를 이리저리 굴렸다.

"아니, 어떻게 그럴 수가 있어? 몇 달 전만 해도 아무렇지 않았는데 어떻게 갑자기 이렇게 되느냐고. 이건 마치 누가 앙심을 품고 악의적으로 방해하는 것 같아."

"에이, 엄마. 누가 엄마한테 그런다고 그래. 사업이라는 게 잘될 때도 있고, 안 될 때도……."

"넌 모르면 잠자코 있어!"

서 여사가 주먹으로 책상을 내리치며 빽 소리 질렀다.

"아무리 불경기라도 해도 이렇게 도미노처럼 무너질 순 없단 말이야. 이건 분명히……."

그때였다. 문이 열리며 장신의 남자 두 명이 사무실 안으로 걸어 들어왔다. 깜짝 놀란 서 여사와 혜영이 문 쪽으로 고개를 돌렸다.

카우보이모자를 쓴 장신의 남자가 두 사람에게 걸어오며 매력적인 저음의 목소리로 말했다.

"You're right. 이건 분명히 누가 고의로 훼방 놓고 있는 거지. 역시 앨버트의 동생답게 눈치 하나는 빠르군."

상대를 알아본 서 여사의 눈이 충격으로 커다래졌다. 그녀는 반쯤 넋이 나간 얼굴로 중얼거렸다.

"……손……튼 씨? 당신이 왜…… 여기에?"

그 말에 손튼은 한 손으로 카우보이모자를 벗으며 서 여사를 향해 윙크를 날렸다.

"글쎄, 왜 여기에 왔을까? 앨버트가 보내서 온 거라고 하면 어떨까 싶은데……."

하얗게 질린 서 여사의 얼굴이 더욱더 창백하게 변해갔다.

"회장님, 지금 도로 공사 중인 데다 오늘이 금요일이라서 차가 많이 밀릴 것 같습니다. 좀 돌아가지만, 뒷길로 해서 갈까요?"

"그러게 그럼. 자네가 알아서 하게."

이 회장은 앞에 앉은 양 비서가 건네는 서류 파일을 받아 들며 건성으로 대답했다.

"이게 다인가?"

잠시 서류를 뒤적이던 이 회장이 양 비서에게 물었다.

"네, 회장님. 서세희 씨가 거쳐 간 모든 부서를 다니며 알아봤지만 별다른 정보는 없었습니다."

"아무리 그래도 그렇지. 이렇게 죄다 칭찬 일색일 수는 없잖나."

손끝으로 서류를 툭툭 튕기며 이 회장이 눈살을 찌푸렸다.

"하지만 회장님, 그게 사실입니다."

양 비서가 난처한 표정으로 말했다. 이 회장의 지시로 양 비서는 세희에 관한 평판을 긴밀히 조사했다. 그녀가 처음으로 근무했던 그린 파라다이스 제주를 비롯하여 하나 그룹 홍보부, 아르바이트했던 아틀리에 카페에 이르기까지…….

"우선 성실한 근무 태도가 아주 좋았습니다. 그 의외에도 본인 업무가 아니어도 동료를 돕느라 야근도 하고, 아르바이트하는 중에도 잠깐이라도 시간이 나면 봉사 활동에 참여했고요."

"흠……."

뭐라도 한구석, 마음에 안 드는 구석이 있어야 매몰차게 밀어내든지 말든지 하지.

이 회장은 크게 한숨을 내쉬며 창밖으로 고개를 돌렸다. 그의 눈에 거짓말처럼 할머니와 함께 손수레를 끄는 세희가 들어왔다.

"아이고, 아가씨. 옷 버려요. 옷 버린다고."

초라한 행색의 할머니가 손사래를 치며 세희를 말렸다. 그러나 세희는 아랑곳하지 않고 폐지가 담긴 리어카를 힘껏 밀었다.

"괜찮아요, 할머니. 조 앞에까지만 가면 되잖아요. 거기까지 밀어드릴게요."

"에고, 미안해서 어쩌나."

"아우, 아니에요, 할머니. 저 힘세요. 20kg 쌀 포대도 거뜬하게 들고 다녔는걸요."

솔직히 거뜬하게는 아니고 낑낑대며 들었지만…….

"아가씨는 애인 없수? 오늘 같은 날, 데이트 안 하고 여기서 이게 뭐여?"

"에이, 할머니는. 만약에 여기 애인이 있었으면 같이 끌자고 그러지, 저 몰라라 데이트할까요."

세희의 농담에 할머니가 환하게 웃어 보이며 다시 묵묵히 손수레를 끌었다. 세희 덕분에 수월하게 목적지에 도착한 할머니는 그녀의 손에 비타민 음료를 쥐여주었다.

"감사합니다. 잘 마실게요, 할머니."

세희는 거듭 고맙다고 인사하는 할머니를 뒤로하고 버스 정류장으로 발길을 돌렸다.

어느덧 주위에는 어둑어둑한 어둠이 내리고 있었다.

버스 정류장 의자에 앉은 세희는 비타민 음료를 만지작거리며 빙그레 미소를 떠올렸다. 거절할 수도 있었지만 그러면 할머니가 실망하실 것 같아 얼른 받았는데, 할머니의 마음을 받은 것 같아서 왠지 모르게 코끝이 찡해졌다.

그때였다. 누군가 앞으로 다가왔다. 반사적으로 고개를 드니 놀랍게도 이 회장이 그녀 앞에 서 있었다. 깜짝 놀란 그녀는 곧장 자리에서 일어나 이 회장에게 허리를 숙였다.

"안녕하십니까, 회장님."

"퇴근하는 길인가?"

"네."

"오늘 저녁. 혹시 특별한 약속이라도 있나?"

전혀 예상하지 못한 질문에 세희는 고개를 들어 이 회장을 바라보았다. 그는 무표정한 얼굴로 그녀의 대답을 기다리고 있었다.

"특별한 약속은 없습니다."

"그래? 그렇다면 나와 함께 가지."

"네?"

그의 말뜻을 알아들을 수 없는 세희가 미간을 찌푸렸다.

"자네가 우리 정연이랑 규한이 맺어준 일등 공신이라고 들었네. 그러니까 축하도 해줄 겸 모두 같이 저녁 먹자는 말이야."

이 회장이 무뚝뚝한 얼굴로 말했다.

40. '앨버트'라고 했지, 아마?

"어머, 세희야!"

세희와 이 회장이 나란히 들어오자 정연이 화들짝 놀라며 현관으로 달려왔다.

"아빠, 어떻게 된 거예요?"

그러나 이 회장은 물음에 답하는 대신 정연에게 서류 가방을 건네며 주위를 둘러보았다.

"모두 다 모였어?"

"재현이는 방금 왔고 규한 씨는 지금 오는 중이래요."

"그래."

그때 마침 재현이 거실에서 걸어 나왔다. 그는 현관에 서 있는 세희를 발견하고 놀란 듯 미간을 찌푸렸다. 이 회장과 세희를 번갈아 바라보던 재현은 곧장 세희에게 걸어가 마치 그녀를 이 회장으로부터 보호하듯 어깨에 팔을 둘렀다. 그런 재현을 이 회장이 못마땅한 눈초리로 흘겨보았다.

"옷 갈아입고 올 테니까 모두 서재에서 기다리고 있어라."

그 말을 마치고 이 회장이 안방으로 사라지자 정연은 재빨리 세희 앞으로 다가갔다.

"세희야, 어떻게 된 거야?"

"저도 잘 모르겠어요. 정류장에서 버스를 기다리는데 갑자기 회장님이 나타나시더니 제가 언니랑 규한 씨를 맺어준 일등 공신이라고 같이 저녁이나 하자고 하시면서……."

"아빠가?"

"네."

"이게 무슨 일이래? 오늘 해가 서쪽에서 뜨기라도 했나? 하여간 잘됐다. 잘됐어."

정연이 세희에게 팔짱을 끼며 기분 좋은 듯 히히거렸다. 그러나 재현은 뭔가 의심스럽다는 표정으로 안방 쪽으로 고개를 돌렸다.

도대체 무슨 속셈으로……?

후우, 왜 어울리지도 않게 갑자기 감성적이 되었는지 모르겠다.

커프스 단추를 풀던 이 회장의 입에서 작은 한숨이 흘러나왔다. 초라한 행색의 노인을 도우며 환하게 웃는 세희를 보는 순간, 예전에 그녀가 한 말이 생각났다.

—재현 씨가 가족이 반대하는 결혼을 강행하는 걸 바라지 않습니다. 회장님도 잘 아시겠지만, 저는 불의로 사고로 부모님을 잃었습니다. 그래서 가족의 소중함을 누구보다 더 잘 알고 있습니다.

'오늘은 재현이도 없고 하니, 저 아이 혼자 쓸쓸하겠군.' 하는 생각을 하는 순간, 홀로 저녁을 먹는 세희의 모습이 그려졌다.

그 후엔 자신도 믿기 어려울 만큼 충동적으로 일을 저질렀다. 그대로 차에서 내려 세희에게 걸어간 것이다. 그리고 그녀를 저녁 식사에 초대했다.

괜한 동정심을 쓸데없이 남발하면 안 되는데……. 아무래도 늙어가나? 예전보다 마음이 약해진 것 같다. 이 회장은 씁쓸한 미소를 띠며 고개를 가로저었다.

편지를 들여다보는 서 여사의 손이 바르르 떨리고 있었다.

"……이, 이게, 우리 오빠가 쓴 거라는 걸 어떻게 믿죠?"

"당신이 못 믿겠다고 하면 어쩔 수 없는 거고."

의자에 등을 기대며 손튼이 느릿하게 말을 이었다.

"어차피 당신은 뭐든지 부정부터 할 테니까. 당신 오빠는 누군가가 투자를 막는 바람에 심각한 자금 압박에 시달렸어. 오죽했으면 당신에게까지 도와달라고 말하려 했을까."

"하지만 오빠는 한 번도 내게 그런 사정 이야기를 하지 않았어요."

"우선은 혼자 끝까지 버텨볼 생각이었겠지. 그때 갑자기 후한 조건으로 투자하겠다는 상대가 나타나기도 했고. 하지만 투자하겠다던 상대가 하루아침에 마음을 바꿔 물러났어. 결국 앨버트는 그를 급하게 찾아가다가 사고를 당한 거고."

"……그럼 정말로 오빠……에겐 아무 재산도 남아 있지 않았……."

서 여사의 말꼬리는 충격으로 갈라져 있었다. 손튼이 어두운 표정으로 고개를 끄덕였다.

"그래. 그 말은 곧 당신 조카가 정말로 무일푼 빈털터리라는 소리지. 내 말을 믿든, 믿지 않든 그건 상관없어. 중요한 건 당신이 그 알량한 돈 때문에 불쌍한 아이를 괴롭혔다는 거야. 앨버트는 당신을 백 프로 믿었는데."

서 여사에게 시선을 고정한 채, 손튼이 브랜든에게 손을 내밀었다. 그러자 브랜든은 가방에서 서류 봉투를 꺼내 손튼에게 건네었다.

"이건 당신이 세라 이름으로 사채를 빌렸다는 증거 서류야. 알아보니까 한국은 인감 도용을 한 경우 사문서 위조에 해당해서 5년 이하의 징역 또는 1,000만 원 이하의 벌금을 물리더군. 하지만 법정에 들락날락하긴 번거로우니까, 우리 둘이서 산뜻하게 해결하면 좋겠는데……. 어때?"

매섭게 서 여사를 쳐다보던 손튼이 돌연 장난스러운 윙크를 날렸다.

"어렸을 때 사진이네요? 몇 살 때예요?"

벽에 걸린 액자를 하나씩 구경하던 세희가 재현을 향해 고개를 돌렸다. 사진 속에서는 나비넥타이를 맨 볼이 통통한 꼬마가 주스 컵을 들고 파티장 안에 서 있었다. 재현이 천천히 다가와 액자를 들여다보았다.

"아, 그 사진. 10살 때인가? 11살 때인가? 샌프란시스코에 갔다가 찍은 사진이야. 무슨 가든파티였는데……."

"무슨 사진인데?"

갑자기 정연이 두 사람 사이를 비집고 들어오며 액자 앞으로 바짝 다가섰다. 사진을 알아본 그녀가 '아하.' 하며 고개를 끄덕였다.

"팔래스 오브 파인 아트(Palace of Fine Arts)구나. 나도 여기 있어."

정연이 손가락으로 재현 뒤쪽에 서 있는 곱슬머리 소녀를 가리켰다. 정연의 손가락을 따라 시선을 옮기던 세희가 놀란 듯 눈을 커다랗게 떴다. 같이 들여다보던 재현도 뭔가를 깨달은 듯 살며시 미간을 좁혔다.

정연이 서 있는 테이블 뒤로 세희의 부모님이 서 있었다. 어려서 파티에

간 기억은 나지 않지만, 아버지 품에 안겨 있는 서너 살짜리 꼬마는 그녀가 틀림없었다. 너무나도 그리운 부모님이 그녀를 품에 안은 채, 서로 마주 보며 행복한 미소를 짓고 있었다. 어느새 세희의 눈가에 눈물이 그렁그렁 맺혔다. 부모님이 살아 계셨더라면 분명히 재현 씨를 마음에 들어 하셨을 텐데……. 세희는 오늘따라 부모님이 옆에 없다는 사실에 가슴이 아렸다.

그런 마음을 안다는 듯 재현이 손을 뻗어 세희의 손을 살며시 움켜쥐었다. 세희가 재현에게 고개를 돌리자 그도 그녀에게로 고개를 돌렸다. 두 사람의 시선이 따뜻하게 얽혀들었다. 어쩌면 두 사람은 알고 있는 것보다 더 오래전부터 인연이 닿았는지도 모르겠다.

아무것도 모르는 정연만 조잘조잘 떠들며 옛 추억을 끄집어냈다.

"이거 손튼 씨가 주최한 파티잖아. 파티하기 전에 무슨 콘서트도 있었는데……. 뭐였더라?"

정연의 수다는 이 회장과 민 여사가 서재 안으로 들어오자 뚝 끊어져버렸다.

"규한인 아직이냐?"

이 회장이 소파에 앉으며 지나가는 투로 물었다.

"차가 좀 많이 막히나 봐요. 오늘 금요일이잖아요."

"그래."

그 말을 끝으로 서재 안에는 어색한 침묵이 감돌았다. 이 회장은 아무 말 없이 창밖만 바라보았고 민 여사는 그의 옆에서 우아하게 차를 마셨다. 재현과 세희는 조용히 침묵을 지켰다. 오로지 정연만이 가만히 있지 못하고 이리저리 자세를 바꾸었다.

규한 씨는 왜 이렇게 늦는 거야! 아빠는 왜 저리도 떨떠름한 표정이고! 아, 어색해.

그때였다.

"야옹."

어디선가 고양이 울음소리가 들리더니 통통한 회색 고양이가 서재 안으로 어슬렁어슬렁 걸어 들어왔다. 꼬리를 세운 고양이는 소파를 쓰윽 지나치더니 곧장 이 회장의 발밑으로 다가갔다.

순식간에 이 회장의 얼굴에 환한 미소가 떠올랐다. 그는 설탕이 뚝뚝 떨어질 것 같은 눈빛으로 고양이에게 두 손을 내밀었다.

"조이야, 이리 와."

조이? 쟤가 바로 정연 언니가 납치한다던 그 고양이? 고양이를 바라보는 세희의 눈동자가 충격으로 커다래졌다. 세희는 놀란 표정으로 고양이와 이 회장을 번갈아 바라보았다.

외계인처럼 생긴 괴상한 외모를 가졌던 조이. 저 고양이는 삐쩍 마른 조이와는 달리 절대로 우주선이 뜰 것 같지 않은 푸짐한 몸매를 가지고 있었다. 하지만 어딘지 모르게 조이를 닮은 것 같기도 하다.

"야옹."

이 회장의 손에 얼굴을 비비던 조이가 갑자기 뒤쪽으로 방향을 틀더니 세희에게 다가왔다. 아무리 봐도 조이인데……. 그런데 또 자세히 보면 아닌 것 같기도 하고.

"어머!"

말똥말똥한 눈으로 세희를 바라보던 조이가 갑자기 그녀의 무릎 위에 폴짝 뛰어올랐다. 그러곤 그녀의 가슴에 얼굴을 비비기 시작했다. 기분이 좋을 때 조이가 보여주던 익숙한 동작이기에 세희는 자신도 모르게 손을 들어 조이의 목덜미를 쓰다듬었다. 그러자 조이는 기분이 좋은 듯 그르렁거렸다.

낯선 사람이 방문하기라도 하면 어디론가 사라져서 절대로 모습을 드러내지 않던 조이가 세희에게는 애교를 부리다니! 이 회장은 전혀 믿을 수 없다는 얼굴로 세희의 무릎 위에서 다리를 쩍 벌리고 누운 조이를 쳐다보았다.

"조이가 환영 표시를 제대로 하네! 안 그래요, 여보?"

"어허, 흠."

믿었던 조이마저 저리 행동할 줄이야! 이 회장은 은근히 밀려오는 배신감에 마른기침을 내뱉었다.

"그런데 누가 조이라고 이름을 붙여준 거예요?"

세희의 질문에 정연과 민 여사가 자동으로 재현에게로 고개를 돌렸다.

"아, 그게……."

재현이 뭐라고 한마디 꺼내려는 순간, 이 회장 댁을 관리하는 박 집사가 빠른 걸음으로 서재 안으로 들어왔다.

"회장님, 급한 전화가 왔습니다만……."

"누군데?"

박 집사가 이 회장 귀에 무언가를 소곤소곤 귓속말하자, 이 회장은 굳어진 표정으로 다급하게 박 집사를 따라나섰다. 바삐 서재를 나가는 이 회장의 뒷모습을 바라보던 민 여사도 자리에서 몸을 일으켰다.

"난 저녁 준비 잘되고 있는지 보러 가야겠다."

세희와 정연, 재현만이 서재에 남게 되자 그제야 정연이 크게 숨을 내쉬었다.

"우아! 나 숨 막혀서 죽는 줄 알았어."

소파 등받이에 쓰러지듯 몸을 기대며 정연은 만세라도 하듯 두 손을 번쩍 들어 올렸다. 그 행동에 화들짝 놀란 조이가 세희의 무릎에서 뛰어내려 쏜살같이 밖으로 도망쳤다.

"저, 저, 저 계집애. 겁은 많아서……."

꼬리 빠지게 뛰어가는 조이를 노려보며 정연이 투덜거렸다. 그러다 재현을 향해 히죽히죽 웃기 시작했다.

"그래도 아빠가 세희를 직접 데리고 오신 걸 보면 반은 넘어가신 것 같은데, 그렇지?"

"글쎄……."

재현은 왜 이 회장이 세희를 집으로 초대했는지 도저히 짐작조차 할 수 없었다. 어떤 모종의 계략이 숨어 있는 건 아니겠지? 그나저나 조이에 관해서는 어떻게 설명할까? 재현은 난감한 표정으로 세희를 바라보았다. 아무래도 옥탑방에 돌아가는 대로 차근차근 설명해줘야 할 것 같았다.

운전대를 잡은 브랜든은 신호등 불빛이 붉은색으로 변하자, 고개를 틀어 뒤를 돌아보았다. 그리고 창밖을 내다보는 손튼에게 조심스럽게 질문을 건넸다.

"이렇게 불쑥 찾아가면 실례가 아닐까요?"

"음, 그렇긴 하지."

"시간도 애매하잖아요. 한창 저녁식사 할 시간인데……."

"……뭐."

"오늘은 그냥 호텔로 돌아가고 내일 아침에 찾아가죠? 어차피 내일은 토요일이라 오전 일정은 모두 비어 있습니다."

아무런 대답이 돌아오지 않자 브랜든은 작게 한숨을 내쉬며 다시 앞으로 고개를 돌렸다.

"알겠습니다. 천천히 몰고 있을 테니까 결정되면 알려주세요."

"늦어서 죄송합니다."

30분이 지나고 나서 드디어 규한이 도착했다. 식당으로 향하는 중에 세희를 발견한 규한은 의외라는 표정을 지었다. 그러자 정연이 그의 팔을 잡아당기며 귓속말로 속삭였다.

"아빠가 초대하셨어."

"회장님이?"

정연이 빠르게 고개를 끄덕였다. 규한이 이 회장을 바라보자, 그는 살며시 규한의 시선을 피하며 앞에 놓인 물 잔을 집어 들었다.

"준비한다고 했는데 별로 차린 건 없네요."

세희 앞으로 치킨 누들 수프를 내려놓으며 민 여사가 상냥하게 미소 지었다. 먹음직스러운 노란 수프에서 모락모락 김이 올라오고 있었다. 놀란 세희가 고개를 들어 민 여사를 올려다보았다.

"정연이가 그러던데……. 어릴 때 미국에서 자랐다가 고등학생 돼서야 한국에 왔다고."

"네."

"어릴 때 먹던 음식이 생각날 것 같아서 준비했어요. 나도 미국 유학 시절에 치킨 누들 수프를 자주 먹곤 했어요."

민 여사가 직접 끓여준 수프를 먹게 될 거라곤 전혀 상상도 하지 못했다. 아들의 짝으로 성에 차지 않을 텐데 그녀를 위해 세심하게 마음을 써주다니……. 정연과 재현의 자상함은 어머니, 민 여사에게서 물려받은 것일까?

세희는 숟가락으로 수프를 떠 입으로 가져갔다. 그녀가 한 입 맛보기를 기다렸던 민 여사가 조심스럽게 물었다.

"맛이 있을지 모르겠네."

"아주 맛있어요. 정말 맛있습니다."

세희의 대답에 민 여사가 흡족한 미소를 지었다. 세희와 민 여사의 분위기가 자꾸만 훈훈하게 흘러가자, 이 회장은 내키지 않는다는 눈빛으로 자신의 아내를 흘겨보았다.

“세희야, 연어 루꼴라 샐러드도 먹어봐. 이거 엄마가 드레싱까지 직접 만드신 거야.”

어디 민 여사뿐인가? 정연은 샐러드가 담긴 접시를 세희에게 밀어주며 생글거렸고, 재현은 무심한 듯 세희의 개인용 접시에 슬며시 반찬을 올려주곤 했다.

“야옹.”

이제는 한술 더 떠 믿었던 조이마저 세희의 발밑으로 다가가더니 사랑스러운 눈빛으로 그녀를 바라보았다.

“흠, 흠.”

어찌 된 게 지금 이 자리에 자신의 편은 하나도 없는 것 같았다. 이 회장은 은근히 밀려오는 서글픈 감정을 애써 다스렸다.

맞은편에 앉은 세희를 힐끗 훔쳐보자 그녀는 입을 오므린 채, 오물오물 열심히 음식을 씹고 있었다.

저번에도 느낀 거지만, 외국에서 오래 살았다면서 젓가락질도 훌륭하고 음식도 흘리지 않고 깨끗하게 먹는다. 그런 점은 참 마음에 들었다. 그래서 어쩌라고?

얼굴 예쁘고, 배짱도 두둑하고, 상대가 누가 되었든 자신의 의견을 당당하게 말할 수 있고, 예의 바르고, 몸가짐도 우아하고, 고양이 조이도 좋아하고, 음식을 아주 먹음직스럽게 먹는 여자는……. 그런 여자는 세상에 쌔고 쌨다. 재현에게는 더 나은 여자가 필요하다. 더 좋은 조건의 여자가…….

그러면서도 이 회장은 맞은편에 앉은 세희에게서 눈길을 돌릴 수가 없었다. 자꾸만 재현이 저 아이에게 끌리는 이유가 이해되려는 건 뭘까? 이 회장은 마른기침을 내뱉으며 서둘러 물을 들이켰다. 그러다 맞은편에 앉은 규한과 시선이 마주쳤다.

—어떤 사람을 평가할 때 한 번만이라도 배경을 보지 말고 그 사람을 봐 주시길 바랍니다. 제가 무슨 이야기를 하는지는 회장님도 잘 아실 거라고 믿습니다. 여러 번도 아니고 딱 한 번만입니다.

—저를 믿고 도와줬으니까요. 모른 척할 수도 있었는데, 본인의 손해를 무릅쓰고 제가 정연이에게 돌아갈 수 있도록 도우려 했습니다.

전에 규한이 그에게 했던 말이 떠올랐다. 이 회장의 속마음을 읽은 것처럼 규한의 얼굴에 미소가 걸렸다. '회장님, 고집 그만 부리시고 이제 포기하시죠?'라는 듯. 이어서 민 여사가 했던 말도 뒤따랐다.

—지금 재현이에게 필요한 상대는 마음에 위안을 줄 수 있는 여자가 아닐까요?

아무래도 이쯤에서 가만히 뒤로 물러서야 하나? 이 회장은 숟가락을 내려놓으며 앞에 놓인 물 잔을 빤히 바라보았다. 그래, 물이 흐르는 것을 막을 수 없듯이 사랑이 흐르는 것을 막을 수도 없는 거겠지. 이 회장은 씁쓸한 미소를 떠올리며 고개를 내저었다. 이윽고 이 회장이 덤덤한 목소리로 말을 꺼냈다.

"모름지기 남녀 사이는 아무도 예측할 수 없어. 적어도 1년은 만나봐야 상대가 결혼할 만한 사람인지 아닌지 확신을 가질 수 있겠지."

"아빠랑 엄마는 그냥 선 한 번 보고 결혼했잖아요?"

정연이 눈치 없이 끼어들자 이 회장의 눈꼬리가 살짝 위로 올라갔다.

"우리는 구세대잖아. 옛날에는 연애보다는 선 봐서 결혼하는 경우가 더 많았어."

"아빠, 규한 씨와 저는 10년도 넘게 만났어요. 근데 왜 갑자기……."

"누가 지금 네 이야기한대? 난 지금 재현이에 대해서 말하는 거다."

그 말에 재현과 세희가 놀란 듯 이 회장을 바라보았다.

"두 사람, 내년 가을까지 사귀어보고 그때가 돼서도 서로가 아니면 안 되겠다 싶으면……."

땅이 꺼져라 한숨을 내쉰 후 이 회장이 말을 이었다.

"그때 상견례를 하자. 식은 내년 늦가을쯤에 올리면 되겠군. 어른은 고모님이 계시다고 했나?"

"아빠, 지금 그거 세희랑 재현이가 사귀는 거 허락하신 거예요?"

빙 둘러서 표현하는 것을 참지 못하는 정연이 단도직입적으로 물었다. 그러자 이 회장이 불편한 듯 마른기침을 내뱉었다.

"흠흠, 허락했다기보다는…… 반대하지 않겠다는 말이다."

"에이, 그게 그거죠. 내가 장담하건대 애들은 하늘이 두 쪽이 나도 절대로 안 헤어져요."

그때였다. 현관으로부터 웅성거리는 소리가 들리더니 잠시 후, 술 취한 민 사장이 식당 안으로 비틀거리며 걸어 들어왔다.

"어허, 이거 나만 쏙 빼놓고 가족끼리 모인 건가? 아주 섭섭하네."

민 사장 뒤로 경호실장과 경호원들이 빠르게 나타났다.

"죄송합니다, 회장님. 어떻게 할까요?"

경호실장이 당황한 표정으로 이 회장에게 허리를 숙였다. 대문에서 저지하려고 했지만, 가족의 일원인 민 사장을 막을 수는 없었다. 경호실장은 고개를 숙인 채 이 회장의 지시를 기다렸다.

"괜찮네. 그냥 두게."

경호실장에게 손을 내저은 후, 이 회장이 민 사장을 노려보았다.

"애들 앞에서 어른답지 못하게 이게 지금 뭐 하는 짓인가?"

"칫, 어떤 녀석이 저를 어른 취급해준답니까?"

민 사장은 비릿한 미소를 흘리며 세희와 재현, 정연과 규한을 흘겨보았다. 보다 못한 민 여사가 민 사장의 팔을 잡아 자신의 옆자리에 앉혔다.

"너, 왜 이러니? 술 취했으면 그냥 집에 가지 않고."

"누님, 무슨 말씀이세요? 누님이 있는 여기가 우리 집이 아니면 도대체 어디가 우리 집입니까? 자식 같던 동생을 이젠 나 몰라라 하시는 겁니까?"

"태한아, 목소리 좀 낮춰."

민 여사의 부탁에도 민 사장의 목소리는 작아지지 않았다. 그는 맞은편에 앉은 세희를 알아보고 과장되게 눈동자를 굴렸다.

"이게 누군가! 서세희 양 아닌가!"

"안녕하세요."

세희가 허리를 숙여 공손하게 인사하자 민 사장은 껄껄거리며 웃기 시작했다.

"정말 대단하군. 이건 뭐, 로미오와 줄리엣도 아니고 말이야."

민 사장의 웃음은 민 여사가 인상을 쓰며 팔을 잡아당길 때까지 계속되었다.

"외삼촌, 많이 취하셨군요."

재현이 싸늘하게 쏘아붙였다. 그러나 민 사장은 '흥' 코웃음을 치며 세희 쪽으로 고개를 돌리곤 한껏 비아냥거리는 목소리로 말했다.

"내가 듣기론 부모님이 투자가를 만나러 가는 길에 교통사고를 당하셨다지? 그 투자가가 누구였는지는 아나?"

민 사장의 말에 세희의 얼굴이 굳어버렸다. 민 사장은 씨익 입꼬리를 올리며 이 회장에게로 고개를 돌렸다.

"매형, 기억 안 나요? 내가 남미에서 석유 탐사 사업한다고 한창 일 벌였을 때, 마지막에 가서 매형이 내 자금줄 다 막아버렸잖아요. 그 탓에 상대가 크게 타격을 받았었는데……. 이름이 뭐였더라? '알베르토'였던가?"

민 사장이 세희를 향해 고개를 돌리며 말을 이었다.

"영어 이름으로는 '앨버트'라고 했지, 아마?"

민 사장의 입에서 아버지의 이름이 흘러나오자 세희의 눈이 충격으로 커다래졌다. 여기서 왜 아버지 이름이 나오는 걸까? 세희가 아는 사실은 부모님이 투자가를 만나러 가던 길에 교통사고를 당했다는 것뿐이었다. 투자가 무산되는 것을 막으러 급하게 달려갔다는 것만 알 뿐 자세한 내막은 알지 못했다.

"교통사고 나기 전, 앨버트가 허겁지겁 찾아갔던 그 투자자가 바로 나였어. 네 아버지의 사업이 뿌리째 흔들리게 된 이유는 우리 매형이 갑자기 내 자금줄을 막아버렸기 때문이고."

"그게 지금 무슨 말씀입니까, 외삼촌?"

재현이 눈살을 찌푸리며 민 사장을 노려보았다. 민 사장은 어깨를 으쓱해 보이며 이 회장에게로 고개를 돌렸다. 안색이 흙빛으로 변해버린 이 회장은 입을 꾹 다문 채 아무 말도 하지 않았다. 그러나 그의 표정으로 보아 지금 민 사장이 한 말이 무슨 뜻인지 알아차린 것 같았다. 그런 이 회장을 바라보는 민 사장의 얼굴에 승리의 미소가 떠올랐다.

"매형, 말씀 좀 해보세요. 그때 무슨 일이 있었는지……. 애들이 궁금하다고 하지 않습니까?"

"아버지?"

재현이 재차 설명을 요구하는 눈빛으로 이 회장을 바라보았다. 하지만 이 회장은 충격받은 얼굴로 주먹을 불끈 쥔 채, 민 사장을 노려볼 뿐이었다. 그때까지 침묵을 지키던 규한이 무릎에 놓인 냅킨을 식탁 위에 올려놓으며 자리에서 일어섰다.

"민 사장님, 이제 그만하시죠."

화를 꾹 눌러 참는 듯 규한이 나직한 목소리로 경고했다. 그가 앞으로 다가오자 민 사장도 자리에서 일어나 규한을 노려보았다.

"민 사장? 너 지금 날 놀리는 거야? 내가 누구 때문에 사장 자리에서 밀려났는데, 민 사장?"

"자꾸만 이러시면 저도 가만히 있지는 않을 겁니다. 제가 누군지 몰라서 모르는 척하는 줄 아십니까?"

"누구긴 누구야?"

"이 회장님인 척 연기하면서 저를 정신병원에 강제로 입원시킨 사람 말입니다."

"뭐야? 그럼 그 범인이 외삼촌이었어?"

정연이 기가 막히다는 얼굴로 민 사장을 향해 소리쳤다.

"아니, 이게 다 무슨 소리니?"

아무것도 모르는 민 여사가 황당한 얼굴로 모두를 둘러보았다. 동생이 뒤에서 자주 말썽을 부린다는 것은 알고 있었지만, 규한의 일에 대해서만큼은 전혀 몰랐었다. 흥분한 정연은 민 사장에게 달려들어 그의 팔을 잡고 흔들었다.

"어떻게 나한테 그럴 수가 있어? 모두 외삼촌에게 등 돌릴 때, 난 그래도 외삼촌 편이었잖아!"

"정연아, 나도 처음엔 참으려고 했어. 그런데 저 녀석이 먼저 주먹질을 했다고."

민 사장이 조금은 미안한 말투로 정연에게 변명했다.

"그렇다고 아빠 흉내를 내면서 채 실장에게 규한 씨를 정신병원에 입원시키라고 명령을 내려?"

"맙소사."

정연의 입에서 자초지종을 전해 들은 민 여사의 얼굴이 창백하게 변해버렸다. 그녀는 한 손으로 이마를 짚고는 비틀거리며 제자리에 주저앉았다.

"누님, 저도 억울해요. 그렇다고 매형이 저를 하나 전기 사장 자리에서 밀어냈다고요. 아버지가 돌아가시면서 유언으로 절대로……."

"저놈 끌어내요, 당장!"

그러나 민 여사는 민 사장의 말을 도중에 끊으며 차가운 목소리로 경호실장에게 지시를 내렸다. 그녀의 싸늘한 태도에 민 사장이 놀란 듯 미간을 찌푸렸다.

"누님."

"끌어내지 않고 뭐해요? 당장 끌어내라고."

"아니, 편을 들어주진 못할망정 누님마저 왜 이래요?"

경호원들에게 양손을 잡힌 민 사장이 끌려나가지 않으려 크게 저항하며 소리 질렀다. 그러자 민 여사가 떨리는 목소리로 민 사장을 향해 퍼붓기 시작했다.

"아직도 모르겠어? 왜 아버지가 재현이에게 유산을 남겼는지? 네가 상속받았다면 그 많은 재산, 10년도 못 돼서 모두 바닥났을 거야. 그래도 재현이에게 물려주면, 끝까지 너를 모른 척하진 않을 테니까. 말썽만 부리는 골칫덩어리 삼촌이지만 네 뒤처리를 해줄 테니까. 아버지가 돌아가시는 순간까지도 얼마나 네 걱정을 했는지 모르는 거야? 이 멍청한 놈아!"

"누님."

"아무리 못난 자식이지만, 그래도 늦은 나이에 얻은 아들이라고 아버지가 얼마나 너를 아끼셨는데……."

민 여사는 입술을 파르르 떨며 경호실장에게 다시금 지시를 내렸다.

"앞으로는 저 녀석, 이곳에 얼씬도 못 하게 해줘요."

"누님!"

민 여사는 민 사장의 울부짖음을 외면하며 냉정히 고개를 돌려버렸다.

경호원들 손에 의해서 민 사장이 끌려나가고 식당 안에는 무거운 침묵이 감돌았다. 모두 할 말을 잃은 듯 멍한 표정으로 제자리에 앉은 상태였다.

"죄송하지만……."

세희가 자리에서 일어나며 조심스럽게 입을 열었다.

"저는 이만 먼저 가보겠습니다."

"세희야."

재현이 그녀의 팔을 잡으며 말리려 하자, 세희는 살며시 고개를 저었다.

"아무래도 저는 그냥 돌아가는 게 좋을 것 같아요."

이 회장은 아무 말도 하지 않은 채 가만히 고개를 끄덕였다. 민 여사는 넋이 나간 얼굴로 아무 반응 없이 눈꺼풀만 깜박거렸다. 그제야 정연이 미안한 표정으로 세희를 따라 자리에서 일어섰다.

"미안해, 세희야. 우리 정말 꼴불견이지? 창피하게도 우리 외삼촌이 좀 그렇다."

민 사장이 규한을 정신병원에 강제로 입원시킨 장본인이란 사실에만 정신이 팔린 정연은 민 사장이 언급한 투자에 관한 이야기는 까맣게 잊은 것 같았다. 세희는 애써 미소 지으며 가볍게 정연을 끌어안았다.

"괜찮아요, 언니."

자신만큼이나 정연 역시 머릿속이 혼잡할 테니까 지금은 아무 말도 하지 않는 게 나을 것이다.

"오늘 정말 감사했습니다. 다시 또 찾아뵙겠습니다."

세희는 멍하니 앉아 있는 민 여사 앞으로 다가가 허리를 숙이며 정중히 인사했다. 그제야 민 여사도 조금은 정신을 차렸는지 천천히 고개를 끄덕였다.

"같이 가. 내가 바래다줄게."

세희를 따라 현관으로 향하며 재현이 말했다.

"아니에요. 괜찮아요. 저 혼자 갈게요. 오늘은 어머니 곁에 있어야죠."

자신도 큰 충격을 받았으면서 민 여사 걱정을 하는 세희를 보며 재현은 크게 한숨을 내쉬었다. 말하지 않아도 그녀의 속이 얼마나 까맣게 타들어 갈지 쉽게 짐작할 수 있었다. 재현이 두 손으로 그녀의 어깨를 움켜쥐었다.

"세희야. 무슨 오해가 있는 것 같으니까 내가 아버지에게 어떻게 된 일인지 물어볼게. 혼자 속 썩이지 마. 알았어?"

세희는 대답 대신 고개를 끄덕였다. 재현은 그녀의 허리에 팔을 두르며 현관 벽에 걸어둔 차 키를 집어 들었다.

"집 앞까지 바래다주게만 해줘. 그리고 바로 본가로 돌아올 테니까."

"그래요, 그럼."

대문을 나서자, 때를 맞춰 고급스러운 검은 세단이 두 사람 앞에 멈추어 섰다. 차 문이 열리며 손튼 씨가 모습을 드러냈다.

"내 이럴 줄 알았다니까……."

차에서 내린 손튼은 창백한 얼굴의 세희와 재현을 보며 씁쓸한 미소를 떠올렸다. 그는 마치 모든 것을 안다는 표정으로 두 사람에게 걸어왔다. 재현의 어깨에 손을 올리며 손튼이 담담한 목소리로 말했다.

"자네는 들어가봐. 세라는 내가 바래다주겠네. 긴히 해줄 말도 있으니."

호텔에 도착할 때까지 세희는 재현의 집에서 무슨 일이 있었는지 한마디도 꺼내지 않았다. 손튼 역시 묵묵히 창밖만 바라보았고 브랜든은 앞만 바라보며 운전에 열중했다.

손튼 일행이 머무르는 로열 스위트룸에 들어서고 나서야 세희는 긴장이 풀어진 듯 부들부들 떨며 소파에 쓰러지듯 주저앉았다. 브랜든이 냉장고에서 생수병을 꺼내 건네주자, 세희는 두 손으로 생수병을 쥐고 바닥을 드러낼 때까지 쉬지 않고 벌컥벌컥 들이켰다. 이윽고 그녀가 빈 병을 커피 테이블 위에 올려놓자 손튼이 말없이 위스키가 담긴 잔을 내밀었다.

"앞으로 내가 할 말을 들으려면 술의 힘이 필요할 거 같은데……."

"괜찮습니다."

"그래?"

"저에게 하실 말씀이 뭐죠?"

세희는 허리를 펴고 꼿꼿하게 앉아 진지한 눈으로 손튼을 응시했다.

오늘 받은 충격에 눈물을 글썽이며 훌쩍일 줄 알았는데……. 걱정했던 것보다 그녀는 잘 견디어내고 있었다. 그런 그녀가 기특해 손튼은 피식 입꼬리를 올리며 위스키 잔을 입에 가져갔다.

"오늘 이 회장님의 집에서 무슨 일이 벌어졌는지, 나에게 이야기해주지 않아도 돼. 쉽게 짐작되니까. 나도 지켜보면서 아슬아슬했거든. 언젠가 터질텐데…… 하면서 말이지."

"손튼 씨는 이미 다 알고 계셨나요?"

"그래. 하지만 이 회장님은 오늘에서야 '알베르토'와 네 아버지가 동일인물이란 걸 깨달으셨을 거야."

손튼이 심란한 표정으로 말했다.

"민 사장님의 말이 모두 사실인가요?"

"애석하게도 사실이다. 민 사장은 비열하긴 하지만, 자기가 하지 않은 일을 떠벌릴 정도로 덜떨어지진 않았거든. 그냥 투자하려고 했다가 발을 뺀 거라면 그래도 욕을 덜 먹었을 텐데……."

손튼은 단번에 위스키를 비우고 다시 잔에 가득 술을 따랐다.

"민 사장은 자신 혼자 독차지하려고 일부러 다른 투자자들의 접근도 막아버렸어. 그런데도 막상 이 회장님 때문에 투자할 수 없게 되자 그대로 나 몰라라 물러선 거야. 이 회장님이야 막대한 손해를 볼 게 뻔한 사업인데 혼자 일 벌이게 놔둘 순 없었을 테고……. 내가 그때 옆에 있었더라면 도움을 줬을 테지만, 너도 알다시피 난 그때 아마존 오지에서 연락 두절인 상태였지."

덤덤히 손튼의 설명에 귀를 기울이던 세희는 무릎 위에 놓인 두 손을 꼭 움켜쥐었다. 그때 그녀는 어떤 일이 벌어지고 있었는지 전혀 몰랐다. 아버지가 밤늦게까지 집에 들어오지 못해도 그저 '일이 바빠서겠지.'라고 생각하며 가볍게 흘려버렸었다.

한창 사춘기였던 그녀는 또래들의 유행에 따라 어떤 옷을 입고, 어떤 차를 몰고, 어떤 음악을 들을 것인가에 더 열중했었다. 부모님의 어려움을 알았더라면 조금 더 상냥하게 해드렸을 텐데……. 지친 부모님을 꼭 안아드리며 '힘내세요!' 하고 위로했을 텐데……. 이제야 알게 되다니 너무 속상하다.

세희는 철없던 어린 시절의 자신을 떠올리며 눈가에 맺힌 눈물을 손바닥으로 닦아냈다. 소리 없이 눈물을 흘리는 세희를 바라보며 손튼이 말을 이었다.

"솔직하게 털어놓자면 너를 미국으로 데려가려고 제주도에 갔었다. 하지만 무작정 너를 만나는 것보단 우선은 멀리서 지켜보는 게 좋을 것 같았어. 그때 너는 힘들 텐데도 밝게 웃으며 열심히 일하더구나. 그런 너를 보고 있자니, 이렇게 데려가는 게 옳은 일인가 하는 의심이 들기 시작했어. 인턴 최종 심사 결과가 나올 때까지 기다려줘야 하는 건 아닐까 고민했지."

손튼이 한숨을 내쉬며 위스키를 한 모금 들이켰다.

"사실 네가 하나 그룹에서 인턴을 한다는 걸 알고, 왜 하필 그곳인가? 했었다. 인연이란 생각도 들었고. 하지만 네가 제이와 사랑에 빠질 거라곤 전혀 상상하지 못했어."

세희는 붉게 물든 눈으로 말없이 손튼을 바라보았다.

"그때 손튼 씨가 저를 미국으로 데려가셨더라면……."

글쎄, 그랬더라면 재현과 사랑에 빠지지 않았을까?

혼자 곰곰이 생각하던 세희는 피식 마른웃음을 흘렸다. 아니다. 결국에는 어디에선가 그를 만났을 것이다. 그녀와 그는 보이지 않는 운명의 끈으로 꽁꽁 묶여 있으니까.

—이건 어떨까? 이게 손가락에 맞는다면…… 울음을 멈추는 거.

어쩌면 그녀에게 구슬 반지를 끼워주는 순간부터 인연이 얽혀들었는지도 모르겠다. 세희는 손에 끼워진 구슬 반지를 만지작거리며 아랫입술을 꼭 깨물었다.

"조금 있으면 정직원 채용 결과가 발표될 거라고 알고 있다. 전에도 말했지만 그대로 하나 그룹에 입사해도 좋고, 아니면 손튼 재단으로 들어와도 좋아. 조급하게 생각하지는 말고. 네가 당장 손튼 재단에 들어오지 않는다고 해도 어차피 나중에는 너에게 운영을 맡길 거니까."

"제게 재단 운영을 맡기신다고요?"

세희가 이해되지 않는다는 듯 미간을 찌푸렸다.

"그것 때문에도 너를 곧장 미국으로 데려오지 않았던 거야. 과연 네가 재단을 잘 이끌어 나갈 재목인지 확인해 볼 필요가 있었으니까. 다행히도 넌 내가 정한 자질 심사를 대부분 통과했지."

"손튼 씨, 저는……."

세희가 떨리는 목소리로 말을 이었다.

"……많은 것이 부족합니다. 실수투성이에다가 경험도 별로 없고……."

"경험은 앞으로 차곡차곡 쌓으면 되는 거야. 그리고 실수투성이인 것도 마음에 들어. 전혀 실수하지 않는 사람보다는 실수도 하는 사람이 좌절을 통해서 훨씬 더 많은 걸 배우니까."

세희의 눈빛이 혼돈으로 흔들렸다. 오늘 하루, 혼자 감당하지 못할 정도로 너무나도 많은 사건이 일어났다. 머릿속이 복잡해 눈앞이 빙글빙글 도는 것처럼 어지러웠다.

세희가 아무 말도 하지 못하고 침묵을 지키자 손튼은 느긋하게 소파 등받이에 상체를 기대었다.

그래, 지금 모든 상황이 당황스럽겠지. 손튼은 세희가 어떤 결정을 내려도 잠자코 그녀의 뜻을 따를 작정이었다. 하지만 그것까지 그녀에게 말해줄 필요는 없었다. 물론 자신이 왜 그녀에게 꼭 재단을 물려주고 싶어 하는지도…….

손튼은 두 번째 위스키 잔을 비우며 천천히 말을 이었다.

"천천히 생각해봐라. 지금 당장 결정하지 않아도 좋으니까."

세희를 손튼에게 보내고 집 안으로 걸어 들어오는 재현에게 규한이 걱정스러운 표정으로 다가왔다.

"어머님, 안색이 안 좋아서 정연이가 방금 안방으로 모시고 갔어. 김 박사님께 급히 와달라고 연락하던 중이야."

"그래."

"괜찮으니 너무 걱정하지는 마라. 이런 일로 흔들릴 사람, 아니니까."

그때 거실에서 걸어 나오던 이 회장이 두 사람의 대화에 끼어들었다.

"아버지, 아까 외삼촌이 한 말이 사실인가요?"

재현의 질문에 이 회장은 까맣게 잊고 있었던 과거를 떠올리며 씁쓸한 얼굴로 한숨을 내쉬었다.

"근신하라고 남미에 보냈는데 거기서 태한이가 일을 벌인다는 보고를 받았지. 처음에는 그러다 말겠지 하고 내버려뒀는데 나중에는 감당이 안 될 정도로 일을 크게 벌이더군. 석유 사업뿐만 아니라 다른 사업에도 내 이름을 걸고 손을 대고 있었다."

"그러니까 앨버트 씨의 사업이 갑자기 크게 흔들린 이유가 결국 외삼촌과 아버지 때문이라는 거군요."

"아니라고 부정은 못 하겠구나."

재현이 기가 막히다는 듯 피식 입꼬리를 비틀었다.

"난 지금까지 내가 세희에게 뭔가를 해준다고 생각했는데……."

말을 잇는 재현의 얼굴이 고통으로 일그러지며 말꼬리가 흔들렸다.

"……사실은 그게 아니었군요. 원래 그 애의 것이었던 걸, 우리가 빼앗았던 거예요. 아닙니까?"

이 회장은 자신을 노려보는 재현에게 아무런 말도 해줄 수 없었다. 붉게 물든 재현의 눈을 바라보던 이 회장은 천천히 고개를 돌려버렸다.

"바래다주셔서 감사합니다."

브랜든이 차를 세우자 세희는 짧게 인사한 후, 곧바로 문을 열고 밖으로 나갔다. 브랜든은 그녀를 따라 차에서 내리고는 그녀와 보조를 맞춰 건물까지 동행했다.

"손튼 씨는 내일 아침에 이 회장님을 뵌 후, 오후에 바로 일본으로 떠날 예정이십니다. 오늘 일은 급한 건 아니니까 시간을 두고 결정해요."

"네."

브랜든은 그녀가 건물 안으로 들어가고 옥탑방에 불이 켜진 것을 확인한 후에야 차를 몰고 자리를 떠났다.

세희는 옷도 갈아입지 않은 채 침대 위에 쓰러졌다. 그대로 잠들어버릴까도 생각해봤지만 아무래도 간단하게나마 재현에게 문자를 보내야 할 것 같았다.

세희는 벌떡 몸을 일으켜 주머니에 넣어둔 휴대폰을 꺼내 들었다.

재현 씨, 어머님은 좀 어떠세요?

잠시 후, 그에게서 답장이 날아왔다.

괜찮으셔. 걱정해줘서 고맙다.

그래도 이번 주말은 어머님 옆에 있어요.

그 말은 주말 동안 연락하지 말아달라는 정중한 거절이었다. 그녀의 뜻을 알아챘는지 그는 순순히 그녀의 뜻에 따랐다.

알았어. 무슨 일 있으면 바로 나에게 연락하고.

네. 주말 잘 지내요.

그래.

세희는 멍하니 휴대폰을 바라보다 전원을 끄고 다시 힘없이 침대에 드러누웠다. 억지로라도 잠을 청해야 하는데……. 어째 오늘 밤은 뜬눈으로 새우게 될 것 같다.

그날 밤, 세희는 오랜만에 꿈에서 부모님을 보았다. 하지만 아침에 다시 눈을 떴을 때는 자세한 내용이 기억나지 않았다. 부모님이 두 팔을 벌려 그녀를 꼭 안아주었다는 것과 그 품이 너무나도 따뜻했다는 것만 희미하게 머릿속에 남아 있을 뿐…….

"우와, 정직원 발표가 코앞으로 다가왔다고 이러는 거야?"

"세희 씨, 좀 쉬면서 일해. 같이 월급 받고 일하는 사람끼리 그러면 반칙이지!"

월요일, 회사에 출근한 세희가 평소보다 더 열심히 업무에 매달리자 정 대리와 차 대리가 번갈아가며 놀려댔다. 세희는 두 사람을 바라보며 빙그레 웃어 보이곤 다시 업무에 집중했다.

쉴 새 없이 키보드를 두드리며 컴퓨터 화면을 뚫어지게 들여다보았다. 하지만 얼마 지나지 않아 슬금슬금 상념이 떠오르기 시작했다. 무슨 롤러코스터를 타는 것도 아니고, 저 위 끝까지 올라갔다가 저 밑 아래로 뚝 떨어진 기분이다.

예상한 대로 재현에게서는 주말 동안 아무런 연락도 없었다. 그 역시 혼자 생각을 정리할 시간이 필요했을 테지.

몸을 움직이면 오히려 생각에 집중할 수 있을 것 같아 세희는 토요일 온종일, 옥탑방을 들었다 놨다 대청소에 들어갔다. 걸레로 박박 방바닥을 닦으며, 전용 세정제를 묻힌 수세미로 욕실의 타일 틈새에 낀 곰팡이를 없애며, 앞으로 어떻게 해야 할지 진지하게 고민했다.

그 덕분에 그녀는 밤이 되자, 나름대로 생각을 정리할 수 있었다. 일요일 내내, 그녀는 계획을 세우고 도움이 필요한 이에게 전화를 걸었다. 이제는 어떻게 재현에게 제 생각을 제대로 전달하느냐 하는 것만 남았다.

"서세희 씨."

열심히 키보드를 두드리고 있는 그녀에게 김 과장이 서류 파일을 건네며 말했다.

"이거 경영관리실의 채 실장에게 좀 건네줘. 또 저번처럼 다 지난 인터뷰 자료를 찾네. 채 실장, 지금 10층 미디어 회의실에 있대."

"네."

채 실장이 자신을 찾는다는 말은 이 회장이 그녀를 몰래 만나자는 뜻일 것이다. 예상대로 미디어 회의실 안으로 들어서자 채 실장 대신 이 회장이 그녀를 기다리고 있었다.

세희는 이 회장을 향해 공손히 허리를 숙였다. 이 회장도 고개를 숙여 그녀의 인사를 받았다. 그리고 천천히 자리에서 일어나 그녀에게 다가왔다.

"참으로 유감이다. 내가 뭐라고 할 말이 없구나."

세희는 이 회장의 시선을 피하기 위해 가만히 고개를 숙였다. 아무리 재현의 아버지라고 해도 아직 그녀는 이 회장을 보기가 껄끄러운 게 사실이니까.

세희가 아무 말도 하지 않고 묵묵히 침묵을 지키자, 이 회장이 조심스럽게 말을 꺼냈다.

"그래도 말이다……."

그가 떨리는 목소리로 말을 이었다.

"이 일로 너와 재현이가 헤어지지 않았으면 한다."

41. 저, 그거 받으러 왔어요

“그래도 말이다……. 이 일로 너와 재현이가 헤어지지 않았으면 한다.”

이 회장의 목소리가 희미하게 떨리고 있었다. 전혀 예상하지 못한 말에 세희가 고개를 들어 이 회장을 바라보았다. 그는 주말 동안 10년은 더 늙은 것처럼 눈에 띄게 핼쑥해져 있었다.

그래, 회장님 역시 마음이 편치는 않을 거야. 세희는 덤덤한 얼굴로 이 회장을 마주 보았다.

“내가 아주 이기적이라는 걸 나도 잘 안다.”

이 회장의 눈빛이 크게 흔들리며 자조적인 미소가 떠올랐다. 이 모든 것이 자신의 욕심에서 비롯되었다는 것을 누구보다도 자신이 더 잘 알고 있으므로…….

“또다시 그때와 같은 일이 벌어진다고 해도, 나는 또 같은 행동을 취할지도 모르겠다. 하지만 적어도 상대에게 해결할 수 있는 시간은 주겠다고 약속한다.”

이 회장은 길게 한숨을 내쉬며 잠시 틈을 두었다가 다시 말을 이었다.

“네 부모님 일은 정말 미안하게 됐다. ……내가 이렇게 사과하마.”

이 회장으로서는 그녀에게 해줄 수 있는 최고의 사과일 것이다.

세희는 다시 고개를 숙이며 발끝을 내려다보았다. 그리고 손끝이 하얗게 변할 정도로 힘을 주어 두 손을 꼭 그러쥐었다. 뭐라고 한마디 해야 하는데 좀처럼 아무 말도 입 밖으로 나오지 않았다.

"……아무렇지 않다고 하면 거짓말일 겁니다."

침묵을 지키던 그녀가 이윽고 천천히 입을 열었다.

"머리로는 회장님의 대응이 이해되는데……. 아무리 노력해도…… 가슴이 아픈 건, 저도 어쩔 수 없습니다."

"안다. 그러는 게 당연하지."

끝까지 이 회장의 시선을 피한 채, 세희가 건조한 목소리로 말했다.

"그렇다면 제게 상처를 아물게 할 시간을 좀 주시겠습니까?"

식음을 전폐하고 자리에 누워버린 민 여사를 바라보며 정연은 길게 한숨을 내쉬었다. 결혼 준비를 하려면 눈코 뜰 새 없이 뛰어다녀도 시간이 한참 모자란 판에 엄마마저 이렇게 몸져누워버리다니…….

하지만 충격은 충격이고 결혼은 결혼이다!

정연은 민 여사의 어깨를 두 손으로 흔들며 칭얼거렸다.

"엄마, 규한 씨가 괜찮대. 그러니까 그만 끙끙 앓고 좀 일어나 봐. 어차피 규한 씨도 외삼촌이 아닐까, 반쯤 눈치채고 있었다고. 갑자기 마른하늘에 벼락 떨어진 거 아니니까……."

"너는 지금 내가 규한이 때문에 이러는 줄 아니?"

정연의 손을 밀어내며 민 여사가 짜증스러운 듯 쏘아붙였다. 그러자 정연이 눈을 휘둥그레 크게 뜨며 민 여사를 바라보았다.

"으응? 그럼 뭐? 외삼촌이 사장 직에서 물러나서 이러는 거야? 와, 엄마 진짜 심하다. 지금 이 와중에도 외삼촌 편을 들겠다는 거야?"

"아휴, 내가 말을 말자."

"엄마, 왜 말을 하다 말고 끊어."

"지금 넌 규한이 일만 신경 쓰이지? 우리 때문에 세희네가 망했다는 거엔 관심 없고."

"어?"

그제야 정연이 뭔가를 깨달은 듯, 자리에서 벌떡 일어났다. 외삼촌이 범인이라는 데 온통 정신이 팔려 세희의 일을 까맣게 잊고 있었다. 아니, 이게 무슨 일이래? 재들이야말로 '로미오와 줄리엣' 영화 한 편 찍는 거네!

"에이, 설마."

혼자 골똘히 궁리하던 정연이 그럴 리가 없다는 듯 설레설레 고개를 흔들었다.

"그렇다고 두 사람이 깨지기야 하겠어? 엄마가 몰라서 그러는데 재들 아주 찰떡같이 착 달라붙어서……."

"누가 그래서 그런대?"

정연의 말허리를 자르며 민 여사가 빽 소리를 질렀다.

"미안하고 창피해서 그렇지! 지금 규한이랑도 제대로 눈도 못 마주치겠는데, 이젠 그 애까지……. 앞으로 내가 어떻게 너희 얼굴을 보느냐고……. 어휴, 내가 정말 태한이, 이 녀석을 그냥."

민 여사는 골치가 아픈 듯 두 손으로 머리를 감싸며 끙끙거렸다.

간단한 모임을 마치고 컨벤션 센터 이벤트 홀을 걸어 나오는 손튼 앞으로 브랜든이 다가왔다. 손튼은 일행에게 손을 들어 가보라는 신호를 보낸 후,

브랜든에게 고개를 돌렸다.

"세라에게선 아직 아무 연락 없나?"

"아직입니다. 그런 중대한 일을 며칠 만에 결정할 수는 없잖아요."

"음, 그렇긴 하지만."

"다음 일정까지 시간이 좀 비는데 어떻게 할까요? '더 어드벤처' 지원자의 인터뷰 비디오를 검토할 수 있게 준비할까요?"

"그래, 그러든지……."

손튼이 시큰둥한 표정으로 대답했다. 아무래도 세희에게서 연락이 올 때까지는 계속해서 저런 태도를 보일 것 같다. 앞장서 미디어 룸으로 향하던 브랜든이 불현듯 걸음을 멈추며 뒤를 돌아보았다. 그러곤 손튼을 향해 고개를 갸우뚱거렸다.

"그런데 도대체 뭡니까? 이번에도 또 아무 말 안 하고 그냥 돌아왔잖아요! 끝까지 Trust Fund(신탁 기금)에 관해서 말 안 하실 거예요? 서른이 될 때까지 기다리실 거냐고요?"

닦달하는 것 같은 브랜든의 말투에 손튼은 '허허허' 웃음을 터뜨렸다.

"이봐, 사람도 참. 저런 상황에서 내가 그것까지 터뜨리면 이 회장님의 꼴이 뭐가 되나?"

"아!"

브랜든이 뭔가를 깨달았다는 듯 눈을 빛냈다.

"미래의 당신 며느리가 곧 있으면 당신 아들만큼 부자가 된다는 사실을 알아봐! 얼마나 기가 막히겠어. 너무 창피해서 땅을 파고 들어가고 싶을 거라고."

한 손으로 브랜든의 어깨를 탁 짚으며 손튼이 씨익 입꼬리를 휘었다.

"그런 건 말이지. 시기를 봐서 가장 효과가 있을 때, 그때 터뜨리는 게 최고라네."

“바빠 죽겠는데 왜 또 복사기는 말썽을 부리고 난리야?”

차 대리가 인상을 쓰며 투덜거렸다. 토너를 갈아 끼웠음에도 복사기는 아까부터 하얀 종이만을 토해냈다. 복사기를 살해할 것처럼 증오의 눈길로 노려보는 차 대리에게 마침 사무실로 돌아온 세희가 다가왔다.

“무슨 일이에요, 대리님?”

“어, 세희 씨. 이 녀석, 드디어 맛이 갔네. 맛이 갔어. 토너를 갈아줬는데도 이 모양이야.”

손에 쥔 흰 종이를 팔락거리며 차 대리가 투덜거렸다. 이리저리 복사기를 살펴보던 세희의 눈에 의자 위에 가득 쌓인 책과 서류 더미가 들어왔다.

“급한 거예요? 제가 3층 자료실에 내려가서 복사해 올까요?”

“그래주겠어? 급한 건 아니지만 도와주면 고맙지. 자, 여기 이거랑. 그리고 이거. 아, 또 이것도 있네.”

차 대리가 싱글벙글 웃으며 한 아름 되는 책과 서류 더미를 그녀에게 안겨주었다. 세희는 눈 밑까지 쌓인 책과 서류 더미를 들고 조심조심 엘리베이터로 향했다.

이 회장과의 독대 이후, 심란한 마음에 도저히 일이 손에 잡힐 것 같지 않아 도와준다고 한 건데……. 으아, 팔이 저릴 정도로 책과 서류 더미의 무게가 장난이 아니었다. 중심을 잡느라 자꾸만 고개가 뒤로 젖혀지는 탓에 앞도 제대로 볼 수 없을 정도였다.

띵—.

엘리베이터가 도착했다는 소리가 들리고 스르르 자동으로 문이 열렸다. 세희는 서류 더미를 떨어뜨리지 않으려 등을 돌리고 조심조심 뒷걸음질 치며 안으로 발을 옮겼다.

앗, 그런데 두 손으로 책과 서류 더미를 들고 있느라 3층 버튼을 누를 손의 여유가 없었다. 이걸 바닥에 내려놓고 버튼을 눌러야 하나? 아니면 엉덩이로 슬쩍 누를까?

혼자 심각하게 고민하고 있는데 갑자기 뒤쪽에서 손이 뻗어 나오며 익숙한 목소리가 들렸다.

"몇 층?"

"3층입니다."

얼떨결에 대답하고 나서 옆을 바라보니 재현이 무표정한 얼굴로 그녀를 바라보고 있었다. 화들짝 놀란 그녀의 눈이 커다래졌다. 순간 중심을 잃은 그녀가 비틀거렸고, 책과 서류 더미가 불안하게 흔들렸다.

"어, 어, 어!"

무너져 내리는 책을 잡아주려 재현이 재빨리 손을 뻗었고 그 반동으로 세희의 몸은 벽으로 밀려갔다.

엘리베이터 벽에 등을 기댄 채로 재현이 책과 서류 더미를 앞에 두고 그녀를 꼭 끌어안은 자세가 되어버렸다.

"괜찮아?"

"네, 괜찮아요. 앗, 옆에 거기 좀 잡아주세요."

겨우 책과 서류 더미를 제 위치에 올려놓은 세희가 안도의 한숨을 내쉬었다. 하지만 잠시 후, 뒤로 고개를 젖히는 그녀의 눈에 천장 구석에 설치된 CCTV가 들어왔다. 아무리 책이 무너지지 않게 도와주기 위해서라지만 두 사람의 자세는 영 불량했다.

혹시 경비원 아저씨가 보고 있을지도 모르는데, 어떡하지?

그런 그녀의 속도 모르고 재현이 책과 서류 더미를 받아가려 했다.

"이리 내. 내가 들어줄 테니까."

"아닙니다. 괜찮습니다."

이재현 전무가 인턴 사원이 들고 가던 책과 서류 더미를 들어준다고 해봐라! 다음 날 회사에 쫙 소문이 나고 말 것이다. 좋은 소문이든, 나쁜 소문이든 지금 그녀는 누구의 입에도 오르내리기 싫었다.

그래서 본의 아니게 세희는 조금은 매몰차다시피 재현에게서 벗어나 옆으로 물러섰다. 그리고 3층에 도착해 문이 열리자마자 인사도 하지 않고 그대로 꽁지 빠지게 엘리베이터를 걸어 나갔다. 그녀의 그런 행동이 재현에게는 거부의 몸짓으로 느껴진다는 것을 전혀 깨닫지 못한 채, 세희는 종종걸음으로 자료실로 향했다.

그녀의 뒷모습을 바라보는 재현의 얼굴에 어두운 그림자가 내려앉았다.

모두 퇴근해버린 텅 빈 사무실. 세희는 홀로 자리에 남아 책상 위에 놓인 휴대폰을 조심스럽게 만지작거렸다.

—재현이가 그러더군. 자신이 너에게 해준 것 모두, 원래 네 것이었는데 우리가 빼앗은 거라고.

이 회장이 해준 이야기를 되씹던 그녀의 얼굴에 씁쓸한 미소가 떠올랐다.

바보같이…….

세희는 울리지 않는 휴대폰을 멍하니 바라보았다.

그가 그녀에게 베푼 건 물질만이 아니다. 돈으로는 환산할 수 없는 사랑과 따뜻한 마음을 주었다. 그녀가 힘들 때마다 나타나 토닥거려주던 사람은, 자신에게 부탁하라며 그녀를 꼭 끌어안아주던 사람은, 그 누구도 아닌 이재현, 그 남자뿐이었다.

물론 부모님을 생각하면 마음이 편하지 않았다. 하지만…….

"흐읍."

세희는 크게 숨을 들이마신 후, 휴대폰의 단축 번호를 눌렀다. 부모님도 그녀의 결정을 이해해주실 거라고 믿으며.

"저예요……. 네, 결정했습니다. 하지만 제 결정을 말씀드리기 전에 먼저 들어주셨으면 하는 부탁이 있습니다."

통화를 끝낸 세희는 책상을 정리하고 천천히 자리에서 몸을 일으켰다.

항상 그가 먼저 그녀에게 다가오곤 했다. 이번에는 그녀가 먼저 움직일 차례였다.

"전무님."

강 비서가 차가운 물이 담긴 유리컵을 내려놓으며 조심스럽게 재현의 기색을 살폈다. 재현은 눈앞에 놓인 유리컵을 바라보다 강 비서에게로 시선을 돌렸다.

퇴근 시간이 지났음에도 계속해서 업무를 보는 그를 위해 강 비서는 간단하게 요기라도 할 겸 우유에 탄 선식이나 따뜻한 코코아와 쿠키 등을 내오곤 했었다. 그런데 오늘은 왜 차가운 물 한 잔일까? 뭐지? 냉수 마시고 속 차리는 건가? 하지만 그러고 보니 아까부터 속에서 열불이 나긴 했다.

엘리베이터 안에서 쌀쌀맞게 자신을 물리치는 세희를 대하고 난 후, 하루 내내 인상을 찌푸리고 다닌 재현이었다. 어쩌면 그녀가 자신을 피할지도 모른다고 우려하긴 했지만 막상 현실로 다가오자 뭐라 표현하지 못할 정도로 속이 쓰렸다. 자신의 빌어먹을 처지론 무턱대고 그녀를 붙잡을 수도 없었다. 그걸 뻔히 알면서도 화가 치밀어 오른다.

냉정한 이성은 그녀에게 생각할 시간을 주어야 한다고 말했다. 그래서 그는 견딜 수 없게 힘들어도 주말 동안 그녀에게 연락하지 않았다.

생각을 정리하기에 이틀이란 시간은 턱없이 모자랄 것이다. 어쩌면 일주일, 어쩌면 보름, 아니면 한 달이 걸릴지도 모른다. 잠자코 기다려야 한다는 걸 잘 알면서도 자꾸만 약한 모습을 보이는 자신이 실망스러웠다.

재현은 단숨에 벌컥벌컥 컵을 비웠다. 그리고 걱정스러운 얼굴로 자신을 지켜보는 강 비서에게 유리컵을 내밀었다.

“강 비서.”

“네, 전무님.”

유리컵을 받아 들며 강 비서가 대답했다.

“만약에 강 비서라면 말이지…… 사랑하는 남자의 집안이 알고 보니까…… 음, 그러니까. 사랑하는 남자와 ‘로미오와 줄리엣’의 상황이 되어버린다면 어떻게 할 것 같아? 그래도 계속 그 남자를 사랑할 수 있을까?”

“아뇨!”

강 비서는 아주 단호한 표정으로 머리를 흔들었다.

“가뜩이나 시댁이라고 하면 그냥 가만히 있어도 껄끄럽고 불편한데, 거기다 ‘로미오와 줄리엣’의 상황이라고요? 절대로 안 됩니다. 시집간 여자들이 왜 시금치랑 시푸드의 ‘시’ 자만 들어도 부들부들 떨겠어요?”

“그런가?”

강 비서의 솔직한 의견에 재현의 안색이 눈에 띄게 어두워졌다.

전무님 표정이 왜 저렇지? 내가 무슨 말실수를 했나?

강 비서는 속으로 뜨끔했지만 애써 아무렇지 않은 듯 히죽 웃어 보였다.

“알았어, 강 비서. 오늘 수고했어. 이제 그만 퇴근하지.”

“전무님은요?”

"난 서류를 좀 더 검토하다가 들어갈 테니까, 걱정하지 말고."

"안 됩니다."

평소 같으면 '네, 전무님. 내일 뵙겠습니다.' 하고 돌아서던 그녀가 갑자기 눈에 불을 켜고 달려들었다.

"전무님, 거울 좀 보세요. 눈 밑이 퀭합니다. 오늘은 늦게까지 야근하지 말고 지금 퇴근하세요. 제발 부탁입니다."

"강 비서?"

"이러다 전무님이 쓰러지시면 제가 옆에서 제대로 보좌하지 못했다고 질타를 받습니다. 옆에서 전무님을 모신 게 벌써 몇 년째인데, 제가 언제 이런 부탁드린 적 있었나요?"

그러고 보니 강 비서의 입에서 부탁이란 말이 나온 적은 한 번도 없었다. 휴가를 더 연장해달라는 흔한 부탁조차 강 비서는 일절 하지 않았다. 그랬던 그녀가 아주 심각한 얼굴로 재현을 응시하며 말했다.

"제발 부탁입니다. 지금 당장 퇴근하세요, 전무님."

현관문을 열고 들어서자마자 고소한 냄새가 진동했다. 재현은 의아한 표정으로 주위를 둘러보았다. 도우미 아주머니라면 이미 일을 마치고 돌아갔을 텐데……. 게다가 오늘은 도우미 아주머니가 출근하는 날도 아니었다.

누나일 리는 없고, 혹시 어머니가? 상대가 그의 가족이든 아니든 그의 허락 없이는 절대로 아무도 들여놓지 말라고 신신당부를 했건만…….

짜증이 밀려온 재현은 깊게 미간을 찌푸렸다. 서류 가방을 소파에 내려놓고 서둘러 냄새가 솔솔 풍겨 나오는 주방으로 걸어갔다. 그러나 막상 주방 안에 들어선 그는 잠시 할 말을 잃고 제자리에 멈춰 섰다.

앞치마를 두른 세희가 가스레인지 앞에 선 채, 바쁘게 움직이며 요리를 하고 있었다. 그녀는 요리에 너무 열중한 나머지 재현이 돌아왔다는 사실도 깨닫지 못하고 있었다.

식탁에는 이미 상다리가 부러질 것처럼 먹음직스러운 요리들이 놓여 있었다. 그가 달걀찜 하나를 만들기 위해 옥탑방을 난장판으로 만들었던 것에 비하면 지금 그의 주방은 믿기 어려울 정도로 말끔했다. 요리하면서 동시에 설거지와 정리도 같이 한 모양이다.

"세희야?"

그녀에게 한 발짝 가까이 다가가며 재현이 조심스럽게 그녀를 불렀다. 프라이팬을 들고 접시에 음식을 담던 그녀가 깜짝 놀라며 뒤를 돌아보았다.

"어머, 재현 씨. 언제 왔어요? 아무 소리도 못 들었는데……."

세희는 눈꼬리를 반달 모양으로 휘며 그를 향해 환하게 웃어 보였다.

"아, 환풍기 소리 때문에 그랬나?"

한 손으로 환풍기를 끄며 그녀가 작게 투덜거렸다. 세희는 재빨리 가스레인지 위에 프라이팬을 올려놓고 서둘러 앞치마를 풀었다. 그리고 두 손으로 헝클어진 머리카락을 쓸어 넘기며 재현에게 다가왔다.

"너, 지금 여기서 뭐 하는 거야?"

재현은 아직도 그녀가 여기에 있다는 것이 믿어지지가 않는다는 듯 눈을 가늘게 모았다. 그러자 세희가 생글생글 웃으며 그를 향해 손바닥을 내밀어 보였다.

"저번에 저에게 주려고 했던 반지 있잖아요. 저 그거 받으러 왔어요."

나름대로 힘든 결정을 내린 후, 그녀는 절대로 뒤를 돌아보지 않기로 했다. 망설이는 짓 따윈 하지 않아. 이제는 앞만 바라보고 나아가야 한다!

세희가 제일 먼저 연락한 상대는 그녀의 강력한 아군, 강 비서였다. 일요일 아침, 이른 시각이었지만, 강 비서는 신호가 두 번도 가기 전에 째깍 전화를 받았다. 그녀는 막 운동을 하고 들어오는 중이라며 수화기에 거친 숨을 몰아쉬었다.

“강 비서님, 부탁 한 가지만 들어주실 수 있을까요?”

[헉, 헉. 네, 물론이죠. 무슨 일인데요?]

“월요일에 정시까진 아니더라도 전무님이 아주 늦지만 않게 퇴근하게 해주세요. 그리고 이른 저녁이나 군것질 같은 거, 막아주시면 더 좋고요.”

눈치 빠른 강 비서는 바로 감을 잡았다. 아하, 서프라이즈를 해주려고 그러는구나!

[당연하죠. 나만 믿어요.]

강 비서와의 전화를 끊은 세희는 이번엔 규한에게 전화를 걸었다.

[세희 씨, 괜찮아요?]

“네, 괜찮아요. 지금 결혼 준비로 바쁘신 거 잘 알지만, 저 좀 도와주실 수 있을까요?”

두 손으로 휴대폰을 꼭 쥐며 그녀가 조심스럽게 물었다.

[당연하죠. 무슨 일이에요?]

규한은 흔쾌히 승낙했다.

월요일 저녁, 세희는 요리할 식 재료를 사들고 펜트 하우스로 향했다. 이미 재현에게 마음대로 출입할 수 있는 전용 키와 비밀번호를 받았기에 아무런 제재 없이 펜트 하우스에 들어갈 수 있었다.

파를 썰며, 마늘을 다지며, 뜨겁게 달군 팬에 양파를 볶으며, 그녀는 프러포즈를 준비하던 재현이 어떤 마음으로 달걀찜을 만들었을까 상상해보았다. 들뜬 모습으로 열심히 요리했을 재현을 그려보던 그녀의 입가에 미소가 떠올랐다.

그래, 그는 그런 사람이다. 언제나 웃음을 주는 사람.

그녀를 껴안아주는 가슴이나 그녀를 위해주는 마음이나, 모두가 따뜻한 사람.

세희는 재현이 돌아오기 전에 요리를 끝내기 위해 부지런히 손을 놀렸다. 하지만 생각보다 튀김 요리에서 시간을 지체했나 보다. 기름이 튄 가스레인지 주변을 정리하고 마지막으로 버섯과 양파를 볶는 도중에 그가 도착해 버렸다.

화장이라도 좀 손보려고 했는데, 어쩌면 좋지? 오늘만큼은 그에게 아주 예뻐 보여야 하는데, 망했다!

세희는 재빨리 앞치마를 풀고 헝클어진 머리를 두 손으로 매만졌다. 이어서 평소보다 더 환하게 눈꼬리를 휘며 생글생글 웃어 보였다. 그리고 만화 영화 '슈렉'에 나오는 고양이 눈을 하며 재현에게 손바닥을 내밀었다.

"저번에 저에게 주려고 했던 반지 있잖아요. 저, 그거 받으러 왔어요."

순간 재현의 눈동자가 크게 흔들렸다. 그는 입매를 굳힌 채 그녀의 얼굴을 말없이 내려다보았다.

왜 저런 표정이지? 갑작스러운 등장에 당황해서? 아니면 부담스러워서일까?

예상하지 못했던 재현의 무뚝뚝한 반응에 세희는 어색한 미소를 지으며 그에게 내밀었던 손을 살며시 내렸다.

"……배고프죠? 우선 식사부터 하고……."

그녀는 말을 얼버무리며 서둘러 몸을 돌렸다.

하지만 반쯤 몸을 돌리기도 전에 재현이 먼저 그녀의 팔을 잡아 휙 돌려 세웠다. 그리고 순식간에 자신의 품 안으로 끌려온 그녀에게 뜨거운 입술을 내리눌렀다.

말캉한 입술을 한가득 머금었음에도 재현은 쉽사리 믿기지 않았다. 확인이라도 하는 것처럼 조심스럽게 그녀의 입술을 깨물어보았다. 이어서 살짝 벌어진 틈새를 집요하게 파고들었다.

숨결이 섞이며 아찔하게 달콤한 향이 입 안으로 흘러들어오고 나서야, 그는 안도의 한숨을 내쉬며 더욱더 그녀를 안은 팔에 힘을 주었다.

조금 더 오래 걸릴 줄 알았는데…… 조금 더 아파해야 한다고 각오했는데, 그녀는 어느새 그의 품으로 돌아와 있었다. 나만의 그녀가, 나만의 세라 공주님이.

재현은 입술이 퉁퉁 부어오를 정도로 격렬한 키스를 퍼부은 후에야 마지못해 그녀를 놓아주었다.

"그런데 뭘 이렇게 많이 했어?"

식탁을 가득 채운 음식을 보며 그가 웃음을 흘렸다. 하지만 말은 그렇게 해도 적잖이 감동한 표정이었다.

"저번에 재현 씨가 달걀찜 해줬으니까, 그거 보답으로 했어요. 맨손으로 와서 반지를 돌려달라고 할 순 없잖아요."

식탁 중앙에 보글보글 끓는 소고기 버섯전골을 내려놓으며 세희가 대답했다.

"뭐?"

재현이 기가 막히다는 듯 미간을 찌푸리자 세희는 그의 등을 떠밀며 재촉했다.

"우선 손 씻고 와요. 음식 다 식겠어요."

말끔하게 밥공기를 비우며 식사를 마친 재현은 오늘만큼은 자신이 끝까지 다 하겠다는 세희를 밀어내고 식기세척기에 그릇을 넣었다. 그러곤 그녀를 위해서 커피를 내리고, 자신을 위해선 차를 우려낸 다음 투덜거리는 세희의 손을 끌고 거실로 향했다.

재현이 침실에서 반지 케이스를 들고 나오자, 세희는 환하게 웃으며 재빠르게 손을 내밀었다. 그가 조심스럽게 그녀의 손가락에 반지를 밀어 넣었다.

"항상 끼고 다닐게요."

영롱하게 반짝거리는 반지를 바라보며 그녀가 행복한 얼굴로 중얼거렸다. 아주 소중하다는 듯 손끝으로 반지를 만지작거리던 세희는 이어서 옆에 둔 핸드백에 손을 뻗었다.

"저도 준비한 게 있어요."

그녀는 핸드백 안에서 작은 보석 상자를 꺼내어 그에게 내밀었다. 보석 상자를 열어본 재현이 놀란 듯 눈꼬리를 올렸다. 상자 안에는 세련된 디자인의 플래티늄 반지가 들어 있었다.

"재현 씨가 나에게 해준 것만큼 비싼 건 아니지만, 저 나름대로 모아두었던 돈으로 장만했어요."

그가 반지를 꺼내 들자 세희는 재빨리 설명을 이어갔다.

"어떤 스타일을 좋아하는지도 모르겠고, 손가락 치수도 정확히 알 수 없어서 규한 씨에게 도움을 받았어요. 제 반지와도 어울려야 하니까 심플한 디자인이 좋을 것 같더라고요."

"마음에 들어."

재현이 끼워달라는 듯 앞으로 손을 내밀었다. 세희는 생글거리며 그의 손가락에 조심스럽게 반지를 끼워주었다. 반지는 제법 매끄럽게 손가락으로 들어갔다.

"와, 다행이다. 꼭 맞네요."

"그러면 이제 날 책임지는 건가?"

재현의 농담에 세희는 키득거리며 위아래로 고개를 끄덕였다.

"네, 재현 씨. 나만 믿어요. 끝까지 책임질게요."

"이럴 땐 고맙다고 해야 하나? 아니면 사랑한다고 해야 하나?"

"이럴 땐……."

두 손으로 재현의 뺨을 감싸며 그녀가 수줍게 속삭였다.

"키스해주면 돼요."

그리고 고개를 비틀어 살며시 입술을 포갰다. 처음 시작은 그녀였지만, 얼마 되지 않아 그에게 주도권이 넘어가버렸다. 재현은 그녀 안의 속살을 모두 맛볼 것처럼 깊고 강렬하게 파고들었다.

어떨 때 보면 그의 사랑 표현은 도를 지나칠 때가 있다. 키스는 숨이 목구멍까지 차오른 세희가 그를 밀어낼 때까지 계속되었다. 입술이 떨어지자 그가 이번에는 숨을 쉴 수 없을 정도로 그녀를 꽉 끌어안았다. 커다란 손으로 그녀의 머리를 쓰다듬으며 재현이 귓가에 속삭였다.

"고마워. ……쉽지 않은 결정이었을 텐데……. 정말 고맙다."

어떤 의미인지 구태여 설명할 필요는 없었다. 세희는 혼자 괴로워했을 재현을 상상하며 그의 등을 손바닥으로 다독거렸다.

"재현 씨."

그의 품에서 떨어져나가며 그녀가 조심스럽게 말을 꺼냈다.

"저, 속으론 안 괜찮으면서 겉으로 아닌 척하진 않을 거예요. 내가 '쿨병'에 걸린 것도 아니고 절대로 괜찮을 수 없잖아요. 원망스럽지 않다면 그건 뻔한 거짓말일 테니까. 만약에 재현 씨와 결혼하게 된다면 민 사장님과 회장님을 집안 어른으로 계속 뵈어야 하는데……. 솔직히 쉽진 않을 거예요. 하지만……."

재현을 바라보는 그녀의 눈가가 촉촉이 젖어들었다. 세희는 살며시 재현의 두 손을 맞잡으며 입꼬리를 끌어 올려 억지로 미소 지어 보였다.

"아무리 그래도 재현 씨와 헤어질 순 없겠더라고요."

"세희야."

"어렵겠지만 노력해볼게요. 제가 만약 회장님 위치에 있었다면, 저도 어쩌면 같은 결단을 내렸을지도 몰라요. 그러니까 이성적으로 아주 이해가 안 가는 건 아니에요. 다만…… 힘드셨을 아빠가 떠올라서……."

그녀가 말꼬리를 흐리자 재현은 말없이 그녀를 품으로 끌어당겼다. 세희는 순순히 그의 가슴에 얼굴을 기대며 긴 한숨을 내쉬었다. 그리고 다시 말을 이었다.

"……그래서 내린 결정인데, 인턴 기간 끝나고 정직원이 돼도 하나 그룹엔 입사하지 않을래요. 가족 관계는 나 혼자 어쩔 수 없는 거라지만, 직장은 다르니까요."

"마음 편한 대로 해."

"……대신 손튼 재단에 들어가려고요."

그녀의 선언에 그의 몸이 움찔 경직되었다. 그의 이런 반응을 이미 예상했다는 듯, 세희는 그를 끌어안은 손에 힘을 주었다.

"알아요. 손튼 재단에 들어가려면 미국에 가야 한다는 거. 적어도 수개월은 미국 지사에서 교육을 받아야 한다는 거……. 그래도 어느 지사로 갈지는 저에게 선택권이 있대요. 아무래도 동부나 중부보다는 서부가 나을 것 같아서 샌프란시스코 지사로 가겠다고 했어요."

"샌프란시스코?"

고개를 들어 재현과 시선을 맞추며 그녀가 말을 이었다.

"어차피 재현 씨도 미국 출장 자주 가야 하잖아요. 어떨 땐 한 달 넘게 실리콘밸리 지사에 머물 때도 있고 하니까. 샌프란시스코와 서니베일은 차로 1시간 이내면 왕래할 수 있는 거리여서 자주 볼 수 있을 거예요."

"세희야."

"교육 과정이 끝나면 중요한 행사가 있을 때만 미국이나 유럽 지사로 가는 것으로 하고 주로 재택근무하려고요. 그러면 재현 씨 곁을 떠나지 않아도 제 일을 할 수 있어요. 손튼 씨도 동의하셨어요. 이미 재택근무 하고 있는 직원들도 꽤 된대요. 그러다 제가 승진해서 꼭 미국 본사로 가야 되면……."

"그만."

재현이 손을 들어 그녀의 말을 가로막았다.

"세희야, 난 아무래도 괜찮아. 결혼이 네 앞길에 걸림돌이 되는 거 원하지 않으니까 네가 하고 싶은 대로 결정해."

다소 경직되었던 그녀의 얼굴이 환하게 밝아졌다.

"이해해줘서 고마워요."

"아니, 나야말로 이해해줘서 고마워. ……음, 그런데 말이지."

다시 그녀를 끌어안으며 재현이 진지한 목소리로 말을 이었다.

"……조이에 관해 할 말이 있어."

인턴 근무 마지막 날, 세희는 모두가 예상했던 것처럼 최고 점수로 하나그룹의 정직원에 최종 합격했다. 이미 세희가 손튼 재단에 입사할 거라는 것을 아는 홍보부 직원들은 합격을 축하면서도 동시에 서운한 표정을 지었다.

"교육받으러 미국으로 가버리면……."

환송회를 겸한 회식 자리에서 세희에게 술잔을 권하던 김 과장이 제법 심각한 표정으로 물었다.

"우리 전무님과는 어떻게 되는 거지? 장거리 연애가 되는 건가?"

"에이, 어차피 전무님은 실리콘밸리에 자주 가시니까 큰 문제는 없을 것 같은데요."

"그렇죠. 요즘처럼 인터넷이 발달한 시대에 장거리 연애가 예전 같진 않죠."

김 과장의 말에 정 대리와 차 대리가 연달아 가세했다.

"네에?"

깜짝 놀란 세희가 동그랗게 눈을 뜨고 자신을 빤히 쳐다보는 홍보부 직원들을 둘러보았다. 모두 거짓말은 택도 없다는 눈빛으로 그녀를 응시했다.

그럼…… 지금까지 모두 알고 있었다는 말?

"우리가 그냥 모른 척해준 거지. 정말 몰랐다고 생각한 건 아니겠지?"

"아휴, 그렇게 티가 나는데 어떻게 모를 수가 있어요?"

"그럼. 눈치 하면 우리 홍보부지!"

아무 말도 하지 못하고 입만 벙긋거리던 세희가 억지로 짜내듯 겨우 말을 꺼냈다.

"언, 언제부터 아셨어요?"

"글쎄……. 딱히 언제부터 알았다기보다는 뭐랄까, 전무님과 세희 씨 사이에 흐르는 묘한 기류를 매의 눈으로 포착했다고나 할까?"

"세희 씨가 전무님 인터뷰할 때부터 그런 분위기가 없지 않아 있었죠, 과장님?"

"아니야. 내가 볼 땐, 제주도에서 인턴 뽑을 때부터 그랬어."

김 과장과 차 대리, 정 대리가 주거니 받거니 서로 의견을 피력했다.

"아니, 전무님. 연락도 없이 갑자기……."

그러나 뜻하지 않게 재현이 회식 자리에 등장하는 바람에 홍보부 직원들의 거짓말은 곧 들통나버렸다. '혹시?' 하는 의문은 가졌어도 '에이, 두 사람이 설마?' 하고 고개를 설레설레 내젓던 그들이었기에…….

사건의 전말은 이랬다. 퇴근 1시간 전, 재현은 홍보부의 한 부장과 김 과장을 사무실로 불러 법인 카드를 하사했다.

"오늘이 서세희 씨의 하나 그룹 마지막 근무죠. 퇴근 후에 회식한다고 들었습니다만…….”

“네, 전무님.”

“우리 세희, 마지막 날까지 잘 부탁드립니다.”

“……!”

이 전무가 직접 손에 쥐여준 법인 카드와 ‘우리 세희, 마지막 날까지 잘 부탁드립니다.’라는 말 한마디에 모든 퍼즐 조각은 제자리를 찾아갔다. 김 과장이 재차 확인을 위해 슬쩍 두 사람이 연인이라는 걸 안다는 듯 넘겨짚었고, 세희는 아무런 의심 없이 손쉽게 넘어왔다.

홍보부 체면에 두 사람 사이를 몰랐다는 건 자존심이 걸린 문제였다! 그래서 모두는 서로 입을 맞추며 이미 다 알고 있었던 것처럼 연기했다.

“하, 하, 하.”

귀가하는 길에 세희에게서 자초지종을 들은 재현이 운전대를 잡은 채 웃음을 터뜨렸다. 뭐가 재미있느냐는 듯 재현을 흘겨보던 세희도 이윽고 그를 따라 웃어버렸다. 빨간 불에서 파란 불로 신호가 바뀌자, 재현은 다시 도로로 시선을 돌리며 차를 출발시켰다.

“일부러 흘린 거야. 우리 기사를 제일 먼저 작성해 언론사에 배포하는 게 홍보부인데……. 같이 근무하면서 전혀 몰랐다는 건, 뒤통수치는 거니까.”

“그렇긴 하네요.”

“이리 정보를 흘려놓아야 누나 결혼식에서도 주위 시선 신경 쓰지 않고 내 옆에 있을 수 있고.”

“벌써 다음 주네요.”

어느새 정연의 결혼식이 코앞으로 다가와 있었다.

“……외삼촌도 결혼식에 참석하세요?”

“아니.”

재현은 앞을 주시하며 운전에 열중한 채, 짤막하게 대답했다. 그의 표정이 너무 어두워 세희는 거기까지만 말하고 가만히 입을 다물었다.

미국으로 떠나기 전까지 앞으로 2주 정도 남았다. 그전에 될 수 있으면 모든 것을 정리하고 가고 싶은데…….

창밖을 내다보는 그녀의 입에서 작은 한숨이 흘러나왔다.

정연의 결혼식은 그녀의 성격처럼 단순하면서도 화끈하게 치러졌다. 자잘한 장식을 생략해버린, 어떻게 보면 썰렁한 느낌이 들 정도로 깔끔한 무대에서 두 사람은 혼인 서약을 낭독했다.

하객도 딱 자신이 초대하고 싶은 지인만 골라서 초대했다. 그래도 워낙 친구가 많은 편이라 야외 결혼식장은 몰려든 하객으로 북새통을 이뤘다.

결혼식이 무사히 끝나고 피로연이 한창 무르익을 무렵, 민 여사가 세희의 테이블로 다가왔다. 재현은 마침 급한 통화를 위해 자리를 비운 참이었다.

"아까는 너무 경황이 없어서 제대로 인사도 못 했네요. 와줘서 고마워요."

"아닙니다. 초대해주셔서 감사합니다."

세희가 자리에서 일어나서 인사하려 하자, 민 여사는 그럴 필요 없다며 손을 내저은 후, 그녀 옆으로 자리를 잡았다. 잠시 아무 말도 하지 못하고 한숨만 내쉬던 민 여사가 살며시 세희의 손을 그러쥐었다.

"내가 입이 열 개라도 할 말은 없지만……. 그래도 이 말은 꼭 해야겠어요. 우리 재현이 옆에 있기로 한 거, 정말 고마워요."

"아니에요, 어머니. 그리고 이제는 말 놓으세요."

"아뇨. 아직은 내가 미안해서 안 돼요. 나중에…… 그래요. 태한이 녀석이 정신을 좀 차리면 그때 말 놓을게요."

민 사장의 이름이 나오자 세희의 몸이 움칫 움츠러들었다. 그러자 민 여사는 이해한다는 듯 눈가에 어색한 웃음을 지었다.

"태한이는 앞으로 정신과 상담을 받을 거예요. 빠른 변화를 기대하는 건 아니지만, 적어도 여기서 상태가 더 나빠지진 않겠죠."

부모에게 받은 유산을 예전에 탕진해버린 민 사장은 지금까지 하나 그룹에서 나오는 월급과 민 여사가 보내주던 돈으로 흥청망청 지냈었다. 하지만 지금은 모든 지원이 끊어진 상태였다.

풍족하진 않지만 매달 생활비를 받는다는 조건으로 그는 어쩔 수 없이 정신과 상담을 받기로 했다.

상담이 삐뚤어진 그의 인성을 얼마나 바로잡을지는 알 수 없었지만, 우선은 시작한 것에 의미를 두기로 했다.

"그것도 그렇고…… 처음 만났을 때, 내가 너무 모질게 대했었죠. 정말 미안해요."

"아뇨. 그때는 분명히 그럴 만한 이유가 있었던 거니까요."

"내가 너무했던 것 맞아요. 가뜩이나 누명을 쓰고 속이 문드러졌을 사람에게 위로는 못 해줄망정 가슴에 비수를 꽂았으니……."

세희의 손등을 토닥거리며 민 여사가 조용히 말을 이었다.

"대신 앞으로 내가 그만큼 더 잘해줄게요. 먼저 돌아가신 사부인을 대신해서라도……."

그 말에 왈칵 눈물이 쏟아져버렸다. 세희는 눈물을 감추려 황급히 고개를 숙였다. 민 여사는 세희의 어깨를 토닥거리다 잠시 후, 자리를 떠났다.

"세희야, 너 왜 그래?"

통화를 끝내고 돌아온 재현이 손수건으로 눈물을 닦아내는 세희를 보고 눈살을 크게 찌푸렸다.

"어머니가 또 뭐라고 하셨어?"

"아니에요, 재현 씨."

민 여사에게 따지러 가려는 재현의 팔을 잡아당기며 세희가 다급하게 외쳤다.

"그런 거 아니에요."

"그럼 왜 갑자기 울고 그래?"

"행복해서 그래요. 행복해서. 어머니가 저를 가족으로 인정해주셔서, 그래서……."

그제야 재현이 표정을 풀며 자리에 앉았다. 그리고 다정하게 그녀의 어깨에 팔을 둘렀다. 세희가 눈물이 그렁그렁한 눈으로 말했다.

"재현 씨 옆에 있는 것만으로도 행복한데……. 정연 언니는 마치 친언니처럼 챙겨주고, 어머니도 자상하게 대해주셔서, 실감 나지 않게 행복해서 그래요."

"참, 누가 울보 아니랄까 봐."

피식 입꼬리를 비튼 재현은 다정한 손길로 세희의 눈가에 맺힌 눈물을 닦아주었다. 그리고 촉촉해진 뺨에 입술을 가져가며 나직이 속삭였다.

"내 앞에서 울지 말라고 했던 말, 기억나?"

갑자기 입술을 틀어막는 재현 때문에 세희는 심장이 쿵 내려앉았다. 살짝 입술만 맞추는 걸로 끝날 줄 알았는데 이 남자, 립스틱이 뭉개지기 직전까지 몰아붙인다.

한참 후에야 재현에게서 풀려난 세희는 급하게 고개를 숙이며 파우더를 꺼내 거울로 얼굴 상태를 확인했다. 후, 다행히 립스틱 라인이 눈에 띄게 뭉개지진 않았다.

아무도 본 사람 없겠지? 슬그머니 고개를 들고 주위를 둘러보는 세희의 시선에 두 사람을 빤히 쳐다보는 하객들의 얼굴이 들어왔다. 세희는 얼굴을 붉히며 팔꿈치로 재현의 옆구리를 꾹 찌르고 서둘러 고개를 숙였다. 하지만 재현은 뻔뻔스러울 정도로 태연한 모습을 유지했다. 그녀의 흘러내린 머리카락을 쓸어 올리며 그가 명령하듯 말했다.

"고개 들어."

그러나 세희는 고개를 들기는커녕 오히려 두 손으로 얼굴을 감싸버렸다. 어쩔 줄 몰라 하는 세희가 귀엽다는 듯 재현이 그녀의 귓가에 다정히 속삭였다.

"다들 부러워서 쳐다보는 거야."

"그런 거 아니거든요!"

"네가 부러워서 그런 거라니까."

"그런 게 아니……."

발끈해서 고개를 드는 바람에 재현과 얼굴이 코가 맞닿을 정도로 가까워졌다. 이러다 또 한 번 키스 세례라도 받을까, 세희는 허둥지둥 자리에서 일어나, 무작정 앞쪽으로 걸어갔다. 그때 피로연 진행을 맡은 사회자의 목소리가 울려 퍼졌다.

"신부 부케를 받고 싶은 여성분, 모두 앞으로 나오세요."

우르르 앞으로 몰려가는 여성 하객에 떠밀려 세희도 어느새 무대로 향하고 있었다. 부케를 받을 생각은 없었지만, 그렇다고 앞으로 가는 사람들을 밀치면서까지 반대 방향으로 갈 수도 없었다. 그러다 보니 부케를 받는 지원자 틈에 끼어버렸다.

"자, 준비됐죠? 던지세요!"

사회자의 외침과 동시에 정연이 부케를 두 손으로 힘껏 하늘 높이 던져 올렸다.

"와아아아!"

멀리 허공을 가른 부케는 긴 포물선을 그리더니 거짓말처럼 세희의 가슴에 떨어졌다. 얼떨결에 두 손으로 부케를 움켜쥔 세희의 눈에 두 주먹을 불끈 쥐며 환호성을 지르는 정연이 들어왔다.

"나이스!"

손을 번쩍 들어 올린 정연이 그녀를 향해 외쳤다.

"세희야. 너, 6개월 안에 결혼해야 해. 안 그럼 6년 동안 결혼 못 하는 거 알지?"

세희는 조금은 얼떨떨한 표정으로 자신의 손에 쥐어진 부케와 정연을 번갈아 바라보았다. 어느새 다가온 재현이 한쪽 팔로 그녀의 어깨를 힘 있게 끌어안으며 말했다.

"교육 과정, 되도록 빨리 마쳐야겠군."

"이럴 수가."

이미 혜영에게 들은 이야기가 있었기에 매우 놀라진 않았지만, 썰렁하게 텅 빈 레스토랑 안을 보고 있자니 마음이 아팠다. 서 여사가 얼마나 공을 들여서 운영해온 곳인지 너무나도 잘 알기에…….

그녀가 가진 레스토랑 세 군데 모두, 다른 이에게 운영권이 넘어갔다고 들었다. 불행 중 다행이라면 새로운 주인이 레스토랑 직원 모두를 그대로 안고 가기로 했다는 점이다. 10년 넘게 일한 동료 직원들이 뿔뿔이 흩어질까 봐 걱정했는데 그래도 한시름 덜었다고 혜영이 귀띔해줬다.

곧 새로운 주인을 맞을 레스토랑은 인테리어 공사를 위해 테이블과 식탁 등 가구 대부분이 치워진 상태였다. 서 여사는 레스토랑 2층에 자리한 사무실 소파에 넋이 나간 표정으로 앉아 있었다. 혜영은 그 옆에서 이것저것 물품을 정리하기에 바빴다. 캐비닛을 열고 서류파일을 꺼내던 혜영이 인기척을 느끼고 뒤를 돌아보았다.

"어, 세희 왔구나."

세희라는 말에 멍하니 앞만 바라보던 서 여사가 천천히 옆으로 고개를 틀었다.

"고모, 저 왔어요."

서 여사는 눈만 깜빡거릴 뿐 아무 말도 하지 않은 채 다시 고개를 돌렸다. 그런 서 여사를 보며 짧게 한숨을 내쉰 혜영이 서류 파일을 바닥에 내려놓고 세희에게 다가갔다.

"엄마, 아는 척이라도 좀 해. 세희, 낼모레면 미국 간다고 인사하러 온 거야."

그러나 서 여사의 꾹 다문 입은 벌어질 줄 몰랐다. 혜영은 할 수 없다는 듯 설레설레 고개를 내저으며 세희의 손을 잡아 소파로 이끌었다.

맞은편 소파에 세희를 앉힌 후, 냉장고에서 꺼낸 주스 병을 세희에게 내밀었다.

"너도 짐 싸느라 바쁠 텐데 뭐하러 직접 찾아왔니. 그냥 전화나 하지."

"그래도 직접 얼굴 보고 인사는 하고 가야지."

서 여사를 바라보며 세희가 조심스럽게 말을 꺼냈다.

"고모, 저 낼모레 미국 가요. 아마 가면 당분간은 샌프란시스코에서 지내게 될 거예요. 적어도 수개월은 그곳에서 교육받아야 하거든요."

"……."

"혜영이가 그러는데 요새 통 안 드신다고. 그러다 병이라도 나면 어쩌시려고 그래요, 고모?"

그러나 서 여사에게서는 아무런 대답도 들을 수 없었다. 서 여사는 세희와 눈도 마주치지 않은 채, 앞만 뚫어지게 바라보았다. 결국 세희는 혜영에게 먼저 가겠다고 고갯짓을 하며 자리에서 일어났다.

"저 이만 갈게요. 도착하면 연락드릴게요. 안녕히 계세요."

세희가 자리에서 일어나려고 하자 이윽고 서 여사가 중얼거리듯 입을 열었다.

"바보 같은 것."

놀란 세희가 움칫 몸을 굳히자 서 여사는 빈정거리듯 입꼬리를 비틀었다.

"너 진짜 빈털터리라며? 정말 돈 한 푼도 없이 폭삭 망한 거였다며?"

"고모?"

세희는 갑자기 그게 무슨 말이냐는 듯 어리둥절한 표정을 지었다. 그러자 서 여사가 자리에서 벌떡 일어나 세희를 향해 악에 받친 듯 소리 지르기 시작했다.

"이 바보 같은 계집애야. 그랬으면서 왜 그렇게 행동한 거야? 내가 괴롭히면 아픈 척이라도 하면서 불쌍한 티라도 냈어야지. 그래야 내가 알지. 넌 무슨 애가 그리도 당당하니? 돈 한 푼 없는 애가 뭐 그렇게 도도하냐고!"

갑자기 터져버린 서 여사의 원망에 세희의 얼굴이 일그러졌다. 혜영이 기가 막힌다는 표정으로 서 여사의 팔을 잡아끌었다.

"엄마, 미쳤어? 왜 세희한테 화풀이야?"

그러나 서 여사는 혜영의 팔을 뿌리치며 계속해서 소리 질렀다.

"정말 견디지 못하겠으면 살려달라고 했어야지. 나보고 사채를 넘기면 어떻게 하냐고 달려와서 울고불고 매달렸어야지. 네가 무슨 힘이 있다고 그걸 꼬박꼬박 갚아? 네가 조금이라도 힘든 티를 내줬으면 내가 그렇게까지 모질게 굴진 않았을 거잖아! 나에게 화라도 냈어야 정상이지. '고모, 왜 그래요?' 하면서 대들기라도 했어야지. 무슨 애가 등신같이 묵묵히 당하고 있어? 응?"

어느새 서 여사의 눈에서 눈물이 흘러내렸다. 눈물로 범벅이 된 얼굴로 세희를 노려보던 서 여사는 힘이 빠진 듯 다시 소파에 무너지듯 주저앉더니 혼잣말처럼 중얼거렸다.

"이 답답한 것아. 너 때문에 내가 지금, 내가 너 때문에……."

옆에서 지켜만 보던 혜영이 도저히 가만히 있을 수 없었는지 서 여사에게 잔소리를 늘어놓았다.

"엄마, 억지 좀 그만 부려. 지금 세희한테 잘못했다고 사과는 못 할망정 왜 엄마가 희생자 코스프레야?"

"아냐. 괜찮아, 혜영아. 고모 지금 속상해서 그런 거잖아."

세희는 씁쓸한 미소를 띠며 서 여사의 앞으로 다가갔다. 그리고 서 여사와 시선을 맞추기 위해 고개를 숙였다.

"고모, 지금 제게 남은 가족은 고모와 혜영이뿐이에요. 제가 참는 것으로 문제가 해결될 수 있으면 그냥 그러고 싶었어요. 유일하게 남은 가족마저 잃고 싶지 않아서 좀 더 많이 참았던 것뿐이에요. 불평하는 것보단, 고모에게 대드는 것보단 그게 낫다고 생각했어요. 지금은 고모가 힘들어서 그러시는 거겠지 하고 혼자 이해하면서. 고모가 예전에 저한테 얼마나 잘해줬는데……. 그랬잖아요, 고모."

세희의 목소리에 물기가 배어나며 가늘게 떨렸다.

"우리 세라야, 세라야, 하면서 얼마나 챙겨줬는데. 기억 안 나요? 제가 말썽 부리고 어딘가 숨어버리면 고모가 저 대신 뒷정리해주고 아빠랑 엄마 앞에서도 제 편 들어주고 그러셨잖아요."

입을 꼭 다문 서 여사의 눈이 순간 새빨갛게 충혈되었다. 서 여사는 바르르 떨리는 입술을 깨물며 자신의 손을 움켜쥐는 세희를 노려보았다. 분노의 눈빛이라기보다는 자신의 감정을 주체할 수 없는 눈빛이라고 해야 할까? 세희는 말없이 서 여사의 손등을 몇 번이나 토닥거린 후 자리에서 일어났다.

"저 이만 갈게요, 고모."

서 여사는 세희가 사무실을 나갈 때까지 아무 말도 하지 않았다. 두 손을 움켜쥔 채 소파에 앉아 부들부들 떨기만 했다.

"미안해, 세희야."

레스토랑 밖까지 세희를 따라 나온 혜영이 어두운 표정으로 세희를 붙잡았다.

"너, 엄마 성격 알잖아. 절대로 본인이 잘못했다고 사과 안 하실 거야."

"알아."

"그래도 많이 후회하시는 것 같긴 해. 아빠 돌아가셨을 때도, 외삼촌 돌아가셨을 때도 눈물 한 방울 흘리지 않던 엄마야. 명의 이전 잘못해서 시댁에 모든 재산을 뺏겼을 때도 꼿꼿이 버티셨는데."

혜영은 크게 한숨을 내쉰 후, 다시 말을 이었다.

"그랬던 엄마가 우시더라. 안방 문 꼭 잠가버리고 몰래 우신 것 같은데 거실에까지 소리가 들릴 정도였어. '바보 같은 년, 티를 냈어야지. 제까짓 게 뭐라고 버티긴 왜 버텨? 이 답답한 년아.' 하면서."

누구를 향한 원망인지는 굳이 말해주지 않아도 안다. 세희는 씁쓸한 웃음을 띠며 어깨를 으쓱거렸다.

"그래도 윤 변호사 아저씨 덕분에 큰 고생은 안 했어. 이번에 미국 가서 아저씨 뵙게 되면 우선은 조금이라도 갚으려고."

"아니야. 그러지 마. 어차피 우리 엄마가 빌린 거니까 내가 알아서 처리할게."

"지금 사정이 이런데 네가 무슨 돈이 있다고?"

"괜찮아. 레스토랑 넘기면서 제대로 보상받았으니까. 그리고 새로운 주인에게 넘어가도 운영은 당분간 내가 맡기로 해서 월급도 넉넉하게 나올 거야."

"네가?"

"응, 파티플랜 하는 일도 이제 슬슬 따분해지고 언젠가는 레스토랑 일 하려고 했었거든. 겸사겸사 잘됐지 뭐."

"고모는 그럼 이제 집에서 쉬시는 거야?"

"아, 그게……."

뭔가를 숨기는 듯 혜영의 눈이 잠시 흐려졌지만 세희가 눈치챌 수 있을 정도는 아니었다. 시선을 피하고자 슬그머니 고개를 돌린 혜영이 무덤덤한 목소리로 말했다.

"엄마, 다음 달부터 아프리카 봉사 활동 떠나."

"뭐? 아프리카 봉사 활동?"

세희가 믿기지 않는다는 듯 동그랗게 눈을 치켜떴다.

"내내 그곳에 계시는 건 아니고 잠깐 돌아와서 쉬시긴 할 테지만……. 한 3년쯤 그렇게 봉사 활동 하실 예정이야."

고모가? 자선 활동이라고 하면 눈살을 찌푸리면서 투덜거리던 고모가 그것도 3년이란 장기간으로?

매우 놀란 듯 입을 벌리는 세희를 보며 혜영은 어색한 웃음을 지어 보였다.

—자세한 내막은 우리만 알고 있는 게 좋겠지. 안 그런가?

법정까지 가는 대신 손튼은 3년 동안 오지에서 봉사 활동을 하는 게 어떠냐고 제안했다. 서 여사가 무사히 봉사 활동을 마치고 오면 압류했던 그녀의 재산을 다시 돌려준다는 전제하에 말이다.

처음에는 말도 안 되는 소리라고 펄쩍 뛰던 서 여사도 본인이 세희에게 퍼부었던 악행을 떠올리며 결국에는 고개를 끄덕였다. 앨버트의 편지가 그녀의 마음을 흔들리게 한 것 같았다.

서 여사는 끝까지 편지의 내용을 알려주지 않았다. 앨버트가 사망하기 직전에 손튼에게 도움을 청하기 위해 보낸 편지라는 것만이 혜영이 아는 전부였다.

"세희야, 우리 걱정은 하나도 안 해도 돼. 그러니까 맘 편하게 다녀와."

혜영이 해줄 수 있는 말은 이게 전부였다.

손튼이 제트기를 보내준다고 했지만 세희는 단호히 반대했다. 다른 사원과 똑같은 조건이 아니면 절대로 가지 않겠다고 으름장을 놓은 결과 샌프란시스코행 비즈니스 석 왕복 티켓이 날아왔다. 왜 이코노미 석이 아니냐는 질문에 손튼은 모든 사원에게 비즈니스 석을 제공한다고 딱 잘라 말했다.

세희가 떠나는 날, 재현은 그날 하루 회사에 휴가를 내고 공항까지 그녀를 따라나섰다.

"공항까지 안 나와도 되는데……. 오늘 바쁘지 않아요?"

세희의 물음에 재현은 단호한 표정으로 고개를 내저었다.

"아무리 바빠도 오늘은 아니야. 내 여자가 떠나는데 일이 손에 잡힐 리가 있겠어?"

만약에 비행기에 빈자리가 있었다면 그녀를 따라 샌프란시스코까지 갈 태세였다. 공항 VIP 라운지까지 따라온 재현은 다른 이의 시선 따위는 아랑곳하지 않고 세희를 품에 꼭 끌어안았다.

다행이라면 타인의 시선을 걱정하지 않아도 될 만큼 오늘은 라운지가 한산한 편이었다.

세희는 재현의 품에 안긴 채, 저 너머 벽에 걸린 커다란 시계를 쳐다보았다.

째깍—. 째깍—.

시계 초침이 지나갈 때마다 헤어질 시간은 점점 더 가까워져만 갔다. 점점 더 아쉽고 초조하고 가슴 아프고…….

그도 그녀와 같은 생각일까?

비행기에 오를 시간이 가까워질수록 그는 숨이 막힐 정도로 그녀를 더욱더 세게 끌어안았다. 까딱 잘못하면 '안 돼! 마음 바꿨어. 너 못 떠나!'라고 할 것만 같다.

누군 뭐 떠나고 싶어서 떠나는 줄 아나?

세희 역시 앞으로 한동안은 그를 볼 수 없다는 생각에 당장에라도 눈물이 핑 돌 것만 같았다. 하지만 지금의 짧은 헤어짐은 두 사람의 단단한 관계 유지를 위해선 필수불가결한 일이었다. 손바닥으로 재현의 등을 쓰다듬으며 세희가 투덜거리듯 말했다.

"모르는 사람이 보면 제가 뭐 어디로 영원히 떠나버리는 줄 알겠어요."

"지금 나한텐 그래."

재현이 착 가라앉은 목소리로 그녀의 말을 맞받아쳤다. 공교롭게도 그의 이번 해외 출장 일정에서 실리콘밸리가 쏙 빠져버렸다. 앞으로 수개월 동안 재현은 유럽과 호주 일대를 전전할 뿐, 미 대륙에는 갈 일이 없었다.

'도대체 누가 이렇게 일정을 짠 거야?'라고 버럭 화를 내고 싶었지만, 이미 결정 난 사항에 관해서 왈가불가할 수는 없었다. 아무리 중역이라지만 개인의 용무를 위해서 필요 없는 미 대륙 출장을 집어넣으라고 압력을 넣을 수는 없는 일이니까.

그녀를 며칠만 보지 않아도 숨이 막힌 것처럼 답답하고 가슴 한편이 휑하니 뚫린 것처럼 쓸쓸한데 과연 수개월을 견딜 수 있을까? 하지만 그녀가 심사숙고한 끝에 결정한 일이기에 반대할 순 없었다.

재현은 세희의 목덜미에 얼굴을 묻으며 나오려는 한숨을 다시 목구멍으로 밀어 넣었다. 그리고 그녀의 관자놀이에 부드럽게 입을 맞추었다. 이제 조금만 있으면 떠나겠구나.

그런 재현의 마음을 아는지 세희는 뒤로 슬쩍 물러나며 그와 시선을 맞추었다. 그러고는 눈꼬리를 휘며 속삭이듯 입술을 달싹거렸다.

"사랑해요."

"알아."

재현이 여린 미소를 띠며 나직이 중얼거렸다.

사랑하니까 보내주는 거야. 나보다 너를 더 사랑하니까. 그래서 보내주는 거야.

고개를 숙인 재현은 자신의 입술을 그녀의 입술 위로 포갰다. 그리고 마지막인 것처럼 깊고도 진한 키스를 퍼부었다.

42. 미치도록 너만을

5개월 후, 샌프란시스코 다운타운.

서부의 월 스트리트(the Wall Street of the West)라고 불리는 파이낸셜 디스트릭트(Financial District), 몽고메리 스트리트(Montgomery Street)를 따라 쭉 이어지는 고층 건물 사이로 늦은 오후의 햇살이 스며들고 있었다.

세희는 잠시 하던 일을 멈추고 창밖을 물끄러미 내다보았다. 서울과 달리 뚜렷한 계절의 변화가 없는 샌프란시스코의 기후는 5개월 전이나 지금이나 별로 큰 차이를 느낄 수 없었다. 더위나 추위를 심하게 타는 이들은 거의 일 년 내내 가을 날씨가 지속되는 이곳을 '지상의 파라다이스'라고 불렀다.

파라다이스라고? 뭐, 그렇긴 한데…….

하지만 가장 중요한 요소가 빠져 있었다.

"후."

세희는 마른웃음을 흘리며 다시 컴퓨터 모니터로 시선을 돌렸다. 모니터 하단으로 보이는 시계는 정확히 저녁 6시를 가리키고 있었다. 손가락으로 책상 위를 톡톡 두드리던 그녀는 컴퓨터를 끄고 자리에서 일어났다. 마침 사무실 앞을 지나치던 루카스가 문틀에 어깨를 기대며 자신의 손목시계를 들여다보았다.

"퇴근하게?"

"응."

가방을 어깨에 둘러매며 세희가 대답했다. 그녀의 서두르는 모습에 루카스가 미간을 찌푸렸다.

"네가 갑자기 무슨 일로 정시에 퇴근해? 금요일이라서 일찍 들어갈 리는 없고. 저녁에 중요한 약속이라도 있어?"

마치 큰일이 난 것처럼 루카스의 얼굴이 곤혹스럽게 일그러졌다.

"아니."

"그럼?"

"한인 마트에 가서 장 좀 보려고. 오랜만에 한식이 먹고 싶어서."

그 말에 루카스의 얼굴이 광명을 찾은 사람처럼 환하게 밝아졌다.

"그럼 나랑 같이 저녁 할래? 나, 30분만 있으면 일 끝나는데……. 그리고 내가 집으로 바래다줄게."

"아냐. 장 본 김에 반찬도 좀 만들어놔야겠어."

"어, 그래, 그럼."

그제야 루카스가 문틀에서 몸을 일으켜 세희가 지나갈 수 있도록 자리를 내주었다.

"그런데 세라, 너. 요새 스트레스가 심하구나."

"응?"

"넌 스트레스가 심할 때마다 한식 찾잖아. 왜? 제이, 이번에도 미국으로 출장 못 와?"

귀신 같은 녀석!

세희는 신경질적으로 머리카락을 쓸어 올리며 루카스를 쓱 흘겨보았다. 샌프란시스코 지사에 근무하면 재현을 자주 만날 줄 알았는데 자꾸만 엇갈리는 출장 일정 때문에 덧없는 희망이 되고 말았다.

처음 한두 달은 재현이 유럽과 호주 일대로 출장을 떠나는 바람에, 그다음은 재현이 실리콘밸리로 출장을 왔지만, 이번에는 그녀가 아프리카로 출장을 가는 바람에 엇갈려버렸다.

이미 교육은 끝난 지 오래였지만 재단은 그녀가 수습사원 딱지를 떼자마자 제법 굵직한 업무를 맡기기 시작했다. 덕분에 자꾸만 한국으로 돌아가는 시간이 늦추어졌다.

그러기를 벌써 5달이 지나가고 있었다. 그동안 두 사람은 고작 한 번 만났을 뿐이었다. 그것도 그녀가 아프리카에서 돌아오는 도중 영국을 잠시 경유하는 동안 마침 독일에 출장 와 있던 재현이 찾아와서 이루어진 기적 같은 재회였다.

몸이 멀어지면 마음도 멀어진다는데 왜 자신은 반대인지 모르겠다. 그를 볼 수 없는 시간이 길어질수록 그녀는 그를 향한 사랑이 더욱더 강해지는 걸 느꼈다. 지금 당장에라도 그에게 달려가고 싶었다. 하지만 그렇다고 무작정 찾아갈 수는 없는 일이었다.

강 비서의 말에 의하면 재현은 지금 스페인 바르셀로나에서 열리는 이동통신 박람회에 참석 중이라고 했다. 주말 동안 다녀오기엔 너무나도 먼 거리였다.

혼자 상념에 잠긴 사이, 1층 로비에 엘리베이터가 다다랐다. 세희는 로비에 서 있는 경비원을 향해 환하게 웃어준 후, 빠른 걸음으로 건물을 빠져나왔다. 거리는 금요일을 즐기러 나온 사람들로 활기차고 분주했다.

샌프란시스코 근교에 있는 꽤 큰 규모의 한인 마트에 들른 세희는 이것저것 음식 재료를 쇼핑 카트에 집어넣었다. 장을 마치고 집에 도착하니 벌써 해가 떨어져 주위가 어둑어둑해져 있었다.

지금 그녀가 머무는 집은 손튼이 소유한 샌프란시스코 저택 중 하나로, 팔레스 오브 파인아트와 금문교가 훤히 보이는 언덕에 자리 잡고 있었다.

손튼은 다운타운에 있는 작은 아파트를 알아본다는 그녀의 의견을 단호하게 묵살해버렸다. 다른 건 몰라도 그녀의 거처만은 자신이 결정해야 한다고 목소리를 높였다.

덕분에 경치만큼은 꽤 호화스러운 사치를 누릴 수 있었다. 2층 거실 유리창 너머로 펼쳐지는 풍경은 말로 표현할 수 없는 장관을 이뤘다. 특히 한눈에 들어오는 금문교 야경은 가끔 숨 쉬는 것조차 잊어버릴 정도로 아름다웠다. 그런데 오늘은 그 금문교 야경에 놀라운 황홀함이 더해졌다.

파파팍팍—. 팍팍팍—.

검은 밤하늘을 여러 가지 빛깔로 물들이며 화려한 불꽃놀이가 펼쳐지고 있었다.

무슨 행사라도 있나?

세희는 자석에 이끌리듯 장 본 종이 가방을 바닥에 내려놓고 발코니로 다가갔다. 거실 유리창을 열고 밖으로 나가자 아까보다 더 큰 소음이 주위에 울려 퍼졌다.

팍팍팍—. 파팍팍팍—.

"와아!"

입에서 저절로 감탄사가 흘러나오는 불꽃놀이였다. 이제껏 본 불꽃놀이 중에서도 최고라고 할 만큼 황홀했다. 금빛, 은빛, 파랑과 빨강, 노랑의 불꽃이 어우러진 아름다운 광경에 눈물이 핑 돌 정도였다.

밤하늘을 수놓던 불꽃은 터지는 속도가 점점 더 빨라지더니…….

팍팍팍—. 파팍팍팍—. 팍—.

수십 개의 불꽃이 한꺼번에 터지며 한 폭의 그림 같은 피날레를 장식했다. 너무나 아름다워서 세희는 마치 넋이 나간 사람처럼 입을 벌렸다. 그녀는 그렇게 불꽃놀이가 끝날 때까지 그 자리에 우두커니 서 있었다. 그래서였을까? 누가 집 안에 들어왔다는 걸 전혀 눈치채지 못하고 있었다. 갑자기 느껴지는 인기척에 세희는 화들짝 놀라며 얼른 뒤를 돌아보았다.

어두운 그림자에서 익숙한 인영이 서서히 모습을 드러냈다.

완벽한 슈트 핏을 자랑하는 모델 같은 남자가 그녀를 향해 부드러운 미소를 짓고 있었다. 단단한 턱선, 높고 날렵한 콧날과 크고 시원스러운 눈매를 가진 남자가, 너무나 보고 싶어 꿈에서라도 만나면 눈물부터 글썽거리게 하는 그 남자가, 그녀의 남자가, 지금 그녀 앞에 서 있었다.

'재현 씨!'

너무 놀라면 목소리도 나오지 않는다더니, 지금이 바로 그런 때인가 보다. 세희는 금붕어처럼 입만 벙끗거리며 그저 멍하니 바라만 보았다. 재현은 느긋한 걸음으로 제자리에 얼어붙은 세희에게로 천천히 다가왔다.

"도저히 못 견디겠더군. 이게 내 한계인 것 같아. 그래서 너를……."

아무 말도 못 하고 있는 그녀의 뺨을 한 손으로 감싸며 그가 나직이 속삭였다.

"납치하려고 왔어."

이상하다. 납치한다고 협박하는데 왜 두렵기는커녕 달콤하게만 느껴지는지 모르겠다.

"……재현 씨."

애써 떨리는 목소리를 진정하며 나직이 그의 이름을 불러보았다. 그가 앞에 있다는 사실이 쉽게 믿어지지 않았다.

혹시 꿈을 꾸고 있는 건 아닐까? 환영은 아니겠지?

세희가 얼어붙은 듯 가만히 있자, 재현은 빙그레 미소 지으며 그녀의 이마에 자신의 이마를 맞대었다.

"너무 오랜만에 봤다고 그새 얼굴을 잊어버린 거야?"

눈을 가늘게 모으며 재현이 투덜거렸다.

"……재현 씨, 지금 바르셀로나에 있어야 하는 거 아니에요? 이동통신 박람회 참석은 어쩌고요?"

"이번 박람회에는 나 대신 규한이 형이 참석하기로 했어. 어차피 나보다는 형이 그쪽 전문이기도 하고. 전에는 외삼촌이 제대로 일을 수행하지 못해서 내가 참석했던 거야. 규한이 형이 하나 전기를 맡은 이후론 모든 업무가 제대로 돌아가고 있으니까……."

한참 설명하던 재현이 뭔가를 깨닫고 미간을 살짝 찌푸렸다.

"잠깐만……. 그런데 언제부터 나보다 일이 먼저가 됐지?"

"네?"

당황한 듯 그녀의 눈이 커다래졌다.

"이럴 땐 우선 안아줘야 하는 거 아닌가? 난 너를 보려고 모든 걸 뒤로 제쳐놓고 왔는데……."

그의 말이 끝나기도 전에 세희는 두 팔을 벌려 서둘러 재현을 끌어안았다.

"아니에요. 그런 게 아니라……."

"아니면?"

"너무 반가워서, 재현 씨가 여기에 있다는 게 믿어지지 않아서 그랬어요. 온다고 미리 말해줬으면 좋잖아요."

발꿈치를 들어 그의 뺨에 키스하며 그녀가 넌지시 핀잔을 주자, 재현이 못마땅한 표정으로 투덜거렸다.

"먼 길을 달려온 연인에게 뽀뽀 한 번으로 끝인가?"

"한 번 더 해줘요?"

세희는 킥 짧게 웃으며 다시 발꿈치를 들어 올렸다. 그러나 뺨에 입술을 대려는 순간, 재현이 고개를 획 돌리며 입술을 포개어버렸다.

"흡."

그리고 반항할 사이도 없이 재현은 그녀의 허리에 팔을 감아 거실 벽으로 그녀를 몰아붙였다.

"하아."

마치 낙인을 찍는 것처럼 밀려드는 뜨거운 입술 아래서 세희는 가쁜 숨을 들이켰다. 그리고 몸을 지탱하기 위해 두 손으로 그의 어깨를 단단히 움켜잡았다.

그의 입술이 닿는 곳마다 마치 타들어가는 것처럼 화끈거렸다. 재현은 두 손으로 그녀의 뺨과 머리카락을 연신 쓰다듬으며 느긋하게 그녀의 입 속을 유영했다. 그러다 어느 순간 그녀를 빨아들일 것처럼 거세게 휘감았다.

"……보고 싶어서…… 미치는 줄 알았어."

포갠 입술을 떨어뜨리며 재현이 가라앉은 목소리로 속삭였다.

"도저히 반년을 채울 수 없을 것 같아. ……이제 더 이상은 안 돼."

재현이 고개를 숙이며 그녀의 귓불을 살짝 깨물었다. 그리고 귓속으로 더운 숨결을 불어넣자 등줄기를 타고 강한 전율이 그녀의 온몸을 휘감았다.

"아앗."

세희가 파르르 몸을 떨며 어깨를 움츠리자 재현은 한 손으론 그녀의 허리를 움켜쥔 채, 다른 한 손으로는 그녀의 블라우스 단추를 다급하게 풀어 헤쳤다. 하늘거리는 블라우스가 벗겨지고 하얀 어깨가 드러나자 재현은 낙인을 찍듯이 입술을 내리눌렀다.

"……하, 얼마나 이 순간을 기다렸는지."

욕망으로 탁해진 재현의 낮은 목소리가 귀에 흘러들었다.

재현은 세희가 되도록 빨리 현지에 적응해야 한다며 전화 통화도 멀리하고 짧은 이메일로만 안부를 주고받았다. 냉정하다 싶을 정도로 이성을 지키는 재현의 태도에 조금 서운했지만, 얼마 지나지 않아 그 이유를 깨달았다. 그녀의 목소리를 들으면 도저히 참을 수 없을 것 같아 재현이 자기 자신에게 내린 극약 처방이었던 것이다. 그랬던 재현이기에 지금 그가 하는 말 한 마디, 한 마디가 그녀의 가슴에 아프게 파고들었다.

"……재현 씨."

복받치는 감정에 말이 제대로 나오지 않았다. 그저 떨리는 목소리로 그의 이름을 속삭일 뿐…….

"으음."

그의 입술이 둥근 곡선을 따라 점점 아래로 내려가자 세희는 고개를 뒤로 젖히며 작게 신음을 내뱉었다. 그에게 길들여진 감각이 일순간에 깨어나며 뜨겁게 아우성치기 시작했다.

"침실이 어디지?"

그녀의 살갗에서 입술을 떼어내며 재현이 열기로 갈라진 목소리로 물었다. 욕망으로 붉게 물든 눈을 응시하며 세희는 꿀꺽 마른침을 삼켰다. 그리고 조심스럽게 한 손을 들어 그의 뺨을 쓰다듬었다.

"……복도 맨 끝이요."

말이 끝나기가 무섭게 재현이 그녀를 번쩍 안아 올리고는 성큼성큼 침실로 걸어갔다.

세희는 그의 목덜미에 얼굴을 묻으며 그리운 체취를 듬뿍 들이마셨다. 품에 안긴 것만으로도 온몸이 타오르는 것처럼 뜨겁고, 가슴이 뻐근할 정도로 심장이 거세게 날뛰었다.

우선 샤워부터 해야 한다는 그녀를 욕실로 이끈 재현은 머리끝에서부터 발끝까지 정성스럽게 닦아준 후, 그곳에서 사랑을 나누었다.

침실로 돌아와서 침대 위에서 한 번, 목마르다고 물을 마시러 주방에 간 그녀를 따라가 그곳에서 한 번 더, 그리고 새벽녘에 곤히 자는 그녀를 깨워서 몸 구석구석에 불꽃놀이 같은 흔적을 남기며 몇 번이나 까무러치기 직전까지 몰아붙인 후에야 마지못해 품에서 놓아주었다. 기운이 전부 빠져버린 세희는 그의 가슴에 얼굴을 묻으며 힘없이 두 눈을 감았다.

"참, 아까 불꽃놀이, 마음에 들었어?"

그녀의 가녀린 어깨를 손바닥으로 쓰다듬으며 재현이 지나가는 투로 물었다. 눈도 제대로 못 뜰 정도로 힘들어 죽겠는데 불꽃놀이가 뭐?

세희는 작게 한숨을 내쉬며 힘겹게 눈꺼풀을 들어올렸다. 그녀로부터 아무런 대답도 돌아오지 않자, 재현이 실망한 목소리로 중얼거렸다.

"음……. 별로였나 보군."

"……아뇨, 멋있었어요."

말할 힘도 없다는 듯 세희가 모깃소리만 하게 속삭였다. 그러자 재현이 픽 웃으며 그녀의 정수리에 입을 맞췄다.

"다행이네. 너를 위해서 특별히 준비한 건데……."

"……?"

그녀는 잠시 꼼지락거리더니 천천히 상체만 일으켜 그를 바라보았다. 무슨 뜻인지 이해가 안 된다는 듯 그녀가 콧등에 주름을 지었다.

"무슨 말이에요? 특별하게 뭘 준비해요?"

"불꽃놀이."

"네?"

손 하나 까닥할 힘도 없다며 축 늘어졌던 그녀가 눈을 동그랗게 뜨며 벌떡 자리에서 일어났다.

"아까 그 불꽃놀이가 나를 위한 거라고요?"

"응."

침대에서 몸을 일으킨 재현이 팔을 뻗어 그녀를 품으로 끌어당겼다. 그리고 그녀의 이마와 뺨에 자잘한 키스를 퍼부었다.

"저번 프러포즈가 너무 소박한 것 같아서 항상 마음에 걸렸거든. 그래서 뭐 좀 색다른 건 없을까? 고민했어. 멋지게 불꽃놀이 터뜨리면서 반지를 건네주었으면 좋았겠지만…….”

그녀의 손을 잡아 손가락에 끼워진 반지를 만지작거리며 그가 말을 이었다.

“이미 이렇게 손가락에 끼고 있으니까, 그건 어쩔 수 없고.”

“하지만 내가 제시간에 안 오면 어쩌려고 했어요? 야근한다거나 아니면 저녁 약속이 있다거나.”

“그래서 사람 하나 매수했지. 네가 제시간에 집에 갈 수 있도록 옆에서 손을 써주는 걸로.”

재현이 한쪽 눈을 깜빡여 그녀를 향해 윙크를 날렸다.

“루카스?”

엉큼한 녀석! 어쩐지, 오늘따라 이상하게 어디 가느냐고, 무슨 약속이라도 있느냐고 꼬치꼬치 물어보나 했다. 세희가 뾰로통한 표정을 지어 보이자 재현은 피식 웃으며 그녀의 입술에 가볍게 입을 맞추었다.

“도와줄 테니까 나보고 결혼식에 자기를 꼭 ‘그룸즈맨(Groomsman : 신랑 들러리)’ 중의 한 명으로 세워달라고 하던걸.”

“그건 미국에서 결혼할 때 필요한 거잖아요.”

“우리 카멜에서 결혼할까?”

카멜에서 한다고? 그렇게만 된다면 그녀의 어릴 때부터 단짝이었던 친구들, 재단에 들어와서 사귄 직장 동료들 모두 그녀의 결혼식에 초대할 수 있었다. 하지만 반대로 한국에 있는 친구들과 직장 동료들이 올 수 없을 텐데. 다른 사람은 몰라도 대학 동창인 지아와 홍보부 직원들만큼은 꼭 초대하고 싶은데, 어쩌면 좋지? 환하게 밝았던 그녀의 얼굴이 조금 어두워졌다.

“그러면 한국에 있는 하객들이 참석하기 어렵잖아요.”

“상관있나? 전용기 띄워버리면 그만이지. 숙소도 걱정할 필요 없어. 하나 그룹 체인의 특급 호텔이 근처에 있으니까."

"아……."

너무나도 간단하게 문제를 해결하는 재현에게 세희는 할 말을 잃고 말았다.

"난 더는 일분일초도 기다리기 싫어. 당장 장소 알아보라고 지시할게. 아니면 내일 라스베이거스로 가서 결혼해버릴까?"

음, 화려한 결혼식을 원하는 건 아니지만, 그래도 얼렁뚱땅 식을 올리는 건 좀 그런데…….

세희가 선뜻 대답하지 못하자, 재현은 그럴 줄 알았다는 듯 피식 입꼬리를 비틀었다.

"좋아. 내일 라스베이거스에 갈 게 아니라면……."

그는 한 손으로 그녀의 뒷덜미를 움켜쥐더니 재빨리 입술을 겹쳤다. 그리고 혀끝을 세워 그녀의 입술을 살며시 가르며 낮게 속삭였다.

"침대 위에서 조금 더 시간을 보내도 되겠지?"

세상에나, 그는 도대체 지치지도 않나 보다! 이제 그만하자고 말하려 했지만, 거칠게 다가오는 재현의 입술에 막혀 그녀는 아무 말도 할 수 없었다.

단단한 팔 안에 갇힌 채, 또다시 밀려오는 야릇한 감각에 얌전히 몸을 맡겨야 했다. 온몸을 뒤덮는 뜨거운 손길과 숨결을 고스란히 느끼며 세희는 체념한 듯 스르르 두 눈을 감았다.

여러 곳을 물색한 결과, 두 사람이 처음 만났던 사이프러스 컨트리클럽이 가장 적합한 장소라는 데 의견이 모였다. 적어도 1년 전에는 예약을 해야 하는 곳이지만, 한 예비 커플이 갑자기 예약을 취소해버리는 바람에 거짓말처럼 자리가 생겼다. 물론 억만장자 댄 손튼이 컨트리클럽 오너와 절친한 친구 사이라는 점도 크게 작용했다.

양가 상견례는 결혼식을 앞두고 급하게 이뤄졌다. 손튼이 제트기를 타고 직접 아프리카 말라위까지 날아가 그곳에서 봉사 활동 중인 서 여사를 태우고 서울로 향했다. 이 회장과 민 여사는 상견례 장소에 손튼이 나타나자 깜짝 놀랐다는 반응을 보였다.

"정식으로 입양만 안 했을 뿐이지, 세라는 나에게 딸 같은 아이입니다."

손튼의 설명에 이 회장과 민 여사가 조금은 부담스러운 눈빛으로 세희를 바라보았다. 손튼이 세희 부모님과 친분이 있다는 사실은 알았지만, 이렇게까지 가까울 줄은 몰랐기 때문이다. 충격은 그것으로 끝나지 않았다. 손튼은 자신이 모든 결혼식 비용을 내겠다고 말했다.

"미국식 전통 결혼 방식은 신부의 부모가 다 해주는 거니까. 내가 모두 부담하는 걸로 하죠."

"손튼 씨, 아무리 그래도 어떻게……."

민 여사가 손사래를 쳤지만, 손튼의 태도는 단호했다.

"앨버트와 캐서린이 살아 있었더라도 나와 똑같이 했을 겁니다."

결국 모든 결혼 비용은 손튼이 내는 것으로 하고, 그 외에 결혼식 리허설을 위한 비용과 신혼여행 비용은 이 회장이 부담하는 것으로 결론지었다. 서 여사는 이미 손튼과 의견을 나누었는지, 상견례 내내 손튼에게 모든 걸 맡기고 본인은 될 수 있으면 말을 아꼈다.

"세라야, 그동안 잘 지냈니?"

양가 상견례를 끝내고 안도의 한숨을 내쉬는 세희 앞으로 서 여사가 다가왔다.

몇 개월 만에 보는 서 여사는 햇볕에 검게 그을려 있었다. 잡티 하나 없던 그녀의 얼굴에 기미도 여기저기 눈에 띄었다. 말라위에서 얼마나 고생하는지는 말하지 않아도 알 것 같았다.

세희는 자신도 모르게 서 여사의 두 손을 움켜잡았다. 매끄럽고 가늘던 고모의 손에는 그새 두꺼운 굳은살이 배겨 있었다. 세희가 자신의 손을 매만지며 눈물을 글썽거리자, 서 여사는 가만히 고개를 내저었다.

"별거 아니야. 그래도 아프리카라고 덥긴 좀 덥더라."

"고모."

"상견례에 불러줘서 고맙다. 결혼식에 초대해준 것도 고맙고."

"무슨 말이에요, 고모? 내가 고모를 초대하지 않으면 누굴 초대한다고."

"……그래."

말라위에서 무슨 일이 있었는지는 모르지만, 날이 서 있던 서 여사의 눈빛이 조금은 온화해져 있었다. 서 여사는 보일 듯 말 듯 여린 미소를 지어 보이곤 서둘러 고개를 돌려 자리를 떠났다.

아주 찰나의 순간이었지만, 세희는 그녀의 눈에 비친 눈물을 보았다.

"고모."

세희는 서 여사가 크게 내색은 하지 않지만, 진심으로 그녀의 결혼을 기뻐해준다는 것을 알 수 있었다. 지금은 서먹할지 몰라도 좀 더 시간이 흐르면 예전처럼 웃으며 고모를 대할 수 있을 것 같았다. 언젠가는 말이다.

세희는 제 자리에 선 채로 보이지 않을 때까지 서 여사의 뒷모습을 바라보았다.

"와! 드디어!"

결혼식 당일, 정연은 세희보다 더 흥분한 얼굴로 자신이 웨딩플래너라도 되는 것처럼 부산하게 움직였다.

그녀는 치렁거리는 드레스 자락을 움켜쥐고 결혼식 준비를 위해 사이프러스 컨트리클럽 정원을 뛰어다녔다. 덩달아 규한도 정연을 따라 식장을 누벼야만 했다.

임신 초기인 그녀가 혹시 잘못해서 넘어지기라도 하면 큰일이니까. 제발 자리에 앉아 있으라고 애원했지만, 정연은 규한의 부탁을 한 귀로 듣고 한 귀로 흘려버렸다.

창가에 몸을 기댄 채 밖을 내려다보던 재현은 허둥지둥 뛰어가는 정연을 발견하고 피식 웃어버렸다. 바삐 정원을 가로질러가는 정연의 머리 위로 하얀 인공 눈가루가 뿌려지고 있었다.

정원 곳곳에 세워진 얼음 동상과 끊임없이 허공에 날리는 하얀 인공 눈가루 덕분에 마치 동화 속 겨울 왕국 한가운데 서 있는 느낌이었다. 모두 어젯밤부터 밤샘 작업을 하며 공을 들인 덕분이었다.

초록색 잔디 위에 내리는 하얀 눈과 저 멀리 펼쳐진 푸르른 바다…… 모든 게 그날과 같았다.

그가 그녀를 처음으로 만난 아주 오래전, 바로 그날.

갑자기 풍성한 드레스 자락을 양손에 움켜쥔 소녀가 허둥거리며 복도에서 뛰어올 것만 같았다.

"Hey, where have you been(야, 어디 있었어)?"

그때였다. 오늘 결혼식의 '베스트맨(The best man : 신랑 들러리의 우두머리)'인 키안이 미간을 찌푸리며 성큼성큼 다가왔다. 곧 결혼식이 진행될 텐데 신랑이 보이지 않자 여기저기 그를 찾아 헤맨 모양이다.

"We cannot start without you(너 없인 식이 진행 안 된다고)."

"Okay. Let's do it(알았어. 가자)."

재현은 피식 입꼬리를 올리며 두 손으로 다시 한 번 넥타이를 고쳐 맸다. 그리고 키안을 따라 결혼식장으로 빠르게 발걸음을 돌렸다.

결혼식장으로 걸어 나가기까지 앞으로 10분가량 남았다. 세희는 손튼의 손을 잡고 정원 테라스에서 웨딩플래너의 신부 입장 사인을 기다렸다. 그 옆을 브랜든과 경호원들이 지키고 있었다.

"흐읍."

자꾸만 떨리는 마음을 진정하고자 세희는 눈을 감고 숨을 크게 들이마셨다. 손튼이 그런 그녀를 따뜻한 눈길로 바라보았다.

"지금이라도 안 늦었어. 마음이 변했으면 말해."

손튼의 농담에 세희가 킥 하고 웃음을 터뜨렸다. 그러자 옆에 있던 브랜든이 재빨리 두 사람 사이에 끼어들었다.

"참, 결혼식 올리기 전에 손튼 씨가 긴히 하실 말씀이 있답니다."

"뭐? 나보고 지금 말하라고?"

손튼이 못마땅하다는 눈초리로 바라보자 브랜든이 단호한 표정으로 말했다.

"이번엔 어물쩍하고 그냥 못 넘어갑니다. 어서 말하세요. 결혼식 시작하면 말할 기회, 전혀 없습니다."

"하여간 성질 급한 건 알아줘야 해."

"벌써 몇 번이나 말 안 하고 그냥 넘어갔는지 아십니까?"

브랜든이 버럭 언성을 높이자, 손튼은 알았다는 듯이 손을 내저었다. 그리고 세희에게 고개를 돌리며 자상한 목소리로 말했다.

"네 앞으로 된 Trust Fund(신탁 기금)가 있다. 네가 30살이 되는 해에 찾을 수 있게 해놓았지."

"Trust Fund라니요? 윤 변호사님은 분명히 제 앞으로 된 유산이 전혀 없다고 하셨는데요."

"물론 없지. 이건 앨버트가 너에게 남겨준 게 아니라 내가 주는 거니까."

"네?"

잘 이해가 되지 않는다는 듯 세희가 고개를 갸우뚱거렸다.

"네가 태어나던 날, 내가 보트나 제트기를 선물하려고 했거든. 그랬더니 앨버트랑 캐서린이 안 된다고 펄쩍 뛰는 거야. 어린애 버릇 나쁘게 할 일 있느냐면서."

결국 손튼은 세희에게 생일 선물을 주는 대신 그 돈을 고스란히 신탁 기금에 넣어버렸다.

7,000만 달러에 가까운 돈을 처음 투자한 후, 생일이 돌아올 때마다 손튼은 값비싼 선물 대신 거액을 투자했다. 그렇게 투자 금액은 매해 눈덩이처럼 불어났다.

"세금이다 뭐다 해서 이것저것 떼고 나면 많이 줄긴 하겠지만, 그래도 제이에게 큰소리 떵떵 칠 만큼은 될 거다. 아마 한국 재벌 순위에도 들어갈 수 있을걸?"

브랜든에게 자신이 받게 될 금액을 듣는 순간, 세희는 가벼운 현기증을 느끼고 잠시 비틀거렸다. 숫자에 익숙한 그녀조차 몇 번이나 세어 보아도 현실적으로 감이 잡히지 않는 금액이었다.

도대체 영이 몇 개나 붙은 거야?

"그냥 받기에는 너무 큰 금액이에요."

"지금까지 네 부모님 때문에 챙겨주지 못했던 생일 선물을 한꺼번에 몰아서 받는다고 생각하면 그리 큰 금액도 아니지."

손튼은 마치 밀린 생일 선물을 한꺼번에 주는 것처럼 아무것도 아니라는 듯 어깨를 으쓱거렸다.

"그래도 손튼 씨."

"전혀 부담 갖지 마라. 네 부모님도 동의한 거니까."

"엄마랑 아빠가요?"

"응. 그렇다니까."

세희가 믿을 수 없다는 표정으로 브랜든이 건네준 서류를 들여다보았다. 열심히 서류를 읽는 세희의 어깨 너머로 브랜든이 손튼에게 입 모양으로 말을 건넸다.

'정말 앨버트 씨가 동의했어요?'

'그럴 리가.'

손튼이 살짝 고개를 내저으며 가벼운 윙크를 던졌다.

'비밀 지켜.'

'당연하죠.'

브랜든도 고개를 끄덕이며 손튼을 따라 윙크로 응수했다.

"서류는 이따 다시 꼼꼼히 읽어보고."

그녀의 손에서 서류를 빼앗아 브랜든에게 건네주며 손튼이 말했다.

"자, 이제 나가야지."

마침 때를 맞춰서 신부 입장 사인으로 대형 스피커에서 신부 입장 곡이 울려 퍼지기 시작했다.

그녀가 손튼의 손을 잡고 식장에 들어간 후부터는 모든 것이 꿈만 같았다. 재현이 서 있는 곳까지 걸어가는 거리가 얼마나 멀게 느껴지던지…….

피아노 연주에 맞추어 한 걸음 한 걸음 나아가는 순간마다 다리가 후들거릴 정도로 떨렸다. 재현이 앞으로 나서며 손튼으로부터 그녀의 손을 건네 잡는 순간, '정말 결혼하는구나!' 하는 실감이 들었다.

모든 식이 끝나고 신부와 신랑이 마지막 행진을 시작하자, 자리에서 일어난 하객들이 박수를 치며 환호성을 질렀다.

"세희 씨, 축하해."

"전무님, 축하합니다!"

단체 휴가를 받고 한국에서 날아온 홍보부 직원들이 제일 먼저 달려왔고, 그 뒤를 손튼 재단의 동료들이 이었다.

해가 뉘엿뉘엿 넘어가자 수천 개의 장식 전구에 불이 들어오며 피로연이 열리는 정원을 환하게 밝히기 시작했다.

손튼이 뉴욕에서 초빙한 세계 최고의 쉐프가 요리한 음식과 일 년에 딱 1,000병만 생산한다는 한정판 희귀 와인이 테이블에 올랐다. 하객 중 몇 명은 댄 손튼이 한정판 희귀 와인을 전량 구입하기 위해 아예 와이너리를 통째로 사들였다고 숙덕거렸다.

식사가 끝나갈 무렵, 나무 바닥으로 제작된 무대가 정원 중앙에 설치되었고 무대 뒤에는 소규모 현악 합주단이 연주할 수 있는 자리가 마련되었다.

잠시 후, 튜닝을 끝낸 현악 합주단이 요한 슈트라우스 2세의 '비엔나 기질'을 연주하기 시작했다.

오래전 그날처럼 부드러운 왈츠의 선율이 느리게 울려 퍼졌다.

"Shall we dance(춤출까)?"

자리에서 일어난 재현이 부드러운 목소리로 물으며 손을 내밀었다.

"물론이죠."

세희가 환하게 웃으며 그가 내민 손을 잡았다.

"와아아!"

두 사람이 무대 중앙에 다다르자 하객들로부터 커다란 박수와 환호성이 쏟아져 나왔다. 재현이 뒷짐을 지고 허리를 숙이자, 세희도 양팔을 옆으로 벌리며 귀부인같이 우아한 동작으로 허리를 숙였다.

그가 손을 뻗어 그녀의 허리를 부드럽게 감싸며 살며시 품으로 끌어당겼다. 그리고 고개를 끄덕여 신호를 보낸 후, 천천히 왈츠를 시작했다.

서로를 향하는 두 사람의 시선이 자연스럽게 얽혀들었다.

바람에 묻어온 상큼한 사이프러스 향과 함께 달콤한 사랑의 공기가 두 사람을 포근히 감싸 안았다.

"사랑해."

재현이 살며시 고개를 숙이며 그녀의 귓가에 입술을 가져갔다. 그리고 나직한 목소리로 속삭였다.

"미치도록 너만을."

그의 달콤한 고백을 음미하며 세희는 살포시 두 눈을 감았다. 그녀의 가슴속에서도 작은 속삭임이 울려 퍼졌다.

사랑해요.

미치도록 당신만을…….

그녀가,

그가,

두 사람이 아닌 하나의 가족으로 태어나는 날,

영원히 끝나지 않을 것 같던 왈츠는 어느새 클라이맥스를 향하고 있었다.

에필로그 1. 허니문 베이비

"하."

저택 안으로 들어서던 재현은 눈앞에 펼쳐진 광경에 하도 어이가 없어 그만 헛웃음을 터뜨렸다.

"어쩐지……."

결혼식 내내 음흉한 웃음을 흘리던 키안의 얼굴이 저절로 떠올랐다. 뭐가 그리도 좋은지 온종일 혼자 키득거린다 했다. 이렇게 깜짝 놀라게 하려고 그랬던 거군.

—What? Are you serious?

멀리 여행을 떠나는 대신 카멜에서 허니문을 보낸다는 말에 키안이 제일 먼저 보인 반응이었다.

그는 기가 막힌다는 듯 입을 크게 벌리며 과장된 동작으로 손바닥을 펼쳐 보였다.

—Really? Are you sure?

호텔도 아닌 바닷가 저택에서 지낼 거라는 말에 키안이 보인 두 번째 반응도 마찬가지였다. 그는 세희와 재현을 이해할 수 없다는 듯 눈동자를 위아래로 굴리며 두 손으로 머리를 감쌌다.

키안뿐 아니라 루카스도 마찬가지였다. 좀 더 화끈하고 좀 더 끈적끈적한 분위기의 신혼여행지가 쌔고 쌨는데, '왜?' 하면서 카리브 해나 산토리니 등 다른 장소를 적극적으로 추천했다.

하지만 세희와 재현의 생각은 달랐다. 두 사람은 첫날밤의 추억이 있는 곳에서 허니문을 보내는 것도 꽤 낭만적일 거라는 데 합의했다.

한 달 전, 재현은 키안과 공동으로 소유했던 바닷가 저택을 본인 소유로 사들였다. 세희와 첫날밤을 보낸 곳이기에 아무리 절친한 친구라도 공유하고 싶지 않았기 때문이다.

키안은 끝까지 머리를 설레설레 내저으며 소박한 허니문 계획을 반대했다. 그래도 두 사람의 마음을 돌릴 수 없자, 혼자 불만에 찬 얼굴로 구시렁구시렁 투덜거렸다. 그러더니 결국 일을 벌인 모양이다.

"누가 로맨티시스트 아니랄까 봐."

바닷가 저택은 영화에서나 나올 법한 로맨틱한 공간으로 탈바꿈해 있었다.

높디높은 천장은 은색과 금색의 풍선으로 가득 찼고, 현관부터 거실, 복도 곳곳에 이르기까지 하얗고 빨간 장미 꽃잎이 바닥을 온통 뒤덮었다. 얼마나 꽃잎을 많이 뿌려놨는지 거의 발목까지 차오를 지경이었다. 거실 한가운데 놓인 커피 테이블 위에는 화려하고 싱그러운 꽃들이 가득했고 그 가운데를 샴페인이 담긴 은으로 만든 얼음 통이 차지했다.

"어머나!"

재현을 따라 저택 안으로 들어서던 세희가 감탄의 탄성을 질렀다. 그녀는 두 손으로 입을 가리며 놀란 눈으로 주위를 둘러보았다.

현관문을 열자마자 진한 장미 향기가 흘러나와 무슨 일인가 싶었는데……. 깜짝 놀랄 만한 광경이 펼쳐질 줄이야!

“공범이 꽤 있는 걸.”

샴페인 병에 달린 카드를 읽어본 재현은 피식, 입꼬리를 비틀며 세희에게 카드를 건넸다.

저택은 단독 소유가 되었지만, 아직 비밀번호를 바꾸지 않은 덕분에 키안과 공범자들이 몰래 들어올 수 있었던 것 같다. 재현은 내일 아침 일찍 비밀번호부터 바꿔야겠다고 투덜거리며 기다란 유리잔에 샴페인을 따랐다.

“오늘 정신없이 바빴을 텐데. 언제 이렇게 꾸밀 시간이 있었을까요?”

카드에는 키안을 중심으로 정연과 규한, 루카스와 브랜든이 서로 머리를 맞대고 나름 로맨틱한 분위기를 연출했다고 적혀 있었다.

“샴페인을 다 마시면 테라스로 나가보라는데요.”

그가 내미는 샴페인 잔을 받아 들며 세희가 말했다.

“또 무슨 장난을 쳐놓았길래…….”

재현은 단숨에 샴페인 잔을 비우고는 어둠이 내린 테라스 쪽으로 고개를 돌렸다. 잠시 고민하던 그는 잔에 샴페인을 따른 후, 손을 뻗어 벽에 설치된 스위치를 눌렀다.

‘우웅’ 소리를 내며 벽 한쪽 면을 차지한 거대한 유리문이 열리며 하나, 둘 테라스에 조명이 들어오기 시작했다.

“와아.”

“하.”

세희와 재현의 입에서 아까와 마찬가지로 감탄사와 헛웃음이 동시에 흘러나왔다.

제일 먼저 눈에 들어온 것은 은은한 핑크빛의 실크 커버가 씌워진 라운지 소파였다. 그 위를 금실과 은실로 짜인 쿠션과 촘촘히 뿌려진 장미 꽃잎이 차지했다. 마치 테라스에 신방(新房)을 차려놓은 것 같았다.

소파뿐만 아니라 테라스 끝에 있는 수영장과 스파 역시 꽃잎으로 뒤덮여 있었다.

“녀석, 하여간.”

시큰둥한 표정의 재현과 달리 세희는 밝은 얼굴로 천천히 수영장으로 걸어갔다. 수면에서 올라오는 하얀 김과 붉은 장미 꽃잎이 묘한 조화를 이루며 환상적인 분위기를 자아냈다. 집 안보다 더 강하게 장미 향기가 나는 것으로 봐선 아예 장미 오일을 수영장 물에 섞어놓은 것 같다.

세희는 구두를 벗어 한쪽에 놓아두고 수영장 가장자리에 살짝 걸터앉아 물속에 발을 담갔다.

“아.”

찰랑찰랑 발목을 간질이는 부드러운 물의 촉감과 달콤한 장미 향에 저절로 환한 미소가 흘러나왔다. 발을 위아래로 저어 살살 물장구를 치자, 물에 젖은 꽃잎이 그녀의 종아리와 발등에 달라붙기 시작했다. 잔잔히 일렁이는 꽃잎의 물결과 적당하게 데워진 물의 온도가 물속에 뛰어들고 싶은 유혹을 불러일으켰다.

“재현 씨, 우리 수영할래요?”

“응?”

그녀의 엉뚱한 제안에 재현은 미간을 찌푸렸다. 결혼식 피로연을 끝내고 저택으로 오는 도중, 피곤을 이기지 못하고 차 안에서 깜빡 잠들었던 그녀였다. 그런데 지금은 자신이 언제 녹초가 되었느냐는 듯 얼굴에 생기가 넘쳤다. 장미 꽃잎으로 뒤덮인 수영장의 유혹이 그리도 큰 걸까?

세희는 재현의 대답을 기다리지 않고, 지퍼를 내려 원피스를 단숨에 벗더니 하얀 슬립 차림으로 풍덩 물속으로 뛰어들었다.

“후.”

물속 깊이 내려갔던 그녀는 다시 수면으로 올라와 두 손으로 젖은 머리카락을 쓸어내리며 만족한 미소를 지었다. 그리고 수영장 가장자리에서 샴페인을 들이켜는 재현을 향해 손을 흔들었다.

"재현 씨도 들어와요. 물이 아주 따뜻해요."

하지만 그는 물속에 들어갈 생각이 없는 듯 연신 샴페인 잔을 입으로 가져갔다. 잠시 재현을 기다리던 세희는 몸을 틀어 반대편 반향으로 유유히 헤엄쳐갔다. 그녀의 가느다란 팔과 다리가 물살을 가를 때마다 찰박찰박 물소리가 고요한 밤공기를 잔잔하게 흔들었다.

재현은 잔에 남아 있던 샴페인을 비우며 수영하는 그녀를 물끄러미 바라보았다. 수영장 끝을 서너 번이나 왕복한 세희는 물에 뜬 상태로 얼굴과 머리카락에 묻은 장미 꽃잎을 떼어내기 시작했다. 몸을 움직일 때마다 꽃잎으로 뒤덮인 물이 가슴께에서 찰랑거렸다.

"흐음."

재현은 착 달라붙은 슬립 아래로 은근히 내비치는 뽀얀 속살에서 시선을 뗄 수 없었다. 아예 맨살을 다 드러내는 비키니 차림이 물에 젖은 슬립 차림보다 덜 뇌쇄적일 것 같다.

그는 못 말린다는 듯이 고개를 내저으며 피식 미소를 지었다.

언제나 그렇다. 먼저 유혹하는 건 자신이 아니라 그녀였다.

재현은 한 손으로 타이를 풀어버리고 재킷을 벗어 라운지 소파로 던져버렸다. 그리고 재빨리 구두를 벗어버리고 첨벙 물속으로 뛰어들었다.

"꺄악!"

옆으로 다가온 재현이 예고도 없이 허리를 낚아채자 그녀의 입에서 단마디 비명이 흘러나왔다. 그는 놀라서 버둥거리는 세희를 품에 가두고 수영장 가장자리로 끌고 갔다.

"재현 씨?"

세희는 상황을 제대로 파악하기도 전에 그에게 입술을 빼앗겼다. 재현은 한 손으로 그녀의 허리를 단단히 끌어안고 다른 한 손으로는 턱을 눌러 입을 벌리게 했다. 단번에 안으로 밀고 들어오는 그의 혀에서 달콤새콤한 샴페인 맛이 느껴졌다. 숨이 막힐 것 같은 농밀한 입맞춤은 끝없이 이어졌다.

"……이젠 결혼했다고 아주 대놓고 유혹하는 거야?"

잠시 입술을 떼어내며 재현이 욕망으로 탁해진 목소리로 속삭였다.

"내가 언제요?"

"시치미 떼지 마. 저번에는 물에 빠져서 사람을 미치게 하더니, 이번에는 대놓고 유혹하느라 사람을 미치게 하잖아."

"아니, 내가 언제…… 읍."

말이 채 끝나기도 전, 그가 다시 입술을 겹쳐오는 탓에 나머지 말은 입 안으로 사라졌다. 밖에서는 찰랑거리는 물결이, 안에서는 달콤한 타액이 그녀의 감각을 뜨겁게 자극했다.

"하아, 하아."

독한 장미 향에 취한 걸까? 아니면 그에게서 뿜어져 나오는 열기에 취한 걸까?

머릿속이 어지럽고 눈앞이 하얗게 타버리는 것만 같았다. 세희는 두 손으로 그의 어깨를 움켜쥐며 가쁜 숨을 내쉬었다.

"아내의 유혹이라면 언제나 대환영이야."

그가 그녀의 귓가에 나직이 속삭이며 귓불을 살짝 깨물었다. 세희는 짜릿한 전율을 온몸에 느끼며 두 눈을 질끈 감았다.

어느새 슬립은 허리로 내려갔고 고리가 풀린 브래지어가 열리며 뽀얀 가슴이 드러났다. 재현의 커다란 손이 가슴을 감싸더니 이어서 입술이 뒤를 따랐다. 하얗게 드러난 가슴에 닿는 뜨겁고 부드러운 감촉에 그녀는 아찔한 현기증을 느꼈다.

잠시 후, 그의 품에 안긴 채로 물에서 나와 라운지 소파에 뉘어졌다. 빠른 손놀림으로 그녀의 나머지 옷을 벗긴 재현은 곧 자신도 알몸이 되었다. 너무 급한 나머지 침실로 갈 여유도, 콘돔을 준비할 시간도 없었다.

"하……아."

이미 물속에서 달아오른 터라 따로 전희는 필요 없었다. 꽉 채우고 들어오는 단단한 그를 느끼며 그녀는 널찍한 재현의 등을 강하게 끌어안았다.

실내가 아닌 밖이었지만, 두 사람은 개의치 않았다. 옆집과는 거리가 상당히 떨어져 있었고 하늘 높이 치솟은 정원수에 가려 타인의 시선으로부터 자유로웠기 때문이다.

뜨거운 밤을 보낼 것이라는 걸 예상하고 라운지 쇼파를 실크 커버로 씌운 건 탁월한 선택이었다. 등에 느껴지는 매끄러운 실크와 강하게 밀고 들어오는 그로 인해서 저절로 허리가 활처럼 휘었다. 점점 더 짙어지는 견딜 수 없는 쾌감에 어느새 그녀의 눈가에 눈물이 고이기 시작했다.

사랑하는 사람과 사랑을 나눈다는 건, 더는 가까워질 수 없는 한계까지 다가간다는 뜻이다. 두 사람의 가슴과 가슴이 한 치의 빈틈도 없이 맞닿고 다리와 다리가 얽히고 뒤엉키고 맞물렸다.

"아…… 아!"

이윽고 커다란 해일처럼 밀려오는 절정에 그녀는 날카로운 비명을 지르며 고개를 뒤로 젖혔다. 이대로 온몸이 녹아내릴 것 같은 황홀감이 그녀를 에워쌌다.

한참 후, 재현이 몸을 일으키며 그녀의 입술과 코끝에 부드럽게 입을 맞추었다.

"……너 때문이야."

"하아, 뭐가요?"

"오늘은 피곤할 것 같아서 그냥 재우려고 했어……."

"그런데 내가 유혹했다는 거예요?"

"그런 모습을 보고도 가만히 있는 남자라면 건강 상태를 의심해봐야 할걸?"

"큭. 그러니까 재현 씨는 신체가 건강하다는 말이네요."

"물론."

그녀의 뺨을 손등으로 쓰다듬으며 그가 부드러운 목소리로 물었다.

"피곤해?"

"음……."

아까만 해도 차 안에서 잠들어버릴 만큼 고단했는데, 이상하게도 지금은 아니었다. 그저 팔다리가 노곤할 정도라고 할까?

"아뇨. 괜찮아요."

그녀의 대답이 마음에 들었는지 재현이 입가에 미소를 머금었다.

"그렇다면……."

그가 상체를 일으키더니 그녀의 두 손을 마주 잡아 손에 깍지를 끼고는 어깨 위로 밀어 올렸다. 뭔가 야릇한 자세에 그녀가 살짝 미간을 찌푸렸다.

역시나 다를까. 그의 입에서 선전포고와도 같은 경고가 흘러나왔다.

"오늘 밤 자는 건 포기해."

동시에 그때까지 그녀 안에 머물렀던 그가 다시금 단단해지기 시작했다.

"네? 저……기, 재현 씨. 물이나 좀 마시고."

당황한 그녀가 그를 밀어내려 허리를 비틀었지만, 단단하게 손깍지를 낀 상태라 품에서 벗어나기란 불가능했다.

"아앗."

그녀는 속을 꽉 채우고 느릿하게 움직이는 그를 느끼며 짧은 신음을 내뱉었다. 이미 한 번 쾌락을 인지한 몸은 빠르게 달아오르기 시작했다.

아, 정말로 그는 오늘 밤을 하얗게 지새울 생각인가 보다.

열기로 흐려진 그녀의 눈으로 밤하늘을 수놓은 영롱한 달빛과 별빛이 쏟아져 내렸다.

"그래서 신혼여행은 재미있었어? 뭐 했어?"

초롱초롱한 눈으로 자신을 빤히 쳐다보는 정연을 마주하며 세희는 속으로 한숨을 내쉬었다.

'저희가 뭐했을 것 같아요?'라고 물어보면 정연은 아마도 까르르 웃음을 터뜨릴 것이다.

지난번과 마찬가지로 이번에도 그녀는 떠나는 날이 되기까지 한 걸음도 저택에서 나갈 수 없었다. 그래도 이번에는 가끔씩 침실을 벗어나기는 했다.

정원과 연결된 바닷가도 거닐고, 테라스 라운지 소파에 누워 햇볕도 즐기고. 하지만 대부분의 시간은 침대 위에서였다. 굶어 죽지 않을 정도로만 음식을 섭취하며 육체의 유희를 어디까지 즐길 수 있는지, 이번 기회에 아주 제대로 배웠다.

그녀를 만나기 전에는 아무런 경험도 없었다던 남자가 어디서 그런 다양한 방법을 익혔는지 정말 궁금할 따름이었다.

혹시나 달걀찜 레시피를 알아낸 것처럼 강 비서에게 온라인 검색을 해오라고 지시한 건 아니겠지? 음…… 아니면, 안 실장님?

"재현 씨나 저나, 그동안 무척 바빴잖아요. 그래서 이번 허니문을 핑계로 그냥 푹 쉬었어요."

아무리 그래도 이제는 시누이가 된 정연에게 곧이곧대로 이야기할 순 없었다. 결국 그녀는 적당하게 둘러대기로 했다. 계속 침대에 누워 있었으니까 푹 쉰 거라고 하면 쉰 거라고 할 수도 있다.

"그래?"

정연은 눈을 가늘게 뜨며 의심스러운 시선을 던졌다. 하지만 별 이의는 달지 않았다.

"언니는 어땠어요?"

"우리? 우린 당연히 2세 작업하느라 바빴지. 내가 나이가 있으니까 아이는 빨리 가질수록 좋잖아. 그래서 허니문 베이비 만들려고 침대에서 나가지도 않았어. 아쉽게도 실패했지만."

"아."

그녀와 달리 정연은 아주 솔직하게 침대 위에서만 시간을 보냈다고 털어놓았다.

"너흰 어때? 허니문 베이비 계획 있었니? 아니다. 너흰 아직 급할 것도 없는데 신혼 좀 즐기다가 아이 가져도 될 거야."

"네."

신혼을 즐긴다……라.

정연이 말하는 신혼을 즐긴다는 의미는 지금 재현이 하고 있는 그 신혼을 즐기는 것과 같은 뜻일까?

세희는 오늘 아침에 있었던 일을 떠올리는 것만으로도 저절로 뺨이 붉게 물들었다. 그저 생각하는 것만으로도 목이 탈 지경이었다.

세희는 앞에 놓인 컵을 들어 얼음물을 천천히 한 모금 들이켰다.

"아침 차려줄 필요 없다니까. 왜 일찍 일어났어?"

아침 준비에 한창인 세희를 재현이 등 뒤에서 끌어안았다. 방금 샤워를 마치고 나왔는지 그에게서 상큼한 보디 샴푸의 향기가 났다.

"그러면 빈속으로 출근하려고요?"

"나 원래 아침 잘 안 먹어. 커피 한 잔이면 된다니까."

그녀의 하얀 목덜미에 입을 맞추며 재현이 투덜거렸다.

아침 차릴 시간에 그냥 함께 침대에 누워 있는 게 더 좋다는데도 그녀는 조금이라도 먼저 일어나 아침을 준비했다. 손수 머핀을 굽고 어떤 날은 소화 잘되라고 야채나 전복죽을 만들기도 했다. 하지만 재현에게 필요한 건 아침 식사가 아니었다.

재현의 끊임없는 방해로 더는 아침을 차릴 수 없자, 세희는 한숨을 내쉬며 찬장에서 시리얼을 꺼냈다.

"난 아침에 제일 배고파서 꼭 먹어야 해요. 시리얼이라도 먹을래요?"

"난 시리얼 대신 키스가 더 좋은데……."

"아이, 진짜! 농담하지 말고요."

"농담 아니야. 정말이라니까."

재현은 시리얼을 빼앗아 식탁 위에 놓더니 냉장고 문으로 그녀를 밀어붙이며 살며시 입술을 겹쳤다. 처음에는 아주 부드럽게 시작되었지만, 곧 격렬해졌다. 아침 식사 대신 그녀를 먹기로 작정했는지 재현은 한참이나 그녀의 입술을 물고 놓아주지 않았다.

"……음, 오늘 회사 나가지 말까?"

잠시 입술을 떨어뜨리며 그가 유혹하듯 속삭였다.

"하아…… 오후에 중요한 회의 있다면서요."

가쁜 숨을 들이쉬며 그녀가 말했다.

"……나 한 명 빠진다고 큰일 있겠어?"

확실히 재현은 워커홀릭이었던 과거의 이재현과 많이 달라져 있었다. 그래도 그렇지. 중요한 회의를 빼먹을 생각을 하다니, 안 될 말이었다.

"개인 한 명이 조직 안에서 어떻게 활동하느냐에 따라 시너지 효과니, 링겔만 효과니 하던 사람이……."

"그 인터뷰, 이제 그만 써먹어."

재현은 퉁명스럽게 말꼬리를 자르며 그녀의 셔츠 안으로 손을 밀어 넣었다. 매끈한 등을 타고 올라간 손이 브래지어의 고리를 단숨에 풀어버렸다. 그리고 그녀가 반항할 틈도 없이 두 손으로 가슴을 꽉 움켜쥐었다.

"하……아, 재현 씨."

뭐라고 한마디 쏘아붙이고 밀어내야 하는데 정작 입에선 달뜬 신음만 흘러나왔다. 그가 고개를 숙여 낙인을 찍듯 목덜미에 입술을 갖다 대었다. 목덜미를 지분거리는 뜨거운 입술이, 가슴을 애무하는 손길이 너무나 짜릿해서 그녀는 밀어내긴커녕 더욱더 몸을 그에게로 밀착시켰다.

"침실로 갈까? 아니면 여기서 할까?"

열에 들뜬 세희가 아무 말도 하지 못하자, 그가 씩 입꼬리를 말아 올렸다.

"좋아. 여기서 하고, 그다음에 침실로 가자."

"아, 안 돼요, 재현 씨. 그러다 회사 늦어요."

뒤늦게 사태를 깨달은 그녀가 세차게 고개를 저었지만, 이미 그의 귀에는 아무 말도 들어오지 않았다.

결국 그는 그녀를 두 번이나 안고 나서야 회사로 출근했다.

벌꿀보다 더 달콤하다는 신혼 기간은 아주 빠르게 지나갔다.

"벌써?"

벽에 걸린 캘린더를 바라보던 세희는 벌써 한 달이라는 시간이 훌쩍 지났다는 사실에 깜짝 놀랐다. 그녀가 느끼기엔 일주일도 채 안 지난 것 같은데 말이다.

세희는 재현의 아침 식사를 위해서 에스프레소 커피 머신에서 커피를 내려 잔에 따랐다. 그리고 자신을 위해 멜론과 복숭아를 깎아 접시에 올렸다. 샤워를 마친 재현이 그녀가 건네준 커피 잔을 받으며 식탁에 앉았다.

"왜? 속이 안 좋아?"

"네?"

멜론 조각을 입에 가져가던 세희가 의아한 표정으로 재현을 바라보았다.

"괜찮은데요. 왜요?"

재현은 표정을 굳히며 그녀의 접시 위로 시선을 돌렸다. 왕성한 아침 식욕을 자랑하며 스테이크도 거뜬히 먹던 그녀가 며칠 전부터 과일이나 채소 샐러드로만 아침을 해결했다. 삶은 달걀이나 달걀 프라이마저 피하는 세희의 모습에 재현은 슬그머니 걱정이 들었다.

전처럼 아침을 차려주겠다고 고집을 부리지도 않고, 자신이 부탁한 대로 커피 한 잔만 건네주었다.

뭔가 속이 더부룩해서 저러는 것 같은데……. 혹시라도 걱정할까 봐 뭔가 숨기는 건 아닌지.

재현은 어두운 표정으로 푸성귀만 놓인 세희의 접시를 노려보았다.

잠시 후, 그가 커피에 우유를 부으며 지나가는 투로 말했다.

"이따가 회사로 나와. 함께 점심이나 하자."

"재현 씨, 바쁘지 않아요?"

"아무리 바빠도 아내와 점심 먹을 시간은 충분해."

물론 아내를 데리고 병원에 갈 시간도 충분하다. 점심시간보다 조금 일찍 만나자고 한 후, 재현은 세희를 이끌고 병원으로 향했다.

"갑자기 병원은 왜요?"

"검사받아봐. 너 요새 안색이 안 좋아."

얼떨결에 병원에 끌려간 세희는 전혀 예상하지 못한 소식과 마주했다.

"네? 임신이라고요?"

세희를 진찰한 김 박사가 한 손으로 안경을 고쳐 쓰며 고개를 끄덕거렸다. 그리고 아내보다 더 긴장한 얼굴로 앉아 있는 재현을 향해 인자한 미소를 던졌다.

“이런 증상이라면 나보다 진 박사를 찾았어야지. 하여간 축하하네. 자네, 이제 곧 아빠가 되겠어.”

재현은 충격을 받은 듯 잠시 멍한 표정으로 김 박사를 바라보았다. 이제 곧 아빠가 된다는 말이 정확하게 와 닿지 않았기 때문이다.

아빠가 된다면 2세가 생긴다는 말인데……. 우리의 아기가 세상에 태어난다고?

순간 머릿속에서 무언가 펑 터진 것 같은 전율이 일어났다.

그녀를 닮은 아이, 그를 닮은 아이. 두 사람의 피가 흐르는 사랑스러운 천사.

그녀가 자신의 아이를 낳아줄 거라는 사실에 미칠 것 같은 환희가 폭풍처럼 몰려왔다.

“앗, 재현 씨.”

재현은 기쁜 나머지 앞에 김 박사가 있건 말건, 옆에서 간호사들이 두 눈 똑바로 뜨고 쳐다보건 말건, 그녀를 끌어안고 두 손으로 뺨을 감싸 안은 채, 뜨거운 키스를 퍼붓기 시작했다.

“여긴 지금 병원이에…… 읍!”

모르는 사람들이 보면 난임 부부가 드디어 기적적으로 임신한 줄 알 것이다. 보다 못한 김 박사와 간호사가 은근슬쩍 자리를 비워줄 때까지도 그는 그녀를 놓아주지 않았다.

그렇게 두 사람에게 허니문 베이비, 첫 번째 천사가 찾아왔다.

에필로그 II
말랑말랑한 사랑의 기운

"어제 제가 전화로 물어본 귀걸이가 바로 이거예요."

가방에서 크리스털 귀걸이 한 짝을 꺼내며 세희가 아주 심각한 표정으로 말했다. 40대 후반쯤으로 보이는 보석 전문점 매니저는 금테 안경을 만지작거리며 세희의 손에 있는 귀걸이를 뚫어지게 바라보았다.

"자세히 좀 봐도 될까요?"

"네."

세희는 아주 조심스러운 동작으로 매니저의 손바닥에 귀걸이를 올려놓았다. 하나 남은 귀걸이마저 없어지면 큰일이니까. 진지한 표정으로 귀걸이를 확인하는 매니저를 바라보며 세희는 속으로 한숨을 내쉬었다.

속상해, 정말.

매니저의 손에 놓인 귀걸이는 재현에게서 받은 첫 번째 생일 선물이었다. 유리구슬 반지와 똑같은 디자인으로 제작된 크리스털 목걸이와 귀걸이 세트로, 그녀에겐 어떤 값비싼 보석보다 소중했다. 그랬기에 항상 주의하면서 착용하고 다녔는데 그만 일주일 전, 귀걸이 한 짝을 잃어버렸다. 분명 집에서 나갈 때만 해도 양쪽 귀에서 찰랑거렸는데 어느 순간 한쪽 귀가 허전하다는 걸 깨달았다. 아무리 생각해보아도 도대체 어디서 흘렸는지 감을 잡을 수 없었다.

재현 씨가 알게 되면 서운해할 텐데……. 어떡하지?

세희는 부주의한 자신이 너무나도 원망스러웠다. 며칠을 끙끙 앓던 세희는 결국 잃어버린 귀걸이와 똑같은 한 짝을 만들기로 했다. 정연에게 소개받은 곳은 어떤 디자인도 제작 가능하다는 고급 보석 전문점이었다. 커다란 쇼핑몰 꼭대기 층에 자리한 그곳은 일반 고객은 일체 받지 않고 소개로 예약한 고객에 한해서만 출입할 수 있었다.

"어때요? 감쪽같이 똑같게 만들 수 있나요?"

귀걸이를 뚫어지게 들여다보는 매니저에게 세희가 조심스럽게 물었다.

"음, 똑같이 만들 수 있기는 한데……."

매니저는 뭔가를 혼잣말처럼 중얼거리더니 심각한 표정으로 고개를 들었다.

"아무래도 이건 크리스털이 아닌 것 같습니다. 안에 가져가서 감정 좀 해도 될까요?"

잠시 후, 다시 매장으로 돌아온 매니저는 다소 긴장이 풀린 표정으로 세희에게 귀걸이를 돌려주었다.

"제 예감이 맞았네요. 이건 크리스털이 아닙니다."

아, 크리스털인 줄 알았는데, 다른 보석이었구나.

세희는 가만히 고개를 끄덕이며 매니저가 돌려준 귀걸이를 들여다보았다.

—마음에 들어? 유리가 아니고 크리스털이야. 유리로 만들었다가 쉽게 깨지기라도 하면 또 저번처럼 울고불고 난리 칠 것 같아서…….

그녀에게 선물하면서 재현은 분명히 그렇게 말했었다. 하지만 보석에 전혀 관심이 없는 그녀를 위해 그가 쉽게 크리스털이라고 둘러댔을 가능성도 있었다.

"그러면 무슨 보석이죠?"

"다이아몬드입니다. 그것도 시중에선 구하기 힘든 최상급이네요."

"네? 이게 다이아몬드라고요?"

세희는 깜짝 놀라며 손에 놓인 귀걸이로 시선을 돌렸다. 동글동글한 구슬 모양으로 세공된 이 귀걸이가 다이아몬드라니…….

믿기지 않는다는 듯 미간을 좁히는 세희에게 매니저가 빠르게 설명하기 시작했다.

"저도 잘 이해가 가질 않습니다. 최상급의 다이아몬드를 왜 이렇게 세공했을까요? 전문가가 아니면 크리스털인지 다이아몬드인지 구별할 수도 없게 말입니다. 다이아몬드의 장점을 전혀 살리지 못하는 세공이거든요. 그저 단단하다 뿐이지, 다이아몬드처럼 광택도 나지 않고."

"그럼 이것도 봐주시겠어요?"

세희는 마침 목에 걸고 있던 목걸이와 유리구슬 반지를 빼내어, 서둘러 매니저에게 건네었다. 역시 마찬가지 대답이 돌아왔다.

"목걸이도 다이아몬드가 맞네요. 반지도 그렇고. 반지는 이 부분은 유리구슬이 맞지만 이 부분과 이 부분은 유리구슬처럼 동그랗게 세공한 다이아몬드입니다. 아, 그리고……."

목걸이 잠금 고리 부분에 아주 깨알같이 새겨진 로고를 들여다보던 매니저의 입에서 탄성이 흘러나왔다.

"제 추측이 맞는다면 이건 세계적으로 유명한 보석 디자이너 '캐스텔라네타' 여사의 작품입니다. 이제야 좀 이해가 되는군요. '캐스텔라네타' 여사 같은 분이 평범한 크리스털로 작품을 만들 리가 없겠죠."

세희는 고개를 끄덕이며 잠자코 매니저가 하는 말에 귀를 기울였다.

"어떻게 하시겠습니까? 새로 만드는 귀걸이도 다이아몬드로 만들어드릴까요? 아니면 크리스털로 할까요?"

세희가 바로 대답을 하지 못하고 망설이자, 매니저는 사람 좋은 미소를 지으며 자신의 명함을 내밀었다.

"지금 당장 결정하실 필요는 없습니다. 잘 생각해보시고 연락 주세요."

"네, 그럴게요. 감사합니다."

세희는 매니저에게 인사한 후 서둘러 보석 전문점을 빠져나왔다. 그리고 복잡한 머릿속을 정리하기 위해 천천히 걸음을 옮겼다.

그는 왜 그녀에게 다이아몬드를 크리스털이라고 속였을까? 아무리 궁리해도 딱히 고개를 끄덕이게 할 만한 이유가 떠오르지 않았다.

"뭘 이렇게 많이 샀어?"

"사긴 뭘 샀다고? 이 정도는 별거 아니지, 뭐."

지하 주차장으로 내려가기 위해 엘리베이터를 기다리는 세희 옆으로 두 명의 중년 여인들이 다가왔다. 그들은 멍하니 엘리베이터 불빛을 응시하는 세희를 힐끗 쳐다보더니 하던 대화를 이어갔다.

"근데 어느 브랜드인 줄도 모르게 죄다 로고가 없는 것만 골랐어?"

"그게 나아. 아니면 비싼 거 해왔다고 안 받으실지도 몰라."

"어휴, 너희 엄마 너무 검소하신 거 아니니? 그게 무슨 사치라고 그러셔?"

"한평생 검소하게 사신 분이야. 아무리 딸이 선물하는 거지만 비싸면 부담되신다네."

띵—.

엘리베이터가 도착하자, 대화를 나누던 중년 여인들은 대화를 멈추고 빠르게 안으로 들어갔다. 하지만 세희는 엘리베이터에 오르는 대신 한 걸음 뒤로 물러섰다.

잠시 후, 엘리베이터 문이 닫히고 제자리에 멀뚱거리며 선 세희가 혼잣말처럼 중얼거렸다.

"……부담이…… 된다고?"

순간 지금까지 일어났던 일들이 파노라마처럼 눈앞에 펼쳐졌다. 동시에 '혹시?' 하는 의혹이 들기 시작했다.

한번 떠오른 의구심은 꼬리에 꼬리를 물고 이어졌다. 확실하진 않지만 알아볼 필요가 있었다.

세희는 가방에서 휴대폰을 꺼내 가장 먼저 혜영에게 전화를 걸었다. 레스토랑의 바쁜 점심 영업을 끝내고 잠시 휴식을 취하던 혜영은 바로 전화를 받았다.

[어, 세희야. 잘 지냈어? 입덧은 어때? 괜찮지?]

전화를 받은 혜영은 다짜고짜 임신 13주째에 들어서는 세희의 몸 상태를 걱정했다. 다행히도 축복받은 체질을 가진 세희는 큰 입덧 없이 임신 초기를 넘길 수 있었다. 그래도 혜영은 쉬이 마음이 놓이지 않는지 세희와 전화 통화를 할 때마다 그녀의 상태를 물어보곤 했다. 특별히 먹고 싶은 음식은 없냐면서.

"어, 괜찮아. 너는 어때? 잘 있지? 레스토랑도 잘되고?"

[응. 그럼. 레스토랑도 잘되고 나도 잘 지내.]

"고모는 어떠셔? 이번엔 언제 돌아오신대?"

[엄마는 다음 달 말쯤에 잠시 들어오실 거야. 한 달쯤 쉬다가 다시 나가신대. 이번에는 남미 쪽으로 봉사 가신다고 하던데 정확히는 잘 모르겠어.]

"아, 그렇구나."

말꼬리를 얼버무리며 잠시 망설이던 세희가 다시 조심스럽게 말을 꺼냈다.

"저기, 혜영아. 그런데 너 저번에 사채…… 그거 윤 변호사 아저씨에게 다 갚았다고 했었지."

[어? 어…… 다 갚았어.]

혜영이 약간은 부자연스러운 말투로 대답했다. 지금 생각해보면 처음 말했을 때도 시선을 마주치지 못하고 긴장된 표정으로 이야기했었던 것 같다. 그때는 별생각 없이 넘겼는데 지금 돌이켜보면 뭔가 수상했다. 그래서 세희는 혜영을 살짝 떠보기로 했다.

"그런데…… 그때 그거, 윤 변호사 아저씨가 몰래 갚아주신 거 정말이니?"

[응? 너, 갑자기 그게 무슨 말이야?]

역시나 바로 반응이 왔다. 이에 용기를 얻은 세희는 짐작이 가는 대로 물어보았다.

"윤 변호사 아저씨가 아니라 재현 씨가 갚아준 거 아닌가 해서. ……맞지? 재현 씨가 갚아준 거."

[어머! 너 그거 어떻게 알았어? 결국 재현 씨가 너한테 털어놓은 거야?]

휴대폰 너머로 한 톤쯤 높아진 혜영의 목소리가 흘러나왔다.

[어휴, 말도 마라. 너한테 절대로 이야기하면 안 된다고 다짐에 다짐을 받더라. 네가 알면 부담 가질 거라나?]

역시, 넘겨짚었던 것, 그대로였다. 그는 도대체 언제부터……?

혜영과 통화를 끊은 세희는 이번에는 브랜든에게 전화를 걸었다. 다행스럽게도 그는 지금 일본 출장 중이라 그녀와 시간대가 맞았다.

뚜—. 뚜—.

몇 번의 신호 음이 간 후, 브랜든의 목소리가 흘러나왔다.

[Hello?]

"Hi, Brandon. It's me, Sara."

[Hi, Sara.]

"Brandon, I need a favor(브랜든, 부탁할 게 좀 있어요)."

조금은 떨리는 목소리로 그녀가 말을 꺼냈다.

브랜든이라면 그녀의 궁금증을 풀어줄 수 있을 것이다.

"후우."

빠르게 결재 서류에 사인을 끝낸 재현은 책상에 펜을 내려놓다 작게 한숨을 내쉬었다.

옆에서 잠자코 재현을 지켜보던 강 비서가 넌지시 질문을 던졌다.

"전무님, 요새 무슨 걱정거리라도 있으세요? 안색이 영……."

"아, 그래 보여?"

재현이 멋쩍게 웃으며 의자 등받이에 상체를 기대며 고개를 좌우로 흔들었다. 요 며칠 밤잠을 설친 사실을 강 비서가 눈치 빠르게 알아차린 모양이었다.

"별거 아니니까 걱정하지 말고. 오늘은 금요일인데 강 비서는 퇴근 후 약속 없어?"

"네? 약속이요?"

"강 비서도 이제 과장으로 진급했는데 자잘한 일은 밑의 직원들에게 넘기고 여유를 즐기는 건 어떨까? 일하느라 연애할 시간 모자라면 안 되니까. 오늘은 정시에 퇴근하도록 해."

얼마 전, 재현을 만나러 온 대학 동창 한 명이 강 비서를 보고 한눈에 반해버렸다. 강 비서처럼 도시적으로 차갑게 생긴 여인이 자기 타입이라나 뭐라나?

하여간 친구의 간절한 구애에 넘어간 강 비서가 그와 데이트하기 시작한 지 한 달이 넘었다.

재현이 자신의 모자란 데이트 시간까지 걱정해주자, 강 비서의 얼굴이 감동으로 벅차올랐다. 그녀는 환하게 웃으며 빠르게 허리를 굽혔다.

"감사합니다, 전무님. 그러면 저는 이만 들어가겠습니다."

“그래. 주말 잘 지내고 월요일에 보자고.”

강 비서는 볼까지 빨갛게 물들이며 생글거리는 얼굴로 집무실을 걸어 나갔다.

그 모습으로 추측하건대 아무래도 조만간 강 비서를 위해 두툼한 축의금 봉투를 준비해야 할 것 같다.

흐뭇한 미소를 띠고 강 비서의 뒷모습을 바라보던 재현의 얼굴에 다시금 어두운 그림자가 내려앉았다.

“후우.”

재현은 긴 한숨을 내쉬며 한 손으로 앞머리를 쓸어 올렸다. 강 비서에게는 아무 일 아니라고 둘러댔지만, 요 며칠 재현은 밤잠을 설칠 정도로 마음이 무거웠다. 자신을 바라보는 세희의 눈빛이 뭔가 불편하고 뭔가 꺼림칙했기 때문이었다.

딱 꼬집어서 말할 순 없었지만, 그는 직감으로 뭔가 잘못되고 있다는 것을 느꼈다.

임신 기간 중 호르몬의 영향으로 기분이 울적해지거나 슬퍼지는 등 감정 기복이 심해지고 신경이 예민해진다고는 하지만, 지금 그녀의 상태는 그것과는 조금 다른 무언가가 숨겨져 있는 것 같았다.

마치 물이 끓기 전에 냄비 밑바닥에서 작은 거품이 하나둘씩 생기다 물 표면으로 올라오는 모습이랄까? 그러다 잠시 후, 부글부글 소리를 내며 물 전체가 요동을 치며 끓어오르겠지.

혹시 무슨 일이 있는 건 아니냐고, 괜찮으냐고 몇 번이나 물어보았지만, 세희는 그때마다 야릇한 미소를 지으며 고개를 내저을 뿐이었다.

분명히 뭔가 있는데…….

재현은 손가락으로 책상 위를 톡톡 두드리다 이내 깊은 상념에 빠져들었다. 창밖으로는 붉은 저녁노을이 파란 하늘을 서서히 물들이고 있었다.

드디어 올 것이 왔다!

"재현 씨, 나랑 이야기 좀 해요."

저녁 식사를 마친 재현이 서재로 향하자, 세희가 그 뒤를 따르며 물었다. 저녁 식사를 하는 도중에도 그녀는 몇 번이나 그를 빤히 바라보며 무언가 말을 꺼내려 망설였었다. 결국 한 마디도 꺼내지 못한 그녀는 그저 일상적인 소소한 이야기로 대화를 이끌어나갔다.

"10분이면 돼요."

딴에는 단단한 각오를 한 듯 그녀의 입매가 굳게 다물어져 있었다. 재현은 눈을 가늘게 뜨며 두근거리는 마음을 다잡았다.

"어, 그래."

재현의 말이 끝나자마자 세희는 그를 지나쳐 서재로 앞장섰다. 서재에 들어서자 세희는 자신의 책상으로 걸어가 서랍 안에서 두툼한 서류 봉투를 꺼내 들었다. 그리고 묵묵히 재현에게 봉투를 건네었다.

"이게 뭐지?"

"우선 읽어보세요."

봉투를 열고 한 장, 한 장 서류를 들여다보던 재현의 얼굴이 서서히 굳어졌다. 마지막 서류까지 다 읽은 재현이 떨리는 목소리로 그녀를 불렀다.

"……세희야."

"당신이란 사람…… 어쩌면……."

순간 그녀의 눈에 눈물이 가득 차올랐다. 세희는 아랫입술을 깨물며 잠시 복받친 감정을 억누르려 애썼다. 그러나 결국 그녀는 참지 못하고 울음을 터뜨렸다.

"……다 알았으니까 거짓말할 생각은 하지도 말아요."

"세희야."

"모두 알았다고요. 모두 다! 옥탑방부터 시작해서 몰래 사채 갚아준 거, 출판사 번역 일하며, 다이아몬드인데 크리스털이라고 속이고 선물한 거, 정말 시시콜콜한 것까지…… 다 알았다고요. 저번 조이 일만 해도 너무 고마워서 어쩔 줄 몰랐는데……."

그녀의 뺨을 타고 뜨거운 눈물이 쉴 새 없이 흘러내렸다. 세희는 두 손으로 얼굴을 감싸며 엉엉 소리 내어 울었다.

울컥 눈물 쏟아지게 할 만큼 크게 감동해서, 그런데 아무것도 모르고 그냥 받기만 한 자신이 못마땅해서, 또 다른 한편으론 전혀 눈치를 채지 못하게 한 그가 야속해서, 그래도 결국은 그의 따뜻한 마음이 너무나도 고마워서…… 그녀는 울음을 멈출 수 없었다.

"어쩌면 사람이…… 그렇게 감쪽같이 속이면서……."

"……아, 세희야. 그게 말이지……."

흐느끼는 그녀를 품에 끌어안으며 재현은 말꼬리를 흐렸다.

역시 완전 범죄란 없는 걸까? 그녀가 알지 못하게 한다고 철저히 일 처리를 했건만 어디서 빈틈을 보인 모양이다. 의심하기 시작한 그녀가 가만히 있었을 리는 없고 분명 손튼 씨에게 도움을 청했겠지. 만약에 브랜든에게 알아봐달라고 했다면……. 후, 그거야말로 게임 오버다.

"내가 자존심 상해할까 봐…… 내가 부담 가질까 봐 그런 거예요?"

그의 가슴에 얼굴을 묻은 채, 그녀가 훌쩍거렸다. 재현은 그녀의 등을 토닥거리며 어린아이를 달래듯 부드럽게 속삭였다.

"하지만 이젠 상관없잖아. 이제는 나만큼 부자면서…… 하, 하, 하."

"지금 웃음이 나와요? ……나, 당신에게 미안해서 어쩌라고."

"세희야."

"이렇게 당신에게 받은 줄도 모르고……. 흐흐흑."

조금 진정되나 싶더니 다시금 그녀의 입에서 흐느낌이 터져 나왔다. 재현은 할 수 없다는 듯 한숨을 내쉬며 그녀의 관자놀이에 입술을 눌렀다.

"정말 못 말리는 울보군. 시도 때도 없이 눈물이 쏟아지네."

재현의 불평에도 불구하고 그녀의 울음은 그칠 줄 몰랐다. 목구멍에서 컥컥거리는 소리가 날 때까지 울음이 계속되자 재현은 슬슬 걱정되기 시작했다.

"세희야, 그만 울어. 그러다가 배 속의 아이가 잘못되기라도 하면 어쩌려고 그래?"

"……흑흑흑."

"아무래도 안 되겠군."

재현은 조심스럽게 그녀의 뺨을 두 손으로 감싸 자신을 바라보게 했다.

"내가 전에도 그랬지. 내 앞에서 우는 모습 보이지 말라고……."

"흐읍."

세희는 울음을 참으려는 듯 입을 꾹 다물었지만, 두 눈에서는 계속해서 눈물이 흘러내렸다. 재현은 천천히 고개를 숙여 입술을 가까이 가져가며 나지막한 목소리로 속삭였다.

"의사 선생님이 그러지 않으셨나? 임신 13주에 들어가면 안정적이라서 잠자리를 가져도 괜찮다고."

"……네?"

"나, 정말 지금까지 오래 참았거든."

그의 말뜻을 알아차린 그녀의 눈이 순식간에 커다래졌다.

"재, 재현 씨?"

"내 앞에서 운 벌이야."

말을 마친 재현은 그녀의 입술을 먹어버릴 것처럼 재빨리 자신의 입술에 가두었다. 그녀의 울음소리는 더 이상 밖으로 흘러나가지 못하고 그의 입

속으로 빨려 들어갔다.

"아아아앙!"

엄마가 울보라서 그런 걸까? 아니면 태교하는 도중 툭하면 울어서 그럴까? 이제 6살이 된 첫 딸 나영은 툭하면 울음을 터뜨렸다.

오늘도 나영은 뭐가 그리도 속상한지 닭똥 같은 눈물을 뚝뚝 흘리며 거실에 있는 세희에게로 달려왔다.

"엄마! 흐어엉, 엄마!"

둘째 나혁에게 이유식을 먹이던 세희가 미간을 좁히며 나영을 바라보았다. 잠시 이유식 떠먹이는 걸 멈추자, 나혁은 두 손으로 덥석 숟가락을 잡더니 혼자 열심히 이유식을 떠먹기 시작했다.

"왜, 나영아? 또 무슨 일이야?"

유아 손수건으로 나혁의 입가를 닦아주며 그녀가 나영에게 물었다.

"아빠, 미워. 흐엉. 아빠가…… 아앙."

눈물이 범벅된 얼굴을 한 나영은 고사리 같은 손으로 세희의 치맛자락을 꽉 움켜쥐었다.

"아빠가 나랑 결혼 안 할 거래."

"뭐?"

"오늘 유치원에서 선생님이 그랬단 말이야. 세상에서 제일 사랑하는 남자랑 결혼하는 거라고. 그래서 나는 아빠를 세상에서 제일 사랑하니까 나중에 크면 꼭 아빠랑 결혼하겠다고 했는데……."

"했는데……?"

"아빠가 싫대. 아빠가 세상에서 제일 사랑하는 사람은 내가 아니래."

세희가 기가 막히다는 표정으로 나영을 따라 거실에 들어서는 재현을 흘겨보았다.

이런 일이 어디 하루 이틀이어야 말이지.

걸핏하면 나영을 울리는 재현 때문에 세희는 요즘 신경이 바짝 곤두서 있었다. 남들은 '딸 바보' 소리 들으면서 아내보다 딸을 더 챙긴다는데 어떻게 된 게 재현은 딸은 딸이고 아내는 아내라는 식으로 대했다.

"아빠는 내가 더 좋아, 엄마가 더 좋아?"라는 유아적인 질문에 재현은 "당연히 엄마가 더 좋지."라고 매몰차게 대답했다. 그리고 서럽게 우는 나영을 끌어안고 항의하는 세희에게 이렇게 말했다.

"요즘이 어떤 세상인데. 딸아이일수록 멘탈을 강하게 키워야 한다고."

'으앙' 하고 울음을 터뜨린 나영을 겨우 달래고 달랜 지 겨우 며칠이 지났을 뿐인데, 그새를 못 참고 재현이 또 사달을 내버렸다. 아빠에게 실연당한 딸아이를 어떻게 달래줄까?

재현의 변함없는 사랑 고백에 가슴 뭉클하게 감동하긴 하지만, 그래도 지금은 딸아이의 울음을 그치게 하는 것이 우선이었다.

"당신은 애가 하는 말에 적당히 장단 좀 맞춰주지. 어린애 가슴에 못을 박아요?"

나영을 품에 안고 등을 토닥거리며 세희가 재현을 향해 불평을 쏟아놓았다. 그러나 재현은 전혀 미안하지 않다는 표정으로 어깨를 으쓱거렸다.

"무슨 소리야? 아무리 지나가는 말이라도 거짓말하면 안 되지. 그것도 가장 중요한 질문인데."

"재현 씨!"

"아무리 어려도 진실은 알아야지. 안 그래?"

재현은 피식 웃으며 이제 막 울음을 그친 나영의 통통한 뺨을 손끝으로 톡 건드렸다.

"나영아, 너는 나중에 아빠 같은 남자를 찾으면 돼, 알았지?"

"싫어! 난 아빠가 세상에서 제일 좋단 말이야!"

딸의 앙칼진 외침에 재현은 단호한 표정으로 고개를 내저었다.

"이런, 미안해서 어쩌지? 난 나영이가 아니라 엄마가 세상에서 제일 좋은데……."

쐐기를 박는 재현의 말에 나영은 눈물을 글썽거리며 입술을 삐쭉거렸다.

"재현 씨! 애를 또 울리면 어떡해요?"

"아니, 우리 나영인 이런 일로 울지 않아. 그렇지?"

아빠에게 잘 보이고 싶은 마음에 나영은 꾹꾹 울음을 삼키며 위아래로 고개를 끄덕였다.

"자, 나영아. 이리 와."

재현이 환하게 웃으며 두 팔을 내밀자, 나영은 아빠가 밉다고 할 때는 언제고 두 팔을 뻗어 재현에게 가겠다고 바동거렸다. 그리고 재현의 품에 안기며 세상을 다 가진 아이처럼 행복한 미소를 지었다.

"아빠, 그래도 엄마 다음으론 내가 제일이지?"

"그럼, 당연하지. 우리 나영이가 제일이지. 엄마 다음으로 두 번째."

두 번째라는 단어가 좀 거슬리긴 했지만, 그래도 동생 나혁보다는 먼저라는 사실에 조금이나마 위로를 받았나 보다. 나영은 생글거리며 재현의 목을 두 손으로 꽉 끌어안았다.

나영과 달리 나혁은 '사랑이 뭔데? 사랑이 밥 먹여주나?'라는 시큰둥한 표정으로 입 안에 가득 든 이유식을 오물거렸다. 그런 나혁이 사랑스러운 세희는 손수건으로 입가를 닦아주며 두 뺨에 쪽 소리 나게 뽀뽀했다.

"아빠, 우리 왈츠 춰요!"

한바탕 말싸움한 사실을 까맣게 잊어버렸는지 부녀는 어느새 음악을 틀어놓고 거실 한가운데서 왈츠를 추기 시작했다.

사실 말만 왈츠지, 나영은 재현의 목을 꼭 끌어안은 채 키득거리기에 바빴다. 두 사람의 춤추는 모습이 신기하다는 듯 나혁이 손가락으로 나영과 재현을 가리켰다.

"우리 나혁이도 춤추고 싶니?"

"응."

그 말에 나혁은 두 손을 짝짝 맞부딪치며 고개를 끄덕거렸다. 세희는 조심스럽게 나혁을 들어 올린 후, 재현과 나영이 있는 쪽으로 걸어갔다. 나혁을 안은 세희가 옆에 다가오자 재현은 한쪽 팔을 뻗어 그녀를 품으로 끌어당겼다.

"엄마, 엄마."

나영도 한쪽 손을 뻗어 세희의 목을 끌어안았다. 세희와 재현은 품 안에 안긴 나영과 나혁을 바라보다 서로를 마주 보며 웃었다.

이어서 누가 먼저랄 것도 없이 서로의 얼굴에 자잘한 키스를 퍼부었다.

달콤한 왈츠의 선율을 타고
키득거리는 아이들의 웃음소리가
포근하고 말랑말랑한 사랑의 기운으로 변하며
서서히 주위로 퍼져나갔다.

날이 지나면 지날수록
해가 지나면 지날수록

그녀를 향한 그의 사랑은
그를 향한 그녀의 사랑은

두 사람이 나누는 하루하루의 행복만큼이나

부피는 커지고
무게는 무거워지고
더욱더 농도는 짙어진다.

진정한 사랑이란
시간이 지나서 흐려지는 게 아니라
시간이 지나서 더욱더 진해지는 법.

시간이 지나면 지날수록
내가 당신만을 바라보듯이,
당신도 나만을 바라보는 것.

미치도록 너만을…….

작가 후기

글은 쓰면 쓸수록 더 쓰기 어려워지는 것 같습니다. 그림을 그리면 그릴수록 그리기 어려워지는 것과 비슷하다고 할까요? 그림을 보는 눈은 높아가는데 손이 따라가주지 못할 때 느꼈던 안타까움이 글을 쓰면서도 똑같이 나타나더군요.

머릿속에 담긴 이야기를 어떻게 하면 쉽게 풀어낼 수 있을까 고민에 고민을 하며 수정을 거듭한 작품이기에 탈고를 앞두고 왠지 뭉클해지네요.

테라스북 팀의 꼼꼼한 리뷰와 네이버 담당자님의 조언, 독자님들의 따뜻한 응원이 없었다면 《미치도록 너만을》이란 작품은 세상에 나오지 못했을지도 모릅니다. 이 자리를 빌려 다시 한 번 감사의 말씀 전합니다.

큰 힘이 되어주시는 부모님과 가족, 아이디어를 제공해주는 만년 소년 감성의 남편, 하늘나라 천사 푸들이 유끼 옹, 얼마 전 유끼 옹을 따라 천사가 된 포메라니안 미미 여사, 스컹크만 보면 헌팅 모드로 돌변하는 치와와 윌리 군. 도움을 아끼지 않는 슈바츠 밤부스(Schwarzer Bambus) 가족과 '첫눈 속을 걷다' 네이버 카페 여러분, 모두 감사합니다.

저는 조금 더 화끈하고 조금 더 설레는 이야기로 조만간 돌아오겠습니다.

끝으로 15년 동안 저에게 말로 표현할 수 없는 사랑과 기쁨을 준 영원한 사랑에게 작별 인사를 하고 싶습니다. 이번 책을 작업하던 중 15살 먹은 크림색 포메라니안 미미를 하늘나라로 보냈어요. 제가 출장으로 집에 없을 때 멀리 보내게 되어서 더 가슴 아프고 아쉽고 그러네요.

"미미야, 그동안 항상 아름답고 행복한 미소 보여줘서 고마워. 먼저 간 유끼와 잘 지내고 있어, 알았지? 미미야, 언제나 사랑해."

이제는 하늘나라에서 편하게 웃고 있을 나의 사랑스러운 미미를 그리며 작가 후기를 마칩니다.

여러분, 언제나 감사합니다!

Lunar 이지연

미치도록 너만을 2

초판 1쇄 발행 2017년 2월 15일
초판 2쇄 발행 2019년 1월 22일

지은이 이지연 | 펴낸이 강성욱 | 책임 기획 전주예 | 기획 편집 송진아 김혜정 | 디자인 김선경
일러스트 차원 | 로고 김미현 | 교정 서진영 류혜선
펴낸곳 테라스북 | 등록 제25100-2013-000012호
주소 (04019) 서울특별시 마포구 희우정로5길 29 2층 202호
전화 070-4794-5826 | 팩스 0505-911-5826
블로그 http://terracebook.blog.me | 전자우편 terracebook@naver.com
ISBN 978-89-94300-69-6 (04810)
ISBN 978-89-94300-67-2 (SET)

테라스북은 오름미디어의 임프린트 브랜드입니다.

이 도서의 국립중앙도서관 출판시도서목록(CIP)은 서지정보유통지원시스템 홈페이지(http://www.seoji.nl.go.kr)와 국가자료공동목록시스템(http://www.nl.go.kr/kolisnet)에서 이용하실 수 있습니다. (CIP제어번호: CIP2017000756)